FISCHLAND-ANGST

Corinna Kastner wurde 1965 in Hameln geboren. Sie arbeitet am Institut für Journalistik und Kommunikationsforschung in Hannover und fühlt sich an der Ostsee am wohlsten. Besonders das Fischland inspiriert sie sowohl schriftstellerisch als auch fotografisch. Seit 2005 veröffentlicht sie schauplatzorientierte Spannungsromane und seit sechs Jahren ihre Küsten Krimis »Fischland-Mord« (2012), »Fischland-Rache« (2013), »Fischland-Feuer« (2015), »Fischland-Verrat« (2016) und »Bodden-Tod« (2017).
www.corinna-kastner.de

CORINNA KASTNER

FISCHLAND-ANGST

DER FÜNFTE FALL FÜR
KASSANDRA VOSS

Küsten Krimi

emons:

© Emons Verlag GmbH
Cäcilienstraße 48, 50667 Köln
info@emons-verlag.de
Alle Rechte vorbehalten
Umschlagmotiv: Corinna Kastner
Umschlaggestaltung: Nina Schäfer, nach einem Konzept
von Leonardo Magrelli und Nina Schäfer
Umsetzung: Tobias Doetsch
Gestaltung Innenteil: César Satz & Grafik GmbH, Köln
Lektorat: Dr. Marion Heister
Druck und Bindung: sourc-e GmbH, Köln
Printed in Europe 2025
ISBN 978-3-7408-0392-6
Küsten Krimi
Originalausgabe
3. Auflage

Unser Newsletter informiert Sie
regelmäßig über Neues von emons:
Kostenlos bestellen unter
www.emons-verlag.de

Dieses Werk wurde vermittelt durch die AVA international GmbH,
Autoren- und Verlagsagentur. www.ava-international.de

Für dich, Bulle

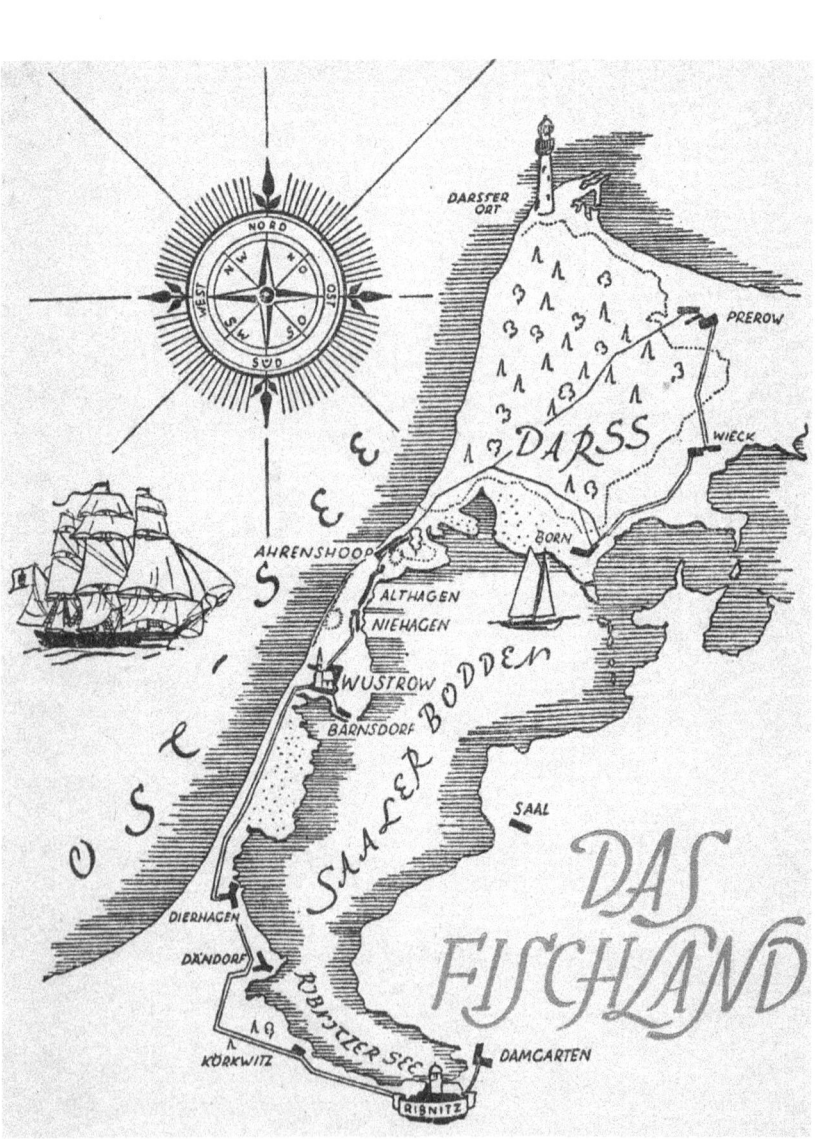

NORD
NW NO
WEST OST
SW SO
SÜD

DARSSER ORT

PREROW

DARSS

WIECK

BORN

AHRENSHOOP

ALTHAGEN

NIEHAGEN

WUSTROW

BÄRNSDORF

SAALER BODDEN

SAAL

DAS FISCHLAND

OSTSEE

DIERHAGEN

DÄNDORF

R.B.RFITZER SEE

KÖRKWITZ

DAMGARTEN

RIßNITZ

Prolog

Freitag, 23. September

Ratsch. Ratsch. Ratsch.

Matthias Röwer spürte jeden einzelnen Schnitt des Messers, beinah so, als ob es die Seele aus ihm herausrisse. Er hatte die Augen geschlossen, obwohl das keinen wesentlichen Unterschied machte.

Ratsch.

»Um Himmels willen, Greta, komm zum Ende.« Er hörte, wie sie mitten in der Bewegung innehielt.

»So schlimm?«

»Schlimmer.«

»Nur noch einen Schnitt«, sagte sie.

Ratsch. Dann ein Knistern. Und dann Stille, durchbrochen von einem dumpfen, aus der Ferne kommenden Donnergrollen. Draußen rollte vom anderen Ufer des Boddens, der bleigrau unter einer schweren Wolkenschicht liegen musste, eine Gewitterfront heran.

»Greta?« Es war nicht kalt hier, dennoch fror er plötzlich.

»Es ist schön geworden. Carl hätte es gefallen.«

Matthias hörte sie den Karton zur Seite schieben und spürte, wie sie an seine Seite trat. Diffus nahm er wahr, dass sie ihm etwas hinhielt. Das fertige Buch. Die Biografie über Carl Röwer – abgesehen von Greta der wichtigste Mensch in seinem Leben, ungeachtet der Tatsache, dass er seit nahezu dreißig Jahren tot war. Zögernd nahm Matthias das Buch und strich über das Cover. Auch wenn er alles in allem ganz gut zurechtkam: In Momenten wie diesem wünschte er zutiefst, wieder sehen zu können – mehr als hell und dunkel, mehr als schemenhafte Umrisse.

»Du hast das Foto gut ausgesucht – es passt perfekt«, sagte Greta.

Vor sehr langer Zeit hatte Matthias dieses Foto selbst geschossen. Carl stand seitlich vor seiner Staffelei drüben am Boddenufer und ließ seinen Blick über glitzerndes Wasser und ein vorübergleitendes Zeesboot schweifen. Matthias erinnerte sich deutlich an den Ausdruck auf Carls Gesicht – es spiegelte die Liebe zum Fischland und die Leidenschaft zur Malerei auf eindrucksvolle Weise wider.

»Danke«, sagte er. »Aber das ist bloß das Cover. Wichtig ist, was drinsteht, und ohne dich stünde da nichts, was die Leute ab nächsten Monat lesen könnten.«

»Ohne uns«, korrigierte Greta. »Du magst mich eingestellt haben, damit ich diese Biografie schreibe, aber am Ende hast du genauso viel daran gearbeitet wie ich. Widersprich mir ja nicht!«

Matthias lachte leise. »Habe ich das je getan?« Schlagartig wurde er ernst. »Ich frage mich immer wieder, ob wir nicht doch einen Fehler gemacht haben.«

»Nein, haben wir nicht.« Greta berührte seine Hand, die unverändert das Buch hielt. »Es steht keine einzige Lüge drin.«

Obwohl ihm nicht danach war, musste er lächeln. »Weil du ungemein gut formulieren kannst. Ich wusste schon, dass du gut bist, als du zum ersten Mal hier warst.«

Greta gluckste. »Wenn du auch nur im Entferntesten geahnt hättest, wie gut, hättest du mich umgehend vom Fischland verbannt, Herr Röwer, gib's zu.«

»Möglich wär's. Da kann ich ja dankbar sein, dass ich nicht allwissend bin, Frau Röwer.« Während er ihr das Buch zurückreichte, suchte er mit der anderen Hand nach ihrer. »Du hast recht, es ist alles richtig so, wie es ist.«

Damit meinte er nicht nur die Biografie, und er merkte am Druck ihrer Finger, dass ihr das bewusst war. Dabei hätte es dieser Geste kaum bedurft. Sie waren nicht immer einer Meinung und hatten schon den einen oder anderen Streit ausgefochten, aber sie verstanden einander. Immer. Was er für sie empfand, übertraf alles, was er je für einen Menschen empfunden hatte.

Er beugte sich zu ihr hinunter und küsste sie und ließ sich

auch nicht stören, als das Telefon auf seinem Schreibtisch laut und vernehmlich klingelte. Auch nicht, als der Anrufbeantworter ansprang und der Anrufer die ersten Worte sprach. Erst als langsam zu ihm durchdrang, was er sagte, löste Matthias sich von Greta und starrte gemeinsam mit ihr entsetzt hinüber zum AB.

1

Freitag, 14. Oktober

Kassandra schloss die Tür ihres Kapitänshauses ab und ließ wie so oft ihren Blick über die Fassade aus rotem Backstein und die grün-weißen Fensterläden schweifen. Selbst nach all den Jahren war sie unverändert verliebt in ihr Zuhause. Dann zog ein Schatten über ihr Gesicht. In den letzten Wochen hatte es in der weiteren und näheren Umgebung eine beunruhigende Einbruchserie gegeben, und jeder fragte sich mittlerweile, wann Wustrow an die Reihe käme und ob das eigene Haus dann ausreichend gesichert wäre.

»Die Alarmanlage ist eins a, verlass dich drauf«, sagte da jemand neben ihr.

Kassandra war so vertieft in ihre Überlegungen gewesen, dass sie die näher kommenden Schritte gar nicht gehört hatte. Sie lächelte. »Da du sie ausgesucht hast, Heinz, ist sie das ganz bestimmt.«

Als Polizeihauptmeister a. D. kannte sich ihr Onkel bestens mit diesen Dingen aus.

»Trotzdem traust du dem Frieden nicht«, stellte Heinz fest, die linke Braue erhoben.

Kassandra sah ihm an, dass er nicht recht wusste, ob er amüsiert sein oder die Angelegenheit dafür entschieden zu ernst finden sollte. »Doch, tu ich«, beruhigte sie ihn. »Jedenfalls was dein, mein, Pauls, Haralds und Max' Haus betrifft.«

Jetzt lachte Heinz doch. Er hatte allen dieselbe Alarmanlage empfohlen. »Ich kriege keine Provision von der Firma, Ehrenwort.« Dann deutete er auf ihre Kameratasche. »Perfektes Wetter zum Fotografieren. Aber da du dabei zu gern mal die Zeit vergisst, erwähne ich's: Wir haben heute Abend noch was vor.«

»Das werde ich mir auf keinen Fall entgehen lassen«, versprach sie. »Wir sehen uns spätestens in der Mühle.«

Grüßend hob Heinz die Hand und verschwand im Nachbarhaus, während sich Kassandra auf den Weg machte. Heinz hatte recht – es herrschte perfektes Licht, der Himmel war knallblau, die Blätter der Bäume und die Herbstblumen in den Gärten leuchteten intensiv. Der Wind versprach außerdem ein paar schöne Wellen an Seebrücke und Strand. Dennoch hatte Kassandra nicht vor, Naturaufnahmen zu machen. Ihr Ziel war die alte Seefahrtschule jenseits der Parkstraße. Die Zeichen standen gut, dass diesmal endlich etwas aus einem Bauvorhaben wurde – was nichts daran änderte, dass Kassandra beschlossen hatte, erst hundertprozentig daran zu glauben, wenn sie den Baubeginn mit eigenen Augen sah. Anders als das Wetter war das nun geplante Projekt nicht perfekt. Aber abgesehen von dem ihres Vaters Harald Barthel, der drei Jahre zuvor ein Kindererholungsheim aus der Ruine hatte machen wollen, jedoch an der mangelnden Entscheidungsfreudigkeit der Wustrower Gemeindevertretung gescheitert war, schien dies das reellste Vorhaben seit Schließung der Schule Anfang der Neunziger zu sein. Investor und Architekt wollten für zwanzig Millionen Euro knapp einhundertdreißig Ferienwohnungen entstehen lassen, einige Nebengebäude errichten und vor allem den Turm erhalten. Noch in Frage stand, ob die Mensa wegen zu schlechter Bausubstanz abgerissen werden musste. Das wäre eine bittere Pille, handelte es sich doch um einen ehemals wunderbaren großen, hohen Saal mit Holzsäulen und einem herrlichen Wandgemälde von Hedwig Holtz-Sommer, das eine Weltkarte, Schiffe, Boote und Seeleute darstellte.

Wie die meisten Fischländer begrüßte Kassandra grundsätzlich, dass dieses traditionsreiche Gebäude, wenn auch nicht als Seefahrtschule, eine Zukunft haben würde. Trotzdem – oder gerade deshalb – wollte sie die Vergangenheit fotografisch festhalten, selbst die der Ruine. Nicht im Hinblick auf eine entsprechende Fotoausstellung, obwohl sie damit sicher Interesse hervorrufen könnte, sondern weil es ihr wichtig war. So verbrachte sie die nächste Stunde damit, Gelände, Gebäudetrakte und Details wie Türen, zerstörte Fenster und Treppen, aus denen schon Bäume hervorwuchsen, aus allen möglichen Perspektiven abzulichten, und sie vergaß auch die Graffiti nicht. Ab und zu fragte sie sich bei ihrer Arbeit, was ihr Vater dazu sagen würde, der seit einer Woche in Italien auf einer Urlaubsreise war, der ersten seit einer Ewigkeit.

Wieder auf der Parkstraße, winkte ihr von gegenüber Max zu, der auf einer kleinen Bank in seinem Vorgarten saß. Er hatte schwere Zeiten hinter sich, umso mehr freute es Kassandra, dass es ihm mit der Zeit immer besser ging. Dennoch kam sie nicht umhin, beinah jedes Mal, wenn sie ihn sah, an das zu denken, was Max zurück nach Wustrow gebracht hatte: die Tote auf dem Zeesboot – das letzte Verbrechen, das Kassandra und Paul aufgeklärt hatten. Nicht, dass es seitdem in Wustrow ausschließlich ruhig zugegangen wäre. Aber als im vorigen Jahr nach einem Unwetter eine skelettierte Leiche freigelegt worden war, hatten sie das urlaubsbedingt verpasst. Bis heute wusste sie nicht, ob sie das bedauern oder froh darum sein sollte.

Sie wechselte ein paar Worte mit Max und hatte sich schon verabschiedet, als er ihr einen Gruß an Paul hinterherrief. Im Gehen schaute sie noch einmal zurück, und als sie ihren Weg schließlich fortsetzen wollte, wäre sie fast in Jan Möller hineingelaufen. Der war mit den Gedanken ganz weit weg und fuhr erschrocken zusammen. Er murmelte etwas Unverständliches vor sich hin, das ebenso gut ein Fluch wie eine Entschuldigung sein mochte, und schlängelte sich an ihr vorbei.

»Jan?«, fragte sie spontan. »Ist alles in Ordnung?«

Er wandte sich um, die Stirn halb zornig, halb sorgenvoll in Falten gelegt. »Hast du's noch nicht gehört? Letzte Nacht hat's mich erwischt, die haben in meiner Tischlerei eingebrochen. Außerdem hab ich Zahnschmerzen wie blöde.« Ohne ihre Antwort abzuwarten, wandte er sich wieder um und lief eilig die Straße hinunter Richtung Zahnarzt.

Kassandra sah ihm nach, wie er die ehemaligen Büdnereien und Kapitänshäuser passierte, Schmuckstücke mit blühenden Vorgärten, manche mit kleinen Lauben wie in Max' Vorgarten. Leise seufzte sie. Jetzt war geschehen, was alle befürchtet hatten, und sie war doppelt froh um die Alarmanlagen. Wenigstens würden sie heute Abend zur Buchvorstellung in die »Mühlen-Galerie« gehen können, ohne ständig daran denken zu müssen, was gerade zu Hause passierte.

Bis zum Nachmittag hatte Kassandra die Fotos auf ihr Laptop gespielt, sich umgezogen und sich auf den Weg zu Paul gemacht. Als sie das Haus betrat, saß er mit Erik Sundberg zusammen über alten Unterlagen zur Seefahrtschule.

»Keine Angst, ich stör nicht weiter«, sagte Kassandra lächelnd, woraufhin beide gleichermaßen verdutzt wie schuldbewusst aufsahen. Sie waren so von der Vergangenheit gefangen genommen gewesen, dass sie ihr Kommen gar nicht gehört hatten.

»Tut mir leid, Kassandra«, sagte Erik zerknirscht. »Pauls Archiv ist grandios, ich kann einfach nicht genug davon bekommen und vergesse alles andere.«

Selbst wenn es Kassandra etwas ausgemacht hätte, hätte ihr allein Eriks leichter schwedischer Akzent den Wind aus den Segeln genommen. Sie lachte. »Schon klar, macht ruhig weiter.«

Auch Paul lachte, nur um sich gleich darauf wieder mit Erik über die Papiere zu beugen. Zur Seefahrtschule besaß er besonders viele Unterlagen, nicht zuletzt, weil sein Vater dort als Professor und Leiter des Wissenschaftsbereichs Technische Mechanik gearbeitet hatte. Das wiederum faszinierte Erik, der eigentlich an der Technischen Hochschule Chalmers in Göteborg lehrte, im Wintersemester aber eine Gastprofessur an der Fakultät für Maschinenbau und Schiffstechnik der Universität Rostock innehatte. Er war bereits im Frühling zu einem Kurzbesuch nach Rostock gekommen, hatte sich die Umgebung angesehen und festgestellt, dass ihn Wustrow nicht nur landschaftlich, sondern auch marinehistorisch reizte. Jemand hatte ihm empfohlen, sich an Paul zu wenden, wenn er etwas über die Geschichte des Fischlandes erfahren wollte, und schon damals hatte sich ihre Freundschaft abgezeichnet. Paul war schließlich behilflich gewesen, für Erik, seine Frau und ihre fünfjährige

Tochter für die Dauer des Aufenthaltes eine Bleibe zu finden. Seit Mitte August waren sie nun schon hier, anderthalb Monate bevor das Semester an der Uni begonnen hatte.

Mit einem Glas Johannisbeersaft setzte Kassandra sich ihnen gegenüber, auch wenn sie wenig zur Unterhaltung beitragen konnte.

»Langweilen wir dich sehr?«, fragte Erik irgendwann.

»Gar nicht. Es macht Spaß, euch zuzugucken. Zwei Jungs mit ihrem Spielzeug.«

Kassandra zwinkerte ihm zu, er zwinkerte zurück, und sie stellte wieder einmal fest, dass Äußerlichkeiten gar nichts besagten. Da nämlich machte Erik wenig her. Er neigte zur Fülle, und seine rotbraunen Haare wichen schon langsam zurück, obwohl er gerade mal vierzig war. Aber er hatte das gewisse Etwas mit seinem Akzent und in seinen eigentümlich hellgrünen Augen, seiner Mimik und Gestik. Alles zusammen bewirkte, dass sich so manche Frau nach ihm umdrehte.

»Ja, ja, lästere du nur«, sagte Paul. Er streckte ihr die Hand entgegen und zog sie mit einem Ruck zu sich rüber aufs Sofa, sodass sie wenig elegant neben ihn plumpste.

»Wer lästert denn hier?«, fragte sie lachend. »Erik, hast du jemanden lästern hören?«

»Niemals!«

»Meine Rede.« Sie wollte noch etwas hinzufügen, als das Telefon sie unterbrach.

»Kannst du rangehen?«, bat Paul. »Wenn nichts Wichtiges ist, kann ich mit Erik ein bisschen weiterwühlen. Ich hatte hier irgendwo …« Seine Stimme verlor sich, während er nach einem Karton zu seinen Füßen griff und etwas zu suchen begann.

Kassandra wechselte einen amüsierten Blick mit Erik und ging ans Telefon.

»Hallo, Kassandra, ist Paul da?«, meldete sich eine gehetzt klingende Stimme.

»Matthias?«, vergewisserte sich Kassandra verwundert. Falls das wirklich Matthias Röwer war, war dies das erste Mal, dass sie ihn anders als selbstsicher und souverän erlebte.

»Was? Ja, entschuldige, ich bin etwas … Greta ist krank geworden, sie kann heute Abend nicht aus der Biografie lesen, ich wollte fragen, ob Paul das übernehmen würde.«

Das Gehetzte in Matthias' Stimme hatte sich nur wenig gelegt. Es musste Greta wahrhaftig schlecht gehen. Jeden anderen hätte Kassandra gefragt, ob er die Veranstaltung nicht lieber absagen wollte, aber so etwas verbot sich bei Matthias, der in der Regel sehr genau wusste, was er wollte.

»Oje, das tut mir leid, gute Besserung für sie«, sagte sie also nur. »Bleib kurz dran, bitte, ich reich dich weiter.«

Paul hatte anscheinend doch mit einem Ohr zugehört, er runzelte die Stirn, als er das Telefon entgegennahm. »Matthias, was ist los bei euch?« Eine Weile hörte er zu, dann sagte er: »Du weißt, ich bin nicht gewohnt zu lesen und alles andere als Spitzenklasse darin, aber wenn du meinst, dass es reicht, springe ich natürlich gern ein. An welche Stellen hast du gedacht?«

Als er aufstand, die Biografie über Carl Röwer aus dem Regal holte, sich an den Schreibtisch setzte und begann, nach Matthias' Anweisung die entsprechenden Seiten zu markieren, schüttelte Kassandra den Kopf. Pauls Stärke war sein enormes, einfühlsames schriftstellerisches Erzähltalent, aber er konnte auch ausgezeichnet lesen. Sie hatte nie verstanden, warum er das anders sah.

»Ist was passiert?«, fragte Erik.

»Heute Abend findet in der ›Mühlen-Galerie‹ von Matthias Röwer die Buchpremiere der Biografie seines Großvaters statt. Matthias' Frau Greta hat sie geschrieben und wollte daraus lesen, ist aber plötzlich krank geworden. Paul soll einspringen.«

Kassandra musste nicht hinzufügen, warum Matthias ausgerechnet auf Paul gekommen war. Erik gehörte zu den wenigen Nicht-Fischländern, denen Paul erzählt hatte, dass er unter dem Pseudonym Alexander Hardenberg überaus erfolgreich Romane schrieb. Vor Kurzem erst hatte er das Manuskript für seinen Thriller »Der Wächter« abgeliefert, zu dem er sich im Jahr zuvor bei ihrem Urlaub auf Guernsey hatte inspirieren lassen. Mit seinem derzeitigen Projekt kehrte er nun wieder zurück zu seinen Ursprüngen, den poetischen Romanen über die See und die Menschen. An Sachbüchern hatte er sich dagegen noch nie versucht.

»Biografie?«, fragte Erik. »Ist der Großvater jemand Berühmtes?«

»Carl Röwer war ein bekannter Maler, seine Bilder sind unglaublich gut, insbesondere die Porträts, und hängen nicht nur in Galerien und Museen im Norden. Matthias hat auch gemalt, bevor er fast erblindete und sich auf die Arbeit als Galerist verlegte. Seine Bilder gefallen mir wegen ihrer Wirklichkeitsnähe beinah noch besser.«

Erik hob entsetzt die Brauen. »Was für ein Schicksal. Eine Augenkrankheit muss für Künstler das Schlimmste überhaupt sein.«

»Hm«, machte Kassandra unbestimmt. Dass Matthias' Sehbehinderung keine Krankheit zugrunde lag, würde Erik sicher noch zu hören bekommen. Und wenn nicht, umso besser. Matthias schätzte kein Gerede, und speziell in diesem Fall gab es dafür gute Gründe.

Inzwischen hatte Paul das Telefonat beendet und kam zu ihnen herüber. Entschuldigend sah er Erik an. »Können wir morgen weitermachen? Ich muss mich ein bisschen vorbereiten.« Er hielt die Biografie hoch. Dann fiel ihm etwas ein. »Komm doch auch heute Abend und bring Thea mit, falls ihr für Ellie so kurzfristig einen Babysitter findet. Ihr lernt bestimmt ein paar interessante Leute kennen.«

Erik guckte zweifelnd. »Dazu gibt es sicher andere Gelegenheiten. Thea hat sich auf einen gemütlichen Abend zu Hause gefreut – und was mich betrifft: Kunst ist nicht mein Ding, fürchte ich. Ich ziehe einen Restaurantbesuch mit gutem Essen jederzeit vor.« Er lachte und strich über seinen Bauchansatz. »Außerdem muss ich nachher noch meinen Vater abholen. Sein Flieger dürfte gerade in Hamburg landen, sein Zug kommt um sechs in Rostock an.«

»Deinen Vater?«, wiederholte Paul verblüfft.

Erik verdrehte die Augen. »Ich sag's dir, der Mann hat Hummeln im Hintern, spielt keine Rolle, dass er schon über achtzig ist. Er will sich unbedingt ansehen, wo ich hier abgeblieben bin – und sichergehen, dass ich unsere Dynastie nicht blamiere, nehme ich an.« Sein erneutes Augenrollen war liebevoll. »Arvid Sundberg, Chef vom Dienst. Das war er jahrelang in seiner Redaktion, das war und bleibt er in der Familie.«

»Klingt nach einem interessanten Mann«, urteilte Paul.

»Klingt nach einem anstrengenden Mann«, widersprach Erik, lächelte aber dabei.

»Findet er Kunst auch langweilig?«, fragte Kassandra.

»Bedauerlicherweise nicht – er kommt wahrscheinlich auch wegen eurer vielen Galerien und Ausstellungen.«

Paul tippte auf das Buch. »Dann sollte er sich das heute nicht entgehen lassen. Es lohnt sich, in der Mühle hängen zurzeit ein paar der besten Gemälde aus Carl Röwers Werk.«

»Du bist ein hartnäckiger Mensch, Paul«, sagte Erik und erhob sich. »Aber ich verspreche nichts.«

»Alles klar. Wenn es nicht passt, morgen wieder hier, ja?«

»Auf jeden Fall. Ich kann dir nicht genug für deine Zeit danken. Wir sehen uns.«

Nachdem Erik sich verabschiedet hatte, setzte sich Paul an den Schreibtisch und begann, die markierten Stellen zu lesen, zuerst ein paarmal nur für sich, dann laut. Kassandra unterbrach ihn nicht, sondern hörte fasziniert zu, obwohl sie das Buch bereits kannte, weil Matthias ihnen vor drei Wochen ein Vorabexemplar vorbeigebracht hatte. Paul lesen zu hören brachte ihr den Text noch einmal näher. Greta konnte zweifellos gut schreiben. Manches Mal steckte etwas zwischen den Zeilen, das Außenstehende nicht erkennen würden, Paul aber verstand und Kassandra erklärt hatte. Sie erinnerte sich daran, dass er nach der ersten Lektüre nachdenklich gewesen war. Als wäre er dabei über etwas gestolpert. Auf ihre Frage hin hatte er nur den Kopf geschüttelt, und Kassandra wusste, wann sie besser nicht nachhakte.

Schließlich klappte Paul das Buch zu. »Zweimal soll reichen, sonst bin ich nachher heiser. Meinst du, es geht so?«

Kassandra strich ihm über die Hand, die auf dem Buch lag. »Perfekt.«

Er legte seine andere Hand auf ihre und sah zu ihr auf. Kassandra stockte der Atem, sowohl von seiner Berührung als auch von seinem Blick.

Paul las in ihren Augen, was sie wollte, und sagte anzüglich: »Du wirst warten müssen, Kassandra, Liebes, es sei denn, du kannst verantworten, dass sich Matthias extrem kurzfristig nach einem zweiten Ersatz umsehen muss.« Er stand auf und küsste ihre Nasenspitze. »Geduld wird belohnt.«

Während Paul sich umzog, fiel Kassandra ein, dass sie ihm noch gar nicht von dem Einbruch bei Jan erzählt hatte. Das holte sie nach, als sie durch den dunklen Abend zur Mühle gingen.

Paul antwortete nicht sofort. Er ließ seinen Blick über das Norderfeld schweifen, auf das der fast volle Mond silbrig von einem schwarzen Himmel schien. Die Fenster der Häuser auf der anderen Straßenseite waren beleuchtet und strahlten eine fragile Heimeligkeit aus. Wer konnte sagen, in welches dieser Häuser als Nächstes eingebrochen werden würde? Paul blieb stehen, kurz nachdem sie in die Norderstraße eingebogen waren. Am Ende der kleinen Sackgasse, die links von ihnen lag, stand Jans Häuschen mit dem Tischlereibetrieb daneben.

»Klug ausgesucht«, sagte er. »Ziemlich ab vom Schuss, nur wenige Nachbarn und ein paar Ferienimmobilien, die um diese Jahreszeit schon leer stehen. Aber …«

Kassandra verstand, worauf er hinauswollte. »Warum gerade Jans Tischlerei? Weder da noch in seinem Haus dürfte es große Reichtümer zu holen geben.«

Jan, der sich auf Fischländer Haustüren spezialisiert hatte, lebte in relativ bescheidenen Verhältnissen. Die typischen Tür-Ornamente, die oft etwas mit der Seefahrt zu tun hatten, aber genauso oft noch auf heidnischen Motiven basierten, waren weithin bekannt und beliebt. Nicht nur echte alte Türen, die Jan restaurierte, schmückten sie. Er schreinerte ebenso auf Bestellung komplett neue nach alten Vorbildern. Er war gut. Aber nicht der Einzige und nicht der Bekannteste in der Region, weshalb er seinen Lebensunterhalt vorwiegend mit Möbeltischlerei und -reparaturen verdiente. Immerhin damit ging es bergauf, trotzdem gab es weit lohnendere Objekte in Wustrow.

Paul setzte sich wieder in Bewegung. »Mehrere Möglichkeiten: Entweder wir sind nicht richtig informiert, was Jans Verhältnisse angeht, die Bande war nicht richtig informiert, oder sie haben etwas Bestimmtes gesucht. Was auch immer.«

»Oder dieser Einbruch gehörte nicht zur Serie«, gab Kassandra zu bedenken.

»Stimmt. Wobei mein letzter Punkt und deiner sich nicht ausschließen. Wir sollten mit Jan reden.«

Kassandra stieß Paul in die Seite. »Seit wann geben wir uns mit Nichtigkeiten wie Einbrüchen ab?« Schon während sie es sagte, erschien vor ihrem inneren Auge das Bild einer Gartenpforte, durch die zwei Jahre zuvor ein Hund weggelaufen war. Eine Nichtigkeit. Hatte sie gedacht – im Gegensatz zu Paul, der recht behalten hatte. Ganz davon abgesehen, dass weder das Verschwinden von Benni damals noch der Einbruch letzte Nacht für die jeweils Betroffenen Nichtigkeiten darstellten. »Das war dumm von mir«, sagte sie, ehe Paul etwas erwidern konnte.

Erneut blieb Paul stehen, direkt unter einer Laterne, sodass sie seinen Ausdruck erkennen konnte, als er sich zu ihr herunterbeugte. Er wusste, was in ihr vorging. »Kassandra. Wir hätten damals nichts ändern, nichts verhindern können. Es hatte doch alles längst begonnen.«

»Vielleicht hat es das diesmal auch. Aber vielleicht können wir diesmal trotzdem Schlimmeres verhindern. Falls hinter alldem mehr steckt, als auf den ersten Blick ersichtlich ist, und falls wir rechtzeitig herausbekommen, was es ist. Daran hast du doch gedacht, als du vorschlugst, mit Jan zu reden, oder?«

Paul nickte. »Mehr oder weniger.«

»Dann tun wir das. Gleich morgen.«

Die Wustrower Mühle ragte zwischen den Bäumen empor, die jetzt, Mitte Oktober, bereits einiges an Laub verloren hatten. Bei Tageslicht wirkte sie sehr imposant, obwohl ihr die Flügel fehlten. Sie stand auf einer kleinen Erhebung, einem Wall gleich, der Unterbau rot verputzt, die übrigen Stockwerke mit Rohr gedeckt. In der Dunkelheit hätte sie unheimlich ausgesehen, umgeben von schwarzen Bäumen, doch die einladend beleuchteten Fenster vermittelten denselben heimeligen Eindruck wie die Häuser am Norderfeld.

Das Tor, das das Grundstück von der Thälmann-Straße trennte, stand offen. Kassandra hörte Paul leise seufzen, als sie hindurchtraten.

»Lampenfieber?«, fragte sie.

Weil Paul davon überzeugt war, es nicht gut genug zu können, wurden seine Hörbücher von professionellen Sprechern eingelesen – und weil er sein Pseudonym nicht lüften wollte, hatte er noch niemals eine Lesung gehalten.

»Bisschen«, murmelte er. »Greta ist eine tolle Kollegin, ich will sie nicht blamieren.«

»Das wirst du nicht. Ich bin sicher, sie freut sich, dass ausgerechnet du für sie einspringst. Sie liebt deine Romane.«

»Hm«, machte Paul nur.

Mittlerweile hatten sie die Mühle umrundet und betraten sie durch die weiße Eingangstür. Carl Röwers Gemälde dominierten die Wände, aber nicht die Galerie an sich. Kassandra konnte nicht sagen, wie dieser Effekt entstand. Sie fühlte sich von jedem einzelnen Bild – ob Fischländer Landschaft oder Porträt – angezogen, und sie spürte, wie die Gemälde und die Mühle miteinander verschmolzen, als gehörten sie untrennbar zusammen.

Unter den vielen Besuchern, die schon hier waren, obwohl die Veranstaltung erst in zwanzig Minuten beginnen sollte, entdeckte Kassandra Matthias am Tresen, wo er sich mit Heinz unterhielt. Heinz war im Sommer sein Trauzeuge gewesen, als er und Greta geheiratet hatten – letzten Endes Ergebnis jener Ereignisse um den Leichenfund auf dem Friedhof, der nur einen Katzensprung von hier entfernt lag. Paul war gebeten worden, Gretas Trauzeuge zu sein – von ihr, weil sie beeindruckt war von ihm und seinem Wissen über das Fischland, und von Matthias, weil er fand, dass zwei Schriftsteller doch gut zusammenpassten. Greta hatte ursprünglich keine Ahnung gehabt, wer sich hinter dem Pseudonym Alexander Hardenberg verbarg, und ihr Gesicht, nachdem sie es erfahren hatte, war Gold wert gewesen.

Heinz hatte Kassandra und Paul eintreten sehen, winkte und sagte etwas zu Matthias, der sich daraufhin umdrehte. Ungewollt fiel Kassandras Blick zuerst auf die Narbe, die sich quer über seine Stirn von seinem dunklen Haaransatz bis zu seiner Nasenwurzel zog. Seltsamerweise wirkte sie nicht entstellend, sondern machte sein ohnehin markantes Gesicht interessanter, und die Sonnenbrille, die er trug, verlieh ihm eine etwas geheimnisvolle Aura, obwohl er darauf sicher gern verzichtet hätte. Seine Augen waren empfindlich und schmerzten, wenn sie zu grellem Licht oder wie hier in der Mühle den zwar sanften, aber trotzdem hellen Halogenstrahlern ausgesetzt wurden. Plötzlich jedoch war Kassandra überzeugt, dass das heute Abend nicht der Grund für die Brille war. Etwas an seiner Haltung irritierte sie ebenso wie sein gehetzter Tonfall vorhin am Telefon. Dann schalt sie sich selbst. Sie sah – vermutlich wegen der Einbrüche – schon da Rätsel, wo es gar keine gab. Matthias musste nicht nur nervös wegen der Buchvorstellung sein, sondern sich auch um Greta sorgen.

Bevor sie fragen konnte, was ihr fehlte, sagte er: »Danke, Paul, ich weiß zu schätzen, dass du das hier machst. Es wäre schwierig gewesen, alles zu verschieben, und Greta hätte … Greta wollte das auch nicht.«

»Kein Problem«, sagte Paul. »Sie hat spannende Abschnitte ausgewählt, die neugierig auf Carl und seine Bilder machen.«

Matthias lächelte. »Werde ich ihr ausrichten.«

War sein Lächeln verkrampft? Oder kam Kassandra das nur so vor? Hörte sie schon wieder das Gras wachsen, nur weil Matthias sich eben versprochen und sie geistig seinen ursprünglichen Satz vervollständigt hatte mit *Greta hätte das auch nicht gewollt* – als hätte sie es gar nicht selbst entschieden?

»Na, so was«, riss Heinz sie aus ihren Gedanken. »Ich dachte, der interessiert sich nur für Schiffe.«

Kassandra folgte seinem Blick und sah Erik mit Thea im Eingangsbereich stehen und sich suchend umschauen.

»Entschuldigt mich«, sagte Paul. »Wenn ich ihn schon animiert habe, sich mal was anderes als Schiffe anzusehen, sollte ich mich kümmern.«

»Wer ist gekommen?«, fragte Matthias.

»Erik Sundberg mit seiner Frau, du weißt schon, der schwedische Professor, von dem ich dir erzählt habe«, erklärte Heinz und stutzte. »Ah, anscheinend gehört der ältere Mann auch zu ihnen.«

»Das dürfte sein Vater sein«, meinte Kassandra.

Tatsächlich stellte Erik ihn Paul vor, sie begrüßten einander, und Paul lotste die Sundbergs in ihre Richtung.

Paul übernahm nun seinerseits die Vorstellung. Natürlich kannte Kassandra Thea bereits, sie überragte Erik um zwei, drei Zentimeter, hatte lockiges dunkelbraunes Haar, sodass kein Mensch sie je für eine Schwedin gehalten hätte. Dabei war sie schwedischer als Erik, dessen Mutter aus Deutschland stammte, weshalb er die Sprache so gut beherrschte. Theas Deutsch war weniger gut, sie verständigte sich hauptsächlich auf Englisch, jetzt nickte sie allen nur freundlich zu, was auch Eriks Vater Arvid tat, als die Reihe an ihn kam.

Matthias sprach ihn auf Englisch an. »Sie haben eine weite Reise hinter sich, Herr Sundberg – bestimmt hatten Sie sich für diesen Abend was anderes vorgestellt als einen Galerie- und Lesungsbesuch. Es freut mich, dass Sie trotzdem gekommen sind.«

Arvid Sundberg mochte um die achtzig sein und war wie Erik nicht sonderlich groß, dennoch wirkte er anders als sein Sohn äußerst agil. Als Erik seinen Beruf erwähnt hatte, hatte Kassandra sich jemanden vorgestellt, der hinter einem Schreibtisch saß und Artikel verfasste. Wenn sie ihn so ansah, glaubte sie, dass er weit häufiger auf der Straße unterwegs gewesen war, um zu recherchieren, mit Menschen zu reden und ihnen zuzuhören. In seinen tiefblauen Augen lag eine Weisheit, die Kassandra an Pauls alten Freund Bruno erinnerte.

»Wir können deutsch sprechen, meine Frau hat Wert darauf gelegt, dass ich es lerne«, sagte er. Seine Stimme klang ein wenig rau, sein Akzent war schwerer als Eriks. »Und bitte, wenn es nicht zu viele Umstände macht«, er lächelte entschuldigend, »könnten wir alle das Siezen lassen? In Schweden duzt man sich üblicherweise, und so schön Deutschland ist, das Formelle habe ich nie gemocht.«

Kassandra, die neben Heinz stand, spürte, wie er leicht zusammenzuckte. Heinz war kein Freund von allzu großen Vertraulichkeiten – er duzte Leute nicht einfach so, ein Du von ihm bedeutete was.

Paul hatte weniger Probleme. »Gerne. Erik sagt, du interessierst dich für Kunst. Du solltest dich von Matthias durch die Mühle führen lassen. Niemand weiß so viel über die Werke seines Großvaters wie er.« Er berührte Matthias kurz am Arm. »Was meinst du?«

Matthias nickte etwas abwesend. »Jederzeit. Wie lange bleibst du in Wustrow, Arvid?«

»Ich seh mich morgen bei Tageslicht mal um. Wenn es mir gefällt, ein paar Wochen. Wir finden schon einen Termin.« Als fürchtete er, Matthias könne denken, er hielte das für selbstverständlich, schob er hinterher: »Es würde mich freuen.«

Diesmal nickte Matthias nur, ohne etwas zu erwidern.

Obwohl sie ihn nicht sehr gut kannte, wusste Kassandra nun definitiv, dass mit ihm etwas nicht stimmte. Er konnte schroff und arrogant rüberkommen, ja, aber das hier war anders.

»Ich bin sicher, das Fischland wird dir gefallen«, wandte sie sich an Arvid. »Ich bin noch niemandem begegnet, dem's nicht gefällt.«

Arvid lachte und zwinkerte ihr zu wie Erik am Nachmittag. »Dann kann ja nichts schiefgehen.«

Kassandra hatte sich einen Platz seitlich der kleinen Bühne gesucht, auf der Paul saß, die Lesebrille noch in der Hand, Gretas Buch vor sich auf dem Tisch. Matthias stand daneben und begrüßte die Zuhörer, bedankte sich für ihr Kommen, sagte ein paar Worte über seinen Großvater und die Biografie, erklärte kurz, warum Greta nicht da sein konnte, und stellte Paul vor. All das mit gewohnter Souveränität, nicht ein Hauch von Abwesenheit, Anspannung oder Sorge lag in seiner Haltung, seiner Stimme oder auf seinem Gesicht. Nur die Augen waren verborgen hinter der Brille, und Kassandra fragte sich, was sich in ihnen widerspiegeln würde, wenn er sie absetzte.

Schließlich begann Paul zu lesen. Zuerst hörte Kassandra zu, doch da sie den Text schon kannte, ließ sie nach dem ersten Teil ihre Blicke durch die Galerie schweifen. Matthias stand reglos im Halbschatten am Tresen, der Bühne zugewandt. Im Publikum entdeckte sie ein paar bekannte Gesichter. Der Kurdirektor war da, die Buchhändlerin und die Bibliothekarin. Heinz und Mirko Peters, der in Ahrenshoop eine Galerie betrieb, hatten in der zweiten Reihe Platz genommen, dahinter saßen die Sundbergs. Thea konnte der Lesung kaum folgen, sie betrachtete stattdessen aus der Entfernung Carl Röwers Gemälde, die ihr zu gefallen schienen. Erik rutschte etwas unruhig auf seinem Stuhl hin und her, schaute von Paul zu den Gemälden, wieder zurück, drehte den Kopf in Richtung Tresen, wo Matthias immer noch reglos stand, und widmete seine Aufmerksamkeit wieder für ungefähr eine halbe Minute der Biografie. Offensichtlich langweilte er sich zu Tode und war nur gekommen, um entweder Paul oder seinem Vater einen Gefallen zu tun. Arvid dagegen saß zurückgelehnt und mit geschlossenen Augen da. Sogar aus der Entfernung sah Kassandra, dass er keineswegs eingeschlafen war, sondern konzentriert lauschte. Als Erik erneut seine Sitzposition änderte, beugte Arvid sich zu ihm hinüber und wisperte ihm etwas zu. Erik guckte unwillig, aber für die nächsten fünf Minuten rührte er sich nicht.

Nach einer knappen Stunde klappte Paul das Buch zu, Applaus brandete auf, für den er sich bedankte, aber betonte, dass der eigentlich Greta gelten müsse. Er überließ Matthias, der die eine oder andere Publikumsfrage zu Carl Röwer und seinen Gemälden beantwortete, seinen Platz, danach war der offizielle Teil der Veranstaltung beendet. Einige gingen, aber viele blieben noch, schauten sich in der Mühle um, standen in Grüppchen beieinander und redeten.

»Du warst gut«, sagte Kassandra zu Paul.

»Sie hat recht«, stimmte Matthias zu. »Du solltest …«

In diesem Moment wurde er von einer Frau unterbrochen, die sich gescheut hatte, ihre Frage öffentlich zu stellen. Schnell wurde klar, dass das etwas länger dauern würde, sodass Paul und Kassandra zu Heinz traten, der sich eben von Mirko verabschiedet hatte. Kassandra registrierte, dass Heinz' Blick auf Matthias ruhte.

»Hat er dir gesagt, was Greta fehlt?«, fragte sie ihn.

»Nicht direkt. Ich hab schon überlegt, ob sie schwanger ist und er das nur noch nicht an die große Glocke hängen will. Ich erinnere mich, dass Karin damals öfter klagte. Rückenschmerzen, Übelkeit …«

Heinz' Frau hatte schließlich ihr Kind verloren, und selbst heute noch lag ein Schmerz in seiner Stimme, der Kassandra berührte.

»Das würde erklären, warum Matthias vorhin so abwesend war«, meinte sie.

»Du hast es also auch bemerkt«, sagte Heinz nachdenklich. »Würde ihn das letztlich aber so aus der Bahn werfen?«

»Eine Sehbehinderung macht es nicht leichter, für ein Kind zu sorgen.«

»Na, noch ist es ja nicht so weit«, mischte Paul sich ein. »Außerdem ist Matthias schon mit ganz anderen Dingen fertiggeworden als mit einer schwangeren Ehefrau und der Aussicht, Vater zu werden, die ja alles in allem äußerst erfreulich ist.«

»Frau Röwer ist schwanger?«, fragte da Erik hinter ihnen.

Paul drehte sich um und lachte. »So leicht entstehen Gerüchte. Nein, nicht dass ich wüsste. Wir haben nur überlegt, was Greta fehlen könnte.«

»Ach so. Und warum fragt ihr nicht einfach?«

»Weil Matthias es erzählt hätte, wenn er es erzählen wollte«, schmunzelte Paul.

»Hätte ich mir denken können.« Erik schmunzelte ebenfalls. »Er wirkt nicht gerade wie der offene Typ.«

»Was deinen Vater aber nicht davon abhält, mit ihm ins Gespräch zu kommen.«

Paul machte eine Kopfbewegung zur gegenüberliegenden Wand, wo Matthias mit Arvid vor einem beeindruckenden Gemälde stand, das einen Schneesturm über dem Bodden zeigte. Kassandra kannte es und erinnerte sich des Gefühls, die eisigen Flocken direkt auf ihrer Haut zu spüren, das sie beim ersten Betrachten überkommen hatte.

Erik folgte Pauls Blick. »Falls Greta Röwer schwanger ist, wird mein Vater ihrem Mann das aus der Nase ziehen. Arvid Sundberg war ein außerordentlich guter Journalist.«

»Das bezweifele ich nicht«, sagte Paul. »Ich schätze allerdings, dass er in Matthias seinen Meister findet. Der lässt sich nichts aus der Nase ziehen.«

»Um was wollen wir wetten?«

»Ein Essen im ›Schimmel's‹?« Paul grinste. Das Restaurant war eines der exklusivsten in Wustrow und nicht eben unterste Preisklasse.

»Männer!«, sagte Kassandra. »Im Übrigen glaube ich nicht, dass die beiden über Greta reden. Es geht eher um den ›Boddensturm‹.«

Arvid hatte sich dem Gemälde zugewandt und schaute es ebenso konzentriert an, wie er vorhin Paul gelauscht hatte. Matthias stand einen Schritt hinter ihm und unterbrach Arvids Betrachtungen nicht. Das tat Thea, die sich zu ihnen gesellte. Zwischen den dreien entspann sich eine angeregte Unterhaltung.

»Ich sollte meine Familie von Herrn Röwer loseisen«, sagte Erik, »er wird froh sein, wenn er hier dichtmachen und nach Hause zu seiner Frau kann. Wir sehen uns morgen, Paul.«

»Herr Röwer?«, murmelte Heinz, kaum dass Erik außer

Hörweite war. »In diesem Fall kann man wohl nicht sagen: wie der Vater, so der Sohn. Der Herr Professor ist etwas weniger schnell mit dem Duzen.«

»Wie man's nimmt«, widersprach Paul. »Wir waren nach zehn Minuten per Du, aber es stimmt schon: Erik ist zurückhaltender.« Er lächelte hintergründig. »Das Erbe seiner deutschen Mutter?«

Heinz' linke Braue rutschte in die Höhe. »Das wird's sein.« Er lachte sein typisches meckerndes Lachen, sodass sogar Matthias herüberschaute, der immer noch mit den Sundbergs vor dem »Boddensturm« stand. Unvermittelt verschwand das Lachen aus Heinz' Zügen. »Wenn es sich hier leert, werde ich mit Matthias reden. Ich hab ein ungutes Gefühl.«

Heinz' Gefühl trog ihn selten, das war Kassandra nur zu bewusst. Trotzdem hoffte sie, dass er sich diesmal irrte. Die Sundbergs hatten sich mittlerweile von Matthias verabschiedet, immer mehr Leute verließen die Mühle, aber bis zum Schluss ergab sich für Heinz keine Möglichkeit, allein mit Matthias zu sprechen.

Auf dem Heimweg, den Kassandra, Paul und Heinz gemeinsam antraten, stellte er fest: »Ich könnte schwören, er wusste, dass ich mit ihm reden wollte, und tat alles, um das zu vermeiden.«

»Willst du es noch mal versuchen?«, fragte Kassandra, als sie schon vor seinem Haus standen.

Heinz nickte. »Morgen. Nacht, ihr zwei.« Damit öffnete er seine Vorgartenpforte und verschwand im Haus.

»Dann haben wir ja morgen alle ein Gespräch vor uns«, sagte Paul. »Ich bin gespannt, aus welchem mehr herauskommt – aus Heinz' mit Matthias oder aus unserem mit Jan wegen des Einbruchs.«

Den Rest der Nacht redeten sie nicht mehr, stattdessen belohnte Paul Kassandras Geduld.

2

Matthias ließ die Tür hinter sich ins Schloss fallen. Es war still im Haus. Viel zu still. Und zu leer, er wusste sofort, dass niemand hier war. Die Stille klang laut in seinen Ohren, die Leere zerriss ihn. Er hatte auf ein Wunder gehofft und doch geahnt, dass es nicht geschehen würde.

Erschöpft ließ er sich aufs Sofa sinken und starrte lange ins Dunkel, bevor er sich mit den Händen übers Gesicht fuhr und wieder aufstand. In der Küche nahm er ein Glas aus dem Schrank, ließ Leitungswasser hineinlaufen und stellte sich an die Terrassentür, als ob er draußen etwas sehen könnte. Er ballte seine Hand zur Faust und hieb auf die Scheibe ein. Verdammt! Er war verdammt zur Untätigkeit. Er konnte nur warten. Seit gestern Nacht wartete er.

Vergeblich.

Nebenan im Arbeitszimmer klingelte das Telefon. Normalerweise bewegte er sich mit größter Sicherheit durchs Haus, jetzt hätte er beinah einen Küchenstuhl umgeworfen. Trotz seiner Eile war der Anrufbeantworter bereits angesprungen, eine Journalistin fragte nach einem Interview zu Carls Biografie. Er bekam weder ihren Namen noch ihre Telefonnummer mit. Sein Herz raste, das Adrenalin jagte durch seinen Körper, und plötzlich ging ihm auf, dass er möglicherweise auf andere Art eine Nachricht bekommen hatte. Er hastete zurück durch den Wohnraum, riss die Haustür auf und wollte den Briefkasten aufschließen. Der Schlüssel, er hatte den Schlüssel vergessen. Der Briefkastenschlüssel hing an einem Brett hinter der Tür, er griff danach, ließ ihn fallen, suchte ihn auf dem Boden, fand ihn endlich und brauchte ewig, bis er ihn im Schloss hatte. Seine Finger ertasteten etwas. Er wusste, was es war, ehe er es in die Hand nahm. Ein Diktiergerät.

Wie letztes Mal. Als er nach Hause gekommen und Greta nicht da gewesen war. Als er nach drei Stunden versucht hatte, sie anzurufen, und es oben im Schlafzimmer geklingelt hatte, wo er ihr Handy fand, aber nicht sie. Als er nach drei weiteren Stunden, in denen er alle Leute gefragt hatte, die Greta kannte, immer noch nicht gewusst hatte, wo sie steckte. Als ihm klar geworden war, dass etwas passiert sein musste, weil sie nie so lange fortblieb, ohne Bescheid zu sagen, erst recht nicht bis weit nach Mitternacht. Als es schließlich an der Haustür geläutet und er kurz darauf in seinem Briefkasten ein Diktiergerät gefunden hatte wie dieses, das er jetzt in der Hand hielt.

Eine flüsternde Stimme hatte ihm gedroht, dass er Greta nicht lebend wiedersehen würde, wenn er sich auffällig verhielt, etwas anders machte als geplant und vor allem wenn er die Polizei einschaltete. Er hatte alles befolgt – und er hatte das Lösegeld gezahlt. Womöglich war es ein Fehler gewesen, nicht zur Polizei zu gehen, als Greta auch danach nicht wie versprochen freigelassen worden war. Aber er hatte diese heisere Flüsterstimme ständig im Ohr, die ihm sagte, er würde es bereuen, wenn er sich zu welchem Zeitpunkt auch immer an die Behörden wandte. Folglich hatte er es nicht getan.

Das kleine Gerät wog schwer in seiner Hand. Langsam drückte er die Tür wieder zu, hängte reflexartig den Schlüssel an seinen Platz und blieb im Eingangsbereich stehen. Sein Daumen fuhr über das Gerät, ertastete den Pfeil auf dem kleinen runden Knopf. Er wollte die Nachricht hören und fürchtete sie doch zugleich mehr als alles andere. Er betätigte den Knopf.

»Hast du wirklich gedacht, es wäre so einfach?«, fragte der Flüsterer. »Deine Gattin ist dir doch bestimmt noch ein bisschen mehr wert.« Ein heiseres Lachen erklang, und für einen verrückten Moment dachte Matthias, es mit einer Frau zu tun zu haben, die sich für einen Mann ausgab, doch da sprach die Stimme schon weiter. »An dieser Stelle wird für gewöhnlich ein Beweis verlangt, dass der geliebte Mensch noch am Leben ist. Den möchte ich dir nicht vorenthalten.«

Eine kleine Pause entstand, dann stellten sich Matthias' Nackenhaare auf, als er Gretas Stimme erkannte.

»Matthias. Es ... es geht mir gut.«

Eine rationale Stimme in seinem Kopf sagte, dass das kein Beweis war. Die Entführer konnten das sonst wann aufgenommen haben.

»Es war eine glänzende Idee, Paul für mich einspringen zu lassen«, fuhr Greta fort, leise, zitternd. Sie wollte keine Angst zeigen, aber es gelang ihr nicht, und Matthias verspürte, neben der Erleichterung, dass Greta zumindest vorhin noch gelebt hatte, den überwältigenden Wunsch, ihr zu sagen, dass er alles tun würde, absolut alles, um sie da rauszuholen. Er hörte sie Luft holen. »Matthias, ich …«

Sie schien zu stocken, eine Sekunde lang war nichts zu hören, bis sich die Stimme des Flüsterers wieder meldete.

»Ich denke, das ist Beweis genug.« Er hielt inne.

Matthias hätte ihn gern angeschrien, er solle endlich sagen, was er wollte, aber dies war ein verfluchtes Diktiergerät, kein Handy.

»Wir melden uns, wenn es an der Zeit ist. Bis dahin: keine Polizei, sonst war das Lob für deine grandiose Idee das Letzte, was du von deiner Frau gehört hast.«

Ein »Klack« ertönte, dann nichts mehr.

3

Das wunderbare Herbstwetter hielt sich auch am nächsten Tag. Über Jans Häuschen strahlte die Sonne nach besten Kräften, als würde es niemals Schneestürme geben wie den, der von Carl Röwer für die Ewigkeit auf Leinwand gebannt worden war. Vielleicht hatte auch Jan das Wetter für einen Spaziergang genutzt, obwohl er sich ebenso gut um seinen Vorgarten hätte kümmern können, der ziemlich vernachlässigt aussah. Jedenfalls öffnete er nicht.

»Versuchen wir es in der Tischlerei«, meinte Paul.

Nach wenigen Schritten standen sie vor der Längsseite der Werkstatt, an der eines der Fenster notdürftig mit fester Folie verklebt war. Darunter lagen ein paar Scherben auf einem schmalen Grünstreifen.

»Auf dem Weg sind die Einbrecher jedenfalls nicht reingekommen«, stellte Kassandra fest.

Als sie um die Ecke bogen, fanden sie die Tür zur Tischlerei nur angelehnt. Paul klopfte vernehmlich, bekam jedoch keine Antwort. Vorsichtig schob er die Tür etwas weiter auf und spähte in den Raum, ohne dass Kassandra über seine Schulter sehen konnte.

»Jan«, sagte er, stieß die Tür ganz auf und trat ein. »Träumst du?«

»Was?«

Kassandra war Paul gefolgt und sah, wie Jan von seiner Werkbank aufschaute.

»Oh. Hallo. Ich habe euch gar nicht kommen hören. Brauchst du so was für deine Pension, Kassandra?« Er deutete auf den Türflügel, der vor ihm lag.

Neugierig kam Kassandra näher. Bis auf Schloss, Farbe und Glasscheibe wirkte der Flügel in ihren Augen fertig. Das untere kleine Türfeld hatte einen Doppelrahmen, war aber ansonsten schmucklos, wohingegen im mittleren, größeren Feld ein Sonnenoval durch kleine Eckviertel angedeutet wurde, die einen vierzackigen Stern umrahmten. Oben schließlich befand sich der Glasausschnitt mit geschwungenen Ziersprossen.

»Meine Tür ist glücklicherweise noch in Ordnung«, sagte sie, »aber die hier sieht toll aus. Welche Farbe soll sie bekommen?«

»Pastelliges Türkis und Weiß«, erklärte Jan. »Sollte sie jedenfalls. Der Kunde hat sich die Sache leider anders überlegt und will nun doch keine Fischländer Haustür.«

»Das kann er nicht machen«, protestierte Kassandra. »Zumindest muss er dich bezahlen, wenn er dich beauftragt hat.«

»Leider«, sagte Jan seufzend, »hatte er mir den Auftrag noch nicht endgültig erteilt, aber ich war so froh, endlich mal was anderes als Tische und Bücherregale schreinern zu dürfen«, kurz warf er Paul einen entschuldigenden Blick zu, »dass ich ein bisschen zu optimistisch und vor allem voreilig anfing.« Er strich über das Holz, seufzte erneut und gab sich einen Ruck. »Aber ihr seid nicht hier, um euch mein Gejammer anzuhören. Paul, ein neues ... Bücherregal?«

Paul lachte. »Könnte durchaus demnächst fällig werden, ich komm drauf zurück.«

»Stehe dir jederzeit mit all meinem Können zur Verfügung.« Jan machte eine ausladende Armbewegung, die die ganze Werkstatt einschloss. »Jedenfalls, wenn ich das Chaos wieder in Ordnung gebracht haben werde.«

Kassandra hatte beim Eintreten schon gesehen, dass der hintere Teil der Tischlerei etwas wild aussah. Die Werkzeuge wirkten, als hätte sie jemand notdürftig in Regalen und offenen Schränken untergebracht oder an die Wand gehängt, damit überhaupt erst mal ein Durchkommen war.

»Das Gröbste habe ich aus dem Weg geräumt«, sagte Jan. »Aber als ich eben überlegt habe, die zerstörten Ziersprossen zu ersetzen«, er deutete auf den Türflügel vor ihm, »habe ich nicht mal meine elektrische Stichsäge gefunden. Ich darf gar nicht ans Weiterarbeiten denken, solange nicht alles wieder an seinem Platz ist.«

Kassandra bemerkte erst jetzt, dass zwei der Sprossen herausgebrochen waren. »Waren das die Einbrecher?«

»Na, ich bestimmt nicht. Ich weiß nicht, warum die sich daran zu schaffen gemacht haben, genauso wenig, wie ich kapiere, dass die unbedingt das Fenster einschmeißen mussten. Vielleicht waren sie wütend, weil sie sich was anderes versprochen hatten. Im Schrank dahinten war nur eine Geldkassette mit ein paar kleineren Scheinen – so was wie meine Kaffeekasse.«

»Hast du sonst mehr hier, für das sich ein Einbruch lohnen würde?«, erkundigte sich Paul.

»Nein. Die Werkzeuge sind natürlich einiges wert, vor allem die größeren Maschinen, aber die sind denkbar schlecht zu transportieren. Ein paar kleinere Präzisionswerkzeuge haben sie mitgenommen, aber ob sich das lohnt? Die haben mit brachialer Gewalt die Tür aufgebrochen, das Fenster zerdeppert und den Raum wie nach einem Orkan hinterlassen. Bei alledem hatte ich schon den ersten Schock weg, als ich hier reinkam – im Haus waren die nämlich auch.«

»Da auch?«, wiederholte Kassandra entsetzt. »Das hast du gestern gar nicht erwähnt. War es drüben genauso schlimm?«

Jan sah von Kassandra zu Paul und zurück. »Das glaub ich jetzt nicht! Ihr seid wegen des Einbruchs hier. Ist zu lange kein Mord mehr passiert, dass euch langweilig ist?«

Kassandra war sich nicht sicher, ob das belustigt, verständnislos oder gar verärgert klang. Dachte Jan, sie würden sein Unglück zu ihrem Privatvergnügen machen wollen?

»Langweilig ist mir nie«, sagte Paul schmunzelnd. »Aber es kann ja nicht schaden, mal einen Blick auf die Angelegenheit zu werfen.«

»Das hat die Polizei schon getan.«

»Und?«

Jan starrte auf den Türflügel und fixierte einen der Sterne. »Die haben mir keine große Hoffnung gemacht, erst recht nicht für den Schmuck meiner Mutter – das Einzige, was ein bisschen was wert war. Von der Erinnerung ganz zu schweigen.« Er schaute auf. »Selbst wenn die Bullen die Typen schnappen, dürfte der Schmuck längst sonst wo sein.«

»Hat die Polizei brauchbare Spuren gefunden?«, fragte Paul.

»War wohl wenig ergiebig. Aber wenn ihr euch mal umsehen wollt – bitte.« Er hob resigniert die Arme. »Du hast recht, Paul. Schaden kann es nicht.«

Paul und Kassandra schauten sich zuerst gründlich in der Tischlerei um, wo sie nichts Auffälliges entdeckten, und danach im Haus. Beide Male waren die Türen aufgebrochen worden, die ein Kumpel von Jan, der auch die Beschläge und Schlösser für die Fischländer Türen fertigte, nach dem Besuch der Polizei auf Vordermann gebracht hatte. Im Haus hatte Jan ebenfalls angefangen aufzuräumen, aber es war deutlich zu spüren, dass ihm noch der Schreck in den Gliedern steckte und er keine rechte Energie gehabt hatte, wirklich Ordnung zu schaffen.

Paul übernahm die obere Etage, Kassandra das Erdgeschoss, wo sie zuerst Gästetoilette und Küche ansah. Beides war wieder tipptopp – was man vom Wohnraum nicht behaupten konnte. Zwei Bilder hingen schief, ein paar Bücher waren zwar aufeinandergestapelt, aber nicht zurück ins Regal geräumt worden, ein Kissen lag statt im Sessel auf dem Tisch, der Schrank stand offen, zwei kaputte Kaffeetassen lagen auf einem Essteller, unter dem Schrank fand sie ein großes Stück einer zerbrochenen Vase. Jan hatte noch einen alten Röhrenfernseher, den die Einbrecher stehen gelassen hatten, darunter hatte allerdings zweifellos ein Gerät gestanden, das nun fehlte.

Als Letztes nahm Kassandra sich den kleinen Raum vor, den Jan als Büro nutzte. Sie war nicht sicher, ob die dortige Unordnung von den Einbrechern herrührte oder eher ein Dauerzustand war. Ein alter Rechner stand unter und ein ebenso antiquierter PC-Monitor auf dem Schreibtisch, daneben lagen ein Notizblock, ein paar Stifte und eine alte OZ, auf deren Titelseite Jan am Rand ein paar Zahlen gekritzelt hatte, die Maße zu sein schienen. Die Schubladen des Schreibtisches waren voll bis oben hin mit unsortiertem Zeug – Zollstöcke, ein Taschenrechner, alte Ansichts- und Geburtstagskarten, Klebestifte und Ähnliches. Auf dem Boden hinter der Tür war ein Stapel alter Fachzeitschriften umgestürzt, den Kassandra wieder aufbaute. Bevor sie den Raum verließ, sah sie sich auf der Schwelle noch einmal um.

»Was Ungewöhnliches?«, fragte Paul da hinter ihr.

»Nein. Oben?«

Er schüttelte den Kopf. »Nichts, was ich mit bloßem Auge sehen könnte oder was mich zumindest nachdenklich gemacht hätte.«

»Das wird schwierig, so ohne jeden Ansatzpunkt.«

»Es muss einen geben«, beharrte Paul. »Wir übersehen was.«

»Das sagt sich wahrscheinlich auch die Polizei. Die versuchen schon seit Wochen, diese Einbruchserie aufzuklären – du kannst nicht erwarten, dass wir einen Blick drauf werfen und die Lösung finden.«

»Muss nicht gleich die Lösung sein. Ein kleiner Hinweis würde reichen.« Er schob sich an Kassandra vorbei ins Büro.

»Du glaubst, ich war nicht gründlich genug?«, fragte sie.

Paul beäugte den Schreibtisch mit Notizblock, Stiften und der alten OZ, ohne zu antworten.

»Was bedeuten diese Zahlen auf der Zeitung?«, fragte er stattdessen. »205-84-30.«

»Länge, Höhe, Tiefe von irgendwas«, schlug Kassandra vor. »Seltsame Maße.«

»Wieso? Könnte ein niedriges Bücherregal sein, das eingebaut werden soll.«

Paul holte sein iPhone hervor und notierte die Zahlen. »Vielleicht. Vielleicht ist das aber auch genau der Hinweis, den wir gesucht haben.«

»Ein Bücherregal?«, fragte Kassandra amüsiert. »Ganz davon abgesehen stammen die Zahlen sicher von Jan selbst. Was sollte das für ein Hinweis sein?«

Ernüchtert gab Paul nach. »Du hast recht. Gehen wir.«

In der Tischlerei hatte Jan weiter aufgeräumt. »Habt ihr was Bahnbrechendes entdeckt?«, fragte er.

»Nichts, leider«, sagte Kassandra. »Dir ist sicher zwischenzeitlich auch nichts Neues mehr eingefallen?«

Jan schüttelte den Kopf. »Wir müssen uns wohl doch auf die Polizei verlassen.«

»Sieht so aus«, sagte Paul unzufrieden.

Jan lachte. »Man sollte glauben, bei euch hätten sie eingebrochen.«

»Glücklicherweise nicht«, sagte Kassandra. »Apropos Glück: Hattest du wenigstens gestern welches?«

»Gestern?«, echote Jan.

»Mit deinem Zahn«, erklärte Kassandra. »Geht's besser? Bist du noch drangekommen bei Dr. Krüger?«

»Oh. Das. Ja, bin ich. Was ein winziges Loch anrichten kann, man glaubt es kaum. Ist wieder alles bestens.«

»Immerhin.« Kassandra ließ noch einmal ihren Blick durch die Tischlerei schweifen und sah zu Paul hinüber, der gedankenverloren den Türflügel auf Jans Werkbank betrachtete, bis ein Ruck durch ihn ging.

»Wir haben dich lange genug aufgehalten – und das noch völlig umsonst. Tut mir leid, Jan.«

»Kein Problem. Richtig weit her ist es mit meiner Konzentration ohnehin heute nicht. Und wenn du dein Bücherregal brauchst, melde dich.«

»Mach ich«, versprach Paul.

Draußen war die Sonne ein klein wenig verblasst, ein sanfter Nebelschleier hatte sich über sie gelegt, als sei ihr Optimismus ebenso gedämpft wie der von Paul und Kassandra.

Als Paul stehen blieb und über das Norderfeld schaute, das der Nebel in eine unwirkliche Atmosphäre getaucht hatte, wartete Kassandra. Sie kannte Paul. Etwas ging ihm im Kopf herum.

»Du hast mir nicht erzählt, dass Jan zum Zahnarzt gewollt hat«, sagte er. »Ich bin letzte Woche bei Max gewesen und habe im Vorbeigehen das Urlaubsschild an der Praxis gelesen. Die ist erst ab Mittwoch wieder besetzt. Wo immer Jan war, bei Dr. Krüger nicht.«

»Warum sollte er lügen?«, fragte Kassandra. »Außerdem sah er tatsächlich nicht aus, als hätte er noch Schmerzen.«

»Sah er gestern so aus?«

»Du meinst, er hatte nie welche? Er wirkte zumindest gequält, aber der Grund dafür kann natürlich der Einbruch gewesen sein. Trotzdem verstehe ich nicht, warum er lügen sollte.«

»Weil er einen Grund brauchte, in der Parkstraße zu sein.«

»Wozu? Ist es verboten, spazieren zu gehen?«

»Nein. Aber man denkt komplizierter, wenn man unter Druck steht.«

»Du unterstellst Jan, etwas verheimlichen zu wollen«, sagte Kassandra unwillig. »Weil das zu der Zahlenkombination passt, die du vorhin unbedingt verdächtig finden wolltest? Es gibt rein gar nichts, das auf so was hinweist.«

»Außer dass Jan gelogen hat.«

»Na schön«, lenkte Kassandra ein. »Vielleicht hat er eine Freundin, von der niemand wissen soll. Zeit genug hätte er ja dafür, wo seine Steffi nur alle paar Wochen mal länger hier ist. Aber …« Kassandra wurde von ihrem Handy unterbrochen, das aus ihrer Jackentasche heraus dudelte. Sie erwartete ihre für heute angekündigten Pensionsgäste zwar erst am Nachmittag, aber man konnte ja nie wissen. Auf dem Display leuchtete ihr allerdings Heinz' Name entgegen.

»Es gibt Arbeit«, sagte er.

Mit ernstem Gesicht öffnete Heinz die Tür. »Ich habe Matthias noch nie so erlebt. Er ist fertig, und es gehört bei ihm eine Menge dazu, das offen zu zeigen.«

»Wann warst du bei ihm?«, fragte Kassandra, während sie ihm ins Wohnzimmer folgten.

»Gar nicht. Er hat mich heute früh aus dem Bett geklingelt. Ihr wisst, dass ich morgens immer vor sechs hoch bin, aber ich wette, Matthias hat überhaupt nicht geschlafen. Kein Wunder. Hört euch das an.«

Er legte zwei digitale Diktiergeräte auf den Tisch und spielte sie nacheinander ab.

Entsetzt wechselten Kassandra und Paul über den Aufnahmen einen Blick. Kassandra konnte kaum glauben, was ihnen diese widerliche Flüsterstimme entgegenhauchte.

»Von wann sind die Nachrichten?«

»Greta ist letzten Mittwoch verschwunden. Matthias kann nicht sagen, wann genau, er war ab Mittag in Hamburg und kam erst gegen sechs zurück.« Heinz deutete auf das erste Gerät. »Das hier wurde ihm ein paar Stunden später in den Briefkasten geworfen. Allerdings hat schon vor drei Wochen jemand auf seinen Anrufbeantworter gesprochen. Die Stimme klang verzerrt, sie erging sich in heftigsten Beschimpfungen und Drohungen. Da das aber der einzige Anruf dieser Art blieb, haben Matthias und Greta beschlossen, ihn zu ignorieren und zu löschen. Leider.« Heinz machte eine kurze Pause, in der er darüber nachzusinnen schien, ob er ihnen daraus einen Vorwurf machen sollte. »Donnerstag war Lösegeldübergabe«, fuhr er fort. »Matthias sollte das Geld nachts um halb zwölf hinten bei der Mühle deponieren. Sicher nicht nur, weil das da so schön einsam ist nur mit dem Friedhof in der Nähe, sondern auch, weil der Entführer wusste, dass Matthias sich da gut auskennt und entsprechend allein weniger Schwierigkeiten haben würde als an irgendeinem anderen Ort.« Wieder hielt er kurz inne. »Aber Greta ist nicht zurückgekommen.«

Kassandra schluckte. »Was Matthias gestern Abend bei der Lesung geleistet hat, war übermenschlich.«

»Er hat einen eisernen Willen – und gehofft, Greta würde auf ihn warten, wenn er nach Hause käme. Stattdessen wartete Diktiergerät Nummer zwei auf ihn.« Heinz schaute aus dem Fenster in seinen Garten, der so friedlich dalag, als gäbe es nichts Böses auf der Welt. »Er will Greta nicht gefährden und ist deshalb absolut dagegen, die Polizei einzuschalten. Ich habe alles versucht, ihn vom Gegenteil zu überzeugen – nichts zu machen. Er möchte stattdessen, dass wir uns der Sache annehmen.« Heinz zögerte.

»Was?«, fragte Paul.

»Ich weiß, es wäre eure Angelegenheit gewesen. Trotzdem habe ich das einfach mal selbst entschieden.«

»Du *hast* die Polizei eingeschaltet«, begriff Kassandra. »Inoffiziell. Du hast Kay benachrichtigt.« Schon ein klein wenig erleichtert lehnte sie sich zurück. Sie wusste, wie hartnäckig Kay Dietrich sich hinter einen Fall klemmte – wenn das auch damals, als sie ihm als ermittelndem Beamten zum ersten Mal begegnete, zunächst wenig erfreulich für sie gewesen war, weil er sie als Verdächtige im Visier gehabt hatte. Seit dieser Zeit war sehr viel geschehen.

Heinz nickte. »Ich habe ihm exakt das berichtet, was Matthias mir erzählt hat, inklusive der Namen von ein paar Leuten, bei denen Matthias sich unbeliebt gemacht haben könnte, und was er über Gretas Unternehmungen an jenem Tag weiß, an dem sie entführt wurde.« Heinz holte tief Luft. »Wenn Matthias je erfährt, dass ich, wie inoffiziell auch immer, die Polizei eingeschaltet habe, wird das vermutlich das Ende unserer Freundschaft sein.«

»Er wird es nicht erfahren«, sagte Kassandra. »Daran ist niemandem gelegen.«

»Schon klar. Ich nehme an, an unsere Freundschaft sollte ich ohnehin als Letztes denken. Denn wenn das hier schiefgeht, steht Gretas Leben auf dem Spiel.«

»Kay wird alles tun, was in seiner Macht steht, damit es dazu nicht kommt«, sagte Paul.

»Das weiß ich.« Heinz starrte auf die Diktiergeräte. »Auch wenn er genau wie ich der Meinung ist, dass hier unbedingt offiziell ermittelt werden sollte. Uns beiden wäre erheblich lieber, wenn Matthias sich weniger stur zeigte – obwohl ein Teil von mir ihn versteht.« Entschlossen hob er den Kopf. »Für euch gibt es gleich was zu tun. Herr Dietrich hält es für unklug, gerade jetzt auf einen Freundschaftsbesuch in Wustrow aufzutauchen. Könnte sein, er begegnet jemandem, der weiß, wer er ist. Er bittet euch deshalb, ihm die Diktiergeräte vorbeizubringen, damit er sie an seinen IT-Experten weitergeben kann, der eventuell noch andere Daten darauf findet als das, was wir Laien abspielen können.«

»Kein Problem, wenn du dich um meine Gäste kümmerst, die nachher ankommen.«

»Sicher«, sagte Heinz, doch gleichzeitig schüttelte Paul den Kopf.

»Du fährst allein nach Stralsund, Kassandra. Ich bin mit Erik verabredet. Das könnte ich zwar absagen, aber angesichts der Umstände sollte am besten alles bleiben, wie es ist. Wustrow ist ein Dorf. Wir wissen nicht, wem Erik von unserer Verabredung erzählt hat, geschweige denn, dass wir den Hauch einer Ahnung hätten, wer hinter Gretas Entführung steckt. Falls sich da was überschneidet, ist es besser, wir riskieren nichts.«

Das letzte Zusammentreffen mit Kay lag so lange zurück, dass sie und Paul ihm noch nicht mal persönlich zu seiner Beförderung hatten gratulieren können. Wüssten Kays Vorgesetzte von seiner privaten Ermittlertruppe, mit der er sich um Fälle kümmerte, die die offiziellen Stellen zu wenig oder, wie er es mal formuliert hatte, auf falsche Weise interessierten, wäre er nicht befördert, sondern aus dem Polizeidienst entfernt worden. Was noch die harmloseste Konsequenz gewesen wäre, weil er mit seinem Team die Grenzen der Legalität oft überschritt. Zu sagen, der Erfolg gäbe ihm recht, war vielleicht zynisch, aber berechtigt: Durch seine unorthodoxen Methoden waren schon einige Täter überführt worden. Kay vertrat die Meinung, dass niemand, der sich einer Straftat schuldig gemacht hatte, davonkommen durfte. Er glaubte an Gerechtigkeit und kämpfte dafür auf seine Art. Offiziell und inoffiziell.

Kassandra erwischte einen Parkplatz direkt vor Kays Haus in Stralsunds Altstadt. Gegenüber plätscherte der Brunnen mit den Bronzefiguren einer Mutter mit zwei Kindern vor sich hin und vermittelte ebenso wie die prachtvollen Giebelhäuser der Fährstraße ein idyllisches Bild. Der Grund, aus dem Kassandra hier war, hatte dagegen überhaupt nichts Idyllisches, doch trotz der widrigen Umstände freute sie sich darauf, Kay wiederzusehen.

Er hatte ein Lächeln auf dem Gesicht, als er Kassandra öffnete. »Das ging fix. Komm …«

Doch er kam nicht dazu weiterzusprechen, sie umarmte ihn kurzerhand. »Herzlichen Glückwunsch, Herr Kriminalhauptkommissar!«

Als sie sich von ihm löste, wirkte Kay für einen winzigen Moment völlig überrumpelt, bevor er ihr zuzwinkerte. »Danke. Geldorf war beinah so begeistert wie du.«

Kassandra guckte erstaunt. »So oft wie du mit dem Herrn Polizeioberrat schon aneinandergerasselt bist, hätte ich nicht erwartet, dass der sich für dich freut.«

»Der freut sich auch eher für sich selbst. Jede Wette, er rechnet damit, dass ich mich wegbewerbe oder bei der nächsten Gelegenheit versetzen lasse. Als HK hätte ich tatsächlich größere Chancen, und beim KDD in Stralsund wird demnächst eine Stelle neu besetzt.« Kay führte sie in die Küche. »Wo hast du Paul gelassen? Kaffee? Hab gerade welchen durchlaufen lassen.«

»Ja, gerne.« Sie erklärte ihm, weshalb Paul nicht mitgekommen war, und sah Kay zu, wie er Becher und Löffel aus dem Schrank holte und für sie eine Tüte Milch öffnete. Die Sonne schien durchs Fenster direkt auf ihn. Ihr war nie zuvor aufgefallen, dass seine fast schwarzen Haare mittlerweile die eine oder andere Silbersträhne durchzog. »Und wäre das was für dich beim Kriminaldauerdienst?«

»Es wäre eine spannende neue Erfahrung. Nicht zu vergessen, dass ich wieder in Stralsund und Geldorf los wäre. Außerdem ist Tobias Harms inzwischen auch beim KDD, und ich kenne einen weiteren Kollegen dort, der ist in Ordnung.« Kay schenkte ihnen Kaffee ein. »Trotzdem bin ich mir ziemlich sicher, dass ich lieber bleibe, wo ich bin. Beim KDD erfährt man nämlich manchmal erst aus der Zeitung, wie ein Fall ausgegangen ist – und ich ermittle eine Sache, in die ich mich festgebissen habe, lieber selbst zu Ende.«

»Ja«, sagte Kassandra lächelnd, »das passt auch viel besser zu dir.« Dann seufzte sie. »Ich wünschte, unseren Entführungsfall gäbe es erst gar nicht.«

»So was ist immer eine heftige Angelegenheit.« Kay nahm einen Schluck Kaffee und stellte seinen Becher fast behutsam wieder auf den Tisch. »Du weißt, dass Tobias Harms letztes Jahr zuständig war, als die skelettierte Leiche in Wustrow gefunden wurde. Seiner damaligen Einschätzung nach – und der deines Onkels heute – ist Matthias Röwer keiner, der zu Hysterie neigt, sondern einen kühlen Kopf bewahrt. Seine Frau dagegen ist wohl weit emotionaler. Am Ende macht das aber gar keinen Unterschied. Sowohl die direkten Opfer einer Entführung als auch die hilflos wartenden Angehörigen befinden sich in einem grauenvollen Schwebezustand zwischen Angst und Hoffnung. Greta Röwer sollte da so schnell wie möglich rausgeholt werden. Falls sie überhaupt noch lebt.«

Kassandra nickte beklommen. Das ständige flaue Gefühl im Magen, wenn sie an Greta dachte, wurde durch Kays Worte einmal mehr verstärkt. Sie legte die Diktiergeräte auf den Tisch.

»Meinst du, dein Experte kann damit was anfangen?« Offiziell wusste sie nicht, wer für Kay arbeitete, weshalb Riekas Name niemals zwischen ihnen fiel, obwohl beiden klar war, dass Kassandra und Paul sich ihren Teil dachten. Sie hatten Rieka Stahl bei den Ermittlungen zu einer Serie von Brandstiftungen kennengelernt, bevor Kay ihr begegnet war.

»Das hoffe ich.« Er drückte auf Wiedergabe und hörte sich reglos beide Aufnahmen an. »Es ist möglich, dass es hier nur um Geld geht«, sagte er schließlich, nachdem die Stimme verklungen war. »Was der Mann sagt und wie er es sagt und nicht zuletzt dieser Hass-Anruf vor drei Wochen deutet für mich aber darauf hin, dass es wenigstens zum Teil was Persönliches ist, da stimme ich Röwer zu. Ich sehe mir die Namen, die er deinem Onkel genannt hat, gründlich an. Außerdem haben er und seine Frau vor einem Jahr ein paar Leuten extrem empfindlich auf die Füße getreten. Die könnten auf Rache aus sein.«

»Aus dem Gefängnis heraus?«, fragte Kassandra.

»Es reicht, wenn man von da die richtigen Hebel zieht.« Er erhob sich. »Ich will dich nicht rausschmeißen, aber ich gebe die

Geräte am besten sofort weiter und mache mich anschließend an die Arbeit.«

Kassandra stand ebenfalls auf. »Uns wird was einfallen müssen, um so unauffällig wie möglich in Wustrow etwas in Erfahrung zu bringen. Leider können wir niemanden vor Matthias' Haus postieren, der beobachtet, wann jemand kommt, um die nächste Nachricht in seinen Briefkasten zu werfen. Im Sommer ginge das vielleicht, aber jetzt ist nicht nur zu wenig Laub an den Bäumen, jetzt weckt auch jeder, der da nicht hingehört, noch mehr Aufmerksamkeit.«

Kay nickte. »Kennt ihr diese Haushälterin näher?«, fragte er schon im Flur. »Tobias erwähnte sie damals – die hat offenbar Haare auf den Zähnen. Auf jeden Fall scheint sie Röwer sehr nahezustehen. Vielleicht ist ihr etwas aufgefallen, was er nicht mitbekommen hat.«

»Magda Fehning ist nicht mehr Matthias' Haushälterin. Soweit ich weiß, kam sie noch nie gut mit Greta aus und gibt ihr die Schuld an allem, was letztes Jahr passiert ist. Sie hätte es lieber gehabt, wenn Gras über die Vergangenheit gewachsen wäre. Sollte mich nicht wundern, wenn sie gar nichts von der Entführung weiß.«

Kay schloss seine Wohnungstür ab und folgte Kassandra hinunter auf die Straße.

»Sie mag Greta Röwer nicht? Das ist interessant. Habt ein Auge auf die Dame, wenn das geht.«

»Kay!«, protestierte Kassandra. »Sie ist über siebzig.«

»Das heißt gar nichts. Im Übrigen sage ich ja nicht, dass sie da drinsteckt. Es kann trotzdem sein, dass sie was gehört oder gesehen hat. Sie war Röwer jahrzehntelang zugetan. Selbst wenn das ins Gegenteil umgeschlagen ist …«

»Das habe ich nicht behauptet«, unterbrach ihn Kassandra.

»Aber selbst falls das so sein sollte, wird sie ihr Interesse an ihm nicht völlig verloren haben. Viele Menschen sind so. Sie wollen oder sie können nicht vergessen, wer ihnen mal was bedeutet hat.«

»Da ist was dran«, fand Paul, als Kassandra ihm zu Hause von dem Gespräch mit Kay berichtete. »Bruno kennt Magda Fehning näher. Er ist mit ihrer Schwester zur Schule gegangen und war zeit ihres Lebens mit ihr befreundet.« Paul machte ein wehmütiges Gesicht.

»Nur befreundet?«, fragte Kassandra deshalb.

»Er hätte gern mehr gewollt, aber sie hat sich anders entschieden. Wie auch immer, möglicherweise kann er Magda Fehning ein bisschen ausquetschen, ohne dass es ihr oder sonst jemandem auffällt. Was hältst du von einem kleinen Spaziergang?«

Bei Angelwetter konnte man Bruno, der schon mit Pauls Vater befreundet gewesen war und seit dessen Tod in den Neunzigern dieselbe tiefe Freundschaft mit Paul pflegte, meist auf der Seebrücke finden. Heute *war* Angelwetter, trotzdem standen nur zwei Angler in den Ausbuchtungen der Brücke. Seinen Stammplatz am Brückenkopf, mit dem Bruno fast verwachsen schien, hatte er für sich allein.

»Was verschafft mir die Ehre? Braucht ihr noch was fürs Abendessen?« Er lachte unter seine Mütze hervor und deutete auf den Eimer neben ihm, in dem schon ein paar ordentliche Dorsche lagen. »Bedient euch.«

Paul warf einen Blick auf die Fische. »Nicht übel. Ich nehme welche, aber nur, wenn du uns beim Essen Gesellschaft leistest.«

»Wenn du am Herd stehst, jederzeit.«

»Besten Dank auch!«, sagte Kassandra gespielt empört.

Bruno griente. »Nichts für ungut, Lütting.«

Früher hatte er sie oft »Mädchen« genannt, in letzter Zeit war er ohne Erklärung zum Plattdeutschen übergegangen, was Kassandra sehr gefiel. Er war ihr schon immer herzlich begegnet, aber diese neue Anrede mochte bedeuten, dass sie für ihn nun beinah zur Fischländerin geworden war. Jetzt schaute er aufmerksam von ihr zu Paul und zurück.

»Was gibt's? Ihr seid doch nicht wegen der Dorsche gekommen.«

Nachdem Paul ihm erklärt hatte, was er von ihm wollte, schnaubte Bruno.

»Meine Güte. Matthias Röwer bleibt nichts erspart, was? Und ich soll Magda aushorchen? Das ›Unauffällig‹ an dem Auftrag wird nicht leicht, Magda kann man kein X für ein U vormachen. Aber ich tu mein Bestes, sobald sie zurück ist. Hab kürzlich gehört, dass sie für ein paar Tage nach Dresden zu einer Freundin wollte.«

»Weißt du, wann genau? Wenn das lange vor Gretas Entführung war, ist es unwahrscheinlich, dass ihr was aufgefallen ist.«

Bruno hob die Schultern. »Die Woche irgendwann. Ich find's raus. Nehmt einstweilen die Dorsche mit, und wenn du dazu kommst, sie in die Pfanne zu hauen, Paul, sag Bescheid.«

Kaum hatten Paul und Kassandra die Sandsteinfigur des Slawengottes Swantewit am Brückenaufgang erreicht, klingelte Pauls Handy. Ein alarmierter Ausdruck trat auf sein Gesicht, als er aufs Display schaute.

»Matthias, gibt's Neuigkeiten?«

4

Matthias hatte gearbeitet, auch wenn es ihm schwerfiel. Es gab
genug zu tun. Carls Bilder würden noch für einige Zeit in der
Mühle hängen, aber die Planungen für die nächsten Ausstellungen liefen bereits auf vollen Touren. Obwohl Sonnabend war,
konnte Matthias diverse Telefonate mit Künstlern und sogar
mit einer Agentur erledigen, anschließend ließ er sich einen
Vertragsentwurf von seinem Sprachprogramm vorlesen. Er
hatte gehofft, dass ihn die Arbeit ablenken würde, stattdessen
merkte er, wie seine Konzentration immer wieder nachließ, er
die Sätze doppelt und dreifach hören musste, weil er ständig
darüber nachgrübelte, ob es richtig gewesen war, Heinz die
Diktiergeräte zu bringen und ihn und damit Paul und Kassandra einzuweihen. Er zwang seine Gedanken in eine andere
Richtung und schickte den Vertragsentwurf zur Prüfung an
eine Kanzlei in Hamburg, die diese Dinge für ihn regelte. Es
gab da noch einige verklausulierte Paragrafen, deren Bedeutung er nicht vollständig erfassen konnte. Er war kein Jurist,
aber sein gesunder Menschenverstand sagte ihm, dass er das
so besser nicht unterschrieb. Dennoch war er zuversichtlich,
dass es letztlich zu einer Einigung zwischen ihm, Künstler und
Agentur kommen würde. Zuversichtlich wenigstens in dieser
Hinsicht.

Als es Abend wurde, hatte er nicht wie sonst die Befrie-
digung verspürt, vorangekommen zu sein. Er verspürte bloß
Leere. Möglicherweise konnte er die mit anderer als bürokra-
tischer Arbeit füllen. Er bezweifelte es, aber einen Versuch war
es wert. Gleich. Zuerst griff er nach dem Telefon, um Heinz
anzurufen. Dann schüttelte er über sich selbst den Kopf. Wenn
Heinz etwas zu berichten gehabt hätte, hätte er sich gemeldet.
Er legte das Telefon wieder hin und kam dabei versehentlich
auf den Knopf für den Anrufbeantworter.

»Sie haben keine neuen Nachrichten«, sagte eine emotionslose Computerstimme. »Sie haben zwei gespeicherte Nachrichten. Erste gespeicherte Nachricht: *Was glaubst du eigentlich, wer du bist? Du hast bloß einen Namen, du kannst nichts, du tust nur so, und damit verdienst du ein Schweinegeld, du kleiner mieser, dreckiger Emporkömmling. Was verstehst du schon von Kunst? Deine ist nichts weiter als Müll. Du bist nichts weiter als Müll. Abschaum, der die Leute täuscht. Und deine Frau hängt sich ran an den Ruhm. Geldgeil wie du. Aber sieh dich vor. Seht euch vor: Eines Tages kriegt ihr, was ihr verdient, und müsst bezahlen.* Freitag, 23. September, fünfzehn Uhr vierunddreißig. Zweite gespeicherte Nachricht: *Guten Abend, Herr Röwer, meine Name ist Ulrike Schmidt, Redakteurin von NDR 1 Radio MV. Ich würde gern ...*«

Matthias hörte nicht mehr zu. Ihm war übel. Seine Hände zitterten, er zwang sich zu Ruhe, drückte die Journalistin weg und ließ sich noch einmal die hässlich verzerrte Drohstimme vorspielen. Greta hatte sie löschen wollen, es aber aus irgendeinem Grund doch nicht getan. Matthias nahm sein Smartphone, gab den Sprachbefehl zur Aufnahme und hielt es an den Anrufbeantworter. Während der Aufzeichnung dachte er daran, dass Heinz erwähnt hatte, Paul und Kassandra hätten jemand Vertrauenswürdigen an der Hand, der sich mit Computern und artverwandter Technologie auskannte. Vielleicht konnte derjenige nicht nur mit den Diktiergeräten, sondern auch hiermit etwas anfangen.

Er rief Paul an und schickte ihm die Datei, die Paul gleich weiterleiten wollte. Dann sank er auf seinem Schreibtischstuhl zurück. Die letzten fünf Minuten hatte er unter Strom gestanden, und jetzt, nachdem er alles getan hatte, was er tun konnte, fiel er in ein Loch.

Die Türglocke riss ihn heraus. Er sprang auf, holte schon im Laufen den Briefkastenschlüssel aus der Hosentasche und wünschte gleichzeitig, früh genug an der Tür zu sein, um dieses Schwein festzuhalten und Gretas Aufenthaltsort aus ihm rauszuprügeln. Er mochte wenig sehen können, aber das machte ihn nicht wehrlos.

Er riss die Tür auf, vor der tatsächlich noch jemand stand. Matthias erkannte nur den Schemen gegen das Abendlicht, ahnte aber instinktiv, dass sein Besucher, der völlig ruhig dastand, nichts mit Greta zu tun hatte. Er musste sich räuspern.

»Ja?«

Die Antwort kam ein klein wenig verzögert. »Ist alles in Ordnung, Matthias?«

Matthias hatte schon immer ein gutes Gehör für Stimmen gehabt, doch den schwedischen Akzent von Arvid Sundberg hätte wohl jeder wiedererkannt.

»Ja, ich war nur mitten in der Arbeit, das Klingeln hat mich aufgeschreckt.«

»Das tut mir leid, ich wollte nicht stören. Ich bin bei meinem Spaziergang hier vorbeigekommen und dachte, wir könnten gleich einen Termin vereinbaren. Wegen einer Führung durch die Mühle.«

»Du störst nicht«, hörte sich Matthias zu seiner eigenen Überraschung sagen. »Komm rein, ich frage meinen Kalender, und wenn du magst, trinken wir noch ein Glas zusammen. Der Sonnenuntergang überm Bodden ist einen Blick wert.« Normalerweise war er Fremden gegenüber nicht so schnell so gastfreundlich. Tatsächlich aber musste er sich eingestehen, dass er alles begrüßte, was ihn ablenkte. Warum also nicht eine Unterhaltung mit dem kunstinteressierten Mann aus Göteborg?

Arvid folgte ihm in den Wohnbereich mit der Fensterfront, durch die man auf die Esche und das alte Haus schräg gegenüber, auf den Bodden und weiter links auf ein paar Weiden schauen konnte.

»Schön hast du es hier«, stellte er fest. »Und sehe ich da ein Gemälde deines Großvaters?«

Matthias nickte. Das Bild nahm beinah die gesamte Breite der Wand vor seinem Arbeitszimmer ein und zeigte einen schmalen Bachlauf, der zwischen hohem Schilf in den Bodden floss, das Wasser eine faszinierende Mischung aus Grau und Blau, hervorgerufen vom Wolkenspiel darüber.

»Gut erkannt. Carl hat selten auf einer so großen Leinwand

gemalt. ›Boddenwolken‹ entstand drei Jahre vor seinem Tod, er war der Meinung, es wäre das Beste aus seinem Spätwerk.« Matthias war an die Anrichte mit Gläsern und einigen Flaschen getreten. »Was möchtest du trinken?«

»Was immer du nimmst.«

Matthias schenkte ihnen beiden Weinbrand ein und hielt eines der Gläser Arvid hin. »Ich sehe kurz in meinen Kalender, bin gleich wieder da.«

Er kannte seine Termine auswendig, aber da er eben spontan gesagt hatte, er müsse sie überprüfen, konnte er das kaum ignorieren. Als er zurückkam, wäre er fast mit Arvid zusammengestoßen, der vor dem Gemälde stand.

»Faszinierend«, urteilte er. »Carl Röwer muss ein interessanter Mann gewesen sein, nach allem, was ich gestern der Lesung entnommen habe – und in seinen Bildern sehe.«

Matthias lächelte. »Das war er zweifellos.«

»Höre ich da eine gewisse Skepsis in deinen Worten?«

Matthias Lächeln vertiefte sich, er griff suchend nach seinem Glas, das er auf der Anrichte hatte stehen lassen. »Keine Skepsis. Er war nicht immer einfach, aber Künstler sind das selten. Ich weiß, wovon ich rede.«

Arvid lachte. »Selbsterkenntnis?« Auch wenn Matthias es nicht sehen konnte, glaubte er zu spüren, dass Arvid mit einem Schlag ernst wurde. »Erik sagt, du hast auch gemalt, bevor …« Er stockte.

»Bevor es nicht mehr ging«, beendete Matthias den Satz neutral. »Ja, das stimmt.«

»Das muss hart gewesen sein.«

Matthias ersparte sich eine Antwort. Er dachte so wenig wie möglich an die Zeit zurück, als das Schicksal so grausam zugeschlagen hatte. Na ja, dachte er sarkastisch, es war nicht direkt das Schicksal gewesen.

»Verzeihung«, sagte Arvid. Matthias entnahm seiner Bewegung, dass er einen Schluck trank. »Ich hätte nicht zu persönlich werden dürfen.«

»Schon in Ordnung. Du bist nicht der Erste, der fragt. Und

ja, es war hart. Ich habe mich stattdessen in etwas anderes gestürzt und mit der Zeit daran gewöhnt. Mal mehr, mal weniger.«

Jetzt war es Arvid, der einige Zeit schwieg. »Das verstehe ich«, sagte er schließlich, um danach munterer fortzufahren: »Ich hoffe, deiner Frau geht es heute besser. Nicht dass ich dich davon abhalte, dich um sie zu kümmern.«

Matthias ließ sich nichts anmerken. »Greta ruht sich oben aus. Aber es geht ihr etwas besser, danke, ja.« Er wandte sich um. »Wenn du den Sonnenuntergang bewundern willst, sollten wir nach draußen gehen, bevor es zu spät ist.«

Kurz darauf standen sie beide am Bodden. Matthias spürte mehr, als dass er sah, wie die Sonne langsam hinter dem gegenüberliegenden Ufer verschwand. Auch wenn sie um diese Jahres- und vor allem um diese Tageszeit nicht mehr allzu sehr wärmte, machte sich das Fehlen ihrer Strahlen doch bemerkbar. Er hatte den ganzen Tag keine Sonnenbrille getragen, und das sanfte Licht tat auch jetzt seinen Augen nicht weh.

»Sie ist weg«, sagte Arvid. »Der Himmel schimmert hellblau und rosa, zwei Kondensstreifen sind so breit geworden, dass sie wie lilafarbene Wolken aussehen. Der Horizont drüben ist fast schwarz, und ein einsames, ebenso fast schwarz wirkendes Segelboot gleitet in weiter Ferne vorüber.«

Wieder breitete sich Stille zwischen ihnen aus. Matthias dachte daran, dass Greta sehr ähnliche Worte für das gefunden hätte, was sich vor ihnen ausbreitete, und einen winzigen Moment lang gab er sich der Hoffnung hin, dass alles gut werden konnte.

5

Sonntag, 16. Oktober

Kassandra hatte schlecht geschlafen, sodass es ihr noch schwererfiel als sonst, aufzustehen, um für ihre Gäste das Frühstück zuzubereiten. Als sie anschließend das Haus verließ, um selbst bei Paul zu frühstücken, begegnete ihr auf der Straße ihr Nachbar Jonas Zepplin.

»Morgen, Kassandra«, grüßte er. »Wie war's am Freitag in der Mühle? Hätte ich geahnt, dass Paul liest, wäre ich gekommen. Ich wollte ihn immer schon mal hören und hätte kaum für möglich gehalten, dass er das je tut.«

Kassandra lächelte. »Er ist ja nur eingesprungen.«

»Immerhin. Er war gut, oder?«

»Er war großartig.«

»Dachte ich mir. Für Greta Röwer war das allerdings bestimmt nicht schön, ausgerechnet an dem Tag krank zu werden. Scheint überhaupt gerade der Wurm drin zu sein in Wustrow. Hast du schon gehört, dass bei Jan eingebrochen wurde? Sollte man dem nicht auf den Grund gehen? Diese Einbruchserie macht ja die ganze Gegend unsicher.«

Es hatte Kassandra eine Menge Anstrengung gekostet, neutral zu bleiben, als Jonas Greta erwähnte. Umso leichter fiel es ihr jetzt zu nicken. »Wenn wir gewusst hätten, dass du gern wieder mal mit von der Partie wärst, hätten wir dich zu Jan mitgenommen. Falls es dich tröstet: Wir haben keine Hinweise gefunden und sind so ratlos wie die Polizei.«

Nach wie vor war sie nicht bereit, Jans zweifelhafter Zahnarzt-Geschichte eine Bedeutung beizumessen.

»Ihr habt schon angefangen?« Jonas grinste. »Hätte ich mir denken können. Danke für das Angebot übrigens, aber ich halte mich raus, wo jeden Tag der nächste Nachwuchs das Fischländer Licht der Welt erblicken kann.«

Kassandra lachte. »Verständlich.« Jonas' Frau Marlene war diesmal so kugelrund, dass schon Zwillinge gemutmaßt wurden. Das konnte zwar ausgeschlossen werden, aber ob es wieder ein Mädchen oder nun ein Junge wurde, wusste niemand, nicht mal Jonas und Marlene.

Zum Abschied winkte Jonas und machte sich zum Hafen auf, wo er zumindest in diesem Monat noch für Urlauber Zeesbootfahren auf seiner »Tante Mine« anbot.

Als Kassandra eine Viertelstunde später für sich und Paul Schrippen belegte, stellte sie fest, dass sie nichts runterbekommen würde. Stattdessen saßen sie beide über mehreren Tassen Kaffee da und überlegten wie am Abend zuvor, was sie tun konnten, ohne Aufmerksamkeit auf ihre Ermittlungen und vor allem auf Greta und Matthias zu lenken. Es gab nichts. Sie mussten warten, bis Magda Fehning wiederkam – und bis Kay sich meldete. Vielleicht ergab sich etwas aus dem, was er erreicht hatte.

»Was ist mit der Biografie?«, fragte Kassandra, nachdem sie Paul dabei beobachtet hatte, wie er eine Schrippe aushöhlte, den Teig zu kleinen Kügelchen formte und einer Armee gleich vor seinem Frühstücksbrettchen aufreihte. »Womöglich steht was drin, das jemandem nicht passt. Dagegen spräche, dass der Hass-Anruf vor dem Erscheinungstermin kam.«

Paul sah auf. »Es gibt genug Menschen, die darauf nicht angewiesen sind. Verlagsmitarbeiter, Lektoren, Testleser, Buchhändler – alle, die das Manuskript kannten oder Vorabexemplare bekommen oder von den erwähnten Leuten etwas über den Inhalt erfahren haben, kämen in Frage.« Er schüttelte den Kopf. »Das Problem ist: Ich sehe nichts in der Biografie, das Anlass dazu geben könnte, zu dermaßen drastischen Maßnahmen zu greifen.«

»Gar nichts?«, fragte Kassandra und fügte hinzu: »Du hast nach der Lektüre ziemlich nachdenklich ausgesehen.«

»Adlerauge, was?« Paul schürzte die Lippen. »Es war weniger das, was drinsteht, als das, was nicht drinsteht. Obwohl ich nicht wirklich damit gerechnet habe, etwas darüber im Buch zu finden.«

»Worüber denn?«

»Bloß Gerüchte. Egal, ob sie stimmen oder nicht: Niemand hätte einen Vor- oder Nachteil davon, wenn das breitgetreten worden wäre.«

Kurz bedauerte Kassandra, dass Paul sich ihr nicht anvertraute. Andererseits wusste sie, wie sehr er Klatsch und Tratsch verabscheute – und dass er ihr trotzdem davon erzählen würde, falls diese Gerüchte mit der Entführung zu tun haben könnten. »Unter Umständen ist es etwas, das niemand auf den ersten Blick sieht außer dem, den es betrifft. Nicht mal Matthias selbst.«

»Unwahrscheinlich, aber nicht unmöglich«, stimmte Paul ihr zu. »Lesen wir den Text unter diesem Aspekt noch mal.«

Sie waren ergebnislos etwa zu einem Drittel durch, als das Telefon ihre Lektüre unterbrach.

»Kay«, sagte Paul mit kaum unterdrückter Anspannung, während er sein Telefon auf Lautsprecher stellte.

»Wir haben die Namen überprüft, die Röwer genannt hat«, sagte Kay ohne jede Vorrede. »Zwei sind zumindest persönlich aus dem Schneider, sie waren Mittwoch erwiesenermaßen in Dresden beziehungsweise in Rom, wobei nicht auszuschließen ist, dass sie Komplizen haben, die die Drecksarbeit für sie erledigen. Wir beleuchten gerade den jeweiligen Bekanntenkreis. Bei dem Dritten konnten wir noch nicht eruieren, wo er im Einzelnen war, sind aber dran. Was unsere Kandidaten hinter Gitter angeht, hatten die in den letzten Wochen weder Besuch noch Anrufe noch Post. Das schließt sie nicht gänzlich aus, macht aber ihre Beteiligung weniger wahrscheinlich. Auf den Diktiergeräten sind ausschließlich die beiden Mitteilungen für Röwer, es wurden auch keine Dateien gelöscht. Hintergrundgeräusche ebenfalls Fehlanzeige. Da war jemand sehr, sehr vorsichtig.«

»Gibt es auch gute Nachrichten?«, fragte Kassandra frustriert.

Bei Kays Antwort meinte sie, ein ironisches Lächeln ebenso wie eine Spur Gereiztheit herauszuhören. »Ich verstehe deine Ungeduld, aber wir arbeiten auf Hochtouren.«

Kassandra hatte keine Zeit, ein schlechtes Gewissen zu bekommen oder sich gar zu entschuldigen.

Kay sprach schon weiter. »Aber ja, es gibt etwas, das eventuell weiterhilft. Wir haben die Nachrichten auf den Diktiergeräten justieren können. Was dabei herauskam, dürfte der echten Stimme des Mannes sehr nahekommen. Was die zweite Aufnahme betrifft: Zwischen dem, was er und was Greta Röwer sagt, ist jeweils ein sehr leises Geräusch wahrnehmbar, ohne Verstärker kaum zu hören. Das kann bedeuten, dass hier etwas nachträglich zusammengeschnitten wurde und der Mann und Greta Röwer nicht im selben Raum waren, obwohl es den Anschein erwecken soll. Beim Anrufbeantworter war die Sache etwas schwieriger, weil das Original nicht vorlag und ein Rauschen über der verzerrten Stimme lag. Das Ergebnis kann sich trotzdem sehen lassen.«

»Ist es jedes Mal dieselbe Stimme?«, erkundigte sich Paul.

»Nein, die auf dem AB gehört jemand anders«, sagte Kay, »und wir können auch nicht zwangsweise davon ausgehen, dass beide mit der Entführung zu tun haben, aber es spräche für die Komplizentheorie, die ich erwähnte. Es ist ein schwieriges Unterfangen, eine Entführung allein durchzuziehen.« Er hielt kurz inne. »Ich schicke die Dateien rüber. Röwer soll sie sich anhören, vielleicht erkennt er wenigstens eine der Stimmen.«

Nachdem Kay das Gespräch beendet hatte, sagte Paul: »Gehen wir hin, das ist besser, als Matthias alles zu mailen. Sechs Ohren hören mehr als zwei, und wenn wir alle zusammensitzen, fällt dem einen was auf, das dem anderen entgeht – wenn schon nicht an der Stimme an sich, dann an einer Sprach- oder Ausdrucksweise.«

Kurze Zeit später schlugen sie den Weg über das Norderfeld ein, und als sie in die Norderstraße einbogen, dachte Kassandra unwillkürlich an den gestrigen Vormittag, an dem der Einbruch bei Jan noch das Schlimmste gewesen zu sein schien, das das Fischland heimgesucht hatte.

»Wie es Jan wohl geht? Ich komme mir ein bisschen gemein

vor, dass ich kaum noch an seine Probleme gedacht habe, seit wir von Gretas Entführung wissen.«

»Geht mir ähnlich«, gab Paul zu. »Nur seine Zahnarzt-Geschichte will mir nicht aus dem Kopf. Ich möchte wissen, warum er gelogen hat.«

Eine ganze Weile gingen sie schweigend, doch Kassandra merkte, dass Paul noch immer grübelte. Über Jan oder schon wieder über Greta.

»Wie war's eigentlich gestern mit Erik?«, fragte sie, um ihn auf andere Gedanken zu bringen.

Pauls Gesicht hellte sich sofort auf. »Ich habe den Karton mit den alten Zeitschriften- und Zeitungsartikeln über die Seefahrtschule hervorgekramt. Danach musste ich nicht mehr viel tun. Erik hat sich sofort hineinvertieft. Kurz bevor du kamst, hat er mir von seinem Vater erzählt und gemeint, ihn als ehemaligen Journalisten würden die Artikel bestimmt auch interessieren. Er hat sich auf meinem Drucker ein paar Kopien gezogen, aber ehrlich gesagt, glaube ich, die waren für ihn selbst.« Paul schmunzelte. »Ich hab selten jemanden außerhalb Wustrows oder des engeren Kreises um die Seefahrtschule kennengelernt, der so begeistert davon ist.« Sein Lächeln verlor sich – inzwischen waren sie vor Hufe III in Barnstorf angekommen. »Wenigstens etwas Erfreuliches in diesen Tagen.«

Kassandra drückte auf die Klingel neben dem Messingschild, auf dem Matthias' Name stand. Er war so schnell an der Tür, dass sie beinah erschrak, als er öffnete.

»Paul, Kassandra, gibt's was Neues?« Matthias öffnete die Tür weiter und ließ sie eintreten.

Es kam Kassandra beachtlich vor, dass er sie sofort mit Namen ansprach, bis sie begriff, dass sie, zierlich und klein, und Paul, zwar ebenfalls schlank, aber über eins neunzig, gegen das Licht eine markante Silhouette abgaben.

Sie war noch nicht oft bei Matthias und Greta gewesen. Die ehemalige Scheune, die Matthias vor vielen Jahren zu dem großzügigen Haus inmitten eines prächtigen Gartens hatte umbauen lassen, vor dem Urlauber oft bewundernd stehen blieben, faszinierte sie jedes Mal aufs Neue. Sie ließ kurz ihren Blick durch den großen Raum gleiten, bis er an Matthias hängen blieb, der blass wirkte und konzentriert zuhörte, während Paul ihm erklärte, weshalb sie da waren, und ihm den USB-Stick reichte, auf den er alle drei Aufnahmen gespielt hatte.

Matthias nahm ihn wortlos und öffnete einen großen Bauernschrank, in dem sich eine exquisite Musikanlage verbarg. Mit sicheren Griffen schaltete er die Geräte ein und steckte den Stick in die Anlage. Als über ihnen in allerbester Tonqualität und Dolby Surround die ersten beiden Mitschnitte erklangen, fuhr Kassandra eine Gänsehaut über den Rücken, obwohl sie die Nachrichten schon kannte. Sie versuchte, auf Einzelheiten der Stimme zu achten, die nun nicht mehr flüsterte, sondern einigermaßen normal klang, aber da war nichts Auffälliges. Ein Blick hinüber zu Paul bestätigte ihren Eindruck, und auch Matthias schüttelte den Kopf.

»Erstaunlich, was Technik fertigbringt, aber ich nehme nichts Bekanntes, nichts Ungewöhnliches, keinen Anflug eines Dialekts oder eines Akzents wahr. Gar nichts.« Die letzten beiden Worte stieß Matthias fast zornig hervor. »Ich bin bereit zu schwören, dass ich diese Stimme nie zuvor gehört habe.«

»Bleibt noch die vom Anrufbeantworter«, sagte Paul.

Matthias ließ die Datei abspielen, auf seinem Gesicht zeichneten sich Anspannung und Hoffnung gleichermaßen ab. Schon nach den ersten beiden Sätzen las Kassandra Resignation in seinem Blick. Auch ohne dass er etwas sagte, wusste sie, dass es ihm mit der zweiten Stimme genauso ging wie mit der ersten. Sie wollte selbst schon frustriert aufgeben, als etwas ihre Aufmerksamkeit erregte, auch wenn sie nicht direkt fassen konnte, was es war.

»Spiel das noch mal ab«, bat Paul, nachdem die Stimme verklungen war.

Durch Matthias' Körper ging ein Ruck. »Hast du was erkannt?«

»Ich bin mir nicht sicher. Noch mal, bitte.«

Kassandra schloss die Augen und blendete alles bis auf die

Stimme aus. Ja. Da war was. Aber war es nur eine diffuse Ähnlichkeit oder mehr? Noch immer bekam sie nicht zu fassen, woran die Stimme sie erinnerte. Matthias hatte bemerkt, dass ihr wie Paul etwas aufgefallen war.

»Was?«, fragte er. »Egal, wie nebensächlich es scheint. Sagt mir, was ihr da raushört!«

Paul sah zu Kassandra. »Du wirst wieder sagen, ich bilde mir was ein, aber …«

Da endlich erfasste es auch Kassandra. »Jan.« Sie stieß die angehaltene Luft aus.

»Wer ist Jan? Wen meint ihr?«, fragte Matthias, ungeduldig, lauter, als er sonst sprach.

»Jan Möller«, erklärte Paul.

Einen Moment lang war es still im Raum.

»Der Tischler?«, fragte Matthias perplex.

»Ja. Aber wir dürfen nicht vergessen, dass diese Stimme weniger gut rekonstruiert werden konnte als die des Flüsterers – und ich bin mir nicht hundertprozentig sicher. Was meinst du, Kassandra?«

»Dasselbe. Vielleicht kommt es uns nur deshalb so vor, weil wir gestern erst mit ihm geredet haben – und weil er gelogen hat. Wieso sollte Jan Greta entführen? Wieso sollte er diesen Hass auf euch haben, Matthias?«

Matthias hatte sich neben Paul aufs Sofa fallen lassen. Er fuhr sich mit den Händen übers Gesicht. »Soweit ich weiß, läuft es nicht gut mit seinen Fischländer Türen. Mag sein, dass ihm nicht gefallen hat, was vor zwei Monaten in der OZ stand.«

Es dauerte etwas, bis Kassandra begriff.

»Hast du die Ausgabe noch?«, erkundigte sich Paul.

Ohne zu fragen, weshalb Paul sie sehen wollte, erhob Matthias sich. »Greta hat sie archiviert, ich bin mir nicht sicher, wie schnell ich sie finde, aber ein PDF des Artikels liegt auf meiner Festplatte.«

Er ging vor in sein Arbeitszimmer, ließ das Laptop hochfahren, rief die Datei auf und bedeutete Paul, sich an den Schreibtisch zu setzen. Kassandra sah über seine Schulter aufs Display, das einen vierspaltigen Beitrag inklusive Foto zeigte. Die Schlagzeile lautete: »Matthias Röwers ausgefallener Weg vom Maler zum arrivierten Holzkünstler«.

»Ich hatte nie vor, das öffentlich zu machen«, sagte Matthias.

So gut wie niemand in Wustrow oder anderswo hatte gewusst, dass er seit ein paar Jahren unter dem Namen Christian Niemann äußerst erfolgreich Kunstmöbel schuf. Seine Tische, Stühle, Bänke, Regale und Schränke waren nicht zum üblichen Gebrauch bestimmt. Man hätte sie auch schlecht zu ihren üblichen Zwecken nutzen können, denn alle seine Möbel waren schief, unterschiedlich hohe Stuhlbeine unter einer asymmetrischen Sitzfläche mit krummer Lehne etwa – eine künstlerische Augenweide, weil sie den Betrachter gleichermaßen faszinierten wie irritierten und außerdem aus herrlich gemasertem, blank poliertem Holz waren.

»Warum hast du dich anders entschieden?«, fragte Kassandra. Sie konnte sich nicht vorstellen, dass Paul jemals öffentlich sein Pseudonym lüften würde.

»Habe ich nicht«, antwortete Matthias. »Jemand fand es heraus und streute das in den entsprechenden Kreisen. Bis ich es mitbekam, war es zu spät, Leugnen hätte nur Negativ-Staub aufgewirbelt. Als die erste Presseanfrage kam, fand Greta, dass wir die Sache wenigstens dazu nutzen könnten, Carls Biografie zu pushen und damit seine Bilder verstärkt zurück ins Gedächtnis der Kunstwelt zu bringen. Carl Röwer ist immer noch ein Begriff und ein guter Name, aber nicht mehr so wie vor zwanzig Jahren. Also habe ich der OZ dieses Interview gegeben, und das hat tatsächlich Artikel im Feuilleton der Frankfurter Allgemeinen und im Berliner Tagesspiegel nach sich gezogen. Letzteren wiederum hat ein Galerist aus Frankreich gelesen, der sich mit mir wegen Carls Bildern in Verbindung gesetzt hat. Gretas Plan ging auf.« Matthias hatte das in ruhigem Ton zusammengefasst, jetzt schluckte er. »Wenn das auch ihre Entführung nach sich gezogen haben sollte …«

Kassandra hätte brennend interessiert, ob Matthias wusste,

wer seine Identität preisgegeben hatte, aber das war zweitrangig. »Erinnerst du dich noch an die Titelgeschichte der OZ?«

»Da ging's um das ›Neptun‹ in Warnemünde«, sagte Matthias.

»Das passt«, stellte Paul fest, und Kassandra sah wieder die alte »Ostsee-Zeitung« auf Jans Schreibtisch liegen – mitsamt dem Foto des berühmten Hotels. Nicht die ominösen Zahlen, die Paul misstrauisch gemacht hatten, sondern die OZ an sich war von Bedeutung gewesen.

»Passt vielleicht ein bisschen zu gut«, gab sie zu bedenken. »Hätte er die Zeitung rumliegen beziehungsweise hätte er uns durch sein Haus marschieren lassen, wenn da ein Hinweis darauf liegt, dass er in ein Verbrechen verstrickt ist?«

»Wie sollte er darauf kommen, dass wir von der Entführung wissen? Tatsächlich haben wir ja zu dem Zeitpunkt auch noch nichts davon gewusst.«

Auf Matthias' fragenden Blick hin erklärte Paul, weshalb sie bei Jan gewesen waren.

Etwas unwillig musste Kassandra ihm recht geben. »Was mich eigentlich auch mehr stört, ist, dass er hätte befürchten müssen, Matthias würde eins und eins zusammenzählen. Erst der Hass-Anruf, dann die Entführung. Auch wenn die Stimme verzerrt war: Der Anrufer redet von Kunst, und damit meint er sicher nicht Matthias' frühere Gemälde. Wie war das? ›Was verstehst du schon von Kunst? Deine ist nichts weiter als Müll.‹ Das deutet auf Hass und Eifersucht hin. Wer hätte Grund, eifersüchtig auf Matthias' Erfolg zu sein? Doch nur, wer sich ebenfalls als Künstler, und zwar als missachteter Künstler, betrachtet. Es gibt in der Umgebung nicht so schrecklich viele Leute, die mit Holz arbeiten. Ihn als Anrufer und damit als Entführer zumindest in Betracht zu ziehen läge nahe, das Risiko für ihn wäre viel zu hoch.«

»Vielleicht war der Anruf etwas sehr Spontanes, die Entführung drei Wochen später dagegen sorgfältig geplant«, sagte Paul, »mit einem weniger emotionalen Komplizen, der die weiteren Nachrichten schickt und der weniger leicht mit Jan in Verbindung gebracht werden kann.«

Bisher hatte sich Matthias alles kommentarlos angehört, jetzt stand er abrupt auf. »Während ihr hier redet, kann sonst was mit Greta passieren! Ich geh zu Möller.«

»Nein, warte!« Kassandra war ebenfalls aufgesprungen.

»Wozu?« Matthias war bereits an der Tür und zog den Mantel über.

»Falls Jan damit zu tun hat, ist es zu gefährlich, bei ihm aufzukreuzen und ihn wissen zu lassen, was du vermutest. Du kannst nichts beweisen, müsstest ergebnislos wieder gehen, und er kann seinen Komplizen benachrichtigen.«

Matthias' Gesicht wurde zur Maske. »Nicht, wenn ich mit ihm fertig bin.« Er öffnete die Tür.

»Das solltest du lassen.« Pauls ruhige Stimme bewirkte mehr als Kassandras Warnung. Matthias drehte sich um und wartete, bis Paul vor ihm stand. »Ich verstehe, was in dir vorgeht, aber Kassandra hat recht, eine Kurzschlusshandlung ist in jedem Fall kontraproduktiv. Lass Kassandra und mich gehen. Er wird denken, wir kommen noch mal wegen des Einbruchs, das sieht ganz harmlos aus.«

Es war Matthias anzumerken, dass er ungern untätig blieb, doch er gab nach. »Na schön. Aber falls die kleinste Kleinigkeit darauf hinweist, dass Jan Möller weiß, wo Greta ist, lasst ihn nicht entwischen. Setzt ihn schachmatt und sagt mir Bescheid. Nicht der Polizei. Mir.«

Kassandra wurde immer unwohler, je näher sie der Norderstraße und damit Jan kamen. Sosehr sie sich wünschte, eine Spur gefunden zu haben, so sehr widerstrebte ihr, dass Paul und Matthias schon halbwegs etwas als gegeben hinnahmen, das nichts als reine Spekulation war.

»Es passt viel zusammen und ist die einzige Spur, die wir haben«, sagte Paul, der sie zu gut kannte, um nicht zu wissen, woran sie dachte. »Zumindest, bis Kay auf anderen Kanälen mehr oder Nützlicheres erfährt.«

Der Himmel hatte sich zugezogen, als sie schließlich vor Jans Haus standen. Auf Pauls Klingeln hin tat sich nichts, nebenan war die Tür zur Tischlerei verschlossen, es drangen ebenso wenig Geräusche nach draußen wie aus dem Haus.

»Suchen Sie Herrn Möller?«

Hinter ihnen stand eine ältere Frau am Törchen ihres Vorgartens – die Mutter des Wustrower Briefträgers Felix Krull. Gelegentlich traf Kassandra sie beim Friseur in der Parkstraße.

»Ja, stimmt, Frau Krull. Wissen Sie, wann er zurückkommt?«

»Leider nicht. Als er gestern Mittag wegfuhr, hatte er eine Reisetasche dabei.« Frau Krull schaute zwischen Kassandra und Paul hin und her. »Wollen Sie den Einbruch bei ihm aufklären?«

Nur Kassandra merkte, dass Pauls Lächeln etwas gezwungen war. »Wäre schön, wenn wir das könnten. Hat er gesagt, wohin er wollte?«

»Herr Möller ist nicht besonders mitteilungsbedürftig. Seine Freundin Stefanie ist da ja ganz anders, bloß schade, dass die so selten da ist. Fernbeziehungen gehen häufig in die Brüche.«

»Vielleicht ist er bei ihr«, murmelte Kassandra.

»Eher nicht. Als sie das letzte Mal hier war«, sagte Frau Krull, »erzählte sie, sie müsse für ein paar Wochen dienstlich nach, warten Sie mal, Spanien, glaub ich. Oder war es Portugal? Jedenfalls in den Süden. Ich kann mich irren, aber Herr Möller sah nicht aus, als würde er ihr hinterher- und in Urlaub fliegen. Er wirkte angespannt.«

»Kein Wunder«, sagte Paul, »wenn bei mir eingebrochen worden wäre, wäre ich auch nicht tiefenentspannt.« Er berührte Kassandras Arm und schob sie schon fast vorwärts. »Da müssen wir uns wohl gedulden. Wiedersehen, Frau Krull.«

Kaum waren sie außer Hörweite, fragte Kassandra: »Wieso hast du es so eilig? Wir hätten noch mal ums Haus gehen und uns im Garten umgucken können.«

»Mit Frau Krull als Zeugin? Sie weiß, dass wir nicht wussten, dass Jan weg ist, entsprechend kann sie davon ausgehen, dass wir da nicht mit seiner Erlaubnis rumschleichen. Was, wenn Jan heute Abend wiederkommt und sie erzählt ihm davon? Dasselbe gilt für die drei, vier Leute, die sowohl mit Jan als auch mit mir bekannt sind. Ich kann die unmöglich über ihn ausquetschen.« Ohne Kassandras Antwort abzuwarten, zückte er sein iPhone. »Kay und Rieka müssen Jan durchleuchten. Zu dumm, dass wir dafür nicht mal mit seiner Handynummer dienen können. Ich werde ein schlechtes Gewissen haben, wenn sich rausstellt, dass Jan nichts mit der Sache zu tun hat, aber ein noch schlechteres, wenn das Gegenteil der Fall ist und wir nicht gleich gehandelt haben.« Noch während sie am Norderfeld entlanggingen, berichtete er Kay, was sich ereignet hatte. Nach dem Gespräch nickte er zufrieden. »Sie machen sich dran. Ich sage Matthias Bescheid, und dann können wir erst mal nur wieder warten.«

Das Warten empfand Kassandra als äußerst nervenaufreibend. Sie dachte daran, wie oft Paul und sie schon in brenzlige Situationen geraten waren, wie oft sie schon Angst um ihn gehabt hatte, aber all das ließ sich kaum mit dem vergleichen, was Matthias gerade durchmachte. Greta war bereits tagelang fort, er malte sich garantiert in den düstersten Farben aus, was mit ihr geschah, während er gezwungen war, ohnmächtig zu Hause zu sitzen. Kassandra beneidete Kay darum, wenigstens etwas tun zu können, um die Sache voranzutreiben. Das Klingeln von Pauls Telefon war eine Erlösung.

»Strafrechtlich gesehen ist Jan Möller bisher sauber«, sagte Kay. »Wir haben allerdings auch seine Finanzen gecheckt, und die sind eine Katastrophe. Ihr hattet gesagt, dass es, wenn schon nicht mit den Fischländer Türen, so doch zumindest mit den herkömmlichen Tischlerarbeiten bei ihm bergauf geht. Wenn ihr das von ihm wisst, hat er euch belogen. Er macht kaum Gewinne, seit einigen Monaten schreibt er rote Zahlen in beträchtlicher Höhe, in diesem Jahr gelang es ihm kein einziges Mal, sein Konto auszugleichen. Er könnte also Matthias Röwer nicht nur seinen Erfolg neiden, sondern das Lösegeld extrem gut brauchen, um sich zu sanieren – vielleicht sogar woanders neu anzufangen. Er war online auf Seiten unterwegs, die sein Interesse an zwei Tischlereien in Sachsen-Anhalt beziehungsweise Baden-Württemberg nahelegen, die zum Verkauf stehen.

Mir ist klar, dass das bloß Träumereien sein können und all das noch keinen Entführer aus ihm machen muss. Dennoch ist Möller ein ernst zu nehmender Verdächtiger.«

»Ja«, sagte Kassandra leise. »Sieht ganz so aus.«

»Röwer sollte zur Polizei gehen«, fuhr Kay fort. »Ich schicke euch das Programm zur Stimmentzerrung, das ist nichts Illegales. Er kann sagen, er hat euch gebeten, ihm mit dem AB zu helfen. Die Kollegen werden weder die Datei noch den Zeitungsartikel ignorieren noch den Hinweis auf Möllers prekäre finanzielle Situation, die ja anscheinend kein großes Geheimnis ist, wenn auch keine Details bekannt sind. Als Krönung ist er offenbar abgehauen – da wird garantiert ermittelt.«

»Das ist alles richtig, aber ich glaube nicht, dass Matthias in Erwägung zieht, die Polizei einzuschalten. Ich weiß nicht mal«, Paul sah kurz zu Kassandra, »ob ich das täte, wenn es um Kassandra ginge. Ich würde mich lieber an dich wenden.«

Kay lachte leise. »Danke.« Sein Tonfall wurde unvermittelt ernst. »Aber dir würde ich dasselbe raten. Bisher habe ich mit meiner Truppe dazu beitragen, Verbrechen aufzuklären, die nicht so wahrgenommen wurden oder bei denen die Ermittlungen in die falsche Richtung liefen. Hier steht ein Menschenleben auf dem Spiel, es kommt auf jeden Moment an und darauf, möglichst großflächig und mit allen Mitteln nach Greta Röwer zu suchen. Das können wir unmöglich in dem Umfang leisten wie die Kollegen, die das offiziell machen. Außerdem kann die Polizei das Haus auf Fingerabdrücke und DNS überprüfen und mit denen von Jan Möller abgleichen. Sollte Greta Röwer von dort entführt worden sein, kann das helfen, ihn festzunageln. Und die Kollegen werden schnell herausfinden, wo er steckt.« Nach einer kurzen Pause bekräftigte er: »Röwer soll zur Polizei gehen – sag ihm das.«

»Klingt vernünftig. Trotzdem glaube ich nicht, dass Matthias das genügend beeindruckt, wenn er das Risiko dagegen abwägt.«

Kassandra sah das ähnlich. »Kannst du Jan nicht ausfindig machen?«, fragte sie.

»Haben wir schon. Zumindest Möllers Handy ist in Schwerin, und es besteht kein Grund anzunehmen, dass er nicht ebenfalls dort ist. Allerdings gibt es da ein kleines Problem mit seinem Bewegungsprofil, wir versuchen noch, das zu lösen. Sein Bewegungsprofil am Tag der Entführung ist übrigens leider wenig aussagekräftig. Zwischen etwa halb und Viertel nach eins war sein Handy aus, davor wie danach ausschließlich in Wustrow. Möller ist meist zu Hause geblieben, war aber auch mal unterwegs im Ort – nicht in Barnstorf allerdings. Aber da wir nicht wissen, wann und wo genau Greta Röwer entführt wurde, bringt uns das nicht wesentlich weiter.« Kay hielt kurz inne. »Behaltet Möllers derzeitigen Aufenthaltsort erst mal für euch, wenn ihr mit Röwer redet. Er muss begreifen, dass er das nicht allein durchziehen kann.« Im Hintergrund hörte Kassandra ein »Pling«. Kay hatte eine Nachricht erhalten, er verabschiedete sich. »Wir hören voneinander.«

»Versuchen wir's also«, sagte Paul und rief Matthias an.

Nachdem er ihn über den Stand der Dinge informiert hatte, blieb es am anderen Ende der Leitung so lange still, dass Kassandra beinah meinte, Matthias nachdenken zu hören. Sie spürte, dass er sich seine Entscheidung nicht leicht machte und bestimmt auch in Betracht zog, dass bereits Heinz ihm zugeredet hatte, sich an die Behörden zu wenden.

»Ich weiß deinen Rat zu schätzen, Paul, und ich bin sicher, wäre ein Freund in dieser Situation, würde ich ihm exakt das Gleiche empfehlen«, sagte Matthias schließlich. »Was immer ich tue, ich muss am Ende mit den Konsequenzen leben. Ich werde mich nach dem richten, was die Entführer verlangen. Keine Polizei. Es muss eine andere Möglichkeit geben herauszufinden, wo Möller ist. Vielleicht gibt es in seinem Haus einen Hinweis.«

»Für das wir keinen Schlüssel haben«, erinnerte Paul ihn.

Matthias gab ein Schnauben von sich. »Ihr hattet das Passwort für sein Online-Banking genauso wenig.«

Da hat er zweifellos einen Punkt, dachte Kassandra.

Doch ehe sie etwas sagen konnte, fuhr er fort.

»Tut mir leid. Das war unfair. Ich kann nicht verlangen, dass ihr in Möllers Haus einbrecht. Ich würde so was unter normalen Umständen nicht mal denken. Es ist nur …«

»Schon gut«, fiel Paul ihm ins Wort. »Wir müssen nirgendwo einbrechen, wahrscheinlich hält Jan sich in Schwerin auf. Wenn du willst, dass wir weitermachen, fahren wir hin.«

Diesmal ließ Matthias' Reaktion nicht ganz so lange auf sich warten. »Ich frage weder, woher ihr das wisst, noch, warum ihr das nicht gleich gesagt habt. Und ja, ich will, dass ihr weitermacht.« Seine Stimme wurde leiser. »Ich würde es selber tun, wenn ich könnte.«

Matthias ist nicht der Typ, der sich selbst leidtut, dachte Kassandra, aber jetzt muss er sich noch hilfloser fühlen als jeder andere in seiner Lage.

»Das wissen wir«, sagte sie laut. »Sobald es was Neues gibt, melden wir uns.«

Paul lenkte seinen Wagen auf die Bäderstraße und gab etwas mehr Gas als erlaubt. Vorletzten Monat hatte sein siebzehn Jahre alter Wagen endgültig den Dienst versagt, den neuen Škoda Superb besaß er noch nicht lange. Doch wie immer, wenn Kassandra ihn beim Fahren beobachtete, kam es ihr vor, als sei er verwachsen mit dem Lenkrad, das er locker hielt, obwohl er genau wie sie angespannt war. Sie hatten sich auf den Weg gemacht, ohne Kay zu benachrichtigen. Das würde sie jetzt nachholen und ihm erklären, dass Matthias sich trotz aller guten Ratschläge für einen Alleingang entschieden hatte. Dabei fragte sie sich, ob Kay ihnen mitteilen würde, wo sie in Schwerin nach Jan suchen mussten, wenn er so entschieden die Meinung vertrat, dass das ein Fall für die Polizei war.

Als er sich meldete, konnte sie ihn zuerst kaum verstehen. Anscheinend war er wie sie unterwegs und telefonierte über die Freisprechanlage.

6

Kay Dietrich wusste, was Kassandra ihm sagen würde, bevor er das Gespräch entgegennahm. Er war Matthias Röwer nie begegnet, aber Tobias hatte ihn vorgewarnt.

Was Tobias Harms und er vor zwei Jahren gemeinsam durchgestanden hatten, die Schüsse auf dem Wustrower Friedhof und das Nachspiel, hatte sie zusammengeschweißt, sie waren ein hervorragendes Team geworden. Trotzdem war ihm Tobias immer noch eine Spur zu korrekt gewesen für das, was Dietrich gemeinsam mit Rieka Stahl und dem pensionierten Kriminalhauptkommissar Bengt Johannsen tat. Nach den Vorkommnissen um Matthias Röwer letztes Jahr war er ihm allerdings verändert vorgekommen.

Mehrere Dinge hatten dann vor einigen Monaten den Ausschlag gegeben, Tobias zu fragen, ob er sich ihnen anschließen wollte: Er war gerade zum KDD versetzt worden, und sie konnten jemanden in Stralsund gut brauchen. Vor allem aber war es die Vermutung gewesen, dass Tobias ohnehin schon ahnte, weshalb manche Fälle, bei denen Dietrich mit seinen eigenwilligen Methoden und seiner Hartnäckigkeit von seinen Vorgesetzten zurückgepfiffen worden war, am Ende doch noch aufgeklärt werden konnten.

Dietrich hatte sich also mit Rieka und Bengt besprochen, Tobias auf ein Feierabendbier nach Hause eingeladen, ihn über Risiken und Nebenwirkungen aufgeklärt und ihm nahegelegt, sich die Sache gut zu überlegen.

»Muss ich nicht. Wenn ihr mich wollt, bin ich dabei«, hatte Tobias gesagt.

Genau genommen war die Tatsache, dass er beim KDD seinen Dienst versah, der eigentliche Grund, weshalb Dietrich beabsichtigte, auch nach seiner Beförderung bei der Kriminalpolizeiinspektion in Anklam zu bleiben. Anders, als er es Kassandra gegenüber erwähnt hatte, ermittelte der KDD nämlich zumindest Todesfälle meist zu Ende. Aber so, wie sie jetzt verteilt waren, deckten sie für ihre Truppe ein größtmögliches Feld ab.

Wenn Dietrich an ihr erstes Treffen zu viert zurückdachte, musste er immer noch grinsen. Im Leben hätte Tobias nicht damit gerechnet, Bengt bei dieser Gelegenheit wiederzusehen. Aber noch mehr faszinierte ihn Rieka. Sie war eine äußerst kluge Frau, mit ihren dreißig Jahren die Jüngste in der Truppe und noch dazu ein erfreulicher Anblick. Rieka dagegen hatte Tobias' Aufmerksamkeit sichtlich irritiert. Es war definitiv neu für sie, dass ihr ein Mann auf diese altmodische Art den Hof machte. Dietrich hoffte, dass Tobias damit Erfolg haben würde. Er mochte Rieka sehr, doch seitdem er – spät zwar, aber immerhin – begriffen hatte, wie weit Riekas Interesse an ihm selbst ging, empfand er ihre Zusammenarbeit manchmal als etwas heikel. Dabei gab sie sich größte Mühe, sich nichts anmerken zu lassen, und ahnte wahrscheinlich nicht mal, dass er es wusste. Was ihn betraf: Er kam gut ohne Beziehung aus, die das Leben nur verkomplizieren würde. Er hatte kein Interesse an so was. Manchmal traf er sich mit einer Frau, die er im Zuge einer Ermittlung in Berlin kennengelernt hatte. Sabrina erwartete nichts von ihm und er nichts von ihr. Das reichte ihm völlig. Absolut. Alles andere war … kompliziert.

»Kassandra, lass mich raten«, sagte er, nachdem die Verbindung besser geworden war. »Röwer will von der Polizei nichts wissen.« Er hörte, wie sie am anderen Ende eine Mischung aus Seufzen und Lachen von sich gab.

»Konntet ihr das Problem mit dem Bewegungsprofil lösen?«, fragte sie. »Und wenn ja, verrätst du uns, wo Jan steckt? Wir fahren, dein Einverständnis einfach mal vorausgesetzt, nämlich gerade nach Schwerin.«

Dietrich verzog amüsiert das Gesicht. »Ihr braucht mein Einverständnis, um nach Schwerin zu fahren?«

»Du weißt, was ich meine«, gab Kassandra zurück, hörbar weniger amüsiert.

Dietrich runzelte die Stirn. Seit wann reagierte sie so verbissen auf seine Ironie? »Möllers Handy liegt in der ›Schloss-Pension‹«, sagte er vielleicht einen Hauch zu kühl. »Bemerkenswerterweise bereits seit fast vierundzwanzig Stunden. Wir dachten, da läge ein Fehler vor, aber das ist nicht der Fall. Zwei Möglichkeiten: Möller hat sein Telefon absichtlich oder unabsichtlich in seinem Zimmer liegen lassen, während er in Schwerin unterwegs ist. Oder ...« Er ließ den Satz in der Luft hängen.

»... er hält Greta da fest und bewacht sie?«, schlussfolgerte Kassandra.

»Ein bisschen riskant, aber nicht ausgeschlossen. Ich will das überprüfen und bin gerade auf dem Weg dahin. Falls die Angelegenheit harmlos ist, wäre es sogar von Vorteil, wenn ich erst mal nicht in Erscheinung treten müsste. Wann könnt ihr da sein? Die Pension liegt Mecklenburgstraße, Ecke Heinrich-Mann-Straße.«

»Anderthalb Stunden«, schaltete sich Paul ein. »Treffen wir uns an der nächsten Straßenecke vor der Burgseegalerie.«

»Alles klar.« Dietrich wollte das Gespräch schon beenden, als Kassandra noch etwas sagte.

»Kay? Danke.« Sie klang erleichtert.

Mit einem Mal verstand Dietrich, dass sie sich vorhin bloß unwohl dabei gefühlt hatte, etwas zu tun, von dem sie vermutete, dass er es nicht guthieß. »Dafür nicht«, sagte er. »Bis dann.«

Dietrich kam zuerst in der Mecklenburgstraße an. Im Vorbeifahren warf er einen Blick auf die »Schloss-Pension«, ein weißes Haus mit breitem Erker und einer Dachterrasse unter einem Türmchen. Unten führten ein paar Stufen zwischen zwei Säulen zum Eingang. Die Pension hatte drei Sterne, Mittelklasse – das, was man erwarten würde von jemandem, der sein Auskommen mit dem Einkommen haben musste. Nichts, was darauf hinwies, dass Möller neuerdings viel Geld besaß. Als Dietrich schließlich gegenüber der Burgseegalerie parkte, fiel ihm wieder ein, dass Pauls Mutter in Schwerin lebte und er sich deshalb gut genug hier auskannte, um den Treffpunkt vorzuschlagen.

Während er wartete, fragte er sich zum wiederholten Mal, wie vermögend Matthias Röwer war. Er hatte von einem Tag auf den anderen eine halbe Million lockermachen können. Gut, das Anwesen in Barnstorf war mit Sicherheit weit mehr wert, dazu kamen die »Mühlen-Galerie« und die Kunstwerke, die Röwer besaß. Wenn man das in Betracht zog: Warum hatten die Entführer nicht mehr gewollt? Weil von vornherein geplant war, dass es eine zweite Forderung geben würde? Wieso ließ die auf sich warten?

Von einem Klopfen an die Scheibe wurde er aus seinen Gedanken gerissen. Paul stand draußen.

»Hab deinen Škoda gar nicht gesehen«, sagte Dietrich, nachdem er ausgestiegen war.

Paul deutete auf die andere Straßenseite schräg hinter ihnen zu einer Limousine in Dunkelblaumetallic. »Probefahrt gefällig?«

»Bei Gelegenheit gern. Ich dachte, du trennst dich nie von deiner alten Kiste.«

»Bloß zwangsweise.« Paul lachte, kam dann aber gleich zum Wesentlichen. »Ich schlage vor, Kassandra und ich gehen rüber und fragen nach Jan. Für den Fall, dass er nicht in seinem Zimmer ist«, Paul klopfte auf seine Lederjacke, »hat uns jemand ein kleines Werkzeug mitgegeben, mit dem wir die Tür aufkriegen.«

»Jemand?« Dietrich sah zu Kassandra hinüber, die verschmitzt guckte und seinen Verdacht bestätigte. Wenn das hier vorbei war, würde er sich gern mal wieder mit Heinz Jung treffen. »Sollte er doch da sein, müsst ihr erklären, weshalb ihr überhaupt wisst, wo er sich aufhält.«

»Da hat er uns in die Hand gespielt. Sein Wagen steht um die Ecke. Ich werde sagen, ich habe meine Mutter besucht, bin hier vorbeigekommen, hab sein Auto gesehen und … Alles Weitere improvisiere ich. Kassandra wartet unsichtbar in Hörweite. Falls was sein sollte, wird sie dich hoffentlich früh genug benachrichtigen können.«

Dietrich nickte. »Viel Glück.«

Er ließ ihnen einen Vorsprung, ging langsam hinterher und beobachtete, wie sie die Pension betraten. Kassandra und Paul taten so was nicht zum ersten Mal. Trotzdem verspürte Dietrich eine innere Anspannung, die er im Dienst oft zur Seite schieben konnte, hier jedoch nicht.

Nach zehn Minuten öffnete sich die Glastür der Pension, ein sehr junger Mann – blond, Vollbart, Basecap tief ins Gesicht gezogen, löchrige Jeans, Turnschuhe – mit einer Sporttasche trat auf die Straße und lief eilig zu einem Taxi, das kurz zuvor angekommen war und mit laufendem Motor ein paar Meter entfernt gewartet hatte. Dietrichs sechster Sinn sagte ihm, dass das von Bedeutung war, noch ehe er an der Reisetasche den großen Anhänger zur Kenntnis genommen hatte, der ein blaues Wappen mit weißem Segler, gelber Sonne und dem Schriftzug »TSV Wustrow« zeigte.

Die Tasche bot genug Platz für eine halbe Million.

Dietrich sprintete los und schickte ein Stoßgebet zum Himmel, dass sein Bein ihn nicht ausgerechnet heute wieder an den lange zurückliegenden Unfall erinnern und ihm einen Strich durch die Rechnung machen würde. Das Laufen bereitete ihm keine Schwierigkeiten, doch das half wenig. Ein Laster kam ihm in die Quere, dessen lang gezogenes »Honk« ihn gerade noch rechtzeitig warnte.

Dietrich sprang zurück, bevor er von dem Lkw erfasst wurde, verlor den Mann und das Taxi kurzzeitig aus der Sicht, als der Laster vorbeidonnerte – und fluchte, als er schließlich mit ansehen musste, wie das Taxi in die entgegengesetzte Richtung davonfuhr.

Immerhin hatte er sich das Autokennzeichen gemerkt. Rieka würde das Taxiunternehmen eruieren und entsprechend, wen der Wagen wohin beförderte. Er zückte sein Telefon, als Paul und Kassandra aus der Pension kamen und sich suchend nach ihm umsahen.

»Was ist passiert?«, fragte Kassandra.

Erst ihr besorgter Blick machte ihm bewusst, dass er so grimmig guckte, wie ihm zumute war. Er gab ihnen eine Kurzfassung seines Beinahezusammenstoßes mit dem Laster und wollte danach endgültig Rieka anrufen, doch Paul hielt ihn zurück.

»Der Mann im Taxi absolviert sein Freiwilliges Soziales Jahr in der Neurologischen Klinik und hat Jans Sachen abgeholt. Jan ist gestern auf der Straße mit einem Schlaganfall zusammengebrochen, nicht lebensbedrohlich, aber er wird noch eine Weile im Krankenhaus bleiben müssen.«

»Sagt wer? Der Junge mit der Basecap? Habt ihr gesehen, wie er sich auswies?« Nur in Gedanken fügte Dietrich hinzu, dass man solche Ausweise ebenso gut fälschen konnte.

»Wir haben gehört, wie er mit der Rezeptionistin sprach, als er sich verabschiedete. Anscheinend kennen die sich. Klang alles glaubhaft«, sagte Kassandra. »Wenn das stimmt, lagen wir mit unseren Verdächtigungen völlig daneben.«

Nicht unbedingt, dachte Dietrich, der schon die Telefonnummer der Neurologischen Klinik googelte. Er tippte die Nummer an und hielt ihr sein Telefon hin.

»Überprüfen wir erst mal, ob Möller tatsächlich eingeliefert wurde.«

Kassandra wurde mehrfach verbunden, aber am Ende hörte er aus ihren Antworten heraus, dass zumindest dieser Teil der Geschichte der Wahrheit entsprach. »Also alles auf Anfang«, sagte sie, als sie ihm das Telefon zurückreichte.

»Warum? Nach wie vor haben wir Möllers Stimme auf dem Anrufbeantworter.« Er sah, dass Paul etwas einwenden wollte, ließ ihn aber nicht zu Worte kommen. »Gut, ihr seid euch nicht absolut sicher, aber ihr habt es beide herausgehört. An dem Zeitungsartikel und Möllers finanziellen Problemen hat sich ebenfalls nichts geändert, und wir wissen nicht, was er in Schwerin wollte.«

»Möglicherweise schon. Da drin«, Paul wies mit dem Daumen über seine Schulter, »hängt ein Werbeplakat für die Messe ›Holz und Bau‹, die heute begonnen hat. Zugegebenermaßen ist nicht ganz einzusehen, weshalb er einen Tag vorher anreist, eine Übernachtung für nichts und wieder nichts ist Geld zum

Fenster rausgeworfen. Andererseits könnte es ja sein, dass er sich gestern schon mit einem Kollegen getroffen hat.«

Letzteres kam eher skeptisch hinterhergeschoben, und Dietrich spürte, dass Paul wie er selbst nach wie vor die Möglichkeit in Betracht zog, dass Möller in der Entführung drinhing. Kassandra dagegen zweifelte, auch das sah er.

»Hat Herr Basecap oder das Krankenhauspersonal gesagt, ob Möller Besuch empfangen kann?«, fragte er.

»Frühestens in zwei Tagen«, sagte Kassandra.

»Das dauert mir zu lange. Sehen wir mal, wie es ist, wenn die Polizei ihn sprechen will.« Er wandte sich um in der Erwartung, dass Paul und Kassandra ihm folgten.

»Kay«, hielt Kassandra ihn zurück.

»Was?«, fragte er ungehalten. »Ich weiß, dass Röwer keine Einmischung der Polizei will, und ich weiß vor allem auch, dass Möller krank ist. Trotzdem führt kein Weg an einer Befragung vorbei. Folgendes Szenario: Möller hält Greta Röwer gefangen, kann sich jetzt aber für längere Zeit nicht um sie kümmern. Wir gehen zwar davon aus, dass er einen Komplizen hat, wissen aber nicht, wie deren Zusammenarbeit aussieht. Vergessen wir nicht, dass die Aufnahme auf dem Diktiergerät manipuliert gewesen sein kann und der Komplize Greta Röwer womöglich nie gesehen hat und/oder nicht weiß, wo sie ist. Möller darf keinen Besuch empfangen, und es ist unklar, ob er in seinem Zustand mit einem Smartphone hantieren darf oder auch nur telefonieren kann. Dementsprechend hat der Komplize gegebenenfalls keine Möglichkeit, Greta Röwers Aufenthaltsort zu erfahren, was bedeutet, er kann sie nicht versorgen, geschweige denn freilassen. Das wäre wohl in niemandes Sinn.« Er fixierte Kassandra. »Willst du immer noch, dass ich nicht wenigstens versuche, mit Möller zu reden?«

Kassandra schwieg. Etwas in ihrem Blick machte Dietrich stutzig, außerdem nahm er aus den Augenwinkeln wahr, dass Paul zwischen ihm und Kassandra hin- und hersah, aber er hatte keine Zeit, sich damit auseinanderzusetzen. Er drehte sich wieder um und ging zielstrebig auf seinen Wagen zu.

Offenbar hatten sich Paul und Kassandra nun doch entschlossen, ihm zu folgen.

»Wenn du denen im Krankenhaus deinen Dienstausweis unter die Nase hältst, wissen die, mit wem sie es zu tun hatten«, gab Paul zu bedenken. »Falls dein Vorgesetzter oder deine Kollegen erfahren, dass du dich inoffiziell in eine Entführungsgeschichte eingemischt hast, noch dazu, ohne die Straftat anzuzeigen, wird es eng für dich.«

Dietrich ließ das sacken, bis er vor Pauls neuem Wagen ankam, dessen Metallicblau unten an den Türen und um die Räder herum nicht mehr neu glänzte, sondern nach dem letzten Regenwetter Schlammfarbe angenommen hatte.

»Du gehörst nicht zu den Männern, die sich überflüssige Gedanken um ihr Auto machen. Ich gehöre nicht zu denen, die sich überflüssige Gedanken ums Berufsrisiko machen. Im Laufe der Jahre, die ich mit dieser inoffiziellen Arbeit zubringe, habe ich mir angewöhnt, relativ schnell abzuwägen, welches Risiko es wert ist, eingegangen zu werden. Sonst käme ich zu nichts anderem mehr.« Er lächelte leicht. »Aber danke.«

Während der Fahrt in den Norden der Stadt zur Wismarschen Straße dachte Dietrich darüber nach, dass er Kassandra heute bereits zweimal missverstanden und gereizt reagiert hatte. Was war los mit ihm? Wieso zerrte gerade dieser Fall, der noch dazu gerade erst begonnen hatte, so an seinen Nerven? Er vertraute oft seiner Intuition, zu Vorahnungen neigte er dagegen nicht. Doch hier lag was in der Luft, das ihm nicht gefiel.

Das Krankenhausgelände war weitläufig, es erstreckte sich über einen großen Gebäudekomplex mit mehreren Flügeln, von denen der vorletzte auf der rechten Seite die Klinik für Neurologische Intensivmedizin mit der Stroke Unit beherbergte. Vom Parkplatz schaute Dietrich an der vierstöckigen Quadratisch-praktisch-gut-Fassade empor. Irgendwo da lag Jan Möller, der möglicherweise wusste, wo Greta Röwer war. Dietrich wandte sich dem Eingang zu und sah auf die Uhr. Paul und Kassandra waren in der Innenstadt geblieben, sie hatten sich in einer Stunde in einem Café in der Nähe des Doms verabredet, und er fragte sich, ob diese Zeit zu knapp oder zu großzügig bemessen war. Er hatte einige Erfahrung in der Befragung und Vernehmung von kranken Zeugen und Verdächtigen, aber mit einem Schlaganfallpatienten hatte er es bisher nicht zu tun bekommen. Würde Möller sich überhaupt artikulieren können, selbst wenn er wollte?

Es dauerte, bis Dietrich den behandelnden Arzt sprechen konnte, der ihm eröffnete, dass Möller unter teilweisem Gedächtnisverlust litt. Das waren keine guten Nachrichten, dennoch gelang es Dietrich, ihn von der Dringlichkeit einer Befragung zu überzeugen.

»Sie haben fünf Minuten«, gab der um die Augen herum erschöpft wirkende Mann nach und führte ihn zu der Intensiveinheit, in der Möller lag. »Keine Minute länger. Und ich werde Sie durch die Glasscheibe genau beobachten. Wenn Herrn Möller etwas aufregt, brechen Sie sofort und ohne weitere Diskussion ab. Ist das klar?«

Dietrich nickte. Er betrat das Krankenzimmer, die Augen des Arztes in seinen Rücken gebohrt. Möller lag aufgerichtet in seinem Bett und schaute aus dem Fenster. Er drehte sich erst um, als Dietrich ihn ansprach. Verwunderung zog über sein Gesicht, als er einen völlig Fremden ohne weißen Kittel an seinem Bett stehen sah.

»Herr Möller, es tut mir leid, Sie stören zu müssen«, begann Dietrich und zeigte ihm wie dem Arzt zuvor seinen Dienstausweis. Beide Male zu kurz hoffentlich, als dass sich einer von ihnen hätte merken können, was draufstand. »Ich ermittele in einer Entführungssache und brauche Zeugen für den Zeitraum von letztem Mittwochvormittag bis Mittwochabend, etwa gegen achtzehn Uhr.« Dietrich suchte nach Anzeichen von Erschrecken, aber Möller schien nur verwirrt.

»Entführung? Ich verstehe nicht …« Er sprach langsam, aber einigermaßen deutlich.

»In Wustrow«, führte Dietrich näher aus. »Greta Röwer wurde entführt.«

Diesmal glomm kurz etwas in Möllers Augen auf – ohne dass Dietrich sicher hätte sagen können, was es gewesen war. »Wenn Sie mir bitte sagen würden, wo Sie Mittwoch waren?« Möller schluckte. »Ich …« Er schluckte erneut, Anstrengung huschte über sein Gesicht. »Ich weiß es nicht mehr.« Seine rechte Hand begann zu zucken, die linke blieb völlig ruhig. War sie gelähmt?, schoss es Dietrich durch den Kopf. Er schaute zurück in Möllers Gesicht, das noch mehr Anspannung zeigte. Wenn der Arzt das durch die Scheibe hinter ihnen auch sah, blieb Dietrich nicht mehr viel Zeit. Er musste behutsamer vorgehen.

»Es würde uns sehr weiterhelfen, wenn Sie versuchen, sich zu erinnern«, sagte er freundlich.

»Warum …« Möller räusperte sich, seine rechte Hand zuckte weiterhin. »Warum fragen Sie mich das?«

»Sie sind sozusagen ein Kollege von Herrn Röwer«, sagte Dietrich, als würde das alles erklären, und achtete auf jede kleinste Reaktion. Möller holte zitternd tief Luft, aber es war schwer zu sagen, ob der Grund dafür in Dietrichs Äußerung lag oder ob es Möller grundsätzlich Anstrengung kostete, mehr als nur flach zu atmen.

»Wir kennen uns nicht persönlich«, murmelte Möller.

»Ja, das sagte Herr Röwer bereits«, stellte Dietrich fest. »Er sagte allerdings auch, Sie hätten ihn vor einigen Wochen mal angerufen.«

Nun las Dietrich eindeutig Erschrecken in Möllers Ausdruck. »Da … muss er sich irren. Sie können doch … Können Sie nicht überprüfen …« Möller stockte.

»… von wem Herr Röwer angerufen wurde?«, beendete Dietrich den Satz. Das hatten sie natürlich getan. »Der Anruf kam von einer öffentlichen Telefonsäule.«

»Aus Wustrow?« Ein kaum wahrnehmbares Lächeln spielte um Möllers Mundwinkel.

Er hätte das wohl nicht gefragt, wenn er selbst vom einzigen öffentlichen Fernsprecher, den es in Wustrow noch gab, telefoniert hätte.

»Nein«, sagte Dietrich. »Aus Ribnitz. Aber das ist ja nicht sonderlich weit weg.« Er musterte Möller. Der Mann sah blass und eingesunken aus, seine rechte Hand zuckte nach wie vor, die linke lag viel zu still auf der Decke, er sprach zu langsam. Aber wenn Dietrich weiter so viel Rücksicht nahm, würde er überhaupt keine brauchbaren Antworten bekommen. Er beugte sich vor.

»Wo waren Sie Mittwoch zwischen elf Uhr vormittags und sechs Uhr abends?« Er sprach unaufgeregt und leise, nur seine Augen brannten sich in die seines Gegenübers.

Wieder ein zitterndes Luftholen, Möllers Stirn legte sich in Falten, ein leichter Schweißfilm bildete sich zwischen Nase und Mund, sein Oberkörper verkrampfte sich.

Scheiße!

Dietrich wollte schon dem Arzt signalisieren, dass Möller Hilfe brauchte, da spürte er, wie dessen rechte Hand über den Ärmel seiner Jacke strich. Danach sank sie kraftlos wieder aufs Bett, doch immerhin bewegten sich die Finger der linken Hand nun ebenfalls.

»Ich weiß es nicht«, wiederholte Möller langsam, aber deutlicher als zuvor, Verzweiflung im Blick. »Bitte glauben Sie mir: Ich weiß es wirklich nicht. Ich kann mich nicht erinnern, was ich in den letzten beiden Wochen getan oder nicht getan habe, und sogar die Woche davor hat Lücken. Bitte. Das ist die Wahrheit.«

Intuitiv glaubte Dietrich ihm, aber er kam nicht dazu, Möller das zu sagen. Hinter ihm öffnete sich die Tür.

»Die Zeit ist um, ich muss Sie bitten zu gehen«, sagte der Arzt.

»Gleich. Nur noch eine einzige Frage«, sagte Dietrich, ohne sich umzudrehen. »Herr Möller, wer könnte mir Auskunft darüber geben, was letzte Woche war? Ein guter Freund? Ein Nachbar?«

Er hegte wenig Hoffnung, aber wenn Möller die Entführung mit einem Freund geplant hatte, konnte sie jeder Name weiterbringen. Möller bewegte langsam den Kopf nach rechts und links, als wolle er sagen, er habe keine engen Freunde.

Nach allem, was Paul erzählt hatte, war Jan Möller mehr oder weniger Einzelgänger, und die Freundin war seit längerer Zeit im Ausland.

»Das reicht jetzt«, drängte der Arzt. »Bitte gehen Sie.«

Dietrich richtete sich wieder auf und sah das Handy auf dem Nachttisch liegen, das der FSJler zusammen mit Möllers anderen Sachen aus der Pension hergebracht hatte. Rieka hatte alle Daten längst überprüft und nichts Auffälliges gefunden. Sie würde es weiter im Blick haben. Sobald Möller einen Anruf bekam, würden sie wissen, von wem. Immerhin. Sein Blick fiel auf das Festnetztelefon, das ebenfalls dort stand, und registrierte die Durchwahlnummer. Rieka würde auch das in den Griff bekommen. Aber Greta Röwer half das alles nicht, falls der Komplize tatsächlich nicht wusste, wo sie steckte – und Möller sich tatsächlich nicht erinnern konnte.

»Danke, Herr Möller«, sagte Dietrich. »Gute Besserung.«

Der Arzt hielt die Tür zum Flur demonstrativ weit auf und schloss sie von innen, um sich um Möller zu kümmern, nachdem Dietrich hinausgegangen war.

»Das wird ein Wettlauf mit der Zeit«, sagte Paul.

Zu dritt saßen sie an einem Tisch am Fenster mit Blick auf den Dom. Vor Paul und Kassandra standen bereits vier leere Tassen, Dietrich hatte gerade einen doppelten Espresso in drei schnellen Schlucken hinuntergestürzt. Der Moment, in dem Möller angefangen hatte, sich zu verkrampfen, lag ihm noch im Magen.

»Vielleicht sollten wir tun, was Matthias vorgeschlagen hat«, meinte Kassandra.

Paul maß sie mit einem langen Blick. »Ich dachte, du warst bisher von uns am wenigsten von Jans Beteiligung überzeugt.«

»Aber wie ihr beide nicht müde werdet zu betonen, ist er unsere einzige Spur – zumindest bis Magda Fehning wieder im Lande ist und Bruno mit ihr reden kann.« Kassandra spielte gedankenverloren mit ihrem Löffel und ließ ihn auf die Untertasse klirren.

»Was hat Röwer denn vorgeschlagen?«, fragte Dietrich.

»In Jans Haus einzubrechen und nach Hinweisen zu suchen«, erklärte Paul lapidar.

Dietrich verzog die Mundwinkel. »Ich sollte protestieren, aber es ist kein ganz abwegiger Gedanke. Das entsprechende Werkzeug habt ihr ja schon.« Er sah Kassandra an. »Nehmt deinen Onkel mit, der knackt das Schloss bestimmt schneller als ihr.«

»Sagte der Kriminalhauptkommissar.« Kassandra griente matt zurück. »Hast du heute Nacht schon was vor, Paul?«

»Jetzt ja.«

Kassandra nickte wie zur Bestätigung einer Verabredung und wandte sich wieder an Dietrich. »Tust du so was auch gelegentlich?«

»Wo einbrechen?«, vergewisserte sich Dietrich. »Sicher. Häufig.«

»Nicht nur virtuell, meine ich.«

Er neigte den Kopf. »Wenn es sich nicht vermeiden lässt.«

»Und …«, wollte Kassandra weiterfragen.

Mit einer Geste schnitt Dietrich ihr jedes weitere Wort ab. »Du solltest besser nicht zu viel darüber wissen, was genau ich tue.«

Kassandras Blick verdunkelte sich. »Glaubst du, wir würden dich …«

»Nein«, unterbrach er sie erneut, verärgert diesmal. »Natürlich glaube ich das nicht. Die Frage hast du hoffentlich nicht ernst gemeint.« Was war denn bloß los heute? Wieso stritten sie dauernd? Er legte ein paar Münzen auf den Tisch und erhob sich. »Tut mir leid.« Wofür entschuldigte er sich? »Sagt Bescheid, sobald sich bei euch was ergibt. Ich melde mich umgekehrt.« Er sah zuerst Paul an, dann Kassandra und versuchte ein Lächeln. »Grüß deinen Onkel, bitte.«

Er wartete Kassandras Nicken ab, drehte sich um und verließ das Café.

Als er im Wagen saß, rief er Rieka an. »Tut sich was auf Möllers Smartphone oder dem Klinikapparat?« Die Nummer von Letzterem hatte er ihr vorhin schon durchgegeben. Jetzt hörte sie auf eine Tastatur einhämmern.

»Nichts, Bulle.«

Dietrich sah sie vor sich, wie sie sich dabei ihre braunen Haare aus der Stirn strich, denen seit Neuestem der Rotstich fehlte. Sie nannte ihn fast immer »Bulle«, so gut wie nie beim Vornamen. Ihre Art von Schutzwall? Sein eigener begann anscheinend zu bröckeln, er sollte ihn ausbessern und höher bauen.

7

Montag, 17. Oktober

Kassandra fühlte sich furchtbar. Ausgelaugt, müde, hilflos, wütend. Nacheinander in unterschiedlicher Reihenfolge und sogar alles zusammen. Sie kamen keinen einzigen Schritt voran. Nachdem sie aus Schwerin zurückgekehrt waren, hatten sie die Nacht abgewartet und waren mit Heinz' Hilfe in Jans Haus eingedrungen. Die Skrupel, die sie dabei empfanden, wurden größtenteils durch den Gedanken verdrängt, dass Gretas Leben auf dem Spiel stand und sie es durch das, was sie taten, vielleicht retten konnten. Zuvor hatte Heinz noch einmal versucht, Matthias umzustimmen, alle Argumente ins Feld geführt, doch die Polizei einzuschalten, und sogar ernsthaft überlegt, sich über ihn hinwegzusetzen und es selbst zu tun – aber es letzten Endes nicht über sich gebracht, entgegen Matthias' ausdrücklichen Wunsch zu handeln. Dass die sorgfältige Durchsuchung von Jans Haus dann nicht mal das Geringste ergab, trug wenig dazu bei, ihrer aller Stimmung zu heben.

Die noch offenen Fragen wie die nach dem dritten Mann, mit dem Matthias vor längerer Zeit Ärger gehabt hatte, konnten von Kay geklärt werden – es lag nichts Verdächtiges vor. Ebenso hatte seine Truppe aufgrund von Jans Handy- und Computerdaten dessen Umfeld gründlich durchleuchtet und entsprechend einige Leute überprüft. Alles in Rekordzeit – und alles ergebnislos. Immerhin war von der gereizten Stimmung, die zwischen ihnen und Kay in Schwerin geherrscht hatte, bei ihren Telefonaten nichts mehr zu spüren gewesen. Kassandra konnte sich gar nicht erklären, wie die überhaupt zustande gekommen war. Etwas an diesem Fall schien anders als sonst.

Jetzt stand sie an der halb geöffneten Terrassentür und starrte in den Garten, ohne etwas zu sehen. Zwar hörte sie, wie Paul, der an der Küchenzeile stand, mit Geschirr und Besteck klapperte, während er einen Fischsalat zubereitete, doch das nahm sie nur am Rande wahr, genau wie den Duft der Marinade aus Zitrone, frischen Kräutern und Zwiebeln, der durch den Raum zog. Es war schon Montagabend, die Zeit lief ihnen davon, und Greta blieb verschwunden. Lebte sie überhaupt noch? Auf Pauls Schreibtisch begann sein iPhone wieder zu surren. Weil er damit beschäftigt war, Fisch in kleine Stücke zu schneiden, bat er Kassandra ranzugehen.

Nach einem Blick aufs Display machte ihr Herz einen Satz. »Das ist noch mal Kay.«

Paul wischte sich flüchtig die Finger ab und kam aus der Küche herüber, als Kassandra sein Telefon auf Lautsprecher stellte.

»Möllers Freundin kommt morgen außerplanmäßig aus Buenos Aires zurück, seine Nachbarin muss wohl die Erdteile verwechselt haben«, sagte Kay, wie so oft ohne einleitende Worte. »Allerdings wollte er sie mit seinem Anruf anscheinend nur informieren und nicht dazu animieren herzukommen. Wie gut oder schlecht ist ihr Verhältnis zueinander?«

»Ich weiß nichts Zuverlässiges darüber, wir kennen Steffi zu wenig«, sagte Paul. »Aber wenn sie ihre Dienstreise abbricht und um die halbe Welt fliegt, obwohl Jan nicht in Lebensgefahr schwebt, dürfte zumindest von ihrer Seite eine Menge Gefühl im Spiel sein.«

»Vielleicht genauso von seiner«, mischte Kassandra sich ein. »Wie du schon sagtest, er ist außer Lebensgefahr, es wäre möglich, dass er ihr keine Umstände machen wollte. Ist ja nicht gerade ein Katzensprung von Südamerika aufs Fischland.«

»Mir persönlich wäre deine Auslegung am liebsten«, sagte Kay, »weil das hieße, dass sie einander lieben und ehren und vertrauen bis ans Ende aller Tage, und das wiederum bedeutet, Stefanie Bade könnte etwas wissen, woran Möller sich nicht erinnert. Gefühle hin oder her, sie ist praktisch veranlagt und will zuerst ein paar Sachen für Möller holen, der anscheinend nicht geplant hatte, länger in Schwerin zu bleiben, und gleichzeitig nach seinem Haus sehen. Passt sie da ab und versucht, was aus ihr herauszubekommen. Nach meinen Informationen landet ihre Maschine aus München morgen Vormittag um zehn Uhr fünfundvierzig in Rostock-Laage.«

»Alles klar, machen wir«, sagte Paul.

»Gut. Falls sich zwischendurch im Krankenhaus was Ungewöhnliches tut, sage ich Bescheid. Zusätzlich zu unseren technischen Finessen hab ich jemanden da installiert, der Augen und Ohren offen hält.«

»Wie groß ist deine Truppe?«, rutschte es Kassandra heraus, und einen Augenblick lang befürchtete sie, sie wäre wieder zu neugierig gewesen. Zu ihrer Erleichterung hörte sie Kay jedoch nur leise lachen.

»Manchmal zu klein, aber für Schwerin reicht es. Mein Mitarbeiter hat seinen Charme spielen lassen und sich mit der Stationsschwester angefreundet. Er ist gut darin, Leute zum Reden zu bringen, ohne dass die überhaupt merken, wie viel sie erzählen. Meldet euch, sobald ihr mit der Bade gesprochen habt.«

Paul kehrte in die Küche zurück, während Kassandra sein Telefon noch in der Hand hielt. »Wir sollten Matthias benachrichtigen, dass es eine neue Entwicklung gibt.«

Fünf Minuten später war Matthias auf demselben Stand wie sie.

»Er wirkte die meiste Zeit ganz ruhig«, sagte Kassandra. »Dabei muss er durch die Hölle gehen. Nur am Schluss war ihm anzumerken, dass er das Warten kaum aushält. Er würde gern selbst mitkommen und mit Steffi reden.«

»Das würde ich an seiner Stelle auch wollen. Und ich weiß nicht, ob ich mich so zurückhalten und beherrschen könnte wie er.« Paul hatte sich die Hände gewaschen, kam zu Kassandra herüber und schloss sie in die Arme. Wortlos hielten sie einander, nur das leise Rauschen der See drang von draußen zu ihnen herein. Es klang so friedlich. Bis die Stille durch den Schrei einer Möwe gestört wurde und es beinah gleichzeitig an der Tür läutete.

»Das ist ja wie im Taubenschlag«, murmelte Kassandra und

löste sich nur zögernd von Paul. »Vielleicht erfahren wir ja gleich noch was Spannendes.«

Als sie öffnete, stand Erik vor ihr. Sie war versucht, ihm zu sagen, dass es heute Abend nicht passte, bemerkte aber einen seltsamen Ausdruck auf seinem Gesicht.

»Stimmt was nicht?«, erkundigte sie sich und ließ ihn eintreten.

Eriks meist sonniges Gemüt schien gedämpft, er wirkte niedergeschlagen und rieb sich übers Gesicht, ehe er antwortete.

»War ein anstrengender Tag, zuerst hatte ich Ärger an der Uni, und eben habe ich mit Thea gestritten.«

Paul, der gerade den Fischsalat auf den Esstisch stellte, deutete einladend auf einen der Stühle. »Setz dich und iss mit uns.«

Unsicher kam Erik näher. »Ich geh euch bestimmt schon auf den Geist.«

»Red keinen Tünkram, setz dich lieber«, sagte Paul.

»Keinen was?«

»Blödsinn. Du gehst uns nicht auf den Geist. Keine Ahnung, wie du darauf kommst.«

Seufzend nahm Erik Platz. »Thea sagt das. Und sie beschwert sich, dass ich mehr hier bin als bei ihr und Ellie. – Danke.« Paul hatte ihm ein Bier gereicht, von dem er einen großen Schluck nahm und sich anschließend den Schaum von der Oberlippe wischte. »Sie hat recht. Aber es ist schwierig. Thea und ich – wir hatten ein paar Probleme, bevor wir herkamen. Das hier sollte ein Neuanfang werden.« Eriks Blick verlor sich in der Ferne.

Kassandra hatte Teller gebracht und sich mit Paul zu Erik gesetzt. Noch jemand mit Problemen, wenn auch wenigstens keine lebensbedrohlichen. Zur Abwechslung mal eine gewöhnliche Ehekrise.

»Was tut ihr, wenn ihr streitet?«, fragte Erik.

Kassandra und Paul wechselten einen Blick. »Abstand halten, bis wenigstens einer sich wieder beruhigt hat«, sagte Kassandra. »Dann reden. Funktioniert. Meistens jedenfalls.«

Erik sah aus, als hätte er mit einer ausgefalleneren Antwort gerechnet. Glaubte er ernsthaft, sie hätten eine Patentlösung für Paarprobleme?

»Und wenn nicht?«

»Schlafzimmer. Funktioniert.« Paul füllte mit stoischer Miene Salat auf Eriks Teller. »Immer.«

Erik guckte verblüfft, dann lachte er. »Okay, das versuche ich, wenn ich nach Hause komme.« Er nahm eine Gabel von dem Fischsalat. »Liebe soll ja bekanntlich durch den Magen gehen. Bekomme ich das Rezept?«

»Es gibt keins, fürchte ich, ich nehme immer das, was ich gerade dahabe«, sagte Paul. »Aber ich kann dir gern nachher mailen, was in dieser Version drin ist.«

»Bitte.« Erik nahm eine weitere Gabel. »Schmeckt phantastisch.«

Eine Weile aßen sie schweigend. Kassandra bemerkte, dass Eriks Ausdruck sich nach und nach wieder verdüsterte.

»Was war denn in der Uni los?«, fragte sie.

Erik reagierte nicht sofort. Erst als Kassandra ein zweites Mal fragte, sah er hoch. »In der Uni? Ach so, ja, Auseinandersetzung mit dem Dekan. Gibt sich hoffentlich wieder.«

Paul legte den Kopf schief. Er kannte den Dekan und sah aus, als wolle er etwas dazu sagen, entschied sich aber anders. »Und dein Vater? Gefällt's Arvid auf dem Fischland?«

Auch diesmal schien es, als habe Erik gar nicht zugehört, doch immerhin musste Paul seine Frage nicht wiederholen. »Muss wohl. Ich krieg ihn kaum zu sehen, er ist dauernd unterwegs. Soweit ich weiß, hat er sich heute schon wieder mit eurem Galeristen getroffen.«

In die sich ausbreitende Stille hörte sich Kassandras Räuspern doppelt so laut an. »Mit Matthias? Und wieso ›schon wieder‹?«

Erik nickte, den Mund voll Fischsalat. Als er ausgekaut hatte, sagte er: »Ich hatte gestern ein Treffen mit ein paar sehr engagierten Studierenden, das ging ziemlich lange.« Er verzog das Gesicht. »Das deutsche Bier ist genauso wenig zu verachten wie die Rostocker Kneipen. Anschließend hab ich übrigens kurz noch hier vorbeigesehen, weil einer der jungen Männer erzählt hat, sein Großvater wäre in den Sechzigern Student an der Seefahrtschule gewesen, aber ihr wart nicht da. Wo treibt ihr euch denn in einer Sonntagnacht rum?«

Er hatte die Frage vollkommen ernst gestellt, und Kassandras Herz rutschte in die Hose, weil sie befürchtete, Erik könne wissen, was sie getan hatten, nämlich bei Jan einbrechen. Sie warf Paul einen Blick zu, der das jedoch nicht merkte, sondern Erik unverwandt ansah. Sie schaute zurück zu Erik, der plötzlich von einem bis zum anderen Ohr grinste.

»Klar. Schlafzimmer. Entschuldigt die Neugier.«

»Kein Problem«, sagte Paul trocken. »Und was war nun mit Matthias und Arvid?«

»Dass Thea kaum Deutsch spricht, wenig kontaktfreudig ist und entsprechend Heimweh hat, ist ein weiteres Problem. Sie hatte sich gefreut, dass mein Vater hergekommen ist, und gehofft, er würde den Abend mit ihr verbringen. Der war aber mit Matthias Röwer zuerst in der Mühle wegen der Bilder von … wie hieß der Großvater? Carl? Danach haben sie sich verquatscht, und Arvid war noch später zu Hause als ich.« Erik zuckte mit den Schultern und schaufelte erneut Salat auf seine Gabel. »Da haben sich wohl zwei gefunden.«

8

Dienstag, 18. Oktober

Matthias schreckte hoch und stieß das Glas um, das er in den frühen Morgenstunden neben sich auf den Schreibtisch gestellt hatte. Normalerweise nahm er keine Gläser oder Becher mit ins Büro, die feuchten und klebrigen Ränder, die sie hinterließen, waren ihm zuwider, aber normalerweise schlief er auch nicht vor purer Erschöpfung in seinem Stuhl ein.

Was hatte ihn geweckt? Das Telefon! Bevor es noch einmal klingeln konnte, griff er danach und meldete sich. Eine dämliche Umfrage! Er donnerte das Mobilteil auf die Station zurück, ohne auch nur »Nein, danke« gesagt zu haben, erhob sich und stieg die Wendeltreppe nach oben, um sich unter die Dusche zu stellen.

Gestern Abend hatte er gewusst, dass er in der Nacht kein Auge zubekommen würde, und es deshalb gar nicht erst versucht. Stattdessen war er rübergegangen zum alten Wohnhaus dicht am Ufer des Boddens und die Treppe zur Werkstatt unter dem tief hängenden Rohrdach hinaufgestiegen. Dort hatte ihn der Holzduft empfangen, den er lieben gelernt hatte wie früher den Geruch von Farbe. Matthias hatte sich zielgerichtet durch den Raum bewegt und ohne Zögern nach einem großen grob zugeschnittenen Brett aus Akazienholz gegriffen, das einmal Teil einer Gartenbank werden sollte. Er hatte das schwere Holz auf die Werkbank gewuchtet, war mit der Hand über die noch unebene Oberfläche gefahren und hatte sich nach dem Rauhbankhobel umgedreht. Sein Werkzeug und sein Material lagen, hingen und standen immer genau an derselben Stelle, sodass er exakt das in die Finger bekam, was er benötigte. Er hatte Stunden um Stunden gearbeitet. Als der Morgen graute, hatte die Gartenbank die typisch schiefe Gestalt angenommen, die allen seinen Möbeln gemein war, aber zum ersten Mal war ihm danach zumute, ein Stück, das er geschaffen hatte, wieder zu zerstören.

Jetzt unter der Dusche dachte er an Jan Möller, der ihm seinen Erfolg neidete, Greta dafür leiden ließ – und sich nach allem, was Kassandra und Paul im Schweriner Krankenhaus erfahren hatten, an nichts erinnern konnte. Matthias drehte das Wasser kälter. Gestern Abend war er so kurz davor gewesen, zur Polizei zu gehen, wie nie. Dann hatte er wieder die Flüsterstimme gehört: »Wir melden uns, wenn es an der Zeit ist. Bis dahin: keine Polizei, sonst war das Lob für deine grandiose Idee das Letzte, was du von deiner Frau gehört hast.« Er hatte sich auch an Heinz' Worte erinnert: »Wir tun alles Menschenmögliche.«

Er wusste nicht, was da im Hintergrund lief, und eine sehr vage Idee davon hatte er sofort wieder als zu absurd verworfen. Er musste ja auch nichts wissen – er vertraute Heinz. Und schließlich hatte Kassandra angerufen und ihm von Möllers Freundin erzählt, die etwas wissen könnte.

Matthias stützte sich mit beiden Händen an den Fliesen ab und ließ das mittlerweile eiskalte Wasser auf seinen Körper niederprasseln. Als er zu zittern begann, wusste er nicht, ob vor Kälte, Wut oder Angst. Ruckartig richtete er sich auf und drehte das Wasser ab. Er würde sich nicht von Wut oder Angst lähmen lassen, zu viel war in seinem Leben schon geschehen, als dass ihn das hier aus der Bahn werfen könnte. Tief in seinem Inneren allerdings war ihm klar, dass er sich das bloß einredete. Früher oder später würde es ihn aus der Bahn werfen.

Ohne Arvid wäre das womöglich längst passiert. Zuerst hatte er gedacht, es wäre nur die Ablenkung. Aber Arvid Sundberg strahlte eine innere Ruhe aus, die Matthias nie besessen hatte, und wenn er tausendmal nach außen so wirkte. Arvids Ruhe färbte auf ihn ab, wenn sie zusammen waren, wie auch immer der alte Mann das machte.

Matthias verzichtete auf ein Frühstück, er würde nichts herunterbekommen, und Kaffee hatte er in der Nacht so viel in sich hineingeschüttet, dass sein Koffeinhaushalt für zwei Tage gedeckt war. Nach einem weiteren vergeblichen Besuch beim Briefkasten zog er eine Lederjacke über und ging hinaus in den Garten und weiter in Richtung Bodden. Das Licht schimmerte auf der Wasseroberfläche, es blendete und tat seinen Augen weh, sodass er seine Sonnenbrille aufsetzte. Damit ging es besser, und er stand eine Weile am Ufer, ehe er nach links zu den drei Weiden weiterlief. Dort hatte einmal Carls Atelier gestanden, in dem auch Matthias später gemalt hatte. Heute war da nur noch eine akkurate Rasenfläche – und ein flacher Stein, auf dem er oft mit Greta saß und die besondere Atmosphäre genoss, die er trotz seiner fehlenden Sehkraft wahrnehmen konnte. Er hatte nichts vergessen, er war hier aufgewachsen und erinnerte sich an die Zeesboote, die Segler und die Fahrgastschiffe auf dem Wasser, das Schilf am Ufer, den schmalen Horizontstreifen gegenüber, sogar an die winzige Kirchturmspitze von Ribnitz, die man bei sehr klarem Wetter gerade noch erkennen konnte. Manchmal erzählte Greta ihm, was sie sah, und manchmal schwiegen sie einfach nur miteinander.

Nun saß er allein hier und ließ seine Gedanken schweifen. Greta und Carl, die beiden wichtigsten Menschen in seinem Leben – eine verschwunden und der andere schon so viele Jahre tot.

»Matthias?«

Er schüttelte den Kopf über sich selbst. Jetzt hörte er schon Carls Geist zu sich sprechen. Da spürte er, wie ein Schatten über ihn fiel. Geister warfen keine Schatten.

»Matthias.«

Die Hand auf seiner Schulter ließ ihn herumfahren.

»Tut mir leid«, sagte Arvid. »Ich wollte dich nicht erschrecken.«

Matthias stieß die angehaltene Luft aus. »Ich war sehr weit weg, sonst hätte ich dich kommen hören. Möchtest du dich setzen, oder sollen wir ins Haus gehen?« Dabei ging ihm auf, dass er nicht mal fragte, was Arvid hier tat, obwohl sie nicht verabredet gewesen waren.

Arvid lachte ein bisschen heiser. »Das schaffe ich gerade

noch, so alt bin ich nun wieder nicht.« Er ließ sich nieder, und Matthias merkte an seinen Bewegungen, dass er sich umschaute. »Das ist ein schöner Platz. Wirkt bloß ein bisschen kahl, dieser Rasen ohne alles.«

»Hier wird das Atelier meines Sohnes stehen«, sagte Matthias.

Er ließ die Worte in sich nachklingen und begriff erstaunt, was er da ausgesprochen hatte. Er wusste nicht, ob er je einen Sohn haben, und wenn ja, ob er malen oder auch nur sein Leben auf dem Fischland verbringen würde.

Arvid fand es offenbar nicht nötig, darauf etwas zu erwidern. Stattdessen stellte er fest: »Dir geht es nicht gut. Vielleicht kannst du das vor der Welt verstecken, aber nicht vor mir. Hat es mit deiner Frau zu tun?«

Matthias erschrak, wenn er auch äußerlich ruhig blieb. »Wie kommst du auf die Idee?«

»Du streitest es nicht ab?«

»Wozu? Bei dir gilt anscheinend: einmal Journalist, immer Journalist. Du hast ein gutes Gespür.«

»Ich erkenne die Anzeichen von Schmerz«, sagte Arvid. »Was ist los?«

Es war verführerisch, sich ihm anzuvertrauen. »Greta … hat mich verlassen.« Innerlich musste er beinah lächeln. Greta wusste, dass er Lügen zutiefst verabscheute, und was er gerade gesagt hatte, war ja auch auf gewisse Weise keine gewesen. Sie hätte sich darüber ausgesprochen amüsiert.

»Was für ein passender Zeitpunkt«, fand Arvid. »Letzten Freitag schon? War sie deshalb nicht auf der Lesung?«

»Mittwoch.«

Matthias war sich nicht im Klaren darüber, was er erwartet hatte. Sicher nicht Arvids Sachlichkeit. Erstaunlicherweise tat ihm die gut.

»Warum?«, fragte Arvid.

Was sollte er darauf antworten, ohne zu lügen? Matthias schüttelte schon wieder über sich selbst den Kopf. Als ob es darauf ankäme.

»Ein anderer Mann?« Das kam sehr leise von Arvid.

Matthias rieb sich das Kinn. Steilvorlage, was, Greta?, dachte er. »Kann man so sagen.«

»Frauen können unberechenbar sein«, stellte Arvid ebenso sachlich fest wie eben.

»Was ist mit deiner?«, erkundigte sich Matthias, hauptsächlich, um nicht länger über Greta reden zu müssen.

»Die hat sich vor zwei Jahren aus dem Staub gemacht. Ebenso unberechenbar. Eines Morgens wachte ich auf, und sie atmete nicht mehr. Wenn man das ignorierte, sah sie aus, als schliefe sie.«

»Das tut mir leid«, sagte Matthias. Er verbot sich, daran zu denken, was er täte, wenn Greta …

»Wir hatten ein paar schöne Jahrzehnte. Ich hatte viel Glück. Sehr viel Glück.«

»Ich bin sicher, das hat sie genauso gesehen.«

»Das hoffe ich. Aber ich weiß, dass ich nicht immer einfach war. Bin. Sie hat mich das eine oder andere Mal verflucht.«

Matthias hörte das Lächeln in Arvids Stimme. »Woher willst du das wissen? Du bist ein anständiger Mensch, ich kann mir nicht vorstellen, dass jemand je einen Grund haben sollte, dich zu verfluchen.«

Jetzt lachte Arvid. »Woher willst du wissen, dass ich ein anständiger Mensch bin?«

»Ich habe auch hin und wieder ein ganz gutes Gespür.«

Arvid ließ sich Zeit mit seiner Antwort, die ernster ausfiel, als Matthias gedacht hätte. »Ich bemühe mich. Aber ich war nicht immer erfolgreich.« In seinen nächsten Worten blitzte wieder der Humor durch. »Dass Helga mich ab und zu verflucht hat, weiß ich aus zuverlässiger Quelle: Sie hat damit nicht hinterm Berg gehalten.«

»Wie war sie?«

Matthias begrüßte es, dass sich das Gespräch nun völlig auf Arvid konzentrierte. Darüber hinaus verspürte er Neugier auf den Mann und seine Familie.

»Eine zarte Person mit rotblonden Locken und leiser

Stimme, willensstark und kampfbereit wie ein Löwe. Wenn sie an etwas glaubte, scheute sie sich nicht, überall ihre Meinung kundzutun, egal wie unliebsam diese Meinung gerade war. Sie trat immer für ihre Überzeugung ein.« Nach einer kleinen Pause fuhr er scheinbar zusammenhanglos fort: »1973 gab es in Schweden einen großen Skandal um Geheimdienste und das, was zwei Journalisten aufgedeckt hatten, die dann verhaftet wurden. Dreihundert Schriftsteller protestierten in einem Aufruf, ein paar aus Deutschland schickten einen offenen Brief an die Zeitung, fünftausend Leute gingen in Stockholm auf die Straße. Da haben wir uns kennengelernt.«

Matthias versuchte, sich den über vierzig Jahre jüngeren Arvid vorzustellen, was leichter gewesen wäre, wenn er gewusst hätte, wie er heute aussah. Dennoch entstand vor seinem inneren Auge ein Bild: Tausende von Leuten und mittendrin die rotblonde Frau und ein nicht allzu großer, ernsthafter Mann. Ihre Blicke trafen sich ...

»Genug Vergangenheit«, sagte Arvid in Matthias' Phantasiegebilde hinein und stand auf. »Wenn du nichts dagegen und Zeit hast: Würdest du mir dein Fischland zeigen? Ich war noch längst nicht überall.«

»Verstellen ist nicht dein Ding, was, Arvid?«, fragte Matthias milde. »Ich glaube sofort, dass dich das Fischland interessiert, aber in erster Linie willst du mich von hier weglotsen, damit ich keine Trübsal blase, richtig?«

»Durchschaut, mein Junge. Gehen wir?«

Matthias hob die Brauen. Er war achtundvierzig, und seit Carl vor neunundzwanzig Jahren gestorben war, hatte ihn niemand je wieder »mein Junge« genannt. Nicht mal Magda. Er hätte sich das auch nicht gefallen lassen, von niemandem.

»Gehen wir«, sagte Matthias.

Die meiste Zeit verbrachten sie auf dem Hohen Ufer, wo Arvid fasziniert war von der Aussicht auf See und Seebrücke zur einen und die im Wasser liegenden Bunker zur anderen Seite. Schließlich kehrten sie auf die Strandstraße zurück. Der Spaziergang hatte Matthias wenigstens für kurze Zeit von dem endlosen vergeblichen Warten auf eine neue Nachricht abgelenkt. Über Greta oder Arvids Frau Helga hatten sie nicht mehr geredet. Stattdessen hatte Arvid von seinem langjährigen Berufsleben erzählt und Matthias von seinen auch mal skurrilen Erfahrungen als Galerist. Wie schon auf der Steilküste achtete Arvid weiter darauf, dass Matthias nicht stolperte. Er ließ ihn dichter an den Vorgärten gehen, während er selbst immer wieder das von den Wurzeln der mächtigen Linden aufgeworfene Pflaster umschiffte. Der Fußweg war recht eng für zwei Personen, daher merkte Matthias sofort, als Arvid abrupt stehen blieb und etwas Unverständliches murmelte.

»Was ist?«, fragte Matthias.

Statt einer Antwort setzte Arvid sich wieder in Bewegung. Gleichzeitig registrierte Matthias, dass von rechts ein Auto aus einer Straße kam. Das musste die Lindenstraße sein, was bedeutete, dass sie in ein paar Metern den Platz mit der Bronzeskulptur der nackten fülligen Dame erreicht haben würden, die die Künstlerin passend »Erde« genannt hatte. Den Platz, von dem die Norderstraße abging.

Jan Möller!, durchfuhr es Matthias. Hatten Paul und Kassandra schon mit dessen Freundin gesprochen? Er tastete nach dem Ziffernblatt seiner Uhr. Gleich zwölf, wahrscheinlich also nicht. Die Versuchung war groß, mit Arvid in die Norderstraße einzubiegen und »zufällig« bei dem Zusammentreffen dabei zu sein. Als hätte Arvid seine Gedanken gelesen, blieb er wieder stehen. Vor sich sah Matthias drei Gestalten, die um die Bronzestatue herumstanden. Nach ihren Schemen zu urteilen, waren zwei davon Paul und Kassandra – mit Sicherheit auf dem Weg zu Möllers Haus.

»Tag, Paul, Kassandra«, sagte er.

Arvid wandte sich ihm kurz zu, sicher, weil er sich fragte, wie Matthias die beiden hatte erkennen können. Matthias hörte kaum auf ihre Erwiderung, weil Arvid bereits die dritte Person ansprach.

»Was tust du denn hier? Keine Uni heute?«

Nach einem winzigen Moment sagte Erik Sundberg: »Wenn du heute Morgen zum Frühstück da gewesen wärst, hätte ich dir sagen können, dass ich dienstags keine Seminare habe.«

Das kam leichthin heraus, aber Matthias nahm eine unterschwellige Gereiztheit wahr, die auch in den nächsten Worten mitschwang, obwohl Erik versuchte, sie mit einem humorigen Ton zu kaschieren. »Wie ich sehe, Herr Röwer, lässt mein Vater Ihnen keine Ruhe. Er kann zuweilen etwas besitzergreifend sein. Wenn es zu viel wird, müssen Sie ihm das sagen.«

»Ich denke«, sagte Matthias, »Ihr Vater ist durchaus in der Lage, das selbst zu erkennen, falls das je der Fall sein sollte.«

»Sie kennen ihn nicht so gut wie ...«, begann Erik.

»Håll tyst, Erik«, sagte Arvid, ohne die Stimme zu heben, und doch hätte Matthias geschworen, dass das eine Zurechtweisung gewesen war.

Erik verstummte, während Arvid Paul nach einem Buch über das Fischland fragte, das mehr bot als ein herkömmlicher Reiseführer. Innerlich musste Matthias lächeln. Wie Arvid mit seinem Sohn umging, erinnerte ihn daran, wie Carl ihn selbst früher manchmal abgebügelt hatte, wenn er der Meinung gewesen war, dass Matthias lieber erst mal nachdenken sollte, bevor er redete. Meist hatte Carl recht damit gehabt – aber Matthias war noch sehr jung und unerfahren gewesen, kein Mann um die vierzig. Trotzdem hatte es ihm damals nicht gefallen, genauso wenig wie Erik heute. Er schwieg zwar, aber Matthias nahm seine Bewegung wahr, weg von Arvid, hin zu Paul, der Arvid gerade zwei Bücher empfahl.

Dann hörte er zum ersten Mal Kassandras Stimme.

»Tag, Frau Fehning. Was für schöne Astern! Sind die aus Ihrem Garten?«

Magda! War das hier der Marktplatz von Wustrow, oder was? Matthias ahnte, dass Kassandra Magda nur seinetwegen gegrüßt hatte, sie kannten sich kaum. Sie hatte ihn vorwarnen wollen, dabei war er sich einigermaßen sicher, dass Magda sonst einfach vorbeigegangen wäre.

»Ja, das sind sie«, antwortete Magda. »Falls Sie welche für

Ihre Pension brauchen können, kommen Sie gern vorbei, ich habe reichlich.«

»Das wäre wunderbar, vielen Dank! Wann passt es Ihnen?«

Am Rande hatte Matthias mitbekommen, dass Paul und Arvid ihr Gespräch über die Bücher beendet hatten und zuhörten.

»Wann immer Sie Zeit haben, ich bin ja meist zu Hause«, sagte Magda.

Täuschte er sich, oder lag da ein leiser Vorwurf in ihrer Stimme? Der nicht in Kassandras, sondern in seine Richtung ging. Dabei war es ganz allein ihre Entscheidung gewesen, nicht mehr zu ihm zu kommen – weder als Haushälterin noch als alte Freundin. Er hatte nie verstanden, warum sie ihre Haltung Greta gegenüber nicht geändert hatte, und er bedauerte es nach wie vor. War es ihr Stolz gewesen, ihr Unwille zuzugeben, dass Greta nicht so berechnend war, wie sie ihr unterstellt hatte? Er würde viel dafür geben, wenn er Magda und Greta noch mal an einen Tisch bekäme. Wenn Greta je wieder da wäre. Zum Teufel! Greta *würde* wieder da sein!

»Hallo, Magda«, sagte er.

»Matthias.«

Er spürte, dass sie sich schon halb umdrehte.

»Magda, ich möchte dir Erik und Arvid Sundberg vorstellen«, sagte Matthias das Erste, was ihm einfiel. Er wandte sich in die Richtung der beiden Männer. »Magda Fehning war jahrzehntelang die gute Seele im Hause Röwer. Arvid, das interessiert dich sicher besonders: Sie kannte Carl sehr lange, und er und ich wären verhungert und vermutlich verlottert, wenn sie nicht für uns gesorgt hätte.«

Eine kurze Stille entstand, Magda waren seine Worte anscheinend unangenehm. Er hörte, wie sie sich räusperte.

»Das ist völlig übertrieben, Herr … Sund…?«, sagte sie zögerlich.

»Sundberg«, ergänzte Arvid. Entgegen seiner sonstigen Gewohnheit bot er ihr nicht das Du an. Das tat man augenscheinlich sogar im lockeren Schweden nicht bei Damen eines gewissen Alters.

»Das ist nur ein ganz klein wenig übertrieben«, widersprach Matthias. »Ich kann mir ehrlich nicht vorstellen, was wir ohne dich gemacht hätten. Und was später ich ohne dich gemacht hätte.« Er gab Magda keine Zeit, erneut zu protestieren. Dafür hatte er seine Worte zu bewusst gewählt, sie sollten exakt so stehen bleiben. Schnell fuhr er fort: »Magda, Arvid war Journalist in Göteborg, wir haben uns neulich in der Mühle kennengelernt.« Absichtlich vermied er die Erwähnung der Biografie und der Lesung. »Er hat jede Menge Kunstverstand, bewundert Carls Werke und interessiert sich auch sonst für ihn. Du könntest Arvid das eine oder andere von Carl erzählen, wenn du magst.«

Magda antwortete nicht sofort. Unter normalen Umständen wäre er diplomatischer vorgegangen. Er verstand sich gut darauf und neigte nicht dazu, mit der Tür ins Haus zu fallen. Aber er hatte es satt. Was sollten solche Spielchen? Es kam doch nur auf das Wesentliche an.

»So«, sagte Magda schließlich doch noch. »Meinst du denn, dass ich Herrn Sundberg noch was Neues erzählen kann?«

»Ich will mich keinesfalls aufdrängen, Frau Fehning«, sagte Arvid leise, bevor Matthias reagieren konnte.

»Oh, davon bin ich überzeugt«, stellte Magda fest. »Es ist nur so, dass Sie der Biografie, die Matthias' Frau geschrieben hat, sicher alles Wissenswerte entnehmen können.« Ihr Tonfall hatte vom ersten bis zum letzten Wort etwas Provozierendes.

»Das ist kaum dasselbe, wie etwas aus erster Hand zu hören«, sagte Matthias verärgert.

»Warum hast du die Biografie dann überhaupt schreiben lassen?«, fragte Magda.

Von Anfang an war sie gegen das Projekt gewesen, war es immer noch und hatte tatsächlich vor, diesen Kleinkrieg weiterzuführen!

»Weil es eine Menge Leute gibt, die nicht die Chance haben, aus erster Hand etwas über Carl zu erfahren«, sagte er schneidend. Zugleich wurde ihm bewusst, was er tat. Er stritt sich mit Magda. Schon wieder. Sie würde sich nie mit Greta aussöhnen. Und er verschwendete seine Zeit – viel schlimmer: Pauls und Kassandras Zeit, denen niemand die Gelegenheit gegeben hatte, zwischendrin Auf Wiedersehen zu sagen. Er musste dieses Gespräch beenden, damit sie endlich mit Möllers Freundin reden konnten. »Tut mir leid, dass ich das vorgeschlagen habe«, sagte er mehr zu Arvid als zu Magda. »Wir sollten uns besser verabschieden. Paul, Kassandra, wir sehen uns sicher bald mal wieder.«

»Das wäre schön«, sagte Kassandra, und Paul fügte hinzu: »Wir müssen auf jeden Fall noch mal in die Mühle, am Freitag bin ich gar nicht dazu gekommen, mir Carls Bilder in Ruhe anzusehen.« Daraufhin nickte er offenbar in die Runde. »Frau Fehning, Arvid, Erik – bis demnächst.«

»Ich muss mich leider auch verabschieden, Matthias«, sagte Arvid. »Danke für deine Begleitung.«

Matthias ließ sich seine Überraschung, für die es genau genommen gar keinen Grund gab, nicht anmerken. »Jederzeit gerne.«

»Ich komme bestimmt drauf zurück«, erwiderte Arvid und wandte sich an seinen Sohn. »Erik, du erwähntest vorhin ein Frühstück. Ich habe in der Tat heute noch nichts gegessen.«

»Das wird wohl eher ein Mittagessen«, sagte Erik, um noch etwas auf Schwedisch hinzuzufügen, das Arvid mit einem Lachen quittierte. Es wurde leiser, als die beiden Männer sich entfernten.

Matthias stand mit Magda allein auf dem Platz, zwischen ihnen nur die Bronzestatue. Höchstens zwei Meter trennten sie, zwei unüberbrückbare Meter.

»Wiedersehen, Matthias«, sagte Magda.

Als sie längst an ihm vorbei in Richtung Seebrücke gegangen war, wurde ihm klar, dass er nichts erwidert – und dass auch Arvid sich nicht von ihr verabschiedet hatte. Arvid wäre niemals von sich aus unhöflich, aber er legte verständlicherweise auch keinen Wert darauf, über Magdas Unfreundlichkeit hinwegzusehen.

Langsam drehte Matthias sich um und zog den Teleskop-

Blindenstock aus, den er nicht gebraucht hatte, solange Arvid neben ihm gegangen war. Er machte ein paar Schritte bis zum Bordstein und sah nach links in die Norderstraße. Irgendwo dahinten mochten Paul und Kassandra schon auf Stefanie Bade gestoßen sein.

9

Kassandra wartete, bis sie außer Hörweite waren. »Was war das denn?«, fragte sie schließlich.

»Was genau meinst du?«, antwortete Paul mit einer Gegenfrage. »Eriks miese Laune schon bevor wir da eben alle aufeinandertrafen, seine und Arvids bemüht kaschierte Unstimmigkeit, Matthias' dagegen sehr offener Streit mit Magda Fehning oder ...« Er ließ den Rest des Satzes in der Luft hängen.

»Oder die Art und Weise, wie Arvid auf Magda Fehning reagierte«, ergänzte sie. »Sein Blick sprach ja zwischendrin Bände, er mag sie nicht. Ich meinte alles – das große Ganze sozusagen. Wobei Arvids Reaktion auf Magda noch am ehesten nachzuvollziehen ist. Sie war Matthias gegenüber auf Krawall gebürstet, und Arvid hat was übrig für ihn.«

»Was wiederum Erik nicht zu gefallen scheint. Er hat es runtergespielt, aber Matthias konnte es mit Sicherheit heraushören.«

»Hat Erik dir vorhin beim Kaffee am Kiosk gesagt, welche Laus ihm über die Leber gelaufen ist, oder meinst du, es hatte da schon was damit zu tun, dass Arvid hier seine eigenen Wege geht?«

Paul verzog das Gesicht. »Gesagt hat er, es hätte eine telefonische Fortsetzung des Streits mit dem Dekan gegeben. Ich hatte das Gefühl, es war ihm nicht recht, dass ich ihn drauf ansprach.«

»Und deshalb glaubst du ihm nicht?«

»Nicht unbedingt deshalb. Was mich nachdenklich macht, ist, dass Holger Lewerenz ein äußerst umgänglicher Mensch ist. Es muss schon wirklich was vorfallen, ehe er den Dekan rauskehrt.«

»Das heißt, Erik hat in Wahrheit Probleme mit Arvid und Matthias.«

»Oder es geht um ganz was anderes, um Thea vielleicht«,

meinte Paul, »was er mir gegenüber nicht weiter vertiefen wollte. Dafür hat er dann aber seine ohnehin schon gereizte Stimmung an den beiden ausgelassen.«

Ein paar Meter gingen sie schweigend, bis Kassandra mit ihren Gedanken wieder bei Magda Fehning ankam. »Wir können Bruno Bescheid sagen, dass sie zurück ist.«

Paul ließ sich Zeit mit der Antwort. Nachdem er die Schmiedestraße überquert hatte, blieb er stehen und heftete seinen Blick auf das strahlend weiße Kapitänshaus mit den hellblauen Fensterläden.

»Paul?« Kassandra musste ihn anstupsen. »Bist du anderer Meinung wegen Bruno und Magda Fehning?«

»Was? Nein. Entschuldige. Sie kann durchaus was bemerkt oder gesehen haben, das uns weiterhilft.« Er wirkte immer noch nachdenklich. »Da ist was, das mich stört. Etwas, das ich unbewusst wahrgenommen habe, als wir eben alle zusammenstanden. Ich kann den Finger nicht drauflegen.«

In diesem Moment fuhr ein alter weißer Ford an ihnen vorbei.

»Das ist Steffis Wagen, beeilen wir uns«, sagte Kassandra. »Dir wird schon noch einfallen, was dich gestört hat.«

»Hm«, machte Paul gedankenverloren, setzte sich aber mit ihr zusammen wieder in Bewegung. »Ich bekomme es nicht zu fassen, ich versuche es zu sehr«, konstatierte er, als sie in den Abzweig zu Jans Haus einbogen.

Der Ford stand in der Einfahrt, wo Steffi mit dem Kofferraum kämpfte und leise vor sich hin fluchte.

»Hallo, Steffi«, grüßte Paul sie. »Kann ich vielleicht helfen, falls Jan nicht zu Hause ist?«

Steffi fuhr herum. Ihr Gesicht war gerötet, Schatten lagen unter ihren Augen, ihren blonden Haaren fehlte jeder Glanz. »Ja, gern, Paul, ich krieg's gerade nicht hin.« Sie reichte ihm einen Schlüssel. »Es wird Zeit, dass ich mir endlich einen neues Auto zulege, aber ich hänge an der alten Bertha.«

Das konnte Paul nur zu gut nachvollziehen, er lächelte. »Die Elektronik bei den neuen Wagen ist auch kein Allheilmittel.« Er probierte ein bisschen herum, hatte bald darauf den Kofferraum geöffnet und reichte ihr den Schlüssel zurück. »Wann kommt Jan wieder? Wir wollten kurz ihm reden.«

Steffis Gesichtsfarbe wechselte von Rot zu Blass. »Richtig, ihr habt das ja bestimmt noch nicht gehört. Jan ist in Schwerin im Krankenhaus, er hatte einen Schlaganfall. Was wolltet ihr denn mit ihm besprechen?«

Kassandra überfiel ein schlechtes Gewissen, Steffi Unkenntnis und Entsetzen vorzuspielen, nichtsdestotrotz gelang es ihnen einigermaßen glaubhaft. Steffi war sichtlich durcheinander, als sie noch einmal ausführlicher erzählte, was sie schon wussten. Als Paul jedoch erwähnte, dass sie mit ihm über den Einbruch reden wollten, wechselte ihre Gesichtsfarbe erneut, diesmal von Blass zurück zu Rot.

»Der Einbruch. Ihr müsst euch nicht damit beschäftigen, ich meine, ihr habt sicher anderes zu tun, die Polizei bekommt das schon hin, da habe ich gar keine Bedenken, die machen das schon, ganz bestimmt, und wenn die Versicherung erst mal bezahlt hat, ist sowieso das Schlimmste überstanden, ihr müsst gar nichts tun!« Steffis plötzliche Hektik erinnerte Kassandra an ihre Freundin Violetta, die so gut wie immer ohne Punkt und Komma sprach, aber Steffi tat das normalerweise nicht, ihre Reaktion war merkwürdig. Sie ließ sich mit dem Rücken gegen ihre Bertha fallen und sagte atemlos: »Das Wichtigste ist doch, dass es Jan bald besser geht, und ich muss …« Sie fing an zu schluchzen. »Oh Gott, ich kann nicht mehr.« Ganz langsam rutschte sie am Wagen herunter.

Paul fing sie auf, bevor sie auf dem Boden landete. »Schschsch… Wo ist dein Hausschlüssel? Wir bringen dich erst mal rein, und du legst dich hin.«

Steffi protestierte halbherzig, sie müsse ins Krankenhaus, ließ sich jedoch drinnen erschöpft aufs Sofa fallen und nahm die Tasse Tee, die Kassandra ihr zubereitete.

»Danke. Ich habe seit ewig nicht vernünftig geschlafen, im Flieger bin ich nur zwei, drei Stunden weggedöst, trotzdem sollte ich sofort nach Schwerin fahren, aber ich helfe Jan

wohl nicht, wenn ich auf der Autobahn einen Unfall baue.«
Sie schloss kurz die Augen. »Es kommt immer alles zusammen«, sagte sie leise seufzend. »Wenn er bloß nicht auf diese bescheuerte, riskante Idee verfallen wäre – vielleicht hat er deswegen ... Kein Wunder, wenn er da durchdreht, aber dass er gleich einen Schlaganfall ... Wer hätte das ahnen können, das war doch nicht ...?« Ihre Stimme verlor sich.

Kassandra und Paul wechselten einen Blick.

»Was hat Jan denn angestellt?«, fragte Paul leise.

Steffi hatte gar nicht zugehört. »Er nimmt immer alles so schrecklich tragisch«, sagte sie wie zu sich selbst. »Natürlich ist es nicht egal, wenn seine Tischlerei schlecht läuft, aber es gibt doch Wichtigeres im Leben. Es half nichts, wenn ich das gesagt habe. Immer guckte er auf andere, die erfolgreicher waren, er wurde so wütend auf alle und alles. Manchmal hat er das rausgebrüllt, aber das half genauso wenig. Stattdessen wurde es immer schlimmer und er immer verzweifelter, als Aufträge und sogar Zahlungen von Kunden ausblieben und er seine eigenen Rechnungen nicht mehr begleichen konnte. Ich hab auch kein Vermögen, aber ich hätte ihm doch geholfen.« Sie seufzte erneut, sehr tief diesmal. »Dazu war er zu stolz. Da hat er lieber ...«

Eine Träne lief ihr über die Wange, die sie müde wegwischte. Dabei bemerkte sie mit einem Mal, dass sie gar nicht allein war. Erschrocken richtete sie sich auf.

»Was hat er?«, fragte Paul, sehr sanft und ruhig.

Steffi schluckte. »Nichts.«

Ohne ein Wort sah Paul sie wartend an.

Steffi begann wieder zu schluchzen. »Dieser dumme, dumme Kerl. Und alles, was es ihm einbrachte, war ein Scheiß-Schlaganfall!«

Kassandra beugte sich vor und nahm sie in die Arme. Es dauerte lange, bis Steffi sich beruhigte. Paul reichte ihr ein Taschentuch, mit dem sie ihre Tränen abwischte und die Nase putzte.

»Entschuldigt«, sagte sie heiser. »Ich hätte nicht wegfahren, sondern viel massiver versuchen sollen, ihm das auszureden.«

»Du musst dich nicht entschuldigen«, sagte Kassandra. »Und wenn Jan so stur ist, wie du sagst, hättest du auch nichts geändert.«

»Meinst du?«, fragte sie.

»Ja, mach dir keine Vorwürfe. Aber vielleicht können wir verhindern, dass noch Schlimmeres passiert.«

»Noch Schlimmeres?« Steffi lachte unfroh auf. »Was sollte das sein? Wenn die Polizei dahinterkommt, ist er ganz am Ende. Da hilft ihm nicht mal mehr der Auftrag von diesem Schweden. Jans Ruf ist auf ewig hin.«

Kassandra merkte auf. Das war ja ganz was Neues, aber letztlich spielte es keine Rolle, deswegen waren sie nicht hier.

»Steffi«, sagte Paul, nicht mehr ganz so sanft, sondern bestimmt. »Was hat Jan getan?«

Sie nahm seinen veränderten Tonfall wahr, etwas verschreckt schaute sie ihn an. Steffi kämpfte mit sich – einerseits wollte sie nichts preisgeben, sich andererseits aber etwas von der Seele reden. »Na ja. Er hat … das hier eben.« Sie breitete die Arme in einer Geste aus, die das ganze Wohnzimmer einschloss.

»Rätsel helfen uns jetzt nicht«, sagte Paul. »Es lässt sich alles regeln, aber wir müssen wissen, was los ist.«

»Was ist daran ein Rätsel?«, fragte Steffi. »Jan hatte die genial-dämliche Idee, diesen Einbruch zu fingieren.«

Sie war so in ihrer eigenen Welt gefangen, dass sie nicht mitbekam, wie fassungslos Paul und Kassandra einander ansahen.

»Versicherungsbetrug?«, hakte Kassandra nach.

»Klar, was sonst?« Steffi musterte Paul aus verweinten Augen, die nächsten Worte klangen wieder ängstlich und kleinlaut. »Deshalb wollte ich nicht, dass ihr euch um die Sache kümmert. Vor zehn Minuten hätte ich nicht gedacht, dass ich das freiwillig erzähle. Kann man da echt was regeln, Paul?«

Paul hatte sich noch nicht ganz erholt. »Jan hat Fenster und Türen im Haus und in der Tischlerei aufgebrochen, Chaos angerichtet und seine wenigen Wertgegenstände zur Seite geschafft? Ist das alles? Ich meine: wirklich alles? Er hat nicht noch was anderes getan?«

Perplex erwiderte Steffi seinen Blick. »Ob das alles ist? Reicht das nicht? Was hätte er denn noch tun sollen?« Entrüstet fügte sie hinzu: »Das Haus anstecken?«

Steffis Empörung war zweifellos echt. Womit Pauls und Kassandras Hoffnungen, etwas über die Entführung, geschweige denn Gretas Aufenthaltsort zu erfahren, mit einer deprimierenden Plötzlichkeit gen null sanken.

»Du hast gesagt, man kann alles regeln«, wiederholte Steffi. »Was soll ich denn tun?«

Paul ließ sich in seinen Sessel zurückfallen. Kassandra sah ihm an, wie sehr er sich am Riemen reißen musste und wie angestrengt er überlegte. Unter normalen Umständen hätte er Steffi geraten, zur Polizei zu gehen. Die Umstände konnte man aber kaum normal nennen. Sie wussten nach wie vor nicht sicher, ob Jan in die Entführung verwickelt war. Stellte es in dem Fall ein Risiko dar, die Polizei einzuschalten? Oder war es im Gegenteil sogar gut, weil sich im Zuge der Ermittlungen im Versicherungsbetrug Hinweise auf die Entführung finden ließen? Andererseits gab es da immer noch den Komplizen, und wenn der mitbekam, dass in Wustrow die Polizei auftauchte …

»Du tust erst mal nichts von dir aus«, sagte Paul. »Besprich dich mit Jan. Wenn er vernünftig ist, wird er sich stellen, was ich dringend empfehlen würde. Entscheiden muss er das selbst.« Was er, wie Paul und Kassandra klar war, wegen seiner Erinnerungslücken voraussichtlich gar nicht konnte.

Beinah erleichtert nickte Steffi. Sie nahm einen Schluck von dem inzwischen kalten Tee und seufzte zum x-ten Mal. »Jan ist so ein Idiot. Bevor ich nach Argentinien bin, hab ich ihn bekniet, das sein zu lassen. Ich hab gesagt, er soll abwarten, was mit dem Auftrag von diesem Schweden wird. Vielleicht hätte der noch mehr bestellt als zwei Türen.«

»Erik hat sich gleich für zwei Türen interessiert?«, erkundigte sich Kassandra.

Verwundert wandte sich Steffi zu ihr um. »Kennt ihr den?«

»So viele Schweden gibt's nicht in Wustrow. Oder kam der Auftraggeber von außerhalb?«, fragte Paul.

»Keine Ahnung.« Steffi zuckte mit den Schultern. »Ich weiß nicht mal, wie der Mann heißt.«

»Aber dass er zwei Türen wollte, hat Jan gesagt?«

»Er hat mir seine Entwürfe gezeigt. Wartet, ich hole sie.« Steffi stand auf, offensichtlich froh, über was anderes als den Einbruch oder Jans Gesundheitszustand nachdenken zu können.

»Hat Erik dir davon erzählt?«, fragte Kassandra, nachdem Steffi das Zimmer verlassen hatte.

»Keinen Ton.«

»Merkwürdig. Er ist doch sonst so mitteilsam, was seine Begeisterung fürs Fischland betrifft. Arvid kann Steffi schlecht meinen, der ist erst seit Freitag hier.«

Da kam Steffi mit den Entwürfen zurück, die sie auf dem Tisch vor ihnen ausbreitete. Zuerst dachte Kassandra, einer davon zeige die Tür, an der Jan gearbeitet hatte, als sie am Sonnabend in der Tischlerei gewesen waren, weil es auch hier die vierzackigen Sterne gab, aber diese waren größer und wiederholten sich in den unteren Kassettenfeldern der Tür. Auch die Ziersprossen für die Fenster unterschieden sich deutlich. Der zweite Entwurf war gänzlich anders, das sehr schmale Oberlicht bestand aus fünf kleinen Butzenfenstern, darunter ein schmaler Wasserschenkel und darunter pro Flügel zwei große Felder mit ausgeprägten runden Sonnen.

Beide Zeichnungen trugen oben rechts Schriftzüge, einer lautete »28.09.16_E.S._E1«, der andere »30.09.16_E.S._E2«.

E.S. für Erik Sundberg, dachte Kassandra. »Das ist gut zwei Wochen her«, stellte sie laut fest. »War das ein Auftrag oder eine Anfrage?«

»Letzteres. Deshalb war Jan ja so unsicher, er ist vor Kurzem erst wegen so was reingefallen.«

»Ja«, sagte Paul, »das hat er erzählt.«

Steffi nickte. »Ihr könnt euch denken, dass es Jan schwerfiel, positiv zu denken, egal, wie enthusiastisch der Typ war.« Sie faltete die Entwürfe wieder zusammen. »Ich hab mich genug ausgeruht. Ich packe ein paar Sachen zusammen und mach mich auf den Weg nach Schwerin.«

»Sollen wir dich fahren?«, bot Paul an. »Das wäre gar kein Problem.«

Kassandra begriff, dass er nicht nur Steffi helfen, sondern auch die Chance nutzen wollte, mit Jan zu reden. Doch Steffi lehnte ab.

»Danke, das schaffe ich schon. Eventuell bleibe ich eine Weile in Schwerin und wäre ohne eigenes Auto zu unbeweglich.« Sie stand auf. »Danke, dass ihr zugehört habt. Ihr behaltet das doch für euch, ja? Das mit dem Einbruch.«

Auch Kassandra und Paul erhoben sich. »Wie ich schon sagte: Jan muss selbst entscheiden, was er tut. Ich hoffe, er entscheidet sich richtig.«

»Damit«, sagte Kassandra draußen auf der Straße, »stehen wir wieder exakt da, wo wir vorher standen.«

Als Paul nicht antwortete, ahnte sie, dass er bereits einen Schritt weiter war – oder eher einen Schritt zurück. Weil das Gespräch mit Steffi sie nicht vorangebracht hatte, dachte er darüber nach, was ihm vorhin unbewusst aufgefallen sein könnte. Es mochte nichts mit Gretas Entführung zu tun haben, aber solange er nicht darauf kam, was es überhaupt war, konnten sie das nicht wissen. Immerhin waren Matthias und Magda Fehning dabei gewesen, und Magda hatte in der Tat feindselig gewirkt. Kassandra erinnerte sich, wie sie Kay gegenüber bezweifelt hatte, dass Matthias' ehemalige Haushälterin die Finger im Spiel haben könnte – aber auch hier galt: Man konnte es nicht wissen. Also ließ sie Paul in Ruhe und ging neben ihm die Strandstraße hinunter, obwohl sie sich wunderte, warum er diesen Weg statt den übers Norderfeld eingeschlagen hatte.

Vielleicht war es sein sechster Sinn gewesen, denn als sie das Sommerzeltkino passierten, kamen ihnen Erik, Thea, Ellie und Arvid entgegen. Arvid verabschiedete sich gerade, er winkte Paul und Kassandra kurz zu, ehe er sich nach rechts wandte, wo ein Pfad vor dem Restaurant »Swantewit« am Deich entlang Richtung Dierhagen führte. Erik und Thea kamen mit Ellie näher. Das kleine Mädchen, das Theas dunkle Haare hatte, kicherte vergnügt, als ihre Eltern kurz stehen blieben und sie links und rechts an ihren Händen in die Luft schwangen. Thea lachte mit ihrer Tochter, und als die wieder mit beiden Beinen auf dem Boden stand, beugte sie sich zu ihrem Mann hinüber und küsste ihn.

»Das sieht nach ungetrübtem Familienglück aus«, meinte Kassandra leise. »Wie schön, dass sich alles wieder eingerenkt hat.«

»Sicher?«, fragte Paul noch leiser, weil die drei schon fast vor ihnen standen.

Kassandra sah genauer hin und erkannte, dass Eriks Gesicht eher angespannt fröhlich wirkte. Thea dagegen war rein gar nichts anzumerken. Entweder war sie eine begnadete Schauspielerin, oder die Ehekrise war nur Erik bewusst, oder es gab doch einen anderen Grund für seine gedrückte Stimmung. Den Streit mit Dekan Lewerenz. Oder dass Arvid so viel Zeit mit Matthias verbrachte. Vielfältige Möglichkeiten.

»Wustrow ist wirklich ein Dorf, was?«, sagte Erik. »In Göteborg treffen wir nur selten zufällig dieselben Leute zweimal an einem Tag.« Er wandte sich an Thea und übersetzte, was sie zum Lächeln brachte.

»Das stimmt«, sagte sie. »Aber es ist schön – kleiner.«

Paul lachte und wechselte ins Englische. »Ich war noch nie in Göteborg, aber ich mag's auch am liebsten etwas gemütlicher.«

»Ihr müsst uns mal besuchen kommen, wenn wir wieder zu Hause sind«, sagte Thea. »Göteborg ist eine wunderbare Stadt, und Wasser haben wir auch reichlich. Unser Haus liegt in Fiskebäck, nicht allzu weit entfernt vom Yachthafen, Erik hat es euch bestimmt schon auf Fotos gezeigt.«

Das hatte er nicht, wie Kassandra im Nachhinein aufging. Generell hatte er nur recht wenig von sich erzählt, was gar nicht weiter aufgefallen war, während sie so viel übers Fischland geredet hatten. Kurz schaute Kassandra zu Paul, der jedoch auf Theas letzte Worte gar nicht einging, sondern sagte:

»Da passt eine Fischländer Haustür bestimmt gut hin. Großartige Idee, dass du dir ein Stück Fischland mit nach Hause nehmen willst, Erik.«

Erik blinzelte zweimal hintereinander. Bevor er jedoch etwas erwidern konnte, schaltete Thea sich begeistert ein.

»Ist das wahr, Erik? Du bist ein Schatz! Ich muss unbedingt in eins dieser Bücher sehen, um die Ornamente auszusuchen und die Scheiben, und wir machen einen Termin bei einem Tischler.« Sie beugte sich zu Ellie hinunter und sagte etwas auf Schwedisch, was Ellie dazu brachte, zweimal auf und ab zu hüpfen.

Kassandra konnte Eriks Gesichtsausdruck nicht deuten, er war undurchdringlich geworden. »Wenn du willst, können wir das natürlich machen, Thea, aber ehrlich gesagt weiß ich gar nicht, wie Paul darauf kommt.« Er wandte sich um. »Du klingst, als wäre das schon eine abgemachte Sache, dabei habe ich mich außer bei unserem Spaziergang vor ein paar Wochen nie weiter mit diesen Türen beschäftigt.«

Paul runzelte die Stirn. »Dann muss das ein Missverständnis gewesen sein. Wir wollten vorhin unseren Wustrower Tischler Jan Möller besuchen und haben von seiner Freundin hören müssen, dass er mit einem Schlaganfall im Krankenhaus liegt. Sie erzählte, du hättest dich mit Jan über die Türen unterhalten, er hatte sogar schon zwei Entwürfe fertig.«

Ein Schatten legte sich auf Eriks Gesicht. Oder war es nur so, dass die Sonne gerade hinter den Wolken verschwand? Mit einem Mal wurde es kühler, und der köstliche Duft von frisch gebackenen Waffeln, der von der Bude hinter ihnen herüberwehte, schien seltsam fehl am Platz.

»Hat diese Freundin meinen Namen genannt?«, fragte Erik.

»Nein«, gab Paul zu. »Sie erwähnte nur einen Schweden. Da bin ich wohl fälschlicherweise von dir ausgegangen.«

»Offensichtlich. Ich habe nie mit einem Tischler gesprochen, und ich kenne auch keinen Jan Möller.«

»Aber Paul hat recht, es ist eine wunderbare Idee«, mischte Thea sich wieder ein. »Es hat …« Sie wurde von Ellie unterbrochen, die etwas sagte, das Kassandra ebenso wenig verstand wie Theas Antwort, aber es war klar, dass Ellie sich langweilte und Thea sie vertröstete. »Es hat was, ein Stück Fischland mit zurückzunehmen«, beendete sie ihren Satz, wurde aber mittendrin erneut von Ellie angestupst. Thea lächelte. »Sie will auf den Spielplatz. Wir sehen uns.« Sie nickte Paul und Kassandra zu und küsste Erik auf die Wange. »Bis nachher.«

Ein winziges Schweigen entstand, das Kassandra zwischen ihnen dreien zum ersten Mal als unangenehm empfand.

»Falls ich eben eine Überraschung verdorben haben sollte«, sagte Paul, »hoffe ich, du kannst mir verzeihen, Erik.«

»Hast du nicht«, erwiderte er mit deutlich verärgertem Unterton. »Ich sagte doch, ich habe nie mit diesem Jan Möller gesprochen, ich wusste nicht mal, dass es in Wustrow einen Tischler gibt. Ist das so schwer zu verstehen?«

»Nein.« Paul hob die Arme in einer kapitulierenden Geste. »Nein, natürlich nicht. Vergessen wir das Ganze am besten. Viel erfreulicher ist ja, dass du dich mit Thea ausgesöhnt hast. Was war es? Reden oder Schlafzimmer?«, fragte er etwas anzüglich.

Der Themenwechsel kam für Erik zu schnell, er schaltete nicht sofort, doch dann ging er auf Pauls Tonfall ein. »Statshemlighet.«

»Klingt wie Staatsgeheimnis«, sagte Paul.

Erik applaudierte. »Du sprichst perfekt Schwedisch.«

»Besten Dank.« Spielerisch vollführte Paul eine Verbeugung.

Kassandra war froh, dass die Missstimmung von eben sich in Luft aufgelöst hatte und Paul und Erik wieder an zwei Jungs erinnerten, die eine Menge Spaß hatten.

»Mit deinem Dekan wirst du früher oder später auch wieder klarkommen«, sagte Paul. Was ein Fehler war, denn sofort verdunkelte sich Eriks Gesicht von Neuem.

»Erinnere mich nicht an den. Oder lieber doch, ich muss nämlich mein Seminar für morgen noch vorbereiten. Ist ja nicht jeden Tag vorlesungsfrei für mich.«

»Professoren sind bedauernswerte Menschen«, fand Paul.

»Manchmal schon.« Erik stöhnte übertrieben auf, winkte

ihnen noch einmal zu und verschwand kurz darauf auf dem Spielplatz.

Pauls Lächeln verflüchtigte sich.

»Du glaubst ihm nicht«, stellte Kassandra fest.

»Es wäre schon gewaltiger Zufall, wenn Jan sich mit einem E.S. aus Schweden unterhält und der hieße Edvin Sjögren. Wir sind hier in Wustrow, nicht in Hamburg.«

»Stimmt. Aber warum sollte Erik lügen? Fischländer Türen sind kein Statshemli…irgendwas.«

»Stimmt auch. Ich frage mich allmählich, ob das die einzige Lüge war.«

»Du meinst seinen Streit mit Thea?«

»Hauptsächlich den mit Holger Lewerenz. Es widerstrebt mir, das nachzuprüfen. Eigenartigerweise mehr als die nächtliche Durchsuchung von Jans Haus, was wesentlich bedenklicher war, um es milde auszudrücken.«

»Es widerstrebt dir mehr, weil niemandes Leben davon abhängt.«

»Das sagst du so.«

Kassandra stutzte. »Ob Erik mit dem Dekan überquerliegt oder nicht, hat doch nichts mit Gretas Entführung zu tun.«

Sie hatte kaum ausgesprochen, da kam die Sonne wieder hinter den Wolken hervor. Sofort wirkte alles wärmer, obwohl ihre Strahlen längst nicht mehr dieselbe Kraft hatten wie noch im letzten Monat. Vom Spielplatz tönte Kinderlachen herüber, das viel zu fröhlich war für das, was sie besprachen. Vielleicht spürte Paul es auch, er nahm Kassandras Hand und zog sie mit sich weiter.

»Auf den ersten Blick nicht. Ich weiß, es ist weit hergeholt, aber stellen wir uns mal vor, es hängt alles zusammen. Wir gehen davon aus, dass Jan mit Gretas Entführung zu tun hat. Es gibt dafür keine echten Beweise, aber es deutet immerhin viel darauf hin. Jan hatte außerdem mit an Sicherheit grenzender Wahrscheinlichkeit Kontakt zu Erik, was nichts Besonderes wäre – wenn Erik es nicht so energisch bestreiten würde. Das ergibt nur Sinn, wenn sie etwas verbindet, das niemand wissen soll. Erik wiederum ist Arvids Sohn, der recht intensiven Kontakt zu Matthias aufgebaut hat, und das innerhalb kürzester Zeit.«

Mittlerweile gingen sie die Straße Zur Glippe entlang, direkt hinter dem Deich. Ein Stück vor ihnen konnte Kassandra das Rohrdach des Hauses ihres Vaters ausmachen.

»Das ist alles richtig«, sagte sie, »aber abgesehen von der ersten Frage – weshalb hat Erik wegen Jan gelogen? – ist nichts davon rätselhaft. Du selbst hast Erik Freitag überredet, zur Lesung in der Mühle zu kommen und seinen Vater mitzubringen. Nur deshalb sind Arvid und Matthias sich überhaupt begegnet. Du warst es außerdem, der vorgeschlagen hat, dass Matthias Arvid durch die Galerie führt, folglich haben sie sich deinetwegen besser als nur flüchtig kennengelernt. Wenn sie dabei feststellten, dass sie grundsätzlich auf einer Wellenlänge liegen, ist es nicht verwunderlich, dass sie weiter in Kontakt bleiben.«

»Alles meine Schuld?« In Gedanken versunken schaute Paul hinauf zu den Gauben der Villa ihres Vaters, an der sie nun vorbeigingen, und Kassandra fragte sich, inwieweit Harald trotz seines Urlaubs über die Entwicklungen Bescheid wusste. Kays Truppe wurde von ihm finanziell unterstützt, aber weder ihr Vater noch Kay hatten je etwas über die Details ihrer Vereinbarung verlauten lassen. Da sprach Paul weiter. »Es ist untypisch für Matthias, so schnell so intensiv Freundschaft zu schließen. Das mit Heinz hat Monate gedauert.«

»Die Situation ist auch untypisch«, sagte Kassandra. »Im Übrigen weißt du nicht, wie intensiv das ist. Vielleicht unterhalten sie sich nur gern über Kunst, und Matthias ist dankbar für jede Ablenkung. Und um zum Ausgangspunkt zurückzukommen«, fügte sie hinzu, »was hat das alles mit Eriks Streit mit dem Dekan zu tun?«

»Wenn dieser Streit eine Erfindung ist, hat er ihn als Ausrede dafür benutzt, warum er so schlecht drauf war – immer noch ist. Er hat sich verändert seit dem Wochenende. Ich glaube nicht, dass es an Thea liegt, man merkt ihr an, was sie denkt oder fühlt, sie kann sich nicht verstellen. Wenn etwas zwischen ihr und Erik im Argen läge, würde sie sich anders verhalten. Was also beschäftigt Erik in Wirklichkeit?«

»Woran wir vorhin schon mal dachten: dass sein Vater mehr Zeit mit Matthias verbringt als mit seiner Familie?«, schlug Kassandra vor.

»Da wäre er ein bisschen sauer, aber nicht dermaßen angeschlagen wie gestern Abend.«

»Wenn er mit Arvid darüber heftig gestritten hätte, schon«, wandte Kassandra ein.

»Warum sollte er über so eine Bagatelle heftig mit ihm streiten? Selbst wenn: Weshalb sagt er das nicht, sondern erfindet universitäre Differenzen?«

»Paul. Jetzt gehen die Pferde mit dir durch. Wir haben keine Ahnung, ob das erfunden war, ehe du nicht mit Holger Lewerenz geredet hast. Willst du das machen oder nicht?«

Paul brummte etwas Undeutliches vor sich hin und blieb still, bis sie vor seinem Haus ankamen und er die hellblaue Tür aufschloss. Drinnen warf er seine Jacke achtlos auf einen Sessel und griff nach seinem Telefon, das er anstarrte, ohne etwas zu tun. Schließlich setzte er sich, suchte im Adressbuch nach einer Nummer und legte das Handy auf den Tisch, nachdem er sie angewählt hatte.

Nach dem vierten Freizeichen meldete sich eine aufgeräumte Stimme. »Paul, das ist ja eine Überraschung! Wie lange haben wir nichts voneinander gehört?«

»Zu lange, Asche auf mein Haupt, Holger. Was machen deine Pläne, mit dem Wohnmobil durch Finnland zu touren?«

Holger Lewerenz lachte. »Sind noch immer das: Pläne. Aber du rufst nicht an, um dich danach zu erkundigen. Nicht mitten am Tag in der Fakultät. Was kann ich für dich tun?«

Obwohl Kassandra dem Dekan nie begegnet war, mochte sie ihn auf Anhieb.

»Erik Sundberg«, sagte Paul und wartete auf eine Reaktion.

»Erik?«, wiederholte Lewerenz. Dann ging ihm ein Licht auf. »Ach so, richtig, er erwähnte, dass er mit seiner Familie in Wustrow untergekommen ist. Du hast ihn kennengelernt, nehme ich an.«

»Richtig. Wir haben schon unzählige Stunden über alten Dokumenten gesessen, vom Fischland im Allgemeinen und der Seefahrtschule im Besonderen. Ihr habt euch da einen Gastprofessor erster Güte an Land gezogen.«

»Kann man wohl sagen. Er hatte für sein Sabbatical noch das Angebot der University of Adelaide und hat sich für uns entschieden. Seine Mutter stammt aus Deutschland, das ist natürlich ein Grund, aber trotzdem. Ich meine – Australien. Da kommt man nicht alle Tage hin.« Lewerenz' Stimme wurde leiser. »Was ist los mit Erik? Es gibt doch keine Probleme?«

»Das wollte ich eigentlich dich fragen.«

»Mich?« Lewerenz hörte sich ehrlich verwundert an. »Ich kann mir kaum einen Kollegen vorstellen, der unkomplizierter ist als Erik. Wie kommst du auf die Idee, dass wir Probleme mit ihm hätten? Oder hat er welche mit uns? Falls da was im Busch ist, wovon ich nichts mitbekommen habe, würde ich das gerne wissen und Abhilfe schaffen.«

Kassandra sah, wie sich Pauls Brustkorb hob. »Du wärst auch der Einzige, der das könnte. Er behauptet, ihr beide hättet eine unschöne Auseinandersetzung wegen seines Lehrdeputats und einiger Veranstaltungsinhalte.«

Diesmal blieb es noch länger still. »Wenn du hier wärst, Paul, würdest du einen ratlosen Mann in den besten Jahren sehen, der sich die paar verbliebenen grauen Haare rauft und nicht weiß, was er denken soll.«

»Das beruhigt mich. Ich habe mir das nämlich nie recht vorstellen können. Etwas nagt allerdings an ihm. Du hast gesagt, dir ist nichts aufgefallen, aber wenn du im Nachhinein drüber nachdenkst: Könnte er Ärger mit anderen Kollegen oder mit Studierenden haben?«

»Nein.« Das kam vollkommen spontan. »Erik ist beliebt bei Studierenden, Dozenten und Verwaltungsmitarbeitern. Einer unserer Bibliothekare belagert Erik regelmäßig in der Mensa, der ist großer Skandinavien-Fan und eine Labertasche. Hab mal den Fehler begangen, ihm von meinen Finnland-Plänen zu erzählen.« Lewerenz lachte kurz auf. »Die Kollegin vom Prüfungsamt hat gesagt, Erik hätte bisher erst ein einziges Mal vor ihm Reißaus genommen, wenn auch auf die nette Tour, anders kann der gar nicht. Ach ja, und bei besagter Dame hat Erik mehrere Steine im Brett, obwohl sie bisher kaum was mit ihm zu tun hatte. Nicht nur bei ihr, nebenbei gesagt. Die Leiterin der Uni-Theater-AG ist hingerissen von ihm. Sie hat versucht, ihn zum Mitmachen zu überreden, und er ist allen Ernstes zum ersten Treffen gegangen, nur weil er die gute alte Reimann nicht enttäuschen wollte.« Lewerenz gab ein undefinierbares Geräusch von sich. »Ernsthaft, Paul, ich kapier's nicht.«

»Tja. Ich auch nicht. Es sei denn, er hat private Probleme, mit denen er nicht hausieren gehen will.«

»Klingt plausibel.« Lewerenz selbst klang erleichtert. »Ich werde auf jeden Fall ein Auge auf ihn haben.«

»Mach das. Könntest du außerdem diesen Anruf für dich behalten? Erik muss nicht wissen, dass ich mich erkundigt habe.«

»Unter einer Bedingung.«

»Welche?«, erkundigte sich Paul vorsichtig.

»Treffen nächsten Monat. Spätestens. Steak und Bier im ›Hakuna Matata‹.«

»Ich mag deine Bedingungen.« Paul lachte. »Gebongt.« Nachdem er das Gespräch beendet hatte, schaute er Kassandra an. »Du solltest mitkommen und Holger endlich kennenlernen.«

»Bin dabei. Ich hoffe nur, dass sich bis dahin alles andere geklärt hat.«

»Das hoffe ich auch.« Paul stand auf und trat an die Terrassentür. »Erik hat gelogen. Mindestens zweimal. Mit gutem Willen könnte man, was den Uni-Ärger betrifft, private Probleme annehmen – die eventuell mit Arvid und Matthias zusammenhängen. Was Eriks Kontakt zu Jan betrifft, sehe ich keine offensichtliche Erklärung. Hinzu kommt, wie überaus empfindlich und verärgert er auf das *Missverständnis* reagiert hat, statt es einfach als solches stehen zu lassen.«

Kassandra trat zu ihm. »Reicht das?«

»Reicht das wozu?« Er drehte sich zu ihr um, sie sah dunkle Ringe unter seinen Augen, aber vielleicht war das nur das Licht.

»Dazu, Erik für Jans Komplizen bei Gretas Entführung zu halten. Das tust du doch, oder?«

»Ich halte es für möglich«, korrigierte Paul. »Das bedeutet zugegebenermaßen eine relativ spontane Komplizenschaft, aber wer weiß, was sich abgespielt hat.«

»Was ist mit der Stimme des Flüsterers auf den Diktiergeräten? Wem auch immer sie gehört – Erik ganz sicher nicht. Es fehlt jeder Akzent.«

»Kay hat gesagt, dass die Aufnahmen manipuliert und zusammengeschnitten worden sein könnten. Wenn nun jemand den Text für ihn gesprochen hat? Jemand, den niemand mit Greta und Matthias in Verbindung bringen kann. Jemand, der gar nicht wusste, was er da eigentlich wozu sagt. Jemand aus dieser Theater-AG.«

Das klang geradezu bestechend logisch. Kassandra begann schon fast, an Pauls Szenario zu glauben. Bis ihr noch etwas einfiel.

»Erik hat kein Motiv. Eifersucht auf Matthias, weil Arvid ihn in sein Herz geschlossen hat, kann es kaum sein, selbst wenn das keine maßlos übertriebene Reaktion wäre. Greta wurde schon zwei Tage vor Arvids Ankunft entführt.«

»Vielleicht gibt es ein anderes Motiv, das wir nicht kennen«, sagte Paul. »Oder er braucht gar keins in dem Sinne, den du meinst. Das würde nämlich voraussetzen, dass Erik die treibende Kraft ist und nicht nur Jans Komplize. Nach dem Hass-Anruf bei Matthias zu urteilen, ist es umgekehrt aber weitaus wahrscheinlicher.«

»Also wäre Eriks Motiv Geld? Wollen wir Kay ihn genauso überprüfen lassen wie Jan? Nur weil er uns aus Gründen belogen hat, die völlig unwichtig sein können? Wir haben sonst nicht den geringsten Hinweis.« Kassandra berührte Pauls Arm. »Bis gestern war Erik ein Freund, über den wir nichts, aber auch rein gar nichts Schlechtes zu sagen gewusst hätten. Wir gehen sehr schnell, sogar voreilig mit ihm ins Gericht.«

»Das weiß ich.« Paul war ein klein wenig laut geworden. »Aber hier geht's nicht um einen Mord, der längst passiert ist, Kassandra. Vielleicht können wir Gretas Leben retten, wenn wir schnell genug sind.« Er schob sich an ihr vorbei und griff wieder nach seinem Telefon.

Kay konnte offenbar gerade nicht reden, versprach aber zurückzurufen. Während sie warteten, grübelte Paul weiter. Mehr zu sich selbst als zu Kassandra sagte er: »Zeitlich passt es. Bevor Jan ins Krankenhaus kam, war Erik wie immer – da hatten sie noch alles im Griff. Dann verschwindet Jan plötzlich, und alles geht den Bach runter, weil Erik weder weiß, wo Jan abgeblieben ist, noch, wo Greta steckt. Erik weiß überhaupt nichts und kriegt allmählich Panik.«

»Er hat nicht aufgemerkt, als du von Jans Krankenhausaufenthalt gesprochen hast. Also muss er das inzwischen wissen. Warum ruft er ihn nicht an?«

Paul legte den Kopf schief und fixierte einen Punkt hinter Kassandra, als betrachte er etwas vor seinem inneren Auge. »Da war eine Veränderung in Eriks Gesicht, nachdem ich das erwähnt hatte. Bis eben bin ich davon ausgegangen, dass er damit auf die Bemerkung mit den Entwürfen für die Türen reagiert hat. Vielleicht war es aber vielmehr Jans Schlaganfall.«

Kassandra erinnerte sich zurück und musste Paul wohl oder übel recht geben. Sie hatte es auch gesehen. »Wenn Kay sich meldet, sollten wir ihm Eriks Telefonnummer durchgeben.«

»Du bist nicht überzeugt«, stellte Paul fest. »Glaub mir, es fällt mir genauso schwer wie dir. Mindestens. Ich schätze Erik sehr. Ich will nicht, dass er darin verwickelt ist oder in sonst was für Schwierigkeiten steckt. Aber ich würde mir ewig Vorwürfe machen, wenn wir deshalb die Möglichkeit ignorieren.« Unruhig stand er auf. »Mir fällt hier drin die Decke auf den Kopf. Wir müssen wegen Magda Fehning ohnehin noch zu Bruno – versuchen wir unser Glück auf der Seebrücke.«

Die Sonne hielt sich tapfer trotz der Wolken, die immer schneller über das Wasser hinwegzogen und immer dunkler wurden.

Auf der Brücke wehte ihnen der aufgekommene Wind stärker um die Nase. Paul strich mit den Fingern über das Brückengeländer und schaute über die noch blaue See. Die Leute, die ihnen entgegenkamen, zogen ihre Jacken enger um sich, eine Frau kramte aus ihrer Tasche eine Mütze hervor, auf der »Schietwetter« stand. Kassandra verzog innerlich das Gesicht. Wenn hier Schietwetter herrschte, würde die bestimmt nicht mehr auf der Brücke stehen.

Vorn am Brückenkopf stand Bruno mit seiner Angel. Kassandra stupste Paul an, und gemeinsam beobachteten sie Bruno, wie er regungslos zwischen seinem weißen Plasteeimer und der Angel am Geländer lehnte, den Blick auf den Horizont und die »Arkona« gerichtet, das Schiff der Küstenwache, das in der Kadetrinne seinen Aufgaben nachging.

Als hätte Bruno ihre Blicke gespürt, drehte er sich zu ihnen um. Erstaunt fuhr er sich mit der Hand übers Kinn und wartete, bis Paul und Kassandra herankamen. »Diesmal hab ich Hering – Interesse, Paul?« Er deutete in den schon gut gefüllten Eimer.

»Wenn du welchen übrig hast, gern. Andererseits könntest du Magda Fehning damit beglücken und die Gelegenheit nutzen, ein bisschen mit ihr zu plaudern. Sie ist wieder da und …« Paul stockte mitten im Satz. Er starrte Brunos Angel an, deren Glöckchen gerade anschlug, aber das bekam er gar nicht mit. Sein Blick war nach innen gekehrt.

Bruno dagegen reagierte sofort und holte die Angel ein, an der ein silberner Hering von ansehnlicher Länge hing. Zufrieden nahm er ihn vom Haken, während Kassandra geflissentlich den Kopf abwandte. Es war albern, dass sie nicht sehen wollte, wie Bruno den Hering betäubte und mit einen Kiemenstich tötete. Sie hörte, wie er ihn anschließend in den Eimer fallen ließ, und drehte sich wieder um.

Bruno grinste vielsagend, nickte aber zu Paul hin und sagte: »Wenn er so ist, nicht ansprechen. Er brütet was aus. Hab ich mal die Geschichte von seinem fünfundzwanzigsten Geburtstag erzählt? Da hat er da drüben«, er deutete in Richtung

Strand zu der Stelle, wo die Boote in den Dünen lagen, die man von hier aus gerade noch sehen konnte, »den Plan ausgeheckt, die ...«

»Bruno! Du hast geschworen, dass du das nie jemandem erzählst!« Pauls Gesichtsausdruck lag zwischen Entsetzen und Belustigung, Kassandra war sich nicht im Klaren, was überwog.

Bruno lachte rau. »Willkommen zurück in der Gegenwart. Noch ein Tipp, Lütting: Wenn du Pauls volle Aufmerksamkeit willst, erinnere ihn an seinen fünfundzwanzigsten Geburtstag.«

»Ich werd's mir merken«, versprach Kassandra. »Bei Gelegenheit will ich hören, was da war. Wir müssen uns demnächst allein treffen.«

»Untersteht euch!«

»Mal sehen.« Kassandra tippte auf das Grübchen an Pauls Kinn, ehe sie wieder ernst wurde. »Ist dir eben eingefallen, was dich heute Mittag irritiert hat bei unserer Massenversammlung auf der Strandstraße?«

Paul nickte. Er winkte Kassandra und Bruno in die linke Ecke der Seebrücke, wo sie ganz für sich allein standen. »Magda Fehning. Sie war abweisend und unhöflich, insbesondere zu Arvid. Gemeint hat sie mit ihren Worten natürlich gar nicht ihn, sondern Matthias. Bemerkenswert war allerdings, dass sie die meiste Zeit weder Matthias noch Arvid angesehen hat. Ihr Blick war fast immer auf Erik gerichtet. Regelrecht festgetackert.«

»Meinst du, sie kennt ihn oder ist ihm zumindest schon begegnet?«, fragte Kassandra. »Und sie erinnerte sich daran, wo und wann das war, und das wiederum könnte mit Greta zu tun haben?«

»Stopp mal«, sagte Bruno. »Der Reihe nach, bitte.« Nachdem Paul berichtet hatte, wollte Bruno wissen: »Wie hat Erik Sundberg auf Magda reagiert?«

Das fragte sich Kassandra ebenfalls. Sie hatte mehr auf Matthias als auf alle anderen geachtet, weil ihr aufgefallen war, wie sehr ihm das Treffen mit Magda Fehning an die Nieren ging.

Paul lehnte sich ans Brückengeländer. »Das ist der Haken an der Sache. Er hat in keinster Weise reagiert.«

»Das widerspricht sich doch nicht«, fand Bruno. »Schließlich kann es sein, dass Erik zwar irgendwann Magdas Aufmerksamkeit erregte, er von ihr dagegen nie Notiz nahm.«

Langsam nickte Paul, kam aber nicht mehr zu einer Antwort, weil in seiner Jackentasche sein Telefon klingelte. Er sah aufs Display und nahm das Gespräch an.

»Ich bin gerade auf der Seebrücke, Kay, der Wind ist zu laut, um vernünftig zu telefonieren. Ich ruf dich in zehn Minuten zurück, geht das? – Gut, bis gleich.« Er wandte sich wieder Bruno zu. »Bruno, du musst ein paar Sachen rausfinden: Ist Magda Fehning Erik schon mal begegnet? Wenn ja, bei welcher Gelegenheit? Ist ihr was aufgefallen – was Erik betrifft, aber auch sonst alles, was mit Matthias und Greta zu tun hat? Und wenn du schon dabei bist: Was hat sie gegen Greta? Hat das nur was mit der Biografie zu tun, oder gibt es noch andere Gründe? Weiß sie von der Entführung, oder ahnt sie zumindest was?«

Bruno hob die Brauen. »Mehr nicht? Ich soll das doch unauffällig machen, oder habe ich da was falsch verstanden?«

»Niemand hat behauptet, dass es leicht wird. Du wirst das Schiff schon schaukeln. Krieg so viel raus wie möglich. Wenn sie misstrauisch wird, wiegele ab und hör auf. Es sei denn, du hast den Eindruck, dass sie mehr weiß und eigentlich helfen will, aber sich unsicher ist, wie.«

Brunos Brauen rutschten noch höher. »Der Tag, der Magda Fehning unsicher sehen wird, liegt in weiter Ferne.«

»Du wirst es erkennen, Bruno.«

»Ich versuche mein Bestes. Und du geh telefonieren. Ich frag lieber nicht, ob der Herr Kriminaloberkommissar da mit drinhängt.«

»Hauptkommissar«, korrigierte Kassandra lächelnd und mit einem kleinen schlechten Gewissen. Bruno wusste nichts von Kays »Nebentätigkeit«.

Bruno lachte. »Sieh an. Richtet bitte meinen Glückwunsch aus.«

Die Sonne, die in der Zeit, während sie bei Bruno gestanden hatten, immer schwächer geworden war, verschwand ganz, als

Paul und Kassandra auf der Höhe des Wellenbrechers ankamen. Graue, schwere Wolken hingen über der See, nur hin und
wieder noch durchbrochen von Fetzen blauen Himmels, die so
schnell kleiner wurden, dass man dabei zusehen konnte. Das
Lichtspiel auf dem Wasser zusammen mit dem lautlosen Luft-
tanz der Möwen über den aufgeworfenen Felsen hatte etwas
eigentümlich Surreales.

Was für ein Gemälde Matthias wohl daraus gemacht hätte?
Mit einem Mal fröstelte Kassandra. Paul hatte recht – sie mussten alles tun, jedem winzigsten Fingerzeig nachgehen, um Greta
zu finden. Auch wenn das hieß, Erik genauso gründlich zu
durchleuchten wie Jan.

10

Dietrich war seit fünf Uhr früh auf den Beinen. Die Hintergründe einer Messerstecherei, die auf den ersten Blick unkompliziert ausgesehen hatten, waren leider komplexer als gedacht. Entsprechend hatte er sich den ganzen Tag lang praktisch nur darauf konzentrieren können – aber trotzdem zwischendurch zweimal bei Rieka und Bengt angerufen, ohne jedoch etwas Neues zu erfahren. Möller hatte bloß mit seiner Freundin gesprochen und erwartete sie demnächst an seinem Krankenbett.

Als Paul sich gemeldet und von einer neuen Spur berichtet hatte, war ein Adrenalinstoß durch seinen Körper gerast. Dummerweise hatte er gerade in einer Teambesprechung gesessen und darauf warten müssen, telefonieren zu können. Jetzt wurde seine Geduld ein weiteres Mal auf eine harte Probe gestellt, weil Paul ausgerechnet auf der windigen Seebrücke stand. Dietrich hatte wenig Zeit, er musste mit Tobias' Nachfolger Patrick Wolff zu einer Befragung. Patrick war Raucher und hatte gegen die von Dietrich vorgeschlagene kurze Zigarettenpause nichts einzuwenden gehabt. Anscheinend holte Patrick die verpassten Glimmstängel der letzten acht Stunden nach, jedenfalls ließ er auf sich warten, was Dietrich ausnahmsweise recht war. Endlich klingelte sein Telefon wieder.

»Schieß los, Paul«, sagte er und unterbrach ihn kein einziges Mal. Er notierte sich die Telefonnummer von Erik Sundberg, wobei ihm ein flüchtiger Gedanke durch den Kopf schoss. Sundberg. Wo hatte er den Namen schon mal gehört?

Er fragte Paul, was er über ihn wusste – wenig genug, abgesehen vom beruflichen Lebenslauf und von den Namen der nächsten Familienangehörigen. Wie es aussah, war der Mann überall beliebt, und selbst Paul sprach in den höchsten Tönen von ihm. Dietrich hörte dessen Widerwillen dagegen heraus, dass Sundberg verdächtig sein sollte. Für Dietrich allerdings klang der Mann ein bisschen zu gut, um wahr zu sein. Energisch verbat er sich jede Wertung, solange er sich noch kein eigenes Bild von Sundberg gemacht hatte.

Er dankte Paul und rief Rieka an.

»Alles klar, Bulle. Ich mach mich sofort dran. Nur Erik oder auch Thea und Arvid?«

»Zuerst Erik, für den auch ein Bewegungsprofil für den Tag, an dem Greta Röwer entführt wurde. Wir wissen zwar nicht, wo das passierte, aber es kann nicht schaden zu wissen, wo Sundberg war. Wenn du zu ihm nichts Verwertbares oder Aussagekräftiges findest, widme dich dem Vater und der Gattin. Kannst du eigentlich Schwedisch?«

Rieka lachte. »Fließend.« Er hörte ihr Lächeln, als sie fortfuhr. »Zahlen sind international. Ich fange mit den Finanzen an. Für alles andere finde ich eine Lösung.«

»Gut, sag Bescheid, wenn du über was stolperst.«

»Mach ich. Während wir geredet haben, habe ich übrigens Sundbergs Telefonnummer mit Möllers Smartphone und dem Klinikanschluss in Schwerin abgeglichen. Keine Verbindung.«

»Wenn Sundberg nichts von Möllers Schlaganfall wusste, müsste er erst mal in Erfahrung bringen, in welchem Krankenhaus er liegt. Falls die das alles sorgfältig geplant haben, verzichten sie außerdem vermutlich auf Kontakt über ein herkömmliches Handy. Ich habe kein anderes bei Möller gesehen, aber ich setze Bengt drauf an. Vielleicht findet er direkt in der Klinik was heraus.«

Er hatte gerade Bengt die entsprechenden Anweisungen gegeben, da steckte Patrick fragend den Kopf durch die Tür. Dietrich nickte, beendete grußlos das Gespräch mit Bengt und machte sich auf den Weg. Sundberg. Woher kannte er diesen Namen?

11

Matthias stand vor dem kleinen Fachwerkhaus in der Neuen Straße. Als er losgegangen war, hatte der Wind stetig Regentropfen in sein Gesicht geweht. Mittlerweile war es trocken von oben, aber der kurze Weg aus Katzenkopfstein, der von der Straße bis zur grün-weiß gestrichenen Tür führte und schon unter normalen Umständen eine Herausforderung für ihn darstellte, war noch immer nass und rutschig. Sein Zögern rührte allerdings nicht daher. Er kannte dieses Haus gut. Er wusste, dass die Traufe des Rohrdaches tief herunterhing, die Gefache rot verputzt, die Fensterläden dunkelgrün und die Bank rechts von der Tür weiß gestrichen waren. An alldem hatte sich seit Langem nichts geändert.

War es richtig, was er tat?

Vorhin hatte Paul angerufen und gesagt, dass Möllers Freundin ahnungslos war und sich die bis dahin einzige hoffnungsvolle Spur im Nichts verlor. Dann hatte er angedeutet, dass es möglicherweise eine neue gab, war aber nicht damit herausgerückt, woraus die bestand. Fast hätte er Paul angefahren, was diese Geheimniskrämerei sollte, doch letztlich kannte er ihn gut genug, um zu wissen, dass er nicht grundlos etwas für sich behielt. Also hatte er über die Gründe nachgedacht und war auf einen einzigen gekommen.

»Hat es mit Magda zu tun?«, hatte er gefragt.

Paul hatte nach kurzem Zaudern zugegeben, dass Magda etwas beobachtet haben könnte. Er hatte ihn außerdem gebeten, sich nicht einzumischen, weil sie noch im Ungewissen schwebten, und versprochen, sich zu kümmern. Vielleicht hatte Paul recht. Magdas Verhalten am Mittag war dermaßen feindselig gewesen, dass sie sich vermutlich allen anderen eher anvertrauen würde als Matthias.

Aber verdammt noch mal – dies war das erste Mal, dass er selbst etwas tun konnte. Deshalb stand er jetzt hier, nach nahezu einem Jahr wieder vor diesem Haus. Holte tief Luft und bewegte sich mit seinem Blindenstock vorsichtig auf dem Katzenkopfstein vorwärts bis zur Tür. Tastend suchte er den Klingelknopf. Drinnen schrillte es, er wartete. Würde Magda überhaupt öffnen? Sie konnte durch die Butzenscheiben sehen, wer draußen stand. Er legte eine Maske über sein Gesicht, wie er es häufig tat, konnte aber nicht verhindern, dass er innerlich zusammenschrak, als die Tür sich tatsächlich öffnete.

»Was willst du?«, fragte Magda harsch.

»Mit dir reden. Es wird Zeit. Oder soll das ewig so weitergehen?«

»Von mir aus. Ich habe damals alles gesagt, was ich zu sagen hatte.«

»Hast du die Biografie gelesen?«

Magda schnaubte. »Interessiert mich nicht. Dich hat meine Meinung ja auch nicht interessiert.«

»Du solltest die Tatsachen nicht verdrehen. Greta hätte gern mit dir über Carl gesprochen, du hast ihn besser gekannt als jeder andere und hättest den wertvollsten Beitrag leisten können.«

»Wer weiß, was ihr daraus gemacht hättet.«

Es war nicht zu fassen, sie bewegten sich im Kreis. »Wir haben und hätten nie etwas geschrieben, das Carls Ansehen schadet.« Matthias machte eine zu kurze Pause, als dass Magda etwas hätte erwidern können. »Aber ich bin nicht hier, um Carl oder die Biografie zu diskutieren. Kann ich reinkommen?«

»Wozu?«

»Weil ich deine Hilfe brauche.«

»Meine Hilfe? Du brauchst meine Hilfe nicht. Du hast doch Greta. Frag sie. Oder diese Leute aus Schweden. Man sieht euch ja anscheinend dauernd zusammen.«

Er sah es nicht kommen. Natürlich sah er es nicht kommen. Ohne jede Vorwarnung warf sie ihm die Tür vor der Nase zu. Matthias schluckte seinen Stolz herunter. Er klingelte erneut. Und noch zweimal. Vergeblich. Einen Augenblick lang stand er reglos da, dann schlug er mit der flachen Hand auf das Holz über dem Türschloss.

»Magda!«

Seine laute Stimme schien durch den Garten und über alle Häuser hinweg zu hallen. Die Leute mussten glauben, er sei verrückt geworden. Matthias Röwer brüllte nicht, grundsätzlich nicht, und ganz bestimmt nicht da, wo jeder es mitbekam. Egal. Er hob die Hand, um noch einmal gegen die Tür zu schlagen. Mitten in der Bewegung hielt er inne. Wie war das gewesen? Kein auffälliges Verhalten, alles wie sonst, hatte der Flüsterer gesagt. Matthias drehte sich um und ging schneller, als er gekommen war, auf dem Kopfsteinpflaster zurück. Dabei verwünschte er sich. Er hätte sich nach Paul richten und sich nicht einmischen sollen. Womöglich hatte das eben mehr geschadet als genutzt – bei Magda und wer wusste schon, wo noch.

Vorn auf der Neuen Straße lief er mit gemäßigteren Schritten weiter. Das war ohnehin besser nach dem Regen, es gab das eine oder andere Schlagloch hier. Er war so damit beschäftigt, den Pfützen mit Hilfe seines Stocks auszuweichen, dass ihm erst viel später bewusst wurde, wohin er gegangen war: zum Friedhof.

Kurz darauf stand er vor Carls Grab und erinnerte sich an den Tag, an dem er zum ersten Mal mit Greta hier gewesen war. Es schien ewig her und doch erst gestern gewesen zu sein. Sie hatte den großen naturbelassenen graubraunen Stein, auf dessen spitz zulaufender Vorderseite oben kunstvoll eine Kornähre gekreuzt mit einem Pinsel eingemeißelt worden war, als äußerst passend für Carl empfunden. Nicht nur wegen der Symbolträchtigkeit, sondern auch, weil nichts Gerades an dem Findling war, nichts Künstliches und nichts Überflüssiges. Sie hatte Carl nie kennengelernt, aber sein Wesen dennoch schnell erfasst.

Was hätte Carl in dieser Situation getan, was gesagt? Seine Maxime war gewesen, niemals etwas einfach so hinzunehmen, sondern alles zu hinterfragen. Matthias hatte bereits alles hinterfragt, tausendmal, jeden vorstellbaren Zusammenhang gesucht – es hatte ihn nicht weitergebracht.

Schritte auf dem Hauptgang rissen ihn aus seinen Grübeleien. Die Schritte stoppten ein, zwei Grabreihen vor ihm. Er hob den Kopf und sah den Schemen einer Gestalt mitten auf dem Weg stehen, bis sie in die Grabreihe trat, der sie am nächsten stand.

Matthias senkte den Kopf wieder. Er wusste nicht, wie lange er dort verharrt hatte, ohne einen konkreten Gedanken zu fassen, bis er wieder Schritte vernahm. Dieses Mal näherten sie sich ihm, und Matthias sah der Gestalt entgegen, bis sie ihn erreicht hatte. Als Arvid das Wort ergriff, war Matthias nicht überrascht.

»Es ist ein bisschen morbide, seinen Kummer auf den Friedhof zu tragen, zumal niemand gestorben ist, findest du nicht?«

Das traf Matthias bis ins Mark. Er konnte nur hoffen, dass Arvid recht hatte. Dass niemand gestorben war. Er ballte seine linke Hand zur Faust. »Nein«, sagte er so ruhig wie möglich, »finde ich nicht. Selbst wenn es was mit meinem Kummer zu tun hätte – was nicht der Fall ist. Ich mag diesen Ort und war oft hier, seit …«

Er stockte. Seit er das erste Mal mit Greta hier gewesen war, hatte er sagen wollen. Davor hatte er den Friedhof lange gemieden.

»Seit?«, hakte Arvid nach.

Matthias wollte nicht über Greta reden. »Was hat dich hergeführt?«, fragte er stattdessen.

»Erik meinte, der Friedhof sei sehenswert. Er war schon mal mit Paul hier, der zu fast jeder Grabstelle eine Geschichte erzählen kann. Paul muss so eine Art Lokalmatador sein. Sicher hätte er schon was zum Grab deines Großvaters sagen können, bevor die Biografie erschien.«

»Davon bin ich überzeugt. Wenn du was übers Fischland wissen willst, egal was, frag ihn.«

Arvid wandte sich Carls Grab zu. »Was würde er mir über die anderen Menschen erzählen, die hier liegen? Ich sehe zwei Namen, unter denen dasselbe Sterbejahr steht. Sie sind beide nicht alt geworden. Deine Eltern?«

Matthias nickte wortlos.

»Was ist passiert?«, fragte Arvid.

»Juliane starb an einer Lungenentzündung. Christian nahm sich ein paar Monate nach ihrem Tod das Leben.«

Matthias spürte, wie Arvid neben ihm eine abrupte Bewegung machte, und wunderte sich über sich selbst. Normalerweise behielt er das für sich. Die privaten Tragödien seiner Familie gingen niemanden etwas an, weshalb diese Details auch nicht in Carls Biografie standen.

Nach kurzem Schweigen räusperte sich Arvid. »Du nennst deine Eltern beim Vornamen?«, stellte er schließlich eine Frage, mit der Matthias nicht gerechnet hätte.

Dankbar, dass Arvid wegen Christians Selbstmord nicht weiter in ihn drang, sagte er: »Ich habe so gut wie keine Erinnerung an sie, und wenn Carl von ihnen sprach, sagte er Juliane und Christian. Ich hab's mir so angewöhnt.« Ein Lächeln huschte über sein Gesicht. »Andererseits – ich habe auch Carl immer nur Carl genannt. Unvorstellbar, dass ich Opa gesagt hätte.«

»Sehr fortschrittlich für einen Mann seines Jahrgangs«, fand Arvid.

»Carl legte wenig Wert auf Konventionen.«

Arvid gab ein Geräusch von sich, das Matthias an Magdas Schnauben erinnerte. »Das kommt mir auch so vor.«

»Ich dachte, ihr Schweden habt es genauso wenig mit dem Formellen.«

»Auch wieder wahr.« Arvid seufzte übertrieben. »Erik hat mich immer Farsa genannt – Papa. Als er fünfzehn war, meinte er, erwachsen genug zu sein, um Arvid zu sagen. Ich hatte kein Verständnis dafür.«

»Und?«

»Ich stritt ein bisschen mit Helga, und Erik sagt Arvid, seit er sechzehn ist.« Er lachte und legte dann eine Hand auf Matthias' Schulter. »Erzähl mir nicht, dass du bloß hier bist, weil du diesen Ort magst. Lass die Toten ruhen und komm zurück ins Leben.«

Matthias schaute noch einmal zum Grabstein, vor seinem inneren Auge sah er die Kornähre gekreuzt mit dem Pinsel und die Inschriften darunter, beides so deutlich, als wäre sein Blick nicht getrübt. Schließlich wandte er sich ab. »Kochst du gern?«, fragte er.

Arvid antwortete nicht sofort. »Ob ich gern koche?«, wiederholte er verdutzt. »Wie kommst du auf die Idee?«

»Weil mein Vorratsschrank voll und mein Magen seit Tagen leer ist. Ich esse ungern allein – und bei ein paar Handgriffen brauche ich Hilfe.«

»Wäre mir ein Vergnügen.«

Zwei Stunden später stand das Essen auf dem großen Holztisch in der Küche. Matthias hatte nicht mehr Appetit als all die Zeit zuvor, aber das Kochen und die Unterhaltung mit Arvid hatten seine Konzentration in andere Bahnen gelenkt. Jetzt zwang er sich zu essen und sich nicht anmerken zu lassen, dass ihm das Gemüse geschmacksneutral und das Fleisch zäh vorkam.

»Das ist doch so, oder, Matthias?«

Matthias schreckte aus seinen Gedanken auf, die während des Essens wieder darum gekreist waren, ob Paul etwas aus Magda herausbekam. Wenn es sich nicht um Magda handeln würde, hätte er keine Zweifel – Paul hatte so was an sich, man vertraute sich ihm leicht an. Aber Magda? Manchmal fragte er sich, wie viel die Frau, die ihn so liebevoll mit großgezogen hatte, noch mit der gemein hatte, zu der sie irgendwann geworden war.

»Wie bitte?«, fragte er schuldbewusst. Er hatte kein Wort von dem gehört, was Arvid gesagt hatte.

»Ich meinte …«, begann Arvid, dann ertönte ein Klirren, und er stieß ein »Helvete!« aus. Was immer es wörtlich hieß, es war auf jeden Fall ein Fluch. Zeitgleich sprang er auf, sein Stuhl scharrte laut auf den Terrakottafliesen.

»Was ist passiert?«, fragte Matthias alarmiert.

»Der Soßenlöffel ist mir aus der Hand gerutscht, und mein Hemd kannst du jetzt in deiner Galerie ausstellen!«

»Diese Art moderne Kunst wäre mal was Neues da.« Matthias grinste wider Willen.

»Sehr witzig. Das Hemd ist nicht nur fleckig, sondern getränkt mit dem Zeug. Kein angenehmes Gefühl auf dem Bauch.« Dann sah Arvid wohl etwas verspätet die Komik der Situation. »Und es ist schade um die Soße.«

Matthias bekam mit, dass er nach einem Hand- oder Geschirrtuch griff und wohl an seinem Hemd herumrieb.

»Lass das lieber, davon wird es nur schlimmer. Geh nach oben ins Bad, wasch dich und nimm dir aus meinem Schrank ein frisches Hemd. Mit hochgekrempelten Ärmeln sollte es gehen.«

»Sicher, dass ich da nicht noch mehr Chaos anrichte?«

»Na klar. Zweite Tür rechts, geh weiter durch, bis du ins Bad kommst, im Schrank links liegen Handtücher.«

Während Arvid nach oben verschwand, säbelte Matthias an seinem Fleisch herum, konnte sich aber nicht überwinden, es zum Mund zu führen. Wozu auch? Es war niemand hier, den er überzeugen musste. Er stand auf, nahm den Teller und schob die Reste in den Müll. Arvid gegenüber würde er behaupten, er sei schon fertig. Anschließend fand er die Weinflasche, die Arvid geöffnet hatte, und schenkte sich nach. Das bekam er wenigstens problemlos runter.

In der Küche fand er es stickig, die Kochdünste taten ein Übriges. Er öffnete die Terrassentür und ließ frische, kühle Luft herein. Draußen war es längst dunkel geworden, am Himmel erkannte er gerade so eben den silbernen Mond, der heute ungewöhnlich hell leuchtete. Anders als das Licht der Sonne tat das des Mondes seinen Augen niemals weh. Er hörte das leise Gluckern des Wassers am Boddenufer und das sanfte Rauschen der Blätter in den Weiden und der Esche. Es hätte ein perfekter Abend sein können.

»Matthias?«

Er drehte sich um. »Hast du alles gefunden?«

Arvid blieb stumm.

»Sitzt das Hemd zu schlecht?«, erkundigte sich Matthias. »Probier ein anderes, da müssten noch ...«

»Matthias«, unterbrach ihn Arvid, und jetzt hörte Matthias einen seltsamen Unterton in seiner Stimme. »Was ist hier los? Wo ist Greta?«

Matthias erstarrte. Wie konnte er so dämlich sein? Weshalb hatte er nicht daran gedacht, dass Gretas Sachen noch im Bad waren? Unter Umständen hatte Arvid außerdem auf der Suche nach einem Hemd zuerst den falschen Schrank geöffnet, in dem ihre Kleidung hing. Die kaum noch da gewesen wäre, wenn Greta ihn verlassen hätte.

Um Lässigkeit bemüht, sagte Matthias: »Greta hatte es ziemlich eilig. Sie holt ihre Sachen später.«

»Ach ja?« Arvid kam näher und hielt ihm irgendwas hin. »Und das hier hat sie auch dagelassen?«

Matthias griff nach dem Gegenstand und tastete ihn ab. Ein kleiner Karton, etwa von der Größe eines Brillenetuis, darin lag eine Art Stift auf etwas Weichem. »Was ist das?«

»Das«, sagte Arvid, und seine Stimme klang, als wisse er nicht, ob er wütend oder traurig sein sollte, »ist eine Schachtel mit Watte und Herzchenkonfetti. Darauf liegt ein Schwangerschaftstest. Positiv.«

Die Schachtel entglitt Matthias' Hand. Wie aus weiter Ferne hörte er sie zu Boden poltern, in seinen Ohren brauste es, er taumelte rückwärts, stolperte über einen Stuhl und versuchte, sich daran festzuhalten, doch seine Finger fassten ins Leere. Er fiel und fiel und fiel, während tosende Wellen über ihm zusammenschlugen. Er ging unter. Greta. Er versank.

Jemand packte ihn, zog ihn aus der Tiefe. Er rang nach Atem. Greta! Er pumpte seine Lungen voll mit kostbarer Luft.

»Ich bring das Dreckschwein um!«, brüllte er.

Jemand sagte seinen Namen, versuchte, ihn festzuhalten, er machte sich los, fegte den anderen zur Seite und stürmte aus der Küche. Er wusste wieder genau, wo er war, wusste, wie er sich bewegen musste, kannte jeden Schritt bis zur Tür, die fast aus den Angeln sprang, als er sie aufriss.

»Matthias.«

Er fuhr herum – und gleichzeitig wurde ihm klar, dass er

kein Ziel hatte, dass er nicht wusste, wohin er gehen sollte, um Greta und sein Kind zu retten.

»Ich bring ihn um«, wiederholte er dennoch – leise, wie einen Schwur. Im Licht des Bewegungsmelders sah er Arvid zurückweichen, als hätten diese vier Worte eine weit erschreckendere Wirkung als sein Zornesausbruch zuvor.

»Das würde ich nicht tun, Matthias«, sagte Arvid jedoch ebenso ruhig. »Das würde ich nicht tun, wenn ich du wäre.«

12

»Tut mir leid«, sagte Bruno. »Ich hab befürchtet, dass das nichts bringt. Magda ist schon viele Jahrzehnte ein harter Brocken.« Er stellte ein Bier vor Paul, ein Glas Wasser vor Kassandra und schenkte sich selbst einen Waldrausch ein, den er hinunterstürzte, kaum dass er wieder saß.

Kassandra bemerkte, wie Paul das Gesicht verzog.

Bruno bemerkte es ebenfalls. Er griente ein bisschen und schenkte sich nach. »Nichts für dich, so ein Kräuterlikör, ich weiß, aber ich kann's brauchen. Zur Verdauung des Fehlschlags sozusagen.« Das zweite Glas leerte er nur zur Hälfte und lehnte sich zurück. »Letzten Winter sind Magda und ich in der Wanderhütte hinten am Bodden aufeinandergetroffen und haben uns länger unterhalten. Seitdem plaudern wir ab und zu, wenn wir uns begegnen, und ich hatte ihr tatsächlich schon mal was von meinem Fang vorbeigebracht – deshalb bin ich deinem Vorschlag mit den Heringen gefolgt.« Er nahm das kleine Glas wieder hoch, trank jedoch nicht, sondern drehte es zwischen seinen Fingern. »Wir saßen also in Magdas Küche, und nach ein paar belanglosen Worten habe ich erzählt, dass du erzählt hast, wie ihr euch alle auf der Strandstraße getroffen habt – und dass du es schade fändest, dass sie immer noch mit Matthias im Clinch liegt wegen der Biografie. Die du überdies für recht gut hieltest, und du könntest es als Schriftsteller nicht nur beurteilen, du hättest immerhin auch daraus gelesen.«

Bruno machte eine Kunstpause, und Kassandra tat ihm den Gefallen. »Hat sie dir die Augen ausgekratzt, oder will sie das demnächst bei Paul tun?«

»Sie war zugegebenermaßen wenig erfreut, aber worauf es mir ankam, war ...«

»... ihre Reaktion darauf, dass ich gelesen habe statt Greta«, beendete Paul den Satz. »Geschickt.«

»Danke, danke.« Im Sitzen deutete Bruno eine Verbeugung

an. »Magda hat nicht versucht, Bedauern wegen Gretas Erkrankung zu heucheln, aber ihr Erstaunen war echt und ihre Schadenfreude auch. Wenn ihr mich fragt, weiß sie weder von der Entführung, noch vermutet sie etwas dergleichen.«

»Wie kann sie so sein?«, fragte Kassandra.

»Eifersucht ist schwierig zu beherrschen«, sagte Paul. »Sie denkt, Greta hätte ihr Matthias weggenommen, er braucht sie nicht mehr, seit Greta da ist.«

»Das mag faktisch so sein, aber Magda Fehning muss doch wissen, dass niemand die Frau ersetzen kann, die quasi eine Mutter für ihn ist – und dass auch niemand das will.«

»Wenn man hasst, denkt man nicht rational.«

»Na, das ist aber ein bisschen heftig«, mischte Bruno sich ein. »Ich glaube nicht, dass Magda Greta hasst. Sie wünscht sie vielleicht weiß der Himmel wohin, aber Hass?«

»Es könnte sein, dass ihre Verlustängste um Matthias nicht der einzige Grund sind«, sagte Paul. »Magda Fehning hatte immer eine Vorzugsstellung bei den Röwers, sie war ja schon Haushälterin dort, als das ganze Haus noch voll war mit der kompletten Familie. Dagegen hatte sie nie eine eigene – nicht im klassischen Sinn jedenfalls. Ich würde nicht so weit gehen zu sagen, sie hätte wegen der Röwers darauf verzichtet, sie hatte ja durchaus ihr eigenes Leben. Trotzdem war sie ihnen mehr verbunden als sonst jemand. Sie gehörte dazu und war zweifellos über alles im Bilde, was vor sich ging, darunter garantiert Dinge, die außerhalb dieses engen Kreises niemand wusste. Dinge, die auch niemand außerhalb wissen sollte.«

»Die hätte Matthias bestimmt nicht vorgehabt zu veröffentlichen«, sagte Kassandra und fragte sich, ob Paul an etwas Bestimmtes dachte.

»Darum geht es nicht unbedingt. Es geht möglicherweise vielmehr darum, Vertrauliches zu teilen.«

»Du meinst, Magda Fehnings Abneigung beruht darauf, dass eine Fremde hereinschneit und sich nicht nur Matthias krallt, sondern noch dazu eingeweiht wird in die Röwer'schen Familiengeheimnisse?«

Paul zuckte mit den Schultern. »So was in der Art.«

Spontan hätte Kassandra das für überzogen gehalten, doch je länger sie darüber nachdachte und Magda Fehnings Verhalten Matthias gegenüber berücksichtigte, desto glaubwürdiger kam es ihr vor.

Inzwischen hatte Paul sich an Bruno gewandt. »Warum meinst du eigentlich, deine Aktion wäre ein Fehlschlag gewesen? Immerhin können wir jetzt davon ausgehen, dass sie von der Entführung nichts weiß. Was passierte weiter bei eurer Unterhaltung?«

»Ich bin bei dir als Thema geblieben und habe erwähnt, dass du dich mit Erik Sundberg angefreundet hast. Sie blinzelte.«

»Blinzelte?«

»Ja. Kam mir etwas aufgeschreckt vor, aber vielleicht sah ich das nur, weil ich was sehen wollte. Sie nickte scheinbar – oder tatsächlich – uninteressiert und kam auf ihre Dresden-Reise zu sprechen. Sie ist übrigens erst Donnerstag früh gefahren, ihr hätte folglich etwas auffallen können, das mit Gretas Entführung zusammenhängt.« Bruno leerte sein Glas und stellte es zurück auf den Tisch. Nachdenklich betrachtete er die letzten dunklen Tropfen Kräuterlikör, die sich gerade wieder unten absetzten. »Allzu viel hat sie nicht von Dresden erzählt, da fing sie von der Seefahrtschule und den neuen Plänen an und dass sie auf jeden Fall gespannt sei auf die nächste Gemeindevertretersitzung. Ich solle dich doch mal fragen, meinte sie.« Bruno schmunzelte.

»Du kannst ihr sagen, dass erst im November wieder eine reguläre Sitzung stattfindet, mit der Option auf einen zusätzlichen Termin Anfang des Monats.« Paul schüttelte kaum merklich den Kopf, als er hinzufügte: »Niemand will einen zeitlichen Verzug bei der Seefahrtschule.«

»Aber?«, hakte Bruno nach.

»Aber ich bezweifele, dass es zu diesem zusätzlichen Termin kommt. Das ist nur für deine Ohren bestimmt, nicht für Magda Fehnings.«

Bruno fragte nicht weiter nach. Er kannte Paul mindestens

so gut wie Kassandra und wusste ebenso wie sie, dass er mehr gesagt hätte, wenn er mehr hätte sagen wollen. »Jedenfalls bot sie mir damit die Gelegenheit, noch mal mit Erik Sundberg anzufangen«, fuhr er fort, »weil der ja auch sehr an der Seefahrtschule interessiert ist. Ich dachte schon, dass sie diesmal darauf anspringen würde, sie sah aus, als wollte sie was fragen.«

»Hat sie aber nicht?«

»Nein. Stattdessen schlug die Türklingel an. Magda verschwand eine Zeit lang, ich wurde neugierig und lauschte in die Diele hinaus. Hast du Matthias Röwer nicht gesagt, er soll sich raushalten?« Brunos Ton wurde etwas schärfer. Dazu gehörte einiges, er war schwer aus der Ruhe zu bringen. »Ich konnte nicht im Einzelnen verstehen, was gesagt wurde, aber als Magda zurückkam, war sie zu wie eine Auster. Mit den Gedanken sonst wo, aber nicht mehr bei unserem Gespräch. Ich tat, als hätte ich nichts mitbekommen, und wollte es gerade noch mal versuchen mit der Seefahrtschule und Sundberg. Da klingelte es wieder und wieder. Magda blieb stur sitzen, starrte angestrengt aus dem Fenster und rührte sich nicht mal, als Matthias Röwer so laut ihren Namen rief, dass halb Wustrow das gehört haben muss.« Er seufzte. »Das konnte ich schlecht ignorieren, also habe ich sie gefragt, was los sei und ob sie nicht zur Tür … Sie fuhr mir über den Mund, sagte, ich solle mich um meine eigenen Angelegenheiten kümmern, danke für die Heringe und Wiedersehen.« Bruno verdrehte die Augen.

»Sie hat dich rausgeschmissen?«, fragte Paul.

»Sogar einigermaßen grob. Draußen habe ich Matthias Röwer langsam die Neue Straße hochgehen sehen und bin ihm mit genügend Abstand hinterher. Ich dachte, wenn er mir schon die Tour vermasselt, will ich wenigstens wissen, welches Alternativprogramm zu Magda er hat. Er ging auf den Friedhof, und da war ich wohl ein bisschen zu nah dran, als er vorm Familiengrab stand. Er hat mich auf dem Hauptgang gehört, ich zog mich in eine Grabreihe weiter vorn zurück und wartete, während er dastand. Mein Unmut verflog. Großer Gott, was er durchmacht, muss schrecklich sein.« Er schwieg einen Moment. »Dann kam Arvid Sundberg.«

»Arvid? Meinst du, sie waren da verabredet?«, fragte Kassandra.

»Ich war zu weit weg, um Gesichtsausdrücke zu sehen oder Worte zu verstehen, aber da Röwer eigentlich zu Magda gewollt hatte, kann ich mir das nicht vorstellen.«

»Wäre es möglich, dass Arvid wie du Matthias gefolgt ist?«, fragte Paul.

Bruno griff nach der Flasche Waldrausch und drehte gedankenversunken den Verschluss auf und wieder zu. »Ich habe nicht die Neue Straße hoch- und runtergesehen, als ich Magdas Haus verließ, sondern zufällig gleich in Matthias Röwers Richtung. Falls Sundberg ihm schon vorher gefolgt war, irgendwo stand und ihn vor Magdas Haus beobachtete und danach beschloss, noch mehr Abstand zwischen sich und Matthias zu bringen als ich … Möglich wär das schon.« Bruno drehte den Flaschenverschluss ab und füllte sein Glas noch einmal halb. »Verdächtigst du Arvid jetzt genauso wie Erik? Der Mann war doch noch gar nicht hier, als Greta entführt wurde.«

»Behaupten die beiden«, stellte Paul fest.

»Unterstellst du, dass Erik und Arvid das zusammen durchziehen – mit Geld als Motiv für beide? Ein anderes fiele mir jedenfalls beim besten Willen nicht ein.« Kassandra verschränkte die Arme vor der Brust. »Wie soll das abgelaufen sein? Sie schmieden in Göteborg den Plan, während Eriks Aufenthalt in Deutschland jemanden zu entführen, weil sie davon ausgehen, sie würden als angesehene Persönlichkeiten aus dem Ausland nie als Täter in Betracht gezogen? Halte ich für wenig glaubhaft.«

»Zugegeben, das ist nicht die wahrscheinlichste Lösung«, sagte Paul. »Vielleicht hat nur Erik es geplant, und zwar erst hier. Nachdem er wie Jan den OZ-Artikel über Matthias gelesen hat, aus dem relativ deutlich hervorgeht, dass die Röwer'schen Vermögensverhältnisse beachtlich sind. Arvid kann später zu jedem beliebigen Zeitpunkt eingestiegen sein. Seit wann er sich wirklich in Deutschland aufhält, ist eine unbekannte Hausnummer«, bekräftigte er.

Pauls Version hatte was, dennoch äußerte Kassandra Bedenken. »Und Jan ist komplett draußen? Was ist mit seinem Anruf bei Matthias? Nur Fügung des Schicksals, dass sein Hass und Erfolgsneid mit der Geldgier von Erik und Arvid zusammentreffen? Wie Kay immer sagt: Ich mag keine Zufälle. Das passt alles nicht und führt zu gar nichts. Außer, dass bald das ganze Fischland unter Verdacht steht, wenn wir so weitermachen.«

»Glaubst du, mir gefällt das?«, fuhr Paul sie unvermittelt an.

Irritiert legte Kassandra den Kopf schief. Sie wollte schon verärgert sagen, dass sie das keineswegs angenommen hatte, doch dann sah sie, wie Paul vor sich hin starrte, und schwieg.

Schließlich murmelte er: »Du hast recht, ich seh schon Gespenster wegen nichts. Vergessen wir Arvid.« Er hob den Blick. »Erik bleibt allerdings im Rennen. Und solange wir nicht wissen, was …« Abrupt unterbrach er sich und deutete auf die Flasche auf dem Tisch. »Krieg ich auch so einen, Bruno?«

Bruno stutzte, stand aber wortlos auf und holte ein Glas. »Definitiv?«, fragte er, bevor er einschenkte.

Paul nickte und kippte die dunkle Flüssigkeit noch schneller runter als Bruno vorhin. Ohne das Gesicht zu verziehen. Kassandra ahnte, er hatte sich eben gerade noch zurückhalten können zu erwähnen, dass sie auf Kays Ergebnisse warten mussten. Außerdem war sie sicher, dass es Paul außerordentlich widerstrebte, Erik oder Arvid zu verdächtigen. Finster betrachtete er das Glas in seiner Hand, das er mit einem Ruck auf den Tisch stellte.

»Es wird Zeit, Kassandra. Wir müssen noch zu Matthias. Ich möchte ihm lieber persönlich statt am Telefon von Erik erzählen.« Er erhob sich. »Danke, Bruno. Du hast getan, was du konntest, und ein Misserfolg war das bei Magda Fehning wirklich nicht.«

»Ein zweiter Versuch gleich morgen wäre kontraproduktiv, dann wird sie misstrauisch«, sagte Bruno, »aber falls ich kurzfristig was anderes tun kann, sagt Bescheid.«

»Machen wir. Obwohl mir gerade nichts einfällt, und das macht mich wahnsinnig. Alle Spuren enden mitten im Nichts, als ob das Schicksal sich uns in den Weg stellen würde.«

»Das kommt dir nur so vor«, sagte Bruno, »weil du die Beteiligten magst, und zwar alle – sowohl Opfer als auch mögliche Täter. Und wegen der Zeit, die davonläuft.«

Paul nickte wenig überzeugt und ging voran in die Diele. Kassandra wollte ihm folgen, aber Bruno hielt sie zurück, indem er ihren Arm berührte.

»Pass auf ihn auf, Kassandra«, sagte er leise. »Passt auf euch auf.«

Sie schauderte, weil sie spürte, dass das nicht nur eine Floskel war. »Was meinst du?«

Bruno guckte sorgenvoll. »Ich weiß nicht genau. Dieser Fall ist anders. Egal, was ich gerade gesagt habe, um Paul zu beruhigen.«

Kassandra hätte das gern mit einem Schulterzucken abgetan, doch das war unmöglich. Manchmal hatte Bruno diese Vorahnungen. Und meist bedeuteten sie nichts Gutes.

Draußen war es dunkel geworden, was zu Pauls Stimmung passte. Er redete nicht, als sie vom Grünen Weg in die Hafenstraße Richtung Barnstorf abbogen. Er griff auch nicht nach Kassandras Hand, was er sonst oft tat, wenn sie gemeinsam unterwegs waren. Stattdessen vergrub er die Hände tief in den Taschen seiner Lederjacke und sah zu Boden, während er zügig ausschritt.

Das ist ja auch kein Spaziergang, dachte Kassandra, im Gegenteil.

Plötzlich blieb Paul stehen, ausgerechnet vor Niklas Thiels brach liegendem Grundstück. Vor einigen Jahren war Niklas' Haus ein Raub der Flammen geworden – der Anfang der üblen Serie von Brandstiftungen, die das Fischland und Stralsund überzogen hatte. Niklas hatte den Brand schwer verletzt überlebt, sich nach seiner langwierigen Genesung aber entschieden, Wustrow den Rücken zu kehren. Kassandra hatte seit ewig nichts mehr von ihm gehört, und dort, wo einst sein hübsches Fachwerkhaus mit den blauen Fensterläden gestanden hatte, waren nur noch ein paar von Wildwuchs überzogene Mauerreste übrig.

»Weißt du noch?«, fragte Paul leise.

Es war eine rhetorische Frage, dennoch antwortete Kassandra. »Natürlich. Es war grauenvoll.«

Gedankenverloren nickte Paul und betrat das weitläufige Grundstück, das zu zwei Seiten von dichtem Gebüsch und dahinter von weitem Feld, zur dritten von der Straße und einem gegenüberliegenden Waldstück und zur vierten von noch mehr Gebüsch umgeben war. Als Kassandra ihm folgte, wäre sie beinah über einen kleinen Steinhaufen gestolpert, es war viel zu dunkel, um hier herumzuklettern.

»Ja. Grauenvoll«, bestätigte Paul. »Aber am Ende hast du deinen Vater gefunden.« Jetzt suchte er doch nach ihrer Hand. »Als wäre das Grauen von etwas Gutem besiegt worden.«

»Vielleicht wird es diesmal wieder so sein.« Kassandra wollte Brunos dunkle Voraussage verdrängen. Es gelang ihr nicht recht. Eine Gänsehaut lief ihr über den Rücken und breitete sich über ihre Arme aus, trotz ihrer dicken Jacke. Als mit einem Mal ein lautes, mehrfaches »Ring« dicht neben ihr erklang, schrak sie zusammen.

Paul holte sein Telefon hervor. »Kay. Hoffentlich hat er ein paar brauchbare Neuigkeiten.«

13

Unterschwellig hatte Dietrich seit seinem Gespräch mit Paul pausenlos darüber nachgegrübelt, woher er den Namen Sundberg kannte. Es bereitete ihm Mühe, sich auf die Vernehmung zu konzentrieren, die Priorität hätte haben müssen, die er aber weitgehend Patrick überließ. Vergeblich. Er war auch nach deren Beendigung nicht auf des Rätsels Lösung gekommen.

Als Patrick längst Feierabend gemacht und Dietrich allein im Büro war, klickte er sich ins polizeiliche Informationssystem. So viele Erik Sundbergs sollte es nicht geben, die in Deutschland auffällig geworden waren, falls es deswegen bei dem Namen bei ihm klingelte. Tatsächlich landete er keinen einzigen Treffer, dasselbe Ergebnis für Arvid. Gerade wollte er Theas Namen eingeben, als Rieka sich meldete.

»Tut mir leid, Bulle, es hat länger gedauert, als ich dachte. Nach seinen Handydaten ist Erik Sundberg morgens nach Rostock gefahren, hat sich während der nächsten Stunden im Umfeld des Uni-Campus bewegt, das er gegen halb drei wieder verließ, um in Richtung Fischland abzudüsen. Kurz vor Wustrow hat er es entweder ausgeschaltet, oder der Akku war leer. Eine Stunde später wird es in seinem Haus wieder eingeschaltet oder aufgeladen – was an das Bewegungsprofil von Jan Möller erinnert. Sein Handy war genauso zwischendurch kurz aus, wenn auch zu einer anderen Zeit. Wenn die tatsächlich zusammenarbeiten, waren sie möglicherweise zu den entsprechenden Zeiten am selben Ort und wollten jeweils sichergehen, genau da nicht aufgespürt werden zu können.«

»Klingt plausibel«, fand Dietrich. »Gibt es für das Telefon von Erik Sundberg für den Rest des Tages weitere Auffälligkeiten?«

»Keine. Es bleibt die ganze Zeit in seinem Haus.«

»Wenig aufschlussreich, aber was Eindeutiges wäre ja auch zu einfach gewesen.«

»Dafür ist Sundbergs finanzielle Lage umso aufschlussreicher. Als Universitätsprofessor bezieht er natürlich ein ganz ordentliches Gehalt, außerdem kassiert er hin und wieder Honorare im Rahmen von Forschungsprojekten.«

»Offiziell oder am Fiskus vorbei?«, hakte Dietrich nach.

»Nein, nein, keine krummen Sachen, er versteuert jede Krone. Allerdings überweist er regelmäßig, wenn auch unterschiedlich hohe Beträge auf ein Konto im Ausland. Er gerät nie in die roten Zahlen, aber oft bleibt am Ende nur so viel übrig, dass er gerade eben über die Runden kommt, und sein Haus ist noch nicht abbezahlt.«

»An wen geht das Geld?«

»An eine Guðrún Magnúsdottir.«

»Das ist ein isländischer Name«, stellte Dietrich fest. »Welche Verbindung besteht zwischen der Dame und Sundberg?«

»Es sind sogar gleich zwei Verbindungen.« Rieka lachte. »Er hat ein Zwillingspärchen mit ihr. Das war, Erik Sundberg ist anscheinend ein korrekter Mensch, vor seiner Ehe mit Thea. Er zahlt mehr für seine frühere Familie, als er müsste, und er besucht sie etwa alle zwei, drei Monate, was natürlich ins Geld geht.«

»Klingt mehr nach einem Familienmensch als nach jemandem, der eine frisch verheiratete Frau entführt, Geldprobleme hin oder her. Aber man kann nicht in Menschen hineinsehen. Hast du noch was Interessantes über Sundberg rausfinden können?«

»Bisher nicht. Scheint sauber wie mit Spee gewaschen oder was immer die Schweden haben. Ich suche aber weiter. Was mich drauf bringt: Wegen der Sprache muss ich mir Hilfe holen. Absolut sicher, keine Sorge, wir kennen uns schon länger aus den Tiefen des Darknet. Sie ist hundertprozentig vertrauenswürdig.«

Dietrich hatte keine Sorge, wenn Rieka das sagte. Dennoch musste er lächeln. »Woher weißt du, dass es eine Sie ist?«

Aus ihrer Antwort hörte er ebenfalls ein Lächeln heraus. »Intuition. Ich melde mich, sobald es was Neues gibt.«

Auf Dietrichs Monitor wartete noch immer die Eingabe-
maske des polizeilichen Informationssystems, in die er vor
Riekas Anruf den Namen von Thea hatte eingeben wollen. So
richtig hatte er Sundbergs Frau nicht auf dem Schirm gehabt,
aber jetzt fragte er sich, ob sie nicht ihre Finger im Spiel haben
könnte. Falls Sundberg gut bei den Frauen ankam, hatte er möglicherweise das eine oder andere Verhältnis. Auch mit Greta
Röwer? War Thea eifersüchtig gewesen? Unwirsch schüttelte
er den Kopf. Nach allem, was Tobias über Greta und Matthias
Röwer erzählt hatte, war das höchst unwahrscheinlich. Als er
ihren Namen trotzdem eingab, geschah das nur der Vollstän-
digkeit halber – und es brachte nichts. Auch Thea Sundberg
hatte sich in Deutschland nichts zuschulden kommen lassen.

Er versuchte es mit »Sundberg« allein und landete den einen
Treffer, den er gesucht hatte: Helga Sundberg, geboren am 5. April 1948 als Helga Schmid in Kiel, wohnhaft seit 1955 in Göteborg, schwedische Staatsangehörige seit 1969, hatte am 14. Juli
2006 an einer Friedensdemonstration in Stralsund teilgenommen,
die sich gegen den damaligen US-Präsidenten und den Irakkrieg
richtete. Der Präsident war bei der Kanzlerin in ihrem Wahlkreis
zu Gast gewesen, und Dietrich erinnerte sich wieder deutlich an
die Schlagzeile: »Barbecue in Trinwillershagen«.

Die Friedensdemonstration war leider nicht friedlich verlau-
fen, es hatte Ausschreitungen gegeben, ein Polizist wurde durch
einen Messerstich schwer verletzt. Man hatte drei Demons-
trantinnen unter Tatverdacht festgenommen, aber nur Helga
Sundberg war schließlich angeklagt worden, den Kollegen
niedergestochen zu haben. Es hatte, und das war der Grund,
warum Dietrich sich überhaupt dunkel an den Namen Sundberg erinnerte, deswegen einige diplomatische Verwicklungen
gegeben. Die Schweden waren der Ansicht gewesen, es gebe
nicht genug Beweise und Indizien für eine Anklage, sie warfen
den deutschen Behörden Willkür vor, und letztlich wurde die
Anklage fallen gelassen. Das Ermittlungsverfahren lief noch
geraume Zeit ergebnislos weiter. Wer für die Tat verantwortlich
war, konnte nicht geklärt werden. Dietrich fiel wieder ein, dass

der Kollege sich nie ganz von seinen Verletzungen erholt hatte, in den Innendienst versetzt und zwei Jahre später in Frühpension geschickt worden war.

Nachdem Dietrich die wichtigsten Ermittlungsergebnisse quergelesen hatte, kam er zu dem Schluss, dass er sowohl die Anklageerhebung als auch die von schwedischer Seite geäußerten Bedenken dagegen verstand. Seiner Meinung nach lag zu viel im Unklaren, aber es war nicht vollkommen auszuschließen, dass Helga Sundberg das Messer geführt hatte. Sie war zu dem Zeitpunkt zwar schon achtundfünfzig Jahre alt, aber, wenn er die Vernehmungsprotokolle richtig interpretierte, eine streitbare, provokative und sehr kämpferische Person gewesen, die von ihren Grundsätzen keinen Millimeter abwich. Der Polizei als Institution hatte sie zumindest damals nicht grundsätzlich positiv gegenübergestanden, um das mal untertrieben auszudrücken.

Dietrich griff zum Telefon. Erfreulicherweise hatte Rieka die persönlichen Daten von Erik Sundberg bereits recherchiert. Bei Helga Sundberg handelte es sich um Eriks Mutter. Dennoch musste das damalige Verfahren gegen sie überhaupt nichts mit dem zu tun haben, was sich gerade auf dem Fischland abspielte. Es sei denn, sie hatte den Kollegen tatsächlich niedergestochen und jemand war dem auf die Spur gekommen – oder schickte sich zumindest an, das zu tun. Dass Helga Sundberg bereits vor zwei Jahren verstorben war, machte es nur auf den ersten Blick unwahrscheinlicher, dass jemand etwas dagegen hatte. Der Wille, den Ruf eines geliebten Menschen zu schützen, endete weiß Gott nicht immer mit dessen Tod.

Greta Röwer war Schriftstellerin. Eine Biografie über einen Maler ließ nicht automatisch darauf schließen, dass sie sich bei ihrer nächsten Arbeit mit Politik befasste, dennoch wäre es interessant, etwas über ihr aktuelles Projekt und ihre Recherchen zu erfahren.

Erneut griff er zum Telefon. Als Paul sich meldete, klang er resigniert, was Dietrich gar nicht von ihm kannte.

14

Kassandra hörte Kays Bericht mit an und ließ sich alles durch den Kopf gehen, während Paul das Gespräch beendete und sein Telefon wegsteckte. »Eine Entführung, um Greta von weiterer Recherchen abzuhalten?«, fragte sie.

»Du klingst skeptisch«, meinte Paul. »Wäre ich unter anderen Umständen auch, aber die Motive der Sundbergs summieren sich. Vergiss Eriks Geldsorgen nicht.«

»Er nagt sicher nicht am Hungertuch.«

»Er kriegt gerade noch die Kurve. Ich frage mich, ob Thea das in diesen Einzelheiten weiß.«

»Wenn wir davon ausgehen, dass Erik wegen Jan gelogen hat, muss er aber trotzdem noch so viel Geld übrig haben, um sich zwei Fischländer Haustüren leisten zu können«, wandte Kassandra ein.

»Vielleicht hatte er keine Vorstellung davon, was so was kostet, bevor er mit Jan gesprochen hat. Immerhin hat er keinen Auftrag erteilt.« Paul rieb sich das Kinn. »Nach dem, was Kay gerade erzählt hat, wäre eine andere Rollenverteilung mehr als denkbar.«

»Erik ist die treibende Kraft und Jan nur der Komplize?«

Paul überlegte eine Zeit lang. »Wie auch immer das zustande kam – womöglich bei dem Zusammentreffen wegen der Türen. Die beiden kommen ins Gespräch, möglicherweise liegt dieser OZ-Artikel da, und Jan merkt, dass der Eriks Aufmerksamkeit weckt. Er macht eine Bemerkung über die Röwers und das Vermögen, das Gespräch nimmt eine neue Wendung, geht über Holzarbeiten hinaus, sie reden darüber, dass sie Geld gebrauchen könnten. Erik kommt auf die Idee mit der Entführung, mit der jeder von ihnen auf seine Weise zwei Fliegen mit einer Klappe schlagen kann. Wobei ich mir vorstelle, dass Erik sein zweites Motiv, Gretas Recherchen nämlich, verschweigt.«

Kassandra nickte langsam. »Möglich. Dazu würde auch Jans

Schlaganfall passen, sogar noch besser, als wenn das sein eigener Plan gewesen wäre. Er ist auf Gedeih und Verderb an Erik gebunden und auf ihn angewiesen, er kann nicht einfach aussteigen, selbst wenn er wollte. Stress ist ein Risikofaktor, und er kriegt jetzt immer mehr psychischen Stress, zusätzlich zu dem, der von seinen Geldproblemen verursacht wird. Jetzt hat er schreckliche Angst, dass er sich auf was Falsches eingelassen hat.«

»Bei dem noch dazu etwas gewaltig schiefgeht.«

Es dauerte ein bisschen, bis Kassandra die volle Tragweite dessen begriff, was Paul da andeutete. »Greta stirbt«, sagte sie bestürzt. Sie musste sich räuspern, ehe sie fortfuhr. »Ob das von Eriks Seite gewollt gewesen ist?«

»Eher nicht«, sagte Paul. »Dagegen spricht sein Verhalten, das nicht so wirkt, als liefe alles wie geschmiert. Andererseits mag das daher rühren, dass er befürchtet, Jan könnte etwas getan oder gesagt haben, das alles auffliegen lässt – oder so was in seinem jetzigen Zustand unbewusst tun.«

Kassandra ließ das sacken. Jedes Detail erschien so lebendig vor ihrem inneren Auge, als wäre es tatsächlich passiert. »Mir wäre lieber, wir gingen erst mal nicht vom Schlimmsten aus«, sagte sie zittrig. »Sonst wäre das, was wir tun, beinah sinnlos.« Sie sah, dass Paul zustimmend nickte, doch dann lenkte ein seltsam scharrendes Geräusch vorn auf dem Weg sie ab.

Noch immer standen sie auf Niklas' Grundstück, mitten im Nirgendwo, im Dunkeln, das nur der Mond, der ab und zu durch die Wolken brach, ein wenig erhellte und dabei das hohe Gebüsch und die Mauern in silbrig-unheimliches Licht tauchte. Das scharrende Geräusch wurde lauter, und als Kassandra die Augen zusammenkniff und angestrengt auf die Straße schaute, erkannte sie, dass es sich um Schritte handelte. Um Arvids Schritte.

Er bewegte sich nur langsam vorwärts, Kassandra war sich nicht sicher, ob er schlenderte oder vielmehr zögernd einen Fuß vor den anderen setzte. Zu guter Letzt blieb er ganz stehen, drehte sich noch einmal um und schaute nach Barnstorf zurück.

Mit einer müden Geste fuhr er sich mit den Händen übers Gesicht, senkte die Arme wieder, rührte sich aber ansonsten nicht von der Stelle. Noch während er dort stand, begann sein Telefon zu klingeln. Arvid holte es etwas umständlich hervor und schaute eine ganze Weile aufs Display, ehe er sich entschloss, das Gespräch anzunehmen. Er hörte einen Augenblick zu und antwortete auf Schwedisch. In dem ganzen Kauderwelsch meinte Kassandra, Eriks Namen auszumachen – und im Laufe des folgenden Wortwechsels wurde Arvids Tonfall zunehmend verärgert. Er beendete das Telefonat nach etwas, das wie ein Machtwort geklungen hatte, und ohne auf eine erneute Antwort zu warten.

Die ganze Zeit über hatte er unverwandt zurück nach Barnstorf geschaut, und auch, als er das Handy wegsteckte, tat er es ganz automatisch, ohne den Blick abzuwenden.

»Tala är silver«, sagte er schließlich, jedenfalls war es das, was Kassandra zu hören glaubte, was immer das hieß. Und dann, leiser: »Schweigen ist Gold.«

Abrupt wandte er sich um und schritt jetzt entschlossen aus, Wustrow entgegen.

Arvid. Den hatten sie bei ihren Überlegungen eben ganz außen vor gelassen. Sie sah Paul an, dass er das Gleiche dachte wie sie: ein Fehler? Helga Sundberg war Eriks Mutter. Sie war aber auch Arvids Frau.

»Ich gehe zu Matthias, erkläre ihm alles und frage nach Gretas aktuellem Projekt«, sagte Paul. »Du folgst Arvid. Mag sein, er geht nur nach Hause. Falls er ein anderes Ziel hat, kann es nicht schaden zu wissen, welches.« Eindringlich fügte er hinzu: »Pass auf dich auf, halt Abstand und tu rein gar nichts, außer ihn zu beobachten. Klar?«

15

Das große Haus fühlte sich noch leerer an, seit Arvid gegangen war. Die Stille umgab Matthias wie eine riesige Luftblase, ein Vakuum, in dem er sich gefangen fühlte. Was er tat, tat er mechanisch. Er räumte Teller, Gläser, Besteck und Töpfe in den Geschirrspüler, stellte ihn an, suchte nach der Weinflasche, in der noch ein Schluck sein musste, goss sich ein, der Wein lief über, er wischte die Arbeitsplatte sauber. Dann ließ er den Wein stehen, ging ins Wohnzimmer zurück und bediente sich am Weinbrand. Dabei erinnerte er sich an jenen Abend, an dem er hier mit Greta ihren ersten Weinbrand getrunken hatte. Sie mochte den Wilthener. Matthias hatte sich gefragt, ob sie es nur sagte oder auch meinte. Erst später verstand er, dass sie ihn nie angelogen hätte. Nicht mal in solchen Kleinigkeiten. Weil sie an die Wahrheit glaubte, so wie er. Wie Carl. Na ja. Nicht wie Carl. Carls Verständnis von Wahrheit war diffizil.

Langsam hob Matthias das Glas an die Lippen und nahm einen Schluck. Der Schock über Gretas Schwangerschaft saß noch immer tief. Die Vorstellung, Vater zu werden, wäre für ihn auch unter ganz normalen Umständen aufregender gewesen als für die meisten anderen Männer. So jedoch empfand er alles – Unglauben, Liebe, Hoffnung, Angst – noch um ein Vielfaches stärker. Vor allem die Angst. Er sah sie in den unterschiedlichsten Schattierungen wie Farben auf einer Leinwand. Und er sah Greta vor sich, wie sie in einem dunklen Loch hockte und wartete. Ein anderes Bild schob sich ungewollt vor sein inneres Auge, eines, auf dem sie aufgehört hatte zu warten. Er weigerte sich, genauer hinzusehen, weigerte sich, es …

Gnädigerweise verschwand das Bild, als es klingelte. Hatte Arvid etwas vergessen? Oder war Greta … Matthias stellte sein Glas ab, das fast umgekippt wäre, und hastete zur Tür.

»Matthias, entschuldige die späte Störung, aber es ist wichtig.«

»Paul? Was ist passiert?«

Matthias hörte immer fassungsloser, was Paul ihm über die Sundbergs erzählte. Er konnte – und wollte – nicht glauben, dass Arvid mit Gretas Entführung zu tun hatte. Das kam ihm völlig absurd vor. Bis er sich Arvids Reaktion auf seine Drohung, den Entführer umzubringen, vergegenwärtigte. Matthias' allererster, wenn auch flüchtiger Eindruck war gewesen, dass Arvids Ton ebenfalls drohend klang. *Das würde ich nicht tun*, hatte er gesagt und es wiederholt. *Das würde ich nicht tun, wenn ich du wäre.*

Später, nachdem es Arvid gelungen war, Matthias davon zu überzeugen, dass unüberlegtes Draufloslaufen zu nichts führte, hatte er begriffen, dass Arvid durch seine besonnene Art verstanden hatte, ihn zu beruhigen. Nichts war drohend daran gewesen. Aber jetzt musste er sich fragen, ob nicht doch sein erster Eindruck richtig gewesen war – und ob Arvid sich überhaupt nur nach Greta erkundigt hatte, weil er das der Glaubwürdigkeit halber tun musste, nachdem ihre Sachen oben überall herumlagen. Auf jeden Fall konnte Matthias nicht abstreiten, dass die Angelegenheit um Helga Sundberg ein Motiv darstellte. Das Geld – daran glaubte er nicht. Arvid war niemand, dem Geld etwas bedeutete.

»Arvid hat seine Frau sehr geliebt«, sagte er. »Es fällt mir schwer, ihn mit einem Verbrechen in Verbindung zu bringen, erst recht mit Gretas Entführung. Wir haben hier zusammengesessen, ich habe ihm von ihr erzählt, er hat mich reden lassen, ich hatte das Gefühl, er hat mich vollkommen verstanden.« Er stutzte. »Vielleicht ist es gerade das. Er weiß, wie es ist, wenn man liebt und verliert und Angst hat. Wenn er überhaupt zu einem Verbrechen dieses Ausmaßes fähig ist, dann in der Tat aus Liebe. Ob Helga Sundberg fähig war, diesen Polizisten niederzustechen, kann ich nicht beurteilen. Falls es so war, glaube ich zumindest nach allem, was Arvid erzählt hat, nicht, dass sie es absichtlich getan hat.«

»Arvids Bild von seiner Frau könnte durch seine Liebe verfälscht sein«, gab Paul zu bedenken. »Aber bevor wir weiter darüber reden: Du hast nicht von vornherein ausgeschlossen, dass Gretas Arbeit etwas mit ihrer Entführung zu tun hat. Es gibt also ein Projekt, bei dem sie über Helga Sundberg gestolpert sein könnte?«

»Eventuell über mehrere Umwege«, sagte Matthias. »Obwohl ich nie von allein auf diesen Zusammenhang gekommen wäre. Nebenbei: Wie seid ihr darauf gestoßen? Woher wisst ihr so gut über die Sundbergs Bescheid?«

»Das solltest du lieber nicht fragen.«

Matthias bedauerte, Pauls Gesichtsausdruck nicht sehen zu können, sein Tonfall lag zwischen Entschuldigung und Ungeduld, und er hatte recht damit, ungeduldig zu sein. Es spielte keine Rolle, woher sie das alles wussten. Doch, korrigierte Matthias sich. Immerhin konnte er einmal mehr sicher sein, dass das, was Paul, Kassandra und Heinz taten, nicht weniger erfolgversprechend war als das, was die Polizei tun konnte.

»Worüber recherchiert Greta?«, wiederholte Paul.

»Elisabeth Martens.«

»Die Stralsunder Dichterin?«, vergewisserte sich Paul.

Matthias nickte. »Sie besaß eins von Carls Gemälden, darüber wurde Greta auf sie aufmerksam. Ihr gefiel, was die Martens schrieb, sie forschte weiter und fand heraus, dass die Frau ein interessantes Leben führte. Greta hat mit dem Enkel Kontakt aufgenommen und gefragt, was er von einer Biografie über seine Großmutter hielte. Er zeigte sich erfreut, es gab schon einige Gespräche, bei denen er Greta Material zur Verfügung gestellt und außerdem viel erzählt hat. Nicht nur von seiner Familie, auch von seiner Arbeit, die Greta ebenso faszinierend findet wie die von Elisabeth Martens, wenn auch auf völlig anderer Ebene. Daniel Neumann ist Pressesprecher der Staatsanwaltschaft Stralsund.« Matthias konnte spüren, welche Wirkung das auf Paul hatte, auch wenn er seine Reaktion nicht unmittelbar sah. »Ich habe keine Ahnung, ob sie sich dazu ebenso Notizen gemacht hat wie zu allem, was die Martens betrifft. Sieh nach. Gretas Laptop steht oben.«

Er erhob sich und führte Paul über die Wendeltreppe ins

Obergeschoss. Dort öffnete er die Tür zu Gretas Arbeitszimmer, ließ Paul eintreten und deutete auf das Notebook. »Ihr Passwort ist ›Seegeflüster‹.«

Paul hielt inne, obwohl er noch nicht beim Schreibtisch angekommen sein konnte. »Oh.«

»Sie liebt deine Bücher sehr, und diese Anthologie hat sie bestimmt schon vier- oder fünfmal gelesen.« Er registrierte, wie Paul sich auf Gretas Stuhl setzte und das Laptop hochfahren ließ. »Sollte mich nicht wundern, wenn sie beschließt, unser Kind Paul zu nennen, falls es ein Junge wird«, fügte er ohne nachzudenken hinzu. Erst als er Pauls Schemen auf dem Stuhl herumfahren sah, wurde ihm klar, was er gesagt hatte.

»Greta ist schwanger?«, fragte Paul entgeistert.

»Ja. Sieht ganz so aus.« Seine Hände wurden feucht, er riss sich zusammen und erzählte Paul von Arvids Fund. »Er schien genauso erschüttert wie ich. Wenn das nicht echt war, ist er ein brillanter Schauspieler.«

»Das kann durchaus echt gewesen sein. Vielleicht ist es für ihn ein Unterschied, ob man nur eine Frau oder eine schwangere Frau entführt. Erik hat auch was übrig für Kinder, soweit wir wissen. Er geht sehr liebevoll mit seiner Tochter um.«

»Wie tröstlich«, sagte Matthias verbittert.

»Unterschätz das nicht. Dass Greta ein Kind erwartet, könnte zumindest etwas ändern, wenn es …« Paul unterbrach sich. »In welchem Verzeichnis hat Greta ihre Texte abgespeichert?«

»Wenn es nicht schon zu spät ist, wolltest du sagen.« Matthias empfand seine eigene Stimme als hart. Eine andere Möglichkeit, sich abzuschotten, hatte er nicht. Ohne Pauls Antwort abzuwarten, sagte er: »Sieh unter ›Manuskripte‹ nach, darunter solltest du einen Ordner ›Elisabeth Martens‹ finden. Falls sie sich notiert hat, was Neumann ihr sonst noch erzählte, findest du das wahrscheinlich unter seinem Namen, gegebenenfalls als Unterordner.« Matthias lehnte sich an das Regal mit den alten Aktenordnern, in denen sich Carls Unterlagen befanden. Mit vor der Brust verschränkten Armen betrachtete er Pauls Gestalt, die er unter den Deckenleuchtern gut ausmachen konnte, und horchte auf das Mausklicken.

»Hier ist was«, sagte Paul schließlich. »Im Unterordner ›Daniel Neumann‹ liegen mehrere Dateien, eine heißt ›Mögliche Projekte‹.«

»Was Aufschlussreiches?«

»Sekunde«, murmelte Paul. Bis er sich endlich umdrehte, waren ein paar Minuten vergangen, die Matthias' Geduld einiges abverlangten. »Gretas Liste umfasst insgesamt acht Fälle, über die Neumann geredet hat. Einer davon behandelt tatsächlich Helga Sundberg. Aus ihren Stichworten dazu geht hervor, dass Neumann sich nicht ganz im Klaren war, aber dazu tendiert, sie für schuldig zu halten. Da steht außerdem: ›Wieso ist Erik Sundberg in MV, nach allem, was seiner Mutter in Stralsund widerfahren ist? Gespräch mit ihm vereinbaren?‹« Paul lehnte sich zurück. »Wenn sie mit Erik geredet hat, klärt das die für unsere Theorie nicht unerhebliche Frage, woher er überhaupt wusste, womit sie sich beschäftigt. Allerdings fehlen jegliche Gesprächsnotizen.«

»Kann sein, dass sie nicht dazu gekommen ist, was aufzuschreiben. Greta war eingespannt in die Martens-Biografie, außerdem hat sie mir bei den Vorbereitungen für die nächste Ausstellung in der Mühle geholfen«, sagte Matthias. Manchmal war sie abends ganz ausgelaugt ins Bett gefallen, sodass er schon begonnen hatte, sich Sorgen zu machen. Inzwischen dachte er, dass die ungewöhnliche Erschöpfung auch mit der Schwangerschaft zu tun gehabt haben mochte. »Zumindest kann sie nicht mit Arvid gesprochen haben«, fuhr er fort. »Er ist erst seit letztem Freitag hier. Und ehrlich, Paul, trotz allem habe ich immer noch Schwierigkeiten zu glauben, dass dieser freundliche, anständige Mann so etwas tun oder auch nur daran beteiligt sein soll.«

»Woher willst du wissen, dass er anständig ist?«, erkundigte sich Paul. »Du kennst ihn erst seit ein paar Tagen, du weißt nichts über ihn außer dem, was er dir erzählt hat. Du weißt nicht mal, ob das, was er erzählt hat, der Wahrheit entspricht,

wozu im Übrigen gehört, erst seit Freitag hier zu sein. Das ...«
Paul unterbrach sich, doch diesmal konnte Matthias nicht erahnen, was er hatte sagen wollen.

»Was ist?«, fragte er.

»Ich würde gern telefonieren, ehe wir weiterreden. Allein,
wenn's geht.«

Matthias verspürte ganz kurz einen heftigen Unwillen gegen
Pauls neuerliche Heimlichtuerei. Er bezähmte sich. Alles war
ihm recht, wenn es zum Erfolg führte. »Bitte. Komm runter,
wenn du fertig bist.« Er hatte die Tür noch nicht ganz erreicht,
als Paul ihn zurückrief. Matthias drehte sich um. »Ja?«

»Wenn es ein Mädchen wird, könntet ihr es Juliane nennen.
Deine Mutter war eine schöne Frau.«

Matthias lächelte, beinah gegen seinen Willen. Er ahnte,
warum Paul das gesagt hatte. Nicht nur, weil hier im Raum
Julianes Porträt hing, sondern weil er gemerkt hatte, wie sehr
Matthias sich eben zusammennehmen musste – und um ihm
Mut zu machen.

»Das war sie.«

Er schloss die Tür hinter sich, lief die Wendeltreppe hinunter,
suchte nach dem Glas mit dem Weinbrand, setzte sich, stellte
das Glas unberührt auf den Tisch. Und wartete.

Das Warten zog sich in die Länge, Matthias hatte mehr als
genug Zeit, über alles noch einmal nachzudenken. Dabei fiel
ihm wieder ein, dass Arvid erst heute Morgen von sich behauptet hatte, sich zwar zu bemühen, ein anständiger Mensch zu
sein, dass das aber nicht immer von Erfolg gekrönt sei. Außerdem hatte er ihm von Helga erzählt. Hätte er das getan, wenn
ihre Geschichte hinter der Entführung steckte? Doch wohl
eher nicht. Oder besonders dann. Matthias konnte sich vorstellen, was Paul dazu sagen würde, nämlich dass Arvid damit
vor sich – und auf gewisse Art auch vor Matthias – rechtfertigte,
was er tat: die Frau schützen, die er liebte. Matthias fragte sich,
ob er das Gleiche für Greta täte. Wahrscheinlich hätte seine
Antwort Ja gelautet, befände er sich nicht in seiner gegenwär-
tigen Situation. Was für eine erschreckende Erkenntnis.

Nach einer Ewigkeit kam Paul die Treppe herunter und setzte sich ihm gegenüber. Matthias hörte, wie er tief Luft holte.

»Laut Erik ist Arvid Freitagnachmittag auf dem Hamburger Flughafen gelandet, danach hat er einen Zug genommen, der um sechs in Rostock ankam. Ob er tatsächlich im Zug saß, wissen wir nicht. Was wir wissen, ist dagegen, dass in keinem Flugzeug, das aus Skandinavien kam und in Hamburg landete, jemand namens Arvid Sundberg saß.«

»Vielleicht gab es flugtechnische Probleme, und er ist anderswo gelandet«, schlug Matthias vor.

»Nein. Er ist durchaus in Hamburg gelandet. Nur nicht letzten Freitag, sondern am 22. September.«

»Vor über drei Wochen? Was hat er die ganze Zeit gemacht? Wo ist er gewesen?«

»Das nachzuvollziehen dauert ein klein wenig länger.«

Diesmal ersparte sich Matthias nachzufragen, wie Paul gedachte, solche Dinge herauszufinden. Arvid hatte gelogen. Das sollte ihn nicht so sehr treffen, dennoch tat es das. Die Wahrscheinlichkeit, dass Arvid ihn noch viel weitgehender belogen hatte, wuchs. Allmählich wich Matthias' Unglauben dem Zorn darüber, dass er sich von diesem Mann hatte einwickeln lassen. Arvid hatte sich nicht mit ihm angefreundet, weil er an Kunst interessiert war, und erst recht nicht, weil ihm etwas an Matthias lag.

»Er will wissen, was ich denke und tue. Ob ich etwas in die Wege leite, und wenn ja, was«, sagte er mehr zu sich als zu Paul. »Dass er am Freitag in die Mühle kam, war kein Zufall. Er wäre ohnehin gekommen, auch wenn du Erik das nicht vorgeschlagen hättest.« Einen Augenblick lang schwiegen sie beide, bis Matthias den Faden wieder aufnahm. »Was ist eigentlich Eriks Rolle? Hat Arvid geplant und Erik ausgeführt? Arvid ist einundachtzig und mag noch fit sein für sein Alter, aber er kann Greta nicht selbst oder zumindest nicht allein entführt haben.«

»Nein, aber ich frage mich gerade, ob wir ein paar Dinge verkehrt interpretiert haben. Was, wenn Erik seinem Vater gegenüber erwähnt hat, mit Greta über Helga gesprochen zu haben, er aber überhaupt keine Vorstellung hatte, wie Arvid darauf reagieren, was er tun würde. Erik hat sich erst verändert, nachdem Arvid hier aufkreuzte, nachdem er also möglicherweise etwas genau darüber erfahren hat. Er wurde nervös, ungehalten, begann zu lügen, um sein Verhalten zu erklären, er streitet dauernd mit seinem Vater – und selbst dir gegenüber hat er indirekt seinen Unmut darüber geäußert, dass du dich so gut mit Arvid verstehst. Kassandra und ich dachten, es passt ihm nicht, dass Arvid mehr bei dir als bei seiner eigenen Familie ist. Das mag sogar stimmen, nur der Grund dafür ist ein anderer, als wir vermutet haben.«

Matthias ließ sich das durch den Kopf gehen. »Warum sagt Erik dann nichts?«

»Weil Arvid sein Vater ist, den er nicht ans Messer liefern will.«

»Und weshalb lügt er in Bezug auf Jan Möller? Wie passt der überhaupt da rein mit seinem Hass auf mich?«

»Vielleicht hat Erik gar nicht gelogen, vielleicht war er nie bei Jan. Vielleicht war Arvid dort und hat *für* Erik die Türen in Auftrag gegeben, weil er weiß, dass Thea so was mag. Vielleicht hat er auf diese Weise Jan kennengelernt, und er hat das alles mit ihm geplant.«

»Das heißt aber«, wandte Matthias ein, »dass Arvid mindestens einmal in Wustrow gewesen sein muss, bevor er offiziell hier ankam. Da hat keiner ihn gesehen?«

»Jan und Arvid könnten sich sonst wo begegnet sein. Aber selbst falls Arvid schon vorher hier war: Dies ist ein Urlaubsort voller Unbekannter, auf die niemand weiter achtet, und Arvid ist ein unauffälliger Mann.«

»Seiner Familie wäre er trotzdem aufgefallen. Die ist doch schon seit Mitte August in Wustrow, oder?«

»Richtig. Allerdings haben sie sich eine Zeit lang unser schönes Bundesland angesehen und waren nicht dauernd hier.«

»Und wo ist Greta? Wenn Arvid das so klug geplant hat, wird er Jan Möller das alles kaum allein überlassen haben und selbst nicht wissen, wo sie steckt. Wenn ...« Matthias schluckte. »Wenn sein Motiv war, Greta daran zu hindern, über seine Frau zu recherchieren, hat er sie nicht entführt, sondern gleich umgebracht.« Entschlossen stand er auf und war überrascht, dass seine Beine ihn trugen. »Ich gehe zu Arvid und tue, was nötig ist, um Antworten zu kriegen.«

»Nein.« Auch Paul hatte sich erhoben und stellte sich ihm in den Weg.

»Lass mich vorbei.« Matthias war nicht so groß wie Paul, aber er würde keine Schwierigkeiten haben, es mit ihm aufzunehmen. In ihm steckte weit mehr Stärke, als man ihm ansah, nicht zuletzt wegen seiner Arbeit mit dem schweren Holz.

»Nein«, wiederholte Paul vollkommen ruhig.

Damit erinnerte er Matthias dermaßen an Arvid, dass er seine Wut auf Paul übertrug. Er hatte schon den Arm erhoben, als ihm bewusst wurde, was er im Begriff war zu tun. Was war los mit ihm? Er rastete schon zum dritten Mal an diesem Tag aus. Normalerweise war er ein beherrschter, kontrollierter Mensch, aber das hier überstieg allmählich seine Kräfte.

Paul war kein Stück zurückgewichen. »Es ist möglich, dass es so ist«, sagte er. »Falls, und ich sage, *falls* es so ist, ist es ohnehin zu spät für Greta. Möglicherweise will Arvid sie aber auch nur einschüchtern, und zwar auf eine so eindringliche Weise, dass sie jegliche Recherchen über Helga Sundberg aufgibt und nie wieder aufnimmt.«

Einen Moment lang verstieg sich Matthias in diese Hoffnung. »Blödsinn!«, sagte er dann. »Das setzt voraus, dass sie weiß, wer sie entführt hat. Sie könnte zur Polizei gehen, sobald sie freigelassen wird. Das Risiko ist viel zu hoch.«

»Das kommt darauf an, womit man ihr neben ihrer derzeitigen Situation droht. Durch deine Sehbehinderung bist du weit angreifbarer als andere Menschen. Wie leicht könnte dir was passieren? Sie würde nichts tun, was dich gefährdet. Gar nichts.« Paul machte eine bedeutungsvolle Pause. »Dagegen wissen wir nicht, was Arvid tut, wenn er unter Druck gerät.«

Matthias schloss die Augen und biss sich auf die Lippen.

Ganz langsam ließ er die Luft entweichen, die er während Pauls Worten angehalten hatte.

»Was schlägst du vor?«

»Nichts überstürzen. Arvid beobachten. Was Kassandra übrigens gerade tut. Warten, bis wir mehr darüber wissen, was er wo in den letzten vier Wochen getan hat, mit wem er zu tun hatte, zum Beispiel mit demjenigen, der die beiden Nachrichten auf die Diktiergeräte gesprochen hat. Und außerdem nicht vergessen, dass das alles bisher nur Spekulationen sind und wir die anderen Möglichkeiten nicht außer Acht lassen dürfen, auch wenn diese Spur gerade die vielversprechendste zu sein scheint.«

Matthias zog die Stirn in Falten. »Dabei fällt mir ein: Daraus, dass Magda Erik heute Mittag über Gebühr angestarrt hat, habt ihr geschlussfolgert, sie hätte etwas Bemerkenswertes gesehen, das ihn betrifft. Das passt nicht zu der These, dass Arvid mit Möller an einem Strang zieht.«

»Es sei denn, Magda wollte vermeiden, Arvid zu auffällig anzustarren, weil sie etwas Bemerkenswertes gesehen hat, das *ihn* betrifft.«

»Die Auswahl an Personen war groß genug, sie hätte sich auf dich oder Kassandra konzentrieren können«, widersprach Matthias.

»Wir waren erstens völlig raus aus der Unterhaltung und standen zweitens neben statt vor ihr. Ausgerechnet uns anzusehen hätte eher verräterisch gewirkt, sollten die Blicke zu Erik tatsächlich der Ablenkung gedient haben.«

»Sollten? Das heißt also, du bist doch nicht komplett überzeugt von der Arvid-Version, der vielversprechendsten Spur?«

»Ich halte sie für am wahrscheinlichsten. Aber Kassandra und ich waren schon in zu viele Dinge verstrickt, die sich anders entwickelten, als wir dachten. Wenn ich etwas daraus gelernt habe, dann, dass man nichts als Tatsache hinstellen kann, ohne alle Fakten zu kennen.«

Paul hat recht, dachte Matthias, und er kannte gleich zwei

Menschen, die dasselbe gesagt hätten. Einer davon war Carl, der andere stand Paul weit näher. »Du redest wie Heinz.«

»Schön möglich.« Paul hörte sich belustigt an. »Bevor Kassandra mir über den Weg lief, hätte ich das noch als Beleidigung aufgefasst, heute betrachte ich es als Kompliment.«

16

Kassandra wartete, bis Arvid weit genug entfernt war, um ihre Schritte nicht zu hören, und verließ das verwilderte Grundstück. Während sie ihm mit reichlich Abstand folgte, ging es ihr wie Paul am Mittag nach dem Treffen auf der Strandstraße. Etwas nagte an ihr, etwas, das sie gerade gehört oder gesehen hatte – oder beides? Was war da auffällig gewesen an Arvids Gesten oder Worten? Je länger sie darüber nachdachte, desto deutlicher wurde Kassandra bewusst, dass sie begann, Arvid als Verdächtigen zu betrachten. Weil Helga seine Frau gewesen war, ja, aber auch weil er sinnierend auf Barnstorf gestarrt und »Reden ist Silber, Schweigen ist Gold« gesagt hatte. Jedenfalls nahm sie an, dass der erste – schwedische – Teil seines Satzes so übersetzt werden musste. Dabei hätte sich das auf sonst was beziehen können. Doch etwas nagte nun mal an ihr, und sie kam nicht drauf, was.

Gerade bog Arvid in die Osterstraße ein, die auf den Friedhof zuführte. Dahin wollte er vermutlich um diese Zeit nicht mehr, aber sicher auch nicht nach Hause. Er wohnte bei Erik und Thea, die ein Haus Am Park auf der entgegengesetzten Seite Wustrows gemietet hatten, und obwohl hier alles mehr oder weniger nah beieinanderlag, ergab dieser Weg dorthin keinen Sinn. Was war stattdessen sein Ziel? Nur eine Häuserreihe trennte die Osterstraße rechts von einem weiten Feld und dem Bodden, sie war außerdem schnurgerade, was es Kassandra erschwerte, unbemerkt zu bleiben. Am Abzweig wartete sie und ließ Arvid noch mehr Vorsprung, bis sie die Verfolgung wieder aufnahm. Er war noch deutlich zu erkennen und machte keinerlei Anstalten, in eine der nach links führenden kleinen Straßen abzubiegen, sondern lief unbeirrt geradeaus weiter. Wollte er doch zum Friedhof? War Greta dort versteckt, in der ehemaligen Wasserleichenhalle gar? Unsinn. Das war heute nur noch ein verfallener Schuppen, den man kaum ausbruchssicher nennen konnte. Außerdem hätte Greta dort nur einen Ton von sich geben müssen, um sämtliche Friedhofsbesucher sofort auf sich aufmerksam zu machen. Selbst ein Knebel hätte das nicht verhindert.

Mittlerweile ging Arvid auch an der Feldstraße vorüber, ohne einzubiegen, seine Schritte allerdings nun etwas langsamer. Sie wurden noch langsamer, als er sich endlich doch noch nach links wandte, in die Eck-Permien-Straße. Kassandra dagegen legte an Tempo zu, damit sie Arvid nicht verlor. Gerade als sie an der Ecke ankam, bog er nach rechts in die Neue Straße. Dass Arvid auf dem Weg zu Magda Fehning war, die nur zwei Häuser weiter wohnte, schien abwegig. Oder doch nicht? Hatte er am Nachmittag tatsächlich Matthias verfolgt? Wollte er jetzt genauer wissen, wen der hatte besuchen wollen? Vielleicht hatte er in hellem Tageslicht nicht gewagt, zur Tür zu gehen und nachzusehen, welcher Name dort stand.

In der Neuen Straße wich Kassandra ein Stück zurück. Arvid hatte tatsächlich vor Magda Fehnings Haus haltgemacht. Dann wagte sie sich wieder vor. Instinktiv spürte sie, dass Arvid überhaupt nicht beachtete, was hinter ihm geschah, zu sehr war er auf das fixiert, was vor ihm lag. Schließlich ging ein Ruck durch seinen Körper, er betrat den Weg zur Tür und klingelte.

Aus den Fenstern drang schwacher Lichtschein in den Vorgarten, aber es dauerte, bis sich etwas tat. Ausreichend Zeit für Kassandra, leise nah genug heranzukommen, sodass sie, notdürftig verborgen von einem kargen Gebüsch, sehen und hören konnte, was vor sich ging. Zu hören allerdings gab es nichts. Kein einziges Wort wurde gesprochen, nachdem Magda Fehning geöffnet hatte, und auch nicht, als Arvid eintrat und die Tür lautlos wieder geschlossen wurde.

Die Neue Straße lag wieder völlig unbelebt vor Kassandra, und erst jetzt bemerkte sie ihre Anspannung. Der Nacken tat weh, sie massierte ihre Schulter. Was nun? Warten, bis Arvid wieder herauskam. Sie ging ein paar Meter weiter zum »Fischlandhaus« und setzte sich dort auf eine Bank. Das »Fischlandhaus«, in dem die Bibliothek untergebracht war und in dem regelmäßig Veranstaltungen und Ausstellungen stattfanden, reihte sich in die Pracht der rohrgedeckten Schätze auf der Neuen Straße ein. Die Gefache des über zweihundertfünfzig Jahre alten Hochdielenhauses waren, wie die bei Magda Fehning, rot verputzt. Im Dunkeln wirkten sie eher schwarz, und die Bank, normalerweise sehr idyllisch gelegen, schien besonders kalt zu sein. Ob das an den Temperaturen lag oder an dem Geschehen, dessen Zeugin Kassandra gerade geworden war? Wovon war sie eigentlich Zeugin geworden?

»Kennen die beiden sich?«, wisperte sie unwillkürlich. Hatte Magda Fehning gar nichts beobachtet, sondern selbst mit der Entführung zu tun? Als Kay diese Möglichkeit neulich angesprochen hatte, hatte sie das für unsinnig gehalten. Jetzt wusste sie nicht mehr, was sie denken sollte. Sie hatte das bei Bruno nicht ernst gemeint, aber möglicherweise lag sie gar nicht so falsch damit, dass sie bald das ganze Fischland verdächtigen mussten. Arvid, Erik, Jan – und nun noch Magda Fehning. Alle unter einer Decke? Oder gab es Konstellationen, an die sie bisher nicht gedacht hatten? War Arvid Magdas merkwürdiges Verhalten auch aufgefallen? Wollte er nun wissen, was sie in Bezug auf Erik wusste oder gesehen hatte?

Seufzend lehnte sie sich auf der Bank zurück. Der Mond kam gerade wieder zwischen den Wolken hervor und warf sein Licht gegenüber auf die Hufe IX – ein ehemaliges Gehöft, ähnlich dem von Matthias, nur dass auf diesem die Scheune abgerissen und nicht wie in Barnstorf zu einem grandiosen Wohnhaus umgebaut worden war. War Paul noch dort? Hatte er etwas über Gretas derzeitiges Projekt erfahren, und hing das mit Helga Sundberg zusammen? Kassandra hätte gern angerufen, doch sie wollte in der nächtlichen Stille nicht telefonieren. Ihre Stimme hätte weit getragen, und wenn Arvid unverhofft aus Magda Fehnings Haus kam, würde er sie hören.

Erneut schaute sie auf das Haus gegenüber, das früher einmal ein Rohrdach getragen hatte. Paul kannte Geschichten über alles und jeden in Wustrow, und er hatte mal von dem Feuer erzählt, das hier ausgebrochen war, und dass man danach das

Haus mit Ziegeln gedeckt hatte. Brände konnten auf dem Fischland wegen der vielen Rohrdächer besonders verheerend sein – und grausam. Erneut musste Kassandra an Matthias' Zuhause denken, dieses Kunstwerk von einem Grundstück mit seinen Gebäuden darauf und den blühenden Gärten und Bäumen. Dann dachte sie an die Verzweiflung, die dort jetzt herrschte, und beinah wäre sie aufgestanden und hätte bei Magda Fehning Sturm geklingelt. Auch wenn die Frau nichts mit der Entführung zu tun haben sollte – diese kalte Ablehnung Gretas, die Matthias bestimmt traf, war schlimm genug.

Unvermittelt horchte Kassandra auf. Da war ein Geräusch. Schritte, sie hatte nicht aufgepasst. Und sie saß hier auf dem Präsentierteller! Es war zu spät, um sich zu verstecken, schon kam jemand in ihre Richtung. Für eine Sekunde hoffte sie, es wäre nicht Arvid, doch in der nächsten erkannte sie, dass ihre Hoffnung trog. Sie würde sitzen bleiben, sich nicht rühren. Vielleicht sah er sie nicht, vielleicht war er in seine eigenen Gedanken versunken, wie sie eben in ihre, und der Mond tat ihr sogar den Gefallen, hinter den Wolken zu verschwinden.

»Kassandra?«

So viel zu den Hoffnungen und dem Mond und den Wolken. Sie tat, als habe Arvid sie aus tiefsten Grübeleien geholt, und schaute auf. »Arvid?« Und ging zum Angriff über, während sie sich erhob. »Was machst du denn so spät noch hier?«

Arvid legte den Kopf schief. »Dasselbe wollte ich dich gerade fragen. Es ist tagsüber hübsch lauschig, aber um diese Zeit etwas zu kühl, um sich auf der Bank niederzulassen.«

»Das habe ich auch eben festgestellt.« Sie umschlang ihren Körper mit den Armen. Dabei musste sie nicht mal so tun, als ob. Die Kälte hatte sich tatsächlich in ihr breitgemacht.

»Tja, dann sollten wir beide zusehen, dass wir nach Hause kommen.« Arvid machte eine auffordernde Geste und setzte sich wieder in Bewegung, ohne weiter auf einer Antwort auf seine Frage zu bestehen.

Kassandra war sich nicht sicher, ob das ein gutes oder schlechtes Zeichen war. Verdächtigte er sie, ihm gefolgt zu sein?

Auf jeden Fall konnte sie sich nicht vorstellen, dass er sie vorhin bemerkt hatte. Während sie in seinen Schritt einfiel, überlegte sie, ob sie ihrerseits ihre Frage wiederholen konnte. Falls er sie sowieso schon in Verdacht hatte, wäre das unklug. Falls nicht, war es eine ganz harmlose, neugierige Frage. Sie beschloss, das Risiko einzugehen, aber zuerst eine nicht minder harmlose Erklärung für ihre eigene Anwesenheit zu liefern.

»Ich war bei Frau Herrmann, sie wohnt ein paar Häuser die Straße runter. Ihr Hund ist krank, sie mag ihn nicht allein lassen, deshalb haben wir die Einkäufe für sie erledigt.«

»Nett, dass du die so spät noch vorbeigebracht hast.« Arvid bedachte sie mit einem Seitenblick. »Erklärt aber nicht, weshalb du im Dunkeln auf der kalten Bank sitzt.«

Treffer, versenkt.

»Du zuerst«, parierte sie.

»Ich? Ich habe auf keiner Bank gesessen.«

»Aber wie du schon sagtest: Es ist tagsüber hübsch lauschig hier. Nachts sind alle Katzen grau, sogar unsere beeindruckenden Rohrdachhäuser, also bist du nicht hier, um die Schönheiten der Neuen Straße zu bewundern.«

Als Arvid schwieg, wandte Kassandra sich ihm zu. Sie hätte nicht erwartet, ihn schmunzeln zu sehen.

»Ich bin ein alter Mann und leide unter Schlaflosigkeit«, sagte er. »Wenn ich durchs Haus wandere, störe ich nur alle, da wandere ich lieber durchs Dorf.«

Diesmal schwieg Kassandra.

»Was ist?«, erkundigte sich Arvid.

»Es ist spät, aber noch nicht Schlafenszeit.«

Arvid blieb stehen, was Kassandra erst mitbekam, als sie schon zwei Schritte weitergegangen war. Sie schaute zurück zu ihm, er fixierte sie. Nicht unfreundlich. Aber da lag etwas in seinem Blick, das sie selbst in der Dunkelheit zu erkennen glaubte: Misstrauen. Zum ersten Mal. Als er wieder sprach, war ihm davon nichts anzumerken. Er klang nur amüsiert.

»Da haben wir es wohl beide mit der Wahrheit nicht so genau genommen.«

Kassandra wollte schon protestieren, doch sie ahnte, dass Arvid sie durchschauen würde, wenn sie auf ihrer Erklärung mit Frau Herrmann bestand. Was immer er getan hatte – in ihm schlummerte eine Weisheit, die Kassandra bereits bei ihrer ersten Begegnung aufgefallen war. Sie versuchte es anders.

»Ist alles in Ordnung bei dir?«

»Wie kommst du auf die Idee, dass es das nicht wäre?« Er nahm seinen schlendernden Gang wieder auf.

»Du wirkst ein bisschen besorgt.«

»So. Tue ich das.« Mehr sagte Arvid nicht.

Hatte sie einen Fehler gemacht? Eigentlich ließ nichts von dem, was Arvid in letzten fünf Minuten gesagt oder getan hatte, auf Sorgen schließen.

»Gestatte, dass ich das zurückgebe«, fügte er doch noch hinzu. »Hattest du Streit mit Paul und suchst deshalb die Einsamkeit hier?«

»Wir haben da … ein Problem.« Untertreibung des Jahrhunderts. Aber die Vorlage konnte sich Kassandra nicht entgehen lassen.

»Ein ernsthaftes?«, fragte Arvid.

»Momentan kommt es mir so vor, ja«, sagte sie vage.

Eine Weile schwieg Arvid. Bewusst oder unbewusst hatte er den Weg zum Friedhof eingeschlagen und blieb vor dessen Haupteingang stehen, hinter dem die Pappeln des Mittelgangs in den Nachthimmel emporragten.

»Manchmal«, sagte er leise und ließ seinen Blick über die Allee schweifen, »ist es besser loszulassen. Was dahinter wartet, kann so viel lohnender sein als das, was man verzweifelt festhalten will.« Abrupt drehte er sich zu ihr um. »Verzeih. Ich bin nicht in der Position, dir Ratschläge zu geben, dazu kenne ich weder dich noch Paul gut genug. Manchmal lohnt es sich auch zu kämpfen. Die Entscheidung kannst nur du allein fällen.«

»Und wenn sie falsch ist?«

»Das Dumme am Leben ist, dass man nie vorher weiß, was richtig und was falsch ist. Das herauszufinden *ist* das Leben, Kassandra. Niemand hat behauptet, dass das einfach ist oder immer Spaß macht. Manche Dinge müssen durchgestanden werden, damit am Ende wenigstens so viel wie möglich richtig war.«

Kassandra fragte sich, wie sie den letzten Satz interpretieren sollte. »Mit dem Ende meinst du das hier?« Sie deutete auf den Friedhof. »Würdest du sagen, dass in deinem Leben so viel wie möglich gut war?«

»Wie charmant, auf mein Alter hinzuweisen.« Arvid zwinkerte ihr zu. »Aber ja, ich vermute, das meinte ich, auch wenn ich noch nicht ganz bereit bin, mich hier einzukaufen. Was mein Leben betrifft: Ich sagte ›richtig‹, nicht ›gut‹. Nicht alles, was richtig ist, ist gleichermaßen gut. Oder umgekehrt.« Arvid legte seine rechte Hand auf das weiße Holztor. »Noch bin ich nicht tot. Wer weiß, was noch kommt? Und wer weiß, wer schließlich außer mir über mein Leben urteilen wird?«

Nach einem letzten Blick über die Gräber wandte er sich um und schlug einen munteren Ton an. »Wie wär's, wenn wir auf dem Heimweg ein paar weniger tiefschürfend-philosophische Fragen erörterten? Ich habe vorhin gesagt, ich wüsste zu wenig über dich und Paul. Erzähl mir von dir.«

Der Stimmungsumschwung kam ein bisschen plötzlich, dabei hätten gerade Arvids Sätze über das Gute und Richtige und das Urteil über sein Leben dazu herhalten können, das eine oder andere aus ihm herauszukitzeln. Leider gab es keinen Grund, ihn zurück zum Thema zu bringen. Etwas in Kassandra sagte ihr, dass exakt das seine Absicht gewesen war.

»Ich bin völlig unspannend. Du hast als Journalist sicher viel mehr Interessantes erlebt, als ich mit meiner Pension je erleben werde«, versuchte sie dennoch die Kurve zurück zu ihm zu kriegen.

»Da haben wir gleich noch einen Aspekt«, stellte Arvid belustigt fest. »Gut, richtig, interessant. Wenn ich ein misstrauischer Mensch wäre, würde ich allmählich denken, du tust dein Bestes, mich auszuhorchen.«

»Das stimmt.« Offensive war manchmal besser als Defensive. Ob das in diesem Fall zutraf, würde sich herausstellen.

»Tatsächlich. Sollte ich mich geschmeichelt fühlen?«

»Das wäre doch besser, als misstrauisch zu sein, findest du nicht?« Aus den Augenwinkeln nahm Kassandra wahr, dass Arvid leicht den Kopf schüttelte und sie ansah. So lange, dass sie es nicht ignorieren konnte. »Hab ich was Falsches gesagt?«

»Durchaus nicht. Das war schon ganz … richtig.« Er schmunzelte wieder. »Wenn ich dreißig Jahre jünger wäre, würde ich darüber nachdenken, deine Probleme mit Paul auszunutzen und meinen Charme spielen zu lassen.«

»Warst du vor dreißig Jahren nicht verheiratet?«

»Doch. Sogar sehr glücklich. Aber wenn ich heute dreißig Jahre jünger wäre, wäre ich ein ganz anderer Mensch. Und möglicherweise nicht verheiratet.«

»Und vielleicht hättest du gar keinen Charme, den du spielen lassen könntest.«

»Mein schwedischer Akzent hätte das wettgemacht.«

Kassandra lachte. »Du könntest gar kein Deutsch, wenn du ein anderer Mensch und nicht verheiratet wärst.«

»Du bist eine sehr scharfsinnige Frau, Kassandra«, sagte Arvid, mit einem Mal vollkommen ernst, und da war noch was in seiner Stimme, etwas, das ihr nicht gefiel. Jeder Humor war daraus verschwunden. »Und alles andere als unspannend. Zufällig habe ich gehört – Wustrow ist ein Dorf –, dass vor ein paar Jahren ein Toter in deiner Pension lag und du dich darangemacht hast, den Mörder zu finden. Das war – habe ich außerdem gehört – nicht das einzige Mal, dass du in solche Vorkommnisse verwickelt warst. So was ist gefährlich und könnte irgendwann schiefgehen.«

»Ich weiß.« Kassandra kam ihre eigene Stimme nervös vor, sie hoffte, dass nur sie das hörte. »Es ist auch schon mal ganz anders ausgegangen, als wir gehofft hatten. Ich weiß bis heute nicht, ob es das wert war.« Sie hielt inne. »Fatalerweise habe ich aber dieses Faible für die Wahrheit.« Wenn er drohen konnte, konnte sie das auch. Paul würde ihr zwar die Meinung geigen, aber da sie sowieso gerade das Gegenteil von dem tat, was er vorhin gesagt hatte, spielte das keine Rolle mehr.

»Die Wahrheit«, wiederholte Arvid. »Gibt es wirklich immer nur eine Wahrheit? Es gibt doch auch nicht immer nur Schwarz und Weiß. Es gibt viel mehr Grau.«

Arvids Worte klangen in Kassandra nach wie ein Echo aus längst vergangener Zeit. Obwohl es so lange her war, kam es ihr vor, als hätte sie gerade eben mit Paul auf der Seebrücke gestanden, damals, nach dem Fall mit dem Toten in ihrer Pension. In jener Nacht hatte sie nahezu dieselben Worte zu ihm gesagt wie Arvid eben zu ihr.

»Ja. Aber ...«

»Aber was?«, fragte Arvid beinah heftig. »Das Recht kennt kein Grau? Nur Schwarz oder Weiß. Nur schuldig oder nicht schuldig. Kein Grau. Kein ... ein bisschen schuldig. Du hast gesagt, ich hätte als Journalist eine Menge Interessantes erlebt. Oh ja. Du kannst dir nicht vorstellen, wie viel. Und wie unendlich viele Wahrheiten ich gehört und gesehen habe. Bilder lügen nicht? Das ist die größte Lüge von allen. Nicht mal das, was man mit eigenen Augen sieht, nicht mal die Umgebung, in der man mit eigenen Füßen steht, ist immer eine unumstößliche Wahrheit.«

»Weil man sie meist nicht objektiv betrachtet oder betrachten kann«, sagte Kassandra. »Was die Grauschattierungen und manchmal sogar Schwarz und Weiß ausmacht, ist die Perspektive, die wir einnehmen.«

»Und welche ist die richtige?« Arvid klang plötzlich müde.

»Die des Rechts.«

»Ist das so? Wessen Recht? Staatsrecht? Von welchem Staat? Menschenrecht? Moralisches Recht? Das Recht der Liebe? Der Freiheit? Der Freiheit, *was* zu tun?« Er schaute sie herausfordernd an.

Kassandra öffnete den Mund. Sie fand keine Antwort. So scharfsinnig, wie Arvid behauptet hatte, war sie wohl doch nicht. Sie war ratlos. Nicht nur, was seine Fragen betraf, auch was ihn betraf.

»Ich weiß es nicht.«

Arvid nickte. »Das ist gut.«

»Dass ich es nicht weiß?«

Jetzt lächelte er wieder, ein klein wenig zumindest. »Dass du zugibst, es nicht zu wissen.«

Die nächsten zehn Minuten schwiegen sie. Einvernehmlich, wie Kassandra erstaunt feststellte. Sie versuchte nicht weiter, Arvid auszuhorchen, sondern war damit beschäftigt, all das zu sortieren, was er gesagt hatte, während sie die Thälmann-Straße überquerten und nebeneinander die Strandstraße hinunterliefen, wo noch etwas mehr los war als auf der Boddenseite Wustrows. Erst als Arvid beim Direktor-Schütz-Weg stehen blieb, der ihn zu Eriks Haus Am Park führen würde, kamen ihre rotierenden Gedanken vorerst – wenn auch ergebnislos – zum Stillstand.

»Dann gute Nacht, Kassandra«, sagte er.

»Gute Nacht.« Sie sah ihm hinterher und fragte sich unwillkürlich, ob er wirklich nach Hause ging. Diesmal konnte sie ihm unmöglich unauffällig folgen.

Er schien zu spüren, dass sie noch immer an derselben Stelle stand und ihn beobachtete. Noch in Hörweite drehte er sich um.

»Hast du eine Antwort gefunden?«

Worauf genau?, hätte sie gern gefragt. Stattdessen fühlte sie sich wieder einmal ertappt. Sie hätte weitergehen müssen. Doch nun stand sie hier und konnte nur den Kopf schütteln.

»Aber du denkst noch drüber nach?«, fragte er.

»Nicht direkt darüber.«

»Worüber sonst?«

»Dass du mir gefährlich werden könntest, wenn du zwanzig Jahre jünger wärst.«

Arvid sah sie perplex an, dann lächelte er. »Lass das Paul nicht hören. Oder doch. Hilft vielleicht, wenn er weiß, dass er nicht unbedingt immer gänzlich konkurrenzlos bleiben wird.« Er hob die Hand. »Gute Nacht.«

Sie hob ebenfalls die Hand, und als sie sich endlich umdrehte, wurde ihr klar, dass das eben keine bloße Ausrede, sondern die Wahrheit gewesen war. Eine der vielen möglichen Wahrheiten.

Pauls Haus lag im Dunkeln, er musste noch bei Matthias sein. Kassandra fiel ein, dass sie überhaupt nicht vereinbart hatten, wo sie sich wiedertreffen würden. Sie hatte auch gar nicht darüber nachgedacht, sondern war bei Arvid geblieben, bis sich ihre Wege notwendigerweise trennen mussten. Kurz entschlossen schickte sie Paul eine Nachricht und ging zurück in die Lindenstraße, wo sie Heinz auf den neuesten Stand brachte.

»Das wird immer komplizierter statt einsichtiger«, urteilte er. »Normalerweise würde ich sagen, dass trotz allem Jan Möller nach wie vor der sicherste Kandidat ist, weil von ihm mit größter Wahrscheinlichkeit der Hass-Anruf stammt, während Erik Sundberg sonst was für Gründe haben könnte zu lügen und Arvid Sundberg ebenso, über Reden und Schweigen und Weiß, Schwarz und Grau zu sinnieren. Was mich allerdings erheblich zum Nachdenken bringt, ist das, was du vorhin beobachtet hast: Arvid Sundberg bei Magda Fehning und vor allem die Art, wie sie ihn wortlos ins Haus ließ. Dass Bruno Ewald bei der wenig in Erfahrung bringen konnte, wundert mich übrigens nicht.«

Die Türklingel unterbrach ihre Unterhaltung, und als Heinz mit Paul zurückkam, sah Kassandra sofort an dessen Gesichtsausdruck, dass es neue Entwicklungen gab.

»Kay will nicht nur nachprüfen lassen, wo Arvid in den drei Wochen gewesen ist, sondern auch, wie es mit seinen Finanzen aussieht«, schloss er. »Obwohl ich Matthias zustimme: Dass Arvid so etwas wegen Geld machen würde, glaube ich auch nicht.«

»Es sei denn, er täte es für seinen Sohn«, warf Heinz ein. »Liebe ist nicht nur auf Mann und Frau beschränkt.«

»Mag sein. Aber ich habe nun mal grundsätzlich Schwierigkeiten, mir vorzustellen, dass Arvid irgendetwas aus Geldgründen tut – nicht mal für seinen Sohn. Es ist ja nicht so, dass Erik vor dem finanziellen Ruin steht. Und selbst dann … Es passt nicht zu Arvid.«

Heinz' linke Braue rutschte in die Höhe. »Wie gut glaubst du denn, den Mann zu kennen?«

Paul zuckte mit den Achseln. »Sicher nicht gut genug. Es ist nur Bauchgefühl.« Er wandte sich an Kassandra. »Was ist deine Meinung? Du sagst gar nichts. Wenn Arvid was Bemerkenswertes getan oder ein bestimmtes Ziel hatte, raus damit.«

Kassandra fühlte sich seltsam, wie erschlagen. Einiges von dem, was Arvid vorhin gesagt hatte, konnte man ohne allzu viel Phantasie zu seinen Ungunsten interpretieren. Andeutungen, Zweideutigkeiten, Drohungen. Er konnte sehr gut die Finger im Spiel haben. Aber ebenso gut konnte jedes Wort ganz anders gemeint gewesen sein. Erst jetzt wurde ihr bewusst, in welchem Ausmaß sie gehofft hatte, dass Letzteres zutraf. Sie mochte Arvid viel zu sehr.

Nun stellte sich heraus, dass er sie alle belogen hatte. Er war seit über drei Wochen in Deutschland, sogar passenderweise seit dem Tag vor Jans Anruf bei Matthias. Natürlich konnte es dafür eine ganz harmlose Erklärung geben. Er hatte sich das Land ansehen, Urlaub machen wollen. Nur: Warum behielt er das für sich?

»Kassandra?«, fragte Paul, weil sie zu lange schwieg. »Was ist los?« Besorgnis schlich sich in seine Stimme. »Es ist doch nichts passiert? Entschuldige, dass ich nicht gleich gefragt habe, aber da du hier sitzt, dachte ich …«

»Ich will nicht, dass Arvid sich was hat zuschulden kommen lassen«, fiel sie ihm ins Wort.

Verblüfft sah Paul sie an. »Kassandra. Ich mag Arvid auch, aber …«

»Nein!« Sie erschrak selbst über die Schärfe, mit der sie das ausgesprochen hatte. »Das ist … Er ist ein anständiger Mensch!«

Paul hob die Brauen. »Erstaunlich. Genau das hat Matthias auch gesagt. Tatsache bleibt, dass wir rein gar nichts über Arvid wissen.«

»Du hast gerade selber behauptet, er würde nichts aus Geldgründen tun.«

»Stimmt, ich habe dieses Motiv angezweifelt. Das heißt aber nicht, dass ich ihn von der Verdächtigenliste streiche, schließlich ist da noch der Fall Helga Sundberg«, sagte Paul. »Was war vorhin los?«

Zuerst erzählte Kassandra von Arvids Begegnung mit Magda Fehning. Auch Paul war, milde gesagt, erstaunt und hatte keine Erklärung, weil er sie sich nur schwer als Komplizin vorstellen konnte. Was Arvid selbst betraf, nahm Pauls Skepsis allerdings sogar noch zu, nachdem Kassandra geendet hatte.

»Sein Verhalten weist eindeutig mehr auf Schuld oder zumindest Mitwisserschaft hin als auf Ahnungslosigkeit«, stellte er fest.

»Ja«, antwortete Kassandra unwirsch. »Es ist aber nicht immer alles, wie es scheint.«

»Verschiedene Wahrheiten?«, fragte Paul.

»Sag das nicht so!«

»Wie?«

»Abfällig.« Kassandra bemerkte, dass Paul einen Blick mit Heinz tauschte. Heinz' Beurteilung der Situation konnte sie nicht exakt einschätzen, aber Paul wirkte ungeduldig.

»Es gibt in diesem Fall nur eine Wahrheit«, sagte er. »Entweder Arvid ist darin verwickelt oder nicht. Wenn er es ist, weiß er eventuell, wo Greta gefangen gehalten wird. Sie ist schwanger. Damit stehen zwei Leben auf dem Spiel. Und deine einzige Sorge ist, dass jemand, den du magst, bitte nichts damit zu tun haben soll.« Er sah alles andere als verständnisvoll aus. »Vielleicht ist Arvid einfach nur ein netter Kerl. Zurzeit tendiere ich dazu, ihn für einen ziemlich guten Manipulator zu halten.«

»Wenn du willst, dass ich mich schlecht fühle, weil ich eben mal für fünf Minuten nicht an Greta gedacht habe, hast du's erreicht«, sagte Kassandra. »Gratuliere. Meine Meinung über Arvid ändere ich trotzdem nicht.« Sie stand auf und machte Anstalten zu gehen.

»Kassandra.« Das kam von Heinz.

Sie blieb stehen. Selbstverständlich war es falsch, alles zu übersehen, was auf Arvid wies, nur weil sie ihn mochte. Sie kam bloß nicht gegen ihre Gefühle an, die ihr noch dazu ein Rätsel waren. Hatte Paul recht, und Arvid konnte so hervorragend manipulieren, dass sie auf ein paar wahlweise mit leiser Stimme oder mit Nachdruck vorgebrachte Weisheiten hereinfiel?

»Was?«, fragte sie dennoch trotzig, um Zeit zu gewinnen.

»Weglaufen hilft nicht. Wir müssen uns überlegen, wie wir weiter vorgehen, sobald Kay Dietrich mit seinen Nachforschungen Erfolg hat.« Heinz wandte sich an Paul. »Wobei mir einfällt: Wusste er, wie es inzwischen mit Jan Möllers Erinnerungslücken aussieht? Oder habt ihr darüber gar nicht gesprochen?«

»Kurz. Alles beim Alten, Jan fehlen nach wie vor zwei bis drei Wochen.«

»Sagt er.«

»Im Krankenhaus ist man nicht der Meinung, dass Jan simuliert. Es gab auch leider keine verräterischen Anrufe oder sonst etwas, das Licht ins Dunkel bringen könnte. Besuch hat er nur von Steffi bekommen.«

»Schade. Vorschläge für nächste Schritte?«

Paul warf einen Blick auf Kassandra, die sich nicht in ihr Gespräch eingemischt hatte. Wie sollte sie den Ausdruck in seinen Augen interpretieren? War er noch verärgert? Machte er sich Sorgen?

»Wir könnten auf einen Absacker bei Erik vorbeigehen und sehen, wie es um die Stimmung im Hause Sundberg bestellt ist, was meinst du, Kassandra?«

»Das musst du ohne mich machen. Du und ich haben ein Problem miteinander.«

»Wie bitte?« Jetzt klang Paul unleugbar verärgert.

Kassandra lächelte ein bisschen. »Als Arvid mich allein im Dunkeln und in der Kälte sitzen sah, hat er gefragt, ob wir gestritten hätten. Der Einfachheit halber habe ich das bestätigt.«

»Wie ernst sind denn unsere Probleme?« Pauls Mundwinkel zuckten. »Falls er mit Erik darüber redet, wird der ihm bestimmt sagen, dass wir solche Dinge für gewöhnlich spätestens im Schlafzimmer geregelt kriegen.«

»Oh, Mist. Das hatte ich ganz vergessen!«

Heinz schaute von einem zum anderen, heftete aber schließlich seinen Blick auf Kassandra. »So was kann man vergessen? Dann solltet ihr schleunigst nach Hause gehen und euer Gedächtnis auffrischen. Immerhin habt ihr ja eben gestritten.«

Paul lachte auf, und Kassandra verlor sich für einen Moment im Leuchten seiner Augen, das wie so häufig den Raum erhellte, wenn er lachte wie jetzt. Sie hatte wohl auch das kurzzeitig vergessen – und wie sehr sie es liebte.

Er stand auf und reichte ihr die Hand, das Leuchten unverändert in seinen Augen. »Das hat man davon, wenn man fremden Leuten seine intimsten Geheimnisse verrät.« Er blinzelte. »Ich gehe allein zu Erik und lasse mich wie du über unseren Streit aus und darüber, dass ich aufs Schlafzimmer hoffe.«

Draußen wandte Paul sich nach rechts Richtung Parkstraße und Kassandra nach links zur Strandstraße, später würden sie sich bei Paul treffen. Als Kassandra auf Höhe der Seenotstation angekommen war, beschloss sie, weiter zur Brücke zu gehen. Im Haus würde ihr sowieso nur die Decke auf den Kopf fallen. Kurz darauf schlenderte sie die Seebrücke entlang, wo außer ihr niemand mehr war, und dachte darüber nach, wie schwer es ihr nach wie vor fiel, sich Arvid als Drahtzieher einer Entführung vorzustellen. Es wäre nicht das erste Mal, dass sie jemanden mochte, der zu radikalen Mitteln griff. Damals allerdings hatte sie sich nicht so sehr gewünscht, jemand anders könne der Täter sein. Damals war sie objektiver geblieben. Noch einmal ließ sie das Gespräch mit Arvid Revue passieren und versuchte, sich über die Bedeutung seiner Worte klar zu werden, während sie sich ans Geländer lehnte und zuerst zum Wellenbrecher hinunter- und schließlich darüber hinaussah, über den weiten Strand und die unendlichen Buhnenreihen, die im Dunkeln kaum auszumachen waren. Ganz weit in der Ferne gaukelte ihr ihre Phantasie das Licht des Leuchtfeuers vor, das doch schon lange nicht mehr dort in den Dünen stand, sondern schräg hinter ihr auf der Seebrücke.

Die Schritte, die vom Brückenkopf auf sie zukamen, nahm sie nur unbewusst wahr. Erst als sie innehielten, merkte sie auf, weil der Spaziergänger sich nicht wie sie ans Geländer lehnte, sondern mitten auf der Brücke stehen geblieben war. Sie wandte den Kopf um.

»Erik?«

Erik rührte sich nicht, starrte sie nur an.

Ihr wurde ein bisschen unheimlich, wie er so reglos dastand und sie unvermindert fixierte. Oder täuschte das? Sah er vielmehr durch sie hindurch? Sie trat auf ihn zu. »Erik, was …«

Da kam schlagartig Leben in ihn. Er stieß sie so heftig von sich, dass sie zurücktaumelte und seitlich gegen das Geländer fiel.

»Worüber hast du mit meinem Vater geredet?«

Kassandra musste sich fangen und antwortete nicht gleich.

»Worüber?«, wiederholte er schneidend.

»Erik, beruhig dich erst mal.«

Sie wusste sofort, dass das ein Fehler gewesen war. Mit nur einem Schritt war er bei ihr. Obwohl er nicht groß war, überragte er sie ein Stück. Er kam ihr ganz nahe, sie konnte das Weiße in seinen Augen sehen.

»Er hat dir gesagt, was er getan hat. Er hat's dir erzählt, der alte Narr.« Erik hatte leise, aber sehr akzentuiert gesprochen, jede einzelne Silbe betont, sodass sein Zischen drohend klang. Er richtete sich auf, schaute über die See, als suche er etwas, das nur er sehen konnte. »Er hätte nie herkommen dürfen. Aber er hat ja nicht auf mich hören wollen«, sagte er wie zu sich selbst, den Blick ausdruckslos aufs Wasser gerichtet.

Kassandra wagte kaum zu atmen, geschweige denn zu fragen, was Erik damit meinte. Als ob sie das nicht ohnehin ahnte, wie ungern sie es auch glauben wollte. Vielleicht hatte sie doch ein Geräusch von sich gegeben, auf jeden Fall erwachte Erik aus seiner Starre und sah zu ihr zurück. Kassandra erkannte in ihm kaum den Menschen wieder, der er noch bis vor wenigen Stunden für sie gewesen war. Ob er ihr Angst machte oder ihr leidtat, konnte sie nicht mal sagen.

»Du wirst das nirgends herumtragen, Kassandra, ist das klar? Wenn ich erfahre, dass du ein Sterbenswörtchen von dem weitererzählst, was du von meinem Vater gehört hast …« Er ließ den Rest des Satzes in der Luft hängen. »Das gilt auch und ganz besonders für Paul. Aber da scheint die Gefahr ja gerade gering. Mein Vater sagt, ihr hattet Streit. Nach so viel Harmonie heute Mittag. Aber falls ihr euch demnächst im Schlafzimmer versöhnt, erinnere dich an meine Warnung.« Er beugte sich wieder zu ihr vor und legte die Hände auf ihre Schultern. Seine Augen glänzten fiebrig. »Hast du mich verstanden?«

Kassandra nickte.

»Gut.« Dennoch rührte er sich nicht von der Stelle, ließ auch nicht von ihr ab, sodass sie keine Möglichkeit hatte, sich an ihm vorbeizuschlängeln. Schweigend stand er da, fast meinte sie, dass er sie vergessen hatte. Er wirkte nicht mehr wütend. Nur noch fassungslos und müde – und angsterfüllt.

»Erik?« Mit der freien Hand berührte Kassandra seinen Arm.

Langsam kam er zu sich, schaute sie an. »Ja?«

»Dein Vater hat mir gar nichts erzählt«, sagte sie ruhig.

Erik schnaubte verächtlich. »Netter Versuch.«

»Es stimmt aber. Ich weiß nicht, was du meinst, aber was immer Arvid getan haben soll – es kann doch nichts derart Schlimmes sein, dass du mich hier so angehst. Er und ich haben nur darüber gesprochen, dass am Ende eines Lebens möglichst viel davon richtig sein sollte.«

Zuerst schien es, als zöge Erik in Erwägung, ihr zu glauben. Doch dann sagte er beißend: »Arvid Sundberg philosophisch. Das kann er hervorragend. Aber das war nicht alles, Kassandra, ich weiß das, ich hab's gespürt, als er nach Hause kam. Etwas verbindet euch. Du erinnerst ihn an sie. Ich weiß es.« Seine Augen verengten sich zu Schlitzen. »Also verkauf mich nicht für dumm! Und wenn du klug bist, hältst du den Mund!«

Abrupt ließ er sie los.

Hätte sie nicht schon direkt am Geländer gestanden, wäre sie wieder aus dem Gleichgewicht geraten. So hielt sie sich fest und schaute Erik hinterher, der die Brücke entlang zum Aufgang hastete, als liefe er vor etwas davon.

Was war da gerade passiert? Meinte Erik wirklich Gretas Entführung? Warum hätte er das erwähnen sollen? Es wäre viel unverfänglicher gewesen zu schweigen, als ihr zu drohen. Oder kam es auch hier auf die Perspektive an? Kassandra hob ihre Hände und stellte fest, dass sie zitterten. Mit einem hatte Erik zweifellos recht gehabt, sie hatte es genauso empfunden: Da war etwas zwischen ihr und Arvid. Erinnerte sie ihn tatsächlich an Helga Sundberg, oder verband sie einfach die gleiche Wellenlänge?

Sie schaute in Richtung Brückenkopf. Vielleicht stand Bruno dort, hatte Erik gesehen, und ihm war etwas aufgefallen. Doch als sie vorn ankam, waren dort nur zwei unbekannte Angler, die gerade ihre Sachen zusammenpackten und ein letztes Mal mit ihren Bierflaschen anstießen. Kassandra hatte sich schon immer gefragt, wie die das aushielten: so viele Stunden pausenlos, oft in der Kälte, mit Bier und anderen Getränken – und sie standen und standen und standen. »Frag Bruno doch mal«, hatte Paul ihr geraten. Wovon sie abgesehen hatte.

Jetzt hätte sie viel dafür gegeben, wenn er hier gewesen wäre – um Dringlicheres zu erörtern. Ob ihrer eigenen Wortwahl musste sie leise kichern, aber das fröhliche Gefühl hielt nicht lange vor. Sie wandte sich um und ging wieder zurück, auf das blinkende Leuchtfeuer und auf die heimelig beleuchteten Restaurants links und rechts der Seebrücke zu. Es war noch kälter geworden, Wind kam auf, sie fror.

Ob Paul sich gerade mit Arvid und Thea unterhielt? Kassandra war unwohl bei dem Gedanken, dass Erik gleich in dieser aufgebrachten Stimmung nach Hause kommen und ausgerechnet Paul dort vorfinden würde. Anrufen konnte sie ihn schlecht, ohne sich zu verraten, aber sie sollte ihm besser eine Nachricht senden und hoffen, dass er sie las und sich möglichst schnell verabschiedete. Sie hätte eher daran denken sollen! Sie zückte ihr Smartphone – und musste feststellen, dass der Akku leer war. Wenn sie ihm von zu Hause aus eine WhatsApp schickte, wäre es zu spät. Trotzdem legte sie einen Schritt zu, da nun zum Wind noch Regen aufkam.

Schon von Weitem sah sie Licht in Pauls Haus. Hatte er bei den Sundbergs überhaupt niemanden angetroffen? Im selben Augenblick, in dem sie den Schlüssel ins Schloss steckte, wurde die Tür von innen aufgerissen.

»Wo zum Teufel warst du?«, herrschte Paul sie an. Seine große Gestalt nahm beinah den ganzen Türrahmen ein.

»Auf der Seebrücke«, gab Kassandra unwillkürlich im selben Ton zurück.

Paul wich nicht zur Seite, sondern blitzte sie genauso wütend an wie Erik kurz zuvor.

»Lässt du mich rein, oder was?«, fragte sie.

Endlich gab er die Tür frei, sie schälte sich aus ihrer Jacke. »Ich konnte nicht wissen, dass du hier auf mich wartest, ich dachte schließlich, du bist bei Erik, bis …«

»Ich hab dich angerufen und dir drei Nachrichten geschickt«, unterbrach Paul sie.

Kassandra hatte ihre Jacke aufgehängt, ihre Schuhe abgestreift und drehte sich um. »Tut mir leid, mein Akku war leer. Ich habe eben auf der Brü…«

»Dein Akku? Verdammt noch mal, falls es nicht irgendwer vorher tut, bringe ich dich eines Tages um, wenn du nicht endlich lernst, regelmäßig dein Handy aufzuladen!«

Fassungslos schaute Kassandra Paul an. Hin und wieder vergaß sie das, ja, aber es bestand kein Grund, deswegen so zornig zu werden. Dann las sie in seinen Augen.

»Paul. Paul, es tut mir wirklich leid. Ich dachte doch nicht, dass … Mir ist nichts passiert.« Sie streckte die Hand aus.

»Das sehe ich.« Pauls Tonfall hatte sich normalisiert. Fast schon zu sehr, er klang gleichgültig und wandte sich ab, ohne auf ihre Hand zu achten.

Das war schlimmer als sein Ausbruch eben. Wie sollte sie darauf reagieren? Am besten mit Sachlichkeit, alles andere würde zu gar nichts führen.

»Auf der Brücke habe ich E…«

Sie kam nicht dazu weiterzusprechen. Paul war unglaublich schnell wieder zu ihr herumgefahren. Er drückte sie mit seinem

Körper gegen die Wand, ohne dass ein Millimeter Platz zwischen ihnen blieb, beugte sich zu ihr herunter, sein Mund fand ihren, und er küsste sie so hart und fordernd, dass Kassandra schwindelig wurde – vor Erschrecken und vor Begehren, das so urplötzlich von ihr Besitz ergriff, dass sie kaum den Regungen ihres Körpers folgen konnte.

Paul war ein guter Liebhaber, besonnen, er hielt nichts von Hast, sondern ließ sich Zeit und trieb sie damit so manches Mal weiter und höher, als sie je für möglich hielt. Dies hier war anders. Während seine Lippen niemals ihre verließen und seine Zunge jeden Winkel ihres Mundes erkundete und mit ihrer spielte, fanden seine Finger Knopf und Reißverschluss ihrer Jeans und anschließend seiner, sie streiften beides ab, er umfasste ihre Hüfte, hob Kassandra ein Stück hoch und kam zu ihr. Sie umschlang ihn mit Armen und Beinen, spürte, wie er sich in ihr bewegte, heftig, unkontrolliert, hörte seinen schnellen Atem, kam ihm entgegen, hielt sich an ihm fest, drängte sich an ihn, bewegte sich mit ihm und verlor die Kontrolle über ihr Verlangen, spürte nur noch, wie Paul in ihr wuchs, sein Körper sich mit aller Kraft durchbog, er ganz still hielt – und schließlich einen Laut von sich gab, der aus den Tiefen seines Seins zu dringen schien. Und dann schrie sie. Schrie, weil sie nicht wusste, wohin sonst mit den heißen Wellen und kalten Schauern, die gleichzeitig durch ihren Körper und über ihre Haut jagten. Ihre Finger krallten sich in Pauls Rücken, sie öffnete die Augen, ihr Blick fand seinen, ohne ihn gesucht zu haben – und versank darin bis zur Unendlichkeit.

Sie schluchzte, während das Beben in ihrem Körper langsam abebbte. Er hielt sie noch immer, ruhiger zwar, doch sein Atem noch unregelmäßig und schwer, seine Erregung darin noch hörbar, was ihre erneut entfachte. Sie bewegte sich. Er stöhnte leise, stoßweise, schloss die Augen wieder, neigte den Kopf zu ihr, küsste ihren Nacken, leckte den Schweiß von ihren Schultern. Kassandra explodierte erneut und brachte damit auch Paul noch einmal bis an seine Grenzen.

Danach glitten sie an der Wand entlang zu Boden, zu erschöpft für jede Bewegung, einander haltend und schützend, eine lange Zeit.

Schließlich spürte Kassandra, wie Paul sich rührte und sich vorsichtig von ihr löste. Seine Augen funkelten. »Wer braucht schon ein Schlafzimmer?«

»Formulier deinen Ratschlag an Erik eben um«, meinte Kassandra mit heiserer Stimme. Als sie Eriks Namen aussprach, fiel ihr schlagartig wieder ihre Begegnung auf der Seebrücke ein.

Paul, der aufgestanden war, ihr die Hand reichte und sie hochzog, bemerkte sofort die Veränderung in ihr.

»Was ist?«

»Was ich dir vorhin sagen wollte, bevor du mich so rüde unterbrochen hast ...« Sie versuchte, Pauls anzügliches Grinsen zu ignorieren, was schwer war, zumal er sie schon wieder unterbrach.

»Ich hab nur getan, was Arvid mir geraten hat.«

»Arvid?«

Paul nickte. »Erik war nicht da, Thea hatte sich schon zurückgezogen, also habe ich kurz mit Arvid geredet. Er sagte, ich soll nach Hause gehen und ausbügeln, was ich angerichtet hätte. Du wärst es wert.«

Ein flüchtiges Lächeln huschte über Kassandras Gesicht. »Da sage noch mal einer was gegen Arvid«, wisperte sie.

»Hm«, machte Paul. Er hatte sich angezogen und ging zur Küchenzeile, wo er eine Flasche Wasser aus dem Kühlschrank holte.

Es kam Kassandra vor, als seien seine Schritte unsicher, was sie gut nachempfinden konnte. Ihre Knie bestanden aus Gummi.

Paul setzte die Flasche an und trank sie in einem Zug halb leer. »Aber nur, weil er gute Ratschläge erteilt, muss das nicht heißen, dass er nichts zu verbergen hat.« Anscheinend befürchtete er, dass Kassandra sofort protestierte, er machte eine fast schon entschuldigende Handbewegung. Als sie nichts entgegnete, fragte er irritiert: »Kein Widerspruch?«

»Nicht nach dem, was Erik auf der Brücke gesagt hat. Leider. Obwohl ich nicht ganz schlau draus geworden bin.«

Nachdem Paul über alles im Bilde war, wirkte er unschlüssig. »Du hast recht, es wäre verrückt von Erik, dich zu bedrohen, weil er offenkundig nicht genau weiß, was Arvid mit dir besprochen hat. Einer Ahnung zu folgen ist äußerst leichtsinnig. Andererseits könnte er so fertig mit den Nerven sein, dass er darüber nicht mehr nachgedacht hat.« Paul hielt ihr die Flasche hin, die Kassandra dankbar nahm. Ihre Kehle fühlte sich ausgedorrt an, sie trank ein paar Schlucke.

»Zumindest zum Schluss war an seinem Verhalten nichts Unüberlegtes mehr«, wandte sie ein.

»Da konnte er auch schlecht noch etwas zurücknehmen.« Paul nahm ihr die Flasche wieder ab und trank den Rest. »Es ist spät. Gehen wir schlafen, wir können nichts mehr tun, außer abzuwarten, was Kay über Arvid in Erfahrung bringt.«

»Wir könnten schon noch etwas tun«, sagte Kassandra. »Wir könnten aufhören, Katz und Maus zu spielen, uns Erik und Arvid vornehmen und sie zwingen, uns zu sagen, wo Greta steckt.«

»Du hast deine Meinung in Bezug auf Arvid also geändert?«

Kassandra ließ sich auf einen der Essstühle fallen. »Ich weiß es nicht. Ich weiß es einfach nicht. Aber je länger wir warten … Vielleicht haben wir schon viel zu lange gewartet.«

»Vielleicht«, gab Paul zu. »Aber welche Optionen gibt es denn? Entweder unsere erste These trifft zu: Jan steckt hauptsächlich dahinter mit Erik als Komplizen, der panisch wurde, weil er nicht weiß, wo Greta ist und wie er weiter vorgehen soll. Jan fehlt jede Erinnerung, und wir können daran nichts ändern, indem wir Erik bedrängen.«

»Wenn er zugibt, dass es so ist, könnten wir mit seiner Hilfe eher auf ein mögliches Versteck kommen.«

»Wenn er es nicht zugibt, sondern noch panischer reagiert, kann er dadurch zusätzlich andere in Gefahr bringen. Dich hat er schon bedroht, wer weiß, wozu er letztlich fähig ist. Erik ist zurzeit unberechenbar, und das gilt genauso, wenn These

Nummer zwei zuträfe, nach der er der Drahtzieher wäre mit Jan als Komplizen. Im Übrigen ist es kein Geheimnis, dass ich angesichts dessen, was wir über Arvid erfahren haben, zu der Lösung tendiere, die ihn involviert. Erst recht nach dem, was du auf der Seebrücke erlebt hast. Falls Arvid der Drahtzieher ist, wird er wissen, wo Greta steckt, und wenn er das weiß, kann er sie mit allem Notwendigen versorgen. Sollten wir ihn bedrängen, könnte er beschließen, das nicht mehr zu tun.«

»Und Magda Fehning?«, fragte Kassandra. »Was ist mit ihr?«

»Gute Frage. Was ist mit ihr?« Nachdenklich ließ Paul die Flasche am Hals hin- und herpendeln.

»Könnten wir sie unter Druck setzen?«, durchbrach Kassandra seine Grübeleien.

»Ich glaube nicht, dass Arvid das gefiele.« Paul ließ die Flasche in die Wasserkiste neben dem Kühlschrank gleiten. »Versuchen wir wenigstens zu schlafen, Kassandra, Liebes. Es reicht, wenn sich Kay die Nacht um die Ohren schlägt oder Rieka oder wen immer er darauf angesetzt hat. Findest du übrigens, dass Rieka und Kay gut zusammenpassen würden?«, fragte er übergangslos.

Kassandra durchschaute, dass er sie bloß ablenken wollte, ging aber dennoch darauf ein. »Nein.«

»Warum nicht?«, erkundigte er sich, unverkennbar verwundert von ihrer spontanen Reaktion.

Sie zuckte mit den Schultern. »Keine Ahnung. Ich maße mir auch nicht an zu wissen, welche Art Frau die richtige für Kay wäre.«

»Nein. Nur, was für eine es nicht wäre.« Paul schmunzelte. »Hast du Bedenken wegen des Altersunterschieds? Unserer ist größer. Oder macht dir der inzwischen was aus?«

»Hattest du eben diesen Eindruck?«

Paul kam näher. »Ganz und gar nicht.« Er berührte ihre Wange.

Kassandra schluckte und nahm sich zusammen. »Mag sein, dass ich mich irre. Ich kenne sie ja eigentlich überhaupt nicht, es ist ewig her, dass wir uns persönlich begegnet sind. Vergiss, was ich gesagt habe.«

Zehn Minuten später lagen sie im Bett, Kassandra hatte gerade noch daran gedacht, ihr Handy aufzuladen, das neben ihr auf dem Nachttisch lag, und den Wecker auf sechs Uhr morgens gestellt, damit sie früh genug in ihre Pension kam. Zwei ihrer Zimmer waren belegt, und die Gäste erwarteten Frühstück – sorglos und unberührt von dem, was außerhalb ihres Urlauberlebens auf dem Fischland geschah.

Dennoch galt Kassandras letzter Gedanke nicht ihrer Pension. Er galt auch weder Erik und Arvid noch Matthias und Greta. Und auch nicht Paul. Ihr letzter Gedanke galt Kay und der Frage, was er gerade tat.

17

Mittwoch, 19. Oktober

Wie von der Tarantel gestochen fuhr Kassandra im Bett hoch und war völlig orientierungslos. Erst als Paul sich aufrichtete und süffisant feststellte: »Na bitte, geht doch«, begriff sie, dass ihr Telefon in voller Lautstärke direkt neben ihr losgedröhnt hatte.

Ein Blick aufs Display verriet ihr die Uhrzeit – kurz nach fünf – und den Namen des Anrufers. Hastig griff sie nach dem Smartphone und riss dabei fast das Ladekabel heraus. »Kay, brauchst du keinen Schlaf?«

»Tut mir leid, dass ich dich geweckt habe. Ich wollte Paul anrufen, aber sein Telefon ist aus.«

»Oh. Ist es das?« Kassandra schielte zu Paul hinüber.

Wie früher auch seinen Festnetzanschluss schaltete Paul sein iPhone grundsätzlich nur aus oder auf stumm, wenn er konzentriert an einem Manuskript saß. Kay wusste das.

»Ja«, bestätigte er. »Steckt er schon in der Arbeit?«

»Nein, neben mir. Er muss wohl vergessen haben, den Akku aufzuladen.« Sie wich dem Kissen aus, das Paul nach ihr warf. »Hast du die ganze Nacht durchgearbeitet?«

»So gut wie. Ich habe euch gerade ein Foto gemailt. Seht euch das an, am besten auf einem großen Display. Gebt mir zehn Minuten für eine Dusche, dann ruft mich zurück.«

Während Paul unten sein Laptop hochfahren ließ, entdeckte Kassandra sein Handy daneben unter der gestrigen OZ. »Soll ich es auf die Ladestation legen?«, fragte sie maliziös.

»Wasser auf deine Mühlen, was?«, murmelte Paul, der gleichzeitig Kays Mail mit dem JPG anklickte.

»Ich bin gern behilflich.« Kassandra trat hinter ihn, nicht zum ersten Mal froh darum, dass dank Kay ihre Laptops genau wie ihre Telefone so sicher waren wie irgend möglich.

Dann betrachtete sie gemeinsam mit Paul den Ausschnitt eines Schwarz-Weiß-Fotos, das einen Mann Ende zwanzig zeigte mit mittelblonden, kurz geschnittenen Haaren und dunklen Augen, die traurig in die Welt blickten. Er trug ein altmodisches Hemd mit aufgekrempelten Ärmeln und Hosenträger. Die lässige Kleidung lockerte den steifen Eindruck, den der Mann machte, etwas auf. »Wer soll das sein?«

»Frag mich was Leichteres«, sagte Paul. »Macht einen netten Eindruck, nur ein bisschen schüchtern. Frauentyp?«

»Meiner nicht. Zu düster.«

»Ich dachte, Frauen mögen Männer mit geheimnisvoller, dunkler Aura.«

»Nicht, wenn sie aussehen, als würden sie sich bei nächster Gelegenheit vom Hohen Ufer stürzen.«

Paul ließ das Foto noch einmal auf sich wirken. »Stimmt, da ist was dran. Ich hoffe, er hat's nicht getan. Das ist ein altes Bild, fünfziger oder sechziger Jahre. Sechziger eher, der Kleidung und Frisur nach zu urteilen.« Er sah auf die Uhr. »Fragen wir Kay.«

Kay meldete sich nach dem fünften Klingeln, im Hintergrund hörten sie das Gurgeln einer Kaffeemaschine. »Und?«, erkundigte er sich erwartungsvoll.

»Ebendas dachten wir auch«, sagte Paul. »Und? Wer ist das?«

Am anderen Ende blieb es kurz still. »Ihr habt ihn nicht erkannt?«

»Nein. Nun mach's nicht so spannend.«

»Arvid Sundberg.«

Kassandra schaute erneut auf das Laptopdisplay. Beugte sich vor, kroch fast hinein, wechselte einen Blick mit Paul, der ihr die Antwort überließ.

»Das ist nicht *der* Arvid Sundberg. Zugegeben, es liegen ein paar Jahrzehnte zwischen dem Foto und der Gegenwart, und weder der Mann auf dem Bild noch unser Arvid Sundberg haben hervorstechende Merkmale. Vielleicht also ist da mehr Ähnlichkeit, als ich erkenne, in der Mundpartie eventuell. Aber die Augen, der Blick – nein. Das ist niemals Arvid. Du musst ein falsches Foto erwischt haben.«

»Das Foto ist schon richtig«, sagte Kay. »Ich fürchte dagegen, euer Arvid Sundberg ist es nicht.«

Es dauerte, bis Kassandra die richtigen Worte fand. »Warum gibt Erik einen Mann als seinen Vater aus, der nicht sein Vater ist? Weshalb spielen Thea und Ellie mit? Ellie ist noch ein Kind! Und wenn er nicht Arvid Sundberg ist, wer ist er sonst?«

»Letzteres ist die Frage, auf die alles hinausläuft. Die anderen kann ich beantworten. Halbwegs zumindest.«

Kassandra hörte einen Stuhl scharren und wie Kay sich Kaffee in einen Becher goss.

»Entschuldigt, wenn ich zwischendrin frühstücke, ich muss in einer halben Stunde los nach Anklam.« Er nahm offenbar einen Schluck Kaffee. »Der Mann auf dem Foto ist Arvid Leonard Sundberg, geboren 1935 in Stockholm. Mit sechzehn beendete er die Schule und machte eine Ausbildung zum Koch in einem kleinen Stockholmer Hotel, in dem vorwiegend Künstler und Intellektuelle logierten. Dort arbeitete er die nächsten acht Jahre, bis seine Eltern bei einem Autounfall ums Leben kamen. Er schmiss den Job und heuerte auf einem Frachter an, auf dem er in den nächsten rund drei Jahren ziemlich rumkam. 1962 verliert sich seine Spur, nachdem er nach einem Landurlaub in Südfrankreich nicht auf sein Schiff zurückkehrte. Das Foto zeigt einen Ausschnitt einer Mannschaftsaufnahme, die im Jahr zuvor entstand. Es ist das einzige, das sich von Sundberg vor 1974 auftreiben ließ.«

»Wann erscheint er wieder auf der Bühne der Welt?«, fragte Paul.

»Arvid Leonard Sundberg lässt sich 1972 in Göteborg nieder und arbeitet ein paar Jahre im Hotel Eggers, einem Traditionshaus. Nebenher muss er angefangen haben zu schreiben, 1974 erscheint ein erster kleiner Artikel von ihm in ›Göteborgs-Posten‹, das ist die zweitgrößte Qualitätszeitung in Schweden. 1979 bekommt er eine Festanstellung als Reporter, 1987 wird er

Chef vom Dienst. Wann und wie er seine Frau Helga kennenlernte, wissen wir nicht, geheiratet haben sie 1975, ein knappes Jahr bevor Erik geboren wurde.«

Kassandra räusperte sich. »Das heißt, meine Frage war vorhin nicht richtig gestellt. Erik gibt niemanden fälschlich als seinen Vater aus. Und Thea und Ellie haben möglicherweise keine Ahnung.«

»Ersteres sehe ich auch so. Letzteres allerdings impliziert, dass du annimmst, Erik weiß um die zweifelhafte Identität seines Vaters. Wieso?«

»Es wäre eine Erklärung für das, was hier gestern passiert ist.« Kassandra erzählte ihm von ihrer Begegnung mit Erik auf der Seebrücke, die nun in ganz anderem Licht erschien.

Sie hörte, wie Kay von etwas abbiss und danach erneut einen Schluck Kaffee nahm. »Gesetzt den Fall, er meinte nicht doch die Entführung, sondern etwas, das in der Vergangenheit liegt – was genau? Dass sein Vater eine falsche Identität angenommen hat? Oder dass er dafür den echten Arvid Sundberg töten musste? Wir haben nicht den geringsten Hinweis, was aus ihm wurde. Solange wir nicht wissen, wer euer Arvid Sundberg vor 1972 war, können wir nicht mal ansatzweise Überschneidungen in den Leben der beiden Männer finden.«

»Ich …«, fing Kassandra an und warf einen unsicheren Blick zu Paul. Der jedoch starrte auf das Foto des jungen Arvid mit den traurigen Augen.

»Ja?«, fragte Kay.

»Wie viel gibst du auf meine Intuition, die mich leider auch mal trügen kann?«

Kay lachte leise. »Trotzdem eine Menge, das weißt du hoffentlich. Sag mir, was du denkst.«

»Ich denke, dass der Arvid Sundberg, den ich kenne, niemanden umbringt. Ich bezweifele auch, dass er der Drahtzieher einer Entführung ist, aber darüber gibt es hier unterschiedliche Ansichten und keinen Grund, Pauls Intuition weniger zu trauen als meiner.«

»Das ist nicht meine Intuition«, mischte Paul sich ein, der

offenbar aufmerksam zugehört hatte. »Ich habe mir meine Meinung allein aufgrund der vorliegenden Indizien gebildet. Mein Bauch war längst nicht so beteiligt wie deiner.«

»Und wenn du den mal befragst?«, wollte Kay wissen.

Paul starrte wieder auf das alte Foto zurück.

»Paul? Könntest du ihn schnell befragen? Ich muss mich bald auf die Socken machen.«

»Mein Bauch spielt ein bisschen verrückt«, antwortete er langsam. »Nimm's mir nicht übel, aber ... bei den Daten, die du genannt hast, da ist kein Irrtum möglich?«

»Einen Irrtum darf man nur selten absolut ausschließen, Fehler können überall hocken. Woran denkst du?«

Obwohl Kay es nicht sehen konnte, schüttelte Paul den Kopf. »Zu früh und zu bizarr.«

»Wie du meinst. Lass mich wissen, sobald es weniger bizarr wird.«

»Du klingst etwas verstimmt, Kay. Ich würde es sagen, wenn ich ernsthaft dächte ... Leider weiß ich selbst noch nicht, was ich von dieser abgefahrenen Idee halten soll.«

»Abgefahren?« Jetzt klang Kay belustigt.

»Mir fällt kein passenderer Begriff ein.«

»Du verstehst es, einen auf die Folter zu spannen. Nebenbei: Wenn ich verstimmt bin, hört sich das anders an. Arvid Sundberg, oder wie immer sein Name ist, hätte sich davon diese Nacht überzeugen können. Wir konnten nämlich bis auf drei wenig hilfreiche Ausnahmen nicht ermitteln, wo er in den Wochen vom 22. September bis zu seiner Ankunft in Wustrow gewesen ist. Er hatte sein Handy, dessen Nummer wir in Eriks Smartphone gefunden haben, exakt zwei Mal an: ein Mal kurz nach seiner Ankunft in Hamburg – er telefonierte mit einem Hotel in der Innenstadt. Das zweite Mal am Mittag des 14. Oktober – er rief seinen Sohn an, wieder von Hamburg aus. Das Gespräch war nur kurz, kann sein, er instruierte ihn, wo er wann abgeholt werden wollte. Dazwischen hat Sundberg einmal tausendfünfhundert Euro abgehoben, am 4. Oktober in Kiel. Seine Frau stammte aus Kiel. Vielleicht war er deshalb da oder aus einem ganz anderen Grund. Das ist alles, mehr wissen wir nicht.«

»Das sieht ja fast aus, als hätte er absichtlich so wenige Spuren hinterlassen«, meinte Kassandra. »Er muss eine Menge Geld dabeigehabt haben, wenn er sämtliche Hotelrechnungen bar bezahlt hat.«

»Kommt auf seine Ansprüche an. Wenn die sich nach der Unterkunft richten, die er in Hamburg gebucht hatte, sind sie einigermaßen bescheiden. Und schließlich ist ›viel‹ eine Definitionsfrage. Auch falls er einen ähnlichen Betrag schon aus Schweden mitbrachte, dürfte diese Summe für einen Mann mit Sundbergs Vermögensverhältnissen nicht ins Gewicht fallen. Im Gegensatz zu seinem Sohn hat er keine finanziellen Probleme – ohne Reichtümer zu besitzen, muss er sich um seine weitere Altersversorgung keine Sorgen machen.«

»Also wäre das tatsächlich kein Motiv für Arvid«, schloss Kassandra. »Ich frage mich jetzt sogar, ob es eines für Erik wäre. Arvid würde ihm doch bestimmt unter die Arme greifen, wenn er es dringend benötigt.«

»Falls der alte Mann der Ansicht ist, dass sein Sohn selbst klarkommen muss, womöglich nicht«, wandte Kay ein. »Arvid Sundberg hätte aber ein anderes Motiv, selbst falls Greta Röwer überhaupt nichts weiter über seine Frau und die Messerstecherei auf der Demo herausgefunden hat.«

Kassandra sah es deutlich vor sich, Kay musste nicht aussprechen, dass er Arvids geheimnisvolle Vergangenheit meinte. »War Arvid damals auch in Stralsund, sodass Greta im Zuge ihrer Recherchen auf ihn hätte aufmerksam werden können?«

»Nein, er war im Irak.«

»Wo?«, fragte Kassandra verdutzt.

»Im Irak«, wiederholte Kay. »Er hat, nachdem er in den Ruhestand ging, weiterhin als Freier für die ›Göteborgs-Posten‹ gearbeitet, einige Artikel aus dieser Zeit und auch noch später stammen von ihm, und der Irak war nicht das einzige Krisengebiet, aus dem er berichtet hat. Ein Journalist mit Leib und Seele.«

»Aber im Irak? Er war da schon ... wie alt? Einundsiebzig.«

»Vielleicht war er jünger, vielleicht älter, je nachdem«, erinnerte Kay sie. »Aber ich verstehe, was du meinst. Das ist in jedem Fall eine reife Leistung. Was nichts an der Tatsache ändert, dass Greta Röwer jederzeit über etwas, das den Ehemann der sie interessierenden Person betrifft, gestolpert sein und sowohl mit ihm als auch mit Erik Sundberg darüber gesprochen haben könnte. Könnte«, betonte er noch mal. »Bedauerlich, dass ich keine Möglichkeit habe, die Sundbergs selber kennenzulernen, aber ich vergesse deine Intuition nicht, Kassandra. Und jetzt muss ich wirklich. Wir hören voneinander.«

Kay hatte das Gespräch beendet, bevor Kassandra noch etwas erwidern konnte. Plötzlich bemerkte sie, dass sie fror. Sie hatten sich vorhin nicht die Zeit genommen, sich etwas überzuziehen, sie trug nur ein ausgemustertes Oberhemd von Paul, in dem sie am liebsten schlief. Ihre Füße fühlten sich wie Eisblöcke an, und sie freute sich auf eine heiße Dusche. Sie stand auf, da fiel ihr Blick auf Paul, der ganz weit weg zu sein schien, obwohl er vorm Schreibtisch saß.

»Was ist diese abgefahrene Idee, die dir kam?«, fragte sie.

Paul wirkte, als erwache er aus einem Traum und müsse sich erst vergegenwärtigen, wo er war und wer mit ihm sprach. »Ich muss in den Keller«, sagte er ohne jede weitere Erklärung.

Im Keller lagerte Pauls Fischland-Archiv in Regalen, Kartons und Ordnern, es gab so gut wie nichts, das er nicht hatte, und es kam ständig Neues hinzu. Wenn er eines sehr, sehr fernen Tages der Gemeinde all diese Unterlagen hinterließ, würde sie sich mit einem unglaublichen Schatz konfrontiert sehen. Kassandra glaubte nicht, dass jemand außer Bruno eine Vorstellung vom Ausmaß des Archivs hatte. Was immer Paul jetzt suchte, sie ahnte, dass er auch ihr gegenüber schweigen würde, bis er es entweder fand – oder aufgeben musste. Letzteres hielt sie für unwahrscheinlich, obwohl das schon mal vorgekommen war. Was allerdings daran gelegen hatte, dass es schlicht nicht gegeben hatte, wonach sie auf der Suche gewesen waren.

»Du solltest dir vorher was anziehen«, sagte sie. »Willst du zuerst unter die Dusche?«

»Nein, geh nur, du musst in die Lindenstraße. Ich telefoniere in der Zwischenzeit ein bisschen.«

»Es ist noch nicht mal sechs.«

Paul lächelte schief. »Dann schmeiße ich Bruno eben aus dem Bett.«

»Was hat Bruno mit Arvid zu tun oder überhaupt dein Archiv?« Da ging ihr mit einem Mal ein Licht auf, sie deutete auf das Laptop. »Du hast diesen jungen Mann wiedererkannt? Hat er was mit dem Fischland zu tun?«

Paul erhob sich und trat dicht zu ihr. »Ab unter die Dusche, wir reden später.« Er tippte auf ihre Nasenspitze, die zu kribbeln begann.

»Wir könnten zusammen duschen«, schlug sie vor.

Pauls Mundwinkel zuckten. »Dann kommst du zu spät in deine Pension. Ich will nicht dafür verantwortlich sein, dass deine Gäste verhungern.«

»Es ist noch nicht mal sechs.«

Jetzt lachte Paul. »Das sagtest du schon.« Er beugte sich zu ihr herunter und küsste sie, ganz leicht nur, doch das genügte, um mehr als nur ein Kribbeln in ihr hervorzurufen. Seine Hand wanderte spielerisch ihren Rücken herunter, fuhr unter das Hemd. Ihre Reaktion blieb ihm nicht verborgen. Er zog sie zu sich heran. »Ich hoffe, das bleibt immer so«, sagte er heiser. »Ich möchte dich nie, wirklich niemals verlieren.« Er küsste sie noch einmal, strich über ihre Arme und hielt ihre Finger locker umfangen. »Die Dusche ist verführerisch, Liebes, aber dazu hätte ich gern mehr Zeit.« Er ließ endgültig von ihr ab und nahm sein iPhone von der Ladestation.

Obwohl das heiße Wasser auf Kassandra herabprasselte, wurde ihr nicht richtig warm. Sie dachte an Pauls ungewöhnlich ernste Worte – und an Brunos Warnung, dass sie beide auf sich aufpassen sollten, weil dieser Fall anders sei. Das stimmte. Vor allem fühlte es sich anders an, bedrohlicher. Das einzig Konkrete allerdings, das anders war, sollte faktisch eigentlich von Vorteil sein. Bisher hatten alle Verbrechen auf die eine oder andere Weise mit ihnen persönlich zu tun gehabt. Der Tote in ihrer Pension. Pauls Bruder. Ihr Vater. Ihr Ex-Mann. Dieses Mal gab es keine solche persönliche Verwicklung.

Sie stellte das Wasser ab und zwang ihre Gedanken in eine andere Richtung. Wie machte Kay das eigentlich? Wie bekam er seinen aufreibenden Job als Polizist und seinen nicht minder anstrengenden Nebenjob unter einen Hut, ohne ständig auf dem Zahnfleisch zu gehen? Er war oft zwölf Stunden im Dienst, so manches Mal Wochenende inklusive, koordinierte parallel und anschließend sein Team, hielt es zusammen, hatte jederzeit den Überblick, war Ansprechpartner für jeden und übernahm hin und wieder auch selbst einen Einsatz, wie den in Schwerin – und das alles beinah ununterbrochen seit drei Jahren. Was, wenn er sich zu viel zumutete? Waren die grauen Haare, die sie letztes Mal bemerkt hatte, den ständigen Belastungen geschuldet? Was tat er zur Entspannung, falls er Zeit dafür fand? Hatte er eine Freundin? War das am Ende Rieka? Was wusste sie schon von seinem Privatleben? Erschreckend wenig für die Jahre, die sie einander bereits kannten – und für das, was sie ihm schuldete. Er erzählte kaum jemals etwas wirklich Privates, sondern hielt Abstand, als wolle er nichts und niemanden zu dicht an sich heranlassen. Vielleicht war das der Preis, den er zahlen musste für das Leben, das er führte.

Kassandra seufzte. Sie sollte weniger über Dinge nachdenken, die sie nichts angingen. Das Dumme war nur, dass sie nicht so empfand, als ginge es sie nichts an. Grundsätzlich nicht und erst recht nicht in jenen sehr seltenen Momenten, in denen sich ganz plötzlich die Distanz zwischen ihnen auflöste und sie eine ungewöhnliche Nähe verspürte. Erneut seufzte sie, wischte den beschlagenen Spiegel blank und starrte hinein. Sie und Kay hatten eine gemeinsame Geschichte – ohne dass sie es gewusst hatten, sogar schon, ehe sie einander überhaupt begegnet waren. Sie beide verband viel.

Ganz langsam begann der Spiegel wieder zu beschlagen, als

wolle er einen Schleier über die Vergangenheit legen. Die Grimasse, die Kassandra sich wegen dieses unsinnigen Gedankens selbst schnitt, konnte sie gerade so eben noch erkennen. Entschlossen wischte sie noch einmal über den Spiegel, verließ das Bad und hörte dabei, wie Paul sich am Telefon von jemandem verabschiedete. Sie streifte Pulli und Jeans über.

»Warst du erfolgreich?«, fragte sie, noch während sie die Treppe hinunterstieg.

»Bruno muss nachgucken wie ich.« Er sah, dass Kassandra etwas erwidern wollte, und hob in einer beschwichtigenden Geste die Hand. »Später. Versprochen.«

Kassandra brauchte zwei Stunden, bis sie in ihrer Pension alles erledigt hatte. Ein Ehepaar saß schon beim Frühstück, sodass Kassandra sich beeilte, während der Zeit dessen Zimmer in Ordnung zu bringen. Dabei konnte sie sich kaum auf ihre Arbeit konzentrieren, zweimal musste sie zurückgehen, um sich zu versichern, dass sie die Handtücher gewechselt hatte. Gerade als sie das Haus verlassen wollte, kamen die anderen beiden Gäste zum Frühstück, sodass sie die Prozedur wiederholte. Sie fluchte innerlich, doch am Ende war sie froh, weil sie das zwar länger aufhielt, sie aber für den Rest des Tages nicht mehr an unaufschiebbare Pflichten denken musste. Bevor sie endgültig zu Paul aufbrach, klingelte sie bei Heinz und lieferte ihm zwischen Tür und Angel die Kurzfassung dessen, was sie von Kay erfahren hatten. Sie beschrieb auch den jungen Arvid Sundberg auf dem Foto, doch Heinz konnte damit allein nichts anfangen.

»Paul glaubt, der echte Arvid Sundberg wäre während der Zeit, in der er verschollen war, mal hier gewesen? Selbst wenn das so war, sehe ich auf Anhieb keinen Zusammenhang mit Gretas Entführung. Zumindest über diesen Mann kann sie nichts wissen, sie hat letztes Jahr erstmals ihren Fuß aufs Fischland gesetzt.«

Der Meinung war Kassandra auch, und sie versuchte, auf eine Lösung zu kommen, während sie die Strandstraße hinunterging. Ohne Ergebnis. Stattdessen lief Steffi ihr in die Arme, ganz gedankenverloren, den Blick auf den Gehsteig gerichtet. Sie schrak zusammen, als Kassandra sie ansprach und sich erkundigte, wie es Jan ging.

»Den Umständen entsprechend, heißt es ja wohl immer«, sagte Steffi. »Es ist erschreckend, dass er sich an viele Dinge nicht erinnert, ich hoffe so sehr, dass sich das wieder gibt.«

»Vielleicht ist es ja heute schon besser, wenn du hinfährst.« Das hoffte Kassandra nicht nur für Jan und Steffi, gerade jetzt sah Steffi ganz verzweifelt aus. Sie hätte gern etwas für sie getan, aber es blieb ihr nur zu fragen: »Wie geht es dir denn? Konntest du dich wenigstens von der anstrengenden Reise erholen?«

»Ich habe kaum geschlafen«, sagte Steffi gequält. »Vor lauter Übermüdung fange ich schon an, mir Dinge einzubilden. Im Krankenhaus lungerte auf dem Gang ein Typ rum. Nicht immer, aber er fiel mir ein-, zweimal auf, als ich das Zimmer verließ und wiederkam, und ich dachte ernsthaft, das wäre die Polizei, die Jan wegen des Einbruchs beschattet. Dabei wissen die doch gar nichts davon. Aber das wäre mir immer noch lieber, als wenn das jemand von den Leuten wäre, die mit Jans Einbruch zu tun haben.«

»Er hat das nicht allein gedreht?« Falls das stimmte, mochte Steffi recht haben, obwohl Kassandra eben noch angenommen hatte, dass es sich bei dem »Typ« um Kays Mitarbeiter handelte, der in Schwerin die Augen offen hielt.

Steffi druckste etwas rum. »Ich glaube nicht.«

Konnte eine dritte Möglichkeit darin bestehen, dass dieser Unbekannte mit der Entführung zu tun hatte? »Wie sieht der Mann im Krankenhaus aus?«, wollte Kassandra wissen.

»Nicht wie ein Knacki, aber weiß man's? Mitte sechzig, schüttere blonde Haare. Drahtig. Wacher Blick. Deshalb ist er mir aufgefallen.«

Spontan fiel Kassandra niemand ein, auf den die Beschreibung passte, aber sie nahm sich vor, Kay zu fragen, und zwar bald. Falls es keiner von seinen Leuten war, stromerte da eine Person zu viel herum.

»Kommt mir nicht wie der charakteristische Verbrecher vor«, versuchte Kassandra Steffi zu beruhigen – und für den Fall der Fälle den Mann vor zu viel Neugier zu schützen. »Sollte dir noch was auffallen, sag Bescheid. Wir fahren dann mal mit und sehen uns ihn an, ja?« Das wäre außerdem die gute Gelegenheit, unauffällig mit Jan zu reden, nach der Paul schon einmal gesucht hatte.

Erleichtert verabschiedete Steffi sich.

Paul saß auf dem Sofa mit einer großen Schachtel alter Fotos auf dem Tisch und zwei Kartons mit der Beschriftung »Seenotrettung« auf dem Fußboden. Sie waren offen, ein paar Blätter und ein Zeitungsartikel in Klarsichtfolie lugten hervor, als wären sie zu nachlässig wieder zurückgesteckt worden.

»Bist du fündig geworden? Oder Bruno?«, fragte Kassandra.

Paul schob seine Lesebrille auf die Haare. »Bruno hat nichts, und ich fürchte langsam, ich habe auch nichts. Ich bin nicht mal sicher, ob ich hier an der richtigen Stelle suche. Eigentlich hätte ich eher was bei der Seenotrettung erwartet«, er deutete auf die Kartons auf dem Fußboden, »aber ich brauche Bilder, keine Texte, und bei den entsprechenden Artikeln finde ich keine Fotos.«

»Wenn du mir verrätst, was du suchst, kann ich helfen, sobald ich mit Kay telefoniert habe.«

Sie erklärte ihm kurz, was Steffi gesagt hatte, Paul nickte und wandte sich schon wieder den Fotos zu, während Kassandra ihr Telefon zückte.

Kay hatte wenig Zeit, sie beeilte sich, Steffis Beschreibung durchzugeben, und wartete auf seine Reaktion, die ein klein wenig verzögert kam und spärlich ausfiel.

»Ich sag ihm, er soll sich unauffälliger verhalten.«

»Oder du schickst jemand anders zur Abwechslung«, schlug Kassandra vor.

»Leider habe ich keine unbegrenzten menschlichen Ressourcen zur Verfügung, aber wir finden eine Lösung. Seid ihr schon weitergekommen mit der Sundberg-Geschichte?«

»Paul arbeitet an irgendwas, ich hoffe, ich erfahre gleich mehr.«

»Viel Glück.« Kay beendete das Gespräch ruckartig, Kassandra konnte hören, dass ihn im Hintergrund jemand ansprach. Und übergangslos sah sie das Bild eines Mannes vor sich, auf den Steffis Beschreibung passen mochte – einer von Kays Kollegen, dem sie bei ihrem ersten Fall begegnet waren. Johannsen. Wie war noch gleich sein Vorname gewesen? Ob es sich tatsächlich um diesen Mann handelte?

Sie wandte sich Paul zu und hatte schon eine Frage auf den Lippen, da sah sie seinen Gesichtsausdruck. »Du hast was gefunden!«

Er hielt zwei Fotos hoch. »Die Qualität der Bilder lässt zu wünschen übrig, sodass ich nicht hundertprozentig sicher sein kann. Ehe ich dieses Fass aufmache, hätte ich lieber eine überzeugendere Bestätigung – und dass du dir das ansiehst und mir sagst, was du erkennst.«

Kassandra setzte sich neben ihn und griff nach den Fotos, die auf einem Fest aufgenommen worden waren. Eine Gruppe Leute, die lustige Hüte schief auf den Köpfen trugen, saß um einen Tisch mit lauter Gläsern, Flaschen und überquellenden Aschenbechern.

»Fasching 1967 in der Seefahrtschule – die Feiern waren legendär. Von dieser hat mein Vater die Fotos gemacht«, erklärte Paul. »Kommt dir jemand bekannt vor?«

Kassandra betrachtete die drei Männer und vier Frauen, von denen die meisten fröhlich lachten und nicht extra für die Kamera posierten. Die Aufnahmen waren entsprechend leicht verwackelt und außerdem recht klein. Sie versuchte, einen der Männer mit dem Bild des jungen Arvid Sundberg in Verbindung zu bringen, doch es gelang ihr nicht.

»Nein, tut mir leid.« Dann stutzte sie. »Die Frau in der Mitte – ist das deine Mutter?«

Paul lächelte. »Ja, aber achte auf den zweiten Mann von links.«

Kassandra senkte den Blick wieder auf die Bilder. »Der guckt auf dem einen Foto zur Seite, auf dem anderen hält er sich ein

Glas halb vors Gesicht. Nicht sehr aussagekräftig. Das Einzige, was mir auffällt, ist, dass er sich nicht gerade zu Tode amüsiert.«

»Sieh hin!«, verlangte Paul mit Nachdruck.

Widerspruchslos vertiefte sich Kassandra ein drittes Mal in die Fotos. Das, auf dem der Mann zur Seite schaute, legte sie bald weg und konzentrierte sich auf das mit dem Glas, da konnte sie wenigstens seine Augen erkennen. Je länger sie hinsah, desto mehr schien sein Blick sie zu hypnotisieren, sie in sich hineinzuziehen. Sie sah Schmerz darin, fragte sich allerdings, ob sie das nur sah, weil sie es zu sehen erwartete. Andererseits war das nicht der vermisste Arvid Sundberg. Das war …

Sie blinzelte. Das war unmöglich.

Anscheinend hatte sie ein Geräusch von sich gegeben.

»Du hast es gesehen«, stellte Paul leise fest.

»Das ergibt keinen Sinn.«

Paul sagte nichts darauf, sondern ließ sie in Ruhe nachdenken. Sie brauchte keine weitere oder gar überzeugendere Bestätigung, die Paul eben angesprochen hatte – wo immer er die zu finden hoffte. So vorschnell und unlogisch das auch sein mochte, sie war sich sehr sicher. »Das ist Arvid. Unser Arvid, Eriks Vater. Der Wustrow angeblich letzten Freitag zum ersten Mal gesehen hat.«

»Ja«, sagte Paul.

Erneut betrachtete Kassandra den Mann, der Arvid war und doch eigentlich nicht sein durfte. »Du hast explizit nach diesem Mann gesucht?«, vergewisserte sie sich. »Weil du dich an ihn erinnert hast? Ist dir vorher nie eine Ähnlichkeit aufgefallen?«

»Dazu ist seit damals zu viel Zeit vergangen, ich war ja noch sehr jung. Ähnlichkeiten habe ich erst gesehen, nachdem ich mich wie du in die Bilder vertieft hatte. Es war nichts Visuelles, das mich suchen ließ. Es waren die Daten, die Kay genannt hat.«

Gedanklich rekapitulierte Kassandra: Der echte Arvid Sundberg war 1962 nach einem Landurlaub nicht auf sein Schiff zurückgekehrt, der falsche zehn Jahre später in Göteborg auf der Bildfläche erschienen. 1972. Dann dachte sie daran, was sie über Eriks Vater wussten und was er seit letztem Freitag in Wustrow wann und wo getan hatte. Langsam begann sie zu ahnen, worauf Paul hinauswollte. Das verlieh der Geschichte eine völlig neue Dimension, und sie hatte keine Vorstellung, ob das gut oder schlecht war. Es konnte ein Segen sein. Oder eine Katastrophe. Oder beides gleichzeitig.

18

Matthias war gegen Morgen erschöpft in einen unruhigen Schlaf gefallen, in seinen Träumen verfolgt von Arvid. Wie nur war es dazu gekommen, dass er entgegen seiner sonstigen Gewohnheit so schnell zu einem Menschen Vertrauen gefasst und ihm damit auf jede erdenkliche Weise in die Hände gespielt hatte? Es hätte nicht viel gefehlt, und er hätte sich in der Nacht doch noch auf den Weg gemacht, um diesen Mistkerl zur Rede zu stellen. Nur der Gedanke, dass einerseits darin eine gewisse Gefahr lag und andererseits nichts bewiesen war, hielt ihn zurück.

Übermüdet saß er jetzt an seinem Schreibtisch und versuchte, sich auf die Arbeit zu konzentrieren. Er ließ sich denselben Text nun schon zum dritten Mal vorlesen, ohne den Inhalt zu erfassen.

»Abbruch«, sagte er zu seinem Sprachprogramm, das daraufhin mitten im Wort verstummte.

Als die Klingel ertönte, war er dankbar. Vorgestern, selbst gestern noch wäre er zur Tür gehastet in der Hoffnung, eine neue Nachricht auf einem weiteren Diktiergerät in seinem Briefkasten vorzufinden. Das hatte er aufgegeben, er glaubte kaum noch daran, dass ihm auf diese Weise erneut mitgeteilt wurde, was er als Nächstes zu tun habe.

»Tag, Matthias, können wir reinkommen?«, fragte Heinz.

Überrascht trat Matthias zur Seite. Heinz war absichtlich nicht hier gewesen, seit das alles begonnen hatte, weil man seine Gegenwart hier – als ehemaliger Polizist – leicht falsch beziehungsweise richtig hätte auslegen können. Es musste einen triftigen Grund geben, weshalb er Paul und Kassandra begleitete. Dachten sie, die Anwesenheit eines guten Freundes könnte bei der Überbringung schlechter Nachrichten nicht schaden?

»Gibt es was Neues?«, brachte er heraus.

»Höchstwahrscheinlich.«

Das war von Paul gekommen. Er hielt etwas in der Hand. Ein Buch?

»In der Biografie ist eine Auflistung aller Gemälde deines Großvaters«, sagte Paul. »Wir würden gern eins davon sehen, das laut der Liste drüben eingelagert sein müsste.«

»Eins von Carls Gemälden?«, fragte Matthias verblüfft. »Wozu?«

»Es ist wichtig«, sagte Heinz ohne jede weitere Erklärung.

Matthias griff nach dem Schlüssel zum alten Wohnhaus, in dessen Obergeschoss sich seine Werkstatt befand. Unten lagerten alle jene von Carls Gemälden, die nicht in Galerien, Museen oder Kunsthandlungen hingen.

»Welches?«

»›Die Strandung der Stinne‹.«

Matthias nickte und ersparte sich weiteres Nachfragen. Auf dem Weg nach drüben vergegenwärtigte er sich das Gemälde, auf dem Carl weniger die Strandung des dänischen Schoners selbst dargestellt hatte als vielmehr die Wustrower Rettungsmannschaft, die man an jenem Februartag im Jahr 1965 in Alarmbereitschaft versetzt hatte, nachdem klar geworden war, dass der noch sehr junge Kapitän der »Stinne« sein Schiff südlich von Wustrow auf den Strand setzen musste. Die Seenotretter hatten der Besatzung geholfen, die außer dem Kapitän aus zwei weiteren Leuten bestand, und deren wichtigstes Hab und Gut geborgen.

Carls Gemälde waren chronologisch und fachgerecht in Kisten gelagert, einige lehnten oder hingen an den Wänden. »Die Strandung der Stinne« war eines der wenigen sehr großen Gemälde, fast so groß wie jenes vom Bodden, das im Wohnzimmer hing und das Arvid bei seinem ersten Besuch bewundert hatte. Der Gedanke an Arvid brachte kurzzeitig Matthias' Blut in Wallung. Er kämpfte das Gefühl nieder, führte Heinz, Paul und Kassandra in den Raum, in dem das Gemälde hing, und deutete an die Wand. Er erkannte, wie sie auf das Bild zugingen und etwas darauf genauer in Augenschein nahmen – drei Schemen beugten sich nacheinander vor.

»Und?«, fragte Paul.

»Wir haben uns nicht getäuscht«, antwortete Kassandra.

»Heinz?«

»Ich bin dem Mann nur ein Mal begegnet, ich kann das nicht mit Sicherheit beschwören. Aber es wäre möglich. Mein Gott.«

Matthias hatte Heinz noch nie zuvor so fassungslos gehört.

»Was?«, fragte er.

»Du weißt, wer auf dem Gemälde zu sehen ist?«, fragte Paul.

»Ja, sicher. Was soll das Ratespiel?« Ungeduldig wandte er sich an Heinz. »Wem bist du nur ein Mal begegnet? Die Männer waren allesamt Wustrower, du wirst ihnen sehr häufig begegnet sein.«

»Ich rede nicht von der Vergangenheit, sondern von der Gegenwart.«

»Das ist ausgeschlossen. Niemand von ihnen lebt noch.«

»Einer schon.« Das war wieder Paul. »Einer davon ist Arvid Sundberg.«

Pauls Worte trafen ihn wie ein Faustschlag. Mit erschreckender Klarheit wurde ihm bewusst, wen Paul meinte. Es erklärte so viel. Es erklärte alles, was ihm gerade noch ein Rätsel gewesen war. Christian. Arvid war Christian. Daher das Gefühl von Vertrautheit, das Gefühl von Verbundenheit, das Gefühl, dass da jemand war, der verstand. Aber Christian war tot, er hatte sich umgebracht. Matthias hatte das nie in Frage gestellt, selbst Carl hatte nie am Tod seines Sohnes gezweifelt.

»Das ist ausgeschlossen«, sagte er rau. Er spürte, dass Heinz sich auf ihn zubewegte. Instinktiv wich er zurück und richtete sich kerzengerade auf. »Nein. Bitte. Ich muss nachdenken.«

Er wandte sich um und verließ den Raum und das Haus, ohne darauf zu achten, ob jemand ihm folgte oder ob alle vor Carls Gemälde stehen blieben und weiter über Christian und Arvid debattierten. Mit schnellen Schritten lief Matthias über den Rasen und hatte fast die Terrasse erreicht, als er vor sich eine Bewegung wahrnahm, jemand kam auf ihn zu.

»Matthias? Ist alles in Ordnung?«

Abrupt blieb er stehen. Er lauschte Arvids Stimme nach.

Analysierte. Sicher verloren nur die wenigsten Menschen den Akzent ihrer Muttersprache vollständig, aber Arvid war lange mit Helga verheiratet gewesen. Im Laufe der Jahrzehnte hätte er nicht nur das korrekte Deutsch lernen müssen, das er sprach. Auch die Stärke des Akzents hätte nachgelassen. Es sei denn, er hatte sie kultiviert.

»Matthias?«

Er starrte Arvids dunkle Gestalt vor dem hellen Hintergrund an. Nach dem leichten Nieselregen ganz früh am Morgen war es lange bewölkt gewesen, jetzt kämpfte sich gerade die Sonne durch. Bald bräuchte er seine Brille. Matthias erinnerte sich an den gestrigen Morgen drüben auf dem Stein am Bodden. Als Arvid aufgetaucht war, hatte er für einen Moment gedacht, Carls Geist habe zu ihm gesprochen.

»Matthias. Was ist passiert? Hast du was von Greta gehört?«

Matthias schüttelte den Kopf, wie um das Gefühl loszuwerden, das ihn erneut überkam. Und später, als Erik Sundberg von seinem Vater zurechtgewiesen worden war und Matthias das ebenfalls an Carl erinnert hatte.

Der Mann vor ihm berührte seinen Arm.

Ein Schauder erfasste Matthias, er zuckte zurück, als hätte er sich verbrannt.

»Fass mich nicht an!«, zischte er. Er hatte es gewusst, sofort als Paul es ausgesprochen hatte, hatte er gewusst, dass es die Wahrheit war.

Matthias bemerkte, dass Arvid zurückwich. Gleichzeitig hörte er, dass Heinz, Paul und Kassandra aus dem Haus gekommen waren. Sie alle mussten ein seltsames Bild abgeben: Arvid und er aufgestellt wie zum Duell, die anderen als seine Sekundanten hinter ihm. Kurz schoss ihm durch den Kopf, dass Christian trotz allem noch immer Arvid für ihn war. Aber was spielte es letztlich für eine Rolle, wie er ihn nannte?

»Wo ist Greta?« Matthias war überrascht, wie kontrolliert seine Stimme klang. Er konnte es also noch. Er würde diesen Mann von hier bis in die Hölle jagen, in die er gehörte.

»Es tut mir leid, Matthias, ich wollte, ich wüsste es, aber

ich weiß nicht mal, wie du darauf kommst, dass ich es wissen könnte.«

»Nein?« Seit Matthias kaum noch sehen konnte, hatte er gelernt, sich auf Stimmen und Tonlagen zu konzentrieren, um zu erkennen, was in seinen Gesprächspartnern vor sich ging. Das war nicht nur in Geschäftsdingen hilfreich. Arvid gab sich Mühe, selbstbewusst wie immer zu klingen, aber er hörte sich zu gezwungen an. »Gib auf. Ich könnte sonst meine guten Manieren vergessen. Sag mir, wo Greta ist.«

»Ich weiß es nicht. Ehrlich.«

Das brachte Matthias beinah zum Lachen. »*Ehrlich?* Weißt du überhaupt, was das Wort bedeutet?«

Arvid erwiderte nichts.

Matthias hätte viel darum gegeben, in seinem Gesicht lesen zu können. »Letzte Warnung. Wo ist Greta? Ich frage kein viertes Mal.«

»Matthias«, hörte er wie aus weiter Ferne jemanden sagen. Heinz? Paul? Egal.

»Ich wollte, ich wüsste es«, wiederholte Arvid, sehr leise.

Für einen Sekundenbruchteil glaubte Matthias ihm, dann machte er einen Schritt auf Arvid zu und packte ihn, bekam seinen Mantel zu fassen und stieß ihn rückwärts aufs Haus zu. Arvid sah die Stufe zur Terrasse nicht, er stolperte, ging fast zu Boden. Matthias achtete darauf, dass er nicht fiel, und stieß ihn weiter, durch die Terrassentür in sein Arbeitszimmer. Er wusste genau, wo und in welcher Stellung er seinen Stuhl zurückgelassen hatte, und schubste Arvid hinein. Wie ein Blitz durchzuckte ihn die Erinnerung an letztes Jahr, an das, was mit Greta in der Mühle passiert war. Er beugte sich über Arvid, öffnete mit der Rechten die Schreibtischschublade und tastete nach dem Cutter, der immer hier lag. Unter dem typischen knackenden Geräusch ließ er die Klinge mit dem Daumen ausfahren.

»Matthias!« Er hörte Heinz' warnende Stimme und registrierte, dass er ihn dennoch nicht mit Gewalt von Arvid zurückzog. Wahrscheinlich schätzte Heinz ab, wie gefährlich Matthias gerade war, und kannte ihn gut genug, um zu begreifen, dass er nicht die Kontrolle verlieren würde. Das hatte er hinter sich. Wie in Zeitlupe näherte sich der Cutter Arvids Gesicht.

»Tu das nicht, mein Junge.« Arvid blieb ruhig, da war nicht mal ein Anflug von Panik in seiner Stimme.

»Du hast kein Recht, mich so zu nennen.« Matthias machte eine winzige Pause. »Christian.«

Das wirkte. Arvid bewegte sich so jäh, dass der Cutter unabsichtlich seine Wange berührte. Matthias konnte nicht erkennen, ob er Arvid verletzt hatte oder nicht, aber er rückte keinen Millimeter von ihm ab. Hätte er sehen können, hätten sie einander in die Augen gestarrt. Die Stille wäre dieselbe gewesen. Sie war absolut.

»Das ist wahr, dazu habe ich kein Recht. Aber ich schwöre bei allem, was mir je etwas bedeutet hat im Leben«, sagte Arvid schließlich völlig akzentfrei, nur mit der Andeutung eines Mecklenburger Zungenschlags, »dass ich nicht weiß, wo Greta ist.«

Arvid auf diese Weise reden zu hören war eine gänzlich neue Erfahrung, die Matthias aus der Fassung brachte, weil die Stimme ihn so ungeheuer an Carls erinnerte, selbst nach dreißig Jahren noch. Er fing sich schnell. »Warum sollte ich das glauben, nachdem du mich von vorn bis hinten belogen hast?«

»Die Wahrheit«, sagte Arvid langsam, als hätte er keine scharfe Messerspitze vorm Gesicht. »Ist die immer noch das höchste Gut *im* Röwer'schen Haus?«

Matthias war die Betonung des Wörtchens »im« durchaus aufgefallen. Er wusste, Arvid spielte darauf an, dass es innerhalb der Mauern hin und wieder eine andere Wahrheit gegeben hatte als außerhalb. Aber er dachte gar nicht daran, darauf einzugehen. »Die einzige Wahrheit, die mich jetzt interessiert«, sagte er, »betrifft Greta. Nenn mir einen Grund, warum ich dir glauben sollte.«

Als Arvid schwieg, spürte Matthias intuitiv, dass das nicht aus Sturheit geschah, sondern weil er tatsächlich darüber nachdachte.

»Ich habe dich nie belogen«, sagte er.

»Lass die Haarspalterei. Du brauchst ein besseres Argument, wenn du willst, dass ich dir vertraue.«

»Es gibt kein besseres. Selbst wenn ich in allen Einzelheiten beweisen könnte, wo ich Mittwoch war, als Greta entführt wurde, würde das nicht beweisen, dass ich weder etwas darüber noch über ihren Aufenthaltsort weiß.«

»Nimm an, du könntest es beweisen: Wo warst du?«

»Ich habe Hannelore Steffen in Ribnitz im Pflegeheim besucht. Du wirst dich nicht an sie erinnern. Und sie sich an dich auch nicht mehr.«

Matthias richtete sich ein kleines Stück auf und ließ Arvid etwas mehr Raum. »Hannelore. Lore. Sie war Julianes beste Freundin. Carl hat sie ab und zu erwähnt. Ich wusste nicht, dass sie …« Er unterbrach sich. »Bisschen riskant, sie hätte dich erkennen können.«

»Sie erkennt schon lange niemanden mehr, sagen die Schwestern. Abgesehen davon gehen fünfundvierzig Jahre nicht spurlos an einem vorüber – und die Leute sehen nur, was sie erwarten zu sehen.«

Das stimmte sicher, dennoch … »Dafür gibt es keine Garantie.«

»Nein.« Arvid seufzte. »Wohl nicht. Andernfalls befände ich mich nicht in dieser Lage. Würde es dir übrigens was ausmachen, wenn du dieses Ding aus meinem Gesicht nähmst? Ich bin ein alter Mann und bekomme allmählich Genickstarre.«

Matthias beugte sich wieder ein Stück vor. »Bravo. Sehr lässig, Christian. Oder soll ich Arvid sagen? Wie willst du genannt werden?«

»Mir wäre Arvid recht. Und verzeih, wenn ich das sage, ich will … Carl ganz sicher nicht zu nahe treten, aber mein Leben als Christian Röwer war keine reine Freude. Es auszulöschen dagegen war großartig. Auch wenn ich es nicht auf diese Weise beabsichtigt hatte. Ich habe …«

Ohne Vorwarnung stieß Matthias Arvids Stuhl von sich. Arvid jetzt von sich reden zu hören machte ihn wütend. Nicht so sehr, dass er sich wieder vergaß, allerdings.

»Glaubst du, das interessiert mich? Behalt deine Geschichte für dich.« Matthias richtete sich ganz auf und legte den Cutter auf den Schreibtisch. Er würde Arvid damit nicht zum Reden bringen können. Was ihm widerwillig Respekt abnötigte.

»Mich interessiert sie durchaus«, ließ sich eine Stimme hinter ihm vernehmen, die Matthias erst identifizieren musste. Er war so auf Arvid fixiert gewesen, dass er die Anwesenheit von Heinz, Paul und Kassandra verdrängt hatte.

»Und dich sollte sie auch interessieren«, stellte Heinz fest, »solange wir nicht ausschließen können, dass sie mit Gretas Entführung zusammenhängt. Herr Sundberg – hängt sie damit zusammen?«

»*Herr Sundberg*, hm? Sie waren früher schon überkorrekt, steif und förmlich.«

»Möglich«, sagte Heinz unbeeindruckt. »Wir reden hier aber nicht von mir, sondern von Ihnen. Hat Greta etwas über Sie oder Ihre Familie ausgegraben, das sie besser nicht hätte ausgraben sollen? Ging es um Sie persönlich, um einen vermissten jungen Mann namens Arvid Sundberg, dessen Leben Sie gestohlen haben? Oder ging es um Ihre Frau?«

»Meine Frau?« Arvids Erstaunen war zweifellos echt. »Juliane?«

»Entschuldigung, ich war unpräzise«, sagte Heinz. »Ich meinte Ihre zweite Frau. Der Vorfall in Stralsund war sicher unangenehm. Es gibt Hinweise, dass Greta darüber stolperte und herausgefunden haben könnte, wie das damals wirklich war. Sie wären kaum begeistert, wenn sich herausstellte, dass Ihre Frau, und sei es posthum, für schuldig befunden werden sollte.«

Arvid schnappte nach Luft.

In dem Laut lag Betroffenheit – nicht über eine Entlarvung, sondern darüber, an eine schlimme Zeit erinnert worden zu sein. Und mehr noch als Betroffenheit, es lag Trauer darin.

Zum ersten Mal, seit er Arvid in sein Arbeitszimmer gedrängt hatte, empfand Matthias etwas anderes als kalten Zorn für den Mann, der Freundschaft vorgetäuscht hatte. Er empfand Mitgefühl. Arvid hatte seine Frau verloren, und wer konnte besser als er nachvollziehen, was das bedeutete? Stopp, wies er sich zurecht. Jetzt war nicht die Zeit für Gefühlsduseleien. Wichtig war allein, was Arvid wusste. Er wollte ihn gerade angehen, da kam Heinz ihm zuvor.

»Hat's Ihnen die Sprache verschlagen, Herr Sundberg?«

Zu Matthias' Erstaunen lachte Arvid auf. »Wenn Sie meinen, beweisen zu können, dass ich mit Gretas Entführung zu tun habe, holen Sie die Polizei. Ich kann mir zwar nicht vorstellen, dass die Ihren obskuren Anschuldigungen glaubt, aber ich will Sie nicht abhalten. Meine Güte, Jung. Ich habe Sie zwar damals schon für ein Ekelpaket gehalten, aber nicht für dämlich.« Matthias stand direkt vor Arvid, er spürte, wie er sich umwandte, um zu jemand anderem zu reden. »Liegt glücklicherweise nicht in der Familie. Du hast gestern eine ausgezeichnete Vorstellung hingelegt, Kassandra.«

»Danke«, sagte sie. »Wir sind nicht blutsverwandt.«

Hinter Matthias gab Heinz ein Geräusch von sich, das schwer zu deuten war. Er kam nicht dazu, länger darüber nachzudenken, weil Kassandra schon weitersprach.

»Aber das weißt du natürlich. Genau wie die Sache mit dem Toten in meiner Pension. Du recherchierst nicht nur halb. Ich wette, das hast du nie getan.«

»Nein, allerdings nicht«, bestätigte Arvid.

Die Atmosphäre im Raum war umgeschlagen. Eben war sie noch beklemmend, sogar feindselig gewesen, jetzt lag ein Hauch Entspannung in der Luft.

»Ursprünglich hatte ich gestern Abend gar nicht vor, dich auszuhorchen, falls es das ist, was du denkst«, sagte Kassandra. »Ich wollte nur wissen, wohin du gehst. Ich bin dir bis zu Magda Fehning gefolgt und da …«

Matthias fuhr so ruckartig zu Arvid herum, dass Kassandra innehielt. »Du warst bei Magda?«

»Ja«, sagte Arvid, ging jedoch nicht weiter darauf ein, sondern fragte nach: »Und da?«

»… wollte ich auf dich warten, um zu sehen, was du anschließend tust – ob du uns zu Greta führst.«

»Das bedeutet, du hast mich verdächtigt. Weshalb?«

»Weil du dich in der Hafenstraße merkwürdig verhalten hast. Paul und ich haben dich beobachtet. Du hast nach Barnstorf zurückgestarrt, als wärst du in einem anderen Leben. Dann hast du ›Schweigen ist Gold‹ gesagt. Das …« Kassandra stockte, als wäre ihr gerade etwas eingefallen. »Ich wusste, da war was«, fuhr sie fort, beinah wie zu sich selbst. »Mir war etwas daran aufgefallen, ich konnte nur nicht den Finger darauf legen. Jetzt schon. Du hast völlig akzentfrei gesprochen.«

Aus Pauls Richtung kam ein Geräusch, als erinnere er sich nun ebenfalls, und Arvid stöhnte leise auf.

»Ich habe wohl aus unerfindlichen Gründen nicht mit Zuhörern gerechnet. Wenn du es da nur unbewusst wahrgenommen hast, kann das aber nicht der Grund gewesen sein, warum du dachtest, ich könnte dich zu Greta führen.«

»Die Worte an sich schienen mir sinnträchtig, und sie passten zu unserer zuvor entwickelten Theorie – als wir dich noch gar nicht auf dem Schirm hatten. Diese Theorie involvierte …«

»Kassandra!«

Paul hatte sie laut und nachdrücklich unterbrochen, das erste Mal seit langer Zeit überhaupt, dass er sich zu Wort meldete.

»Lass gut sein, Paul«, sagte Arvid. »Sie meint Erik.«

Wie zur Untermauerung dieser Feststellung schlug mit einem Mal die Terrassentür zu. Erst jetzt nahm Matthias den aufgekommenen Wind wahr, die Sonne war wieder verschwunden. Es roch nach Regen, selbst im Haus.

»Weiter«, bat Arvid.

»Nicht so hastig«, sagte Paul. »Du solltest uns verraten, weshalb dich das so wenig überrascht.«

»Wenn ihr mich verdächtigt, dass ich Greta wegen ihrer Recherchen bezüglich meiner Familie entführt habe, liegt es nahe, dass mein Sohn genauso auf eurer Liste steht. Du wolltest ihn gestern Abend sprechen. Hast du ihn noch getroffen? Als er nach Hause kam, wirkte er aufgewühlt. Er ist mir ausgewichen, als ich ihn fragte, wieso«, sagte er und fügte übergangslos hinzu: »Weiter, bitte, Kassandra.«

Sie zögerte, und Matthias verstand, warum. Arvid war zu schnell, er wartete nicht mal Pauls Antwort ab, als wolle er alles rasch hinter sich bringen.

»Da gibt es nicht viel mehr«, sagte sie. »Du hast mich erwischt und eine Unterhaltung angefangen. Darin war abgesehen von dem Streit mit Paul nichts eine Vorstellung, und sogar das hat sich bewahrheitet. Ich habe mich nämlich später tatsächlich mit ihm gestritten. Über dich im Übrigen. Mein Onkel – der, falls dich das interessiert, neben Paul der wichtigste Mensch hier für mich ist und nichts weniger als ein Ekelpaket – kann bezeugen, dass ich der Auffassung war, dass du nichts mit der Entführung zu tun hast. Das war natürlich, bevor wir heute Vormittag herausfanden, wer du wirklich bist.«

Wie eigentlich?, durchzuckte es Matthias, spürte jedoch zugleich, dass es besser war, das Gespräch zwischen den beiden nicht schon wieder zu unterbrechen.

»Hat das etwas an deiner Meinung geändert?«, wollte Arvid wissen.

»Ich war mir nicht sicher, als wir herkamen. Ich bin mir auch immer noch nicht sicher, welche Rolle es für Gretas Entführung spielt, dass du mal Christian Röwer warst.«

»Aber?«, fragte Arvid.

»Aber ich glaube nicht, dass du die Hauptrolle spielst.«

»Warum nicht? Ich habe gleich mehrere Motive. Helga. Einen jungen Mann namens Arvid Sundberg, dessen Leben ich gestohlen habe.«

Matthias nahm diffus Arvids Kopfbewegung wahr, fraglos sah er Heinz an, den er mit dieser Aufzählung zitierte.

»Und dann habe ich mich gestern auch noch so passend über Wahrheiten und Schuld ausgelassen«, fuhr Arvid fort. »Reicht das nicht?«

»Ich habe dir zugehört. Nicht nur gestern Abend. Auch vorhin, als du gesagt hast, du schwörst bei allem, was dir je etwas bedeutet hat, dass du nicht weißt, wo Greta ist.«

»Das heißt nicht, dass ich sie nicht entführt habe«, stellte Arvid fest. »Ich fürchte, du musst gegenüber dem Rest der An-

wesenden ein besseres Argument anführen, wie Matthias das
vorhin von mir eingefordert hat. Hast du eins?«

Kassandra schwieg. Sie schwieg offenbar äußerst beredt,
denn die Atmosphäre im Raum veränderte sich erneut.

»Sag's mir.« Arvid klang gequält.

Matthias sah, dass Kassandra die Hände hob. Fuhr sie sich
übers Gesicht? Die Geste wirkte müde. »Du glaubst, es ist
Erik.«

»Was? Wie kommst du auf die Idee?«

Im ersten Moment war Matthias ebenso perplex wie Arvid, doch dann erinnerte er sich an Arvids Entsetzen, als er
die Wahrheit über Gretas Verschwinden erfahren hatte. Das
war nicht gespielt gewesen, genauso wenig wie die Warnung,
den Entführer besser nicht umzubringen. Arvid hatte später
versucht, das wegzuerklären, doch bestimmt hatte er zuerst
Matthias' unbändigen Zorn gespürt und um seinen Sohn ge-
fürchtet. Zugleich fürchtete er um Matthias und Greta. Er saß
zwischen sämtlichen Stühlen.

Statt gleich auf Arvids Frage zu antworten, machte Kas-
sandra einen Schritt vorwärts. Unwillkürlich trat Matthias zur
Seite, um sie vorbeizulassen. Er glaubte zu sehen, wie sie ihre
Hand nach Arvid ausstreckte, vor allem aber hörte er ihre leise
Stimme. »Weil aus allem, was du sagst und wie du es sagst, deine
Angst spricht, und es ist nicht die Angst um dich selbst.«

In Matthias kämpften widerstreitende Gefühle. Er war wütend auf Arvid und ungehalten, weil sie hier standen und bloß
redeten, statt zu handeln. Gleichzeitig begriff er, dass er diese
Zeit gebraucht hatte, um alles richtig einzuordnen und Arvid
nicht länger für Gretas Entführer zu halten. Ungewollt berühr-
ten ihn außerdem Kassandras Worte. Doch er hatte lange genug
nur zugehört.

»Entschuldigt, wenn ich euch unterbreche, aber könnten
wir Mitleidsbekundungen auf später verschieben?«, fragte er
scharf. »Wenn du glaubst, Arvid, dass Erik Greta in seiner Gewalt hat: Welche Anhaltspunkte gibt es? Wo könnte sie sein?
Und wann zum Teufel wärst du damit rausgerückt? Wenn es zu

spät gewesen wäre?« Matthias spürte den Zorn wieder in sich hochkriechen.

»Ich wollte nach einer schlaflosen Nacht mit Erik reden, aber er war schon weg und hatte sein Telefon ausgeschaltet. Und jetzt bin ich hier«, sagte Arvid. »Was glaubst du, weshalb? Weil es mir Spaß macht, meinem eigenen Sohn die Schlinge um den Hals zu legen?«

»Tut mir leid für dich«, sagte Matthias und meinte es zumindest halbwegs so. »Ich weiß zu schätzen, welches Opfer du bringst.« Das kam sarkastischer raus als beabsichtigt. Er zwang sich zur Sachlichkeit. »Die Anhaltspunkte. Denkst du, Magda weiß was? Warst du deshalb gestern bei ihr?«

»Nein«, sagte Arvid. »Als ich plante, nach Wustrow zu kommen, in mein altes Leben ... Kassandra hat recht, ich recherchiere nicht nur halb. Ich habe nicht geglaubt, dass mich irgendwer erkennt – außer Magda. Wäre sie hier noch ein und aus gegangen, hätte ich die Hufe III nie betreten.« Arvid seufzte leise. »Ich dachte, ich könnte ihr aus dem Weg gehen, die Straßenseite wechseln, wenn ich ihr begegne. Dann hat sich gestern die Strandstraße in einen Marktplatz verwandelt. Sie hat mich erkannt. Sofort. Sie hat immerzu Erik angestarrt, aber eigentlich galt dieser Blick mir. Also dachte ich, dass Angriff die beste Verteidigung ist. Wir haben geredet. Auch über dich und Greta. Ich fürchte, sie kann nicht mit ansehen, dass eine Frau mit einem Röwer glücklich ist. Aber dich liebt sie wie ihr eigenes Kind, sie würde nie etwas tun, was dir schadet – und sie würde sagen, wenn sie etwas wüsste.«

Matthias rieb sich übers Kinn. Möglicherweise lag Arvid gar nicht so falsch. Einzig in seinem letzten Satz fand er einen Haken. »Sie kann nicht wissen, ob sie etwas weiß, wenn sie nicht weiß, dass überhaupt was passiert ist.«

»Sie weiß es. Ich hab's ihr gesagt.«

»Du hast was?« Die gerade eben mühsam errungene Neutralität gegenüber Arvid löste sich in Luft auf. »Du setzt Gretas Leben aufs Spiel?«

»Keineswegs. Magda kann schweigen, das hat sie schon mehr

als einmal im Laufe der Jahrzehnte unter Beweis gestellt. Sie zerfloss nicht vor Mitleid mit Greta, aber sie leidet mit dir und bedauert, wie sie am Nachmittag mit dir umgesprungen ist. Sie hat lange nachgedacht – sie weiß nichts, ihr ist nichts aufgefallen. Sie hätte es sonst gesagt. Glaub mir.«

Beinah wäre Matthias wieder sarkastisch geworden. Nur brachte das nichts. Außerdem konnte man über Arvid sagen, was man wollte – er kannte Magda gut, fast so lange wie Matthias selbst, wenn auch aus einer anderen Zeit.

»Na schön.« Matthias lehnte sich an seinen Schreibtisch. Sein Körper tat plötzlich weh vor lauter Anspannung, er spürte jeden Knochen im Leib. Kurz schloss er die Augen, drängte den Schmerz beiseite und konzentrierte sich wieder auf das Wesentliche. »Rollen wir die Sache mit Erik auf, das bringt uns hoffentlich weiter. Wieso glaubst du, dass dein Sohn Greta entführt hat?«

19

Kassandra hatte Matthias und Arvid aufmerksam beobachtet, wie sie miteinander umgingen, sich annäherten, sich wieder entfernten. Sie fragte sich, was sie fühlten. Vater und Sohn. Mehr als deutlich erinnerte sie sich an die Situation, in der sie erfahren hatte, wer ihr Vater war – wie einschneidend sie das empfunden und in welches Gefühlschaos es sie gestürzt hatte. Um wie viel komplizierter musste es für Matthias unter diesen erschwerten Umständen sein, unter denen er nicht nur erfuhr, dass sein Vater noch lebte, sondern auch, dass sein eigener Halbbruder seine Frau entführt hatte.

Sicher war für Matthias die Geschichte, wie aus Christian Röwer Arvid Sundberg geworden war, deshalb im Augenblick zweitrangig, aber gleichgültig war sie ihm ganz bestimmt nicht. Paul hatte ihr erzählt, dass Christian Röwer ums Leben gekommen war, während er mit seinen Kameraden sieben norwegische Seeleute des Schoners »Nordlys« bei Windstärke zehn vorm Ertrinken rettete. Danach waren Gerüchte aufgekommen, es sei kein Unfall, sondern Selbstmord gewesen, weil Christian Röwer den Tod seiner Frau nicht hatte ertragen können. Angeblich war Christians Rettungsanzug, den man ein paar Tage später nahe des Darßer Ortes gefunden hatte, aufgeschnitten gewesen. Wiederum angeblich hatte niemand in Wustrow den Anzug je zu Gesicht bekommen. Dieser Vorfall war es gewesen, den Paul in der Biografie gesucht und nicht gefunden hatte – ebenso wenig, wie darin private Familienfotos der Röwers mit Ausnahme von Carl selbst enthalten waren. Doch letztlich handelte es sich ja auch um Carls Biografie, nicht um die seiner Familie. Und wusste Matthias überhaupt, was damals geschehen war? Arvids Andeutungen über Magda Fehnings Schweigen konnten sich darauf, aber auch auf viele andere Dinge beziehen.

Ebenso schwer wie für Matthias war dieses Wiedersehen für

Arvid. Er musste zwischen seinen beiden Söhnen entscheiden. Einen hatte er sein ganzes Leben begleitet, der andere war ihm fremd, aber dennoch sein Sohn. Er wirkte zutiefst traurig, als er zu erklären begann, warum er an Eriks Verwicklung glaubte. »Es ist meine Schuld. Ich hätte ihm das nie anvertrauen dürfen. Er war so unglaublich wütend.« Arvid fuhr sich mit den Händen über die Augen, wie um das Bild der Erinnerung aus seinem Innern zu tilgen. »Normalerweise ist Erik einer der friedliebendsten Menschen, die ich kenne. Mit seinem ›Peace‹, das er sich von irgendwelchen Alt-Hippies abgeguckt hatte, und seiner Ruhe hat er Helga manchmal in den Wahnsinn getrieben. Dabei war Erik das lebende Beispiel dafür, dass man mit Beharrlichkeit und Besonnenheit genauso zum Ziel kommt, manchmal sogar schneller und besser als mit ihren Kampfansagen.« Er sah zu Heinz hinüber. »Was meiner Frau unterstellt wurde, ist lächerlich. Sie ist immer bis zum Äußersten gegangen, ja, aber sie hatte ihre Grenzen, sie hätte niemals jemanden verletzt. Sie kämpfte *für* die Menschen, nicht gegen sie. Nicht mal gegen Polizisten.«

Heinz' linke Braue schoss in die Höhe. Ansonsten ließ er sich nicht provozieren.

Kassandra hingegen fragte sich, was Erik eigentlich so wütend gemacht hatte, doch als Arvid den Faden wiederaufnahm, ging er darauf nicht ein.

»Erik und ich treffen uns einmal im Monat in ›Björns Bar‹ zum Reden und Trinken.« Arvid schaute niemand im Besonderen an, sondern versank in der Vergangenheit. »Im April eröffnete er mir, dass er für sein Sabbatical nach Deutschland gehen wollte. Ich hätte eher mit Australien gerechnet, aber Erik war schon oft in Deutschland gewesen, er mochte das Land. Wenn er unbedingt wollte – seine Angelegenheit, ich würde mich nicht einmischen. Bis er erwähnte, um welche Uni es sich handelte, dass er sich schlaugemacht hätte, wo in der Gegend es besonders schön sei, und dass er das Fischland ins Auge gefasst hätte. Er fand, das sei ein lustiger Name. Ich fand das weniger lustig, aber ich hielt den Mund. Beim nächsten Treffen im Mai zeigte er mir begeistert Fotos, von Rostock, Warnemünde – und vom Fischland. Er war hier gewesen und hatte sich entschieden, mit Thea und Ellie in Wustrow seine Zelte aufzuschlagen.« Erneut fuhr Arvid sich mit den Händen übers Gesicht, eine Unterbrechung, die Matthias nutzte, um sich einzuschalten.

»Könntest du bitte zum Punkt kommen?«

»Ja. Ja, entschuldige, natürlich.« Arvid setzte sich aufrechter hin. »Ich hätte weiter schweigen sollen, wie ich es fünfundvierzig Jahre lang getan hatte, gegenüber allen mit Ausnahme von Helga. Aber etwas in mir wünschte verzweifelt, dass Erik nicht ausgerechnet hier … Also erzählte ich ihm von meiner ersten Familie und was dazu geführt hatte, dass ich mein Leben wegwerfen wollte. Erik war zuerst ganz still. Dann rastete er aus. Ich kann das nicht anders beschreiben. Er fegte unsere Getränke vom Tisch und brüllte so laut, dass sich sämtliche Leute in der Bar nach uns umdrehten. Wegen des Chaos, das Erik angerichtet hatte, wurden wir rausgeworfen und eindrücklich gebeten, nicht wiederzukommen. Erik war kaum zu bändigen, selbst draußen auf der Straße nicht. Mir war nie klar gewesen, wie sehr mein Sohn mich liebte, niemals hätte ich angenommen, dass ihm meine Geschichte so nahe ging. Ich versuchte ihn zu beruhigen, sagte ihm, dass ich damit abgeschlossen hätte. Was, wie er scharfsinnig feststellte, kaum der Fall sein könne, wenn es mir so viel ausmachte, dass er für ein paar läppische Monate aufs Fischland wolle. Er sagte, nichts und niemand würde ihn davon abhalten, jetzt erst recht nicht, und er würde einen Weg finden, Gerechtigkeit zu üben. Ein Leben für ein Leben, ein Leid für ein Leid.«

Kassandra schaute zu Paul, doch er war ebenso ratlos wie sie. Matthias' Gesicht dagegen wirkte äußerst angespannt, er schien genau zu wissen, worauf Arvid anspielte.

Bevor Arvid fortfahren konnte, wurde er erneut unterbrochen, dieses Mal von seinem Telefon. Zerstreut holte er es hervor.

»Du hast nicht ernsthaft vor, da ranzugehen?«, fragte Matthias, der seine Bewegung wahrgenommen haben musste.

Arvid schüttelte den Kopf, schaute aber ganz automatisch trotzdem aufs Display. »Vielleicht sollte ich«, sagte er. »Das ist Thea. Ich hatte ihr gesagt, dass ich nicht gestört werden will, sie würde sich daran halten, wenn es nicht wirklich wichtig wäre.« Er nahm das Gespräch entgegen, dem keiner von ihnen folgen konnte. Allerdings ließen Arvids zunehmend besorgter Tonfall und die Tatsache, dass Eriks Name ein-, zweimal fiel, wenig Interpretationsspielraum, um wen es ging. Als er das Gespräch beendete, übersetzte er nur einen einzigen Satz. »Erik ist verschwunden.«

»Verschwunden?«, wiederholte Matthias.

»Er sollte an der Uni sein und sein Seminar halten, aber da ist er nicht. Die haben bei Thea nachgefragt, wo er bliebe. Thea vermutete ihn längst in Rostock. Sein Handy ist immer noch oder schon wieder ausgeschaltet, sie kann ihn nicht erreichen – und sie macht sich Sorgen, weil er seit gestern Abend völlig neben sich steht. Als sie ihn darauf ansprach, hat er sie angefahren, sie solle ihn in Ruhe lassen und sich um ihren eigenen Kram kümmern. Das ist definitiv nicht Eriks Art, nicht mal, wenn sie streiten – und erst recht ist es nicht seine Art, seine Laune an Ellie auszulassen. Was er getan hat, als sie beim Frühstück quengelte. Thea sagt, ihm wäre fast seine Hand ausgerutscht.« Es war unschwer zu erkennen, wie sehr Arvid das befremdete. »Das ist noch nie vorgekommen.«

»Hat sie eine Vorstellung, wo er sein könnte?«, fragte Kassandra. »Hat er sich noch mit anderen Leuten außer uns angefreundet?«

»Thea sagt, ab und zu habe er ein paar Leute von der Uni erwähnt, Studierende, einen Bibliothekar, der ihm auf den Geist geht, den er aber nicht loswird, den Dekan und einen Dozenten, mit dem er sich gut versteht, ein Geralf Jantzen. Thea glaubt aber nicht, dass die beiden direkt befreundet sind.«

»Trotzdem kann er mehr wissen. Hat den jemand nach Erik gefragt?«, erkundigte sich Paul.

Arvid griff zum Telefon, rief Thea an und zuckte dann mit den Schultern. »Thea hat keine Ahnung.«

»Wäre einen Versuch wert«, murmelte Paul, fischte seinerseits nach seinem Handy und wischte sich durchs Adressbuch.

»Wen willst du anrufen?«, fragte Heinz.

»Den Dekan.«

»Den kennst du?« Matthias war trotz der Nachfrage offensichtlich wenig erstaunt.

»Hm«, machte Paul nur, stellte das Telefon auf Lautsprecher und wartete, dass Lewerenz sich meldete. »Tag, Holger, entschuldige, dass ich schon wieder störe, aber ich höre gerade, dass Erik Sundberg verschwunden ist.«

»Gibt es irgendwas, was du nicht weißt?« Lewerenz' Stimme schwankte zwischen Belustigung und Ärger, der Erik galt, wie sich bei seinen nächsten Worten herausstellte. »Wenn du rausfindest, was in Erik gefahren ist, sag Bescheid. Ich für meinen Teil verstehe rein gar nichts mehr.«

»Eriks Frau sagt, er hätte sich gut mit einem Geralf Jantzen verstanden. Falls ihr es noch nicht getan habt, könntet ihr den fragen, ob er von Erik gehört hat.«

»Jantzen? Ist mir gar nicht aufgefallen, dass die miteinander zu tun hatten«, sagte Lewerenz, »und ich hätte nicht drauf gewettet, dass die sich verstehen. Jantzen ist ein Genie auf seinem Gebiet, aber ziemlich eigenbrötlerisch.«

»Welches Gebiet?«

»Mikrofluidtechnik. Ist das wichtig?«

»Klingt nicht so«, gab Paul zu. »Würdest du ihn trotzdem fragen?«

»Was ist da los, Paul? Ich habe schon nach unserem letzten Telefonat vermutet, dass Erik in Schwierigkeiten steckt. Ich denke, ich sollte wissen, in welchen.«

Paul biss sich kurz auf die Lippe, und Kassandra wusste, dass es ihm Bauchschmerzen bereitete, Holger Lewerenz mit Halbwahrheiten abzuspeisen. »Ich gehe davon aus, dass es nichts mit der Uni zu tun hat, sondern was Privates ist. Lass mir etwas Zeit, möglicherweise regelt sich alles von allein – wenn wir ihn erst mal gefunden haben.«

»Du verlangst viel von mir«, sagte Lewerenz. »Selbst wenn

du dich nicht irrst, steht eventuell der Ruf meiner Fakultät auf dem Spiel – je nachdem, worin dieses private Problem besteht. Aber gut, ich frage Jantzen und melde mich wieder bei dir.«

»Danke.« Paul steckte das Telefon weg und wandte sich an Arvid. »Ich fürchte, wir müssen Thea noch weiter beunruhigen. Erik hat gestern Abend Kassandra bedroht, und zwar massiv. Wir ...«

»Was?« Arvids Kopf ruckte zu Kassandra herum, und auch Matthias sah erschrocken aus.

Kassandra erklärte, was passiert war. »Sicher glaubte er, du hättest mir erzählt, dass du mal Christian Röwer warst, auch wenn ich was anderes dachte. Falls Erik Greta wegen etwas entführt hat, das dir ungerechterweise widerfahren ist, befürchtet er vermutlich, dass sein eigenes Motiv – Gerechtigkeit, wie er es nennen würde – nicht mehr schwer zu erraten ist.« Sie hatte das rätselhafte Ereignis aus der Vergangenheit absichtlich so neutral formuliert, doch Arvids Gesichtsausdruck blieb ebenso neutral, er wirkte nicht, als hätte er vor, etwas aufzuklären. »Vielleicht handelt er irrational, weil er sich noch mehr unter Druck gesetzt fühlt, wir sollten möglichst schnell herausfinden, wo er ist. Was Paul sicher gerade vorschlagen wollte, war, dass wir Eriks und Theas Haus nach Hinweisen durchforsten.«

Arvid nickte langsam, während Matthias feststellte: »Was du sagst, setzt voraus, dass Erik weiß, dass ihr über die Entführung Bescheid wisst.«

»Davon gehe ich aus nach allem, wie er sich gestern mir gegenüber geäußert hat. Dass Paul und ich gelegentlich in solchen Angelegenheiten herumschnüffeln, hat er bestimmt aufgeschnappt. Du, Arvid, wusstest ja auch davon, und Erik ist bereits länger hier, er kennt uns sogar schon, seitdem er das erste Mal in Wustrow war. Je länger ich darüber nachdenke ...« Kassandra sah zu Paul hinüber, der ihrem Gedankengang gefolgt war und resigniert nickte.

»Du meinst, er hat ganz bewusst die Freundschaft mit euch intensiviert«, meldete sich Heinz zu Wort, »um mitzubekommen, ob und wenn ja, was ihr tut.«

»Ergäbe Sinn«, stimmte Paul ihm zu. »Womöglich hat er deshalb so überreagiert, als wir ihn auf Jan Möller ansprachen.«

»Wer ist Jan Möller?«, fragte Arvid.

Paul musterte Arvid eindringlich. Sie hatten spekuliert, ob Arvid bei Jan gewesen war wegen der Türen, aber das schloss Kassandra nun aus. Arvids Gesicht war ein einziges Fragezeichen.

»Lass uns auf dem Weg zu eurem Haus darüber reden, alles andere kostet unnötig Zeit.«

Arvid stand auf. »Ich würde lieber nicht gehen, Matthias, aber Thea wird weniger gegen eine Hausdurchsuchung einzuwenden haben, wenn ich dabei bin. Wir reden später, ja?«

Aus Matthias' Ausdruck ließ sich nichts ablesen, als er nickte.

Kassandra, Arvid und Paul wandten sich zum Gehen, Kassandra hörte schon in ihrem Rücken, wie Heinz fragte: »Soll ich bleiben?«

»Nein«, antwortete Matthias nach kurzem Zögern. »Ich wäre jetzt gern für mich, du verstehst das sicher.«

Kassandra hatte sich umgedreht, weil ihr noch etwas eingefallen war, das sie Heinz sagen wollte. Sie sah, wie er Matthias die Hand auf den Arm legte.

»Wenn du's dir anders überlegst, weißt du, wo du mich findest.«

»Das weiß ich, danke, Heinz«, sagte Matthias mit mattem Lächeln.

Gemeinsam mit Heinz verließ Kassandra das Haus, nur um ihn draußen davon abzuhalten, gleich zu Paul und Arvid aufzuschließen. »Ruf Kay an, erzähl ihm von Arvid und sag ihm, er soll den letzten Standort von Eriks Handy orten lassen. Falls er es zwischendrin eingeschaltet hatte, könnte uns das weiterhelfen.«

»Das hatte ich schon auf dem Plan.«

»Klar, entschuldige.«

»Wofür?«

»Dass ich dachte, dir das sagen zu müssen.«

Heinz betrachtete sie, kurz warf er einen Blick über ihre Schulter zu Arvid und Paul, die ein Stück weitergegangen waren, dann heftete er seine Augen wieder auf sie. »Es gibt nichts, wofür du dich entschuldigen müsstest. Nicht bei mir. Niemals.« Etwas in seinem Blick ließ Kassandra schlucken.

»Was du vorhin über mich gesagt hast«, fuhr Heinz fort, »gilt umgekehrt genauso.« Ganz kurz verzog er spöttisch die Mundwinkel. »Nur dass du noch vor Paul kommst.«

Ein Kloß bildete sich in Kassandras Hals, sie wusste nicht, was sie erwidern sollte, und Heinz merkte das. Er schaute noch einmal über ihre Schulter.

»Lass ihn nicht warten«, sagte er, ehe er wieder zu ihr zurücksah. »Ich rufe Kay Dietrich an und bitte ihn, sich bei dir zu melden, sobald er Erfolg hatte.«

Paul und Arvid waren stehen geblieben und sahen ihr entgegen, bis sie herangekommen war.

»Ich hätte deinen Onkel nicht beleidigen sollen«, sagte Arvid, »und wäre auch nie auf die Idee gekommen, wenn mich das, was er über Helga gesagt hat, nicht dermaßen empört hätte.«

»Schon gut. Das ist im Übrigen nicht auf Heinz' Mist gewachsen, sondern auf unserem, er hat es nur ausgesprochen. Wenn du also wütend sein willst, dann auf uns.«

Arvid ignorierte die Aufforderung. »Darf ich fragen, wie ihr darauf gekommen seid?«

»Nein. Tut mir leid.«

»Ihr seid anscheinend besser und weitläufiger organisiert, als ich dachte«, stellte Arvid fest. »Ich hatte mich schon gefragt, warum Matthias nicht die Polizei informiert hat, ich hätte das unter den gegebenen Umständen nämlich getan, egal, womit die Entführer gedroht hätten.«

»Sicher?«, fragte Paul. »Du hättest nicht erst sämtliche anderen Register gezogen, wenn Helgas Leben auf dem Spiel gestanden hätte?«

»Zugegeben«, sagte Arvid nachdenklich, »es wäre auf die Möglichkeiten angekommen. Allerdings war mir nicht klar, wie gut ihr und Matthias euch kennt und dass er konkret über eure Methoden Bescheid weiß. Meine Recherchen lassen doch zu wünschen übrig.«

»Matthias weiß nichts darüber«, stellte Kassandra richtig, »aber Heinz. Und Matthias vertraut Heinz.«

Arvid nickte. Offensichtlich wusste er, weshalb – ob er es nun selbst herausgefunden oder ob Magda Fehning es ihm erzählt hatte. »Darf ich wenigstens wissen, wie ihr mich enttarnt habt, oder ist das auch ein Geheimnis?«

»Das war eine Mischung aus Intuition und Recherche«, sagte Paul. »Ich kann dir nicht genau sagen, was es war, aber etwas an dir hat wiederum etwas in mir zum Schwingen gebracht, ich musste ständig ohne konkreten Grund an Seefahrt denken. Entsprechend habe ich mein Archiv durchforstet, obwohl ich kaum ernsthaft damit gerechnet habe, dort was über dich zu finden. Mein Gefühl sagte mir trotzdem das Gegenteil.« Er erzählte von den Fotos, seinen Schlussfolgerungen und dem Gemälde von der Bergung der »Stinne« und hatte damit eine einigermaßen plausible Erklärung geliefert, die alles ausließ, was tatsächlich zu seiner Suche in seinem Archiv geführt hatte – und die Arvid anscheinend überzeugte.

Langsam kam der Hafen in Sicht. Zwischen ihnen fiel kein weiteres Wort, jeder hing seinen eigenen Grübeleien nach. Kassandra überlegte, ob sie Arvid fragen sollte, wo er in den letzten Wochen gewesen war und warum er es für nötig befunden hatte, unerreichbar zu bleiben und sein Handy auszuschalten, doch sie sah davon ab. Es war eine Sache, etwas über seine Vergangenheit und die eines vermissten Mannes namens Arvid Sundberg zu recherchieren, aber eine ganz andere, sein – wenn auch kaum vorhandenes – Bewegungsprofil zu kennen. Am Ende, dachte sie, war an seinem Verhalten überhaupt nichts rätselhaft, sondern er hatte nur Ruhe und Zeit gebraucht, um sich darauf vorzubereiten, aufs Fischland zurückzukehren.

Schließlich wanderten Kassandras Gedanken zu Heinz. Sie hatte bei ihren Worten über ihn Pauls Blick bemerkt und herausgelesen, dass es für ihn nur eine Bestätigung dessen gewesen war, was er längst geahnt hatte – dass Heinz ihr mehr bedeutete als ihr Vater. Manchmal, wenn sie an Harald dachte, plagte sie deswegen ein schlechtes Gewissen, aber sie fühlte, was sie fühlte.

In die Stille um sie herum klingelte Pauls iPhone. Während er das Gespräch annahm, beobachtete Kassandra, wie Jonas' »Tante Mine« auslief. Das dunkle Wetter hatte die Urlauber nicht davon abhalten können, eine Fahrt auf dem Bodden zu wagen. Gerade schaute er in ihre Richtung und winkte, sie winkte zurück. Paul sprach mit Holger Lewerenz. Seinen Antworten konnte sie nicht allzu viel entnehmen, das Telefonat war nur kurz.

»Geralf Jantzen und Erik scheint eine Leidenschaft für besonders knifflige Kreuzworträtsel zu verbinden«, erklärte Paul anschließend. »Leider hat der Mann keine Ahnung, wo Erik sein könnte. Ihm ist Montag bloß aufgefallen, dass er sich sofort nach seiner Veranstaltung in sein Büro zurückgezogen hat, statt wie sonst bei ihm auf einen Schwatz vorbeizugucken, bevor Jantzen selbst in sein Seminar musste. Um die Mittagszeit hat Jantzen Erik in der Mensa mit diesem Bibliothekar gesehen, der übrigens Philipp Jacobsen heißt. Erik sah aus, als säße er auf heißen Kohlen, und wollte Jacobsen abwimmeln, aber der klebte an ihm wie eine Klette und kaute ihm ein Ohr ab. Wann Erik die Mensa verließ oder was er danach gemacht hat, weiß Jantzen nicht.«

Thea war überrascht, als sie alle drei vor ihrer Tür standen – und noch überraschter, als Arvid ihr sagte, weshalb. Er nickte Kassandra und Paul zu.

»Fangt an. Ich erkläre Thea alles.«

Damit schob er seine Schwiegertochter in die Küche, aus der bald Stimmen laut wurden. Auch wenn sie kein Wort verstanden, ließ Theas Tonfall keinen Zweifel daran, dass sie Arvid für verrückt erklärte und wütend war. Danach wurde es ruhiger. Kassandra und Paul hörten nur noch Arvid leise murmeln. Möglicherweise klärte er Thea über die Hintergründe auf.

Kassandra zwang sich, nicht mehr auf das zu achten, was in der Küche vor sich ging, sondern sich auf die Suche zu konzentrieren. Das unangenehme Gefühl, dass Thea wusste, was sie taten, und ihr Verhältnis zu ihr nie wieder so sein würde wie zuvor, konnte sie nicht zur Seite schieben. In Gedanken lachte sie auf. Als ob das eine Rolle spielte. Egal, ob sie einem Hirngespinst folgten oder nicht, wäre danach ohnehin ihr Verhältnis zu allen Sundbergs ein völlig anderes – und sicher kein gutes.

Entschlossen nahm sie sich den Wohnzimmerschrank und anschließend einen kleinen Beistelltisch neben der Sitzecke vor. Unter einigen Zeitschriften fiel ihr ein Stadtplan in die Hände. Gab es noch Leute, die sich ganz altmodisch damit durch die Gegend kämpften statt mit einem Navi? Da erst wurde Kassandra bewusst, was genau sie in den Händen hielt: eine Karte von Schwerin. Als sie sie etwas weiter aufklappte, segelte ein Stück Papier zu Boden. Kassandra hob es auf und schaute auf die obere Hälfte einer Restaurantquittung. Name, Adresse und Telefonnummer standen darauf und dass ein Käseteller und ein Rostocker verzehrt worden waren. Der Teil, auf dem die Summe und das Datum gestanden hätten, war abgefetzt, als wäre die Quittung versehentlich irgendwo zwischengeraten. Sie schüttelte den Stadtplan in der Hoffnung, der fehlende Abschnitt möge noch darin stecken. Vergeblich.

Kassandra ließ sich aufs Sofa fallen und suchte nach der Adresse im Netz, starrte auf den Google-Plan und wisperte: »Wieso wundert mich das noch?«

Sie nahm Quittung und Stadtplan und stieg die Treppe hinunter ins Souterrain, wo Paul in Eriks Arbeitszimmer ein Regal mit Fachliteratur für Schiffsbau durchforstete.

Er sah auf und erfasste das Wesentliche mit einem Blick. »Schwerin?«

»Nicht nur einfach Schwerin.« Sie reichte ihm die Quittung, da klingelte ihr Telefon. »Kay, hast du wegen Eriks Handy was erreichen können?«

»Die letzten Daten, die vorliegen, stammen von einem Funkmast in der Nähe von Dierhagen, heute …«

Die Verbindung war schlecht, Kassandra hatte den Rest des Satzes nicht verstanden.

»Wann?«, fragte sie nach.

»Heute Morgen um neun«, wiederholte Kay merkwürdig hohl, aber immerhin deutlich. »Danach nichts mehr, was leider wenig hilfreich ist.«

»Mist.«

»So kann man es auch ausdrücken. Kassandra, dein Onkel hat mir erzählt, was es mit Arvid Sundberg auf sich hat. Seid ihr sicher, dass er nicht mit seinem Sohn gemeinsame Sache macht?« Es lag eine Menge Skepsis in seiner Stimme. »Was immer die Gründe für das gewesen sind, was damals vorfiel – wenn Erik glaubt, er müsse für Gerechtigkeit sorgen, kann das auch Arvids Ansicht sein, nur dass der sie besser zu kaschieren weiß.«

»Niemand kann sicher sein«, stellte Kassandra fest. »Aber mein Gefühl sagt mir, Arvid ist sauber. Hat Heinz denn Zweifel geäußert?«

Sie hörte Kay ein leises Lachen ausstoßen. »Nein. Er mag Sundberg senior nicht sonderlich, hab ich das Gefühl, ist aber Profi genug, sich in seinem Urteil davon nicht beeinflussen zu lassen, und ich gebe viel auf seine Meinung. Was nichts daran ändert, dass ich deine ebenfalls hören wollte.«

»Ich habe Erik seit fünf Minuten noch mehr im Fokus als vorher.« Sie erzählte ihm von ihrem Fund. »Dieses Restaurant ist nicht allzu weit von der Klinik entfernt, was den Schluss nahelegt, dass Erik dort war – oder zumindest vorhatte, Jan zu besuchen. Deinem Mitarbeiter wäre es doch bestimmt aufgefallen, wenn Erik da aufgekreuzt wäre, er weiß ja wohl, wie er aussieht.«

»Natürlich. Ich gehe davon aus, dass er das bemerkt hätte, sofern Erik zwischen sieben Uhr morgens und einundzwanzig Uhr abends dort war. Mein Mitarbeiter kann nicht vierundzwanzig Stunden Schicht schieben, aber in den Stunden dazwischen lässt man ohnehin keine Besucher zu den Patienten.«

Auf Eriks Schreibtisch stand ein kleiner silberner Wecker

in altmodischem Design, mit einem Klöppel zwischen zwei Glocken. Es war fast halb drei. »Was ist mit heute? Seit spätestens gestern benimmt Erik sich auffällig, seit abends geradezu panisch. Könnte er alle Vorsicht vergessen haben und ins Krankenhaus zu Jan gefahren sein?«

Kay schwieg einen Moment. »Ich überprüfe das.«

20

Bei Kassandras Frage hatte Dietrich ein ungutes Gefühl beschlichen. Es war schon vorher da gewesen, hatte ihn den ganzen Vormittag nicht losgelassen, aber ihre Vermutung verstärkte es.

»Kay, wo bleibst du?«

Patrick steckte den Kopf zum Waschraum herein, in den Dietrich sich zum Telefonieren zurückgezogen hatte. Wenigstens hielt er sein Smartphone nicht mehr in der Hand. Geistesgegenwärtig drehte er den Wasserhahn auf und wusch sich die Hände.

»Bin gleich da.«

Mit einem Nicken verschwand Patrick wieder. Während Dietrich sich notdürftig mit viel zu dünnem Papier die Hände abtrocknete und die an den Fingern haftenden nassen Fetzen abschüttelte, fragte er sich, wie er ein zweites Mal unauffällig telefonieren konnte, diesmal mit Bengt. Er musste dringend mit Patrick zur Vernehmung.

Patrick wartete bereits ungeduldig auf dem Gang. »Was ist los mit dir? Was Schlechtes gegessen? Du rennst dauernd raus. Hoffentlich hältst du wenigstens lange genug aus, um diesen Csíkszent… was für ein Name, ich kann mir den nicht merken.« Patricks Ungeduld wuchs.

»Csíkszentmihályi«, half Dietrich aus.

»Richtig. Also, um den zum Reden zu bringen. Eigentlich sollten wir … Was ist?«

Dietrich hielt sich die Rechte auf den Unterleib, verzog sein Gesicht zu einer schmerzhaften Maske und sagte schon im Umdrehen: »Geh vor, ich komm nach, so schnell ich kann. Tut mir leid!«

Hastig riss er die Tür zum Waschraum wieder auf. Ein kleines Grinsen konnte er sich nicht verkneifen, während er sich in eine Kabine zurückzog und Bengts Nummer antippte.

»Sonst noch Ratschläge?«, meldete Bengt sich verhalten. Er

war nicht erbaut gewesen, dass Dietrich ihn gebeten hatte, sich etwas zurückzuhalten, damit er Möllers Freundin nicht wieder auffiel.

»Wie stellst du dir das vor?«, hatte Bengt gefragt. »Ich muss mich hier irgendwo rumtreiben, und eine Tarnkappe wurde noch nicht erfunden. Sag mir nicht, wie ich arbeiten soll, ich war schon Polizist, da hast du noch beim Klassenfeind die Schulbank gedrückt.«

Dietrich hatte sich selbst nicht gut dabei gefühlt, Bengt zurückzupfeifen. Jetzt wünschte er noch ohne konkreten Anlass, er hätte alles beim Alten belassen.

»Sag mir, dass du dich nicht nach dem gerichtet hast, worum ich dich gebeten habe.«

Bengt merkte sofort, dass etwas nicht stimmte, er zögerte mit der Antwort. »Doch. Du hattest nicht ganz unrecht. Ich sitze mal wieder zur Abwechslung im Wagen vor dem Klinikausgang, da falle ich weniger ins Auge.«

Dietrich atmete auf. »Das heißt, du hättest Erik Sundberg gesehen, wenn er die Klinik betreten hätte.«

Wieder zögerte Bengt. »Wahrscheinlich.«

»Wahrscheinlich?«

»Ein Wäschetransporter hat mir kurzzeitig die Sicht versperrt. Ich habe drei Minuten zu spät geschaltet, dass der nicht gleich wieder fährt, und bin erst dann ausgestiegen, um von einem anderen Standpunkt aus freien Blick zu haben.«

Drei Minuten waren nicht viel, konnten aber für Sundberg ausgereicht haben. »Geh auf die Station und hör dich um. Sundberg ist verschwunden, wir müssen wissen, ob er bei Möller war oder noch ist.«

»Scheiße«, sagte Bengt. »Ich bin unterwegs.«

Bengt benutzte selten Kraftausdrücke. Dass er es diesmal tat, sagte Dietrich, dass sie beide dieselben Befürchtungen hegten.

Dietrich verließ die Kabine, um endlich Patrick in den Vernehmungsraum zu folgen. Patrick hatte bereits begonnen, kam allerdings nicht recht weiter. Balázs Csíkszentmihályi schaltete auf stur und ließ sich durch wenig beeindrucken, nicht mal durch seinen Anwalt, der ihm das eine oder andere Mal riet, wenigstens ein bisschen kooperativer zu sein. Es bestanden kaum Zweifel, dass der Mann die Messerstecherei unter den Banden initiiert hatte, nur war die Beweislage nicht dicht genug. Das würde eine langwierige Angelegenheit werden, und Dietrich beschloss, seine Samthandschuhe ein Stück weit auszuziehen.

Eine halbe Stunde später zeichnete sich ein erster Erfolg ab, Patrick war auf Dietrichs Strategie eingestiegen, Csíkszentmihályi begann, ein bisschen mehr als »Kein Kommentar« zu sagen. Da vibrierte Dietrichs Handy in der Tasche seines Jacketts. Bislang hatte er seinen regulären Job niemals wegen seiner Nebentätigkeit vernachlässigt, er hatte manchmal die doppelte Zeit gearbeitet und war manche Nacht mit zwei oder drei Stunden oder sogar ganz ohne Schlaf ausgekommen, wenn es wo brannte, egal auf welcher Seite seines Dienstes. Jetzt stand ein Leben auf dem Spiel. Dietrich beugte sich zu Patrick rüber und entschuldigte sich. Als er die Tür hinter sich schloss, hörte er noch, dass Patrick »Fürs Protokoll: Kriminalhauptkommissar Kay Dietrich verlässt um fünfzehn Uhr zwölf den Vernehmungsraum« feststellte.

»Bengt – gute oder schlechte Nachrichten?«, fragte Dietrich in seiner Kabine.

»Schlechte. Möller hat die Klinik verlassen.«

»Wie bitte?« Dietrich hätte mit vielem gerechnet, damit nicht. »Er hatte einen Schlaganfall, und nach allem, was der Arzt sagte, habe ich Schwierigkeiten, mir vorzustellen, dass Möller schon entlassen wurde.«

»Möller hat sich selbst entlassen«, erklärte Bengt. »Du erinnerst dich an Schwester Ruth, mit der ich gut kann? Sie hält mich jetzt für einen Privatdetektiv. Ich hätte lieber darauf verzichtet, so was in der Art preiszugeben, aber ich musste diesmal ein bisschen mehr als meinen Charme spielen lassen.«

»Schon klar. Was kam dabei raus?«

»Vor etwa vier Stunden kreuzte ein Typ auf, der Möller besuchen wollte. Die Beschreibung passt in etwa auf Sundberg. Ich hab ihr ein Foto präsentiert, sie ist sich ziemlich sicher, dass er das war, aber nicht hundertprozentig, weil er Mütze und Sonnenbrille trug. Kam ihr komisch vor, weil die Sonne nicht gerade üppig scheint.«

»Hatte er einen Akzent?«, erkundigte sich Dietrich.

»Kann sie nicht sagen, er war sehr wortkarg, hat bloß Möllers Namen genannt. Fünf Minuten später wurde es im Krankenzimmer laut, die beiden stritten, aber einzelne Worte konnte Schwester Ruth nicht verstehen, auch keinen Akzent wahrnehmen. Als sie nachsehen ging, stellte sie fest, dass Möller seine Sachen packte, der andere half ihm. Möller sagte, dass er auf eigenes Risiko entlassen werden wolle, und fügte auf Schwester Ruths Protest hinzu, dass man ihn schlecht zwingen könne, im Krankenhaus zu bleiben. Die Schwester holte den behandelnden Arzt, der ebenfalls protestierte, aber auch davon ließ Möller sich nicht beeindrucken, obwohl sich Schwester und Arzt des dezidierten Eindrucks nicht erwehren konnten, dass er lieber geblieben wäre. Schwester Ruth meinte, er hätte Angst gehabt, war sich aber nicht sicher, wovor – ob vor Sundberg oder davor, das Krankenhaus trotz seines Zustands verlassen zu müssen.«

Dietrich unterdrückte einen Fluch. »Du hast sie nicht rauskommen sehen? War das ausgerechnet in den drei Minuten, in denen dir der Wäschetransporter im Fenster stand?«

»Das passt zeitlich eher mit Sundbergs Auftauchen zusammen. Was ihren Abgang betrifft: Du weißt ja, dass die Klinikgebäude untereinander verbunden sind. Schwester Ruth sagte, Sundberg hätte Möller in den Hauptgang und weiter Richtung Nephrologie und Dialyse geschoben. Wer weiß, wo die beiden das Gebäude verlassen haben. Sundberg hat sein Telefon ausgeschaltet. Kann sein, dass er bloß ungestört bleiben will, kann aber auch sein, er befürchtet, beobachtet zu werden – und dass das auch für Möller gilt.«

»Verdammt.« Diesmal konnte Dietrich einen Fluch nicht unterdrücken.

»Du sagst es. Ich schätze, ich kann meinen Posten hier aufgeben.«

»Ja. Ich melde mich, sobald ich was Neues für dich habe.«

Dietrich starrte auf sein Smartphone, dann rief er Rieka an und fragte ohne große Hoffnung: »Wo steckt Möllers Telefon?«

»Sekunde.«

Dietrich hörte sie auf ihre Tastatur einhacken und überrascht sagen: »Ist der Mann entlassen worden, oder hat seine Freundin ihm sein Handy weggenommen? Es liegt in Wustrow, seit einer ganzen Weile schon.«

So viel Glück konnte Dietrich kaum fassen. »Danke, Rieka, du bist ein Engel. Ich erklär's dir später.«

Rieka lachte. »Nein, bitte nicht erklären. Ich nehme das einfach mal so hin.«

»Was? Oh. Ja, solltest du auch. Ich sage dir viel zu selten, was für eine großartige Arbeit du leistest.«

Sie schwieg kurz. »Danke.«

Ohne einen Abschiedsgruß abzuwarten, beendete sie das Gespräch.

Das mit dem Engel war wohl nicht das Klügste, das er je zu ihr gesagt hatte. Er schob den Gedanken beiseite. Die nächste Nummer, die er antippte, war Kassandras.

21

»Wir müssen zu Jan«, sagte Kassandra und berichtete Paul kurz von den neuesten Entwicklungen.

Thea würdigte sie keines Blickes und keines Wortes mehr. Selbst Arvids Erklärungen, wie immer die im Einzelnen ausgesehen haben mochten, änderten nichts an ihrer Feindseligkeit ihnen gegenüber. Kassandra konnte es ihr nicht verdenken, es tat ihr auch leid, aber es gab jetzt Dringenderes als Theas Gemütslage. Arvid blieb bei seiner Schwiegertochter zurück, als sie das Haus verließen.

Schwere Wolken hingen über ihnen. Zwischenzeitlich hatte es geregnet, und es sah aus, als käme im Laufe des Tages noch mehr vom Himmel. Kassandra senkte den Blick zurück auf die Straße und dachte wieder an Arvid. Die Falten hatten sich tiefer in sein Gesicht gegraben als noch letzten Freitag. Weder die Stunden bei Matthias noch sein eigener Verdacht, den er wegen Erik hegte, waren spurlos an ihm vorübergegangen.

»Kanntest du ihn damals?«, fragte sie.

Paul wusste sofort, wen sie meinte. »Ich wusste, wer er war, viel mehr nicht. Mein Vater kannte ihn gut, er gehörte zu der Zeit auch zur Rettungsmannschaft und war mit draußen, als die ›Nordlys‹ in Seenot geriet. Ich erinnere mich, dass er erschüttert war, weil gerade zu Christian Röwer so ein unglücklicher Unfall nicht passte. Er war einer der Besten und hätte bald Vormann werden sollen. Natürlich, was da draußen auf See geschieht, ist unberechenbar, alles ist möglich. Dennoch ...«

»Das heißt, dein Vater gehörte zu denen, die einen Selbstmord für wahrscheinlich hielten.«

»Ja. Eindeutig.«

»Was ich nicht verstehe, ist, was Erik daran so wütend gemacht hat. Wenn Arvid – Christian – entschieden hat, dass sein Leben ohne seine Frau keinen Sinn mehr hat, kann man doch niemanden dafür verantwortlich machen und ganz sicher nicht die Familie Röwer.« Sie stockte. »Es sei denn, jemand hätte Juliane getötet«, sagte sie langsam. »Hältst du das für möglich?«

Einen Augenblick lang dachte Paul nach. »Es gab um die Röwers immer mal wieder Gerüchte, auch, dass Carl groß darin gewesen sein soll, Dinge unter den Teppich zu kehren. Aber niemand hat meines Wissens je daran gezweifelt, dass Juliane an einer Lungenentzündung starb. Wenn jemand sie getötet hätte, wäre es selbst für Carl Röwer schwierig gewesen, das unter den Teppich zu kehren. Obwohl man natürlich nie wissen kann.«

»Nein, kann man nicht, aber falls Arvid den geringsten Grund gehabt hätte zu glauben, ihr Tod hätte unnatürliche Ursachen gehabt – wie ich ihn einschätze, hätte er Himmel und Hölle in Bewegung gesetzt, um das zu beweisen, statt sich aus dem Leben zu verabschieden. Wieso also dieses Gerede von Gerechtigkeit? Was, wenn du mich fragst, sowieso eher Rache heißen müsste, wie das klang.«

Paul nickte und hob dann unschlüssig die Schultern. »Nach allem, was wir wissen, bedeutet Familie Erik viel. Vielleicht liegt im Röwer'schen Familienkonstrukt etwas begraben, das für Erik inakzeptabel ist oder von dem er meint, sein Vater habe darunter gelitten. Etwas anderes als Julianes Tod.« Er kickte ein Steinchen aus dem Weg, das am Straßenrand landete. »Letztlich spielt es keine Rolle. Ausschlaggebend ist, dass Erik bedauerlicherweise so tickt, wie er tickt, und etwas entfesselt hat, über das er offenbar die Kontrolle verloren hat.«

Jans Haus lag ruhig da, auch aus der Tischlerei drang kein Geräusch. Kassandra kam sich etwas lächerlich vor, dass sie mit dem Gegenteil gerechnet hatte. Auch wenn Jan sich selbst entlassen hatte, war er vermutlich noch lange nicht in der Lage zu arbeiten. Außerdem hatte er bestimmt ganz andere Sorgen und keine Zeit, über Arbeit nachzudenken.

Auf ihr Klingeln öffnete eine aufgelöste Steffi, es war nicht zu übersehen, dass sie geweint hatte, ihre Augen waren gerötet und geschwollen. Als sie Paul und Kassandra sah, brach sie wieder in Tränen aus. Kassandra hielt sich nicht damit auf zu fragen, ob sie reinkommen durften, sie nahm Steffi in den Arm und führte sie ins Wohnzimmer. Paul verschwand Richtung Küche und kehrte mit einem Glas Wasser zurück, das Steffi zwar nahm, aber schließlich ohne einen Schluck zu trinken mit zittriger Hand auf dem Tisch abstellte.

»Wo ist Jan?«, fragte Paul direkt, aber sehr ruhig.

»Weiß ich nicht. Er wurde …« Sie unterbrach sich. »Woher wisst ihr, dass er nicht mehr im Krankenhaus ist?«

Paul wechselte einen Blick mit Kassandra, sie sah, dass er sich sammelte, bevor er sagte: »Steffi, es tut mir leid, es kann sein, dass Jan in etwas weitaus Schlimmeres verstrickt ist als in einen fingierten Einbruch. Es ist wichtig, dass du uns vertraust und sagst, was du weißt.«

Er hatte eindringlich gesprochen, was seine Wirkung bei Steffi nicht verfehlte. Sie stammte nicht vom Fischland, aber sie wusste, dass Paul Freeses Wort hier Gewicht hatte und er nichts nur so dahinsagte. Als sie einander kennenlernten, musste Jan ihr das eine oder andere erzählt haben. Paul war sich bewusst, wie überaus beliebt er war, betrachtete das aber nicht als sein Verdienst – er war, wie er war, und er tat, was er für richtig hielt. Das hatte ihm in seinem Leben nicht immer nur Lorbeeren eingebracht, aber doch die Achtung von vielen, die ständige Wiederwahl in die Gemeindevertretung und einige Freundschaften, die über Jahrzehnte schon Bestand hatten. Steffi war Paul damals mit einem beinah übergroßen Respekt begegnet, der ihn etwas peinlich berührt hatte. Jetzt profitierte er davon. Sie nickte und begann, stockend zu erzählen.

»Als ich vorhin einen Schlüssel im Schloss gehört habe, dachte ich, dass nun wirklich eingebrochen wird.« Sie verzog den Mund zu einem verkrampften Lächeln. »Stattdessen stand Jan vor mir, bleich wie die Wand, er musste sich am Treppengeländer festhalten. Ich war so geschockt, ich wusste gar nicht, was ich sagen sollte.«

»Wann war das?«, fragte Paul. »War er allein?«

»Vor gut anderthalb Stunden. Und nein, er war nicht allein, das war noch erschreckender als sein Zustand. Dieser andere

Typ trug Jans Tasche, das war das einzige Freundliche, das von ihm ausging. Jan hatte Angst vor ihm, und ich glaube, auch Angst um mich. Dass der mir was antut, wenn Jan nicht macht, was der sagt.« Sie schluckte und griff nun doch nach dem Glas Wasser.

Paul zückte sein Telefon und zeigte Steffi ein Foto von Erik.

»War das der Mann?«

Steffi nahm das Gerät mit zitternden Händen. »Weiß nicht. Könnte sein. Er trug eine Mütze und eine Sonnenbrille.« Schließlich gab sie Paul das iPhone zurück. »Wer ist das auf dem Bild?«

Paul überging die Frage. »Hatte er einen Akzent?«

»Akzent?« Steffis Augen wurden groß. »Glaubt ihr, das war jemand aus Osteuropa oder vom Balkan oder ... keine Ahnung ... mit dessen Hilfe Jan den Einbruch inszeniert hat? Er hat mit mir ja nie darüber geredet. Obwohl – ihr meintet ja, es geht um mehr als den Einbruch.«

»*Hatte* er einen Akzent?«, hakte Paul nach, wieder ohne auf ihre Fragen einzugehen.

»Weiß ich nicht, der hat kein Wort gesagt. War auch nicht nötig. Wie der dastand und guckte, reichte schon.«

»Du sagtest, er hätte eine Sonnenbrille aufgehabt«, schaltete sich Kassandra ein.

»Ja, aber ich hatte das Gefühl, seine Augen brannten sich durch die dunklen Gläser. Ich weiß, dass das lächerlich klingt, aber glaubt mir, der Typ hat eine Gänsehaut bei mir ausgelöst. Er blieb bei mir, während Jan nach oben ging und mit einem Rucksack wieder runterkam. Keine Ahnung, was drin war. Ob überhaupt schon was drin war oder ob er erst was aus der Tischlerei geholt hat, wo er anschließend hin ist. Der Fremde blieb auch diesmal bei mir, bis Jan zurückkam. Er nickte mir zu, schob Jan vor sich aus der Tür – und seitdem sind sie verschwunden. Ich hab versucht, Jan anzurufen, aber sein blödes Handy«, Steffie schluchzte auf, »liegt oben im Schlafzimmer.«

»Hast du gesehen, wie sie weggefahren sind?«, fragte Paul. »In Jans Wagen?«

»Nein.«

»Nein, was? Du hast es nicht gesehen, oder es war nicht Jans Wagen?«

Kassandra bewunderte Pauls Geduld. Er klang kein bisschen anders als zur Beginn ihres Gesprächs. Unwillkürlich dachte sie daran, dass Arvid gesagt hatte, Erik sei immer besonnen und ruhig gewesen und damit für gewöhnlich gut ans Ziel gekommen.

»Es war nicht Jans Auto«, sagte Steffi. »Es war was Dunkelrotes.«

»Kannst du das etwas genauer beschreiben?«

Steffis Blick war verzweifelt. »Was Kleines, Unauffälliges. Auf das Kennzeichen habe ich nicht geachtet, ich hab bloß Jan gesehen, den der andere auf den Beifahrersitz gestoßen hat.«

Erik fuhr einen schwarzen Touran, aber wenn er schon so viel Wert darauf legte, sein Telefon auszuschalten, hatte er sicher auch an einen anderen Wagen gedacht. Kays Truppe konnte die Autovermietungen in Schwerin überprüfen, es schien am wahrscheinlichsten, dass Erik dort das Auto gewechselt hatte.

»In was ist er da bloß reingeraten?«, fragte Steffi verzagt.

Paul antwortete nicht, legte nur seine Hand kurz auf ihre. Kassandra hätte gern gesagt, Steffi solle sich keine Sorgen machen, aber es hatte keinen Sinn, ihr etwas vorzugaukeln.

Das hatte Steffi anscheinend auch nicht erwartet. Traurig fuhr sie sich über die Augen. »Wenn ihr was hört, sagt mir Bescheid, ja? Egal, wie schlimm es ist. Bitte. Es ist viel schrecklicher, nichts zu wissen. Glaub ich.«

»Das machen wir«, versprach Kassandra. »Kommst du klar, oder sollen wir jemanden schicken, der bei dir bleibt?«

»Ich kenne hier niemanden gut genug«, sagte Steffi. »Wer würde schon mit einer Fremden Trübsal blasen?«

»Ich hab eine gute Freundin, die das sicher täte, wenn du möchtest.«

Ein komischer Ausdruck machte sich auf Steffis Gesicht breit. »Violetta Grabe? Das ist nett gemeint, aber ich glaube, da bleibe ich lieber für mich.«

Etwas Ähnliches hatte sich Kassandra gedacht. Violetta war allgemein für ihre Lebhaftigkeit und ihr atemloses Reden bekannt – unter Umständen eine gute Ablenkung für Steffi, aber Kassandra verstand, dass Violetta anstrengend werden konnte.

»Wenn du es dir anders überlegst, melde dich. Und auch, wenn Jan wieder auftaucht.«

»Mach ich. Danke.«

Steffi blieb sitzen und starrte vor sich hin, als Kassandra und Paul auf die Straße traten.

»Erik und Jan könnten sonst wo hingefahren sein«, sagte Kassandra. »Solange wir nichts Konkreteres über die Richtung oder wenigstens den Wagen wissen, helfen nicht mal Überwachungskameras, falls Kays Truppe die anzapfen kann.« Sie holte ihr Handy hervor, um Kay wegen der Schweriner Autovermietungen anzufunken. Diesmal nahm er nicht selber ab, sie sprach ihm auf die Mailbox und vertraute darauf, dass er die so schnell wie möglich abhörte. »Und jetzt?«, fragte sie Paul. »Gibt es etwas, das wir tun können?«

»Ich rede noch mal mit Holger. Möglicherweise hat Erik ihm was erzählt, das Rückschlüsse darauf zulässt, wo er überall gewesen ist, hier in der Gegend oder etwas weiter weg. Irgendwo, wo er Greta untergebracht haben kann. Wenn Holger nichts einfällt, ist er vielleicht bereit, mir die Kontaktdaten von Geralf Jantzen zu geben, damit ich es da auch versuchen kann. Ich weiß, das ist nur ein Strohhalm, aber besser als nichts.«

Kassandra nickte, um gleich anschließend den Kopf zu schütteln.

»Hast du eine bessere Idee?«, fragte Paul.

»Nein. Ich dachte nur gerade, was, wenn wir völlig auf dem Holzweg sind und Eriks Geheimnis gar nichts mit Greta zu tun hat? Wir machen ihn überall unmöglich mit unserer Fragerei.«

»Für wie wahrscheinlich hältst du diese Option, und ist Gretas Leben das Risiko nicht wert?«

»Für wenig wahrscheinlich«, gab Kassandra zu. »Und doch, ist es.«

Paul brummte etwas, das »Na also« hätte heißen können, und rief zum zweiten Mal an diesem Tag bei Holger Lewerenz an. Leider vergeblich. Er saß in einer Berufungskommissionssitzung, die bis abends um sieben angesetzt war und aus der die Fakultätssekretärin ihn nicht herausholen wollte, es sei denn, die »Madrid Mærsk« führe draußen auf der Straße vorbei. Mindestens. Wie es der Zufall wollte, saß leider auch Geralf Jantzen in der Kommission, für den dieselben Bedingungen galten.

»Muss ja ein tolles Schiff sein«, meinte Kassandra frustriert.

»Das weltweit größte Containerschiff, gemessen an der Tragfähigkeit«, murmelte Paul abwesend. »Philipp Jacobsen«, sagte er schließlich.

»Wer?«

»Der Bibliothekar, der dauernd um Erik herumscharwenzelt ist. Der Mann scheint zwar mehr Interesse am Reden als am Zuhören zu haben, und so wie Erik sich laut Holger und Jantzen benommen hat, glaube ich nicht, dass er Jacobsen was von Belang über sich erzählt hat. Ist aber nach den beiden die letzte Option, die mir einfällt.«

Wie zur Bekräftigung fiel ein dicker Regentropfen auf Kassandras Gesicht. Sie wischte ihn fort und schaute in den noch dunkler gewordenen Himmel. Das sah zwar nicht nach Unwetter aus, würde aber ungemütlich werden. Bis sie bei Pauls Haus angelangt waren, hatte der Regen sie vollends eingeholt. Kassandra holte für sie beide Handtücher, Paul rubbelte sich nur kurz über die Haare, dann griff er schon wieder nach seinem Telefon, um sich mit der Uni-Bereichsbibliothek Südstadt verbinden zu lassen, die unter anderem von den Ingenieurwissenschaftlern frequentiert wurde, und fragte nach Philipp Jacobsen.

Das Handtuch noch in den Händen stand Kassandra daneben und erwartete halb, dass auch Jacobsen in einer Sitzung wäre, aus der man ihn nur herausholen würde, wenn sich herausstellte, dass Käthe Miethe die Reinkarnation von Fritz Reuter war – ungeachtet der Tatsache, dass solche Literatur kaum in Jacobsens Ressort fiel.

Sie erschrak, als die Warteschleifenmusik unterbrochen wurde und jemand sich aus dem Handy meldete.

»Jacobsen.«

Paul war weniger schreckhaft, er antwortete sofort. »Tag, Herr Jacobsen, mein Name ist Paul Freese. Das wird Ihnen nichts sagen – ich bin ein Freund von Erik Sundberg. Vielleicht haben Sie schon gehört, dass Erik vermisst wird?«

»Vermisst?«, wiederholte Jacobsen erschrocken, aber auch ein bisschen ungläubig. »Was meinen Sie damit? Ich habe ihn vorgestern noch gesehen.«

Etwas an seiner Stimme kam Kassandra merkwürdig vor.

»Er ist erst seit heute Morgen verschwunden«, erklärte Paul. »Mir ist klar, dass man da noch nicht direkt von vermisst sprechen kann, aber er kam nicht zur gewohnten Zeit in der Fakultät an, und sein Seminar hat er auch versäumt. Das ist untypisch für Erik, seine Familie macht sich große Sorgen. Ich habe mit Holger Lewerenz telefoniert, der mir erzählte, Sie hätten öfter mit Erik zusammengesessen, deshalb habe ich die Hoffnung, dass er Ihnen etwas gesagt hat.«

Auf diese lange Rede hin holte Jacobsen tief Luft. Es folgte ein so lautes Geräusch, dass Kassandra zusammenfuhr, selbst Paul zuckte unwillkürlich zurück.

»Verzeihung«, sagte Jacobsen. »Ich bin leider total erkältet.«

Kassandra verzog das Gesicht. Natürlich, das war es gewesen, was sie an Jacobsens Stimme irritiert hatte. Er klang verschnupft und heiser.

»Gesundheit«, sagte Paul, während Jacobsen sich vernehmlich die Nase putzte.

»Danke. Ich fürchte, Erik hat mir gegenüber nichts Ungewöhnliches erwähnt.«

»Das dachte ich mir fast«, entgegnete Paul. »Ich hoffe auch eher auf etwas, das er nebenbei fallen ließ. Hat er mal gesagt, dass er Probleme hat? An der Uni? Mit den Studierenden? Kollegen? Oder zu Hause? Hat er einen speziellen Rückzugsort, von dem seine Familie eventuell nichts weiß?«

Wieder antwortete Jacobsen nicht gleich, und Kassandra wappnete sich schon gegen einen zweiten Nieser.

»Ich glaube nicht, dass ich Ihnen helfen kann«, sagte er stattdessen. »Wir kennen uns nicht wirklich näher. Fragen Sie doch am besten Herrn Jantzen, Erik kommt gut mit ihm klar, soweit ich weiß.«

»Herr Jantzen ist leider bis heute Abend in einer Kommissionssitzung. Alles, was Ihnen einfällt, könnte nützen.«

»Wenn ich …« Jacobsen unterbrach sich. »Da wäre …«

»Ja?«, hakte Paul nach.

Kassandra sah ihm an, dass er all seine Geduld aufbrachte und sich das um keinen Preis anmerken lassen wollte.

»Tut mir leid. Ich kenne Sie nicht«, sagte Jacobsen. »Sie sagen, Sie sind ein Freund von Erik, ich kann mich aber nicht erinnern, dass er Sie je erwähnt hat.«

Kein Wunder, dachte Kassandra, die allmählich auch ungeduldig wurde, anscheinend hast *du* ja immer nur gequasselt. Abgesehen davon war Vorsicht natürlich normalerweise eine gute Sache, nur zurzeit leider kontraproduktiv.

Paul wollte gerade etwas erwidern, da sprach Jacobsen weiter.

»Warten Sie bitte kurz.«

Im Hintergrund waren Tippgeräusche zu hören. Verständnislos wechselten Kassandra und Paul einen Blick. Weiteres Tippen, bis Jacobsen sich wieder meldete.

»Herr Freese, würden Sie mir Ihre Adresse und Ihre Parteizugehörigkeit verraten?«

»Habe ich Sie gerade richtig verstanden?«, fragte Paul ungehalten.

»Die Google-Suche nach Ihnen spuckt die Seite Ihrer Gemeindevertretung aus«, sagte Jacobsen unbeeindruckt. »Da steht …« Er stockte und nieste so heftig wie vorhin.

Offensichtlich wusste Paul aber nun, was Jacobsen meinte. »Da steht meine Adresse«, beendete er den Satz. »Zur Glippe. Ich war nie in einer Partei und werde auch nie in eine eintreten. Können wir jetzt bitte zu Erik kommen?«

»Sie verstehen bestimmt, dass ich ganz sichergehen möchte, dass Sie sind, wer Sie behaupten zu sein. Rein theoretisch könnten Sie diese Angaben genauso aus dem Netz haben wie ich. Auch wenn Erik und ich nur locker miteinander bekannt sind, will ich über ihn am Telefon keine Auskunft geben.«

Mit jedem Wort verstand Kassandra besser, weshalb Erik vor dem umständlichen Philipp Jacobsen Reißaus genommen hatte.

»Können Sie nach Rostock kommen?«, fragte Jacobsen inzwischen. »Sie finden mich im dritten Obergeschoss, ab sechs an der Ausleihe im Erdgeschoss.«

»Ich bin unterwegs.« Paul drückte das Gespräch mit weit mehr Schwung weg, als nötig gewesen wäre. »Müssen wir ausgerechnet an so einen Pedanten geraten?«, schimpfte er. »Fahren wir.«

»Meinst du, das bringt was?«, fragte Kassandra zweifelnd. »Was, wenn wir mit diesem Wichtigtuer nur Zeit verschwenden?«

»Was, wenn wir nicht fahren und der Mann hätte uns exakt den Hinweis geben können, den wir brauchen?«

Sobald Paul auf der Bäderstraße war, beschleunigte er. Mehr als erlaubt. Kassandra fühlte sich an die Fahrt nach Schwerin erinnert.

»Dieses Auto verführt dich zum Schnellfahren.«

»Nicht das Auto, die Umstände«, stellte Paul klar.

Während der Fahrt blieben sie meist still. Kassandra rief Heinz an, um Bescheid zu sagen, wohin sie unterwegs waren, und ihn zu bitten, das an Matthias weiterzugeben. Danach betrachtete sie die vorbeigleitende Landschaft und die dunklen Wolken, die gar nicht daran dachten, sich zu verziehen. Immerhin blieb es trocken. In Rostock überquerten sie zuerst die Warnow und fuhren dann ein Stück am Ufer der Unterwarnow entlang, links von ihnen die Altstadt. Über dem Fluss wirkten die Wolken noch dräuender.

Ein paar Minuten später machte Paul eine Kopfbewegung

nach links. »Die Fakultät für Maschinenbau und Schiffstechnik.«

Kassandra konnte hinter dem dichten Gebüsch nicht viel erkennen, erst als sie in einen Kreisverkehr fuhren und Paul in die Albert-Einstein-Straße einbog, erstreckte sich vor ihnen ein dreistöckiges, relativ schlichtes Gebäude, hellgelb und hellgrün gestrichen.

»Der Haupteingang, den du eben nicht sehen konntest, macht ein klein wenig mehr her, geschwungen, riesige Fenster«, erklärte Paul. »Man ahnt von der Straße aus nicht, was sich alles in diesem Komplex verbirgt, die haben unter anderem ein Maschinenlabor, einen Windkanal und eine Strömungshalle.«

Etwas in seiner Stimme ließ Kassandra aufhorchen. »Du findest das großartig, aber …?«

Paul lächelte schief. »Aber ich muss immer dran denken, dass unsere gute alte Seefahrtschule auch mal eine großartige Einrichtung war mit fast allem, was das Herz begehrte, sogar mit einem Planetarium. Wann hast du die ersten PC-Farbmonitore gesehen?«

Wohl oder übel musste Kassandra passen. »Keine Ahnung mehr. Irgendwann in den Neunzigern.«

»In der Seefahrtschule hatten wir die bereits 1986 – zu einer Zeit, in der eine Menge Hochschulinstitutionen im Westen noch auf diese grünen Dinger starren mussten – wenn sie überhaupt schon mit Computern ausgestattet waren.«

Es bewegte Kassandra, dass Paul »wir« sagte. Für ihn waren die Seefahrtschule und Wustrow eins – nicht nur, weil sein Vater dort gelehrt, sondern weil sie zum Leben dazugehört hatte. Sie berührte seinen Arm, er schaute kurz zu ihr rüber, in seinem Blick eine gewisse Selbstironie. Normalerweise war er niemand, der im Gestern verharrte, aber die Seefahrtschule blieb ein sensibles Thema für ihn.

Während ihres Gesprächs waren Kassandras Blicke immer wieder aus dem Fenster geschweift. Die Einstein-Straße nahm kein Ende. Der größte Teil des Campus befand sich auf der rechten Seite, ultramoderne Gebäude wechselten sich mit welchen aus den sechziger oder siebziger Jahren ab, links dagegen erstreckten sich reihenweise Kleingärten. Ganz am Ende schließlich lag das vierstöckige Gebäude, in dem sich die Universitätsbibliothek befand. Der Innenwinkel mit dem Eingangsbereich war komplett verglast, eine beeindruckende Anzahl an Arbeitsplätzen war zu erkennen.

Paul hielt auf dem Parkplatz gegenüber und deutete im Aussteigen auf ein Rondell mit einem gläsernen Kegeltürmchen mit blauer Spitze auf dem Flachdach und mit blau-weiß gestreiften Markisen ringsherum, das sich in den Fenstern der Bibliothek spiegelte.

»Die Mensa. Der geschätzte Herr Jacobsen hat es nicht weit, für Erik war das schon ein mittlerer Spaziergang. Er vertrat sich ganz gern die Beine. – Was ist?« Paul hatte Kassandras Gesichtsausdruck bemerkt.

»Du redest von Erik in der Vergangenheit«, stellte sie fest. »Als ob er entweder tot wäre oder schon mit mindestens einem Bein im Gefängnis stünde.«

Mittlerweile waren sie auf der anderen Straßenseite angelangt, überquerten den weiten Platz, auf dem ein paar Bäume standen, und betraten das Bibliotheksgebäude.

»Hast du Zweifel an Letzterem?«

Paul lief zielstrebig an den Schließschränken und der langen Ausleihe vorbei auf einen der Fahrstühle zu. Er musste sich nicht durchfragen oder auf die Beschilderung achten, er kannte den Weg. Die Bibliothek bot viel Interessantes für ihn, er war schon das eine oder andere Mal hier gewesen. Für Kassandra dagegen war alles neu. Man konnte von hier aus in alle Etagen schauen, im Kellergeschoss nahm sie flüchtig eine große Uhr wahr in Gestalt von Atlas, der die Weltkugel trug. Nach oben schien die Aussicht auf Regalreihen um Regalreihen nahezu grenzenlos. Hätte sie nicht gerade Wichtigeres im Kopf gehabt, wäre sie mit weit mehr Sinn für Details durch das Gebäude gegangen.

»Ich wollte, ich könnte das ruhigen Gewissens bejahen«, antwortete sie endlich auf Pauls Frage, während der Fahrstuhl sie in den dritten Stock brachte. Als die Türen aufglitten, wandte Paul sich nach rechts, wo die Literatur zu den Ingenieurwissenschaften stand, doch das war nicht sein Ziel. Noch vor den Regalen befanden sich drei Arbeitsplätze, augenscheinlich nicht für Studierende, sondern für Mitarbeiter, durch Glaswände vom öffentlichen Bereich etwas abgetrennt. Auf den Schreibtischen standen Laptops und Telefone, aufgeschlagene Aktenordner und Bücherstapel lagen daneben, das eine oder andere private Foto ergänzte die Plätze, von denen zwei besetzt waren – beide von Frauen. Paul steuerte auf die erste zu.

»Kann ich Ihnen helfen?«, erkundigte sich die Angestellte.

»Ja, danke, ich bin auf der Suche nach Herrn Jacobsen. Wir haben vorhin telefoniert, und er meinte, er wäre noch bis sechs hier erreichbar.«

Die Frau war aufgestanden, als Paul Jacobsen erwähnt hatte. Ein kleines weißes Plastikschildchen an ihrer Bluse wies sie als Dörthe Hilwig aus. »Das tut mir leid. Sie haben ihn um eine Viertelstunde verpasst, Herr Jacobsen hat sich krankgemeldet. Wenn es Bibliotheksbelange betrifft, kann ich einspringen.«

Kassandra konnte es kaum fassen. Gut, er war vergrippt, aber hätte er nicht wenigstens noch kurz auf sie warten können? Er wusste schließlich, dass sie – oder zumindest Paul – kamen.

»Danke für das Angebot, aber es ist privat. Hat er was für mich hinterlassen?«, fragte Paul indessen und nannte seinen Namen.

»Gesagt hat er nichts. – Babsi?«, fragte Dörthe Hilwig ihre Kollegin, »hat Phil dir gesagt, dass er Besuch erwartet?«

Babsi sah von ihrer Arbeit auf. »Er hatte es supereilig wegzukommen und gerade noch geschafft, Susanne zu bequatschen, nachher seine Schicht unten an der Ausleihe zu übernehmen. Kann sein, dass er was vor sich hin gemurmelt hat, aber ich hab nicht mehr zugehört.«

Dörthe Hilwig wandte sich wieder an Paul, der sie jedoch gar nicht zu Wort kommen ließ. »Wäre es sehr viel verlangt, auf seinem Schreibtisch nachzusehen, ob er eine Notiz dagelassen hat?«, fragte er lächelnd.

»Gar nicht!« Dörthe Hilwig strahlte zurück.

Pauls Lächeln und erst recht sein Lachen zeigten oft diese Wirkung, selbst wenn er es gar nicht beabsichtigte. Diesmal jedoch hegte Kassandra keinen Zweifel, dass er es bewusst eingesetzt hatte.

Der Arbeitsplatz von Philipp Jacobsen lag neben dem von Babsi. An der Wand dahinter hing ein Schweden-Kalender. Er war nicht aktuell, sondern zeigte das Juni-Bild aus dem Jahr 2015, ein stark bearbeitetes, aber wunderschönes Foto der »Göteborg City Marina at Midnight«. Der Himmel, viel zu hell für Mitternacht in Deutschland, und beleuchtete Boote und ein Segelschiff im Hintergrund spiegelten sich in der Wasseroberfläche. Mit einem Mal sah Kassandra Arvid vor sich, wie er dort am Pier stand und auf den Hafen hinausschaute. Sie schluckte.

»Ist das Herr Jacobsen? Wir kennen uns nämlich gar nicht persönlich«, durchbrach Paul ihren düsteren Gedanken.

Er zeigte auf ein gerahmtes Foto neben dem Computerdisplay. Ein braun gebrannter Mittvierziger mit hellbraunen Haaren, die für Kassandras Geschmack etwas zu lang waren, und blauer Kapuzenjacke stand auf einem Felsvorsprung, tief unter ihm lag ein dunkelgrüner See, an dessen Ufern steile, beeindruckende Berge emporragten.

Dörthe Hilwig, die nicht nur mit den Augen den Schreibtisch absuchte, sondern auch einen Bücherstapel und einige Umlaufmappen weggeräumt hatte, um eine mögliche Notiz für Paul zu finden, nickte. »Norwegen, Geiranger Fjord. Ich hab's bestimmt falsch ausgesprochen, aber Phil ist ja nicht da.«

Kassandra hatte sich Jacobsen anders vorgestellt. Weniger attraktiv auf jeden Fall – als ob ein nerviger Mensch nicht gut aussehen könnte.

»Ich fürchte«, sagte Dörthe Hilwig bedauernd, »ich kann keine Nachricht für Sie finden, Herr Freese. Haben Sie seine Mobilnummer?«

»Leider nicht. Sie können mir wohl nicht zufällig …«

Diesmal führte Pauls Lächeln nicht zum Erfolg. Es war Dörthe Hilwig zwar anzusehen, wie sehr sie bedauerte, ihm nicht helfen zu können, doch dann leuchtete ihr Gesicht wieder auf.

»Aber ich kann für Sie anrufen.«

Nachdem sie seine Nummer angetippt hatte, zuckte sie beinah sofort zurück. Sogar auf die Entfernung konnte Kassandra die laute, unpersönliche Computerstimme hören, die ankündigte, dass der gewünschte Teilnehmer zurzeit nicht erreichbar sei. In diesem Fall schien jeder enorm erpicht darauf, sein Handy auszuschalten.

»Nichts zu machen.« Dörthe Hilwig schüttelte den Kopf.

»Schade«, befand Paul. »Trotzdem herzlichen Dank für Ihre Bemühungen, das war ganz großartig.«

»Gerne.« Sie machte eine winzig kleine Pause. »Und Sie sind sicher, dass ich ansonsten nichts für Sie tun kann?«

Alles daran war unmissverständlich. Dörthe Hilwig flirtete ganz offen mit Paul. Kassandra räusperte sich, was ihr einen irritierten Blick der Bibliothekarin einbrachte. Offensichtlich hatte sie Pauls Begleitung bisher kaum wahrgenommen.

Paul wandte sich Kassandra zu, leise Missbilligung sowohl in der Bewegung als auch in seiner Miene.

»Schätzchen, wenn du dich langweilst, geh schon rüber in die Rotunde, trink einen Kaffee und lies eins von diesen bunten Blättchen, die du vorhin gekauft hast. Ich komme nach.« Damit drehte er sich wieder zu Dörthe Hilwig um. »Meine Tochter hat's nicht so mit Büchern, fürchte ich. Um zu Ihrer Frage zurückzukommen – vielleicht gäbe es da wirklich noch was, das Sie für mich tun können.«

Kassandra schnaubte empört, machte auf dem Absatz kehrt und stolzierte zum Lift. Während der sich in Bewegung setzte, konnte sie ein kleines Lachen nicht mehr zurückhalten. Sie griente immer noch, als sie im Erdgeschoss ankam, und biss sich auf Lippen. Mit Schwung wollte sie den Aufzug verlassen, prallte jedoch erschrocken vor dem Rücken eines Mannes zurück, der dicht vor ihr stand und etwas in seiner Hosentasche suchte. Sie schlängelte sich an ihm vorbei und war zwei Schritt weit gekommen, da erscholl ein heftiges Niesen.

»Gesundheit«, sagte Kassandra automatisch, bevor sie registrierte, was sie gehört hatte, und sich umdrehte.

Philipp Jacobsen schniefte vor sich hin, während er etwas hektisch immer noch nach einem Taschentuch suchte.

Einer Eingebung folgend, trat Kassandra wieder näher, zog eine Packung Tempos hervor und hielt sie ihm hin. »Bedienen Sie sich.«

Jacobsen sah auf. »Meine Rettung.«

Er nahm zwei und reichte ihr den Rest zurück.

»Behalten Sie die ruhig«, sagte Kassandra und wollte ihn gerade auf die Verabredung mit Paul ansprechen, doch er kam ihr zuvor.

»Danke für Ihre Hilfe, Wiedersehen.«

Er ließ sie kurzerhand stehen und verschwand so eilig Richtung Ausgang, dass Kassandra buchstäblich hinterherlaufen musste. Glücklicherweise wurde er von einer seiner Kolleginnen an der Ausleihe zurückgerufen.

»Phil! Vergiss deine Sendung nicht! Wenn ich schon Postannahmestelle spiele, kannst du dein Zeug wenigstens mitnehmen.«

Jacobsen machte kehrt, ließ sich ein Päckchen von einem Online-Versandhandel aushändigen, murmelte ein »Danke dir« und wurde von einem jungen Mädchen angesprochen, offenbar einer Studentin. Er wimmelte sie nicht ab, bat sie aber, ihn nach draußen zu begleiten. Es war wie verhext, Kassandra kam nicht ungestört an den Mann heran.

Die beiden nicht aus den Augen lassend, fischte sie nach ihrem Handy, um Paul Bescheid zu geben. Da trennte sich Jacobsen von der Studentin, Kassandra legte einen Schritt zu und atmete auf, als er nach ein paar weiteren Schritten vor den Stufen auf dem weiten Platz stehen blieb, um sein Päckchen aufzureißen. Sie kam näher und hatte den Mund schon geöffnet – da wurde er erneut von solch heftigem Niesen erschüttert, dass so gut wie alles, was er in den Händen gehalten hatte, auf dem Boden landete und die Stufen hinunterpolterte. Hilfsbereit sprang sie hinzu und klaubte den Inhalt des Päckchens auf: ein

Buch mit dem Titel »Das Auswanderer-Abc für Schweden« und ein Handbuch für Leica-Kameras, und zwar für Modelle, deren Preise im fünfstelligen Bereich lagen, wie Kassandra auf einen Blick erkannte.

»Wahnsinn!«, rutschte es ihr heraus. »Haben Sie so was?«

Sie würde sich das nie leisten können, Bibliothekare verdienten offenbar exorbitant gut. Etwas neidvoll reichte sie ihm die Bücher.

»Sollte meine heutige persönliche Retterin leidenschaftliche Fotografin sein?«, fragte er. Selbst mit geröteter Nase sah er noch gut aus. »Danke schon wieder. Und ja, ich bin kürzlich zu ein bisschen Geld gekommen und habe mir eine Leica S007 gegönnt, das Beste, was es derzeit am Markt gibt, wenn Sie mich fragen. Womit fotografieren Sie?«

Kassandra fixierte ihn. Zu Geld konnte man durch alles Mögliche kommen, Erbschaft, Lottogewinn, clevere Aktiengeschäfte. Oder eine Entführung. Blödsinn!

»Canon EOS 5D«, sagte sie mechanisch.

»Auch nicht ganz schlecht«, erwiderte Jacobsen. »Man muss sich ja noch steigern können.«

»Stimmt. Und Sie wollen auswandern? In Schweden gibt's sicher ganz phantastische Motive.« Wieso betrieb sie hier Konversation? Sie sollte ihn auf Paul ansprechen.

»Reihenweise. Tolles Land. Falls Sie noch nicht da waren, sollten Sie unbedingt mal hinfahren.« Er schniefte und schaute auf die Bücher in seinen Händen. »Würden Sie noch mal kurz halten, bitte?«

Kassandra nahm alles entgegen und lief neben ihm her, während er ein Taschentuch aus der Packung zog, sich schnäuzte und die Straße zum Parkplatz überquerte. Er hatte es wirklich eilig. Allerdings war das laut Dörthe Hilwigs Kollegin schon vorhin der Fall gewesen. Seit Jacobsen seinen Arbeitsplatz verlassen hatte, musste eine knappe halbe Stunde vergangen sein, er war allem Anschein nach aufgehalten worden.

»Sie gehören ins Bett«, sagte sie.

»Keine Zeit«, murmelte er. Er öffnete die Beifahrertür eines alten silbernen Saab, nahm Kassandra die Bücher wieder ab und legte sie auf den Sitz neben eine kleine weiße Schachtel.

Kassandra sah nur flüchtig hin, zu sehr war sie mit ihrer absurden Spekulation über Jacobsen beschäftigt, dennoch fiel ihr der Schriftzug »Olympus« ins Auge, wohl weil sie gerade von Kameras gesprochen hatten.

»Vielen Dank, das war nett von Ihnen.« Jacobsen warf die Beifahrertür zu und streckte Kassandra die Hand hin. Und zog sie wieder zurück. »Besser, ich behalte meine Bazillen bei mir, was? Also, wenn es Sie mal nach Schweden verschlägt, Sie finden mich spätestens ab nächstem Jahr in Stockholm. Oder Göteborg. Oder Malmö. Oder in der Einsamkeit einer traumhaften Seenlandschaft.« Er zog eine Grimasse, weil sichtlich wieder seine Nase kribbelte, doch diesmal konnte er das Niesen zurückhalten. »Wiedersehen.«

Ohne auf Kassandras Erwiderung zu warten, stieg er ein und ließ den Motor an.

Wie ferngesteuert trat Kassandra zurück. Sie starrte ihn durch die Scheibe an, aber was sie sah, war nicht Jacobsens Gesicht, sondern die kleine weiße Schachtel mit der Aufschrift »Olympus« und dem Bild des Gerätes darunter, das haargenau denen glich, auf denen Matthias die Nachrichten des Entführers erhalten hatte.

Erst als Jacobsen vom Parkplatz fuhr, kam wieder Leben in Kassandra. Pauls Wagen stand in unmittelbarer Nähe, sie sprintete darauf zu, zog den Schlüssel aus ihrer Tasche, warf sich auf den Fahrersitz, den sie ein beträchtliches Stück nach vorn schieben musste, und startete. Sie war noch nicht häufig mit dem Superb gefahren, der ihr zu groß und zu wenig wendig vorkam, und hatte nicht mal Pauls Ersatzschlüssel haben wollen, der ihr Schlüsselbund schwerer und unhandlicher machte, aber er hatte darauf bestanden.

Sie kurvte vom Parkplatz auf die Albert-Einstein-Straße und folgte Jacobsen, der nach rechts in eine breite Straße abgebogen war. Zwischen ihr und ihm fuhren mittlerweile zwei andere Autos, was einerseits gut war, damit ihm seine Verfolgerin nicht auffiel. Andererseits war es durch die dicke Wolkenschicht ohnehin schon düster auf der Straße, die einsetzende Dämmerung tat ein Übriges. Kassandra hatte grundsätzlich Schwierigkeiten beim Autofahren, wenn es dunkel wurde, und befürchtete, Jacobsen aus den Augen zu verlieren. An einer breiten Kreuzung bog er abermals ab, diesmal nach links. Flüchtig sah Kassandra auf das Straßenschild, das sie gerade noch entziffern konnte. Barnstorfer Ring. War das ein gutes oder böses Omen? Der Barnstorfer Ring, gleichzeitig die Bundesstraße 103, zog und zog sich, das Verkehrsaufkommen war hoch, Autos überholten, bogen ab. Die Scheinwerfer der entgegenkommenden Fahrzeuge blendeten. Es bereitete Kassandra enorme Anstrengung, Jacobsen auf den Fersen zu bleiben, beinah hätte sie eine Ampelphase nicht mit ihm gemeinsam geschafft.

Während sie sich aufs Fahren und den silbernen Saab vor ihr konzentrierte, schossen wild durcheinander Fragen durch ihren Kopf. Ob das mit dem Diktiergerät Zufall sein konnte. Ob sie da nicht zu viel hineininterpretierte. Und wenn nicht: ob sie sich in Jan getäuscht hatten. Sie waren sich so gut wie sicher gewesen, dass das seine Stimme auf Matthias' Anrufbeantworter gewesen war, und bei Kays Besuch im Krankenhaus hatte es den Anschein gehabt, dass Jan sich zumindest an den Anruf erinnern konnte, wenn auch ausgesprochen ungern. Und schließlich deutete alles darauf hin, dass Jan gerade oder zumindest vorhin noch mit Erik unterwegs gewesen war. Wenn es dabei nicht um Greta ging – worum sonst? Andererseits hatte von vornherein festgestanden, dass die Stimme auf den Diktiergeräten weder die von Jan noch die von Erik war. Es konnte ohne Weiteres die von Jacobsen sein. Dass Kassandra sie weder eben noch vorhin am Telefon wiedererkannt hatte, lag daran, dass Jacobsen erkältet war. Arbeiteten sie also zu dritt? Eröffnete dieser Gedanke neue Perspektiven, warf er noch mehr Fragen auf, oder konnte er welche klären?

Frustriert hieb Kassandra aufs Lenkrad ein. Als Antwort begann ihr Smartphone zu klingeln, das sie vorhin achtlos auf den Beifahrersitz geworfen hatte. Vorn schaltete eine Ampel auf Gelb. Jacobsen rutschte durch, ein weiteres Auto ebenso, und vielleicht hätte auch Kassandra es noch geschafft, wenn der Fahrer vor ihr nicht so übervorsichtig ... Nein. Sie wusste, dass das utopisch gewesen wäre.

Verflixt! Kassandra versuchte, den Saab im Auge zu behalten, und tastete gleichzeitig nach ihrem Telefon, ehe sich nach einem weiteren Klingeln die Mailbox einschalten würde.

»Ja?«

»Kassandra, wo steckst du?«

Jacobsen hielt sich rechts, verließ die Bundesstraße – und dann war er außer Sichtweite.

»Auf der B 103. Bis eben war ich Jacobsen auf der Spur, jetzt ist er weg. Ich seh zu, dass ich ihn wiederfinde, und melde mich.«

Sie schmiss das Telefon zurück auf den Beifahrersitz und fuhr an, als die Ampel grün wurde. Wie Jacobsen vor ihr verließ sie die B 103, folgte der Straßenführung, links und rechts nur Grün, kam zu einem Industriegebiet, das zu dieser Tageszeit noch sehr viel trister wirkte, sie passierte niedrige, hallenähnliche Gebäude, die nur noch die Graffiti zusammenzuhalten schienen, mit denen sie beschmiert waren, auf der anderen Seite moderne Industrie- und Firmenanlagen. An einem Abzweig musste sie sich für links oder rechts entscheiden, weder das eine noch das andere schien in ein Wohngebiet zu führen, andererseits wusste sie ja gar nicht, ob Jacobsen überhaupt nach Hause wollte.

Sie entschied sich für links, weil das vermutlich der Straßenverlauf war, und kam doch noch in ein Wohngebiet – auf der einen Straßenseite ganz ähnlich wie beim Uni-Campus Kleingärten, auf der anderen Parkplätze und fünf- und sechsstöckige Wohnblocks, einer nach dem nächsten, ohne Unterlass, viele Fenster schon erleuchtet, was der Eintönigkeit eine gewisse Heimeligkeit bescherte. Sie bog in das Viertel ein, das Bild, das sich ihr bot, war überall gleich: Wohnblocks ohne Ende. Falls Jacobsen hier wohnte, würde sie ewig brauchen, bis sie seinen Wagen gefunden hätte, erst recht im Dunkeln. Falls überhaupt.

Sie fuhr auf einen Parkplatz vor einem kleinen Einkaufszentrum, schaltete den Motor aus und rief Paul an.

»Zwecklos«, sagte sie. »In Luft aufgelöst.«

»Kein Grund zur Verzweiflung, wir ...«

»Du wärst anderer Meinung, wenn du wüsstest, was ich gesehen habe«, unterbrach sie Paul und erzählte von Anfang an.

»Wo bist du?«, fragte er, nachdem sie geendet hatte.

»Du klingst nicht gerade überrascht«, erwiderte sie.

»Und ob ich das bin, aber darüber zu diskutieren ist jetzt der falsche Zeitpunkt. Also, wo bist du?«

»Warte.« Sie klickte sich auf Google Maps und suchte ihren Standort. »Kolumbusring. Vor einem Einkaufszentrum mit Apotheke, Sanitätshaus, Imbiss und so.«

»Du bist ganz in der Nähe. Jacobsen wohnt Vitus-Bering-Straße 20. Ich nehme mir ein Taxi und bin hoffentlich bald da. Du gehst nicht allein hin. Klar?«

»Woher hast du seine Adresse?«

»Dörthe war sehr hilfsbereit.« Kassandra hörte das Schmunzeln in seiner Stimme. »Hast du verstanden? Du gehst nicht allein.«

»Klar und deutlich. Ich stell mich in die Nähe vom Hauseingang, da bekomme ich mit, wenn er wieder wegfährt. Falls er überhaupt da ist.«

»Pass auf dich auf, mach dich möglichst unsichtbar.«

»Ja, Papa.«

Kassandra beendete das Gespräch, ohne ihm die Chance zu einer Entgegnung zu geben. Sehr kurz erlaubte sie sich die Frage, wie Paul es bewerkstelligt hatte, Frau Hilwig – Dörthe! Kassandra schnaubte wie vorhin in der Bibliothek – zu so viel Hilfsbereitschaft zu überreden.

Schließlich befragte sie erneut Google Maps, startete den Motor und fuhr bald darauf an Jacobsens Hauseingang vorbei, ein paar Meter weiter stand sein silberner Saab. Sie suchte sich einen Parkplatz, von dem aus sie alles gut im Blick hatte. Einmal trat eine junge Frau mit Kinderwagen auf die Straße, ansonsten blieb alles ruhig. Sie hatte Zeit zum Nachdenken, unter anderem darüber, dass Jacobsens Erkältung ein doppelter Glücksfall war. Für ihn, weil sie dadurch seine Stimme nicht erkannt hatten. Und für sie, weil sie andernfalls nie einen Blick in seinen Wagen geworfen hätte.

Zwanzig Minuten später hielt ein Taxi an der Straßenecke, eine große Gestalt stieg aus und schaute sich suchend um. Kassandra drückte leicht auf die Hupe, Paul drehte sich sofort um und kam auf den Škoda zu. Er hatte Kassandra fast erreicht, als sie aus den Augenwinkeln wahrnahm, dass die Haustür von Nummer 20 sich erneut öffnete. Jacobsen! Auch Paul schaute hinüber, ohne seinen Schritt zu verlangsamen. Kassandra saß bereits auf dem Beifahrersitz, Paul glitt hinters Steuer, während sie nach vorn deutete.

»Da ist er.«

Beide beobachteten, wie Jacobsen in seinen Wagen stieg und losfuhr.

»Dann wollen wir mal sehen, wohin er will.« Paul setzte auf dem Parkplatz zurück und fuhr mit genügend Abstand langsam hinterher. Jacobsen verließ das Wohnviertel auf demselben Weg, auf dem Kassandra hergekommen war. »Möglicherweise«, fügte Paul hinzu, »ist das sogar effektiver, als ihn über Erik oder über das Diktiergerät auszufragen.«

»Konntest du sehen, ob er das in der Hand hatte?«

»Zu dunkel. Abgesehen davon, dass so ein Gerät sowieso in die Hosentasche passt, wage ich kaum zu hoffen, dass Jacobsen vorhat, gerade jetzt eine neue Nachricht bei Matthias abzuliefern.«

»Nein, es wäre wohl zu viel des Guten, wenn wir ihn dabei ertappen.« Kassandra fühlte sich wesentlich besser, da sie nicht mehr allein dafür verantwortlich war, ihn im Auge zu behalten – und, gestand sie sich ein, weil Paul fuhr und weil er überhaupt bei ihr war. »Vielleicht sind wir sowieso auf dem Holzweg, und dieses ›Olympus‹-Diktiergerät ist bloß die Leica unter den Diktiergeräten, und Jacobsen braucht es für seinen Job.«

»Bisschen viel Zufall, oder?«

»Wer weiß?« Kassandra knetete ihre Unterlippe zwischen Daumen und Zeigefinger. »Dieses Mal ist alles anders«, sagte sie mehr zu sich als zu Paul. Nach wie vor war das nichts Konkretes, nur ein Gefühl, ähnlich wie Brunos Vorahnungen, aber da Paul sie fragend von der Seite ansah, suchte sie nach einer Erklärung, die weniger abseitig klang. »Wir haben innerhalb von nur fünf Tagen vier verschiedene Verdächtige aus dem Hut gezaubert und für keinen Verdacht einen stichhaltigen Beweis. Jeder könnte mit jedem, jeder für sich allein oder alle mit allen zusammenarbeiten. Oder am Ende überhaupt niemand damit zu tun haben. Ich kann mich nicht erinnern, dass ein Fall schon jemals auf so tönernen Füßen gestanden hätte, es kommt mir vor, als würden wir lauter Geistern hinterherjagen.«

»In Arvids Fall ist das gar nicht mal aus der Luft gegriffen«, stellte Paul trocken fest. »Was Jacobsen betrifft, ist mir vorhin noch was aufgefallen. Erinnerst du dich, er sagte, er und Erik würden sich nicht sonderlich gut kennen, gleichzeitig fand er es erstaunlich, dass Erik mich nie erwähnt hat. Warum hätte Erik das tun sollen? Nur der Neugierde halber: Googel mich doch mal, ja?«

Nachdem Kassandra die Treffer auf den ersten Seiten überprüft hatte, begriff sie, was Paul meinte. »Der erste Treffer auf die Wustrower Gemeindevertreter auf Seite sechs. Jacobsen hat nicht ansatzweise so lange gesucht wie ich gerade.«

»Richtig. Hinzu kommt, und ich könnte mich ohrfeigen, dass mir das nicht gleich aufgefallen ist, dass ich weder von Wustrow noch überhaupt davon gesprochen habe, was mich und Erik verbindet. Außerdem dürfte Jacobsen nicht gewusst haben, ob sich Freese mit einem oder mit zwei e schreibt. Er brauchte mich nicht googeln, ihm war klar, mit wem er spricht.«

»Warum war er überhaupt damit einverstanden, sich mit dir zu treffen? Er hätte darauf beharren können, dass ihm nichts an Erik aufgefallen war, und gut.«

Während sie Rostock verließen und sich in die B 105 Richtung Rövershagen – und damit Richtung Wustrow – einfädelten, dachte Paul nach.

»Falls er von Erik gehört hat, dass ich ein hartnäckiger Mensch bin, der weder leicht aufgibt noch sich leicht mit etwas abspeisen lässt, war seine Handlungsweise relativ geschickt. Ich wäre vergeblich hier aufgekreuzt, hätte aber keinen Grund gehabt, an seinem guten Willen zu zweifeln oder sonst wie misstrauisch zu werden, weil er ja wirklich unüberhörbar krank war. Damit wäre er mich erst mal los gewesen. Er konnte nicht damit rechnen, dir über den Weg zu laufen oder dass Dörthe so auskunftsfreudig sein würde. Was sie, meiner bescheidenen Meinung nach zu urteilen, unter normalen Umständen nicht ist.«

»Aha«, kommentierte Kassandra. »Darf ich fragen, was zu den unnormalen Umständen geführt hat?«

Paul warf ihr einen ausdruckslosen Seitenblick zu. »Du fragst mich nicht gerade, wie weit ich gegangen bin, um an Jacobsens Adresse zu kommen – in einer öffentlichen Bibliothek, unter den Augen von einer weiteren Kollegin?«

Doch, ich schätze, das tue ich, dachte Kassandra, kam sich albern vor und verspürte das dringende Bedürfnis, sich zu rechtfertigen. »Du hast von den Umständen angefangen«, erinnerte sie ihn und sah stur geradeaus durch die Windschutzscheibe. »Wenn du nicht wolltest, dass ich nachfrage, wieso hast du das so betont?«

Der Wagen vor ihnen bremste unvermutet ab, Paul stieg etwas spät und etwas heftiger in die Eisen, als notwendig gewesen wäre. Jetzt schaute sie doch zur Seite. Leider verbarg er geschickt vor ihr, was er dachte.

»Kassandra, Liebes, bist du eifersüchtig?«

Während sie nach Worten suchte, weil ihr ein ehrliches Ja wie die Krönung der Albernheit vorgekommen wäre, vor allem, wenn sie an den Abend zuvor dachte, klingelte ihr Telefon. Erleichtert erkannte sie nach einem Blick aufs Display, dass sie besser ranging.

»Hallo, Kay«, meldete sie sich, »hast du meine Nachricht wegen der Autovermietungen bekommen?«

»Deswegen rufe ich an«, entgegnete er. »In Schwerin wurde

kein Wagen von Erik Sundberg angemietet. Wir haben die Suche ausgeweitet, das Ergebnis kann noch auf sich warten lassen. Außerdem hat sich …«

Der Rest ging im Lärm eines Martinshorns unter, in der Gegenrichtung schoss ein Polizeieinsatzwagen an ihnen vorbei.

»Entschuldige, was hast du gesagt?«, fragte Kassandra.

»Dass sich bisher weder auf Sundbergs noch auf Möllers Telefon etwas getan hat. Wo bist du?«

Knapp und präzise klärte Kassandra ihn über die Ereignisse der letzten Stunden auf und fügte hinzu, dass Jacobsen möglicherweise auf dem Weg nach Wustrow war.

»Philipp Jacobsen, mit c oder k?«, wollte Kay wissen und fuhr auf ihre Antwort hin fort: »Ich seh nach, ob ich was über ihn habe.«

»Du bist noch in Anklam?«

Kays »Hm« klang etwas entfernt, er hatte sein Telefon zur Seite gelegt, während er im polizeilichen Informationssystem suchte.

Sie standen wieder an einer Ampel, im Wagen nebenan hatte jemand seine Lautsprecher voll aufgedreht, was trotz der geschlossenen Fenster nicht zu überhören war, und hinter ihnen röhrte ein Motorrad. Während Kassandra wartete, folgte sie Pauls Blick nach vorn auf die Straße und hoffte zumindest, den silbernen Saab zwei Wagen vor ihnen auszumachen. Es war längst richtig düster geworden, sie konnte nur noch dunkle und helle Autos unterscheiden. Der Motorradfahrer hinter ihnen ließ seine Maschine laut aufheulen, als die Ampel auf Grün sprang, obwohl noch vier Wagen vor ihm standen, die sich erst langsam in Bewegung setzten.

»Kassandra, bist du noch dran?«, hörte sie Kay schließlich nach einer ganzen Zeit sagen.

»Ja. Hast du was über Jacobsen gefunden?«

»Verstoß gegen das Betäubungsmittelgesetz, Besitz von und Verdacht auf Handel mit Amphetaminen. Ist schon achtzehn Jahre her, der Handel konnte ihm nicht nachgewiesen werden, und nach allem, was aus seiner Akte hervorgeht, glaube ich auch nicht, dass er gedealt hat. Ich habe sein Vernehmungsprotokoll überflogen, er hat dauernd von ›Peace‹ geredet und von ›Make love, not war‹, als wäre er in den Sechzigern oder Siebzigern.« Kay schien zu schmunzeln. »Sonst liegt nichts gegen ihn vor.«

»Peace?«, wiederholte Kassandra. »Arvid erzählte, dass Erik auch mal so drauf war. Ich frag mich gerade, wie lange Erik und Jacobsen sich schon kennen.«

»Interessante Überlegung. Kassandra ...« Kay stockte. »Ich weiß, ich habe gesagt, es wäre besser für Greta Röwer, wenn ich mich nicht auf dem Fischland sehen lasse, aber ich habe das entschiedene Gefühl, da spitzt sich was zu. Falls ihr Unterstützung braucht, sagt Bescheid, egal wann, und unternehmt nichts vorher. Ich werde da sein, so schnell ich kann.«

Seine Eindringlichkeit und Besorgnis ließen Kassandra schlucken. »Danke, Kay«, sagte sie leise.

»Dafür nicht. Denk einfach dran.« Ohne einen weiteren Abschiedsgruß legte Kay auf.

Einen Augenblick starrte sie auf ihr Handy, das sie schließlich wegsteckte, als Paul von der B 105 nach links in die Bäderstraße abbog. Es gab wohl kaum noch nennenswerte Zweifel an Jacobsens Ziel. Sollte er tatsächlich so leichtsinnig sein und sich erwischen lassen, wie er bei Matthias ein Diktiergerät in den Briefkasten warf? Auf der anderen Seite – er wusste ja nicht, dass ihm jemand folgte. Ihre Gedanken schweiften zurück zu Kay, während draußen die dunkle Landschaft an ihr vorbeizog.

»Was hat Kay gesagt?«, fragte Paul.

Erst da wurde Kassandra bewusst, wie lange sie geschwiegen und dass sie ihr Handy vorhin nicht auf Lautsprecher gestellt hatte. Sie wiederholte Kays Ausführungen zur Mietwagenfrage und zu Jacobsen.

Paul nickte verstehend. »Du hast dich bei Kay nicht für die Informationen über Jacobsen bedankt, richtig? Wofür sonst?«

»Dafür, dass er versprochen hat zu kommen, wenn's brenzlig wird«, erklärte sie.

»Aha.« Mehr sagte Paul nicht.

Befremdet vernahm Kassandra in diesen zwei Silben einen

seltsamen Tonfall. »Stimmt was nicht damit? Kay ist klar, dass sein Auftauchen in Wustrow ein Risiko birgt, er weiß genau, was er tun kann und was nicht.«

»Sicher.«

»Wo liegt dann dein Problem?«

Paul zögerte. »In der Art, wie du dich bedankt hast.«

»In der …« Mit einem Mal verstand sie. Kays Worte hatten in ihr dieses Gefühl der Nähe zwischen ihnen aufkommen lassen – was ihrer Erwiderung offenbar anzuhören gewesen war. »Paul? Bist du eifersüchtig?«

Andeutungsweise zuckte er mit den Schultern. »Warst du es?«

»Ja«, gab sie zu. Sie strich über seine Hand, die locker das Lenkrad umfasste, und ein Stück seinen Arm hoch und spürte, dass seine Härchen sich aufrichteten. Für einen Sekundenbruchteil trafen sich ihre Blicke, bevor er wieder auf die Straße sah, aber es war lange genug gewesen, um in seinen Augen zu lesen, dass er erreicht hatte, was er wollte. »Mistkerl!«

Er lachte. »Ich mag es, wenn du das so liebevoll sagst.« Unvermittelt verschwand das Lachen aus seinem Gesicht, als die Ampelkreuzung von Dierhagen ins Blickfeld kam. Das gelbe Licht leuchtete auf, Paul drückte aufs Gaspedal und zischte dem unsichtbaren Fahrer vor ihm zu: »Schlaf nicht ein, da vorn!«

Die Beschwörung half, sie schafften es gerade noch, mit durchzurutschen.

»Wo ist Jacobsen?«, fragte Kassandra, die den Saab nicht mehr ausmachen konnte.

»Drei Wagen vor uns, ich habe leichtsinnigerweise einen dazwischengelassen. Das war reichlich knapp eben.«

»Immerhin können wir einigermaßen sicher sein, dass er nach Wustrow will«, meinte Kassandra.

»Du sagst es: einigermaßen. Falls wir ihn verlieren, werden wir also zuerst mal durch Wustrows Straßen fahren und hoffen müssen, dass wir seinen Saab finden. Die Frage ist, ob wir es zuerst bei Jan, bei Erik oder bei Matthias versuchen.«

»Wenn Erik wieder auf der Bildfläche erschienen wäre, hätte

Arvid uns Bescheid gegeben, und im Fall von Jan hätte Steffi uns benachrichtigt. Mein Tipp wäre also Matthias.«

»Da sei dir mal nicht so sicher«, gab Paul zurück. »Niemand garantiert uns, dass Arvids und Steffis Loyalitäten nicht doch letztlich bei Erik beziehungsweise bei Jan liegen.«

»Misstraust du Arvid wieder?«

»Für mich stand nie uneingeschränkt fest, dass wir ihm trauen können.«

»Er hat uns Eriks Haus durchsuchen lassen.«

»Er hatte keine andere Wahl, wenn er glaubwürdig sein wollte«, stellte Paul fest.

Das ließ sich nicht von der Hand weisen, auch wenn Kassandra liebend gern protestiert hätte. Stattdessen verlor sie kein weiteres Wort, während sie Wustrow immer näher kamen. Zuerst verschwand das Auto direkt hinter Jacobsen in der Siedlung bei der ehemaligen Nebelstation, danach bog der letzte verbliebene Wagen zwischen ihnen und dem Saab in die Lindenstraße. Jacobsen passierte die Kirche, deren hell erleuchteter Turm in den dunklen Himmel ragte, und fuhr in die Hafenstraße Richtung Barnstorf. Paul folgte ihm und vergrößerte den Abstand.

»Er will zu Matthias.« Kassandra flüsterte es nur, als könne Jacobsen sie hören.

Doch da geschah etwas Unvorhergesehenes. Statt sich weiter geradeaus zu halten, setzte Jacobsen den Blinker nach links in die Osterstraße.

»Was hat er vor?«, murmelte Paul. »Das ist weder der Weg zu Matthias noch zu Erik noch zu Jan.«

22

Vorhin hatte es geregnet, Matthias' Schuhe waren nass geworden auf dem kurzen Weg durch den Garten und über den Rasen, er roch die Feuchtigkeit, die noch in der Luft und über dem Wasser hing und in die Erde eingedrungen war, und wusste, dass heute noch mehr Regen kommen würde. Er stand dicht am Bodden, die unruhigen Wellen schwappten mal lauter, mal leiser ans Ufer, der Wind, der beständig zugenommen hatte, fegte durchs Schilf und ließ es rauschen und singen. Seit acht Jahren hatte Matthias all das nicht mehr sehen, nur noch die Schemen erahnen können, und doch war das Bild in ihm so präsent, als hätte er erst gestern einen Großteil seiner Sehkraft eingebüßt. Greta hatte ihn mal gefragt, wann das mehr Segen und wann mehr Fluch sei, und schon allein dieser Gedanke bewies, wie gut sie sich in ihn hineinfühlen konnte. Denn tatsächlich war es beides zu unterschiedlichen Zeiten mal mehr und mal weniger. Gerade jetzt betrachtete er es als Segen. Er wollte die Düsterkeit der Atmosphäre vor seinem geistigen Auge sehen, sie spüren, weil sie zu seinem Seelenleben passte. Das, was er »sah«, beruhigte seine Sinne, weil er sich im Gleichklang fühlte mit seiner Umgebung.

Er hatte allein sein und nachdenken wollen, darum war es ihm ganz recht gewesen, dass Christian, nein: Arvid mit den anderen das Haus verlassen hatte. Vermutlich wäre er kaum in der Lage gewesen, ein vernünftiges Gespräch mit ihm zu führen – Matthias hatte darum kämpfen müssen, sich nicht von seinen Gefühlen überwältigen zu lassen. Er kämpfte noch immer. Fassungslosigkeit, Bestürzung, Wut, Ratlosigkeit. Für Hoffnung oder einen Funken Freude war kein Raum. Nicht im Augenblick. Und später? Er wagte nicht einmal, an später zu denken. Nach zweieinhalb Stunden wusste er nur eins: Er hätte vielleicht Heinz' Angebot zu bleiben nicht ablehnen sollen. Heinz war emotional nicht beteiligt, er war neutral und rational und hatte sich nicht mal von Arvids Beleidigungen aus der Ruhe bringen lassen. Oder er war klug genug gewesen zu spüren, dass die nur der Provokation dienen sollten. Andererseits – unwillkürlich lächelte Matthias in sich hinein – sollte er lieber nicht die Hand dafür ins Feuer legen, dass Heinz neutral und emotional unbeteiligt war. Er hatte ihn im Laufe des letzten Jahres gut kennengelernt. Wenn Heinz, was nur selten vorkam, einmal Freundschaft schloss, war die unverbrüchlich.

Als Matthias' Telefon das Rauschen des Windes im Schilf und in den Weiden hinter ihm mit jenem Klingelton durchbrach, der einen Anruf von Heinz ankündigte, fragte er sich, ob es Gedankenübertragung gab. »Heinz, Neuigkeiten?«

Anscheinend hatte sich eine ganze Menge getan, und Paul und Kassandra waren auf dem Weg nach Rostock. Während er hier festsaß. Kurz überlegte er, ob er zu Heinz gehen oder ihn bitten sollte zu kommen, aber letztlich musste er mit der Situation allein fertigwerden. Heinz kannte nicht die ganze Geschichte, wusste nichts über die Vergangenheit und all die Verwicklungen, die dazu geführt hatten, dass – wie im Einzelnen auch immer – aus Christian Röwer Arvid Sundberg geworden war. Die ganze Vorgeschichte kannten in Wustrow abgesehen von Arvid und, nach allem, was er angedeutet hatte, Erik nur drei Menschen: Matthias selbst, Greta und Magda. Und Matthias war nicht bereit, in diese Geschichte ohne Notwendigkeit noch jemanden einzuweihen. Nicht einmal Heinz. Das war eine Familienangelegenheit und sollte es bleiben.

Abrupt drehte Matthias sich um und kehrte dem Bodden den Rücken zu. Familie. Schluss jetzt mit dem blödsinnigen Streit mit Magda – er hatte keine Lust mehr, sich auf der Nase herumtanzen zu lassen, er würde mit ihr reden, ob sie es wollte oder nicht.

Vor Magdas Tür musste er jedoch feststellen, dass sie nicht zu Hause war. Hätte sie ein Handy besessen, hätte er sie angerufen, doch sie war ein altmodischer Mensch, da hatte sogar ihr Neffe, ein ausgesprochener Computernerd, nichts dran ändern können. Erst als Matthias eine Dreiviertelstunde später erneut bei ihr klingelte, öffnete sie.

»Matthias? Was willst du schon wieder?« Trotz der schroffen Frage schien Magda weniger abweisend als gestern. Ihre Stimme klang brüchig. Weswegen? Es gab keine Beweise für das, was Matthias zuerst einfiel, nur Vermutungen und Gerüchte. Gerüchte über seine eigene Familie, die selbst ihm gegenüber niemals jemand von Angesicht zu Angesicht ausgesprochen hatte, immer hatte er gehört, jemand habe gehört, dass jemand gesagt habe, dass …

»Mit dir über Christian reden«, sagte Matthias. »Hattest du damals was mit ihm?« Er hörte sie nach Luft schnappen, dann verstummte sie vollkommen. »Willst du mich nicht reinbitten? Es ist ungemütlich draußen, fängt bald wieder an zu regnen, und ich werde nicht gern nass.«

»Geh zur …«, begann Magda aufgebracht, aber mit nach wie vor brüchiger Stimme.

»Hölle?«, unterbrach Matthias sie. »Da bin ich schon seit einer Woche, das dürftest du inzwischen wissen. Wenn du nicht über Christian reden willst, reden wir über Carl. Oder über mich. Über unsere ganze verkorkste Familie. Deren Rest ich gerade zu retten versuche. Greta ist schwanger. Hat Christian dir das auch erzählt?«

»Was? Nein! Ich …«

Es war zu dunkel im Innern des Hauses, um viel erkennen zu können, aber er hörte, dass ihre Stimme sich ein Stück entfernte. Sie trat zurück, um ihn eintreten zu lassen. Als er in der Diele stand, drehte er sich um, um sachte die Tür zu schließen, sie ging ihm voraus in die Küche. Er hatte diesen Raum schon als Kind geliebt, er war behaglich, und es duftete gut. Magda hatte auch die Küche in Barnstorf oft in ein kleines Paradies verwandelt, aber nur hier hatte zu jeder Zeit derselbe wunderbare Duft in der Luft gehangen, eine Mischung aus Frische, Gewürzen, Backwaren und Feuerholz, selbst im Sommer. Nach all den Jahren roch es unverändert so.

Ohne dass Magda ihn dazu aufforderte, nahm er auf »seinem« Stuhl direkt am Fenster Platz. Fast wartete er darauf, dass Magda eine Tasse Milch vor ihn auf den Tisch stellte. Stattdessen setzte sie sich ihm gegenüber und strich die Tischdecke glatt. Jedenfalls glaubte er, dass sie das tat. Er nahm nur eine vage Handbewegung wahr, aber das war das, was sie immer getan hatte.

»Als ich euch gestern auf der Strandstraße begegnet bin, habe ich gedacht, der Boden müsse sich unter meinen Füßen auftun«, sagte sie. »Ihr saht so vertraut miteinander aus, natürlich dachte ich, du weißt, wer er ist. Ich dachte, du spielst ein grausames Spiel mit mir, als du sagtest, ich könne ihm viel von Carl erzählen. Und als du dann später auch noch herkamst und Christian mit keinem Wort erwähntest – ich war so wütend und so enttäuscht, dass du mich nicht ins Vertrauen ziehen wolltest, wohingegen Greta sicher schon längst alles wusste. Eine Fremde.« Sie seufzte leise. »Ich habe doch nicht ahnen können, dass du selbst es nicht wusstest. Das habe ich erst begriffen, als Christian ... Arvid vor meiner Tür stand, als der Boden sich zum zweiten Mal an diesem Tag unter meinen Füßen auftat und er mir schwor, dass er dir niemals die Wahrheit sagen würde. Anscheinend hat er seine Meinung geändert.« Letzteres brachte sie ein klein wenig maliziös heraus.

»Nicht freiwillig. Ich habe ihm – buchstäblich, fürchte ich – das Messer auf die Brust gesetzt, nachdem Paul und Kassandra herausgefunden hatten, wer sich hinter Arvid Sundberg verbirgt.«

»Paul Freese und Kassandra Voß«, murmelte Magda. »War es das, was du eben meintest? Willst du mit deren Hilfe Greta retten? War deshalb gestern Bruno Ewald hier und hat versucht, mich auszufragen?«

Matthias nickte.

»Er war nicht halb so geschickt, wie er denkt«, fuhr Magda fort, »obwohl ich zugegebenermaßen ohne deine Unterbrechung mehr gesagt hätte als beabsichtigt. Was davon zu Greta führen sollte, ist mir allerdings ein Rätsel.«

»Du hast Erik Sundberg angestarrt, als wärst du ihm schon

mal begegnet«, erklärte Matthias. »Das passt zu ein paar Ungereimtheiten, die ihn betreffen. Entsprechend dachten Paul, Kassandra und Bruno Ewald, dir könnte etwas aufgefallen sein, das weiterhilft.«

Magda schwieg einen Augenblick. »Das war nur, weil ich Christian … Arvid nicht so anstarren wollte. Ich hatte weder ihn noch Erik zuvor in Wustrow gesehen. Weiß er, dass ihr seinen Sohn verdächtigt?«

»Ja.«

»Oh Gott.«

Matthias konnte deutlich hören, dass sie mit den Tränen kämpfte. »Du *hast* ihn geliebt«, sagte er sanft.

»Das geht dich nichts an«, entgegnete sie mit erstickter Stimme.

»Trotz aller Gerüchte habe ich immer gedacht, deine Liebe galt Carl.«

»Carl«, flüsterte sie. »Er war ein besonderer Mensch. Ich wäre für ihn durchs Feuer gegangen. Ich denke sogar, dass ich das getan habe, obwohl er es nicht immer verdient hat. Ich habe ihn verehrt. Ich habe ihn verachtet. Und ich habe ihn auf meine Weise geliebt, ja. Aber Christian konnte er in vielerlei Hinsicht nicht das Wasser reichen.« Sie schnalzte kaum hörbar mit der Zunge. »Das Traurige daran war, dass niemand außer mir das gesehen hat, nicht mal Christian selbst. Er hatte so wenig Vertrauen in sich, Carl war übermächtig in jeder Beziehung. Als Carl starb, habe ich mich gefragt, ob ihm das bewusst gewesen ist. Ein Mann wie Carl Röwer konnte nicht aus seiner Haut, aber bei dir hat er viele Fehler nicht in diesem Maße wiederholt. Andererseits – du hast schon als Kind kaum auf andere gehört und hattest deinen eigenen Kopf. Das musstest du gar nicht lernen.«

»Ich weiß nicht, ob das ein Kompliment sein soll«, stellte Matthias fest.

»Doch, Matthias, das weißt du sehr wohl. Du hast niemals an einem Mangel an Selbstvertrauen gelitten.«

Matthias war klar, dass er diesen Eindruck vermittelte. Meistens stimmte der auch, was nicht allen gefiel und womit er sich schon oft unbeliebt gemacht hatte. Für gewöhnlich scherte er sich nicht darum, was andere über ihn dachten oder redeten. Für gewöhnlich. Nicht immer. Es waren Dinge über ihn gesagt worden, die ihn tief getroffen hatten. Tiefer, als er jemals zugeben würde – außer Greta gegenüber. Er lächelte, ohne Magdas Worte zu bestätigen oder ihnen zu widersprechen. Er verabscheute Lügen.

»Hat Arvid dir erzählt, was in jener Nacht passiert ist, als die ›Nordlys‹ in Seenot geriet?«, wechselte er das Thema.

»Dir nicht?«, fragte Magda vorsichtig.

Das brachte Matthias beinah zum Lachen. »Nein, Magda, mir nicht. Dazu war keine Zeit, und ich will das auch nicht von dir, sondern lieber von ihm selbst hören. Mich interessiert nur, ob du es weißt.«

»Ja, er hat es mir erzählt.«

»Das ist gut. Es bedeutet, dass er dir vertraut. Falls sich herausstellt, dass Erik mit Gretas Entführung zu tun hat, wird er Menschen brauchen, denen er vertrauen kann, Freunde. Vielleicht nicht nur zu Hause in Schweden, sondern auch hier.«

»Was ist mit dir? Wirst du ihn hassen, wenn …«

Das hatte Matthias sich auch schon gefragt. Er belog nicht nur andere ungern, sondern legte Wert darauf, sich selbst gegenüber ehrlich zu sein. »Ich hoffe nicht. Ich mag ihn, ich hab ihn vom ersten Moment an gemocht, als hätte ich geahnt, dass uns etwas verbindet. So was passiert mir selten.« Er stand auf und streckte seine Hand aus. »Schließen wir einen Waffenstillstand?«

Auch Magda erhob sich, sie ergriff seine Hand und drückte sie. »Ich bin da, wenn du mich brauchen solltest.«

Matthias nickte. »Danke.«

»Was wirst du jetzt tun?«

Während er hier mit Magda gesessen und geredet hatte, war ein Gedanke in ihm herangereift. Vielleicht griff er bloß nach einem Strohhalm. Dennoch war ein Strohhalm besser, als nur abzuwarten.

»Zu Arvid gehen. Kassandra und Paul haben vorhin Eriks Haus durchsucht. Wenn ich Heinz richtig verstanden habe, haben sie das allein getan, während Arvid damit beschäftigt war, Eriks Frau zu beruhigen. Arvid sollte noch mal selber durchs Haus gehen, möglicherweise findet er was, das Paul und Kassandra übersehen haben.«

»So sehr vertraust du ihm? Obwohl es um seinen Sohn geht?«

»Ja.« Zumindest das konnte er ohne Einschränkung sagen. »Ja, das tue ich.«

Matthias kämpfte gegen den Wind an, während er durch Wustrow ging. Der Wind behinderte nicht nur seine Bewegungen, er beeinträchtigte auch sein Hörvermögen, auf das er sich zusätzlich zu seinem Stock verließ. Hinzu kam, dass es dämmerte und es nicht nur wegen der schweren Wolken dunkler wurde. Wäre Greta bei ihm gewesen, wäre es schneller gegangen. Unwillkürlich erinnerte er sich an das erste Mal, dass sie miteinander unterwegs gewesen waren und sie ihn instinktiv und wortlos richtig geleitet hatte. Seitdem sie zueinandergefunden hatten, fragte er sich immer mal wieder, wann es begonnen hatte, zu welchem Zeitpunkt er gewusst hatte, dass sie es war. Vielleicht dieser Moment? Oder doch viel früher? Er konnte es bis heute nicht sagen.

Als er endlich in die Straße Am Park einbog, atmete er erleichtert auf. Er hatte den Umweg über die Parkstraße genommen, weil er die kannte. Der Weg über die Westerstraße wäre kürzer gewesen, aber die hatte, als er noch sehen konnte, nicht mal existiert. Von Magda wusste er, dass Eriks Haus das erste auf der rechten Seite war und dass er ein paar Stufen zur Eingangstür erklimmen musste. Oben tastete er nach der Klingel und dachte, dass es klüger gewesen wäre, vorher anzurufen. Möglicherweise war Arvid gar nicht da, und Eriks Frau Thea würde ihn kaum willkommen heißen. Er wappnete sich, legte eine Maske auf sein Gesicht, als er hörte, dass die Tür geöffnet wurde. Die Gestalt vor ihm war nicht Arvid.

»Sie? Sie haben kein Recht, mich zu belästigen. Erik hat nichts getan! Verschwinden Sie!«, strömte ein Schwall aufgebrachter englischer Sätze auf Matthias ein.

Er konnte sich nicht überwinden zu sagen, dass es ihm leidtue. »Ich verstehe, dass Sie aufgebracht sind«, entschloss er sich zu einem Kompromiss, »und ich möchte Sie auch nicht belästigen, sondern zu Arvid. Ist er da?«

»Warum nennen Sie ihn so? Das ist nicht sein Name!«

Augenscheinlich war Thea Sundberg nicht nur auf Matthias wütend. Aus dem Inneren des Hauses hörte er Schritte und schließlich Arvids Stimme, die etwas auf Schwedisch sagte. Theas Ton bei ihrer Antwort unfreundlich zu nennen wäre untertrieben gewesen, doch sie zog sich zurück.

»Matthias«, sagte Arvid. Entschieden unsicher. »Es tut mir leid, dass Thea … Wir sollten lieber woanders reden.«

»Ich bin nicht zum Reden gekommen. Ich möchte, dass du dieses Haus gründlich durchkämmst, ich möchte, dass du dir dabei jedes Detail ins Gedächtnis rufst, das Erik betrifft – wer er ist, wie er tickt, was er in welchen Situationen tut und denkt. Ich will, dass du etwas Persönliches findest, etwas, das ein Außenstehender wie Kassandra oder Paul gar nicht deuten kann, das du aber verstehst.«

Arvid holte tief Luft. »Thea ist unter anderem deshalb so aufgebracht, weil ich bereits begonnen habe, alles auf den Kopf zu stellen.« Er trat zurück und hielt die Tür weit auf. »Komm rein und hilf mir.«

Matthias starrte Arvids Gestalt an. »Es ist unnötig, mich auf diese Weise darauf aufmerksam zu machen, dass ich dazu nicht in der Lage bin.«

»Du kennst mich noch nicht besonders gut, Matthias, sonst wüsstest du, dass ich in der Regel meine, was ich sage. Willst du mir helfen oder da draußen Wurzeln schlagen?«

Obwohl Matthias nicht die geringste Vorstellung hatte, was er tun konnte, trat er ein.

»Lass uns unten weitermachen«, sagte Arvid. »Thea ist drüben im Wohnzimmer.«

Anscheinend hatte sie die beiden Männer gehört, sie stand da, als Arvid und Matthias die Treppe hinuntergingen, und rief ihnen etwas hinterher, das Matthias nicht verstand. Arvid ignorierte sie.

»Was hat sie gesagt?«, fragte Matthias.

»Unwichtig.«

»Ich glaube nicht, dass sie deiner Meinung ist.«

Am Fuß der Treppe drehte Arvid sich um. »Ich habe meine Schwiegertochter sehr gern und hätte ihr lieber erspart, was sie durchmacht. Leider kann ich ihr die Sache nicht erleichtern, erst recht nicht durch endlose Diskussionen, die sich im Kreis drehen.« Er wandte sich nach rechts. »Sie wird Erik so lange für unschuldig halten, bis das Gegenteil bewiesen ist, was lobenswerter ist als das, was ich gerade tue.«

»Du folgst deiner Überzeugung, sie ihrer. Das eine ist nicht besser oder schlechter als das andere.« Matthias war Arvid in einen Raum gefolgt, der relativ klein und dafür umso vollgestellter zu sein schien. »Ist das Eriks Arbeitszimmer?«

»Ja.«

»Was kann ich tun, während du suchst?«

»Mir zuhören.« Arvid blieb in der Mitte des Raumes stehen und fing an zu reden. Er erzählte von Erik, von ihren regelmäßigen Treffen in »Björns Bar«, danach scheinbar wahllose Episoden aus seinem Leben. Ungewollt erfuhr Matthias so eine ganze Menge über Erik. Verfolgte Arvid damit eine bestimmte Absicht? Doch dann, mitten in der Geschichte um ein Boot, das Erik in mühevoller Kleinarbeit über mehrere Jahre hinweg gebaut hatte, stockte er.

»Was ist?«, fragte Matthias.

Arvid ging um Eriks Schreibtisch herum, setzte sich und schien die Schreibtischunterlage anzuheben. Kurz darauf ließ er sie wieder fallen und beugte sich hinunter. Was er anschließend tat, konnte Matthias nicht erkennen.

»Erik hat sein Boot ›Vågryttare‹ getauft«, hörte er Arvids Stimme etwas dumpf von unten herauf. »Das heißt Wellenreiter, und manchmal dachte ich, ob er es überhaupt nur deshalb gebaut hat, damit er ihm diesen Namen geben konnte. Es liegt nämlich seit vier Sommern im Hafen Lilla Bommen, ohne dass er jemals damit rausgefahren wäre.«

»Was ist Besonderes an Vågryttare?«

Arvid kam wieder zum Vorschein und korrigierte automatisch Matthias' Aussprache, um dann übergangslos fortzufahren: »Erik hatte ein Kinderbuch, das so hieß. Helga hat es ihm hundertmal vorgelesen, mindestens, und später hat er es selbst gelesen, ich weiß nicht, wie oft. Als ich es das letzte Mal sah, war es vollkommen zerfleddert, aber er würde es nie wegwerfen.«

»Und?« Allmählich fragte sich Matthias, wohin das führen sollte.

»Es gibt ein paar solcher Dinge, die Erik viel bedeuten – er sammelt sie in einer Art Schatztruhe, und seine Marotte ist, diese Kiste mitzunehmen, wenn er auf Reisen geht. So hat er ein Stück Heimat überall da, wo er gerade ist.«

»Du meinst, er würde etwas Wichtiges in diese Kiste tun? Ich dachte, es handelt sich um Erinnerungen, nicht um …« Matthias ließ den Rest des Satzes in der Luft hängen, weil er gar nicht wusste, was Arvid zu finden erwartete. So was wie einen Lageplan von Gretas Gefängnis ja bestimmt nicht. Auch kein Diktiergerät. Das wäre Paul und Kassandra aufgefallen.

Arvid ließ sich auf Eriks Schreibtischstuhl zurücksinken. »Du hast recht. Das ist idiotisch.« Er klang resigniert, geschlagen.

»Vielleicht«, sagte Matthias langsam, »vielleicht nicht. Versuch's. Vielleicht ist es wirklich etwas, das, wie ich vorhin gesagt habe, nur du verstehen kannst. Ist die Kiste im Schreibtisch?«

»Unterste Schublade. Ich hab sie zufällig gesehen, als ich vor ein paar Tagen hier reinkam. Erik hat …« Arvid unterbrach sich, als würde er sich an etwas erinnern. »Großer Gott. Er erschrak beinah zu Tode, als er mich bemerkte, und behauptete, er wäre ganz weit weg gewesen. Die Schublade hat er fast zu beiläufig zugeschoben und abgeschlossen.« Arvid beugte sich erneut hinunter, und Matthias hörte, wie er erfolglos versuchte, sie zu öffnen. »Das Teil klemmt.«

»Aufgeschlossen hast du?«

»Ja, das war nicht das Problem.«

»Seltsam. Wenn Paul und Kassandra vor einer Schublade gestanden hätten, die sich nicht aufbekamen, hätten sie doch Bescheid gesagt.«

»Wahrscheinlich sind sie gar nicht mehr bis da gekommen«, sagte Arvid. »Irgendwas Wichtiges ist vorhin passiert, sie mussten sehr plötzlich aufbrechen.« Noch einmal versuchte er sich an der Schublade.

Natürlich, das war die Erklärung. »Es hatte mit Jan Möller zu tun.« Matthias gab weiter, was er von Heinz gehört hatte, war aber in Gedanken schon bei Eriks Kiste. Er ging neben Arvid vor dem Schreibtisch in die Hocke. Geübt fuhren seine Hände über das Holz, über die millimeterkleinen Lücken zwischen den beiden Laden und am rechten und linken Rand. »Heb die obere an, so weit es geht«, befahl er.

»Da ist zu wenig Lücke.«

»Diskutier nicht, tu, was ich sage«, wies ihn Matthias gelassen zurecht.

»Lerne ich da gerade eine neue Seite an dir kennen?«, fragte Arvid, während er die obere Lade um ein winziges Stück hob. »Kühle Effizienz?«

Matthias ruckelte vorsichtig an der unteren Schublade. »Noch ein bisschen nach oben«, diktierte er. »Ist das deine höfliche Umschreibung für: Ich kommandiere andere rum?«

»Schön, dass wir uns verstehen.«

Erneut bewegte Matthias die Schublade nach links und rechts. »Wenn ich weiß, was richtig ist, gibt's keinen Grund, das nicht zu sagen. – Jetzt wieder nach unten, ganz wenig nur.«

»Aber auch keinen Grund für deinen Kommandoton.« Trotzdem folgte Arvid der Anweisung.

»Kann schon sein.« Mit einem Ruck drückte Matthias die Lade nach unten, während er gleichzeitig heftig daran zog. Die Lade löste sich, rutschte aus der Halterung und polterte zu Boden. »Ist allerdings in der Tat effizient.«

Arvid sagte nichts, doch Matthias sah diffus, wie er nach

etwas griff, sich aufrichtete und wieder auf dem Stuhl Platz nahm.

»Eriks Kiste?«, fragte Matthias, nach wie vor in der Hocke. »Was ist drin?«

»Das Buch«, begann Arvid, »sein erster Autoschlüssel, ein Kalender aus dem Jahr, in dem Ellie geboren wurde, ein Foto von Helga und mir an unserem ersten und ein zweites an unserem letzten Hochzeitstag, eine dünne Schreibkladde aus seinem Studium und ein versteinerter Seeigel. Den habe ich noch nie gesehen, keine Ahnung, woher er stammt.«

Nach einem Augenblick bedrückten Schweigens vergewisserte sich Matthias: »Das ist alles?« Er hörte selbst, wie enttäuscht er klang.

»Ja. Das ist alles.«

Die Schublade lag noch neben Matthias auf dem Teppich. Er tastete sie ab, fand Stifte, mehrere Steine und zwei Broschüren. »Fühlt sich an wie der Wustrower Veranstaltungskalender und der Kulturpfad«, sagte er.

»Stimmt.« Arvid nahm ihm beides ab und blätterte sie durch, vielleicht auf der Suche nach Hinweisen.

Matthias konnte sich nicht vorstellen, dass das zu etwas führte, und wandte sich seinerseits dem Schreibtischkorpus zu, den er dort abtastete, wo die Schublade festgesteckt hatte. Seine Finger fanden mehrere A4-Blätter, die sich wie Kopierpapier anfühlten, sie waren zerknickt und zumindest zum Teil dafür verantwortlich, dass die Schublade geklemmt hatte. Matthias erhob sich und legte die Blätter auf den Schreibtisch.

»Was ist das?«

Arvid beugte sich über die Blätter und begann zu lesen. Nach der ersten Seite und einem kurzen Blick auf die folgenden sah er auf. »Das sind Kopien von Zeitschriften- und Zeitungsartikeln, die meisten über die Brandstiftung von vor drei Jahren bei dir um die Ecke.«

»Ist es nun erstaunlicher, dass du das sagst, als wüsstest du darüber ziemlich gut Bescheid, oder dass Erik diese Kopien hat?«, fragte Matthias.

Arvid lachte heiser. »Wie Kassandra bereits feststellte: Ich recherchiere nicht nur halb und bin einigermaßen im Bilde darüber, was hier in den letzten Jahren Außergewöhnliches passiert ist.« Sein Tonfall änderte sich schlagartig, als er fortfuhr. »Warum Erik sich für Niklas Thiel interessiert, ist mir allerdings auch ein Rätsel.«

»Wer sagt, dass er das tut? Es kann ihm um die Brandstiftung an sich oder um die Personen gehen, die direkt oder indirekt damit zu tun hatten. Einige davon waren in die damals geplanten Bauvorhaben um die Seefahrtschule involviert, und nach allem, was Paul erzählt hat, ist Erik ganz wild auf dieses Thema.«

Nach kurzem Zögern sagte Arvid: »Möglich. Nur stammen zwei Kopien aus einer dieser ›Schicker Wohnen‹-Zeitschriften, und zwar offensichtlich aus der Zeit, als Thiel sein Haus gerade saniert und bezogen hatte. Der Artikel selbst ist länger und behandelt wohl mehrere Objekte in der Gegend. Erik hat aber nur die beiden Seiten aufbewahrt, in denen es um Thiel geht.«

»Steht was Besonderes drin?«

Nachdem er sämtliche Artikel gelesen hatte, verneinte Arvid. »Ich frage Thea, obwohl ich nicht glaube, dass sie was darüber weiß.« Als er bemerkte, dass Matthias ihm folgte, wehrte er ab. »Es wäre besser, wenn ich allein mit ihr rede.«

Auch wenn es ihm schwerfiel zurückzubleiben, musste Matthias zugeben, dass Arvid recht hatte, und schließlich würde er ohnehin nicht verstehen, was sie sagten. Zumindest, was die Worte betraf. Was hingegen die Lautstärke betraf, war nicht zu überhören, dass Thea immer noch nicht milder gestimmt war. Matthias setzte sich wieder und versuchte, den Streit oben zu ignorieren und nachzudenken. Niklas Thiel. Matthias hatte ihn nur flüchtig gekannt, wie man sich eben kennt, wenn man in der Nachbarschaft wohnt. Soweit er wusste, gehörte Thiel das Grundstück immer noch. Wenn es verkauft worden wäre, hätte sich das rumgesprochen – und es hätte längst jemand wieder dort gebaut. Die Lage war hervorragend. Thiel hätte es für einen guten Preis an den Mann bringen können, warum hatte er es noch nicht getan? Oder hatte er es getan? Vor Kurzem, sodass es sich noch nicht herumgesprochen hatte?

Unterschwellig begann sich eine Theorie in seinem Kopf zu formen. Er griff nach ihr, drehte und wendete sie – und fand einen Haken darin, der sie abwegig erscheinen ließ. Andererseits konnte man nie wissen. Er grübelte noch immer über diesen Haken, als Arvid zurückkam.

»Thea sagt, sie hat weder von Niklas Thiel noch von der Brandstiftung je gehört und keine Idee, warum Erik sich dafür interessieren sollte.«

»Glaubst du ihr?«

Auch wenn er es nicht sehen konnte, er hörte geradezu Arvids Stirnrunzeln. »Selbstverständlich glaube ich ihr. Sie hatte bis vorhin keine Ahnung von all dem, was ich Erik in ›Björns Bar‹ erzählt habe.«

Das hatte Matthias nicht wirklich bezweifelt. Ohnehin war er schon wieder bei seinen eigenen Überlegungen. »Was weißt du über Eriks Finanzen?«, fragte er.

Arvid hatte sich wie vorhin hinter dem Schreibtisch niedergelassen und räumte offenbar die Schublade wieder ein. »Spielst du auf die Lösegeldforderung an? Das war garantiert nicht Eriks Motiv, er muss sich um seine und die Zukunft seiner Familie keine Sorgen machen. Wenn Geld eine Rolle spielt, dann höchstens für seinen Komplizen – Jan Möller hat ja wohl größere Probleme.«

Ohne auf Möller einzugehen, sagte Matthias: »Über die Runden zu kommen reicht Erik vielleicht nicht.«

»Er kommt nicht bloß über die Runden.« Arvid klang amüsiert. »Erik steht finanziell ausgesprochen gut da.«

Das widersprach drastisch dem, was Paul über Eriks Kontostand gesagt hatte. Entweder Pauls Recherchen waren fehlerhaft – oder Arvid wusste weit weniger über seinen Sohn, als er dachte.

»Sicher?«

»Ja, allerdings.« Die Belustigung war aus Arvids Stimme verschwunden. »Weshalb zweifelst du das an? Es geht dir nicht nur um das Lösegeld, richtig?«

Matthias hatte nicht vor zu verraten, dass Paul – oder wer auch immer in seinem Auftrag – Erkundigungen über Eriks Finanzen eingeholt hatte.

»Worum es mir geht, ist die Frage, ob Erik sich – vor der Zahlung des Lösegelds – hätte leisten können, auf dem Fischland ein Grundstück zu kaufen. Niklas Thiels Grundstück, um genau zu sein.«

Das musste Arvid sacken lassen. »Ja«, sagte er dann. »Mit Leichtigkeit. Warte mal – du denkst allen Ernstes, er hätte sich mit einem ganzen Grundstück belastet, nur um Greta dort zu verstecken? Selbst wenn das nicht übertrieben wäre: Wo denn, bitte? Da steht kein Stein mehr auf dem anderen.«

Das war alles korrekt, aber nicht das Wesentliche. Vor allem, wenn man ein Detail berücksichtigte, das den Verdacht überhaupt erst auf Erik gelenkt hatte: die Fischländer Haustüren.

Matthias hatte keine Zeit, Arvid alles, was ihm im Kopf herumgeisterte, zu erklären, und ignorierte dessen Einwand. »Entschuldige, wenn ich insistiere, aber Erik muss von seinem Professorengehalt eine Familie ernähren.« Bewusst verzichtete er darauf, die zweite Familie in Island zu erwähnen. »Ich weiß nichts über Immobilienpreise in Göteborg, aber er hat laut Paul ein Haus in einer guten Gegend, und der Liegeplatz für sein Boot im Hafen ist sicher auch nicht umsonst. Dazu noch mit Leichtigkeit ein großes Grundstück auf dem Fischland kaufen zu können hieße, dass dein Sohn ein sehr gut gepolstertes Konto hat. Wovon?«

Arvid schnaubte. »Helgas Vater hat in Schweden ein Vermögen gemacht und einen Großteil davon Erik hinterlassen. Ich will nicht so weit gehen zu sagen, dass er Thiels Grundstück aus der Portokasse bezahlen könnte, aber wenn er es haben wollte, könnte er es in der Tat ohne Probleme kaufen.«

Arvid klang sehr überzeugt. Allerdings konnte man Geld auf diverse Art und Weise auch wieder verlieren. »Und du wüsstest, wenn sich an diesem Zustand etwas geändert hätte?«

»Was willst du eigentlich? Nachweisen, dass Erik das Grundstück hätte kaufen können oder dass er es nicht hätte kaufen können?«, fragte Arvid verärgert. »Ich gehe davon aus, dass er mir gesagt hätte, wenn er in eine finanzielle Schieflage geraten wäre – wobei ich mich frage, wie er in eine *solche* Schieflage hätte geraten sollen, um *diese* Summe zu verlieren.« Er wurde wieder ruhiger. »Aber hundertprozentig wissen kann ich es nicht, nein.«

Matthias tendierte dazu, Arvids Gefühl zu vertrauen, obwohl es sich nicht mit Pauls Informationen vertrug. Er kannte deren Quelle nicht, und es mochte gute Gründe geben, weshalb Paul dieses Vermögen entgangen war. Arvid hatte nicht erwähnt, auf welchem Konto es lag, möglicherweise in einer Steueroase. Auf Steuervergünstigungen achtete Erik ja, sonst hätte er sein Haus längst abbezahlt – immer vorausgesetzt, dass Arvids Gefühl ihn nicht trog. Auf jeden Fall brachten weitere Mutmaßungen nichts, Matthias brauchte Fakten. Er griff nach seinem Telefon.

»Was hast du vor?«, fragte Arvid.

»Was ich längst hätte tun sollen«, murmelte Matthias. Blind fand sein Finger das Mikrofonsymbol auf seinem Handydisplay. Auf das leise »Pling« hin sagte er: »Rufe Heinz an.« Während das Freizeichen ertönte und er wartete, schüttelte er im Inneren über sich selbst den Kopf. Er legte doch so viel Wert auf Effizienz. Es wäre weitaus effizienter gewesen, zuerst herauszufinden, ob Thiel sein Grundstück überhaupt verkauft hatte, statt über Eriks Finanzen zu spekulieren. Er stand zu sehr unter Druck, normalerweise funktionierte sein strategisches Denkvermögen besser.

»Tut mir leid, Matthias, ich hab noch nichts Neues von Paul und Kassandra gehört«, meldete sich Heinz.

»Darum geht's auch nicht. Hast du noch Kontakt zu Niklas Thiel?«

»Thiel?«, fragte Heinz verwundert. »Seit etwa einem Jahr nicht mehr, aber wenn es wichtig ist, kann ich ihn anrufen.«

»Tu das bitte, und frag ihn, ob er sein Grundstück in der Hafenstraße verkauft hat. An Erik Sundberg.«

Heinz schien nachzudenken. »Alles klar«, sagte er dann. »Du hörst von mir.«

Matthias steckte sein Telefon weg und stand auf. »Kommst du mit?«, fragte er Arvid.

»Wohin?«

»Zuerst zu Heinz, falls du dich dazu überwinden kannst. Danach zu Niklas Thiels Grundstück. Oder zu Eriks. Je nachdem.«

Arvid erhob sich nur langsam. »Du bist dir schon sicher, obwohl Heinz Jung noch nichts bestätigt hat.«

»Ich bin mir keineswegs sicher, aber falls er es bestätigt, möchte ich keine Zeit verlieren. Andererseits könnte sich hier natürlich immer noch ein wichtiger Hinweis verbergen, den du suchen könntest. Das wäre …«

»… effizienter?«

»Ja. Aber ich wäre bei der Dunkelheit draußen schneller, wenn du mitkämst.« Das kam einer Bitte am nächsten, ohne dass er es aussprechen musste, doch Arvid verstand ihn auch so.

»Dann los.«

Draußen hatte der Wind sich etwas beruhigt, dennoch waren sie weit von einer Schönwetterfront entfernt.

»Das war noch nicht alles«, stellte Arvid fest, der zügig ausschritt. »Regen und Sturm liegen in der Luft.«

Matthias antwortete nicht, er konzentrierte sich auf Arvids Schritte neben sich und nutzte zusätzlich seinen Stock.

»Woher kennt Heinz Jung Niklas Thiel?«, fragte Arvid.

Matthias hatte den Eindruck, dass er die Frage hauptsächlich stellte, um die Stille zwischen ihnen zu brechen.

»Sie haben zusammen im Verein geschossen. Nach Thiels Brandverletzungen war es damit vorbei, er konnte zwar seine rechte Hand noch benutzen, aber nicht mehr für sehr präzise Arbeiten oder um eine Schusswaffe zu halten.«

Er war Niklas Thiel nach dem Brand nur noch einmal in Wustrow begegnet. Was er über ihn wusste, hatte Heinz ihm eines Tages erzählt, als sie bei einem Spaziergang an dem brach liegenden Grundstück vorbeigekommen waren. Dazu gehörte auch, dass Thiel von Kassandras Vater Harald Barthel, für den er gearbeitet hatte, nach Krankenhaus und Reha großzügig unterstützt worden war – unter anderem darin, einen neuen Job weit weg vom Fischland zu finden und sich dort ein neues Leben aufzubauen.

Matthias hatte das Gefühl, dass Arvid lange nachdachte und mehrmals ansetzte, bevor er so leise sagte, dass Matthias es kaum verstand: »Feuer ist unbarmherzig.«

Dem hatte Matthias nichts hinzuzufügen. Er setzte den Weg dicht neben Arvid fort, seine Hand in der Manteltasche um sein Telefon gelegt, damit er gleich das Vibrieren spürte, falls Heinz zurückrief.

Mittlerweile waren sie in der Lindenstraße angekommen. »Wohnt Jung noch im selben Haus wie damals?«, erkundigte sich Arvid.

»Ja. Ich dachte, du recherchierst nicht nur halb«, gab Matthias spöttisch zurück.

»Verzeih, dass ich Hausnummern außer Acht gelassen habe«, parierte Arvid und blieb kurz darauf stehen. »Wir dürften angekommen sein. Du klingelst besser.«

Heinz öffnete wortlos, was Matthias irritierte, bis er ihn sagen hörte: »Harald Barthel ist immer noch der Alte, höchstens ein bisschen sanfter alles in allem.«

Matthias spürte, wie Arvid ihn anstupste, anscheinend hatte Heinz sie hereingewinkt, während er weitertelefonierte.

»Kassandra bewirkt das bei Leuten, keine Ahnung, wie.« Heinz lachte, hörte zu, dann stellte er fest: »Ja, das sollten wir auf jeden Fall.« Wieder eine kurze Pause und schließlich: »Richte ich aus. Und: Danke, Herr Thiel, das hilft uns weiter. Bis bald.«

Er beendete das Gespräch, Matthias hörte, dass er das Telefon weglegte.

»Was hat er gesagt?«

»Ich habe keine Ahnung, wie du auf diese Idee gekommen

bist, aber du hast recht«, sagte Heinz. »Anfang August hat Niklas Thiel sich entschlossen, sein Grundstück endlich zu verkaufen, und einen Immobilienmakler beauftragt. Es gab schnell diverse Interessenten, einer davon hat von sich aus den angepeilten Verkaufspreis um zwanzig Prozent erhöht. Der Makler hat Niklas Thiel dieses Angebot einer Hamburger Baufirma vorgelegt, aber ihm war daran gelegen, an eine Privatperson zu verkaufen, er hat es deshalb ausgeschlagen und sich mit zwei anderen Interessenten persönlich getroffen. Erik Sundberg war ihm sympathisch, er bekam den Zuschlag und ist seit dem 26. September rechtmäßiger Eigentümer des Grundstücks in der Hafenstraße. Ich frage mich ...« Heinz unterbrach sich. Zweifellos hatte er sich gefragt, wovon Erik das bezahlt hatte, aber gerade noch rechtzeitig daran gedacht, dass Arvid ebenfalls in seiner Diele stand. »Unwichtig«, fuhr er fort. »Du vermutest, dass Greta dort ist, und du willst so schnell wie möglich hin. Korrekt?«

»Ganz genau.«

»Dann komme ich mit.« Heinz drehte sich um. »Bin gleich zurück.«

»Moment mal«, sagte Arvid, was Heinz dazu brachte, stehen zu bleiben.

»Brauchen Sie den Kaufvertrag, um mir zu glauben?«

»Nein. Ich brauche eine Erklärung dafür, warum ihr beide – Verzeihung, Herr Jung –, *Sie* beide überzeugt sind, dass sich Greta auf diesem mit Gestrüpp überwucherten Grundstück befindet, auf dem nur noch ein paar Mauerreste stehen.«

»Erklär du's ihm, Matthias«, sagte Heinz und verschwand weiter hinten in einem Zimmer.

Matthias spürte, dass Arvid mit einem Mal wieder unter Strom stand. Unwillkürlich streckte er die Hand aus und bekam seinen Arm zu fassen. Es schien seltsam, dass er plötzlich in der Situation war, beruhigend auf Arvid einzuwirken, statt umgekehrt. Matthias hatte endlich ein Ziel, ein greifbares Ziel, er wusste, was zu tun war. Das war tausendmal besser, als machtlos in der Luft zu hängen – was nun auf Arvid zutraf.

»Nach dem Feuer«, sagte Matthias, seine Hand noch immer auf Arvids Arm, »war Niklas Thiels Haus eine Ruine, vom Dachstuhl, der nur noch aus einzelnen Balken bestand, bis zu den schwarz verkohlten Gefachen des Erdgeschosses. Ich nehme an, es gab Bilder zu den Artikeln, die wir bei Erik gefunden haben.«

»Ein paar, ja.«

»Es bestand Einsturzgefahr, weshalb der überwiegende Teil der Ruine abgetragen wurde und später, nachdem Thiel beschlossen hatte, nie wieder nach Wustrow zurückzukehren, auch das, was noch halbwegs stand. Bis auf die paar Reste der Grundmauern. Ich weiß nicht, warum man die stehen ließ – vielleicht, um den Zugang zum Keller und den Keller selbst zu schützen, der als Einziges den Brand fast unbeschadet überstanden hatte und den man, sollte jemals wieder ein Haus dort gebaut werden, wieder nutzen kann.«

»Du denkst, dass Erik die Entführung schon lange geplant hat und das Grundstück kaufte, um Greta da zu verstecken. In dem Keller.« Arvids Stimme war kaum mehr als ein Flüstern.

»Ich denke, dass Greta seit einer Woche in diesem Keller hockt. Ich denke, dass sie sich völlig verängstigt fragt, was schiefgelaufen ist und warum sie immer noch nicht freigelassen wurde. Ich hoffe, dass es so ist. Ich hoffe, sie …« Jetzt war es Matthias' Stimme, die versagte. Er riss sich zusammen. »Inwieweit Erik das Grundstück in seine Planungen von Anfang an einbezogen hat, muss er uns beantworten. Meine Einschätzung ist, dass es keine vordergründige Rolle spielte. Sicher kann er von dem Keller gewusst haben, bevor er das Grundstück kaufte, aber dein Sohn ist ein intelligenter Mann, der mit Sicherheit alles vermieden hätte, was ihn mit Grundstücken oder Bautätigkeiten in Verbindung bringen könnte, wenn er plante, ein gerade eben gekauftes Grundstück für ein Verbrechen zu missbrauchen. Oder bist du anderer Ansicht?«

»Nein«, sagte Arvid. »Trotzdem verstehe ich nicht, was du meinst.«

»Er meint«, ließ Heinz sich vernehmen, der eben zurückgekehrt war, »dass sich Ihr Sohn mit größter Wahrscheinlichkeit bei Jan Möller wegen mindestens einer Fischländer Tür erkundigt hat – was er später vehement leugnete. Er leugnete sogar, Möller überhaupt zu kennen. Ich stimme Matthias zu: Zu dem Zeitpunkt, zu dem er erstmals bei Möller war, mag die Entführung zwar schon geplant gewesen sein, aber eher nicht mit der Maßgabe, Greta in diesem Keller zu verstecken. – Matthias, kommst du kurz, ich brauche deine Hilfe. – Sie entschuldigen uns bitte, Herr Sundberg.«

Heinz ging voran in sein kleines Büro, ließ Matthias aber zuerst eintreten und schloss hinter ihnen beiden die Tür. »Wie sicher bist du dir, Greta da unten zu finden?«, fragte er ohne Umschweife.

»Ich kann zwar kaum fassen, dass sie Wustrow nie verlassen hat und dazu noch die ganze Zeit nur sechshundert Meter von zu Hause entfernt gefangen gehalten wird, aber es deutet alles darauf hin.«

»Ja«, sagte Heinz etwas zögerlich.

»Hast du Zweifel?«

»Nein«, sagte er abermals zögernd. »Daran nicht, keine wesentlichen. Vielleicht solltest du dir aber genau deshalb überlegen, ob es nicht an der Zeit wäre, doch die Polizei einzuschalten. Wir wissen nicht, wo Erik Sundberg und Jan Möller inzwischen sind. Wäre möglich, dass wir da unten auf sie treffen.«

»Du fürchtest, sie wären uns überlegen – einem nahezu Blinden und zwei alten Männern? Seit wann unterschätzt du dich?«

Heinz antwortete vollkommen sachlich. »Tu ich nicht, ich erwäge nur die Möglichkeiten. Erik Sundberg ist anscheinend mit den Nerven am Ende, was sich zu unseren Gunsten, allerdings auch erheblich zu unseren Ungunsten auswirken könnte. Möller dagegen ist ein recht klarer Fall, er dürfte geschwächt und leicht zu überwältigen sein. Was das Risiko birgt, dass er zusammenbricht mit was weiß ich für Folgen, für die wir verantwortlich wären.«

»Glaubst du, das interessiert mich?«, fuhr Matthias auf.

»Nicht im Moment. Aber es könnte dich – uns – interessieren, wenn Möller uns später wegen ebenjener Folgen unseres … Angriffs auf Schmerzensgeld verklagt. Ob das Aussicht auf Erfolg hätte, ist schwer zu sagen, auf jeden Fall nicht ausgeschlossen. Ich bin immer mit Überzeugung Polizist gewesen, an dieser Einstellung wird sich nie etwas ändern, aber manchmal geht in unserem Rechtssystem Täter- vor Opferschutz, und wir werden seitens der Behörden keine Sympathien dafür ernten, die Angelegenheit in unsere eigenen Hände genommen zu haben. Wenn wir die Sache ab jetzt der Polizei überließen …«

»… wären wir aus dem Schneider?«, beendete Matthias den Satz ungläubig. »Ist das dein Ernst? Du willst kneifen?«

Heinz holte tief Luft. »Nein, und ich hoffe, das weißt du. Ich mache dich nur auf dieses zusätzliche Risiko aufmerksam. Abgesehen von dem, dass da unten tatsächlich was schiefgehen könnte, bei dem nicht Möller oder Sundberg den Kürzeren zieht, sondern jemand von uns oder Greta. Aber mir ist klar, dass dir das bewusst ist und es dich nicht abhalten wird.«

»Das Risiko für Greta besteht auch, wenn wir die Polizei einschalten, es ist sogar größer, weil Erik und Möller vor einem Blinden und zwei alten Männern bestimmt weniger Respekt haben als vor einem Polizeieinsatzkommando, bei dessen Anblick sie die Nerven verlieren könnten. Und«, fügte er hinzu, »falls wir uns irren und Greta ist nicht in diesem Keller, werden die Entführer auf jeden Fall erfahren, dass die Polizei im Spiel ist. Das ist ein Risiko, das ich unter keinen Umständen eingehen möchte.«

»Da ist was dran. Dann bleibt nur noch eins zu klären. Du redest die ganze Zeit von zwei alten Männern, daher gehe ich davon aus, dass Arvid Sundberg uns begleiten soll. Ich will nicht darauf rumreiten, dass ich sechzehn Jahre jünger bin als er, aber … Tut mir leid, Matthias, ich muss dich das fragen: Vertraust du ihm?«

Matthias schloss die Augen. Zu Magda hatte er gesagt, er vertraue Arvid, und es so gemeint. Die Situation war jetzt eine andere, es ging um mehr als darum, Hinweise zu suchen, und tatsächlich konnte er nicht wissen, wie Arvid reagieren würde, wenn er da unten auf seinen Sohn traf. Unverkennbar liebte er Erik. Trotzdem hatte Matthias ihn instinktiv gebeten mitzukommen. Er öffnete die Augen wieder, sah Heinz' diffuse Gestalt vor sich stehen und nickte.

»Was haben Sie in dem Rucksack?«, fragte Arvid, nachdem sie das Haus verlassen und den Weg zur Hafenstraße eingeschlagen hatten.

»Werkzeug«, antwortete Heinz wortkarg.

»Um in den Keller einzubrechen«, stellte Arvid fest.

»Das ist der Sinn der Sache. Oder wollen Sie höflich anklopfen und warten, bis uns jemand reinlässt?«

Die nächsten Meter legten sie schweigend zurück. Matthias glaubte, ein paar Regentropfen auf seinem Gesicht zu spüren, doch als sie auf den Platz mit der Alten Eiche anlangten, hörte der Regen auf. In anderthalb Monaten würde hier der Wustrower Weihnachtsmarkt aufgebaut sein, die Leute würden Glühwein trinken, die Kinder Zuckerwatte essen. Letztes Jahr war Matthias mit Greta hier gewesen – zum ersten Mal seit urewigen Zeiten. Er hatte nicht mehr gewusst, wie viel Spaß so was machen konnte.

Einen verrückten Moment lang erstand vor seinem inneren Auge ein Bild: Greta und er und zwischen ihnen, ihre Hände haltend, ein Kind, das mit leuchtenden Augen all die Verlockungen und bunten Lichter betrachtete. Energisch wischte Matthias diese Vorstellung fort und kehrte zurück in die Gegenwart, gerade als Arvid sich räusperte.

»Falls Greta da unten nicht allein ist – was tun wir dann?«

Heinz gab ein undefinierbares Geräusch von sich, und in seiner Antwort lag die ganze Skepsis, die er vorhin in seiner Frage Matthias gegenüber zum Ausdruck gebracht hatte. »Sie können die Angelegenheit gern Matthias und mir überlassen, wäre nicht das erste Mal, dass wir uns gemeinsam ganz gut schlagen.«

»Ich habe nicht gefragt, weil ich Angst habe«, sagte Arvid scharf, um etwas bedächtiger hinzuzufügen: »Jedenfalls nicht meinetwegen. Ich nehme an, in dem Rucksack ist nicht bloß Werkzeug, sondern auch Ihre Waffe.«

»Wenn ich die in einer kritischen Lage erst aus dem Rucksack holen müsste, könnte es leicht zu spät sein«, entgegnete Heinz.

»Jedenfalls haben Sie Ihre Waffe dabei«, schloss Arvid. »Das kann danebengehen.«

»Sie halten wirklich wenig von den Fähigkeiten der Polizei, was, Herr Sundberg? Ich werde mir die größte Mühe geben, nicht wild durch die Gegend zu ballern und nicht versehentlich Greta, Ihren Sohn oder Jan Möller zu erschießen«, sagte Heinz sarkastisch.

»Danke.« Das kam so leise von Arvid, dass Matthias sich fragte, ob er es tatsächlich gehört hatte.

Allmählich spürte er, wie die Ruhe, die ihn vorhin bei dem Gedanken, endlich etwas tun zu können, erfasst hatte, schwand und wieder einer schon vertrauten Anspannung Platz machte.

Jetzt bogen sie in die Hafenstraße ein, vorbei an der Kirche und der alten »Schifferwiege«, jenem knallrot verputzten Kapitänshaus, das so stolz seit dem 17. Jahrhundert an dieser Stelle stand, als könne ihm nichts und niemand etwas anhaben. Matthias ballte seine Hände zu Fäusten. Er würde sein Leben geben, um Greta aus diesem Loch zu holen, und er wusste, dass Heinz an seiner Seite stand. Und Arvid? Wo stand Arvid wirklich, wenn es hart auf hart kam?

Schlagartig beschlichen Matthias Zweifel an seiner Entscheidung, Arvid mitzunehmen. Zweifel, die wuchsen und ein geradezu erschreckendes Ausmaß annahmen, je näher sie dem verwilderten letzten Grundstück der Hafenstraße kamen.

23

Kassandra fühlte sich wie in einer Zeitschleife. Erst gestern Abend war sie Arvid in die Osterstraße gefolgt, wie sie nun Philipp Jacobsen folgten. Paul hielt einen recht großen Sicherheitsabstand, weil die Straße so gerade verlief. Sie konnten problemlos sehen, dass Jacobsen ein Stück vor der Eck-Permin-Straße langsamer wurde und schließlich am Straßenrand parkte. Paul bog in die Feldstraße und stellte den Motor ab, während Kassandra die ganze Zeit in den Rückspiegel schaute, wo sie erkannte, dass Jacobsen – oder zumindest eine dunkle Gestalt, die seine sein mochte – Richtung Hafenstraße ging. Sie beeilten sich auszusteigen, um ihn nicht aus den Augen zu verlieren, nebenbei fingerte Kassandra nach ihrem Handy, um es stumm zu schalten. Nur aus den Augenwinkeln nahm sie daher wahr, wie sich gegenüber die Pforte eines Vorgartens öffnete. Eine Frau kam heraus, schaute herüber und hob grüßend die Hand.

»Paul«, rief sie, noch ehe er und Kassandra sich abwenden konnten. »Wenn das kein Zufall ist, dass wir uns über den Weg laufen. Stell dir vor …«

»Hallo, Siggi«, unterbrach Paul sie. »Tut mir leid, ich hab leider gar keine Zeit. Können wir morgen reden?«

»Ach, wie schade, es geht wirklich ganz schnell, ich habe neulich bei meiner Oma auf dem Dachboden einen Karton mit alten Wanderkarten gefunden, die noch richtig gut erhalten sind, das wäre doch was für dein Archiv, könntest …«

Normalerweise schätzte Paul es außerordentlich, dass die Fischländer bei solchen Gelegenheiten an ihn dachten, aber Kassandra spürte, dass er kurz davor stand, seine Geduld zu verlieren und zu explodieren. »Siggi, das ist großartig, sonst jederzeit gern, aber nicht jetzt, ja? Ich melde mich.« Er griff nach Kassandras Hand und zog sie mit sich zur Osterstraße.

Als Kassandra kurz über die Schulter zurückschaute, sah sie

Siggi perplex auf dem Gehsteig stehen und ihnen hinterherstarren. Paul war einfach nicht unhöflich. Normalerweise.

Siggi hatte sie nur kurz aufgehalten, doch Jacobsen hätte nichts Besseres passieren können. Er war verschwunden. Niemand war auf der Osterstraße unterwegs.

»Das ist unmöglich«, sagte Paul. »Er dürfte die Hafenstraße noch nicht erreicht haben.«

»Vielleicht wollte er nicht dahin. Ich kann nicht sicher sagen, dass er das war, den ich im Rückspiegel gesehen habe. Er könnte in die andere Richtung gegangen und abgebogen sein. Oder er ist in eins der Häuser.«

»Oder da lang.« Paul deutete nach schräg gegenüber in die Verlängerung der Fritz-Reuter-Straße, die auf ein Gehöft zuführte, das mitten im Feld zum Bodden hin lag.

»Was sollte er bei den Niejahrs wollen?«, fragte Kassandra.

»Ist abgelegen genug, um jemanden zu verstecken.«

»Du verdächtigst die Niejahrs?«

»Nein«, sagte Paul, während er sich in Bewegung setzte. »Aber Bertold Niejahr erzählte neulich, dass seine uralte Scheune abseits des Hofs wegen angeblicher Einsturzgefahr nicht mehr genutzt werden darf. Wäre doch ein gutes Versteck.«

Inzwischen waren sie am Feldrand angekommen. Kassandra schaute in die Dunkelheit hinüber zum weit entfernt liegenden Gehöft. Zwei, drei Fenster waren erleuchtet, aber niemand war auf dem Weg dorthin. »Wir müssten Jacobsen zumindest noch sehen«, murmelte sie.

»Ja, allerdings.« Unzufrieden ließ Paul seinen Blick schweifen.

Kassandra erschrak, als er sie anstieß und wortlos nach rechts deutete. Dicht am Feldrand entlang, schon kaum mehr auszumachen, lief jemand in südlicher Richtung. Das war kein offizieller Weg.

»Wenn das Jacobsen ist, will er doch zu Matthias«, flüsterte Kassandra, obwohl er zu weit weg war, um sie hören zu können. Sie folgte Paul, der bereits losmarschierte. »Auf diese

Weise kommt er nach Barnstorf, ohne jemandem auf der Straße zu begegnen, und seinen Wagen hat er weit weg genug abgestellt, dass ihn niemand mit Matthias in Verbindung bringen wird.«

Paul nickte nur, blieb aber plötzlich stehen, als auch die Gestalt vor ihnen haltmachte.

»Was tut er?«, wisperte Kassandra.

Paul verzog das Gesicht. »Kann ich nicht genau erkennen, aber ich nehme an, er düngt Bertolds Acker.«

Während sie warteten, hörte Kassandra ein leises, aber irgendwie vertrautes Geräusch von vorn. Es dauerte etwas, bis ihre Phantasie ein paar Dezibel draufgepackt und es identifiziert hatte – ein Niesen.

»Jacobsen, zweifellos.«

Der setzte nun seinen Weg fort, Paul jedoch wartete noch, um ganz sicherzugehen, dass sie nicht entdeckt wurden, falls Jacobsen zurückschaute. Seine Vorsicht führte dazu, dass sie ihn aus dem Blickfeld verloren, als er sich nach schräg rechts wandte und durch Sträucher und Gebüsch lief, die ihn unsichtbar machten. Zunächst nahm weder Kassandra noch Paul das weiter tragisch, weil sie wussten, wohin Jacobsen wollte. Als er jedoch weiterhin verschwunden blieb, statt zwischen den Bäumen des Barnstorfer Wegs, der zur Hufe III führte, zu erscheinen, wurde ihnen klar, dass sie ihn verloren hatten. Zum zweiten Mal.

»Ich glaub's nicht«, sagte Paul mit kaum unterdrücktem Zorn.

»Wo kann er hin sein?«

Paul rieb sich das Kinn und starrte in die Dunkelheit zurück in die Richtung, aus der sie gekommen waren. »Verdammt«, sagte er leise. »Wenn stimmt, was mir gerade durch den Kopf schießt, sollte man mich für meine Dämlichkeit einsperren.«

Kassandra wollte gerade fragen, was er meinte, da spürte sie in ihrer Manteltasche das Telefon vibrieren. Sie holte es hervor.

»Wer ist dran?«, fragte Paul schon im Gehen. »Wenn das nichts Wichtiges ist …«

»Kay. Das ist wohl wichtig genug.«

Paul dämpfte seine Stimme noch etwas. »Rede nur das Nötigste. Wenn ich recht habe, ist Jacobsen noch in der Nähe.«

Kassandra nickte und nahm das Gespräch an. »Ja?«

»Dein Onkel hat mich angerufen«, sagte Kay. »Er wusste nicht, was ihr gerade macht und ob er wo zwischenfunkt, deshalb hat er sich nicht direkt bei euch gemeldet. Bei mir hat er leider auch bloß die Mailbox erwischt und danach sein Handy abgeschaltet – verständlich bei dem, was er vorhat. Da er Jacobsen nicht erwähnte, nehme ich an, er ist noch nicht über die Entwicklung informiert?«

»Nein«, bestätigte Kassandra.

Kays weitere Erklärungen ließen ihr den Atem stocken, beinah wäre sie stehen geblieben, statt sich dicht an Paul zu halten.

»Er wollte versuchen, Matthias Röwer davon zu überzeugen, die Polizei einzuschalten, glaubte aber, dass das vergebliche Liebesmüh sein würde. Außerdem hielt er für möglich, dass Arvid Sundberg sie begleiten wird, was ihm nicht gefiel. Und mir ebenso wenig. Wo seid ihr?«

»Gleich bei Niklas' Grundstück«, wisperte Kassandra. »Paul hatte dieselbe Idee, nur in Bezug auf Jacobsen.«

Vorsichtig kämpfte sich Paul vor ihr durch ein paar Sträucher und Gebüsch. Obwohl es dunkel war, kam es Kassandra vor, als wären an der einen oder anderen Stelle schon Zweige abgebrochen gewesen. Paul sah durch eine Lücke im Dickicht auf das Grundstück.

»Kassandra?«, hörte sie Kays besorgte Stimme aus dem Telefon.

»Bin noch dran«, flüsterte sie kaum hörbar und stand so starr wie Paul, der sich kurz darauf aufrichtete und einen Schritt ins Freie trat, aber ihr durch eine Handbewegung signalisierte, hinter ihm zu bleiben.

Er machte einen weiteren Schritt nach vorn, sah sich gründlich um und winkte Kassandra heran. »Niemand da. Jedenfalls nicht hier oben.«

»Kassandra?«, fragte Kay erneut.

»Wir sind da.« Kassandra wisperte nicht mehr, sprach aber ebenso leise wie Paul. »Entweder war die ganze Sache ein Irrtum, oder Jacobsen ist schon im Keller, oder alle anderen sind zusammen mit Jacobsen im Keller.«

Paul warf Kassandra einen verblüfften Blick zu, er konnte nicht wissen, was Kay ihr alles erzählt hatte. Diesmal bedeutete umgekehrt sie ihm, ihr zu folgen, als sie näher an die Straße trat und prüfend Richtung Kirche schaute, deren beleuchtete Turmspitze unverändert in den Himmel ragte. In weiter Ferne sah sie drei Schemen auf sie zukommen.

»Heinz, Matthias und Arvid«, sagte sie zu Paul und fügte für Kay hinzu: »Wir bekommen Besuch. Bis sie hier sind – da ist eine Sache, die ich nicht verstehe: Wieso war Erik in der Lage, das Grundstück zu kaufen?«

»Mein Fehler«, sagte Kay. »Nachdem dein Onkel die Transaktion erwähnte, habe ich Erik Sundbergs Finanzen noch mal überprüft. Ich habe das Konto übersehen, das sein Großvater mütterlicherseits vor zwanzig Jahren bei einer kleinen Privatbank für ihn angelegt hatte.«

Kassandra stutzte. »Falls ich je einen Job suche«, sagte sie schließlich, ohne die drei näher kommenden Männer aus den Augen zu lassen, für die sie und Paul durch das Gebüsch getarnt unsichtbar waren, »erinnere mich dran, mich bei dir zu bewerben. Wenn deine Truppe korrekt recherchiert, redest du von ›wir‹, wenn nicht, ist es dein Fehler.«

Einen Augenblick lang schwieg Kay. »Betrachte deine Bewerbung schon mal als angenommen«, sagte er dann nur. »Und seid einstweilen vorsichtig. Ich bin unterwegs.«

Er musste nicht sagen, wohin, sie hatte es seiner Stimme angehört.

Kassandra steckte ihr Telefon weg und beeilte sich, Paul auf den neuesten Stand zu bringen. Sie hatte kaum geendet, als Heinz, Matthias und Arvid herangekommen waren. Anscheinend hatte Heinz, der vor den beiden anderen ging, etwas gehört. Unvermittelt blieb er stehen und hob warnend die Hand, ohne jedoch etwas zu sagen. Kassandra trat hinter dem

Gebüsch hervor. Sie hätte gern »Ihr habt euch Zeit gelassen« gesagt, aber dann hätte sie zumindest für Matthias und Arvid erklären müssen, wieso sie wissen konnte, dass sie hier aufeinandertreffen würden.

»Offensichtlich haben uns unterschiedliche Wege an denselben Ort geführt«, sagte sie deshalb, was allerdings schon reichte, um zumindest Matthias und Arvid zusammenfahren zu lassen. Heinz dagegen nickte leicht, sicher dachte er sich, dass Kay sie benachrichtigt hatte.

»Wie kommt ihr hierher?« Matthias' leise Stimme klang scharf.

»Durch Eriks Bekannten aus der Rostocker Uni-Bibliothek.« Kassandra erläuterte knapp, was in den letzten Stunden vorgefallen war, und wandte sich an Arvid. »Hat Erik Jacobsen mal erwähnt?«

»Nein, nie. Der Mann ist jetzt da unten?«

»Wir haben ihn nicht in den Keller gehen sehen, aber da ihr dieselben Schlussfolgerungen gezogen habt, ist das noch wahrscheinlicher, als ich bis eben dachte«, sagte Paul. »Er dürfte seit etwa einer Viertelstunde unten sein.«

»Die Frage ist«, sagte Heinz langsam, »mit wem? Wir sind davon ausgegangen, auf Erik und Möller zu stoßen. Sind sie zu dritt? Oder ist Jacobsen allein da?«

»Wo ist dann Erik mit Möller hin?«, fragte Matthias. »Finden wir den Kellerzugang und sehen nach.«

»Bevor wir das tun, sollte ich euch sagen, wie es um die Räumlichkeiten bestellt ist«, sagte Kassandra.

»Die kennst du?«, fragte Matthias.

»Niklas hat mich mal vom Dach bis zum Keller geführt«, erklärte sie. »Ich habe zwar ohne Mauern drum rum keine Vorstellung mehr, wo sich der Zugang befindet, aber den Rest weiß ich noch. Linker Hand war der Heizungskeller, dahinter ein gefliester Raum mit einem Waschbecken, Dusche und einer Toilette, daran anschließend ein Zimmer mit einem alten Schrank und einem alten Sofa, Möbel von Niklas' Vater, an denen er hing, und einer Stereoanlage. Niklas liebte laute Musik, er hat deshalb die Wände schalldicht isolieren lassen.« Kalt lief es ihr den Rücken hinunter. So ein Raum war prädestiniert für eine Entführung. Das musste auch Matthias durch den Kopf gegangen sein, er erstarrte kurz.

»Noch was?«, fragte Heinz.

»Gegenüber lag ein großer Vorratsraum und vorn rechts eine Abstellkammer, Werkzeug, Gartengeräte. Das ist alles.«

»Danke«, sagte Matthias.

Kassandra erinnerte sich, dass Greta mal gesagt hatte, er verfüge über ein absolutes Vorstellungsvermögen. Zweifellos war vor seinem inneren Auge nun ein Plan vom Keller entstanden. Heinz nickte ihr ebenfalls zu, holte zwei Taschenlampen aus seinem Rucksack, von denen er eine Paul in die Hand drückte, mit der anderen suchte er die Mauerreste und den Erdboden ab. Kassandra und Arvid taten es ihnen ohne Licht gleich, dabei huschte ihr Blick öfter zu Matthias, der ihnen hierbei nicht helfen konnte, aber dennoch jede ihrer Bewegungen zu verfolgen schien. Arvids Körpersprache war weniger leicht zu interpretieren. Er wirkte hin- und hergerissen zwischen dem Wunsch, den Keller zu finden, und dem, ihn nicht zu finden, aber am Ende war ausgerechnet er es, der hinter einer bröckelnden Mauer eine verwitterte und dadurch gut getarnte Abdeckung über einem Treppenzugang entdeckte. Paul hob sie mit Heinz' Hilfe so geräuschlos wie möglich hoch, wobei sich herausstellte, dass die Unterseite erheblich verstärkt worden war. Jemand hatte außerdem zwei Griffe angebracht, mit denen die Abdeckung von der Treppe aus wieder auf die Luke gelegt werden konnte.

Als hätten sie es verabredet, sprachen sie von nun an kein Wort mehr, was es für Matthias schwierig machte zu verfolgen, was vor sich ging. Kassandra beobachtete, dass er sich dicht an Paul hielt, der Heinz die Stufen hinunterfolgte und den Strahl der Taschenlampe auf das Schloss richtete. Kassandra konnte nicht sehen, was genau Heinz tat, aber sie hatte sich erst kürzlich bei Jans Haus wiederholt von seinen Fähigkeiten, Schlösser zu knacken, überzeugen können.

Hinter sich hörte sie Arvid nervös Luft holen. Kay hatte gesagt, ihm und Heinz sei unwohl bei dem Gedanken, dass er dabei war, und obwohl Kassandra nach wie vor Pauls misstrauische Haltung Arvid gegenüber nicht teilte, ging es ihr ähnlich. Sie glaubte nicht, dass er sie bewusst behindern würde, falls sie Erik hier unten fanden, aber was er im Aufruhr seiner Gefühle tat, blieb ein unvorhersehbares Risiko.

Vorn sagte Heinz etwas zu Paul, doch er sprach extrem leise, sodass sie nicht verstehen konnte, was. Da beinah zur selben Zeit die Taschenlampe erlosch, hatte Paul wohl eine entsprechende Anweisung erhalten.

Ein kaum wahrnehmbares »Klick« ertönte, offenbar war die Kellertür nun kein Hindernis mehr. Kassandras Herz pochte so heftig gegen ihren Brustkorb, dass sie dachte, es müsse ihn sprengen. Eigentlich war es vollkommen illusorisch, zu fünft in den Keller einzudringen und zu hoffen, dass niemand sie hörte.

Als Heinz vorsichtig und geräuschlos die Tür ein Stück aufstieß, ging Kassandra zweierlei auf: Jemand musste Schloss und Scharniere geölt haben. Und vielleicht war es doch nicht illusorisch, unbeachtet zu bleiben, denn aus dem hinteren Bereich des Kellers ertönte eine laute und verärgerte Stimme. Worte waren zwar noch nicht auszumachen, doch dann drückte Heinz die Tür weiter auf, sodass er, Paul und Matthias eintreten konnten. Kassandra stand noch auf der Schwelle, Arvid schräg hinter ihr.

»… endlich mal am Riemen!«, hörte sie nun deutlich. »Gott, bist du jämmerlich! Ich weiß nicht, wieso ich jemals dachte, du hättest Mumm in den Knochen. Große Worte schwingen kannst du, Pläne schmieden kannst du – Nerven hast du keine. Ich hätt's wissen müssen. Ist doch nur noch …« Der Mann stockte mitten im Sprechen – und nieste heftig.

»Ich bitte dich«, sagte eine zweite Stimme so gedämpft, dass Kassandra sie nicht sofort eindeutig identifizieren konnte. Hinter ihr jedoch stöhnte Arvid auf. Er drängte sich an ihr vorbei, aber er kam nicht weit, sondern wurde von Matthias gestoppt, eine Hand auf Arvids Brust, die andere fand seine Schulter. Er schüttelte den Kopf.

»Es ist jetzt gut«, sagte Erik flehentlich. »Du hast versprochen, …«

»Wir haben alles schon x-mal durchgekaut, geh und ertränk dich in der Ostsee, wenn du so feige sein willst wie dein Vater, aber nerv mich nicht.«

»Mein Vater ist nicht feige und war es nie«, sagte Erik. »Du bist der Letzte, der ein Recht hätte, über ihn zu urteilen.«

»Es wäre ja auch viel interessanter, wie er über dich urteilt, was, Erik?«

Arvid gab ein kaum vernehmbares Geräusch von sich, das Kassandra in der Seele wehtat. Matthias musste es auch gehört haben, doch er drehte sich nicht nach ihm um, er stand bewegungslos.

»Das spielt keine Rolle, du weißt, was wir ausgemacht hatten.« Erik ignorierte Jacobsens Provokation. »Wir halten Greta Röwer für ein paar Tage fest, du kriegst dein Geld, wir lassen sie frei. Du warst einverstanden. Ich bitte dich nur, dich endlich daran zu halten.«

Jacobsen lachte gehässig. »Du bittest mich? Du stresst mich seit Tagen, wäre passender ausgedrückt. Kapier's endlich: never ever, mein Freund. Ich sag's gern zusätzlich auf Schwedisch: aldrig. Als du diesen Plan ausgeheckt hast – im Suff, in dieser runtergekommenen Kneipe in Göteborg –, dachte ich, du bist komplett abgedreht. Ich meine, wie albern ist das denn: Rache nach fünfundvierzig Jahren für eine Affäre zwischen einer Frau und einem Mann, die du nicht mal kanntest und die beide längst in der Erde verrotten.« Erneut lachte Jacobsen, unterbrochen durch ein mehrmaliges Niesen.

Wie ein Blitz durchfuhr Kassandra ein Gedanke, den sie gleich wieder verwarf, der ihr nach einem Blick auf Arvid aber gar nicht mehr so absurd vorkam.

Zwischenzeitlich hatte Jacobsen sich von seinem Niesanfall erholt und räusperte sich. »Zugegeben, du hast mich positiv überrascht, als du hier mit einem Mal auf der Matte standest und das echt durchziehen wolltest. Noch mehr überrascht hat mich schließlich, wie unfassbar leicht das alles war. Immer noch ist. Warum sollte ich aufhören?«

»Du hast eine verfluchte halbe Million! Ich hab nicht vor, dir davon wieder was abzuknöpfen.«

Spöttisch lachte Jacobsen auf. »Das dürfte dir auch kaum gelingen. Die Kohle ist so sicher verwahrt, dass niemand sie finden wird.« Der Spott verschwand aus seiner Stimme. »Eine halbe Million ist okay für den Anfang – aber es reicht mir nicht.«

»Wie oft muss ich es dir noch sagen, Phil: Ich zahle dir zusätzlich, was ich kann – genug für einen Neuanfang in Schweden. Obwohl ich wünschte, du würdest an den Nordpol auswandern, damit ich dich nie wiedersehen muss.«

»Huh, wer wird denn so reden mit einem alten Freund?«, fragte Jacobsen. »Und wie oft muss ich es *dir* noch sagen: Ich will dein Geld nicht. Ich will Röwers Geld, mir gefällt dieses Spiel nämlich. Mir gefällt der Gedanke, ein neues Leben anzufangen. Mit Geld und damit, ein anderer Mensch zu sein. Kein kleiner Angestellter im öffentlichen Dienst, der sich mit Studierenden rumschlagen muss, die zu dämlich fürs Alphabet sind, und mit Professoren, die meinen, von Gott berufen zu sein. Niemand mit Arbeits- und Urlaubszeiten, niemand, dessen einzige Freiheit darin besteht, die Wand mit einem Kalender nach Wahl zu schmücken. Sondern jemand, der sich nichts diktieren lässt, jemand, der sagt, wo's langgeht. Jemand, dem man lieber nicht widerspricht.« Jacobsen hatte sich in Rage geredet, er musste Luft holen. »Ich verstehe gar nicht, was du an meiner Version des Spiels auszusetzen hast. Du wolltest doch Rache – du kriegst sie. Lassen wir Röwer im doppelten Wortsinn bluten. Der zahlt noch mal das Doppelte, wenn er lange genug mürbe gemacht wird. Ungewissheit ist schlimm, die steigert die Angst um die holde Gattin bis ins Unermessliche.«

Er machte eine Pause, die Kassandra auf unheimliche Weise bedeutungsvoll vorkam.

»Müsstest du doch nachvollziehen können, Erik, hast ja

selbst Schiss um deine nette kleine Familie. Nicht vergessen: Wenn du willst, dass der dauerhaft nichts passiert, insbesondere deiner Ellie, spielst du weiter mit, bis *ich* beschließe, dass es gut ist. Nach der nächsten Lösegeldforderung. Vielleicht.«

Kassandra bemerkte, dass Arvid sich mit der rechten Hand an der Wand abstützte, er schwankte, sie berührte ihn, er schüttelte sie ab.

»Du bist ein mieses Dreckschwein«, sagte Erik.

»Aber du bist besser, ja? Vergiss nicht, wer die ganze Sache ins Rollen gebracht hat – und komm mir nicht mit deiner abstrusen Gerechtigkeit. Du warst doch bloß stinksauer, weil dein Vater dir vierzig Jahre lang was vorgemacht hat.«

»Das ist nicht wahr«, protestierte Erik.

»Wem machst *du* jetzt was vor? Es passt dir doch genauso wenig, dass er sich mit Röwer verbrüdert.« Jacobsen putzte sich die Nase. »Aber wenn dich dein schlechtes Gewissen quält, bring du unserem Gast doch das Abendessen und plaudere ein bisschen über Familienangelegenheiten, während ich dem besorgten Gatten die nächste Nachricht in den Briefkasten werfe.«

Schritte waren zu hören, Kassandra starrte nach vorn, obwohl sie kaum etwas sehen konnte außer einem notdürftig beleuchteten Kellergang, ganz hinten den Teil einer offenen Tür – und vier Männerrücken. Arvid war in sich zusammengesunken, Matthias wirkte wie auf dem Sprung, Paul hatte den Kopf leicht zur Seite geneigt wie in höchster Konzentration. Heinz war halb von Matthias verdeckt, aber Kassandra erkannte, dass er mit der Rechten nach hinten griff – mit Sicherheit steckte seine SIG Sauer im Hosenbund.

Da hielten die Schritte inne, als hätte Jacobsen es sich noch einmal anders überlegt. Kassandra sah die Pistole in Heinz' Hand und hörte Jacobsen in schneidendem Ton sagen:

»Ach ja, und Erik, nicht noch mal solche Zicken wie heute. Lass dir eine glaubwürdige Erklärung für deine Frau einfallen, weshalb du nicht in der Uni warst und was du den ganzen Tag getrieben hast, und dasselbe erzählst du morgen deinem

Dekan. Mach einen Kniefall vor Lewerenz, wenn's sein muss, aber falls du in Betracht ziehst, durchzudrehen und irgendwem die Wahrheit zu sagen ... denk an Ellie.«

Jacobsen trat halb auf den Flur, drehte sich aber noch ein letztes Mal um. »Wenn ich wiederkomme, bist du verschwunden. So bescheuert kannst auch nur du sein, dich stundenlang freiwillig in diesem Keller zu verkriechen.«

Er knallte die Tür zu, wandte sich zum Gehen – und erstarrte mitten in der Bewegung.

»Herr Jacobsen«, sagte Heinz, »das war äußerst aufschlussreich, vielen Dank. Jetzt bitte umdrehen, die Hände nach oben und an die Wand.«

Jacobsen bewegte sich keinen Millimeter. Weniger um der Aufforderung Widerstand zu leisten, sondern weil ihn der Anblick von Heinz' Waffe offensichtlich dermaßen kalt erwischt hatte, dass er gar nicht der Lage war zu erfassen, wie ihm geschah. Als er sich schließlich doch rührte, machte er einen Schritt rückwärts, ohne die Hände zu heben. Stattdessen tastete er nach der Tür, die er gerade eben zugeschlagen hatte. »Wer sind Sie alle? Was wollen Sie? Das hier ist Privatbesitz.«

»Weg von der Tür.« Heinz' Stimme war nicht mehr freundlich. »Und nehmen Sie die Hände hoch. Sofort.«

Langsam hob Jacobsen die Hände, aber er drehte sich nicht zur Wand, sondern trat noch zwei Schritte zurück. »Sie müssen verrückt sein. Was wollen Sie von mir? Ich rufe die Polizei, wenn Sie nicht sofort dieses Grundstück verlassen.«

Matthias schob Paul zur Seite und trat neben Heinz. »Wirklich? Dabei war es Ihnen doch bisher so wichtig, dass ich die nicht einschalte. Woher der plötzliche Sinneswandel?«

Jacobsen schrak zusammen, als ihm klar wurde, wer mit ihm sprach. Er öffnete den Mund, um etwas zu sagen, doch ehe er dazu kam, ertönte aus dem Raum hinten links, der schalldicht und ganz sicher fest verschlossen sein sollte, ein verängstigter, zitternder Ruf.

»Matthias?«

Wie auf Kommando richteten sich sämtliche Blicke auf die

Tür. Kassandra sah Jacobsens fassungslosen Ausdruck. Er drehte sich um, zur selben Sekunde wurde die gegenüberliegende Tür aufgerissen, Erik stürzte heraus und riss Jacobsen zu Boden, ohne dass Heinz oder sonst jemand den Hauch einer Chance gehabt hätte einzugreifen.

24

»Matthias?«

Gretas Stimme zu hören war ein Schock, der ihm bis ins Mark drang. Matthias schoss vorwärts, gleichzeitig nahm er zwei Schemen wahr, die vor ihm zu Boden krachten, stolperte über etwas, fing sich sofort, bewegte sich wieder vorwärts, vernahm Heinz' warnendes »Weiter links!« und stieß endlich die Tür auf.

Es gab eine Lichtquelle hinten im Raum, viel zu diffus, als dass er etwas hätte erkennen können, dennoch suchten seine Augen jeden Millimeter Dunkelheit ab.

»Greta?«

»Hier.«

Sie klang kläglich, aber es reichte, um auszumachen, wohin er sich wenden musste und wie weit in etwa sie entfernt war. Erneut sagte sie seinen Namen, schien zu versuchen aufzustehen, sank aber kraftlos zurück. Ein paar Schritte nur, dann war er bei ihr, spürte ihre Hände auf seinen, zitternd wie ihre Stimme, er umfasste sie, ganz fest, begriff, dass sie auf einem Sofa saß, glitt neben sie, ließ ihre Hände los und umarmte sie stattdessen. Sie lehnte sich an ihn, ihr Atem unnatürlich schnell, und schluchzte unterdrückt. Wortlos hielt er sie und spürte, wie sich ihr Körper ganz allmählich entkrampfte und sie ihren Tränen freien Lauf ließ.

»Matthias«, wisperte sie dazwischen immer wieder, als könne sie nicht glauben, dass er wirklich hier war.

»Du bist in Sicherheit, es ist alles gut, Greta«, sagte Matthias sanft, bevor ihm die erschreckende Frage in den Sinn kam, wie er das wissen konnte. Er hatte keine Ahnung, was gerade draußen auf dem Flur passierte – er hatte überhaupt nicht mehr darauf geachtet, seit er hier drin war. Und vor allem wusste er nicht, ob Greta etwas fehlte, ob sie Hilfe brauchte. Vorsichtig rückte er ein kleines Stück von ihr ab, während er zugleich zu erfassen versuchte, was im restlichen Keller vor sich ging. Es funktionierte nicht, er konnte sich nur auf Greta konzentrieren.

»Bist du verletzt?«

»Nein«, sagte sie heiser. Sie hob ihre Hand und strich über Matthias' Wange. »Ich dachte, ich seh dich nie wieder. Ich hab gehört, wie sie sich gestritten haben – der Mann namens Erik hat die Tür geöffnet, gerade als der andere kam, und vergessen, sie wieder zu schließen. Ich glaube, er ist ... irgendwie ... er ist Christians Sohn. Das klingt verrückt. Aber ... Matthias ...«

»Schschsch«, machte er. »Ich weiß, Greta. Das ist vollkommen unwichtig. Wichtig ist nur, dass es dir gut geht. Dir und unserem Kind.«

»Ja«, sagte Greta, aber Matthias spürte, dass sie mit den Gedanken ganz woanders war. »Ich dachte, das war's, ich dachte, die töten mich, wenn sie merken, dass ich sie gehört habe und weiß, wer sie sind. Jedenfalls der andere. Phil. Erik nicht. Aber ... Ich ...« Erschöpft hielt sie inne. »Bring mich nach Hause, bitte.«

Greta hatte kaum zu Ende gesprochen, als ein Schuss überlaut durch den Keller hallte.

25

Heinz hatte Matthias geistesgegenwärtig geholfen, die Tür zu finden. Es gab auch nichts, was er sonst hätte tun können, begriff Kassandra nach einem Blick auf das Knäuel der beiden Männer am Boden, jedenfalls nicht mit der Waffe. Nachdem Matthias in dem Kellerraum verschwunden war, verständigten sich Heinz und Paul mit einem Blick. Heinz stupste Kassandra an und drückte ihr die SIG Sauer in die Hand. Sie erschrak, weil sie damit nicht richtig umgehen konnte, doch dann verstand sie, dass Heinz, der mittlerweile Paul dabei half, die Kampfhähne zu trennen, nichts dergleichen erwartete, sondern nur vermeiden wollte, dass Jacobsen oder Erik die Pistole zu fassen bekam. Während Heinz sich gegen Jacobsen durchsetzte, entwickelte Erik eine erstaunliche Kraft. Er schlug blind nach allen Seiten, wehrte sich mit Faustschlägen gegen Jacobsen, solange der noch imstande war zu kämpfen, und gegen Paul.

Neben sich nahm Kassandra eine Bewegung wahr, Arvid schob sich an ihr vorbei.

»Erik!«, rief er. »Hör auf!«

Das brachte Erik kurz zur Besinnung. Er hielt inne und starrte entgeistert zu seinem Vater hinüber, was Paul ausnutzte. Er packte Eriks Arm, den er hinter dessen Rücken drehte. Erik schrie auf, traf Paul mit einem Tritt und hätte fast seinen Arm wieder befreien können, aber am Ende kam er nicht gegen Paul an. Er gab nach – und dann schlug er mit der linken Hand so unerwartet zu, dass Paul sich nicht rechtzeitig duckte, sondern am Kinn getroffen wurde. Er ging von dem Schlag nicht zu Boden, war aber einen Augenblick benommen, sodass Erik sich losriss. Kassandra, die die ganze Zeit fieberhaft überlegt hatte, was sie tun konnte, stellte sich ihm gemeinsam mit Arvid in den Weg, Arvid bekam ihn sogar kurz zu fassen, doch sie hatten keine Chance gegen einen rasenden Mann, der sich in der Falle sah. Erik stieß sie zur Seite und drängte sich auch an Heinz vorbei, der Jacobsen – vom Kampf und der Erkältung außer Atem, mit tränenden Augen, laufender Nase und hochrotem Gesicht – in den Heizungskeller verfrachtete. Kurz wurde Heinz von Erik aus dem Gleichgewicht gebracht und musste sich fangen, bevor er die Tür zuzog, abschloss und ihm nachsetzte.

Erik hatte den Treppenaufgang erreicht, als Kassandra plötzlich merkte, dass jemand ihr etwas aus der Hand nahm. Sie hörte ein leises Klicken, wie das Entsichern einer Pistole. Heinz' Waffe! Die hatte sie völlig vergessen. Entsetzt sah sie Arvid mit der SIG Sauer dastehen, folgte seinem Blick zu Erik und Heinz, die sich wie in Zeitlupe zu bewegen schienen. Kassandra fuhr wieder zu Arvid herum, wollte ihm die Pistole entwenden, bemerkte Paul hinter ihm, der mit der Rechten ausholte, um sie ihm aus der Hand zu schlagen, aber Arvid war schneller als sie beide und schoss.

Der Knall war ohrenbetäubend, Kassandra hatte das Gefühl, der Keller erbebte. Sie schaute zur Treppe, wo Erik stehen geblieben war, als wäre er gegen eine Wand gelaufen. Sie sah, dass Heinz ihn herumriss und anbrüllte. Doch er brüllte gar nicht Erik an, sondern sie.

»Bist du wahnsinnig, Kassandra?«

Arvid antwortete für sie, ohne jedoch Heinz dabei anzusehen oder Paul, dem er blind die Waffe hinhielt. Sein Blick war auf Erik gerichtet.

»Ich habe geschossen. Auf den Fußboden. Tut mir leid. Ich wollte, dass es aufhört.« Die nächsten Worte richtete er an Erik, er sprach Schwedisch, und auch wenn Kassandra ihn nicht verstand, glaubte sie, unendliche Traurigkeit aus seiner Stimme herauszuhören.

Stumm schüttelte Erik den Kopf, immer wieder, ließ jedoch zu, dass Heinz ihn zur Seite schob.

»Paul, übernimmst du hier? Ich hole Jacobsen aus dem Heizungskeller«, sagte Heinz.

Im Vorbeigehen strich Paul Kassandra sachte über die Hand. Mit etwas mulmigem Gefühl beobachtete sie, wie er Erik festhielt, doch der ließ es widerstandslos geschehen.

Im hinteren Teil des Kellers standen Matthias und Greta, dicht nebeneinander, Matthias hatte schützend seinen Arm um sie gelegt. Zögernd machte Arvid einen Schritt in ihre Richtung, hielt aber sofort inne, als Greta zurückwich.

»Ich kann nicht sagen, wie sehr ich …«, begann er, dann fehlten ihm die Worte. Orientierungslos drehte er sich um seine eigene Achse und bewegte sich schließlich langsam auf Paul und Erik zu. Er sah Paul an, wie um sich zu vergewissern, dass er nicht eingreifen würde, und legte kurz die Hand auf Eriks Schulter, bevor er sich wieder abwandte und schwerfällig die Treppe hochstieg.

In diesem Moment kam Heinz mit Jacobsen aus dem Heizungskeller. Jacobsen setzte alles daran, sich zu befreien, wurde dabei jedoch von einem Niesanfall geschüttelt. Seine Erkältung hatte ihn genauso unnachgiebig im Griff wie Heinz. Mit einer Kopfbewegung deutete Heinz zur Treppe, ließ Paul mit Erik vorgehen und folgte mit Jacobsen. Kassandra drehte sich zu Matthias und Greta um, die zu ihr aufgeschlossen hatten. Sogar im schummrigen Keller war deutlich zu sehen, wie sehr die letzten Tage Greta mitgenommen hatten. Sie war blass, Tränenspuren zeichneten sich auf ihren Wangen ab, und obwohl sie nicht den Eindruck machte, schlecht versorgt worden zu sein, musste Matthias sie stützen, weil sie sich vor schierer seelischer Erschöpfung kaum auf den Beinen halten konnte.

Als sie an Kassandra vorbei am Treppenaufgang angelangt waren, hörte sie, wie Greta trotz ihres Zustands leise sagte: »Stufe.«

Kassandra folgte ihnen und sah dabei einen kleinen Gegenstand auf dem Boden liegen. Als sie sich bückte, erkannte sie das Olympus-Diktiergerät, das Jacobsen während seines Kampfes mit Heinz verloren haben musste. Sie hob es auf, ihre Fingerspitzen schienen zu glühen, wo sie auf das Metall trafen, obwohl es ganz kalt war. Sie wagte nicht, sich vorzustellen, welche grässliche Drohung Jacobsen diesmal draufgesprochen hatte. Angewidert ließ sie es in ihre Jeanstasche gleiten.

Als sie wieder oben zwischen den Mauerresten stand, wehten

Tropfen in ihr Gesicht. Sie schaute in den schwarzen Himmel, spürte Wind und leichten Regen auf ihren Wangen und empfand beides wie eine Reinigung. Während sie im Keller gewesen waren, musste ein Sturzbach niedergeprasselt sein, überall um sie herum erkannte sie Pfützen, und unversehens zerrte eine Böe so heftig an ihr, dass sie sich dagegen anstemmen musste. Dennoch war das viel besser als die klaustrophobische Enge des Kellers. Sie blieb ein paar Schritte zurück, während Paul mit Erik, Heinz mit Jacobsen und zum Schluss Matthias und Greta das Grundstück verließen. Ein suchender Blick durch das Gebüsch zur Straße offenbarte ihr, dass Arvid bereits dort stand. Wie am gestrigen Abend starrte er in Richtung Barnstorf, diesmal jedoch, ohne etwas zu sagen. Schließlich wandte er sich um und sah den anderen entgegen.

Jacobsen versuchte weiter, sich zu befreien, er hielt nur einmal damit inne, als sein Blick zufällig auf Kassandra traf. Nachdem er offenbar verstanden hatte, wie sie ihm auf die Spur gekommen waren, wehrte er sich mit noch mehr Vehemenz, und Heinz' Griff wurde noch fester.

»Kannst du die Polizei rufen, Paul?«, fragte er. »Ich hab hier alle Hände voll zu tun.«

Arvid war näher gekommen und stand neben Erik, der nach wie vor keine Anstalten machte, die Flucht zu ergreifen, ungeachtet der Tatsache, dass Paul ihn losgelassen hatte, um sein Telefon hervorzuholen. Arvid sah zwischen Heinz und Paul hin und her, dann zu Matthias und Greta und wieder zu Heinz. »Ich … nehme an, wir könnten … nicht erst mal … reden?«

»Reden?«, fragte Heinz. »Was gibt's da zu reden?«

Erik sagte etwas, das Kassandra nicht verstand, woraufhin Arvid ihn anfuhr. »Sprich Deutsch.«

»Ich sagte, Herr Jung hat recht«, wiederholte Erik, ohne ihn anzusehen. »Lass sie die Polizei rufen. Was wir … was ich getan habe, ist ein Verbrechen. Du hast mir erzählt, dein Vater hätte es gut verstanden, Dinge unter den Teppich zu kehren, und du fandest das falsch. Fang also jetzt nicht auch damit an. Obwohl ich …« Er stockte und richtete endlich seinen offenen Blick auf

Arvid. »Obwohl ich dir dankbar bin, dass du es meinetwegen versuchst.«

»Wie rührend«, mischte Jacobsen sich höhnisch ein. »Du bist ein noch größerer Idiot, als ich dachte, Erik.«

»Es interessiert mich nicht, was du denkst«, sagte Erik und wandte sich an Paul. »Mach schon.«

Paul nickte.

In dem Moment begann Greta zu schreien.

Entsetzt wandten sich alle ihr und Matthias zu. Kassandra konnte nicht genau erkennen, was vor sich ging, sie sah nur drei dunkle Gestalten und hörte Gretas panikerfüllte Stimme, die immer wieder »Nein! Nicht! Loslassen!« schrie.

Matthias versuchte, Greta festzuhalten und zu beruhigen, was aber nicht gelang, weil die dritte Gestalt nicht wich und ständig »Es tut mir leid, es tut mir leid, bitte, ich wollte doch nicht ...« rief.

»Magda!«, überbrüllte Matthias sie schließlich. »Geh einfach! Bitte!«

Magda Fehning? Was tat die hier?, schoss es Kassandra durch den Kopf, während Matthias schon weiter auf Greta einredete.

»Es ist alles in Ordnung, Greta, hörst du? Du bist in Sicherheit, ich bin da. Ich bin da.«

»Hey! Stehen bleiben!«, reihte sich eine neue laute Stimme in das Chaos ein. Heinz!

Ohne nachzudenken oder noch einen Gedanken an Greta und Matthias zu verschwenden, der ihre Panikattacke langsam in den Griff bekam, rannte Kassandra los, gegen den Wind an und hinter Heinz her. Offensichtlich hatte er sich einen Augenblick zu lang von Greta ablenken lassen.

Jacobsen lief die Hafenstraße hinunter und bog bald darauf in die Osterstraße ein, Heinz dicht auf, aber nie nahe genug, als dass er ihn zu fassen kriegte. Für sein Alter war Heinz ausgesprochen fit, aber er betrieb keinen Sport. Jacobsen war wesentlich jünger und mit Sicherheit sportlich, wenn Kassandra das Foto an seinem Arbeitsplatz richtig interpretierte. Das machte seinen durch die Erkältung geschwächten Zustand zumindest etwas wett. Leider fehlte es auch Kassandra an Kondition, sie hatte zwar Heinz bald eingeholt, doch der Abstand zu Jacobsen wurde größer, sie spürte, wie ihre Lungen brannten und der Wind, der noch einmal stärker geworden war, ihr die Luft nahm.

Da hörte sie hinter sich Laufschritte und Pauls Stimme, die kein bisschen atemlos klang. »Ich übernehme das, geht ihr zurück.« Er sprintete an ihnen vorbei und verringerte den Abstand zu Jacobsen schnell.

»Sag … nicht noch mal was gegen … Pauls morgendliches Laufen auf dem … Hohen Ufer«, brachte Heinz hervor.

»Tu ich … nicht«, gab Kassandra zurück, die sich mit schlechtem Gewissen daran erinnerte, sich bei Heinz schon mal beklagt zu haben, dass sie viel zu selten mit Paul gemeinsam aufwachte, weil der immer schon unterwegs war, entweder zum Joggen oder zum Schwimmen. Dabei war ihm das bei ihren Ermittlungen bereits häufiger zugutegekommen.

Sie wollte sich schon umwenden, da sah sie, dass Jacobsen sich neben einem Hauseingang, der von einer Laterne beleuchtet wurde, nach etwas bückte. Da Paul ihn fast eingeholt hatte, musste es einen guten Grund dafür geben, den kleinen Vorsprung aufs Spiel zu setzen. Als Jacobsen sich wieder aufrichtete und erneut in Bewegung setzte, erheblich schneller als zuvor, erkannte Kassandra, dass selbst der durchtrainierteste Läufer keine Chance mehr gegen ihn haben würde.

Paul fluchte. Vor ihm hatte sich Jacobsen ein auf dem Gehsteig liegen gelassenes Kickboard gegriffen. Mit diesen Dingern hatte man ein so verteufeltes Tempo drauf, dass Paul sich nicht der Illusion hingab, ihn einzuholen. Immerhin konnte er davon ausgehen, dass Jacobsen zu seinem Wagen wollte. Unbeirrt lief Paul weiter bis zur Feldstraße, wo sein eigener Wagen stand. Er tastete nach dem Autoschlüssel in seiner Hosentasche, zog ihn hervor und drückte darauf, kaum dass der Škoda in sein Blickfeld kam. Kurz darauf glitt er auf den Fahrersitz und wurde sich erst jetzt Heinz' Waffe bewusst, die noch in seiner Jackentasche steckte. Er zog sie hervor, um sie im Handschuhfach zu verstauen. Eben hätte er sie einsetzen, wenigstens in die Luft schießen können, um Jacobsen zum Stehenbleiben zu bringen, aber auch wenn er daran gedacht hätte, hätte er wohl davon abgesehen. Er hatte diese Pistole, überhaupt eine Waffe, erst ein Mal im Leben abgefeuert und legte keinen Wert auf eine Wiederholung – es sei denn im äußersten Notfall.

So schnell es auf der engen Straße möglich war, wendete er und sah aus den Augenwinkeln Jacobsens Saab auf der Osterstraße Richtung Hafen rasen. Dann war er selbst auf der Osterstraße. Jacobsens rote Rücklichter wurden kleiner, er verzichtete darauf, den Blinker zu setzen, als er nach rechts abbog. Paul drückte aufs Gas und hörte im Geist Kassandras Stimme, die sagte, dieser Wagen verführe ihn zum Schnellfahren.

»Die Umstände, Kassandra, Liebes, die Umstände«, murmelte er, gerade als er kurz vor dem Abzweig an ihr und Heinz – viel zu schnell – vorbeifuhr, ebenfalls ohne Blinklicht die Kurve nahm und Jacobsen hinterherjagte.

»Hoffentlich geht das gut«, sagte Kassandra.

Paul war ein fähiger und routinierter Autofahrer, dennoch dachte sie, ohne es zu wollen, schon wieder an Brunos Warnung. Ihr wurde ein bisschen schwindelig – und sie wünschte, sie säße neben Paul, dann wäre sie wenigstens bei ihm, falls … Sie verbot sich, das zu Ende zu denken. Ihm würde nichts passieren. Er fuhr so sicher im Auto auf der Straße, wie die Fische im Wasser schwammen.

»Er macht das schon«, sagte Heinz. »Wir sollten nicht noch mehr Zeit verschwenden, wer weiß, was Arvid und Erik Sundberg inzwischen eingefallen ist. Wir hätten die ganze Familie lieber nicht sich selber überlassen sollen.«

»Dass du Arvid nicht traust, weiß ich. Aber Matthias? Glaubst du, er lässt zu, dass Erik sich aus dem Staub macht, selbst falls der das wollte – was vorhin nicht so klang.«

»Da hatte er auch nicht die Gelegenheit«, gab Heinz zurück. »Was Matthias betrifft – doch, natürlich traue ich ihm. Aber …«

»… er kann Erik allein nicht aufhalten. Das hieße unter Umständen, wir hätten sowohl Jacobsen als auch Erik verloren.«

»Immerhin haben wir Greta gefunden, das ist das Wichtigste.«

Kassandra nickte und bemerkte gleichzeitig, dass niemand mehr vor Niklas' Grundstück stand. Nur das Laub segelte von den Bäumen und wurde umhergewirbelt vom Wind, der sich allmählich zu einem handfesten Sturm auswuchs.

»Sie sind weg«, konstatierte auch Heinz. »Hoffen wir, dass sie bloß reden, wie Arvid Sundberg das wollte.«

Er beschleunigte seine Schritte.

Die reservierte Art, in der er Arvids Namen ausgesprochen hatte, erinnerte Kassandra an ihren Fehler im Keller. »Heinz? Vor ein paar Stunden hast du gesagt, ich müsse mich nie bei dir entschuldigen. Jetzt muss ich es doch. Ich war unglaublich leichtsinnig. Dass Arvid mir deine Waffe abnehmen konnte, werde ich mir nie verzeihen.«

Ohne stehen zu bleiben, schaute Heinz zu Kassandra herüber. »Es ist ja alles gut gegangen. Mir tut's leid, dass ich dich angefahren habe.«

»Muss es nicht, du hattest recht.«

Heinz sah wieder geradeaus. »Ich hatte eigentlich nicht vor, dass jemals zu erwähnen, aber falls du dich dadurch besser fühlst: Mir ist das auch mal passiert. Mir hat jemand meine Dienstpistole abgenommen.«

»Im Training sicher nur.«

Heinz lachte leise – sein meckerndes Lachen, das auf dem dunklen Weg nach Barnstorf trotz der Situation sehr amüsiert klang. »Nein, Kassandra, leider nicht im Training. Ist eine längere Geschichte, erzähl ich dir ein andermal.« Er wurde wieder ernst und nickte hinüber zu Matthias' Haus, dessen Fenster beleuchtet waren. Sie hatten es beinah erreicht. »Kümmern wir uns erst mal um die Röwers – egal, wie sie jetzt heißen mögen.«

Erstaunlicherweise war es Arvid, der ihnen öffnete. »Haben Sie Jacobsen nicht erwischen können?«

»Paul wird ihn schon einholen«, sagte Heinz. »Ist die Polizei unterwegs, um Ihren Sohn zu verhaften? Oder ist der gar nicht mehr hier?«

Wortlos ließ Arvid sie eintreten. In Matthias' großem Wohnraum saß Magda Fehning in eine Sofaecke gezwängt und sah aus, als wolle sie am liebsten ganz darin versinken. Erik hockte in einem Sessel und starrte zu Boden. Als er Kassandra und Heinz kommen hörte, schaute er auf.

»Wo ist Paul?«

»Hinter Ihrem Komplizen her«, erklärte Heinz, ehe ein Ruck durch ihn ging und er sich an Arvid wandte. »Hat Ihr Sohn telefoniert, seit wir den Keller verlassen haben?«

»Nein«, sagte Arvid. »Und um Ihre Frage von eben zu beantworten: Es hat noch niemand die Polizei benachrichtigt. Ich habe Thea angerufen, um ihr zu sagen, dass wir hier sind und sie sich wegen Erik keine Sorgen machen muss.« Er zog eine Grimasse. »Jedenfalls nicht darum, dass ihm was fehlt. Was sich im Einzelnen abgespielt hat, weiß sie noch nicht.«

Heinz schien die Antwort zu akzeptieren. Er trat zu Erik und sah auf ihn hinunter. »Wann haben Sie das letzte Mal mit Jan Möller gesprochen?«

Zwar hatte Kassandra im Laufe des Nachmittags und Abends das eine oder andere Mal darüber nachgedacht, wo Jan stecken mochte, doch seit den Ereignissen im Keller andere Prioritäten gesetzt. Dabei war es durchaus möglich, dass Jacobsen nicht auf dem Weg nach Rostock oder gar Skandinavien war, sondern zu Jan wollte.

Die Stirn runzelnd sagte Erik: »Möller? Der Tischler?« Er sah Kassandra an. »Was habt ihr bloß immer mit dem?«

»Warst du heute mit ihm unterwegs?«, herrschte sie ihn an.

»Nein!« Er schluckte. »Ich habe den Mann nur ein einziges Mal gesehen, als ich bei ihm war wegen der Fischländer Türen. Das war Ende September.«

»Wieso hast du das gestern geleugnet, wenn es so harmlos war?«, hakte sie nach und fragte sich wiederholt, ob sie sich so getäuscht haben sollten. Zumindest klang er jetzt glaubwürdiger als am Tag zuvor.

Erik schaute zu Arvid, der neben dem großen Bodden-Gemälde von Carl Röwer an der Wand lehnte und die Szenerie im Wohnzimmer betrachtete, als wisse er nicht so recht um seine eigene Position in diesem Stück. Eriks Blick glitt zurück zu Kassandra.

»In meiner Panik wollte ich um jeden Preis vermeiden, dass man mich mit Häusern oder Grundstücken in Verbindung bringt. Stattdessen hätte ich bloß die Erklärung, eine Tür für unser Haus in Göteborg zu wollen, aufgreifen müssen, aber als mir das klar wurde, hatte ich schon angefangen zu lügen. Nachdem ich von Möllers Schlaganfall gehört hatte, konnte ich immerhin hoffen, dass ihn so schnell niemand meinetwegen anspricht.« Er atmete tief ein, sah erneut zu Arvid und schien seine nächsten Worte nur an ihn zu richten. »Als ich mich mit Thiel in Schwerin traf, um mit ihm über den Kauf seines Grundstücks zu verhandeln, fragte er mich, warum ich es haben wollte. Ich sagte …«

»Warte mal«, unterbrach ihn Kassandra. »Du hast dich mit Niklas in Schwerin getroffen?«

Erik nickte. »In einem Restaurant in der Nähe seines Hauses. Wieso?«

»Liegt zufällig auch die Klinik in der Nähe?«

»Kann sein. Ich glaube, ich habe Hinweisschilder gesehen. Wieso?«, wiederholte er.

Kassandra schüttelte nur den Kopf. Deshalb also die Quittung, der sie fälschlicherweise so viel Bedeutung beigemessen hatten.

Nachdem Erik merkte, dass Kassandra nicht antworten würde, wandte er sich wieder Arvid zu, als hätte die Unterbrechung nicht stattgefunden. »Thiel war wichtig, dass auf seinem Grundstück keine x-te Ferienimmobilie entstehen würde, und ihm gefiel außerordentlich, was ich sagte – und was ich sagte, war die Wahrheit: Ich wollte es für dich.«

»Für mich?« Arvid stieß sich von der Wand ab. »Du konntest unmöglich ahnen, dass ich je wieder herkomme. Im Gegenteil, ich hatte dich bekniet, dass selbst du wegbleibst.«

Erik lächelte. »Du bist hier, oder?«

»Ja, aber …« Arvid stockte. »Was sollte ich mit einem Grundstück?«

Eriks Lächeln vertiefte sich, als hätte er vergessen, weshalb das Grundstück ursprünglich Thema war. »Ich kenne dich. Zuweilen kann ich in dir lesen wie in einem Buch, wenn du nicht aufpasst. Seit Mamas Tod denkst du darüber nach, was du mit dem Rest deines Lebens tust. Ich habe dein Gesicht gesehen, deine Augen, als du vom Fischland erzählt hast, so bitter es für dich damals hier war. Das hat mich fast noch wütender gemacht. Ich wollte dich nicht verlieren. Ich will dich nicht verlieren. Aber ich will auch, dass du glücklich bist. Du hast es verdient, mehr als jeder andere. Deshalb habe ich dieses Grundstück für dich gekauft. Damit du weißt, dass du bleiben kannst, wenn du willst – und ich damit klarkomme. Ich war bei einem Architekten in Ribnitz, den ich beauftragt habe, Baupläne zu entwerfen, und ich war bei Jan Möller, weil ich es für eine gute Idee hielt, wenn das Haus ein paar passende Türen bekommt.«

In Arvids Augen spiegelten sich die verschiedensten Emotionen wider. Verwunderung, Liebe, Traurigkeit, Verständnislosigkeit.

»Aber vorher wolltest du noch kurz Greta entführen?«, brach es aus ihm heraus.

»Ja. Nein.« Erik fuhr sich mit den Händen übers Gesicht. »Dass wir das Grundstück nutzen könnten, war später Phils Idee. Der Anfang war … Ich …« Er stockte, als wäre ihm bewusst, dass er seine Gedankengänge niemandem erklären konnte. »Das war ein verrückter Plan, damals in Göteborg. Was du mir erzählt hattest, von deinem Vater und deiner Frau und was dich das gekostet hat. Ohne sie zu kennen, habe ich die Röwers aus tiefstem Herzen …«

»… gehasst«, beendete Matthias den Satz für ihn.

Erik fuhr herum. Auch Kassandra hatte Matthias nicht die Wendeltreppe herunterkommen hören. Greta stand neben ihm. Sie war noch immer sehr blass, wirkte aber besser beieinander als vorhin und trug einen warmen, flauschigen Pulli, der sich wie ein Schutzwall um ihren Körper schmiegte. Matthias steckte in einer schwarzen Jeans und einem weißen Hemd, dessen Ärmel er aufgekrempelt hatte. Kassandra hatte ihn noch nie so leger gekleidet gesehen, nicht mal in den letzten Tagen, in denen er anderes im Sinn hätte haben können als Äußerlichkeiten. Vielleicht, dachte sie, hat es ihm geholfen, möglichst viel wie immer zu machen.

»Ja«, sagte Erik. »Ich habe die Röwers gehasst. Ihr habt meinen Vater zerstört. Ihr habt ihn dazu gebracht, sich in die tosende See zu stürzen und sein Leben wegzuwerfen. Ich denke, das ist ein guter Grund für Hass.«

»Ich habe nichts dergleichen getan«, stellte Matthias richtig, »und Greta erst recht nicht.«

»Das stimmt«, gab Erik zu. »Aber es war niemand anders mehr da.«

Aus Arvid schoss ein Schwall schwedischer Sätze, unter denen Erik sich nicht duckte. Er hörte ruhig zu, bis Arvid atemlos geendet hatte, und sagte: »Sprich Deutsch. Das kannst du doch so gut.«

Arvid zuckte zusammen.

»Ist dir eigentlich klar«, fuhr Erik fort, »dass ich dich vorhin zum ersten Mal ohne jeden Akzent deutsch habe reden hören? Eben habe ich gesagt, dass ich dich kenne. Aber seit du hier bist, habe ich mit jedem Tag das Gefühl, dich immer weniger zu kennen. Du bist kein Sundberg mehr. Das hier«, er hob die Arme, eine Geste, die das Haus, die ganze Hufe III und sogar das gesamte Fischland umfasste, »macht wieder einen Röwer aus dir. Dass *das* passieren könnte, noch dazu so schnell, habe ich nicht bedacht, als ich das Grundstück kaufte.«

»Ich bin seit fünfundvierzig Jahren kein Röwer mehr«, widersprach Arvid, »und es ist viel zu spät, je wieder einer zu werden, selbst wenn ich wollte. Was nicht der Fall ist.«

»Ach nein? Macht Matthias da nicht doch einen Unterschied?«

»Es hat keinen Sinn zu leugnen, dass Matthias mir wichtig ist. Das macht aber nichts aus mir, was ich nicht bin.«

»Dann ist ein Teil von dir wohl immer ein Röwer geblieben«, stellte Erik fest.

Arvid schloss die Augen, als horche er in sich hinein oder als versuche er, etwas von dem, was er fühlte, zu greifen und sich bewusst zu machen. »Vielleicht«, sagte er nachdenklich, »kann man nicht vollkommen abschütteln, was man war, auch wenn man es möchte. – Du warst dabei, von deinem Plan zu erzählen«, wechselte er abrupt das Thema. »Ich kann verstehen, dass dir in Göteborg solche Gedanken in der Hitze des Gefechts durch den Kopf geisterten, aber das ist Monate her. Hast du deinen Hass so lange kultiviert, bis er dir in Fleisch und Blut überging?«

»Nein. Aber als ich zum zweiten Mal hier war, kam mir alles

so lebendig vor, als wäre das, was du erzählt hattest, gerade erst passiert. Dann traf ich Phil wieder, und auch das, was wir in Göteborg aus dem Bauch heraus ausgetüftelt hatten, wurde so lebendig wie nie zuvor.« In einer halb entschuldigenden Geste hob er die Arme und ließ sie wieder fallen, weil er wohl verstand, dass keine Erklärung sein Handeln entschuldigen konnte.

»Kennen Sie Jacobsen schon länger?«, fragte Heinz.

»Wir haben uns vor drei Jahren auf einer Wanderung in Skåne kennengelernt und uns jedes Mal verabredet, wenn er in Göteborg war – wie damals im Mai, nachdem ich erfahren hatte, was hier 1971 passiert war. Natürlich sollte niemand von unserer Bekanntschaft wissen, aber wir sind dummerweise doch zusammen gesehen worden. Phil machte aus der Not eine Tugend und quatschte mich öfter an, während ich den Eindruck erweckte, von ihm genervt zu sein.«

»Aber du warst nicht genervt, sondern hast weiter mit ihm Gretas Entführung geplant«, sagte Matthias äußerlich ruhig.

In den letzten Tagen hatte Kassandra ihn ein klein wenig besser kennengelernt. Er war nicht ruhig, es brodelte in ihm.

»Nur dass dein Freund offensichtlich andere Pläne hatte als du«, fuhr er fort, »und dir die Sache über den Kopf wuchs. Wobei mir einfällt: Hast du Gretas Tür absichtlich offen stehen lassen? Sollte sie hören, was du und Jacobsen zu reden hattet?«

»Nein«, sagte Erik resigniert. »Nach Stunden in diesem Keller, in denen ich hin und her überlegt hatte, ob ich riskieren konnte, Greta freizulassen, ohne dass Phil meiner eigenen Familie was antut, wollte ich das gerade machen. Da hörte ich Schritte auf der Treppe. Ich beeilte mich, die Tür wieder zuzuziehen und im gegenüberliegenden Raum zu verschwinden, bevor er mich erwischte. Vielleicht klemmte das Schloss, oder ich war nicht sorgfältig genug.«

»Du wolltest sie freilassen?«

»Ja, wollte ich. Ich weiß, wie das klingt und dass es leicht ist, das jetzt zu behaupten. Trotzdem ist es die Wahrheit.«

»Ich glaube ihm.« Es war das erste Mal, dass Greta etwas sagte. Sie sprach leise, unaufgeregt, nur ein klein wenig zittrig.

Sie hat ein Beruhigungsmittel genommen, dachte Kassandra, doch da fiel ihr ein, dass Greta schwanger war und vermutlich auf Medikamente verzichtete. Wahrscheinlich war es schlicht die Tatsache, dass sie wieder zu Hause war und bei Matthias.

»Warum glaubst du ihm?«, fragte er.

Eine ganze Weile fixierte Greta Erik stumm, schien sich sein Gesicht, seine Gestalt, einfach alles an ihm einprägen zu wollen. Schließlich bewegte sie sich vorwärts, in Arvids Richtung. Matthias machte Anstalten, ihr zu folgen, hielt aber nach zwei Schritten inne, als wolle er vermeiden, sie überzubehüten. Vor Arvid blieb sie stehen, musterte ihn noch intensiver als Erik – und tat etwas ganz Erstaunliches. Sie streckte die Hand aus und legte sie an seine Wange. Zuerst versteifte sich sein Körper, doch gleich darauf entspannte er sich wieder. Ein paar Atemzüge lang standen sie beide da, ganz für sich allein.

»Ich weiß weder wie noch warum. Ich bin nur froh, *dass* du überlebt hast«, sagte sie leise.

Langsam senkte sie ihre Hand und drehte sich zu Erik um. »Weshalb ich Erik glaube? Weil ich gehört habe, was er zu Jacobsen gesagt hat, auch wenn ich zu dem Zeitpunkt erst zu ahnen begann, was er meinte. Erik, korrigier mich, wenn ich was falsch wiederhole. *Ich habe nichts weiter gewollt, als der gottgleichen Familie Röwer einen Denkzettel zu verpassen. Ich wollte, dass Matthias Röwer erlebt, wie es ist, Stück für Stück den Menschen zu verlieren, den er am meisten liebt. Ich wollte, dass er Angst hat, dass er verzweifelt und dass er leidet. Ich wollte, dass er versteht, was in meinem Vater vor sich ging, bevor er diesen letzten Entschluss fasste. Ich wollte niemals, dass das endlos währt. Nicht für ihn und ganz sicher nicht für seine Frau.*«

Greta richtete sich kerzengerade auf, ihre nächsten Worte kamen lauter, bestimmter. Kassandra sah, dass ihre Hände sich zu Fäusten ballten, ähnlich wie gelegentlich bei Matthias. Anscheinend musste sie sich zurücknehmen, dennoch klang sie wütend.

»Du hast vorhin von Hass gesprochen, Erik. Als ich da unten in diesem Loch saß und mich fragte, wie lange noch und ob ich eine Chance habe zu überleben – ob *mein Kind* eine Chance hat zu überleben, da ...« Sie unterbrach sich, weil Erik ein ersticktes Geräusch von sich gab. Offensichtlich hatte er von ihrer Schwangerschaft keine Ahnung gehabt, doch darauf ging sie nicht ein. »Da habe ich etwas in mir gespürt, das ich für Hass hielt. Aber erst als ich hörte, was du sagtest – dass Matthias leiden soll –, erst da wusste ich, was Hass wirklich bedeutet. Ich habe dich gehasst dafür, dass du ihm so etwas antust, obwohl er dir nie Anlass dafür gegeben hat. Nur weil er ein Röwer ist. Ich habe dich gehasst. Aber Hass ist ein schreckliches Gefühl. Er zerstört einen Menschen, und er zerstört die Menschlichkeit. Ich will dich nicht hassen. Ich weiß nicht, ob ich dir je vergeben kann, auch wenn ein Teil von mir deinen Hass versteht und deine Wut und deine Traurigkeit. Aber ich will dich nicht hassen.«

Daraufhin sagte niemand ein Wort, niemand rührte sich.

Eine scheinbare Ewigkeit später räusperte sich Erik, es klang unnatürlich laut.

»Es tut mir leid«, sagte er. »Nichts, was ich sage oder tue, kann je wiedergutmachen, was ich getan habe. Aber es tut mir sehr leid.«

Greta nickte, gedankenverloren. Dann schaute sie mit einer Plötzlichkeit zu Arvid und anschließend zu Matthias und wieder zu Arvid, und ein leichtes Lächeln huschte über ihr Gesicht.

»Auf eine gewisse Weise hast du etwas gut ... gemacht, Erik.«

Ein Schatten legte sich über Eriks Gesicht, als er verstand, was Greta meinte. Ihre Entführung hatte Matthias und Arvid noch mehr zusammengeschweißt, eine Konsequenz, die er sicher nicht beabsichtigt hatte. Es war ihm wohl selbst ein Rätsel, was er davon halten sollte.

Er schauderte und sagte: »Jemand soll endlich die Polizei rufen. Das wollte Paul vorhin schon tun.«

Heinz griff zu seinem Telefon, hielt jedoch mitten in der Bewegung inne und betrachtete Erik kritisch, bis er sich an Greta wandte. »Was war da vorhin eigentlich los? Weshalb warst du so in Panik?«

»Das war meine Schuld«, antwortete unerwarteterweise Magda Fehning aus ihrer Sofaecke heraus. »Ich hatte nach Barnstorf gewollt, zu Matthias, und auf einmal sah ich euch … Sie alle da stehen, mit Gre… Frau Röwer, und ich dachte, es wäre vorbei. Ich war so dumm. Ich habe ihr die Hand auf die Schulter gelegt, ich wollte ihr sagen, dass ich froh bin, dass alles gut ausgegangen ist.«

Matthias war zu Greta und Arvid getreten. Jetzt war er es, der die Hand auf ihre Schulter legte, ganz leicht nur, doch sie reagierte sofort und lehnte sich an ihn, während sie ergänzte: »Das hat mich zu Tode erschreckt, ich wusste nicht, wer da hinter mir war, ich bekam Angst, dass mich wieder jemand in seine Gewalt bringt und wegsperrt. Ich hab nur geschrien und mich gewehrt und geschrien.«

»Ich war so gedankenlos«, sagte Magda Fehning aufgelöst.

»Schon gut«, beruhigte Matthias sie.

»Nein, ist es nicht. Ich hätte mich zurückhalten müssen.«

»Es ist in Ordnung, Frau Fehning, wirklich«, sagte Greta.

Was Magda Fehning antwortete, bekam Kassandra nicht mit. Das vibrierende Telefon in ihrer Jackentasche lenkte ihre Gedanken in eine ganz andere Richtung. Paul! Noch während sie das Handy hervorholte, zog sie sich vor die große Fensterfront zurück, die auf Garten und Bodden hinausging. In den Scheiben spiegelte sich das Innere des Wohnraums, doch davon nahm Kassandra kaum etwas wahr, stattdessen starrte sie aufs Display. Das war nicht Paul.

»Sekunde, bitte«, wisperte sie.

Auch wenn die Röwers gerade andere Probleme hatten, als auf Kassandra zu achten, wollte sie dieses Telefonat lieber nicht unter ihren Augen und Ohren führen. Sie trat vor die Eingangstür, die sie festhalten musste, damit sie ihr nicht von dem heftigen Wind aus der Hand gerissen wurde. Es tröpfelte wieder, wenigstens davor schützte sie das überhängende Rohrdach, und durch den Bewegungsmelder war es hell.

»Kay, entschuldige, ich hätte anrufen sollen.« Innerlich ohrfeigte sie sich, das vorhin versäumt zu haben, während sie mit Heinz hergekommen war.

»Ist alles in Ordnung?« Er sprach lauter als gewöhnlich, offensichtlich um gegen den Wind anzukommen, den Kassandra auch durch das Handy heulen hörte. »Ich stehe auf Niklas Thiels Grundstück, ich habe den Kellerzugang gefunden, aber da unten ist niemand. Wo seid ihr?«

»Bei Matthias Röwer. Greta ist wieder zu Hause, wir konnten Erik festsetzen, Jacobsen hat sich leider mit dem Wagen abgesetzt. Paul«, sie schluckte, »ist ihm hinterher.«

»Das hätte er lieber den Kollegen überlassen sollen.«

Kassandra sah sich gezwungen, Paul zu verteidigen. »Wenn wir auf die gewartet hätten, wäre Jacobsen über alle Berge gewesen.«

»Sie können nach dem Mann fahnden, Kassandra«, erinnerte er sie. »Habt ihr die Kollegen wenigstens inzwischen benachrichtigt?«

»Das wollte Heinz gerade tun«, sagte sie, immer noch in Verteidigungshaltung.

»Verstehe«, sagte Kay, als wollte er eigentlich sagen, damit hätten sie sich aber eine Menge Zeit gelassen. »Was ist mit Möller? Den hast du gar nicht erwähnt, woraus ich schließe, dass der nicht im Keller war. Sein Telefon jedenfalls liegt unverändert in seinem Haus.«

»Es sieht so aus, als wäre der eine vollkommen falsche Fährte gewesen. Erik hat eine Menge zugegeben, aber seine einzige Verbindung zu Jan waren anscheinend tatsächlich die Fischländer Türen. Der Fremde mit der Mütze und der Sonnenbrille, der mit Jan das Krankenhaus verlassen hat, muss jemand anders als Erik gewesen sein.«

»Behauptet Erik.«

Kassandra überdachte das. Im Grunde hatten sie nur Eriks Wort dafür, dass er quasi den ganzen Tag im Keller gehockt hatte. »Richtig.«

Sie hörte Kay Luft holen. »Gut. Jacobsens Beteiligung ist sicher, das geht vor. Wir haben inzwischen seine Handynummer, ich finde heraus, wohin er unterwegs ist, und versuche, Paul einzuholen. Sobald ich was weiß, melde ich mich.«

Bevor er in seiner unnachahmlich kurzen Art das Gespräch beenden konnte, rief Kassandra: »Nein!«

»Weshalb nicht?«

»Weil sie seit fast einer halben Stunde weg sind. Das kannst du nicht aufholen. Wenn du ihnen bei doppelter Geschwindigkeit hinterherheizt, wickelst du dich bei diesem Sturm und den nassen Straßen höchstens um einen Baum. Ich will mir nicht auch noch Sorgen um dich machen müssen.« Für einen winzigen Moment glaubte sie, er würde auf sie hören. Irrtum. Im besten Fall war er belustigt, im schlimmsten verärgert, sein Tonfall ließ beide Interpretationen zu.

»In meinem Job muss ich gelegentlich mit gefährlicheren Situationen als dem Wetter fertig...«, begann er.

Sie ließ ihn nicht ausreden, es war ihr egal, dass er recht und sie keines hatte, ihm reinzureden. »Du hast vorhin gesagt, dass deine Kollegen nach Jacobsen fahnden können. Heinz wird alles Nötige veran...«

»Ich diskutiere das nicht mit dir«, fuhr er ihr über den Mund und beendete das Gespräch endgültig.

Mit einem Gefühl der Ohnmacht nahm sie das Telefon vom Ohr und starrte in die Dunkelheit, die Lampe neben der Tür war längst erloschen. Der Wind rauschte durch die Blätter und fegte unter dem Rohrdach entlang, drückte sie fast gegen die Hauswand. Eine Böe erwischte eine Pfütze und warf das Wasser darin auf, das ihre Schuhe durchnässte.

In ihrem Magen bildete sich ein Klumpen, als sie sich langsam umdrehte und die Tür aufstieß. Die Helligkeit drinnen ließ sie blinzeln, obwohl das Licht wegen Matthias' empfindlicher Augen nicht grell war. Im Wohnraum richteten sich alle Blicke auf sie, selbst Matthias schaute herüber. Sie fragte sich, was inzwischen besprochen worden war und ob Heinz die Polizei verständigt hatte, aber mit einem Mal erschien ihr das nebensächlich. Sie wäre auch gar nicht dazu gekommen, sich danach zu erkundigen, weil Greta auf sie zutrat.

»War das Paul eben am Telefon? Was hat er gesagt? Das Wetter draußen ist heftig. Wenn er Jacobsen nicht einholen kann, soll er um Himmels willen zurückkommen – ich weiß, wie das bei solchem Regen auf der Straße ist.«

»Ja. Nein. Das war ... nicht Paul.«

Kassandra hörte sich stammeln. Sie hörte außerdem, dass Greta noch etwas sagte von Dank und Rettung. Doch Kassandra sah nur blendende Scheinwerfer auf glänzendem Asphalt vor sich, Wasser, das die Reifen hinaufspritzte, die wiederum keinen Halt auf der Fahrbahn fanden. Jacobsens Saab. Pauls Škoda. Und Kays ...

Was für einen Wagen fuhr eigentlich Kay? Sie schüttelte den Kopf, wie um die unwichtige Frage und vor allem das Bild einer regennassen Straße, über die ein Sturm hinwegfegte, fortzuwischen. Doch es ließ sich nicht fortwischen. Auch wenn sie verstand, dass ihre Beklemmung nur die übersteigerte Reaktion auf die Geschehnisse der letzten Stunden war, konnte sie nicht verhindern, dass die Angst mit Klauen nach ihr griff.

28

Durch die feinen Spritzer auf der Windschutzscheibe sah Paul die roten Rücklichter des Saab kleiner werden. Außerhalb Wustrows fuhr Jacobsen noch rasanter, er nutzte aus, dass die L 21 auf einer langen Strecke genauso schnurgerade verlief wie die Osterstraße und dass wenig Verkehr herrschte. Letzteres war auch für Paul von Vorteil, er würde Jacobsen so schnell nicht aus den Augen verlieren, zumindest solange der auf der Bäderstraße blieb. Da Paul sich dessen nicht gänzlich sicher sein konnte, beschleunigte er ebenfalls, und bald wurden die Rücklichter wieder größer. Leider nahm der Sturm zu, er schaffte es kaum, seinen Wagen auf der Spur zu halten, als ein Windstoß von der See her den Škoda erfasste. Fahren und Jacobsen im Blick zu behalten erforderte Pauls ganze Konzentration, vor allem, weil ihn entgegenkommende Wagen blendeten.

Er starrte nach vorn, fixierte den Saab und verbannte alles andere aus seinem Blickfeld. Mit fast hundert Sachen schoss Jacobsen auf die große Kreuzung in Dierhagen zu, die im Wind bedenklich schwankende Ampel schaltete auf Gelb. Jacobsen rutschte durch. Dann: Rot. Blitzartig flog Pauls Blick nach links und rechts, von rechts kam ein dunkler Wagen, noch weit genug entfernt, links frei. Zum ersten Mal seit Menschengedenken überfuhr Paul eine rote Ampel.

Überrase ich eine rote Ampel, wäre passender, dachte er, stieß die angehaltene Luft aus und konzentrierte sich sofort wieder auf Jacobsen, der sein Tempo erhöhte. Pauls Tacho zeigte hundertzehn. Seine Reifen waren neu, das Profil alles andere als abgefahren, dennoch merkte er, dass der Škoda bei einer erneuten leichten Biegung der Straße schlingerte. Er steuerte gegen, begleitet von dem »Rrrrrt« des Scheibenwischers. Die Scheinwerfer eines entgegenkommenden Geländewagens blendeten ihn kurz, er kniff die Augen zusammen und tippte die Bremse an, erneut schlingerte der Škoda. Der Geländewagen war vorbei, Paul hatte wieder klare Sicht und nahm den Fuß von der Bremse. Ein Stück vor ihm lag der Abzweig nach Neuhaus, Jacobsen setzte den Blinker nach rechts und fuhr zum ersten Mal langsamer.

Was hat er vor?, fragte sich Paul. Da war nur Strand und Ende der Fahnenstange. Oder er nahm den großen Bogen zurück nach Dierhagen. Aber wozu? Gerade als Paul ebenfalls das Tempo drosselte, drückte Jacobsen vor ihm unvermittelt wieder auf die Tube und schoss am Abzweig vorbei. Paul reagierte sofort und trat aufs Gaspedal. Gleich darauf wiederholte Jacobsen das Spiel vor dem nächsten Abzweig. Diesmal setzte er den Blinker nach links Richtung Ribnitz und ordnete sich in die Abbiegerspur ein, ehe er langsamer wurde.

Nicht mit mir, dachte Paul, ließ seinen Fuß auf dem Gaspedal und blieb auf der Geradeausspur. Als Jacobsen noch langsamer wurde und tatsächlich abbog, fluchte Paul laut, warf einen raschen Blick in den Rückspiegel und stieg so heftig in die Bremsen, dass sein Škoda diesmal mehr als nur leicht schlingerte. Dennoch war er schon ein gutes Stück am Abzweig vorbei, als er endlich zum Stehen kam. Paul schaute abermals in den Rückspiegel, prüfte den entgegenkommenden Verkehr und vollführte ein gewagtes Wendemanöver. Auf der Straße nach Körkwitz nahm er die Verfolgung wieder auf und sah bald darauf erneut Rücklichter. Der Wagen hielt die Geschwindigkeitsbegrenzung ein, Paul fuhr nur so weit heran wie nötig, um zu erkennen, dass er den Saab vor sich hatte, und ließ sich danach ein Stück zurückfallen. Jacobsen wurde nicht wieder schneller, anscheinend dachte er, er hätte ihn abgehängt.

Als der Saab durch Ribnitz fuhr, holte Paul auf, ließ aber einen Wagen zwischen sich und Jacobsen, der die Stadt Richtung Sanitz wieder verließ. Der Fahrer vor ihm schlich geradezu, sodass Paul befürchtete, Jacobsen zu verlieren, den er kaum noch erkennen konnte. Er setzte zum Überholen an und war kurz davor auszuscheren, als das Auto ohne zu blinken abbog und Paul freie Sicht auf Jacobsens Rücklichter hatte – und auf eine Baustellenampel, die auf Rot schaltete, gerade als er herankam. Die Straße war wenig befahren, sollte er riskieren …? Nein, natürlich nicht. Im Dunkeln, ohne zu wissen, wie lang die Baustellenstrecke war und welche Gefahren da lauerten, würde er vielleicht jemanden in einen Unfall verwickeln. Ungeduldig trommelte er mit den Fingern auf das Lenkrad ein. Je länger er hier stand, desto eher konnte Jacobsen sich davonmachen. Oder abtauchen, falls er in Bartelshagen, Gresenhorst, Dänschenburg oder … Endlich – Grün! Paul fuhr zügig und hatte nach kurzer Zeit die Baustelle hinter sich gebracht. Er beschleunigte, fuhr mit achtzig durch Bartelshagen und drückte das Gaspedal danach noch weiter runter ohne Rücksicht auf Aquaplaning und Sturm und bremste nur in den kleinen Ortschaften ab, immer in der Hoffnung, dass Jacobsen nicht irgendwo dort angehalten hatte. Ab und zu kam ihm ein Wagen entgegen, vor ihm war weit und breit keiner zu sehen. Und schließlich, ganz weit vorn, erkannte er Rücklichter, viel zu klein, um sagen zu können, ob es die von Jacobsen waren. Paul beobachtete, wie der unbekannte Wagen in das große Waldstück vor Sanitz fuhr. Hinter einer Kurve verlor er ihn aus den Augen, erst als er sie ebenfalls passiert hatte, kam das Fahrzeug wieder in sein Blickfeld. Jetzt hatte Paul endlich freie Bahn. Er tippte das Gaspedal an und bemerkte, dass der Škoda bedenklich ins Rutschen kam. Weit entfernt vor ihm leuchteten plötzlich blutrote Bremslichter durch die Nacht.

Und genauso plötzlich erloschen sie wieder. Stattdessen vollführten die Rücklichter einen Tanz, schwenkten nach links und rechts und wieder nach links, eines verschwand ganz, als der Wagen sich etwas zur Seite drehte, erschien wieder, als der Fahrer kurzzeitig geradeaus lenken konnte, und verschwand, als der Wagen erneut ausbrach. Paul war ein Stück näher gekommen und bremste nun ebenfalls, doch auch seine Reifen griffen auf der nassen, von Laub übersäten Fahrbahn nicht, wie sie sollten, er rutschte und sah gleichzeitig, wie die Rücklichter vor ihm sich hoben und einen weit wilderen Tanz als zuvor vollführten. Durch den Sturm hindurch hörte er es krachen und knirschen und donnern – und schoss selbst viel zu schnell auf der Straße vorwärts. Er drückt das Bremspedal bis zum Boden durch, rutschte, wurde langsamer, rutschte, rutschte weiter, schlingerte, rutschte ein letztes Mal – und kam endlich zum Stehen.

Pauls Škoda stand mitten auf der Straße, der Motor aus. Seine Hand hatte sich ums Lenkrad gekrampft, er atmete stoßweise und starrte nach vorn, ohne zu blinzeln. Die Rücklichter des Wagens vor ihm waren nicht mehr zu sehen, dafür die Scheinwerfer, die unnatürlich weit über der Straße hingen. Einer erstarb. Der andere schaute grell zu Paul hinüber. Höhnisch. Klagend. Blinkend. Und erstarb schließlich wie der erste.

Wie in Zeitlupe startete Paul den Motor. Mit etwas Abstand zum Wrack, das er mit einem hohlen Gefühl in der Magengegend als Jacobsens Saab identifizierte, hielt er am Straßenrand. Er schaltete das Warnblinklicht an und wollte die Tür öffnen, doch der Wind schien damit nicht einverstanden. Paul stemmte sich dagegen, stieg aus, der Sturm pfiff um ihn herum, während er sich auf den Saab zubewegte. Blätter wirbelten durch die Luft, segelten zu Boden und blieben auf dem nassen Asphalt kleben, wo sie einen gefährlichen Teppich bildeten, auf dem Paul fast ausglitt.

Der Saab lag auf dem Dach, er musste gegen einen Baum gekracht, abgeprallt sein und sich überschlagen haben. Mittlerweile war Paul nah genug herangekommen, um Jacobsen durch die zersplitterte Scheibe des Seitenfensters kopfüber auf dem Fahrersitz zu erkennen. Deutlicher, als ihm lieb gewesen wäre, weil sich durch welchen verrückten Vorgang auch immer das kleine Licht im Wageninneren eingeschaltet hatte. Paul ging in die Hocke. Aus Jacobsens Mund lief ein Blutfaden, er hatte die Augen geschlossen, seine Arme hingen verrenkt über seinem Kopf, aus dem linken Unterarm schaute eine Knochenspitze hervor. Der Ellbogen? Gegen seinen Oberkörper presste sich der Airbag, der mehr als alles andere Jacobsen die Luft abzuschnüren schien – falls er überhaupt noch Luft brauchte.

All das nahm Paul binnen eines Atemzugs wahr, aber es kam ihm vor, als stünde er bereits Stunden hier. Er musste Krankenwagen und Polizei benachrichtigen, sofort. Doch etwas zwang ihn, zuerst seine Hand auszustrecken, vorsichtig durch das kaputte Glas zu greifen und nach Jacobsens Halsschlagader zu tasten. Im selben Moment, in dem er ihn berührte, schlug Jacobsen die Augen auf.

Pauls Hand zuckte zurück, durch die unkontrollierte Bewegung schnitt er sich an der Fensterscheibe, er sah, dass er blutete, spürte aber keinen Schmerz. Stattdessen fingerte er nach seinem iPhone in der Hosentasche und sagte: »Ich rufe Hilfe.«

Er konnte hier keine Erste Hilfe leisten, er fürchtete, dass jede Bewegung Jacobsens letzte sein könnte, wenn er nur einen winzigen Fehler machte.

Während er den Notruf antippte, schaute er zum ersten Mal die Straße hinauf und hinunter. Niemand zu sehen. Schließlich bekam er Bescheid, dass ein Krankenwagen unterwegs sei, und wurde gebeten zu warten. Er nickte, obwohl das niemand sehen konnte, steckte das Telefon weg, trat wieder näher an den Saab und ging erneut in die Hocke.

»Hilfe ist unterwegs«, sagte er, ohne mit einer Antwort zu rechnen. Er wusste nicht mal, ob Jacobsen ihn überhaupt gehört hatte.

Doch da bewegte Jacobsen seine Lippen. Paul konnte ihn nicht verstehen, es war viel zu leise gewesen, außerdem pfiff ihm der Sturm nach wie vor um die Ohren. »Nicht reden, es kommt bald Hilfe.«

»Po…li…zei?«

Unerwartet kochte Zorn in Paul hoch. Der Mann hatte Sorgen! »Ja, ich denke schon, dass die kommt«, sagte er schärfer als beabsichtigt.

»Wollte Eriks Familie … nie …«, brachte Jacobsen hervor.

Paul stand nicht der Sinn danach, Beichtvater für den Mann zu spielen, aber er mochte sich auch nicht abwenden. Wahrscheinlich würde Jacobsen sterben, was schadete es, wenn er sich seine Schuld von der Seele redete?

»Schweden«, sagte Jacobsen wieder. »Traum … Erik … weiß nicht … wie gut … er es hat.«

Zumindest da hat er recht, dachte Paul. Erik hatte eine Familie, die ihn liebte, einen Beruf, den er liebte – er hatte alles, und er war bereit gewesen, es zu zerstören wegen eines dummen Rachegedankens. Eines Gedankens, auf den Arvid, der als Einziger wirklich betroffen war, wohl nie gekommen wäre. Lange Zeit war Paul Arvid gegenüber misstrauisch geblieben, doch nach allem, was vorhin passiert war, nach Arvids Schuss, seinem schockierten und gleichermaßen traurigen Gesichtsausdruck, nach seinen Worten an Erik, die Paul zwar nicht verstanden, deren Tonfall jedoch deutlich gewesen war, glaubte er nicht mehr an Arvids Mitwisserschaft oder gar Schuld.

Wieder sagte Jacobsen etwas, noch leiser diesmal.

Paul beugte sich näher vor, hörte aber nur den Rest des Satzes.

»… schwer … für Erik.«

»Ja. Trotzdem habe ich wenig Mitleid mit ihm.«

Er wusste nicht, ob er das zu Jacobsen oder mehr zu sich selbst sagte.

Jacobsen gab ein Geräusch von sich, das in ein krampfartiges Husten mündete. Zwischen seinen Lippen quoll blutiger Schaum hervor. Er verzog den Mund zu einem verzerrten Abbild eines Lächelns, das Paul nur noch halb wahrnahm, weil er abgelenkt wurde von blendenden Scheinwerfern. Ein fremdes Auto hielt an der Unfallstelle, der Fahrer ließ das Fenster herunter und fragte, ob er helfen könne.

Paul hob die Stimme und rief hinüber: »Wenn Sie Arzt oder Sanitäter sind oder wissen, wie wir den Mann aus dem Wrack bekommen, ohne ihn noch schlimmer zu verletzen, ja.«

Nach einem entsetzten Blick auf den Saab ließ der Mann das Fenster hoch und fuhr weiter.

Als Paul sich wieder umwandte, hatte sich etwas verändert. Er konnte nicht sagen, was, es war mehr ein Gefühl. Bis er den gebrochenen Blick sah. Wie vorhin streckte er die Hand aus, diesmal ganz langsam. Er strich über Jacobsens Augen, schloss die Lider. Nahm die Hand wieder weg. Starrte auf den Mann, der noch vor zehn Minuten auf der Flucht gewesen und auf ein neues Leben in Schweden gehofft hatte. Dessen letzte Worte Erik gegolten hatten. Erik.

Derselbe Zorn, den Paul eben für Jacobsen empfunden hatte, richtete sich jetzt auf Erik. Er schnellte aus der Hocke hoch und schritt so weit aus, wie es auf der rutschigen Straße ging, als er zu seinem Wagen zurücklief, um endlich das Warndreieck hervorzuholen und es auf der Straße zu platzieren. Unaufhörlich kreisten dabei seine Gedanken darum, dass Erik durch seinen naiven und gleichzeitig fatalen Plan ein Leben ausgelöscht hatte. Indirekt zwar, denn letztlich war das, was hier passiert war, Jacobsens Schuld und nicht Eriks, doch ohne diesen Plan ... Er verspürte wahrhaftig kein Mitleid mit Erik und konnte nur hoffen, dass es wenigstens Greta einigermaßen gut ging, sie sich von den Strapazen erholte und die Tage im Keller und der psychische Schock weder ihrer eigenen noch der Gesundheit ihres ungeborenen Kindes schadeten.

Paul fuhr sich mit den Händen über Gesicht und Haare, und bemerkte wie nebenbei, dass beides feucht war. Es hatte wieder zu regnen begonnen. Er setzte sich in den Škoda, wo es trocken war und der Sturm nicht mehr an ihm zerrte – vor den Grübeleien schützte ihn der Wagen nicht. Erik hatte Greta Unverzeihliches angetan. Nicht nur ihr, auch Matthias. Und Arvid.

Auch ohne Einzelheiten zu kennen, war Paul nach allem, was sie gehört hatten, klar, dass Arvids Leben schon einmal in Trümmern gelegen hatte. Damals 1971, als er so verzweifelt gewesen war, dass er keinen Ausweg mehr gesehen hatte. Das Schicksal hatte es offenbar anders gewollt und ihm eine Chance auf ein zweites Leben mit einer zweiten Familie und ein zweites Glück geschenkt. All das brach jetzt um ihn herum zusammen, und es würde noch schlimmer kommen, wenn Erik verhaftet wurde, es zum Prozess kam und Arvids zweites Leben ganz öffentlich zerstört wurde. Zugleich würde damit sein erstes ans Tageslicht gezerrt werden, und das wiederum betraf nicht nur ihn, sondern auch Matthias und Greta. Matthias hatte schon genug mitgemacht in den letzten Jahren. Und schließlich: Die

Chance, dass Matthias und Arvid zueinanderfanden, erhöhte sich durch all das ganz gewiss nicht.

Paul hieb mit der Faust aufs Lenkrad. Abgesehen von Erik hatte niemand die Konsequenzen verdient, die sein Handeln nach sich zog. Paul hob den Blick und sah hinaus in den Sturm. Es gab eine Möglichkeit …

Er holte sein Telefon hervor und schluckte trocken. Viel zu deutlich erinnerte er sich an die Situation, in der er selbst eine Entscheidung zu treffen gehabt hatte, vor die er jetzt jemand anders stellen wollte. Konnte, durfte er das tun? Das iPhone in Pauls Hand wog schwer. Aller Voraussicht nach war es sowieso längst zu spät. Vielleicht aber auch nicht. Und er konnte das nicht nur, er musste es tun. Entschlossen tippte er Kassandras Nummer an. Als sie sich meldete und seinen Namen sagte, konnte er hören, wie ihr vor Erleichterung Felsbrocken vom Herzen fielen. Doch es blieb keine Zeit, darauf einzugehen.

»Habt ihr schon die Polizei gerufen?«

»Nein«, antwortete sie, ohne weitere Fragen zu stellen. Wie so oft spürte sie, dass er Erklärungen abgeben würde, wenn er es für richtig hielte. »Es gibt hier eine Menge zu reden, und Heinz scheint zögerlich, obwohl Erik selbst es endlich hinter sich haben will.«

Paul konnte nicht umhin, in sich hineinzulächeln. Offenbar war Heinz zu ähnlichen Schlussfolgerungen gelangt wie er. »Gut. Würdest du bitte alle fragen, ob sie sich vorstellen können, darauf zu verzichten? Es ist leider keine Zeit für lange Überlegungen. Es gab einen Unfall, Jacobsen ist tot.« An dieser Stelle merkte er, dass Kassandra etwas sagen wollte, und beruhigte sie: »Mir ist nichts passiert, Liebes. Allerdings warte ich auf die Polizei und muss wissen, was ich denen sagen kann oder soll. Bedenkt die Folgen, die die Wahrheit hätte. Für alle. Und bedenkt, dass sie nie herauskommen muss, weil der Einzige, der sie außerdem noch kennt, tot ist.«

29

Als Paul anrief, war Kassandra unendlich erleichtert, was Matthias gut nachvollziehen konnte. Aber er brauchte eine Weile, um Pauls Vorschlag zu erfassen.

»Kommt nicht in Frage!«, war seine erste, äußerst wütende Reaktion.

Wie schon so oft, seit dies begonnen hatte, wünschte er, in den Gesichtern der anderen lesen zu können. Wie die Dinge lagen, war es ihm unmöglich zu erkennen, ob sie ähnlich reagierten. Greta stand dicht genug neben ihm, dass er ihr leises Luftschnappen hören konnte, aber er erriet nicht, was es bedeutete.

»Greta?«, fragte er.

»Ich weiß nicht«, sagte sie. »Vielleicht.«

»Wie bitte?« Er glaubte, sich verhört zu haben. »Du kannst doch nicht im Ernst damit einverstanden sein!«

Sie schien nachzudenken. »Paul hat recht. Versuch, nicht nur an das zu denken, was geschehen ist, sondern an die Zukunft.«

Verständnislos schüttelte Matthias den Kopf, hielt aber unvermittelt damit inne, als zum ersten Mal wirklich zu ihm durchdrang, welche Konsequenzen Paul vorschwebten. Greta hatte sie wesentlich schneller erkannt.

»Entschuldigt, wenn ich mich einmische«, sagte Heinz da. »Das ist eine sehr schwerwiegende Entscheidung.« Er wandte sich an Kassandra. »Kann Paul zuhören?«

»Ja, er ist noch dran, ich hab außerdem das Telefon auf Lautsprecher gestellt.«

»Hm. Paul hat gesagt, Jacobsen ist der Einzige gewesen, der noch die Wahrheit kannte. Auch wenn es unwahrscheinlich ist, dass er jemanden in die Einführung und die Gründe dafür eingeweiht hat, können wir das nicht mit Sicherheit ausschließen. Ein Restrisiko bleibt. Und, Paul, du hast Jan Möller vergessen. Erik Sundberg behauptet zwar, dass der nichts damit zu tun hat – Beweise dafür gibt's nicht, und der Anruf bei Matthias stammt ja wohl relativ eindeutig von ihm.«

»Letzteres ja«, antwortete Paul. »Ansonsten tendiere ich dazu, Erik zu glauben.«

Matthias hatte Mühe, ihn zu verstehen. Mit Greta trat er näher zu Kassandra in die Mitte des Raumes, Arvid schloss sich ihnen an und blieb dicht hinter ihm stehen.

»Es wäre nicht nötig gewesen, die Entführung zu dritt durchzuziehen. Alles, was wir Jan zugedacht haben, kann entweder Jacobsen oder Erik getan haben«, stellte Paul fest. »Oder hat Greta drei unterschiedliche Männer wahrgenommen?«

»Nein«, sagte sie sofort. »Da war immer nur einer: Jacobsen. Ich habe von Matthias ein bisschen was darüber gelernt, wie man Menschen wahrnimmt, ohne sie zu sehen, was einem wie warum an ihnen auffällt. Nach allem, was passiert ist, bin ich sicher, dass Jacobsen mich entführt und im Keller versorgt hat. Erik tauchte erst heute auf. Mit einem Dritten hatte ich nie zu tun.«

»Es gab auch keinen Dritten!«, ließ sich Erik vernehmen. »Ich schwöre, dass es keinen gab. Jan Möller ist nichts weiter als ein Tischler!«

Das entsprach nicht ganz Matthias' Meinung, wenn er an den Spruch auf dem Anrufbeantworter dachte, doch das spielte letztlich keine Rolle. »Kann ich mir denken, dass du das beschwörst, wenn wir davon abhängig machen, ob wir dich einbuchten lassen oder nicht«, sagte er trotzdem kalt.

Arvid hinter ihm zuckte zusammen, stieß dabei unabsichtlich gegen ihn, und Matthias spürte deutlich, dass Arvid am ganzen Körper bebte. Langsam drehte er sich um. Auch ohne seinen Gesichtsausdruck zu sehen, wusste er, dass Arvid um Fassung rang und viel darum gegeben hätte, so ruhig zu bleiben, wie er es über weite Strecken dieses Tages geschafft hatte zu sein. Nun schien er am Ende seiner Kräfte.

Unwillkürlich wollte Matthias seine Hand ausstrecken und ihn berühren. Er hielt sich zurück, weil er merkte, dass Arvid eine innere Distanz aufbaute, als wolle er unter keinen Umständen Mitleid. Oder als hätte er Angst. Davor, Erik zu verlieren. Oder Matthias zu verlieren? Nein, doch eher Erik. Erik war sein Sohn, sie hatten über vierzig Jahre miteinander geteilt – er liebte ihn, egal, was er getan hatte. Er liebte ihn bedingungslos. Wie es sein sollte zwischen Vater und Sohn. Matthias konnte Arvid das nicht übel nehmen – er konnte ihm überhaupt nichts übel nehmen. Arvid hatte ihm nie etwas getan. Außer in sein Leben zu platzen und darin trotz allem, was geschehen war, einen unerwartet wichtigen Platz einzunehmen. Er war … Familie.

»Mir ist klar, dass das schwer ist«, meldete sich Paul aus Kassandras Telefon zurück. »Aber ihr müsst eine Entscheidung treffen. Jetzt. Ich sehe Blaulicht, und das kommt sehr schnell näher. Sieht mir nicht aus, als wäre das nur ein Krankenwagen.«

»Greta?«, fragte Matthias leise.

»Ich weiß gar nicht, wer Jacobsen ist, und Erik ist bloß Arvids Sohn«, sagte sie ebenso leise. »Einverstanden?«

Matthias hätte Erik liebend gern hinter Gitter gebracht, für möglichst lange und seinetwegen bei Wasser und Brot. Dennoch nickte er. Er spürte Arvids Blick und war froh über Gretas Entscheidung, gegen die er sich vor fünf Minuten noch so vehement ausgesprochen hatte. Zur Hölle mit Erik, doch in einem hatte er recht: Zweifellos *war* Arvid ein Röwer. Ein Röwer, der nicht verdiente, dass sein Leben ein zweites Mal zu Staub zerfiel, und wenn es in ihrer Macht stand, das zu verhindern, mussten sie das tun.

30

»Kassandra?« Paul presste sein Telefon ans Ohr, ohne dass er dadurch die murmelnden Stimmen besser verstand. Er sah deutlich einen Streifenwagen und einen Rettungswagen auf die Unfallstelle zukommen. »Kassandra, ich brauche …«

»Keine Polizei hier«, übersetzte sie. »Dürfte kompliziert werden, der Polizei bei dir da draußen zu erklären, weshalb du hinter Jacobsen her warst, ohne die Entführung zu erwähnen. Du kannst nicht einfach so tun, als wärst du ein unbeteiligter Unfallzeuge.«

»Nein.« Falls nähere Untersuchungen über den Unfall und damit über Jacobsen angestellt werden sollten, würde man darüber stolpern, dass Paul in der Bibliothek nach ihm gefragt hatte. »Ich lass mir was einfallen«, sagte er im Aussteigen.

Der Rettungswagen hielt gerade direkt hinter Jacobsens Saab, der Streifenwagen am gegenüberliegenden Straßenrand. Einer der Polizisten sicherte die Unfallstelle weit besser, als Paul es mit seinem Warndreieck hatte tun können, der zweite trat zu den Sanitätern, die sich Jacobsen ansahen.

»Viel Glück«, wünschte Kassandra Paul, der das Telefon in seine Jackentasche gleiten ließ. Dabei beobachtete er, wie die Sanitäter Jacobsens Tod feststellten und das dem Beamten mitteilten.

Nicht nur in Kassandras »Viel Glück«, schon in ihren vorigen Worten hatte ein Vorbehalt mitgeschwungen, der Paul verriet, dass sie der Entscheidung, die in Barnstorf gefallen war, zwiespältig gegenüberstand. Ganz sicher war sie sich bewusst, von welchen Folgen er vorhin gesprochen hatte, und ebenso sicher wünschte sie Matthias, Greta und Arvid nur das Beste. Sie mochte speziell Arvid sehr. Das Problem war vielmehr …

»Sie sind Herr Freese und haben den Unfall gemeldet?«, wurde Paul von dem jungen Streifenpolizisten angesprochen, der eben mit den Sanitätern geredet hatte. Der zweite redete im Hintergrund offenbar mit der Zentrale. Möglicherweise forderte er ein Team an, das sich das hier gründlicher ansah.

Paul nickte.

»Haben Sie gesehen, wie das passiert ist?«, fragte ihn der Beamte.

Abermals nickte Paul und schüttelte dann den Kopf. »Das heißt, nicht im Einzelnen, dazu war ich zu weit weg.«

»Schildern Sie alles, so genau es geht«, bat der Polizist, dessen Kollege hinzukam, ehe Paul antworten konnte.

»Ich sperre die Straße ab, Verstärkung, Unfallforschung, Abschleppwagen und Leichentransport sind geordert.«

»Alles klar.« Der junge Polizist, der sich beiläufig den Regen vom Gesicht wischte, wandte sich wieder an Paul. »Also?«

Paul blieb so nah wie möglich an der Wahrheit, er gab sogar zu, mit überhöhter Geschwindigkeit gefahren zu sein, damit er Jacobsen nicht aus den Augen verlor.

»Sie haben den Fahrer des Saab verfolgt?«, fragte der Polizist konsequenterweise.

»Nicht in dem Sinne, den Sie meinen«, widersprach Paul. »Wir waren zusammen unterwegs und hatten dasselbe Ziel.«

Was er als Nächstes sagte, musste Hand und Fuß haben – und er musste sich nach diesem Gespräch schleunigst mit Erik und den anderen zu Hause kurzschließen. Er konnte Erik nicht komplett rauslassen, schließlich hatten sie seinetwegen mit der Uni telefoniert, und Jacobsens Name war in Zusammenhang mit ihm erwähnt worden. Das alles plus Pauls Besuch in der Bibliothek wäre ein bisschen zu viel Zufall, als dass er es unter den Tisch fallen lassen durfte.

Gerade näherte sich ein weiterer Wagen der Unfallstelle. Die Verstärkung in Zivil? Der zweite Beamte hatte die Straße bereits abgesperrt, der Wagen wurde langsamer und hielt. Paul musste sich am Riemen reißen, um keinen Laut von sich zu geben. Das war Kays Lexus. Selbst wenn Kassandra gewusst hätte, wo sich der Unfall ereignet hatte, und Kay Bescheid gegeben hätte, wäre es ihm unmöglich gewesen, so schnell hier zu sein.

»Herr Freese? Würden Sie das bitte konkretisieren?«, erinnerte ihn der Streifenbeamte daran, dass Paul ihm noch eine Erklärung schuldig war.

»Ja. Natürlich.«

Der zweite Beamte beugte sich gerade an der Fahrerseite zum Lexus hinunter. Kay würde sich ausweisen und aussteigen. Der Beamte richtete sich wieder auf. Der Lexus bewegte sich zwei, drei Meter weiter vor die Straßensperre, wendete und fuhr langsam an Paul und dem immer noch auf Antwort wartenden Streifenpolizist vorbei und zurück Richtung Ribnitz. Paul glaubte, dass Kay ihm einen prüfenden Blick zugeworfen hatte. Einbildung. Zumindest dass der Blick prüfend war. Das konnte er gar nicht erkennen.

»Herr Freese«, sagte der Polizist schon weit weniger geduldig.

Er hätte sich denken können, dass Kay weder aussteigen noch sich als Kollege ausweisen würde. Niemand sollte unnötigerweise eine Verbindung zwischen ihm, Paul und den Ereignissen in Wustrow ziehen. Kay konnte schließlich nicht wissen, dass Paul das auf seine Weise zu vermeiden trachtete. Nur dass diese Weise vermutlich auf wenig Verständnis bei Kay stoßen würde.

»Entschuldigung«, sagte Paul, bevor der Polizist ihn zum dritten Mal erinnern musste. »Es geht um einen Freund von mir, Erik Sundberg, zurzeit Gastprofessor an der Universität Rostock. Er wird vermisst.«

»Vermisst?« Der Beamte hob die Brauen.

»Schon wieder nicht in dem Sinne, den Sie darunter verstehen. Er hat ohne Erklärung sein Seminar an der Uni ausfallen lassen und sich auch bei seiner Frau nicht mehr gemeldet, seit er heute Morgen das Haus verließ.«

»Das ist schon, was ich unter ›vermisst‹ verstehe«, stellte der Polizist klar.

»Ja. Nein.« Pauls offensichtliche Unruhe war nur zum Teil gespielt. Er beschloss, das Beste daraus zu machen und es etwas auszubauen. »Erik hatte Streit mit seiner Frau, ziemlich heftigen Streit. Wegen ... ich fürchte, wegen einer Affäre, die er in Göteborg hatte. Sagte ich, dass Erik aus Schweden kommt? Niemand wusste davon. Also, von der Affäre. Thea, das ist Eriks Frau, fand es heute früh heraus und stellte ihn zur Rede. Daraufhin brüllte Erik, er hielte das alles nicht mehr aus und würde Schluss machen. Thea dachte, er meinte ihre Ehe, als er aus dem Haus stürmte. Später rief die Uni bei ihr an und fragte, wo er bliebe. Sie begann, sich Sorgen zu machen, weil es völlig untypisch für Erik ist, seine Studierenden zu vernachlässigen. Wenn er etwas liebt, dann seinen Job, man könnte sagen, er ist am glücklichsten mit seiner Arbeit verheiratet, wenn Sie verstehen, was ich meine.«

Der Streifenpolizist nickte zurückhaltend ob Pauls ausschweifender Erläuterung, unterbrach ihn aber nicht. Paul warf einen Blick über dessen Schulter. Der zweite Beamte stand wieder bei den Sanitätern, bis er von einem herankommenden Fahrzeug abgelenkt wurde. Diesmal in der Tat Beamte in Zivil, im Gefolge ein weiteres Fahrzeug. Unfallforschung.

»Herr Freese?«

»Ja. Entschuldigung. Ich habe ein bisschen telefoniert, als Erik überhaupt nicht aufzufinden war und auch sein Handy ausgeschaltet blieb. Theas Deutsch ist nicht gut.« Paul berichtete, dass bei den Telefonaten Jacobsens Name gefallen sei, von seinem Gespräch mit Dörthe Hilwig in der Bibliothek, wie er von ihr Jacobsens Adresse bekommen, ihn zunächst nicht angetroffen habe und relativ lange auf ihn warten musste, was sich aber ausgezahlt habe, weil Jacobsen wider Erwarten tatsächlich etwas gewusst habe. »Diese Dame aus Göteborg hat Erik ebenfalls unter Druck gesetzt. Er war völlig mit den Nerven runter und hat auch Herrn Jacobsen gegenüber erwähnt, Schluss machen zu wollen, was der gleich ernster nahm als Thea. Herr Jacobsen hat versucht, Erik zu beruhigen, und den Eindruck gewonnen, dass ihm das gelungen war, aber noch während wir sprachen, kamen ihm Zweifel. Er bat mich, mit ihm zusammen zu Erik zu fahren, um ihn endgültig zur Vernunft zu bringen. Wir sind los, und … ja … wir fuhren zu schnell … und …« Paul stockte vollends und deutete auf Jacobsens Saab.

»Sie wollen sagen, Erik Sundberg steckt hier in der Pampa?«, fragte der Polizist zweifelnd.

»Das dachte ich, ja.« Paul legte Zerknirschung in seine Stimme. »Jacobsen wollte nicht sagen, wo, vielleicht befürchtete er, ich würde Thea einweihen. Als er diese Richtung einschlug, glaubte ich, er wollte zum Gut in Neu Wendorf. Hübsches Hotel, ruhig gelegen, zum Nachdenken und In-sich-Gehen.«

»Haben Sie das nachgeprüft?«

»Nein. Nicht mehr. Ich fürchte, ich war ... der Unfall ... Ich habe den Notruf gewählt und danach meine Freundin in Wustrow angerufen, um ihr Bescheid zu sagen. Sie hat sich Sorgen gemacht, als ich wegfuhr, wissen Sie? Und ...« Paul stieß ein überreiztes Lachen aus. »Sie sagte, dass Erik sich gerade wieder eingefunden hätte.«

»Ist nicht wahr«, entfuhr es dem Polizisten.

Nein, dachte Paul. Und der Schwachpunkt an der Geschichte ist die Frau, mit der Erik angeblich eine Affäre hatte. Falls jemand nach der sucht, wird's eng. Andererseits war Jacobsens Unfall de facto ein Unfall gewesen – und was dazu geführt hatte, passte zu Pauls Angaben, die allesamt stimmten, soweit sie sich in Bezug auf den zeitlichen Ablauf und die Personen, mit denen er gesprochen hatte, nachprüfen ließen. Es bestand kein Grund, einer Frau aus Göteborg hinterherzuspüren – genauso wenig, wie ein Grund bestand, Jacobsens Leben auf den Kopf zu stellen, in dem man andernfalls eventuell einen Hinweis auf die Entführung gefunden hätte. Ein Restrisiko blieb, aber es war gering, solange die Polizei das alles hier schluckte.

»Doch«, sagte er laut. »Erik hat seine Frau um Verzeihung gebeten. Alles gut. Nur ... für Herrn Jacobsen nicht.«

31

Kassandra fühlte sich seltsam seit Pauls Anruf. Ein bisschen wie Falschgeld.

Sie betrachtete Matthias, Greta und Arvid, die sehr nah beieinanderstanden. Arvid wirkte zugleich ungläubig und ratlos, wie er mit der Entwicklung der Dinge umgehen sollte. Sein Blick huschte zwischen Matthias und Erik hin und her und blieb schließlich an Matthias und Greta hängen.

»Danke«, flüsterte er.

Kassandras Herz schlug heftig. Es stand ihr nur zu deutlich vor Augen, woran Paul sein eigener Vorschlag erinnert haben musste. Damals wie heute: Es war richtig so, wie es war.

Dann sah sie zu Erik hinüber, der fassungslos in seinem Sessel hockte und ebenfalls nicht glauben konnte, was geschehen war. Dass er davongekommen sein sollte – einfach so. Wie viel hätte schiefgehen können? Wie viel war schiefgegangen? Jacobsen hätte nicht sterben müssen.

Sie zwang sich, daran zu denken, was sie selbst Paul vor Jahren gesagt hatte. Es half nicht. Es war verkehrt so, wie es war!

Ihr Blick traf sich mit dem von Heinz, der sich zweifellos genauso zerrissen fühlte wie sie.

Arvid räusperte sich. »Werden …« Er setzte erneut an. »Werden Sie diese Entscheidung akzeptieren, Herr Jung?«

»Ich kann nicht behaupten, dass sie mich rundherum glücklich macht«, antwortete Heinz. »Aber mir liegt viel an Ihrem Sohn. Damit keine Missverständnisse aufkommen: Ich meine damit Matthias.«

Arvid schluckte und schaute zu Matthias, als der eindringlich sagte: »Danke, Heinz. Ich weiß, wie viel Überwindung dich das kostet. Danke.«

Heinz öffnete den Mund, und Kassandra glaubte, er wolle sagen, dass Matthias sich das keineswegs vorstellen könne, doch er schloss den Mund wieder und brummte nur ein »Hm«.

Das war alles schon kompliziert genug. Was Kassandra aber wirklich auf der Seele lastete, war weitaus komplizierter.

»Entschuldigt mich«, sagte sie. Sie trat wieder hinaus in den Sturm, doch diesmal machte ihr der Wind nichts aus. Er machte ihr keine Angst mehr, er kühlte ihr Gesicht, das sich heiß anfühlte. Sie tippte Kays Nummer in ihrem Telefon an und wartete, erreichte nur die Mailbox, sprach drauf, dass Jacobsen tot, mit Paul aber alles in Ordnung sei und dass er sie bitte zurückrufen möge, sobald es ging. Ein Aufschub, an dem ihr überhaupt nicht gelegen war. Sie hätte wieder hineingehen können, doch sie fürchtete, dort zu ersticken. Wie lange sie draußen gestanden, in die Dunkelheit gestarrt und auf die Wellen des Boddens gelauscht hatte, die man durch den langsam nachlassenden Wind wieder hören konnte, wusste sie nicht. Das Telefon holte sie in die Gegenwart zurück.

»Ich war an der Unfallstelle, Paul hat gerade mit der Polizei geredet«, erklärte Kay. »Was sagen die bei euch? Die Kollegen dürften inzwischen eingetroffen sein.«

»Nein. Ich ... Wir ...« Sie brachte es nicht über sich, den Satz »Wir haben sie nicht gerufen« auszusprechen. »Wir müssen reden«, sagte sie stattdessen. »Könntest du auf dem Rückweg in Wustrow vorbeikommen und, falls wir noch nicht da sind, dir von Jonas einen Schlüssel zu meinem Haus geben lassen und auf uns warten?«

»Worüber müssen wir reden? Was ist passiert?«

In diesem Moment wusste Kassandra, dass es falsch gewesen war, was sie getan hatten. Grundfalsch. Sie konnten das Recht nicht in ihre eigene Hand nehmen und bestimmen, dass Erik straffrei ausging, auch wenn ihre Motive noch so ehrenhaft und gut gemeint waren.

»Es tut mir leid.« Sie hörte das Zittern in ihrer Stimme.

»Was?«, fragte Kay halb beunruhigt, halb ungeduldig.

»Ich weiß nicht, was Paul der Polizei erzählt – nichts von der Entführung jedenfalls.« Jetzt hatte sie einmal angefangen, sie hoffte, dass der Rest einfacher zu bewältigen wäre. »Nachdem feststand, dass Jacobsen tot ist, hat er vorgeschlagen, Erik nicht anzuzeigen.« Sie wartete auf Kays Reaktion, die jedoch ausblieb. Es wurde nicht einfacher, im Gegenteil. »Greta und Matthias haben sich für diesen Weg entschieden.«

Erneut machte sie eine Pause, doch auch diesmal schwieg Kay. Instinktiv wollte sie sich ein zweites Mal entschuldigen, doch ihr wurde klar, dass es keine Entschuldigung gab. Keine, die in Kays Augen Bestand haben würde und in ihren eigenen ebenso wenig. Ungewollt sah sie wieder Matthias, Greta und Arvid vor sich und erlaubte sich kurz das Zugeständnis, dass es vielleicht doch richtig …

»Verstehe«, sagte Kay schließlich. »Du hast recht, wir müssen reden. Wir sehen uns bei dir.« Ohne ihr die Chance zu geben, noch etwas zu sagen, beendete er das Gespräch.

Das Telefon in ihrer Hand zitterte. Zu sagen, er hätte unterkühlt geklungen, wäre untertrieben gewesen. Fast hätte sie ihr Smartphone fallen lassen, als es kurz darauf noch einmal klingelte.

»Kay«, sagte sie atemlos, »ich hätte irgendwas tun müssen, Matthias und Greta überzeugen, dass das nicht geht, aber ich war …«

»Kassandra«, unterbrach Paul sie, »ich bin's. Heißt das, dass du erstens schon mit Kay gesprochen hast und zweitens nicht einverstanden bist mit dem Verlauf der Dinge?«

Großartig, dachte Kassandra, ich hätte aufs Display sehen sollen, bevor ich losrede. »Ich habe ihn angerufen, weil er dir vorhin hinterhergefahren ist – er hat sich nach Jacobsens Handydaten gerichtet. Eben sagte er, er wäre an der Unfallstelle gewesen.« Den zweiten Teil von Pauls Frage ignorierte sie.

»Ja. Es war vielleicht unklug von dir, gleich mit der Tür ins Haus zu fallen.«

»Ach ja? Wie lange hätten wir das vor ihm verbergen sollen? Außerdem hab ich nicht vor, Kay zu belügen. Und du hast recht: Ich bin nicht einverstanden damit, wie die Dinge hier laufen.«

»Du warst doch gestern so um Arvid besorgt – heute nicht mehr?«

Kassandra konnte Pauls Ton nicht richtig deuten. War er verärgert? Unsicher? Sarkastisch?

»Doch. Aber es gibt nun mal Grenzen, und die haben wir gerade überschritten.«

»Wir überschreiten dauernd Grenzen, schon vergessen? Kay ebenso, wenn ich dich erinnern darf. Ich schätze, für das, was er tut, müsste er ein paar Jahre in den Knast, wenn das je rauskommt. Falls er dir Moralvorhaltungen gemacht hat, hat er dazu kaum das Recht.«

»Hat er nicht. Ich mach sie mir selber. Wir tun, was wir tun – wie Kay –, weil wir die Wahrheit und Gerechtigkeit wollen, oder etwa nicht?«

»Wir haben in diesem Fall in erster Linie getan, was wir getan haben, um Greta zu befreien. Korrigier mich, wenn ich mich täusche. Genau das haben wir erreicht. Es ist ihre Entscheidung, wenn sie ihren Entführer davonkommen lassen will.«

»Wie bitte?« Kassandra fühlte ihr Herz rasen. »Korrigier mich, wenn ich mich täusche, aber das war dein Vorschlag. Ich bin mir nicht sicher, dass sie überhaupt von allein darauf gekommen wäre.«

»Kann sein. Ich habe versucht abzuwägen – und ich werde mich nicht davon abbringen lassen, dass das Wohl von Matthias, Greta und Arvid in diesem Fall mehr wiegt als juristische Gerechtigkeit gegenüber Erik und die … *Wahrheit*.« Er betonte das letzte Wort. »Die Wahrheit ist in diesem Fall vielschichtig. Sie betrifft nämlich nicht nur Erik und was er getan hat, sie betrifft auch Arvid, seine Vergangenheit und damit die von Matthias' Familie.«

»Ja, richtig, sie betrifft auch *Christian*.« Sie nannte seinen wahren Namen mit voller Absicht. »Wir haben nicht mal den Schimmer einer Ahnung, was mit dem echten Arvid Sundberg geschehen ist.«

»Glaubst du wirklich, dass *Christian*«, auch Paul betonte den Namen, »fähig wäre, jemanden zu töten? Vor Kurzem hast du noch das Gegenteil behauptet.«

»Es kommt nicht darauf an, was ich glaube. Ich hab mich

durchaus schon in meiner Einschätzung getäuscht, leider bin ich, was meine Menschenkenntnis betrifft, nicht unfehlbar.«

»Aber du glaubst es nicht«, sagte Paul mit einem Mal ruhiger, sanft beinah.

Kassandra schluckte. »Nein.«

Ein paar Sekunden schwieg Paul. »Kassandra. Liebes. Hör auf dein Herz. Nicht auf deinen Verstand. Ich würde auch vorziehen, wenn wir uns mit Kay einig wären, aber man kann es nicht immer allen recht machen. Das ist doch dein eigentliches Problem: Kay. Richtig?«

Wieder schluckte Kassandra. Paul hatte den Finger auf die Wunde gelegt. Doch gerade weil es um Kay ging, war ihr Herz Teil des Problems. Wie konnte sie es über sich bringen zu verraten, woran er glaubte? Sie wollte ihn um nichts in der Welt verletzen, und das würde sie, wenn sie diese Entscheidung guthieß, sie mittrug und sich damit gegen ihn stellte. Dann schalt sie sich. Sie nahm sich viel zu wichtig. Warum sollte irgendwas, was sie tat oder nicht tat, Kay verletzen?

»Kassandra?«, fragte Paul.

»Ja«, wisperte sie. »Wann kommst du nach Hause? Ich habe Kay gebeten, mit uns zu reden. Er wartet bei mir auf uns.«

»Bin schon unterwegs. Morgen muss ich nach Ribnitz, um meine Aussage protokollieren zu lassen, aber fürs Erste durfte ich gehen. Seid ihr noch in Barnstorf? Ich sollte mit sämtlichen Sundbergs und Röwers absprechen, was sie zu sagen haben, falls die Polizei auf sie zukommt.«

»Richte ich aus. Bis gleich. Und Paul – pass auf dich auf, ja? Du hättest mir sagen sollen, dass du unterwegs bist, ich hätte ganz bestimmt keinen Streit vom Zaun gebrochen.«

Paul lachte leise. »Glaub mir, die Fahrt in umgekehrter Richtung hatte es mehr in sich.«

Innerhalb einer Viertelstunde nach Pauls Rückkehr wussten alle, was während Jacobsens Verfolgung und später in dem Waldstück bei Sanitz passiert war und was Paul der Polizei aufgebunden hatte. »Das war keine Meisterleistung an Erfindungskunst«, sagte er abschließend, »aber normalerweise habe ich mehr Zeit, mir eine Romanhandlung auszudenken.«

Kassandra sah Arvids fragenden Ausdruck. Anscheinend hatte Erik Pauls Bitte, sein Pseudonym für sich zu behalten, ernst genommen und nicht mal seinen Vater eingeweiht.

»Glaubst du, das wird für unsere Zwecke reichen?«, fragte Erik.

Zum ersten Mal schaute Paul ihn direkt an. »Es liegt an dir, was du daraus machst. Besprich dich mit Thea – dass du ihr reinen Wein einschenken musst, kann ich ihr leider nicht ersparen«, sagte er kalt. Eriks Gesichtsmuskeln zuckten, er erwiderte nichts, sondern senkte den Blick. Das blieb auch während Pauls nächsten Worten so. »Du wirst außerdem mit Holger Lewerenz reden müssen, und ich rate dir, bei der Geschichte zu bleiben, damit du dich später nicht verzettelst mit unterschiedlichen Versionen. Das gilt ebenso für Geralf Jantzen, falls der dich darauf anspricht. Ich kenne Jantzen nicht, Holger jedenfalls ist ein verschwiegener Mensch. Möglicherweise haben wir Glück. Je weniger sich herumspricht, desto größer die Chance, dass niemand überflüssige Fragen stellt.« Paul sah in die Runde. »Von dir, Arvid, würde ich gern noch das eine oder andere wissen. Eure Familienangelegenheiten sind eure Privatsache und gehen niemanden sonst etwas an, aber mich interessiert, was aus dem echten Arvid Sundberg wurde. Heute allerdings will ich nur noch mit Kassandra nach Hause, und ich denke, ihr beide, Greta und Matthias, seid auch froh, wenn ihr endlich zur Ruhe kommt.«

Greta, die neben Matthias auf dem Sofa saß, in dessen hinterer Ecke immer noch eine sehr stille Magda Fehning hockte, stand auf und umarmte Paul. Kassandra kam es vor, als täte sie das stellvertretend für alle. »Danke, Paul. Danke für alles.« Sie löste sich von ihm und schaute nacheinander Heinz und Kassandra an. »Euch auch. Danke sagen ist viel zu wenig, aber …« Ein bisschen hilflos ließ sie den Satz in der Luft hängen.

Kassandras eigenes Lächeln kam ihr gezwungen vor. Sie konnte nicht vermeiden, daran zu denken, was an Gretas und

Matthias' Entscheidung hing. Sie konnte nicht vermeiden, an Kay zu denken. Aber das war nicht Gretas Schuld. Greta wusste ja nicht mal ansatzweise um all die Verwicklungen.

»Ist unser Job, weißt du doch«, sagte sie, so heiter es ging.

»Ganz genau«, stimmte Heinz zu. »Deiner ist es, dich auszuruhen nach den Strapazen deiner ... Grippe? Ist das die offizielle Version?«

Greta nickte. »Klingt perfekt. Damit hätte ich unmöglich in der Mühle lesen können und natürlich vermieden, die letzten Tage rauszugehen.«

»Dann gute Nacht, ihr zwei«, verabschiedete sich Heinz und wandte sich mit Paul und Kassandra zum Gehen.

Als sie noch einmal zurückschaute, bekam sie mit, wie Matthias zu Arvid sagte, er könne bleiben, wenn er wolle. Arvid schüttelte den Kopf. Sie konnte nicht hören, was er sagte, sein Blick jedoch streifte Erik, der sich ebenfalls erhoben hatte, aber nicht wagte, sich ihnen zu nähern. Das war das Letzte, was Kassandra von der bemerkenswerten Familie aus Röwers und Sundbergs sah.

Draußen stiegen sie in Pauls Wagen. Während der Fahrt bis vor Kassandras Tür brach sie das Schweigen nur ein einziges Mal, um Heinz wissen zu lassen, dass Kay auf sie wartete. Der war entweder noch nicht da oder hatte ein Stück entfernt geparkt, auf der Straße deutete nichts auf seine Anwesenheit hin. Kassandra fühlte sich elend. Paul schwieg nach wie vor, nur Heinz versuchte, sie aufzumuntern.

»Er wird uns nicht den Kopf abreißen.«

»Da wär ich mir nicht so sicher«, murmelte sie. Sie fischte ihren Schlüssel aus der Tasche, öffnete die Tür – und wusste sofort, dass Kay da war. Nicht dass er seine Jacke an die Garderobe gehängt oder Licht eingeschaltet hätte. Sie wusste es einfach. Er war in der Küche. Wie sinnig. Wo sie einander vor fünf Jahren zum ersten Duell gegenübergestanden hatten.

Kay lehnte an der Fensterbank und sah ihnen entgegen. Es war zu dunkel, um in seinen Augen lesen zu können, wofür Kassandra dankbar war.

»Wo ist Paul?«, fragte er neutral.

»Hier.« Paul trat nach Kassandra und Heinz ein.

»Schön. Würdest du mir sagen, was …«, begann er.

»Guten Abend, Herr Dietrich«, unterbrach ihn Heinz. »Wollen Sie sich nicht setzen?« Er bückte sich, um eine Wasserflasche aus dem Kasten neben der Tür zu nehmen. »Und was trinken?«

Kays Blick richtete sich kurz und reserviert auf Heinz, was untypisch war, denn eigentlich hatte er viel für ihn übrig. »Herr Jung. Nein, danke.« Damit meinte er beides, er machte keine Anstalten, sich zu setzen. »Was ich will, ist eine Erklärung, wie es zu der unvorhergesehenen Wendung in diesem Fall gekommen ist. Ich habe zwar gewisse Vorstellungen, aber detaillierte Informationen wären mir recht.«

Kassandra konnte sich nicht erinnern, wann sie ihn das letzte Mal so sarkastisch gehört hatte. »Kay …«

»Ich habe nicht dich gefragt«, sagte er, ohne sie anzusehen, »sondern Paul.«

»Ich rede lieber im Sitzen.«

Wie Heinz griff Paul nach einer Flasche aus dem Kasten und setzte sich. Heinz nahm ebenfalls Platz. Kay blieb, wo er war. Kassandra knipste die Lampe unter dem Hängeschrank an, was die Küche in ein angenehmes Licht tauchte. Nur zögernd drehte sie sich wieder um, ansonsten rührte sie sich nicht von der Stelle. Kay streifte sie nun doch mit einem Blick. Er sah müde aus, aber es lag auch ein harter Zug um seinen Mund, insbesondere, als er zurück zu Paul schaute. Er fragte nicht noch einmal nach einer Erklärung.

Paul drehte die Flasche zwischen seinen Händen, schob sie zum Schluss in die Mitte des Tisches und begann wie vorhin in Barnstorf zu schildern, was sich in den letzten Stunden ereignet hatte. Als er zu den Ereignissen unmittelbar nach dem Unfall kam, geriet er kurz ins Stocken, erzählte jedoch flüssig weiter, einschließlich der Überlegungen, die ihn zu dem Vorschlag geführt hatten, die Polizei außen vor zu lassen. Dann bat er Kassandra zu berichten, was währenddessen in Barnstorf geschehen war. Ruhiger, als ihr zumute war, gab sie Gretas Schilderungen ihrer Erlebnisse im Keller wieder und das, was auf Pauls Vorschlag hin besprochen worden war. Schließlich übernahm Paul den letzten Teil, in dem er darlegte, was er der Polizei aufgetischt hatte.

Wie schon zuvor schaute Kassandra auch jetzt unauffällig zwischen ihm und Kay hin und her. Kay ließ sich nicht anmerken, was er dachte – sie ahnte es trotzdem, nein, mehr noch, sie wusste es. Ihre Gefühle zerrten an ihr, veranstalteten Purzelbäume, gaben Paul recht und dann wieder Kay. Was war richtig, was falsch? Unwillkürlich erinnerte sie sich an ihre Diskussion mit Arvid über diese Frage, darüber, ob es nur *eine* Wahrheit gäbe, über Schuld und Unschuld, über Schwarz, Weiß und Grau. Es war, als hätten sie gestern schon vorausgesehen, was heute geschehen würde. Sie schauderte und rieb sich die Arme.

Paul hatte geendet und wartete.

»Verstehe«, sagte Kay. Das Gleiche wie am Telefon, nur etwas weniger unterkühlt. »Das heißt, ich verstehe die Gründe und Motive, die so ziemlich das treffen, was ich mir gedacht hatte. Das heißt nicht, dass ich sie für richtig halte. Im Übrigen hätte ich es geschätzt, vorher informiert zu werden.«

»Dazu war keine Zeit«, sagte Paul.

»Das hast du schon gesagt, ja. Anscheinend war allerdings genug Zeit, über Kassandra deinen Vorschlag an die Röwers zu übermitteln und abzuwarten, wie deren Entscheidung ausfiel.« Er holte tief Luft. »Wenn wir zusammenarbeiten, muss ich euch vertrauen können. Manchmal muss man schnell handeln, klar. Aber dies hier war ein massiver Eingriff in das, wofür ich mit meiner Truppe stehe. Wir mögen eine Menge Regeln brechen, aber wir arbeiten dafür, Verbrechen aufzuklären, nicht dafür, sie zu vertuschen.«

Kassandra fuhr zusammen. Sie sah zu Paul hinüber. Ein Blinzeln war seine einzige Reaktion. Heinz dagegen fühlte sich sichtlich genauso getroffen wie sie. Er war Polizist gewesen, und Illegales tat er alles andere als leichtfertig. Er tat es, wenn er wie Kay überzeugt war, damit ein Verbrechen aufklären oder, wie in diesem Fall, Schlimmeres verhindern zu können. Dass er sich damit in einer Grauzone bewegte, machte es gerade für ihn nicht leichter.

»Wenn wir zusammenarbeiten«, fuhr Kay in das Schweigen hinein fort, »muss ich davon ausgehen können, dass wir dieselben Ziele verfolgen. Ich muss euch vertrauen können«, wiederholte er. Er stieß sich von der Fensterbank ab, an der er bis eben gelehnt hatte, und rieb über seine dunklen Bartstoppeln am Kinn. »Ich muss mir überlegen, ob ich das noch kann. Und ich muss mir überlegen, was ich mit Erik Sundberg mache.«

Kassandras Augen waren auf Kay gerichtet gewesen, Traurigkeit hatte sie erfasst. Jetzt ließ ein lautes Geräusch vom Tisch her sie zu Paul und Heinz sehen. Paul fing seine Wasserflasche auf, die fast umgekippt wäre. »Was meinst du damit?«, fragte er.

Kays Augen verengten sich. »Ich dachte, ich hätte mich klar ausgedrückt, Paul. Erik Sundberg hat ein Verbrechen begangen. Möglich, dass die Röwers und ihr darüber hinwegsehen könnt. Ich kann das nicht so einfach und meine Truppe sicher auch nicht.«

»Nicht du und deine Truppe haben den Hinweis gefunden, der zu Erik geführt hat, sondern Matthias und Arvid, und wir den zu Jacobsen. Unser Erfolg, unsere Entscheidung, so viel solltest du uns zubilligen«, stellte Paul fest, äußerlich ruhig, doch Kassandra sah, dass seine Finger die Flasche fest umklammerten. Was nichts daran änderte, dass seine Worte sie aus der Fassung brachten. Heinz ging es genauso, er wollte etwas sagen, doch Kassandra war schneller.

»Was soll das?«, fragte sie lauter als beabsichtigt. »Willst du ernsthaft anfangen, das, was wir tun, gegeneinander aufzurechnen? Dann vergiss bitte nicht: Ohne Kay hättest du nie Arvids wahre Identität aufgedeckt, ohne ihn und sein Team wären wir nie an Informationen über Erik und Jan gekommen.«

Eine unwillige Falte bildete sich zwischen Pauls Augen. »Jan hat nichts mit der Sache zu tun.«

»Das konnten wir vorher nicht wissen. Im Grunde genommen wissen wir das nach wie vor nicht sicher, aber worauf es ankommt: Wir haben zusammengearbeitet, wir haben uns ergänzt, und das hat zum Erfolg geführt. Wie kannst du …«

»Kassandra«, unterbrach Kay sie. »Schon gut. Paul hat recht. Ich war keine Hilfe dabei, Sundberg, Jacobsen und Greta Röwer zu finden, im Gegenteil, ich habe was Wesentliches übersehen. Allerdings ändert das nichts an meiner Position: Ich werde kein Verbrechen – erst recht keinen erpresserischen Menschenraub, die Entführung einer schwangeren Frau –, von dem ich weiß und bei dem es noch dazu einen Toten gegeben hat, ignorieren, nur weil es den Betroffenen so in den Kram passt.« Sein Blick erfasste nacheinander Paul, Heinz und Kassandra. »Ich finde den Weg.«

An Kassandra vorbei verließ er die Küche, sie hörte seine Schritte leiser werden und hastete auf den Flur.

»Kay!«

Er verließ das Haus, ohne noch einmal zurückzusehen.

Heinz schaute Kassandra entgegen, als sie wieder in die Küche kam. »Ist er gegangen?«

»Ja. Kann ich ihm nicht übel nehmen. Was war los mit dir, Paul?«

Paul starrte wortlos auf die Flasche in seinen Händen.

»Das wüsste ich auch gern«, sagte Heinz. »Wenn dir schon so ein Blödsinn rausrutscht, hättest du ihn wenigstens etwas diplomatischer formulieren sollen.«

»Ach, verdammt, Heinz, wenn es mir nicht rausgerutscht wäre, wäre ich wohl diplomatischer gewesen.« Trotz seines Fluchs klang Paul eher niedergeschlagen als wütend. »Und es ist mir rausgerutscht, weil Kay reichlich selbstgerecht ist.«

»Selbstgerecht?«, wiederholte Kassandra ungläubig. »Kay hält jeden Tag den Kopf hin – offiziell und inoffiziell. Sag jetzt nicht, dass das seine eigene Wahl ist, das weiß ich. Er tut das nicht, um recht zu haben, sondern damit Recht geschehen kann. Er hätte einen Orden verdient. Nicht dass er je einen erwarten würde. Du findest ihn selbstgerecht? Ehrlich, Paul, ich versteh dich nicht!«

Rigoros drehte sie sich um und zog auf dem Flur ihre Jacke an. Da spürte sie eine Berührung auf ihrem Arm.

»Wohin willst du?«, fragte Heinz.

»Raus. Ich brauch Luft.« Sie griff nach einer Mütze und verließ das Haus. Erst auf der Straße blieb sie stehen. *Raus* war eine etwas vage Angabe gewesen, dummerweise wusste sie nicht, wohin sie sich wenden sollte. Der Regen hatte aufgehört, der Wind weiter nachgelassen, trotzdem war es kein ausgesprochenes Vergnügen, durch die Nacht zu spazieren. Am Strand und auf der Seebrücke würde es noch ungemütlicher sein, und zum Hafen wollte sie nicht – Richtung Barnstorf wäre jetzt ganz verkehrt.

Am Tag, an dem das alles begann, war sie zur Seefahrtschule gegangen. Eine Ruine passte gut zu ihrer Stimmung, wieso also nicht dorthin? Ihr Versuch, auf dem Weg alle Gedanken, insbesondere an Paul, zu verbannen, misslang. Was war bloß in ihn gefahren? Hatte die Anspannung nachträglich nach ihm gegriffen? Sein Verhalten passte überhaupt nicht zu ihm.

Bald ragte der Turm der Seefahrtschule groß und dunkel und ungewohnt drohend über ihr auf. Wie es wohl Greta in diesem Keller ergangen war? Eingesperrt, die Hoffnung, freigelassen zu werden, mit jedem Tag geringer. Bestimmt hatte sie Angst gehabt, dort sterben zu müssen, Matthias nie wiederzusehen und nie zu wissen, wie es sein würde, ihr Kind im Arm zu halten. Kassandra fror plötzlich erbärmlich. Und Arvid? Was mochte in ihm vorgehen, wenn er daran dachte, was sein Sohn getan hatte? Auch wenn Erik straffrei ausginge, würde Arvid noch genug darunter leiden. Sogar Erik selbst, vermutete Kassandra. Zum ersten Mal empfand sie eine winzige Spur Mitleid für ihn, der aus falsch verstandener Liebe etwas Entsetzliches getan, sich dabei vergaloppiert hatte und selber in eine Falle geraten war, aus der er nicht mehr herauskam.

Paul hatte recht. Nicht Eriks wegen, so groß war Kassandras Mitleid nicht und würde es nie werden. Aber Arvids, Matthias' und Gretas wegen. Sie mussten zur Ruhe kommen, und dies war der einzige Weg.

Dennoch blieb der Schmerz, wenn sie an Kay dachte, weil

sie verstand, was ihn umtrieb, weil sie es genauso nachempfinden konnte wie das, was Paul umgetrieben hatte, als er diesen Vorschlag machte, der alles mit Füßen trat, was Kay wichtig war. Pauls unüberlegte Worte vorhin hatten dem Ganzen die Krone aufgesetzt.

Kassandra schaute am Turm empor in den Nachthimmel. Zwischen den Wolkenfeldern, die der Wind in Richtung Bodden trieb, funkelte der eine oder andere Stern, nur der Mond ließ sich nicht blicken. Sie umrundete den Turm, bis sie auf der großen freien Fläche zwischen dem Hauptgebäude und den hohen Bäumen stand, die im Sommer dafür sorgten, dass die Urlauber nicht direkt auf die Ruine sahen, wenn sie von der Bäderstraße nach Wustrow hineinfuhren. Noch war das hier ein etwas wilder Parkplatz, der zweifellos einer schickeren Variante weichen musste, wenn die Seefahrtschule tatsächlich umgebaut werden würde. Erstaunlicherweise stand trotz der späten Stunde ganz vorn ein Wagen. Jemand lehnte am Heck und schaute reglos zum ehemaligen Mensaflügel empor.

Zwei Dinge gingen Kassandra blitzartig auf: Das war Kay. Und dies hier war die ehemalige Ingenieurhochschule für Seefahrt Warnemünde/Wustrow. Von hier mit den Gedanken zur Fakultät für Maschinenbau und Schiffstechnik in Rostock – Eriks Fakultät – war es nur ein Katzensprung.

Kay musste ihren Blick gespürt haben. Er richtete sich auf und wandte den Kopf in Kassandras Richtung. Einen Augenblick lang wusste sie nicht, was sie tun sollte. Alles in ihr drängte sie, zu ihm zu gehen. Nach seinem Abgang vorhin war das aber vermutlich das Letzte, was er wollte. So standen sie beide da, zwanzig scheinbar unüberbrückbare Meter zwischen ihnen. Immerhin machte Kay keine Anstalten, sich abzuwenden. Kassandra setzte einen Fuß vor den anderen, bis sie nur noch eine Armeslänge trennte.

»Kannst du hellsehen?«, fragte er rau.

Sie schüttelte den Kopf, fand nichts zu sagen, spürte, wie ihr Tränen in die Augen stiegen. Sie versuchte, sie wegzublinzeln. Vergeblich.

Wortlos wischte er die eine mit dem Daumen fort, die sich ihre Wange hinuntermogelte. Senkte die Hand wieder. Drehte sich um, öffnete die Fahrertür, stieg ein, startete den Motor, ließ die Scheinwerfer aufleuchten, deren Licht geisterhaft durch Bäume und Gebüsch drang.

Kassandra trat zurück, sah zu, wie Kay vom Parkplatz fuhr – und wusste, dass dies ein Abschied war. Wenn nicht für immer, dann doch für eine lange Zeit.

32

Paul starrte auf die Wasserflasche. Würde er die Augen schließen, könnte er jeden Millimeter des Etiketts beschreiben. Er
hörte, wie die Haustür zufiel, Kassandra war gegangen. Als er
die Augen schloss, sah er nicht die Flasche vor sich, er sah Kassandra. Beim Scharren eines Stuhls öffnete er die Augen wieder.
Heinz setzte sich ihm gegenüber und musterte ihn ausgiebig.
Paul tendierte nicht dazu, Kassandras Onkel zu unterschätzen,
Heinz war ein hervorragender Polizist gewesen, und soweit er
wusste, hatte ihn seine Menschenkenntnis nur einmal getrogen,
und das nur, weil seine persönliche Lage damals überaus pro-
blematisch gewesen war.

»Manchmal ist es wirklich schwer mit dir«, ergriff Heinz das
Wort, »besonders wenn du den Heiligen gibst.«

Das fing nicht gut an. »Du kannst sicher einiges von mir
behaupten«, sagte Paul trotzdem, »aber was ich mir gerade geleistet habe, war kaum die Tat eines Heiligen.«

»Zugegeben, du hast mich ein Weilchen getäuscht. Allerdings kenne ich dich inzwischen zu gut.« Heinz schürzte die
Lippen. »Was du *getan* hast, passt durchaus zu dir. Was du
gesagt hast, nicht.«

»Ich weiß nicht, wovon du redest«, sagte Paul flach.

Heinz seufzte. »Ich rede davon, dass dir so was wie vorhin
nicht einfach rausrutscht.«

»Normalerweise vielleicht nicht. Ich stand unter enormer
Anspannung.«

»Paul.« Heinz nahm ihm die Flasche aus den Händen und
stellte sie außer Reichweite. »Verkauf mich nicht für dumm. Du
hast vorher gewusst, dass das, was du zu tun vorhattest, nicht
Kay Dietrichs Zustimmung finden würde. Das ist dir nicht egal,
auch wenn du so tust. Du hattest genug Zeit zu überlegen, wie
du damit umgehst. Du wusstest, wie Kassandra auf deine Äußerung, die ihn und seine Truppe bestenfalls zu Handlangern

degradiert, reagieren würde, und du hast genau einkalkuliert, dass sich auf diese Weise seine ... Enttäuschung über das, was heute vorgefallen ist, auf uns beide und ganz speziell auf dich konzentriert und weit, weit weniger auf sie.«

Paul schwieg.

»Du hast nicht nur in Bezug auf deine Freundschaft zu Kay Dietrich viel riskiert für das, was du für das Beste hältst«, fuhr Heinz fort. »Ich kann nicht abschätzen, was er letztlich wegen Erik Sundberg unternimmt. Er dürfte geübt darin sein, seine Methoden, die zur Klärung eines Falles führen, zu verschleiern. Wenn er dafür sorgt, dass Sundberg verhaftet wird, kommt Jacobsens Verwicklung ans Licht und damit deine Aussage. Deine Falschaussage deckt einen Täter, du hast aktiv die Aufklärung einer Straftat behindert und dich damit strafbar gemacht.« Erneut seufzte Heinz. »Aber wozu sag ich dir das, du bist ein kluger Mann und weißt das selbst.«

»Ich kann weder noch will ich daran was ändern.«

Verstehend nickte Heinz. »Ich kann alles nachvollziehen, was du getan und gesagt hast, auch deine harschen Worte zu Kay Dietrich, erwähnte ich ja schon. Aber du bist übers Ziel hinausgeschossen, als du ihn Kassandra gegenüber als selbstgerecht bezeichnet hast. Das ist er keineswegs, und wenn du willst, dass sie dir diese Bemerkung verzeiht, klär auf, dass du das nicht so meintest.«

Bisher hatte Paul Heinz' Blick nicht gemieden. Jetzt sah er weg und verzog das Gesicht. Als er wieder hinschaute, war Heinz' linke Braue so hoch gerutscht wie selten.

»Du *hast* es gemeint?«

»Ich stehe für immer in Kays Schuld, weil er Kassandras Leben gerettet hat, und ich schätze ihn auch sonst über alle Maßen. Er hat für das, was er tut, einen Orden verdient, gerade weil er es nicht deswegen, sondern aus Überzeugung tut. Aber er könnte mal über den Tellerrand sehen.«

»Ich kenne wenige Menschen, die so oft über den Tellerrand sehen wie Kay Dietrich«, meinte Heinz trocken und lachte leise. »Er hat also für seine Überzeugung einen Orden verdient, solange sie mit deiner konform geht? Na, wenn das nicht selbstgerecht ist. Das gilt, wenn ich es so bedenke, für uns alle. Was wir heute getan und gelassen haben, ist ein eindeutiger Beweis dafür.«

Nachdem Heinz gegangen war – nicht, ohne ihn eindringlich zu bitten, mit Kassandra zu reden und ihr seine Gründe zu erläutern –, stand Paul auf, griff nach der Flasche, öffnete sie endlich und nahm einen Schluck. Er würde nicht mit Kassandra reden. So weit kam das noch! Keinesfalls sollte sie das Gefühl haben, ihm etwas zu schulden – erst recht keine Dankbarkeit. Sie schuldete ihm auch nichts. Er hatte es für sie getan, und er bereute das nicht.

Dagegen bedauerte er zutiefst, dass die Freundschaft mit Kay in die Brüche gegangen war. Kay hatte sehr viel für sie beide getan – das reichte für mehr als ein Leben. Vielleicht hätte er diese Freundschaft höher stellen sollen als sein Empfinden für das, was richtig war. Andererseits ahnte er, dass auch Kay das nicht getan hätte. Wenn zwei Menschen aufeinandertrafen, die wie Kay und Paul selbst ihre eigenen Vorstellungen hatten von dem, was richtig war, und die so wenig Wert darauf legten, sich nach Normen und Erwartungen zu richten, wurde es schwierig.

Paul stellte die Flasche in den Kühlschrank, seine Hand nicht so ruhig wie sonst. Mit einer fahrigen Bewegung fuhr er sich durch die Haare. Ein Königreich für eine Zigarette!

Er hatte ewig nicht mehr geraucht, hier war nirgends … Doch. Er zog eine Schublade auf, in der Kleinkram landete, der mal eben schnell aus dem Weg sollte. Da lag ein altes Päckchen, noch nicht mal geöffnet, er fand sogar Streichhölzer. Paul riss die Blisterfolie ab, fingerte nach einer Zigarette, schob sie zwischen die Lippen und trat schließlich mit den Streichhölzern auf die Terrasse. Der Wind hatte nachgelassen, dennoch drohte die Flamme des Streichholzes kurz zu erlöschen, dann brannte die Zigarette endlich. Er inhalierte tief. Der Tabak war alt und trocken und schmeckte nicht mehr, trotzdem setzte die beruhigende Wirkung beinah sofort ein – oder es war nur das vertraute Tun. Er nahm noch einen Zug und blies den Rauch in die Nacht.

Kays Freundschaft verloren zu haben war die eine Seite. Die andere war, was Kay tun würde. Vorhin auf dieser Straße, den Polizisten vor sich, hatte Paul die ganz persönlichen Konsequenzen, die sein Handeln nach sich ziehen mochte, weit weg in die Verbannung geschickt, ebenso wie bei einigen anderen Gelegenheiten im Laufe der letzten Jahre. Jetzt jedoch waren diese Konsequenzen in allzu greifbare Nähe gerückt und unmöglich zu ignorieren. Was hatte er gerade eben noch gedacht – dass Kay genauso wie er für das eintrat, was er für richtig hielt. Paul konnte nicht verhindern, dass Heinz' Stimme laut in ihm nachhallte: *Deine Falschaussage deckt einen Täter, du hast aktiv die Aufklärung einer Straftat behindert und dich damit strafbar gemacht.* Er ließ die Zigarette zu Boden fallen und trat sie aus.

Es war lange her. Sehr lange. Aber wie es sich anfühlte, in einem winzigen Raum mit Gittern vor den Fenstern und mit nichts als anderen Zellen links, rechts, über und unter ihm eingesperrt zu sein, würde er bis an sein Lebensende nicht vergessen.

33

Donnerstag, 20. Oktober

Kassandra schreckte aus dem Schlaf hoch. Neben ihr drehte sich Paul umständlich auf die andere Seite, er atmete schwer. Es kam selten vor, dass er unruhig schlief. Die Uhr auf dem Nachttisch zeigte kurz nach eins. Kassandra ließ sich ins Kissen zurückgeleiten und starrte an die Decke. Als sie nach Hause gekommen war, hatten sie nicht mehr viel geredet. Ihr war ein Hauch von Zigarettenqualm aufgefallen, der Paul anhaftete – früher deutliches Zeichen seiner inneren Nervosität. Es war Jahre her, dass sie ihn das letzte Mal mit einer Zigarette gesehen hatte, dennoch sprach sie ihn nicht darauf an, sie war immer noch zu traurig gewesen über sein Verhalten Kay gegenüber.

Wieder drehte Paul sich um, diesmal wandte er ihr sein Gesicht zu. Seine Züge wirkten selbst im Schlaf angespannt, er murmelte etwas Unverständliches. Zögernd streckte sie die Hand aus und berührte sein Gesicht. Er zuckte zurück. Vor einem Traum? Vor ihr? Sie versuchte es erneut, legte ihre Handfläche auf seine Stirn. Das half, er wurde ruhiger. »Paul«, hauchte sie.

Er fuhr hoch und war sofort da. »Was ist passiert?«

Das hatte sie nicht beabsichtigt, im Gegenteil. »Ich … nichts.«

»Warum weckst du mich dann?«, fragte er unwillig, drehte sich erneut um und ihr den Rücken zu.

Kassandra wusste, dass Paul nicht schlief, und zweifellos wusste auch er, dass sie nicht schlief. Sie dachte abwechselnd an Paul und an Kay, an seine Berührung auf dem Parkplatz und an seinen Blick. Er war nicht mehr wütend gewesen. Jedenfalls nicht auf sie. Ihr wurde etwas flau. Ganz langsam sah sie zu Paul hinüber, sein Rücken starrte sie an.

»Paul?«

»Was?«

»Hast du Kay das alles meinetwegen entgegengeschleudert?«

Paul antwortete nicht gleich, nur eine leichte Bewegung verriet, dass er sie gehört hatte.

»Falls es dich tröstet: Heinz hält ihn auch nicht für selbstgerecht«, sagte er.

»Beleidige deine Intelligenz nicht«, fuhr sie ihn an. »Du weißt, was ich meine!«

»Ich habe nicht die geringste Ahnung. Lass mich einfach schlafen, du solltest dasselbe tun.«

»Jetzt beleidigst du auch noch meine Intelligenz. Ist ja nicht das erste Mal heute. *Meine Tochter hat's nicht so mit Büchern.* Klang mehr wie *ist ein bisschen dumm.*«

»Du bist nicht meine Tochter, und das war gestern«, korrigierte Paul.

»Natürlich. Entschuldige.« Sie wartete, dass er reagierte, doch er blieb stumm. »Entschuldige«, wiederholte sie leise. »Es tut mir leid, dass ich so lange gebraucht habe, um zu verstehen, was du getan hast. Und bitte hör auf, das abzustreiten.« Noch immer reagierte er nicht. Sie wollte ihm danken, ihm sagen, wie tief im Innersten es sie berührte, und wusste doch, dass das der falsche Weg war. Behutsam strich ihr Finger über seine Schulter. »Paul. Es hat funktioniert.«

Endlich drehte er sich um. Sehr lange sah er sie an, ohne dass sie in seinem Blick lesen konnte. »Woher weißt du das?«

»Weil Kay und ich uns noch begegnet sind. Bei der Seefahrtschule.«

Er nickte wie zur Bestätigung, dass er verstand, warum Kay gerade dort gewesen war. »Hat er was gesagt?«

»Das war nicht nötig.«

Nach einer kleinen Weile nickte Paul wieder.

»Bitte, Paul, rede mit ihm. Sag ihm, weshalb du ...«

»Nein«, unterbrach er sie. »Dann hätte ich mir das alles sparen können, und falls du daran denken solltest, das stattdessen selbst zu tun – lass es. Der Grund ändert außerdem nichts an meiner Position«, zitierte er Kay ein klein wenig mokant.

»Mein Vorschlag und entsprechend Gretas und Matthias' Entscheidung war richtig. Wir werden uns auf dieser Ebene niemals einigen. Und mit einem hat Kay in der Tat recht: Wir … ich habe sein Vertrauen missbraucht. Ich wusste, er wäre nicht einverstanden, ich wollte keine Diskussion mit ihm am Telefon mitten auf der Straße mit Jacobsens Leiche neben mir. Also habe ich entschieden, ihn nicht zu informieren – und ich würde es wieder so machen.« Pauls Stimme klang so hart wie Kays vor ein paar Stunden. Sanfter fügte er hinzu: »Du nicht, hm?«

»Nein. Ich würde mit ihm reden, egal, was er sagen könnte.«

»Manches lässt sich nicht ausdiskutieren«, stellte Paul fest.

Übergangslos hatte Kassandra Kays *Ich diskutiere das nicht mit dir* im Ohr und musste wider Willen lächeln. »Da würde er dir bestimmt recht geben. – Männer.«

»Vielleicht möchtest du dein Exemplar ja abstoßen.«

Etwas in Pauls Tonfall ließ Kassandra aufhorchen. Außer Ironie hatte noch etwas anderes mitgeschwungen. Hatte er das halbwegs ernst gemeint? Sie legte den Kopf schief. »Lass mich noch mal testen.«

Pauls Brauen rutschten fast so hoch wie die von Heinz. Er rührte sich nicht.

»Du musst nach einem Tag wie heute … gestern«, korrigierte sie sich, bevor er das konnte, »keine Höchstleistungen bringen. Deine Wärme würde reichen.«

Wortlos zog er sie zu sich heran, beide sanken zurück auf sein Kissen, seine Arme umfingen sie. Sie spürte seinen Herzschlag.

Das nächste Mal wurde Kassandra von ihrem Telefon wach. Heinz' Name stand auf dem Display, sie beeilte sich, das Gespräch anzunehmen.

»Was ist los?«

»Wollte ich dich gerade fragen. Deine Gäste warten auf ihr Frühstück. Wo bist du?«

Lieber Himmel, sie hatte vergessen, den Wecker zu stellen, und verschlafen. Heinz war erleichtert, dass nichts Ernstes hinter ihrem vermeintlichen Verschwinden steckte, und versprach, sich um alles zu kümmern. Bevor er auflegte, ging er noch einmal auf die Auseinandersetzung mit Kay ein, mehr oder weniger um Kassandra zu überzeugen, dass sich das bald wieder einrenken würde. Sie hörte seiner Stimme an, dass er selbst nicht daran glaubte, obwohl er sich die größte Mühe gab, zuversichtlich zu klingen.

»Danke, Heinz«, sagte sie, »fürs Kümmern – um alles.«

Sein »Gern geschehen« kam eine Winzigkeit zu spät, er hatte verstanden, dass sie nicht das Frühstück für ihre Gäste meinte.

Aus dem Bad hörte Kassandra die Dusche rauschen und kuschelte sich wieder in die Decke. Paul hatte offenbar heute auch ausgeschlafen und nicht mal daran gedacht, sie zu wecken, als er aufstand. Die letzten Ereignisse forderten ihren Tribut. Während sie auf die Geräusche im Bad lauschte, geisterte ihr im Kopf herum, wie oft sie in den vergangenen Tagen gedacht hatte, dass dieser Fall anders war und dass Bruno das sogar noch mit mahnenden Worten garniert hatte. Sie hatte seine und ihre eigene Vorahnung bloß falsch interpretiert.

Als ob es etwas ändern könnte, rekapitulierte sie ein weiteres Mal, was gestern vorgefallen war – so ziemlich jedes Wort hatte sich ihr eingeprägt. Plötzlich stutzte sie. Sie hatten auch wegen Jan gestritten, und der hatte Kays Auftritt im Krankenhaus bestimmt nicht vergessen. Falls Jan wider Erwarten doch Eriks und Jacobsens Komplize war, hatte Erik ihn garantiert darüber informiert, dass es nie eine Entführung gab. Sollte Jan Erik vom Besuch der Polizei erzählt haben, würden sich nun sicher beide wundern, wie das zustande gekommen war, aber den Teufel tun, darin herumzurühren, sondern im Gegenteil den Ball schön flach halten. Alles wäre gut.

Falls Jan allerdings nichts damit zu tun hatte und herumerzählte, dass er wegen Gretas Entführung von Kay befragt worden war, mussten sie sich etwas einfallen lassen. Um Arvids, Matthias' und Gretas willen. Und – Kassandras Herz stockte – um Kays willen. Sie mussten sich nicht nur was einfallen lassen, sie mussten schnell handeln! Hätte sich zu der Zeit schon Jans

Schuld oder Mitschuld herausgestellt, hätte Kay es so drehen können, zumindest halb offiziell ermittelt zu haben, schließlich hatte er sich dem Arzt gegenüber korrekt ausgewiesen. Inzwischen dagegen hatte er eindeutig eine ihm bekannte Straftat nicht gemeldet – für einen Polizisten ein schweres Vergehen.

Reflexartig griff sie nach ihrem Handy, um Kay zu warnen, ließ sich jedoch wieder zurückfallen. Kay konnte zweifellos selbst eins und eins zusammenzählen. Dagegen war er schwerlich in der Lage zu tun, was sie tun konnten: zumindest einigermaßen sicher in Erfahrung bringen, ob von Jan Gefahr drohte.

»Morgen, Liebes.«

Kassandra hatte gar nicht bemerkt, dass Paul hereingekommen war. Jetzt setzte er sich auf die Bettkante und streifte ihre Lippen mit einem Kuss. Seine Haut und seine Haare waren noch feucht, er duftete so vertraut, dass sie glaubte, aus einem schlechten Traum aufzuwachen. Leider war der schlechte Traum nur allzu real.

»Wir müssen endgültig Jans Rolle klären«, sagte Paul, ehe sie es konnte. »Ich glaube nach wie vor, dass Erik über ihn die Wahrheit gesagt hat, aber glauben ist zu wenig, und ich wüsste gern, wie ich Jan in Zukunft einzuschätzen habe – ganz davon abgesehen, dass auch Steffi Bescheid wissen sollte, falls wir uns irren. Falls wir uns nicht irren, besteht die Schwierigkeit darin, dass er als Einziger außerhalb unseres Kreises von der Entführung weiß und wir das geradebiegen müssen. Besuchen wir ihn nachher und finden heraus, wie die Lage ist.«

Kassandra war froh, dass Paul es ansprach. Sie selbst hätte Kays Probleme mit einbezogen, und auf diese Weise brauchte sie ihn nicht gleich heute früh schon wieder zu erwähnen. »Falls Jan zu Hause ist. Steffi wollte sich melden, was sie nicht getan hat.«

»Das kann diverse Gründe haben. Auf eine telefonische Anmeldung lege ich aber keinen Wert. Gehen wir hin, sobald du deine Gäste versorgt hast.«

Kassandra lächelte. »Das tut Heinz gerade. Sieh mal auf die Uhr.«

Sie brauchte morgens im Bad nie sonderlich viel Zeit, lieber schlief sie zehn Minuten länger. Heute war sie noch schneller fertig und bald mit Paul auf dem Weg zur Norderstraße.

»Haben wir eine Taktik? Jan weiß bestimmt mittlerweile von Steffi, was wir alles von ihr erfahren haben und dass wir nicht nur wegen des Einbruchs nach ihm suchen.«

»Die einzige Taktik ist, so wenig wie möglich von uns aus preiszugeben. Lass mich den Anfang machen – welchen, richtet sich danach, wie Jan sich gibt.«

Steffi öffnete ihnen die Tür, blass, aber immerhin nicht verweint. Trotzdem wirkte sie erschrocken, als sie sie sah. »Oh. Ich … ich hab völlig vergessen, euch Bescheid zu sagen.«

»Das heißt, Jan ist wieder da?«, vergewisserte sich Paul.

Steffi nickte.

»Das ist gut.« Er lächelte. »Wir würden gern kurz mit ihm reden.«

»Er schläft noch«, sagte Steffi widerstrebend.

Kassandra sah, wie Paul mit sich kämpfte. »Kannst du ihn wecken?«, bat er. »Es ist wichtig.«

Immer noch widerstrebend trat Steffi zurück. »Ich hole ihn.«

Etwas beklommen warteten Kassandra und Paul im Wohnzimmer, bis Jan, noch blasser als Steffi, zwei Minuten später hereinkam. Er wirkte nicht wie jemand, der gerade erst aufgewacht war, und er trug Straßenkleidung. Ohne einen Gruß positionierte er sich so, dass ein Sessel zwischen ihm und Paul stand, als wolle er sich dadurch abschirmen. Dass er sich nicht sofort setzen musste, war immerhin ein einigermaßen gutes Zeichen für seinen Zustand.

»Tag, Jan«, sagte Paul. »Wie geht's dir?«

»Ging schon mal besser, aber danke, es wird.« Er entspannte sich weder noch nahm er endlich Platz. »Steffi sagt, es wäre wichtig. Demnach seid ihr nicht hier, um einen Krankenbesuch zu machen.«

»Nicht nur jedenfalls«, bestätigte Paul, um dann fortzufahren: »Wie lebt es sich mit einer Viertelmillion?«

Aus Jans Augen sprach grenzenlose Verwirrung. »Womit?«,

fragte er, nachdem Steffi ein paarmal den Mund geöffnet und wieder geschlossen hatte.

»Deinem Anteil.«

»Meinem …?«

Mit einem Mal lachte Jan. Es klang gespenstisch und verwandelte sich schnell in ein Keuchen.

Steffi stürzte hinzu und führte ihn zum Sofa, in das er sich hineinfallen ließ. Sie blitzte Paul an, aber es sah eher unsicher als wütend aus. Dann schaute sie zu Jan zurück.

»Glaubst du«, sagte er zu Paul, »ich hätte diesen Einbruch bei mir fingiert, wenn mein Anteil so hoch gewesen wäre? Ganz davon abgesehen, dass die Brüche nie im Leben ansatzweise was im fünfstelligen Bereich gebracht haben.« Jan fuhr sich mit der Hand über die Augen. »Ich wurde ein einziges Mal damit geködert, einen guten Schnitt machen zu können, wenn ich sage, bei welchen meiner Kunden was zu holen ist. Einen Anteil habe ich dafür nie gesehen. Nur Drohungen gehört, als ich mich geweigert habe, mit weiteren Tipps zu dienen. Blöderweise hab ich damit zurückgedroht zu erzählen, was ich weiß, aber die haben sich bloß zu Tode amüsiert, weil sie in dem Fall den Bullen natürlich gesteckt hätten, von wem die Tipps kamen. In einem Anfall von Wahnsinn hab ich gesagt, das wär mir egal, da meinten sie, wenn ich das Maul nicht halte, würde es mir Steffis wegen leidtun.«

Bis hierhin hatte Steffi ruhig zugehört, jetzt jedoch gab sie ein ersticktes Geräusch von sich. Jan warf ihr einen kurzen Seitenblick zu, streckte seine Hand aus und berührte ihre Wange. Unwillkürlich fühlte sich Kassandra an Jacobsens Drohung Erik gegenüber erinnert. Wie leicht es war, Menschen dazu zu bringen, etwas zu tun, das sie gar nicht tun wollten, wenn sie die in Gefahr sahen, die sie liebten.

Jan wandte sich wieder Paul zu. »*Das* war mein Anteil. Lohn für meine Einfältigkeit. Eine Viertelmillion! Lieber Gott, Paul, du klingst wie der Bulle, der mich im Krankenhaus gefragt hat, ob ich Greta Röwer entführt hätte! Ich war so fertig, ich dachte wirklich, ich könnte das getan haben – ich meine, ich wusste absolut gar nichts mehr, außer dass ich Röwer vor ein paar Wochen angerufen und ihm ein paar scheußliche Dinge an den Kopf geworfen hatte. Ich dachte … Scheiße!« Jan riss die Augen auf. »Du glaubst das auch. Es geht dir gar nicht um die Einbrüche. Du denkst, ich hätte die Röwer entführt. Hab ich nicht! Ich kann mich noch nicht an alles erinnern, was in den letzten zwei, drei Wochen passiert ist, aber an das meiste, und Mittwoch liegt klar vor mir, ich kann das beweisen, ich hatte Besuch, fast die ganze Zeit.«

Paul starrte Jan an. »Greta Röwer wurde entführt?«, fragte er. »Bist du sicher?«

Jan starrte zurück. »Hat der Bulle gesagt, und er hat mich verdächtigt. Deutlicher ging das gar nicht mehr. Falls du anklingen lassen willst, dass ich durch den Schlaganfall meinen Verstand verloren habe, spar dir das«, sagte er empört. »Meine Erinnerungslücken betrafen nie die Zeit, nachdem ich im Krankenhaus wieder zu mir kam. Der Bulle war da, ich weiß genau, wie er aussah. Er war …« Jan stockte. »Groß. Breitschultrig. Er hatte … hellbraune Haare?«

Letzteres klang wie eine verunsicherte Frage. Berechtigterweise, denn Kay war weder bemerkenswert groß noch breitschultrig, sondern hatte eine normale Statur und dunkle Haare.

»Er war da«, sagte Jan wieder bestimmter, aber nicht mehr so bestimmt wie anfangs. »Wieso zweifelst du daran? Selbst du weißt nicht immer alles. Röwer hat vermutlich nicht an die große Glocke gehängt, dass seine Frau entführt wurde.«

»Vermutlich nicht«, gab Paul ihm recht. »Ich habe auch gar nicht bezweifelt, dass jemand bei dir war. Es ist nur so, dass ich Greta vorhin über den Weg gelaufen bin. Sie wirkte noch etwas angeschlagen von ihrer Grippe, hat mir aber ansonsten begeistert erzählt, dass sie nach der Carl-Röwer-Biografie gerade mit einem neuen Projekt beginnt.«

Das brachte Jan aus der Fassung. »Du hast sie getroffen? Und sie war ganz normal drauf? Vielleicht ist sie eine gute Schauspielerin?« Ohne Pauls Antwort abzuwarten, schüttelte er den Kopf. »Nein, die ist viel zu emotional, um sich zu verstellen. Ich hab sie mal …« Er sprach nicht weiter, versank ins Grübeln, suchte sichtlich irritiert nach einer Erklärung. »Wäre es möglich, dass ich … dass ich wegen dieses Anrufs bei Röwer Schuldgefühle entwickelt und mir die ganze Sache mit dem Polizisten tatsächlich nur eingebildet habe, während ich in diesem Krankenhauszimmer vor mich hin dämmerte? Es war so real, ich scheine sogar noch immer die Angst vor dem Bullen zu spüren, aber … Zugegeben, ich habe manchmal nicht gewusst, wann ich wach war und wann nicht. Merkwürdiger Zustand.« Erneut schüttelte er den Kopf, wie um klarer denken zu können. »Ich bin bei Röwer entschieden zu weit gegangen. Wenn es ginge, würde ich jedes Wort zurücknehmen. Den ganzen idiotischen Anruf. Was meinst du, Paul? Könnte ich diese Episode bloß phantasiert haben?«

»Ich bin kein Psychologe«, sagte Paul. »Als Laie würde ich es für plausibel halten. Erinnerst du dich denn, ob der Polizist noch mal da war oder an seinen Namen?«

Jan überlegte angestrengt. »Beides nein.« Erleichtert atmete er auf. »Wenn die Polizei mich ernsthaft wegen einer Entführung verdächtigt hätte, hätte sie mich wohl so leicht nicht vom Haken gelassen.«

»Es sei denn, Greta Röwer ist wieder aufgetaucht«, mischte Steffi sich ein.

Trotz des schlechten Gewissens, weil sie Jans Erinnerung manipulierten, war Kassandra froh gewesen, auf eine Art ihre Probleme lösen zu können, die letztlich niemandem schadete. Die gleichermaßen unerwartete wie ungünstige Wendung, dass ausgerechnet Steffi querschoss, erforderte eine schnelle Reaktion.

»Jan hat recht, gerade in einem Entführungsfall ist Eile geboten, da lässt die Polizei nicht locker«, sagte Kassandra. »Das hieße, Greta wäre extrem fix wieder aufgetaucht.«

Jan nickte, doch Steffi war noch nicht völlig überzeugt. Herausfordernd sah sie Kassandra an. »Ihr habt gestern gesagt, ihr sucht Jan wegen was Schlimmerem als den Einbrüchen. Wenn es keine Entführung war, was dann?«

»Das stimmt nicht ganz. Paul hat gesagt, er befürchte, Jan könne in was Schlimmeres verstrickt sein als in den fingierten Einbruch.« Das war korrekt, reichte aber kaum als Erklärung. Kassandras Gedanken rotierten, eine ebenso vage wie gewagte Idee formte sich ihn ihr, die sie weiterspann, während sie schon anfing zu reden. »Wir dachten an die Einbruchserie und hatten damit ja auch recht.« Ihr Blick glitt zu Jan. »Nach allem, was du erzählt hast, lagen wir aber vollkommen daneben, was das erbeutete Diebesgut, die Bande und den Bandenchef angeht.« Sie schaute zurück zu Steffi. »Entsprechend möchte ich dich dringend bitten, den Mann auf dem Foto, das Paul dir gestern gezeigt hat, wieder zu vergessen. Besser, man hat den nie gesehen.«

»Ich fürchte«, sagte Steffi, »ich habe gar nicht so darauf geachtet, wie es angemessen gewesen wäre. Ich hatte nur Angst um Jan und konnte mich auf nichts richtig konzentrieren.«

Glück im Unglück, dachte Kassandra und sah Paul seine Erleichterung darüber an, dass Steffi nicht ins Grübeln kommen würde, wenn sie Erik über den Weg lief.

»Ich versteh das nicht ganz«, sagte Jan langsam. »Wenn ihr an die vergleichsweise kleine Einbruchserie in unserer Gegend dachtet, wie konntet ihr von Millionenbeträgen ausgehen? Es hat ja nicht mal einen Bruch in Ahrenshoop bei echt wohlhabenden Leuten gegeben – kein Wunder, ich kenne niemanden von denen«, schloss er mit einem Schuss Selbstironie.

Jetzt kam der knifflige Teil. »Weil wir glaubten, dass diese Serie nur Teil einer größeren ist«, erklärte sie und hoffte, das Folgende überzeugend genug rüberzubringen, dass Jan und Steffi Details nicht in Frage stellten. »Wisst ihr noch, dass vor zwei, drei Monaten über Einbrüche in und um Berlin berichtet wurde und danach über die in Brandenburg? Überall da wurden nicht nur Kleinigkeiten gestohlen. Aus seiner aktiven Zeit bei der Polizei kennt mein Onkel einen der Beamten, der in Berlin mit dem Fall befasst ist. Der hat Heinz erzählt, dass bei allen Einbruchsopfern kurz zuvor Handwerker im Haus gewesen waren, worüber aus ermittlungstechnischen Gründen nicht berichtet wurde. Daraufhin hat Paul bei den hiesigen Opfern vorsichtig die Fühler ausgestreckt, ohne zu erwähnen, auf welche Informationen er eigentlich aus war. Du weißt natürlich, was dabei rauskam, Jan. Wir dachten deshalb, dass ihr alle zusammengehört und entsprechend den Erlös aufteilt. Heinz' ehemaliger Kollege hatte einen Gija Abuladse aus Georgien in Verdacht, düsterer und sehr gefährlicher Typ. Als Steffi schließlich erzählte, du wärst mit einem dubiosen Fremden hier reingeschneit, der äußerst bedrohlich gewirkt hat, bestärkte uns das noch in unseren falschen Schlussfolgerungen.« Kassandra guckte zerknirscht. »Ich weiß nicht, was in uns gefahren ist. Organisierte Kriminalität aus Georgien auf dem Fischland – das ist albern und eindeutig eine Nummer zu groß.«

Jan und Steffi wirkten wie erschlagen, Kassandra hatte sie absichtlich in Grund und Boden geredet. Als sie kurz wie zur Bestätigung ihrer Geschichte zu Paul rübersah, verbarg er schnell das Funkeln in seinen Augen und bemühte sich um einen neutralen Ausdruck.

»Meine Güte«, flüsterte Steffi. »Da kann ich ja froh sein, dass das gestern nur dieser Dennis war, obwohl mir der schon reichte.«

»Dennis?«, hakte Paul nach.

Jan verzog das Gesicht. »Dennis Krämer, mein Cousin um fünf Ecken. Wir hatten uns ewig nicht gesehen, sind uns aber vor ein paar Wochen zufällig in Barth über den Weg gelaufen. Er hatte einen Kumpel dabei, wir drei verstanden uns gut, ich erzählte ihm von meiner miesen finanziellen Lage, er mir, womit er seinen Lebensunterhalt verdient – und dann machte er mir diesen Kooperationsvorschlag, wie er es nannte. Er war total gut organisiert, drückte mir sogar gleich ein Prepaid-Telefon in die Hand, über das wir in Kontakt bleiben würden. Und ich ließ mich bescheuerterweise auf seinen Plan ein.« Er schluckte. »Als nach dem Schlaganfall meine Erinnerung zurückkehrte, fiel mir ein, dass Dennis auf einen weiteren Tipp von mir wartete. Ich dachte, er geht wirklich auf Steffi los, wenn ich mich nicht mehr melde. Das … Diensttelefon hatte ich nicht dabei, aber als ich mich wieder einigermaßen auf den Beinen halten konnte, bin ich spätabends raus und habe ihn von einem öffentlichen Telefon der Klinik angerufen – ohne zu ahnen, dass er am nächsten Tag auf der Matte steht und mich aus dem Krankenhaus schleppt, weil sein Kumpel abgetaucht ist und er Ersatz braucht. Mein Zustand war ihm egal. Erst als ich vor dem Haus fast zusammengebrochen bin, hat er eingesehen, dass das mit mir keinen Sinn hat.«

»Wer weiß, was ihm noch alles einfällt, du kannst dich dem nicht endlos aussetzen«, sagte Steffi. »Geh zur Polizei, das hab ich dir gestern schon gesagt! Was immer die dir aufbrummen können für das, was du getan hast, alles ist besser, als Dennis auf Gedeih und Verderb ausgeliefert zu sein.«

Paul nickte. »Steffi hat recht. Außerdem dürfte berücksichtigt werden, dass du dich stellst.«

»Kann sein. Aber da muss nur was schiefgehen, man kann Dennis vielleicht nichts oder zu wenig beweisen, um ihn einzubuchten. Gehört nicht viel dazu zu erraten, von wem die Polizei den Tipp hat, bin ja ganz groß im Tippgeben. Der rächt sich. Nicht notwendigerweise an mir, aber an Steffi.«

»Ich kann schon auf mich aufpassen«, sagte Steffi.

Kassandra bewunderte ihren Mut, sie hörte ihr deutlich an, wie mulmig ihr war, und wie sie Dennis beschrieben hatte, konnte Kassandra ihr das nachfühlen.

»Nein, ich mach das nicht«, bekräftigte Jan. »Sonst krieg ich gleich den nächsten Schlaganfall, wenn ich mich um dich sorge.«

Ein liebevolles Lächeln glitt über Steffis Gesicht, das jedoch gleich danach wieder ernst wurde. »Du machst es, wenn Dennis garantiert aus dem Verkehr gezogen wird?«

»Das kannst du nicht garantieren.«

»Wenn er auf frischer Tat ertappt wird, schon. Wenn wir ihm eine Falle stellen.« Bevor Jan widersprechen oder sonst jemand etwas sagen konnte, wandte sie sich an Kassandra. »Kannst du über deinen Onkel was deichseln, dass der seinen Ex-Kollegen Bescheid gibt, wenn wir wissen, wann und wo Dennis seinen nächsten Bruch macht – sobald er nämlich von Jan den entsprechenden Tipp bekommt? Jan hat mal erzählt, ihr habt so was Ähnliches gemacht wegen des Toten in deiner Pension«, schloss sie erwartungsvoll.

»Da hatten wir viel Glück«, sagte Kassandra. »Außerdem könnte es sein, dass Dennis, auch wenn er erwischt wird, erst mal bis zum Prozess freikommt. Es sei denn, er hätte keine geregelten Lebensumstände oder es liegt der begründete Verdacht vor, dass er gleich wieder zum nächsten Bruch loszieht.«

»Er hat keine geregelten Lebensumstände«, sagte Jan langsam. »Jedenfalls ist er nirgends gemeldet – in Passau nicht mehr, wo er eine Zeit lang gewohnt hat, und in Barth noch nicht, da kriecht er nur bei seinem Kumpel unter. Könntet ihr denn über deinen Onkel was in die Wege leiten?«

Das hatte sie nun davon, Heinz mit hineingezogen zu haben. Andererseits war das kein schlechter Plan, wenn …

Plötzlich dudelte ihr Telefon los. Sie hätte es gern ignoriert, doch in der derzeitigen Situation wagte sie das nicht. Sie wühlte nach dem Handy, zog es aus ihrer Tasche und schaute beunruhigt auf das Display. Mit diesem Namen hatte sie nicht gerechnet. Bitte nicht noch ein Problem an einer ganz anderen Front, dachte sie. »Entschuldigt mich, ich muss da rangehen.«

Während sie aufstand und ein paar Schritte zur Tür ging, spürte sie, wie Pauls Blick sich in ihren Rücken bohrte. Sie hörte noch, wie er etwas zu Jan und Steffi sagte, verstand aber nicht mehr, was, weil sie ihr Gespräch entgegennahm.

»Harald, ist alles in Ordnung bei dir?« Ihr Vater hatte sich bisher nur zweimal aus dem Urlaub gemeldet – einmal, um ihr zu sagen, dass er gut in Neapel gelandet war. Die zweite Nachricht war ein kurzer Gruß mit einem traumhaften Foto vom Hafen der Insel Procida gewesen.

»Bei mir schon, bei euch aber anscheinend nicht«, sagte Harald. »Oder warum sonst hat Kay Dietrich unsere Zusammenarbeit aufgekündigt?«

»Er hat was getan?«, fragte Kassandra so laut, dass sie selber erschrak. Unwillkürlich drehte sie sich um und bemerkte Jans und Steffis irritierten Blick, Paul dagegen sah alarmiert aus. Sie trat weiter in den Flur, sodass sie ungestört mit Harald reden konnte.

»Er hat eine kurze Nachricht geschickt«, erklärte er, »in der er mir dankt und sagt, dass er alles Weitere allein zu regeln gedenkt.«

Damit hätte sie rechnen können, schließlich war es konsequent, dennoch traf es sie, dass Kay selbst diese Verbindung kappte.

»Was ist da los?«, erkundigte sich Harald.

»Das ist kompliziert«, sagte Kassandra deutlich leiser als eben, »und ich kann gerade schlecht reden. Passt es, wenn ich dich nachher zurückrufe?«

»Sicher. Sag mir nur, ob es euch gut geht.«

»In dem Sinne, den du meinst, ja.«

»Das beruhigt mich. Ich warte also auf deinen Rückruf. Und: Passt auf euch auf.«

»Machen wir.«

Aus dem Wohnzimmer hörte sie Stimmengemurmel, das sie problemlos hätte identifizieren können, wenn sie darauf geachtet hätte. Stattdessen öffnete sie ihr Mailprogramm, gab Kays Namen ins Adressfeld ein und schrieb:

JM ist mit allerhöchster Wahrscheinlichkeit draußen. Er erinnert sich außerdem weder an deinen Namen noch an dein Aussehen, er ist sogar mittlerweile so gut wie überzeugt, dass du gar nicht da warst. Sie schickte die Nachricht ab, ehe sie noch länger überlegen konnte, ob sie ihn auf Harald ansprechen sollte. Es war Kays Entscheidung, die sie akzeptieren musste.

Im Wohnzimmer hatten Paul, Jan und Steffi offenbar an ihrem Plan gefeilt.

»Wir haben darüber nachgedacht, welches Haus für eine Falle geeignet ist«, sagte Paul. »Weder meins noch deins, falls Dennis recherchiert und erfährt, dass wir in der letzten Zeit mehr Kontakt zueinander hatten. Das könnte ihn misstrauisch machen. Ich versuche, Bruno zu überreden.«

»Zuallererst sollten wir mit Heinz sprechen«, gab Kassandra zu bedenken.

»Richtig.« Paul erhob sich. »Das machen wir am besten gleich und melden uns bei euch, sobald wir wissen, ob Kassandras Onkel einverstanden ist und vor allem jemanden einbinden kann.«

»Danke«, sagte Steffi, »dass ihr das versuchen wollt. Wenn Herr Jung meint, es wäre zu riskant, muss Jan eben doch zur Polizei. Oder ich gehe.« Jan wollte etwas einwenden, doch Steffi schnitt ihm mit einer Geste das Wort ab. »Ich seh mir das nicht länger an, wir müssen was unternehmen.«

Paul nickte und wandte sich an Kassandra. »Gehen wir?«

Erstaunt, dass er es mit einem Mal so eilig hatte, folgte sie ihm, doch in der Tür drehte er sich noch einmal um.

»Was wolltest du eigentlich am Freitag in der Parkstraße, Jan? Du warst nicht beim Zahnarzt.«

Jan zuckte kaum merklich zusammen und warf einen unsicheren Blick zu Steffi, die daraufhin die Augen aufriss.

»Du warst bei Fiona«, brach es aus ihr heraus, Zornesröte stieg ihr ins Gesicht. »Du verdammter ...«

»Ich war da, weil ich es beendet habe, Steffi!«, sagte er flehentlich. »Im Ernst. Du kannst sie fragen! Ich war so dämlich, jemals was mit ihr ...«

Rigoros schob Kassandra Paul hinaus, diese private Sache ging sie nichts an. Sie hörte nur noch, wie Jan um Verzeihung bat, und aus Steffis gemurmelter Antwort schloss sie, dass ihm die gewährt wurde.

»Wer hat angerufen?«, fragte Paul, kaum dass sie auf der Straße waren.

Nachdem Kassandra ihn auf den neuesten Stand gebracht hatte, wirkte er auf seltsame Weise gleichermaßen erleichtert und beunruhigt, äußerte sich aber nicht weiter dazu, sondern schlug wortlos den Weg zu Heinz ein.

»Mir gefällt das nicht«, sagte Kassandra, »aber es war wohl abzusehen.«

»Hm«, machte Paul nur abwesend, sodass Kassandra nicht sicher war, ob er ihr überhaupt zugehört hatte.

»Glaubst du …«, begann sie, wurde allerdings von einem Klingelton unterbrochen. Diesmal war es Pauls Handy, das er mit einer nervösen Bewegung hervorholte. Kassandra entging nicht, dass er von jetzt auf gleich unter Strom stand, als er sah, wer anrief.

34

»So viele Lügen«, sagte Greta. »Wie schwer ist es dir gefallen, Pauls Vorschlag zuzustimmen?«

Matthias saß mit ihr auf der dicken karierten Wolldecke, die er aus seiner Werkstatt geholt hatte, auf dem flachen großen Stein am Bodden. Es hatte sich noch weiter abgekühlt, er spürte nur einen Hauch Sonnenstrahlen auf seinem Gesicht, leichter Wind fuhr durch seine Haare, er hörte leise Wellen schwappen, roch das Wasser. All das nahm er deutlicher wahr als sonst, er fühlte sich lebendig, besser als seit Ewigkeiten. Niemals würde er die letzten Tage vergessen, auch wenn er es kaum mit dem vergleichen konnte, was Greta hatte durchstehen müssen.

Während der Nacht hatten sie kaum geschlafen, sich stattdessen endlos festgehalten, er hatte Gretas Tränen geschmeckt und ihre Angst aus jeder Silbe herausgehört, während sie ihre Tage in diesem Keller schilderte. Danach hatten sie lange geschwiegen und schließlich noch länger geredet – über die Vergangenheit, die Gegenwart und die Zukunft, eine Zukunft, in der sie zu dritt sein würden. Greta hatte erzählt, wie sie den Schwangerschaftstest für ihn dekoriert und sich darauf gefreut hatte, ihn jedes Konfettiherzchen einzeln ertasten zu lassen, bis er endlich darauf kam, was sie ihm damit sagen wollte. Mittendrin hatte es an der Tür geklingelt. Es war die Zeit gewesen, in der für gewöhnlich der Paketwagen vorbeikam, aber diesmal hatte ein weißer Van in der Einfahrt nur einen Meter von der Haustür entfernt gestanden, und sie hatte nicht mehr schnell genug reagieren können, als ein Mann mit einer Maske auf sie zutrat, ihr eine Spritze in den Arm jagte und alles um sie herum schwarz wurde ... bis zu ihrem Aufwachen im Keller.

Die Erleichterung, dass dieser Alptraum hinter ihnen lag, war grenzenlos.

»Wie schwer es mir gefallen ist wegen der Lügen?«, fragte er.

»Überhaupt nicht. Manchmal gibt es zwingende Gründe dafür. Arvid und unsere Familie – das ist so ein Grund. Für Letztere lüge ich praktisch ständig.«

»Tust du nicht«, widersprach Greta. »Du sagst nur nicht alles.«

Matthias lachte. »Wenn du es so betrachtest.« Sein Lachen verlor sich. »Was Erik betrifft, ist es mir dagegen extrem schwergefallen. Ein Teil von mir kann nachvollziehen, was er fühlte und vermutlich immer noch fühlt. Ein weitaus größerer Teil von mir wird ihm niemals verzeihen können, was er deswegen getan hat. Niemals.«

Eine Weile war nur wieder das leise Rauschen im Schilf und das Plätschern der Wellen zu hören.

»Vielleicht irgendwann, eines Tages – für Arvid?«, fragte Greta in die Stille hinein.

»Nein.« Ihm war bewusst, wie harsch und abweisend er klang, aber es war die Wahrheit, und er würde sich nicht verstellen. Plötzlich bemerkte er, dass mit Greta eine Veränderung vor sich ging, fast gleichzeitig hörte er, wie sich jemand näherte. Greta musste ihm nicht sagen, wer da kam, er erkannte Arvids Umrisse inzwischen recht sicher.

Arvid blieb stehen, hielt mehr Abstand als sonst, und anscheinend wusste er nicht, wie er anfangen sollte. »Ich … Es ist wohl … Es kommt mir etwas merkwürdig vor, einfach Guten Morgen zu sagen und zu fragen, wie es euch geht.«

»Mir geht's gut«, antwortete Greta. »Was ist mit dir?«

»Mit mir? Greta, du bist heute genauso unglaublich wie gestern. Was du da gesagt hast …« Wieder fehlten ihm die Worte.

»Was ich gesagt habe, habe ich gemeint, Arvid.«

»Aber du kanntest mich nicht, du wusstest nur, dass ich der Vater des Mannes bin, der dir all das angetan hat. Du kennst mich noch immer nicht, wir haben kaum ein Wort gewechselt. Wie kannst du mich behandeln, als wäre ich Familie?«

»Du *bist* Familie. Und ein bisschen kenne ich dich durchaus. Ich hab mich mit Carl befasst, schon vergessen?«

Matthias hörte ihr Schmunzeln und konnte sein eigenes nur

schwer unterdrücken. »Diskutier lieber nicht mit ihr – falls du Wert auf meinen Ratschlag legst.«

»Nicht, dass Matthias sich je nach seinem eigenen Ratschlag richten würde«, fügte Greta hinzu. »Falls du dich trotzdem dazu entschließt, könntest du meine Frage beantworten: Wie geht es dir?«

»Ich weiß es nicht«, sagte Arvid. »Letzte Nacht habe ich versucht, mit Erik zu reden. Er hat mich nicht an sich rangelassen. Stattdessen hat er Thea ein paar Wahrheiten über sich erzählt, die sie schlecht aufnahm. Sie hat gedroht, mit Ellie nach Göteborg zurückzukehren. Heute Morgen schien sie sich etwas beruhigt zu haben, und Erik klopfte bei mir an. Er sagte, er schämt sich zu Tode. Er sagte, er liebt mich und hat Angst, mich zu verlieren, weil er etwas so Grausames getan hat und weil er glaubt, dass meine Vergangenheit mir mittlerweile wichtiger ist als mein Leben in Schweden. Im selben Atemzug fügte er hinzu, dass er zur Uni fahren, mit dem Dekan reden, sich für die Unannehmlichkeiten entschuldigen und das Semester durchziehen will wie geplant. Sofern nichts dazwischenkommt. Er ist sich im Klaren darüber, dass das, was gestern beschlossen wurde, auf tönernen Füßen steht, falls die Polizei Jacobsens Tod und das, was er davor getrieben hat, näher untersucht. Danach verließ er fluchtartig mein Zimmer und das Haus, ohne mir die Chance zu geben zu erklären, dass er mein Sohn ist und immer bleiben wird und dass ich gerade selber Schwierigkeiten habe, meine beiden Leben unter einen Hut zu bekommen, nicht nur angesichts dessen, was passiert ist.«

Noch während er gesprochen hatte, war Greta aufgestanden. Matthias glaubte zu erkennen, dass sie Arvid unterhakte, als ob er Halt brauchte. Er erhob sich ebenfalls und trat an seine andere Seite. Was Arvid durchmachen musste, war nicht zu unterschätzen, erst recht nicht im Hinblick auf seine vierundachtzig Jahre, die man angesichts seiner geistigen und körperlichen Agilität leicht vergaß.

»Verzeih«, bat Greta. »Das war eine dumme Frage.«

»Nein«, widersprach Arvid, »im Gegenteil, und sie gerade

von dir zu hören ist alles andere als selbstverständlich.« Er wandte sich an Matthias. »Dir schulde ich sehr viele Erklärungen – frag, was immer du wissen möchtest.«

»Wenn du über damals reden willst, Arvid, werde ich es aufsaugen wie ein Schwamm, aber schuldig bist du mir gar nichts. Du entscheidest, ob und wann du mir etwas erzählst.«

»Das ist sehr großzügig«, sagte Arvid nach einem Moment der Verblüffung.

»Ich tue nicht mehr, als ich von anderen erwarte, ich achte die Privatsphäre. Es ist dein Leben.«

»Das auch deins berührt.«

Matthias neigte den Kopf. »Das ändert nichts daran, dass du das Recht hast, für dich zu behalten, was du für dich behalten willst.«

Wieder blieb es einen Augenblick lang still, bis Arvid sich räusperte. »Matthias. Falls es Dinge gibt, über die du nichts erfahren möchtest, sag es mir, und ich werde kein Wort darüber verlieren.«

Es kostete Matthias einiges, seine Überraschung zu verbergen, schließlich hatte er das kaum vor sich selber zugegeben – und beabsichtigte nicht, es vor Arvid zu tun. »Das wird nicht nötig sein«, sagte er ein bisschen zu geschäftsmäßig. »Ich bin nie vor Unangenehmem zurückgeschreckt, es gibt keinen Grund, jetzt damit anzufangen.«

Aus Arvids nächsten Worten hörte er ein Lächeln heraus. »Greta, ist er immer so, wenn er nicht unter starkem Druck steht? Ich habe mich das gestern schon gefragt, als er mich herumkommandierte.«

»Nicht immer.«

»Das beruhigt mich.«

»Wenn ihr mit Lästern fertig seid, sollten wir uns wesentlicheren Themen zuwenden«, sagte Matthias im selben Tonfall wie eben.

Sofort war Arvid wieder auf der Hut. »Welchen?«

»Frühstück. Wir hatten jedenfalls noch keins. Leistest du uns Gesellschaft?«

Kaum hörbar stieß Arvid angehaltene Luft aus. »Appetit habe ich überhaupt nicht, aber ein Kaffee wäre schön.«

»Dann komm mit rein.« Als Matthias sich zum Gehen wandte, bemerkte er, dass Arvid sich nicht rührte. »Was ist? Doch kein Kaffee?«

»Ich ...« Arvid stockte. »Als du eben von wesentlicheren Themen sprachst und das in Zusammenhang mit der Vergangenheit und vor allem gerade hier, an dieser Stelle, an der Carls Atelier stand, da dachte ich, du meintest ...«

Matthias glaubte zu verstehen. »Deine Botschaft, die du für Carl zurückgelassen hast?«

»Davon weißt du also wirklich?«

»*Eines Tages wirst du mir in die Hölle folgen*«, zitierte Matthias, »auf einer seiner Leinwände.«

»Nicht sehr subtil, fürchte ich«, sagte Arvid.

»Das dürfte dein geringstes Problem gewesen sein. Du musstest zu diesem Seenotrettungseinsatz, bei dem du vorhattest, dein Leben zu beenden.« Matthias war wieder näher getreten und spürte Arvids Zittern. »Auch wenn du nicht wegen der Temperaturen frierst, lass uns reingehen.«

»Du meinst, es fällt mir da leichter, an die Vergangenheit zu denken? Ja, vielleicht. Dein Haus ist nicht Carls. Und du bist ...« Er stockte. »Du hast recht. Lass uns reingehen und dort weiterreden.«

In der Küche bereitete Greta Kaffee für alle zu, verzichtete jedoch darauf, den Frühstückstisch zu decken. Ganz sicher wusste sie, dass auch Matthias entgegen seinen Worten nicht der Sinn danach stand. Als sie allerdings vorschlug, es sich im Wohnzimmer bequem zu machen, wehrte Arvid ab.

»Wenn es euch nichts ausmacht, würde ich lieber hierbleiben.«

Natürlich. Drüben hing Carls Gemälde – es dominierte den Raum auf eine Art und Weise, dass niemand es ignorieren konnte, erst recht nicht Arvid, der nun am Kopfende des Küchentisches saß und seinen Kaffeebecher vor- und wieder zurückschob. Ohne sich abgesprochen zu haben, nahmen Matthias und Greta links und rechts von ihm Platz. Sie drängten ihn nicht, sondern ließen ihm die Zeit, die er brauchte.

Arvid trank einen Schluck, stellte den Becher ein bisschen zu heftig wieder auf den Tisch und begann. »Mein Vater war ein faszinierender Mann. Er wusste um sein großes Talent als Künstler, und er wusste, dass er andere um den Finger wickeln und meist ohne jede Schwierigkeiten von dem überzeugen konnte, was er für richtig hielt. Er hatte diese enorme Begeisterungsfähigkeit, die sich auf andere übertrug, sobald er den Mund aufmachte oder auch nur einen Raum betrat. All das ließ er nie raushängen, er war einfach, wie er war, eine schillernde, lebendige Persönlichkeit. Ich war sein Sohn und das exakte Gegenteil – bodenständig und langweilig.«

Matthias spürte, dass Greta sich regte. Vielleicht erinnerte sie sich daran, wie er letztes Jahr Christian auf ähnliche Weise geschildert hatte, auch wenn das naturgemäß nur auf Erzählungen anderer basieren konnte. Heute kam ihm diese Charakterisierung geradezu lächerlich vor, und dennoch hatte Arvid sich damals offenbar selbst so gesehen.

»Das Schlimme war, dass ich dauernd mit … Carl verglichen wurde«, fuhr Arvid fort. »Alle naselang fragte jemand, ob ich denn keine künstlerische Ader in mir hätte. Nichts lag mir ferner. Dass ich mich darauf versteift hatte, Koch zu werden, amüsierte meinen Vater. Andererseits wusste er aus eigener Erfahrung, dass ich aus wenig was Ordentliches zubereiten konnte, und als ich zu guter Letzt im Voß-Hotel in die Lehre ging, lachte er und meinte, Kochen sei schließlich auch eine Art Kunst.« Arvid hielt kurz inne und wandte sich an Matthias. »Als du übrigens neulich wissen wolltest, ob ich gern koche, blieb mir fast das Herz stehen. Verrückterweise war der echte Arvid Sundberg ebenfalls Koch, aber wenn du das gewusst hättest, hättest du diese Frage nicht gestellt. Entsprechend dachte ich, du wärst hinter meine Identität gekommen und wolltest mich testen.«

»Dafür hattest du dich bemerkenswert gut unter Kontrolle«, fand Matthias.

»Meine Stimme ja, meine Gesichtszüge weniger«, gab Arvid zurück und nahm den Faden wieder auf. »Als das Hotel 1951 abbrannte, konnte ich ohne große Verzögerungen im ›Strandhotel‹ weiterarbeiten. Es hatte sich zumindest bei den maßgeblichen Leuten herumgesprochen, dass ich meine eigenen Talente besaß. Wenn ich nicht arbeitete, verbrachte ich jede freie Minute am Strand und im Wasser und landete zuerst bei den Rettungsschwimmern und dann bei den Seenotrettern. Ich hätte ein gutes Leben haben können, aber es wurde immer schwieriger mit Carl unter einem Dach, und an eigene Räumlichkeiten war damals überhaupt nicht zu denken. Wir waren zu verschieden – ich ausgeglichen, bedächtig und rational, er ein Künstler, der das Leben nie so richtig ernst zu nehmen schien, egal, was um ihn herum vorging. Dazu kamen seine dauernd wechselnden Frauengeschichten, die mir zunehmend auf die Nerven gingen, weil sie die Oase der Ruhe in Barnstorf zeitweise in einen Zirkus verwandelten. Ich hätte froh sein sollen, als er 1956 endlich wieder heiratete, aber Anna war noch verrückter als er. Carl ließ schließlich seine Beziehungen spielen und verschaffte mir eine Stelle im Hotel Artushof in Dresden, weil er spürte, dass es für niemanden von uns gut wäre, noch länger aufeinanderzuhocken. Einerseits war mir nicht recht, dass ich aufgrund von Vitamin B eingestellt wurde, andererseits war ich froh wegzukommen.« Arvid machte eine kurze Pause. »Wenn ich zu viel erzähle, was du schon weißt, unterbrich mich, Matthias.«

Obwohl Matthias die bloßen Fakten kannte und von Carl von den Differenzen zwischen Vater und Sohn wusste, war es etwas völlig anderes, diese Dinge aus Arvids Perspektive geschildert zu bekommen. Über die Frauengeschichten hatte Matthias später einiges gehört, allerdings nicht von Carl, der hatte sich darüber weitgehend ausgeschwiegen, und in Matthias' eigener Erinnerung hatten sich die Damen keineswegs die Klinke in die Hand gegeben, im Gegenteil, selten hatte Carl mal eine mit nach Hause gebracht. Selbst in seinen noch sehr jungen Jahren hatte Matthias das Gefühl gehabt, dass Carl ihnen gegenüber stets auf gewisse Weise distanziert geblieben war. Das mochte natürlich am zu der Zeit schon fortgeschrittenen Alter Carls gelegen haben, trotzdem glaubte Matthias das nicht. Bis zu seinem Tod hatte Carl einen Sinn für Schönheit und Sinnlichkeit gehabt.

»Nein. Ich möchte es so hören, wie du es erzählen willst.«

Nach einem Schluck Kaffee, den Arvid wohl eher nahm, um seine nächsten Worte hinauszuzögern, erzählte er weiter. »Eines Tages musste ich wegen einer Besprechung des Speiseplans zum Direktor. Und da saß sie. Die Neue im Vorzimmer. Juliane. Zurückhaltendes Wesen, sanfte Stimme, dunkle Haare, bezaubernd schön und ein Blick, in dem so viel Sehnsucht lag, dass es mir wehtat, als sie mich zum ersten Mal ansah. Ich wusste nicht, wem oder was ihre Sehnsucht galt, ich wusste nur, ich wollte sie stillen.«

Matthias spürte, dass Arvid ihn jetzt direkt ansah.

»Ich habe deine Mutter vom ersten Augenblick an geliebt. Sie hätte die Welt von mir verlangen können, ich hätte sie ihr zu Füßen gelegt. Tatsächlich wollte sie gar nicht die Welt. Leider wollte sie aber auch keinen Mann. Dachte ich jedenfalls, weil sie nicht nur mich abwies, sondern alle, die versuchten, sich mit ihr zu verabreden, und das waren einige. Ich blieb hartnäckig, und zwar so hartnäckig, dass sie sich schließlich doch bereit erklärte, mit mir auszugehen – allerdings nur, das machte sie ganz deutlich, um mir meine Ambitionen ein für alle Mal auszureden. In einem kleinen Café saß sie mir dann endlich gegenüber, aber ehe ich die Chance hatte, zuerst das Wort zu ergreifen, nachdem der Kellner zwei Tassen Kaffee gebracht hatte, redete sie schon los. ›Herr Röwer‹, sagte sie, ›Sie sind ein sehr netter junger Mann. Sie sind höflich und gebildet und haben gute Umgangsformen. Sie sehen gut aus. Dresden ist voller Mädchen, die gern statt meiner an diesem Tisch säßen. Mädchen, die heiraten und eine Familie gründen wollen, dasselbe, was Sie wollen, denn für ein paar Stunden in Ihrem Bett würden Sie kaum so viel Aufwand betreiben.‹ Ich wollte etwas einwerfen, aber sie schnitt mir mit einer Geste jede Entgegnung ab. ›Ich kann Ihnen nicht bieten, was Sie suchen, Herr Röwer. Mit mir würden Sie niemals eine eigene Familie haben – ich darf keine Kinder bekommen. Ich mag Sie sehr. Und gerade weil ich Sie mag, werde ich nicht zulassen, dass Sie sich in etwas verrennen, was Sie später bereuen.‹ Sie stand auf, drehte sich um und verließ das Café.«

Wieder schob Arvid seinen Becher vor und zurück. Möglicherweise sah er nicht den riesigen Tisch in der Barnstorfer Küche vor sich, sondern einen kleinen Cafétisch in Dresden, auf dem zwei noch völlig unberührte Tassen standen.

»Ratlos starrte ich ihr hinterher. Dann schoss ich vom Stuhl hoch. Ich konnte nicht ihre Sehnsucht nach einer Familie stillen, kein Mann konnte das, wenn er sie nicht gefährden wollte. Aber falls ihr die Liebe eines Mannes allein genügte … Die kleine Glocke an der Tür riss fast aus ihrer Halterung, als ich hinausstürmte. Sie hatte die nächste Straßenecke noch nicht erreicht, da holte ich sie ein, packte ziemlich unsanft ihren Arm und wirbelte sie herum. Ich legte meine Hände um ihr Gesicht und küsste sie, und es war mir vollkommen gleichgültig, dass uns die halbe Johannstadt dabei zusah.« Arvid hielt kurz inne. »Irgendwas muss ich richtig gemacht haben. Ein halbes Jahr später willigte Juliane ein, meine Frau zu werden. Carl war erfreut, aber nicht erfreut genug, um unserer Verlobungsfeier wegen eine Vernissage abzusagen. Immerhin machte er den Vorschlag, unsere Hochzeit auf dem Fischland auszurichten. Juliane war noch nie an der See gewesen, sie strahlte allein bei dem Gedanken daran, in den Dünen zu stehen. Was mich betraf, litt ich zugegebenermaßen häufig unter Heimweh, weiß Gott nicht wegen Carl, aber die See fehlte mir da unten im Elbtal. Ich war hin- und hergerissen, und weil Juliane so viel daran lag, stimmte ich Carls Plan zu.«

Diesmal war Arvids Pause länger. Wie zu sich selber sagte er: »Wenn ich gewusst hätte, wie viel leichter es ist, von meinem Vater als Carl zu reden, sogar so an ihn zu denken, hätte ich es schon viel früher getan.« Er verstummte wieder.

Matthias nahm sich gegenüber eine Bewegung wahr. Hatte Greta ihre Hand ausgestreckt und auf Arvids gelegt?

»Es war merkwürdig, nach so langer Zeit wieder zu Hause

zu sein«, erzählte Arvid weiter. »Carl und Anna waren nicht da, als wir in Barnstorf ankamen. Stattdessen empfing uns Magda mit der erstaunlichen Nachricht, dass die beiden sich getrennt hätten und sie ab und zu käme, um den Haushalt zu machen. Die nächsten drei Tage zeigte ich Juliane das Wustrow meiner Kindheit und Jugend. Es war erschreckend und wunderbar zugleich zu sehen, wie sie alles hier aufsaugte, wie sie aufblühte, ihre Traurigkeit verlor, allein weil sie an der See stand, die Sonne auf ihrem Gesicht. Und dann kam Carl zurück, am Abend vor unserer Hochzeit.« Arvid schluckte. »Unsere Begrüßung fiel kühl aus, keiner von uns wusste so recht, was er sagen sollte. Mitten in die etwas peinliche Situation stürmte Juliane aus dem Garten herein. Carl drehte sich um, Juliane stockte mitten im Schritt, dann lächelte sie, ging auf ihn zu, reichte ihm die Hand und sagte, wie sehr sie sich freue, ihn kennenzulernen. Er starrte sie an, es verging eine scheinbare Ewigkeit, bis er ihre Hand ergriff. Ich dachte, er unterzieht sie einer besonders gründlichen Prüfung, ärgerte mich schon wieder maßlos über ihn und schwieg nur Juliane zuliebe. Schließlich lächelte er ebenfalls und hieß sie willkommen. Wir aßen gemeinsam zu Abend, und später sagte Juliane zu mir, sie wisse gar nicht, was ich hätte, mein Vater sei doch umgänglich und ganz reizend. Das war er allerdings gewesen, und das blieb er auch, als Julianes Eltern anreisten, die im Übrigen ebenso von Carl angetan waren. Wir hatten das Haus voller Gäste, und wie es sich für eine Hochzeit gehörte, war es der schönste Tag unseres Lebens. Am nächsten Morgen war Carl verschwunden.«

Greta gab ein Geräusch von sich. Es gehörte nicht viel Phantasie dazu, es zu deuten.

»Du glaubst, er hat das getan, um Juliane zu schützen?«, fragte Arvid verbittert.

»Nein«, widersprach sie. »Ich glaube, er hat sich selbst schützen wollen.«

»Möglich.« Arvid seufzte. »Damals war ich wütend. Sich einfach abzusetzen, ohne Abschied, nur weil irgendwo eine Ausstellung wartete. Was wieder mal bewies, wie gleichgültig

ihm seine Familie war, unsere Hochzeit hatte er mal eben da-
zwischengeschoben. Bald darauf war das Fischland nur noch
Erinnerung. Dabei hatten Juliane die Tage dort eindeutig gut-
getan. Sie litt unter Anämie und einem angegriffenen Nerven-
system und hatte in ihrer Kindheit zwei schwere Lungenent-
zündungen überstehen müssen. Alles Gründe dafür, dass die
Ärzte ihr dringend von einer Schwangerschaft abrieten. An der
See hatte sie besser und freier atmen und Kraft tanken können,
war weniger zerbrechlich und zart erschienen. Deswegen verbrachten wir unsere nächsten Sommerurlaube in Barnstorf und
kamen sogar zwischendrin ab und zu, wenn es unsere Arbeit
im Hotel zuließ. Carl war während dieser Zeit meist abwesend, schneite zwar hin und wieder mal herein, blieb aber nie
lange. Das hatte Vorteile, wir zwei gerieten nicht in Streit, und
Juliane und ich verlebten unbeschwerte Ferien, zumindest bis
zum jeweils letzten Tag. Es fiel ihr immer schwerer, Abschied
vom Fischland zu nehmen. Als wir im Herbst 1963 wieder im
Wustrow waren, hörten wir, dass das ›Strandhotel‹, das man
ins FDGB-›Heim am Strand‹ umbenannt hatte, im nächsten
Jahr erweitert werden sollte, unter anderem um einen großen
Küchentrakt. Eines Abends kam ich nach einem Treffen mit
meinen ehemaligen Kameraden vom Seenotrettungsdienst nach
Hause und hörte zu meiner Überraschung die laute Stimme
von Carl. Zu meiner noch größeren Überraschung stritt er mit
Juliane. Sie hatte die Möglichkeit angesprochen, ganz nach
Wustrow überzusiedeln, wo ich im ›Heim am Strand‹ sicher
eine gute Stelle bekommen könne. Carl setzte ihr auseinander,
dass das mit uns beiden unter einem Dach nie gut ginge, und
leider war es nach wie vor nicht leicht, eine eigene Wohnung
zu beziehen, vor allem, wenn dazu bei einem so großen Haus
wie unserem gar keine Notwendigkeit bestand.«

Arvid holte tief Luft. »Ich weiß nicht, welcher Teufel mich
ritt. Ich sah nur, wie viel Juliane daran lag und wie viel besser
es ihr hier ging als in Dresden. Deshalb redete ich mit Carl.
›Du hast deine Beziehungen spielen lassen, damit ich hier weg-
konnte, lass sie wieder spielen, um mich zurückzuholen.‹ Carl

weigerte sich mit demselben Argument, das er bereits Juliane gegenüber aufgefahren hatte, und fügte hinzu, dass ich außerdem ja nun alt genug sei, mein Leben selber in die Hand zu nehmen. Das schmerzte, aber ich schluckte meinen Stolz hinunter. ›Ich bitte dich für Juliane. Ich bitte dich, obwohl ich weiß, wie wenig dir an ihr und an mir liegt. Ich bitte dich dieses eine letzte Mal um einen Gefallen.‹«

Der Kaffee musste längst kalt sein, dennoch nahm Arvid erneut einen Schluck. Der Löffel klirrte im Becher, als er unnötigerweise umrührte. »Ein halbes Jahr später zogen wir in Barnstorf ein. Juliane war überglücklich. Ich war zwiegespalten, aber es funktionierte wider Erwarten. Ich mochte meine Arbeit, nahm meinen Dienst als Seenotretter wieder auf, und Carl und ich gingen uns soweit möglich aus dem Weg. Was er dachte, blieb mir verborgen. Was er fühlte, auch. Selbst was Juliane zu fühlen begann, mehr und mehr, blieb mir verborgen. Ich wollte es nicht sehen. Als ich es endlich sah – weil Magda dafür sorgte –, war es zu spät. Ich stellte Carl zur Rede, der mir schwor, Juliane nicht angerührt zu haben. Ich glaubte ihm nicht, obwohl es nichts gab, das ich mehr glauben wollte. Ich stellte Juliane zur Rede, die mir dasselbe schwor – ihr glaubte ich. Aber es machte keinen Unterschied, ich hatte sie verloren. An meinen eigenen Vater. Ich wusste das, und mir war klar, dass es nicht bei Blicken und ein paar verstohlenen Berührungen bleiben würde, denn ich sah auch den Schmerz in ihrer beider Augen, das Verlangen. Und schließlich die Niederlage vor ihren Gefühlen. Dennoch habe niemals aufgehört zu hoffen, dass Juliane eines Tages ihren Irrtum erkennt. Ich habe es gehofft bis zu jenem Tag, an dem sie starb.«

Arvids Stimme brach.

Matthias wollte seinen Namen sagen, wusste aber plötzlich nicht mehr, welchen. Während der letzten Stunde hatte sich Arvid zunehmend in Christian verwandelt.

»Ich habe Carl damals gehasst«, fuhr Arvid sehr leise fort, »es gab Momente, in denen ich mich selbst gehasst habe, mehr noch als Carl, weil ich ein so erbärmlicher, schwacher Jammerlappen war und Juliane nicht aufgeben konnte. Aber sie habe ich nie gehasst – und dich ebenso wenig, Matthias. Das solltest du wissen.«

Unwillkürlich stieß Matthias Luft aus. Er war sich gar nicht bewusst gewesen, wie angespannt er unterschwellig darauf gewartet hatte. Arvids Reaktion kam sofort.

»Matthias! Verzeih. Ich habe nicht nachgedacht, ich war so in der Vergangenheit versunken, dass ich ... Ich hätte besser ... Mir war nie klar, wie viel du ... Verzeih.«

»Arvid«, unterbrach ihn Matthias, und der Name kam ihm ganz selbstverständlich von den Lippen. »Es ist in Ordnung. Ich weiß das längst.«

Nach einem Augenblick, den Arvid brauchte, um das sacken zu lassen, stellte er fest: »Auf dem Friedhof hast du nichts gesagt.«

»Auf dem Friedhof wusste ich nicht, dass du mal Christian warst. Familieninterna gehen niemanden außerhalb unserer Familie etwas an.«

»Wäre Matthias anderer Ansicht«, fügte Greta hinzu, »stünde etwas anderes in der Biografie. Er hatte die Auswahl zwischen zwei ... Wahrheiten.«

Arvid stutzte kurz, dann lachte er heiser auf.

Oder verbittert?, fragte sich Matthias. Möglicherweise hatte Arvid ja seine eigenen Vorstellungen. »Welche Version der Wahrheit bevorzugst du?«

»Du glaubst, ich würde deiner widersprechen, wo meine bei Erik so viel angerichtet hat?« Arvids Stimme klang tief und ernst. »Was Kassandra, Paul, Heinz Jung und wen immer sie noch eingeweiht haben mögen – Bruno Ewald könnte ich mir vorstellen, nach allem, was Magda sagte –, bereits wissen, ist genug. Belassen wir es bei deiner Version. Es ist gut so, wie es ist.«

Das war die Antwort, auf die Matthias gehofft hatte.

»Allerdings«, schränkte Arvid ein, »haben sie das Recht zu erfahren, wie aus mir Arvid Sundberg wurde.«

»Soll ich sie anrufen und herbitten?«, fragte Matthias.

»Ja. Aber bevor sie kommen, möchte ich gern eine Weile da draußen sitzen. Anfangen, mich mit Carl auszusöhnen. Es wird Zeit.«

»Hat er dir je gesagt, warum er Juliane so liebte?«, fragte Matthias leise.

»Was hätte er mir sagen sollen? Weshalb liebt man einen Menschen? Es passiert einfach«, erwiderte Arvid.

»Meistens, ja. Bei Carl und Juliane ging es tiefer. Vielleicht würde es helfen, wenn ich dir erzähle, wie es war.«

»Vielleicht. Vielleicht ist aber das Wichtigste, dass ich Carl durch dich in einem anderen Licht sehe. Zeig mir den Mann, den du kanntest. Würdest du das tun?«

Wortlos schob Matthias sein Telefon hinüber zu Greta, sie würde den Anruf bei Paul erledigen. Er stand auf und legte seine Hand auf Arvids Schulter. Dabei spürte er die Wärme, die von seinem Bruder ausging, ebenso in sich wie den Keim der Hoffnung, dass sie zu der Familie zusammenwachsen würden, die sie waren.

»Gehen wir.«

35

Eine blasse Frühnachmittagssonne schien am Himmel, die bei Weitem nicht ausreichte, um Kassandra zu wärmen. Überdeutlich drängte sich ihr jedes Detail dessen ins Gedächtnis, was gestern Abend hier in Barnstorf geschehen war. Es ging ihr nicht allein so, auch Paul, der vorhin noch in Ribnitz seine Aussage zu Protokoll gegeben hatte, und Heinz schwiegen. Geredet hatten sie ohnehin schon genug – gemeinsam beratschlagt, ob und wie sich Steffis Idee in die Tat umsetzen ließe, Dennis Krämer mit einem Lockvogeleinbruch zu ködern. Heinz hatte ein Szenario entworfen, mit dem es klappen konnte – es fehlte nur noch eine Kleinigkeit, ehe er entsprechende Schritte einleiten und ein paar Leute kontaktieren konnte. Vorher jedoch würden sie sich Arvids Geschichte anhören.

Sie mussten nicht klingeln, Greta hatte sie schon kommen sehen und begrüßte sie an der Tür. Gemessen an dem Schrecken, der hinter ihr lag, wirkte sie gefasst und einigermaßen ausgeruht.

»Es geht mir gut«, bestätigte sie auf Pauls Frage hin. »Arvid macht mir mehr Sorgen, auch wenn er sich zusammenreißt. Ich bin froh, dass er sich so gut mit Matthias versteht, die beiden sind …« Sie stockte, ehe sie fortfuhr, »gut füreinander.«

Das stimmt, dachte Kassandra, als sie Matthias und Arvid im Wohnzimmer sitzen sah. Sie hatten leise miteinander geredet und sahen wie ein Mann auf, als sie eintraten. Kassandra konnte nicht mal genau festmachen, was an ihnen ihr so richtig vorkam. Arvid war blass, und eine schlaflose Nacht hatte dunkle Ringe unter seinen Augen hinterlassen. Trotzdem schien er sich in dieser Umgebung und mit Matthias wohlzufühlen – wie es sein sollte zwischen Vater und Sohn. Und sicher ganz anders, als es zurzeit zwischen Arvid und Erik war.

»Danke, dass ihr da seid«, ergriff Arvid zuerst das Wort.

»Danke, dass du uns ins Vertrauen ziehen willst«, sagte Kassandra.

Arvid lächelte etwas schief. »Paul hat ganz recht, wir müssen ein paar Fakten klären, sonst werdet ihr euch immer fragen, welche unaussprechlichen Dinge ich mit dem echten Arvid Sundberg angestellt habe.« Er wartete, bis sich alle gesetzt hatten. Bezeichnenderweise nahm Greta auf Arvids anderer Seite Platz, sodass er von ihr und Matthias flankiert wurde.

Matthias hatte ihnen bisher nur zugenickt, jetzt sagte er: »Ich war mir nicht ganz sicher, ob du kommen würdest, Heinz.«

»Ich schon«, sagte Arvid, bevor Heinz zu einer Antwort ansetzen konnte. »Das würden Sie sich doch nie entgehen lassen, hab ich recht?«

»Ich bewundere Ihren Scharfsinn, Herr Sundberg.«

Zu Kassandras Verwunderung klang das längst nicht so ironisch, wie es hätte klingen können, sondern eher milde. Das bemerkte auch Arvid, der Heinz daraufhin etwas irritiert musterte. Matthias lächelte und lehnte sich zurück.

Arvid wirkte weniger entspannt. Er rückte nach vorn auf die Kante des Sofas und faltete die Hände, wie um seine Nervosität zu verbergen. »Nach allem, was gestern gesagt wurde«, begann er mit fester Stimme, »habt ihr sicher schon korrekt geschlussfolgert, dass mein ... dass Carl und Juliane ein Verhältnis hatten. Nicht nur aus einer kurzen Leidenschaft heraus – sie liebten einander wirklich. Leider bin ich nie fähig gewesen, das zu akzeptieren. Ich hätte gehen sollen, aber dazu liebte ich Juliane zu sehr, und ich war überzeugt, ohne sie nicht existieren zu können, egal wie schmerzhaft es für mich war, sie mit Carl zu sehen. Immerhin waren sie außerhalb dieses Hauses überaus diskret. Niemand hat je etwas bemerkt. Oder irre ich mich?« Sein Blick traf auf Pauls. »Wenn jemand darüber etwas weiß, dann du als Fischland-Chronist.«

Paul schüttelte den Kopf. »Nein. Mir sind nie solche Gerüchte zu Ohren gekommen – anders als über dich und Magda Fehning.«

Arvid erlaubte sich ein kurzes Schmunzeln. »Das *waren* nur

Gerüchte, auch dazu liebte ich Juliane zu sehr.« Traurigkeit machte sich auf seinem Gesicht breit. »Als sie an ihrer Lungenentzündung starb, war so viel Schmerz und so viel Trauer in mir, dass ich daran zu ersticken drohte. Ich hatte Juliane zweimal verloren, zuerst an meinen Vater und dann an den Tod, und unaufhörlich quälte mich die Frage, was davon schlimmer war. Das Schlimmste allerdings kam erst noch: die unendliche Leere. Wozu sollte ich noch weitermachen?« Arvid hielt kurz inne. »Trotzdem habe ich nicht geplant, was zwei Monate später geschah. Als der Seenotruf hereinkam, wusste ich einfach, was zu tun war. Ich schnappte mir das schärfste Messer, das ich auf die Schnelle finden konnte, beeilte mich, zu den Kameraden zu kommen, tat auf See für die Besatzung der ›Nordlys‹, was ich konnte, und ließ mich schließlich ins Wasser fallen, als niemand auf mich achtete. Die Kameraden hatten genug mit den Norwegern und mit dem Sturm zu tun, mir war klar, ich würde während der nächsten Minuten nicht vermisst. Die Chancen, ›gerettet‹ zu werden, waren daher relativ gering, zumal mich die See schnell vom Rettungsboot wegtrug. Das Wasser war eiskalt, die Wellen schlugen über mir zusammen, ich bekam kaum noch Luft, bald wurden meine Finger steif vor Kälte, ich hatte schon Mühe, den Rettungsanzug aufzuschneiden. Wasser drang herein, noch eisiger, als ich es mir trotz all meiner Erfahrung vorgestellt hatte, ich dachte, mein Herz würde von einer Sekunde auf die andere aufhören zu schlagen. Stattdessen spürte ich bald die Kälte nicht mehr und wartete darauf, dass mich die Wellen in die Tiefe ziehen würden. Ich wollte sehen, wenn das geschah, ich wollte bei Bewusstsein bleiben und riss meine Augen auf, als ich merkte, dass ich abdriftete. Ich sah den Himmel über mir, das Wasser, wieder Himmel, wieder Wasser. Ich verfluchte Carl ein letztes Mal und dachte an Juliane und ob ich sie wohl in einer anderen Welt wiedersehen würde. Und dann – nichts mehr.«

Arvid hatte immer atemloser erzählt, ohne jemanden anzusehen, seinen Blick auf einen Punkt weit hinter ihnen gerichtet. Es war, als er erlebe er, was so viele Jahrzehnte zurücklag, nun noch einmal. Die Intensität seiner Worte bewirkte, dass Kassandra meinte, selber in der tosenden, eiskalten See zu treiben und zu fühlen, was Arvid gefühlt hatte, nicht nur die Elemente um ihn herum, auch seine Verzweiflung. Als er schwieg, blieb es still, bis Arvid mit einem Ruck aus der Vergangenheit zurückkehrte. Er blinzelte und rang nach Luft, als hätte er tatsächlich unter Wasser getrieben und sei gerade eben aufgetaucht, süchtig danach, Sauerstoff in seine Lungen zu pumpen. Endlich beruhigte er sich und atmete wieder gleichmäßig.

»Als ich zu mir kam«, fuhr er fort, »war es dunkel um mich herum, etwas Schweres lag auf mir, ich konnte meine Arme nicht bewegen, ich war gefesselt. Ich war nie religiös gewesen, dennoch durchzuckte mich der Gedanke, ob man Selbstmörder in der Hölle fesselt. Dann wurde mir bewusst, dass das Schwere auf mir eine kratzige Decke war, die jemand sehr eng um meinen Körper geschlungen hatte. Ich war also nicht tot, ich musste mich nur freikämpfen. Nachdem mir das gelungen war, warf ich die Decke zur Seite und setzte mich auf. Mein Kopf drohte zu zerspringen, mir war schwindelig und speiübel – und ich übergab mich auf den Fußboden. Dabei war ich laut genug gewesen, um jemanden auf mich aufmerksam zu machen. Ich spürte einen festen Griff um meine Schultern und hörte Worte, die ich nicht verstand, die mich aber offensichtlich beruhigen sollten. Wieder wurde alles schwarz um mich. Als ich das nächste Mal zu mir kam, brannte eine Lampe im Raum. In der Kabine. Ich spürte die Bewegung der See unter mir und das leichte Vibrieren von Maschinen. Ein Schiff hatte mir einen Strich durch die Rechnung gemacht, ich war von der Besatzung aus dem Wasser gefischt worden.«

Arvid griff nach einem Glas, das bisher unberührt auf dem Tisch gestanden hatte, trank, stellte es behutsam zurück und sah nacheinander Paul, Kassandra und Heinz an. Ganz sicher hatte er diese Geschichte zuvor schon Matthias und Greta erzählt.

»Das Schiff war der schwedische Frachter ›Vesta‹ unter Kapitän Gunnar Holmqvist«, nahm Arvid den Faden wieder auf. »Mein Englisch war wesentlich schlechter als seins, er verstand nicht, dass ich gar nicht hatte gerettet werden wollen und ihm entsprechend deshalb nicht vor Dankbarkeit um den Hals fiel. Er fragte, wo ich herkäme, und als er DDR hörte, war er nicht mehr davon abzubringen, dass ich Republikflucht begangen hätte und noch zu sehr unter Schock stand, um zu begreifen, dass ich in Sicherheit war. Er befahl seinen Leuten, mich allein zu lassen, damit ich zur Ruhe komme, und so hatte ich mehr Zeit, als mir lieb war, um über meine neue Lage nachzudenken. Was ich nicht für möglich gehalten hätte, geschah: Je länger ich nachdachte, desto mehr begann ich, mich mit dem Gedanken an ein neues Leben anzufreunden. Zu Hause hatte ich nicht geschafft, mir eines aufzubauen, vielleicht würde es mir anderswo gelingen.« Erneut griff Arvid nach dem Glas, stellte es aber diesmal wieder hin, ohne etwas getrunken zu haben.

»Als Kapitän Holmqvist das nächste Mal kam, brachte er seinen Funker mit, der ein bisschen Deutsch konnte. Wir radebrechten in Deutsch und Englisch, ich zimmerte eine Mischung aus Wahrheit und Lüge zusammen und behauptete quasi als Höhepunkt, dass ich eine neue Identität brauchte, weil ich mich bei meiner Flucht der schweren Körperverletzung an einem NVA-Soldaten schuldig gemacht hätte. Eine haarsträubende Geschichte alles in allem, aber es war mir nicht verborgen geblieben, dass Holmqvist was übrig hatte für Abenteurer. Für meine traurige Selbstmordgeschichte hätte er mich dagegen bestenfalls verachtet. Mir war diese fiktive Version ganz recht, denn ich spürte, dass ich als Christian Röwer niemals ein neues Leben beginnen konnte. Ich musste mich neu erfinden. Und Holmqvist hatte nicht nur eine Schwäche für Abenteurer, er hatte zu allem Überfluss ein paar nützliche Verbindungen in ein paar entlegenen Häfen der Welt. Viele Jahre zuvor hatte er so was Ähnliches schon mal gemacht für einen jungen Koch namens Arvid Sundberg, der in Südfrankreich wegen einer Prostituierten, in die er sich verliebt hatte, in eine Messerstecherei hineingeraten war. Die Marseiller Unterwelt war gar nicht gut auf ihn zu sprechen. Holmqvist gefiel, dass Sundberg trotzdem unbedingt in Frankreich bei seiner Geliebten bleiben wollte, vor allem, weil der Mann, zuvor schüchtern und zurückhaltend, anscheinend über sich hinausgewachsen war. Also besorgte Holmqvist ihm gefälschte Papiere, damit er abtauchen konnte, und behielt dafür Sundbergs – nicht nur seinen Pass, sondern alle, sogar ein paar Arbeitszeugnisse. Dass sowohl Sundberg als auch ich Koch waren, erschien uns beiden wie ein Wink des Schicksals. Auch wenn ich mich neu erfinden wollte, brauchte ich zuerst mal eine Arbeit, um mich über Wasser zu halten – und kochen war das Einzige, was ich wirklich gut konnte.«

»Aber«, unterbrach Heinz Arvids Bericht, »was Sie nicht konnten, war Schwedisch. Ungewöhnlich für jemanden mit schwedischen Papieren. Nicht zu erwähnen, dass diese Papiere einem Vermissten gehörten.«

Arvid lächelte. »Ja, das wandte ich auch ein. Sundberg hatte allerdings in Schweden keine Verwandten mehr, er war nicht vermisst gemeldet worden, und ich hatte nicht vor, je Marseille zu betreten. Dennoch konnte man natürlich nie wissen. Aber Holmqvist verfügte wie gesagt über ein interessantes Netzwerk. Die Daten in einigen von Sundbergs Papieren wurden geringfügig frisiert, ich bekam außerdem einige zusätzliche, die nachwiesen, was Sundberg in den letzten Jahren wo gemacht hatte. Je nach Bedarf konnte ich Dokumente vorweisen, die mich eindeutig als Arvid Leonard Sundberg identifizierten – oder als jemanden mit sehr ähnlichem Lebenslauf. Das ging alles nicht von heute auf morgen, Holmqvist musste die entsprechenden Leute an Land aufsuchen, und auch danach war die ›Vesta‹ noch lange unterwegs, bis sie wieder ihren Heimathafen anlief. Inoffiziell heuerte mich Holmqvist für diese Monate als Smutje an – ohne Bezahlung, aber für Kost und Logis, Schwedischunterricht inklusive. Ich lernte eine Menge über Seefahrt und Seeleute, mehr als ich je in Wustrow gelernt hatte, trotz der Seefahrtschule, und ich lernte noch so einiges über mich selbst. Unter anderem, dass ich ungewöhnlich sprachbegabt bin. Heute spreche ich außer Deutsch, Schwedisch und Englisch noch fließend Norwegisch und Portugiesisch und einigermaßen akzeptabel Russisch, Arabisch und Kurdisch. Natürlich war ich nicht perfekt, als ich im Sommer 1972 in Göteborg mein Leben als Arvid Sundberg begann – im Übrigen ohne, dass jemand an meiner Identität gezweifelt hätte. Ich verstand zwar das allermeiste, aber man hörte mir noch das Erlernte und den – wenn auch nur leichten – deutschen Akzent an. Bei meiner Bewerbung im Hotel Eggers gab ich vor, durch einen persönlichen Schicksalsschlag sprachgehemmt zu sein. Das funktionierte, und während ich in der Küche und überall sonst, auf der Straße, in den öffentlichen Verkehrsmitteln, im Radio und im Fernsehen, zuhörte, lernte ich weiter bis zur Perfektion, mit der ich meine … Sprachhemmung schließlich überwand. Ich war sogar so perfekt, dass ich dachte, ich müsse mit dieser wunderbaren Sprache etwas anfangen, und zu schreiben begann. Nach und nach reizte mich die Welt des Journalismus weit mehr als die der Küche. Ich hängte die Schürze an den Nagel und konzentrierte mich nur noch auf meine Schreibmaschine. Und immer öfter vergaß ich, in grauer Vorzeit mal Christian Röwer gewesen zu sein. Ich war zu Arvid Sundberg geworden, vollkommen, und ich habe in all den Jahren nur einem einzigen Menschen je die Wahrheit über mich erzählt: Helga – an jenem Tag, an dem ich sie bat, meine Frau zu werden.« Er seufzte leise. »Ich wünschte, ich hätte es dabei belassen.«

Matthias streckte seine Hand aus, berührte sachte Arvids Arm und nahm sie wieder fort, wie um ihm zu zeigen, dass er da war, sich aber nicht aufdrängen wolle. Arvids Blick glitt zu ihm, Dankbarkeit lag darin. Auch wenn Matthias das nicht sehen konnte, ahnte Kassandra, dass er es spürte.

»Bist du Holmqvist später noch einmal begegnet?«, erkundigte sich Paul, ganz sicher, um das Gespräch wieder in neutralere Bahnen zu bringen.

Es funktionierte, Arvid verzog seine Mundwinkel zu einem amüsierten Lächeln.

»Ein Mal, gut zwanzig Jahre später. Ich machte eine Reportage über schwedische Seehäfen, hatte gerade mit dem Kapitän eines großen Fährschiffes in Trelleborg gesprochen und wollte noch mit ein paar Seeleuten über ihre Arbeit reden. In der Kneipe, in der ich mit ihnen verabredet war, saß in einer der hinteren Ecken Holmqvist mit einem Mann, zu dem der Ausdruck ›zwielichtig‹ passte wie zu wenigen anderen. Holmqvist starrte mich an, ich starrte zurück, er tippte sich grinsend an eine imaginäre Mütze, bevor er sich wieder seinem Gesprächspartner widmete und mich ignorierte.« Arvid nahm sein Glas und leerte es in einem Zug. Wie vorhin sah er Paul, Kassandra und Heinz nacheinander an, auf Letzterem blieb sein Blick haften. »Das ist meine Geschichte. Ich kann sie nicht beweisen, ihr könnt sie mir nur glauben.«

»Ich sehe keinen Grund, das nicht zu tun«, sagte Heinz zur deutlichen Überraschung Arvids.

»Wirklich nicht?«

»Ich würde es sagen, wenn es anders wäre. Fragen Sie Matthias.«

»Das würde er, verlass dich drauf«, bekräftigte Matthias. »Heinz ist außerordentlich gründlich und lässt nichts außer Acht, wenn er noch Zweifel hat oder etwas ungeklärt ist. Was mich drauf bringt.« Er beugte sich nach vorn. »Ein Detail ist ja tatsächlich noch nicht ganz geklärt, nämlich, wie Jan Möller in die Geschichte passt. Es mag nicht mehr sonderlich wichtig sein, aber mir wäre wohler, wenn ich es wüsste. Wenn alle Stricke reißen, gehe ich hin und rede persönlich mit ihm.«

Der Themenwechsel von Arvid zu Jan kam Kassandra etwas abrupt vor, sodass sie unwillkürlich dachte, er wolle damit alle weiteren Fragen zu Arvid im Keim ersticken. Vielleicht fürchtete er, dass jemand die eine letzte entscheidende stellte, die ihr schon seit geraumer Zeit im Kopf herumgeisterte. Sie verstand Christian Röwers Todessehnsucht, nachdem er Juliane endgültig verloren hatte. Was sie nicht verstand, war, dass er seinen Sohn im Stich gelassen und in Kauf genommen hatte, dass der von dem Mann aufgezogen wurde, den er doch hassen oder wenigstens verachten musste: von Carl. Es kam ihr falsch vor.

Womöglich ging es Paul ähnlich, denn er reagierte nicht sofort auf Matthias' Ankündigung, notfalls mit Jan zu reden. Das übernahm stattdessen Heinz.

»Nicht nötig. Kassandra und Paul haben das schon getan. Er weiß definitiv nichts von Gretas Entführung.«

»Und«, schloss Paul an, »er bedauert zutiefst diesen Anruf bei euch, den er gern zurücknähme, wenn er das könnte.«

»Er kann sich ja was anderes einfallen lassen, wenn das sein Gewissen beruhigt«, meinte Greta.

»Du meinst, er könnte euch eine Tür schreinern?« Paul wandte sich an Matthias. »Eine Wiege für euer Baby machst du doch sicher lieber selber.«

»Allerdings. Und sie wird hundertprozentig unschief«, sagte Matthias schmunzelnd. »Das mit der Tür dagegen ist eine gute Idee. Ich will sie keinesfalls umsonst, aber ein Auftrag mehr kann ihm sicher nicht schaden.«

»Das wäre sehr großzügig von dir«, stellte Heinz fest.

Matthias zuckte mit den Schultern. »Ich hätte einfach gern, dass wir uns kennenlernen und er begreift, dass ich keine Konkurrenz bin.«

Schweigen legte sich über den Raum, bis Paul sich räusperte. »Danke, Arvid. Mir ist klar, dass wir alle durchaus kein Recht darauf hatten, deine Geschichte zu hören. Wenn du noch länger hier bist, würde es uns«, er schaute zu Kassandra, »freuen, dich noch mal zu sehen. Falls es dir lieber wäre, uns nicht über den Weg zu laufen, verstehen wir das aber natürlich.«

Arvid neigte den Kopf zur Seite. »Ich habe …« Er setzte erneut an. »Wir, und damit meine ich auch Erik, haben euch viel zu verdanken. Ich weiß das.« Mit einer entschiedenen Handbewegung hielt er Paul davon ab, etwas zu erwidern. »Ich weiß auch, dass du nichts garantieren kannst. Das ändert nichts daran, wie viel ihr für uns getan habt.« Sein Brustkorb hob und senkte sich. »Trotzdem brauche ich wohl noch ein bisschen Zeit.«

Paul nickte und stand auf. »Wenn dir danach ist – du weißt, wo du uns findest.«

Kassandra hegte keinerlei Zweifel, dass sie in Barnstorf jederzeit überaus willkommen waren. Dennoch nahm sie eine deutliche Entspannung bei Arvid, Matthias und Greta wahr, als sie sich auf den Weg machten – trotz des herzlichen Abschieds.

»Hattest du auch das Gefühl«, wandte sie sich an Paul, nachdem sie den traumhaften Garten der Hufe III hinter sich gelassen hatten und sich der Kunstscheune näherten, »dass da noch etwas begraben liegt, von dem die drei nicht wollen, dass wir es erfahren?«

»Familienangelegenheiten sind Familienangelegenheiten«, sagte Paul. »Was immer da noch ist, geht uns nichts an. Was meinst du, Heinz?«

»Ganz deiner Meinung.«

Kassandra sah von einem zum anderen und fragte sich, ob Paul und Heinz ihre Vermutungen hegten – ob sie gar dieselbe Vermutung hegten. Sie dachte nach, bis sie vor Brunos Haus im Grünen Weg angekommen waren und Paul das Tor öffnete, das wie immer einen quietschenden Ton von sich gab. Bruno hatte schon wer weiß wie oft angekündigt, die Scharniere endlich ölen zu wollen, aber keiner nahm diese Ankündigung noch ernst.

»Arvid ist nicht Matthias' Vater«, sagte Kassandra zu niemandem im Besonderen, doch sowohl Paul als auch Heinz blieben stehen. »Das Foto vom Fasching in der Seefahrtschule, auf dem Arvid so unglücklich aussieht, ist von 1967. Wenn Carl und Juliane da schon zusammen waren …«

»Kassandra, Liebes«, unterbrach Paul sie. »Familienangelegenheiten …«

»… sind Familienangelegenheiten. Bin schon still«, sagte Kassandra. »Dann bist du jetzt an der Reihe, Heinz. Erklär Bruno, worauf es ankommt und worauf er sich einlässt, wenn er Lockvogel spielt für den nächsten Fischländer Einbruch.«

Bruno starrte sie alle drei ungläubig an. »Ist das euer Ernst? Und ihr meint, dass dieser Dennis euch abkauft, dass es bei mir was von Wert zu holen gibt?«

»Nicht uns«, korrigierte Paul. »Jan. Wäre ja nicht der erste zuverlässige Tipp, den …«

»Ja, ja, Paul, vergiss die Spitzfindigkeiten.« Bruno sah Heinz an. »Sie haben schon mit Ihren Ex-Kollegen geredet?«

»Noch nicht. Wir wollten erst abklären, ob Sie einverstanden sind.«

»Die Frage dürfte eher sein, ob Ihre Kollegen das sind. Ist ja keine ganz saubere Sache, jemanden quasi zu einem Verbrechen zu verleiten«, stellte Bruno fest. »Wie hoch schätzen Sie die Chancen ein?«

»Wenn ich den Richtigen erwische, nicht ganz schlecht.«

Langsam nickte Bruno. »Versuchen Sie Ihr Glück. Ich bin dabei. Unter einer Bedingung.«

»Die wäre?«, fragte Heinz wachsam.

»Wie viele Jahrzehnte kennen wir uns, Herr Jung?«

»Ungefähr sechs«, antwortete er. »Wieso?«

»Weil ich finde, dass es allmählich Zeit wird, auf das blödsinnige Sie zu verzichten. Nicht weggehen.«

Bevor Heinz protestieren konnte, stand Bruno auf und verschwand im Flur.

Kassandra griente. Es war nicht zu übersehen, dass Heinz sich zwar etwas überfahren, aber gleichzeitig gut fühlte. »Magst du ›Waldrausch‹, teurer Onkel? Schätze, der ist jetzt fällig.«

Bruno kam mit der Flasche und ein paar Gläsern zurück, Paul machte eine ablehnende Geste, dafür nahm Kassandra ganz gegen ihre Gewohnheit ein Glas und sah zu, wie die beiden Männer Brüderschaft tranken.

»Also ist das abgemacht. Wird ja auch Zeit, dass ich mal richtig mitmische«, sagte Bruno und stellte sein Glas zurück auf den Tisch. »Dann ruf mal deine Kollegen an, Heinz. Und falls die sich nicht erweichen lassen, gibt es ja noch einen Polizisten im näheren Umkreis.« Er sah zu Kassandra und Paul. »Vielleicht ließe sich Herr Dietrich einspannen.«

Kassandras Lächeln gefror auf ihren Lippen, ihr Blick huschte zu Paul, dessen Miene sich kaum merklich verdüstert hatte. Bruno blieb das nicht verborgen, er kam aber nicht dazu nachzuhaken.

»Es wird nicht nötig sein, so weit oben Unterstützung anzufordern«, sagte Heinz. »Herr Dietrich hat sicher genug anderes um die Ohren.«

36

Dietrich stand am Fenster und schaute hinunter auf die dunkle, ruhig daliegende Stralsunder Fährstraße. In der letzten Viertelstunde hatte er weder aus der irischen Kellerkneipe »Ben Gunn« noch aus dem Restaurant des »Scheelehofs« Leute kommen sehen. Es war fast halb elf, spät sogar für ihre gewöhnlichen Zusammenkünfte, die so gut wie nie tagsüber stattfanden, weil seine Dienstzeiten das nur selten erlaubten.

Als er in der vergangenen Nacht nach Hause gekommen war – nach einem der aus persönlicher Sicht bittersten Tage der letzten Jahre –, hatte er einen kurzen Abriss der neuesten Entwicklungen im Fall Röwer/Sundberg verfasst, an die verschlüsselten Postfächer von Tobias, Bengt und Rieka geschickt und eine Besprechung für den heutigen Abend einberufen. Bengt hatte um zwei Stunden Verschiebung nach hinten gebeten, weil er auf einer Jubiläumsfeier erscheinen musste, die er nicht ausfallen lassen konnte, ohne dass seine Frau misstrauisch geworden wäre. Zur Sache selbst hatte er sich ausgeschwiegen. Tobias war weniger zurückhaltend gewesen, sondern hatte seiner Verwunderung deutlich Ausdruck verliehen. Er mochte allerdings die Röwers, sodass Dietrich nicht einschätzen konnte, wie Tobias' Urteil am Ende ausfallen würde. Wie Riekas ausfiel, konnte er sich dagegen lebhaft vorstellen. Zwar war sie immer noch zerknirscht, weil sie Erik Sundbergs Konto bei dieser Privatbank übersehen hatte – solche Fehler unterliefen ihr normalerweise nicht. Dennoch hatte sie mit einem kurzen, prägnanten »Fuck« ihre Empörung geäußert.

Dietrich fuhr sich mit den Händen übers Gesicht. Im Grunde empfand er das Gleiche, wenn auch aus anderen Gründen. Was immer sie heute Abend entschieden – der Riss war nicht zu kitten. In ebendiesem Bewusstsein hatte er die Geschäftsbeziehung mit Harald Barthel beendet, was ihm alles andere als leichtgefallen war. Nicht wegen der finanziellen Unterstützung, obwohl die schwer aufzufangen sein würde. Hauptsächlich lag es daran, dass er damit die Tür zum Fischland offiziell zugeschlagen hatte. Was das betraf, verspürte er Bedauern. Er lachte heiser auf. Bedauern? Es war weit mehr als das. Er hatte etwas verloren, das ihm im Laufe der Jahre immer mehr bedeutet hatte: die Freundschaft zu Paul und Heinz Jung. Kassandra. Und andererseits ... andererseits verspürte er Erleichterung.

Sein Telefon, das hinter ihm auf dem Tisch lag, vibrierte, was ihn daran erinnerte, dass er Kassandras Mail vom Vormittag noch immer nicht gelesen hatte. Später. Wenn das hier vorüber war. Oder er löschte sie ganz einfach. Er konnte sich denken, was drinstand, sie war etwa eine Viertelstunde, nachdem er bei Harald Barthel sozusagen gekündigt hatte, gekommen. Andererseits ... Er schüttelte über sich selbst den Kopf. Schon wieder ein Andererseits. Aber andererseits war Kassandra nun mal niemand, die auf etwas herumritt, das sich nicht ändern ließ. Außer wenn sie sich Sorgen machte, wie letzte Nacht. Um ihn. Um ihn? Blödsinn. Sie hatte an Paul gedacht, und er hatte ihre Sorge zufällig mit abbekommen. Nur in einem war er sich sicher: Kassandra schmerzte das Ende ihrer Freundschaft ebenso wie ihn. Ungewollt spürte er wieder, wie sein Daumen über ihre Wange strich und die Träne fortwischte.

Das Vibrieren des Telefons stoppte. Er nahm das Handy vom Tisch und sah, dass Bernd Westphal sich gemeldet hatte, ein ehemaliger Kollege von der Kriminaltechnik und ein guter Freund. Sie telefonierten nur selten, aber meist ziemlich lange. Gerade als Dietrich ihm eine kurze Nachricht geschickt hatte, dass sie morgen reden konnten, klingelte es an der Tür.

»Dachte nicht, dass ich der Erste bin.« Tobias ließ seinen massigen Körper in einen Sessel fallen. »Was denkst du über die Sache?«, fragte er übergangslos. »Du hast gar nichts dazu gesagt. Schwer für dich, hm?«

Dietrich hätte ahnen sollen, dass Tobias die Situation richtig einschätzte. »Es geht hier nicht um mich«, stellte er klar, »sondern, wie du schon sagst, um die Sache.«

»Klar.« Tobias musterte ihn scharf. »Ich habe aber nicht nach der Sache gefragt, sondern nach deiner Meinung. Wenn du mal die Objektivität vergisst.«

Geradezu dankbar hörte er die Klingel ein weiteres Mal und stand auf, ohne zu antworten. Was Tobias wissen wollte, hatte er sich selbst schon mehr als einmal gefragt. Von dem, was sie beschließen würden, hing eine Menge ab. Für viele Menschen. Auch und gerade für Menschen, die ihm was bedeuteten. Trotz allem. Es war ihm nur selten im Leben so schwergefallen, objektiv zu bleiben.

Vor der Tür standen Bengt und Rieka.

»Jetzt komm mal ein bisschen runter, Rieka«, sagte Bengt gerade. »Ich verstehe dich ja, aber wir sollten doch sachlich bleiben.«

Sachlich, dachte Dietrich. Wenigstens einer, der das nicht aus den Augen verlor.

»Zur Hölle mit sachlich! Was denken die denn, wer sie sind?« Rieka schob sich an Dietrich vorbei in den Flur. »Tolle Freunde hast du«, murmelte sie, aber immer noch laut genug, dass er und Bengt es hören konnten, ehe sie im Wohnzimmer verschwand.

Bengt rollte mit den Augen. »Sie nimmt es sich übel, dass sie einen Fehler gemacht hat«, sagte er leise. »Vielleicht ist es leichter für sie, auf deine Fischländer wütend zu sein als auf sich selbst. Obwohl …« Er stockte.

»Obwohl was?«

Nachdenklich schürzte Bengt die Lippen. »Weiß nicht. Sie kennt Paul Freese und Kassandra Voß. Kann es sein, dass sie was gegen sie hat? Persönlich, meine ich? Nicht erst seit gestern?«

Verblüfft schaute Dietrich zur Wohnzimmertür, die Rieka halb zugeschoben hatte. »Sie sind sich nach der Brandstiftungsserie, bei der Niklas Thiels Haus in Flammen aufging, nur noch einmal kurz begegnet. Ich kann mir nicht vorstellen, weshalb sie gegen Paul und Kassandra eingenommen sein sollte.«

Bengt hob die Hände. »War nur so ein Gefühl. Dann wollen wir mal.«

Er ging voran ins Wohnzimmer, Dietrich folgte ihm und dachte daran, dass Bengts Instinkt ihn für gewöhnlich selten trog und seinen grünen, äußerst wachsamen Augen kaum etwas entging.

Rieka hatte sich in den Sessel gegenüber von Tobias gesetzt. Sie brach mitten im Satz ab, als sie eintraten, ein trotziger Ausdruck legte sich auf ihr Gesicht.

»Die Verbindung zwischen Erik Sundberg und Niklas Thiel kann ganz offiziell nachgewiesen werden, und ich habe außerdem was gefunden, das Arvid Sundberg ...«

»Stopp«, unterbrach Dietrich sie.

Gleichermaßen irritiert wie verärgert sah sie auf. »Was? Das ist wichtig für unsere Strategie, wenn wir ...«

»Arvid Sundberg hat absolut niemanden entführt, entsprechend bleibt er, soweit es uns betrifft, draußen.«

»Er mag keinen Anteil an dieser Entführung haben, aber er hat immerhin die Identität eines Mannes angenommen, über dessen Schicksal rein gar nichts bekannt ist. Wir können ihn nicht draußen lassen!«, widersprach Rieka und pustete sich unmutig eine braune Haarsträhne aus dem Gesicht. »Tobias? Bengt?«

»Hast du vergessen, was wir uns auf unsere Fahne geschrieben haben, Rieka?«, fragte Bengt. »Wir sind uns alle einig gewesen, dass es moralisch gesehen schwierig ist, Leute auszuspionieren, die sich hinterher als unschuldig erweisen – dass es sich aber oft leider nicht vermeiden lässt. Wir können allerdings vermeiden, diese Leute später und vor allem vorschnell mit hineinzuziehen. Wie du schon sagst: Wir wissen nichts über das Schicksal des echten Arvid Sundberg, und solange wir nicht nachweisen können, dass er Opfer eines Verbrechens wurde, das der heutige Arvid Sundberg begangen hat oder mit dem er zumindest in Verbindung gebracht werden kann, bleibt er draußen.«

Bengts Worte verursachten Stirnrunzeln bei Rieka. »Schon mal was von Ausnahmen gehört?« Sie wartete Bengts Reaktion jedoch gar nicht ab, sondern wandte sich an Tobias. »Ist das auch deine Meinung?«

Es war Tobias anzusehen, dass er mit sich kämpfte, und Dietrich konnte es ihm nicht verübeln. Wenn er für Rieka war, stimmte er gegen die Maxime der Truppe. Wenn er gegen Rieka war, war er … gegen Rieka.

Bengt ersparte ihm vorerst eine Entscheidung. »Ich war noch nicht fertig, Rieka. Wir sollten zunächst mal das Grundlegende besprechen – und das ist die Frage, ob wir überhaupt was unternehmen.«

»Wie bitte?« Rieka hielt es nicht mehr auf ihrem Sessel, sie baute sich vor Bengt auf. »Das ist nicht dein Ernst!«

»Doch, das ist mein Ernst«, sagte er.

Normalerweise war Rieka eher ein stiller Typ, manchmal aber wurde sie hochemotional, und der Einzige, dem es in diesen Situationen gelang, an ihre rationale Seite zu appellieren, war Bengt. Dietrich befürchtete, dass sie heute zum ersten Mal erleben würden, wie Bengt daran scheiterte.

»Das glaub ich nicht! Erik Sundberg hat ein schweres Verbrechen geplant und begangen, er ist schuld am Tod eines Menschen!«

»Ich stimme dir zu, dass wir es hier mit einem schweren Verbrechen zu tun haben, im Zuge dessen ein Mensch starb. Das ist eine sehr ernste Angelegenheit, über die ich keinesfalls hinwegsehe. Aber Erik Sundberg ist nicht schuld an Philipp Jacobsens Tod«, widersprach Bengt ruhig.

»Ach nein? Das sehe ich anders. Ohne seinen Plan, Greta Röwer zu entführen, würde Jacobsen sich immer noch in seiner Bibliothek langweilen. Oder willst du das abstreiten?«

»Das täte er vermutlich. Allerdings bringt ein Plan allein niemanden um. Die Entführung war Sundbergs Idee, aber Jacobsen hat sie ausgeführt. Er hat Greta Röwer überfallen, verschleppt, eingesperrt und eine Woche lang gefangen gehalten. Entsprechend könnte man sogar darüber diskutieren, inwiefern Sundberg de facto das Verbrechen *begangen* hat, aber das ist Haarspalterei. Jacobsen jedenfalls hat es getan, und es hat ihn niemand dazu gezwungen. Ebenso wenig, wie ihn jemand dazu gezwungen hat, sich zu Tode zu fahren.«

»Scheiße, doch!« Rieka hatte sich in Rage geredet. »Wenn du es schon so auseinanderpflückst – für Jacobsens Todesfahrt ist Paul Freese verantwortlich!«

Auf Bengts Stirn bildeten sich Furchen, erstes Anzeichen dafür, dass er ungeduldig wurde. »Ich habe mich eben wohl nicht präzise ausgedrückt. Korrekt hätte es heißen müssen: Niemand hat Jacobsen gezwungen, abzuhauen und sich zu Tode zu fahren. Paul Freese kann man dafür am allerwenigsten zur Verantwortung ziehen, an den dürfte Jacobsen nicht mal mehr gedacht haben, nachdem er ihn abgehängt hatte. Der Unfall passierte, weil Jacobsen auf einer rutschigen Straße bei einem heftigen Sturm die Kontrolle über seinen Wagen verlor, nicht weil er Opfer einer wilden Hetzjagd wurde.«

»Spielt das eine Rolle? Paul hat sich wie Superman an die Rettung der Menschheit, Verzeihung, an die Verfolgung gemacht und …

»Rieka«, sagte Bengt scharf.

Verwundert hielt sie inne. Sie hatte ihn mit Sicherheit noch nie so gehört, Dietrich dagegen schon das eine oder andere Mal. Bengt war ein sanftmütiger Mensch, auf den ersten Blick viel zu sanftmütig für den Job, den er gemacht hatte. Viele hatten sich täuschen lassen, was ihm in Vernehmungen häufig zugutegekommen war, aber wer ihn einmal von seiner anderen Seite kennengelernt hatte, verfiel nie wieder auf die Idee, dass Bengt Johannsen den Beruf verfehlt hatte.

»Ich schlage vor, du setzt dich wieder und einigst dich erst mal mit dir selber, wem du nun die Schuld an Jacobsens Tod geben willst: Erik Sundberg oder Paul Freese.« Bengt sah Rieka aus zusammengekniffenen Augen an. »Und wenn du, wie du es sonst tust, auch heute Abend endlich deinen Verstand einschaltest, begreifst du hoffentlich, dass der Mann ganz allein für sich selbst verantwortlich ist.«

»Bengt, das reicht«, fuhr Tobias auf. »Jeder hat hier das Recht, seine Meinung zu äußern. Sie muss nicht mit deiner übereinstimmen, oder irre ich mich?«

Dankbar warf Rieka ihm einen Blick zu. »Und wie ist deine?«

Bei seiner Antwort war ihm sichtlich etwas unwohl. »Ich denke wie Bengt, dass wir zuerst das Grundsätzliche klären müssen – falls es dazu überhaupt unterschiedliche Meinungen gibt. Verfolgen wir den Fall weiter oder nicht?« Er sah der Reihe nach alle an, zuerst Rieka, die sich tatsächlich wieder gesetzt hatte.

»Mich musst du das wohl nicht fragen«, stellte sie spöttisch fest. »Wenn wir das nicht tun, führen wir alles, was wir aufgebaut haben, ad absurdum und könnten uns kaum noch ernst nehmen.« Ihr Kopf schnellte zu Dietrich herum. »Was ist eigentlich los mit dir? Sonst hast du immer das Zepter in der Hand, wie kommt es, dass du das heute anderen überlässt? Weil es sowieso egal ist, was wir sagen, weil du schon eine Entscheidung für uns getroffen hast? Die natürlich zugunsten von deinen Fischländern ausfallen wird?«

Dietrich hob die Brauen. Tatsächlich hatte er sich bisher weitgehend herausgehalten, aber nicht, weil er bereits eine Entscheidung getroffen hätte, sondern weil er im Gegenteil hin- und hergerissen war. Abgesehen davon würde er niemals etwas bestimmen, ohne sich mit Rieka, Bengt und Tobias abzusprechen. Wie konnte sie annehmen, dass das anders wäre? Was war los mit ihr? Es musste etwas Persönliches sein, wie Bengt gemutmaßt hatte. Aber was?

Er fixierte sie – und sah die dunklen Ringe unter ihren Augen, ihren müden Blick, ihre leicht hängenden Schultern. Es ging ihr nicht gut, etwas lag im Argen, und obwohl er nicht wusste, was es war, ahnte er, dass es weder mit Paul und Kassandra noch mit dem Fischland noch mit den Sundbergs und Röwers zu tun hatte. Mit einem Mal spürte er eine Welle der Zuneigung zu ihr. Er verstand vermutlich wie kaum jemand sonst, wie es war, wenn man sein Innerstes um keinen Preis nach außen kehren wollte.

»Du bist immerhin der Boss, oder nicht?«, sagte sie in diesem Moment. »Also los, sag uns, wie wir uns entscheiden.«

Ihr neuerlicher Angriff ließ die Zuneigung beinah verebben, bis er wieder in ihre Augen sah.

»Ich hoffe, du meinst das nicht ernst, Rieka«, sagte er sanft, bevor er mit härterer Stimme fortfuhr, damit sie nicht mitbekam, dass er gesehen hatte, was keiner sehen sollte. »Wenn dir aber so viel an Rollenverteilung liegt, übernehme ich gern die Leitung der Abstimmung. Bengt, wie lautet dein Votum?« Die anderen zuerst zu fragen verschaffte ihm Zeit. Wenig genug, denn früher oder später würde er seines abgeben müssen.

Auch Bengt zögerte kurz, ehe er antwortete. »Ich habe einen Großteil der letzten Stunden damit zugebracht, über diese Frage nachzudenken, sehr zum Missfallen meiner Frau übrigens, die sich gefragt hat, wo ich geistig war.« Er machte eine Pause. »Paul Freese hat das Wohl nur weniger Menschen über Recht und Gesetz gestellt. Als Polizist, und als solcher betrachte ich mich, Pensionierung hin oder her, darf ich seine Ansicht nicht teilen. Als Mensch teile ich sie uneingeschränkt. Was mich vor mein ganz privates Dilemma stellt.« Er sah zu Rieka hinüber, die ihn ungläubig anstarrte. »Als Mitglied dieser Truppe dürfte ich diese Ansicht ebenfalls nicht teilen – aber bin ich als Mitglied dieser Truppe nun mehr Polizist oder mehr Mensch?« Er lenkte seinen Blick zuerst auf Tobias, der nicht erkennen ließ, was er dachte, und anschließend auf Dietrich. »Ich habe mir während der Jahrzehnte im Dienst, wann immer es die Umstände erlaubten, den Luxus gegönnt, ein menschlicher Polizist zu sein, und ich glaube, das hat dazu beigetragen, dass ich ein ziemlich guter Polizist bin. Ich stimme dagegen, den Fall weiterzuverfolgen.«

Dietrich erwartete eine empörte Bemerkung von Rieka, doch sie schwieg und starrte stattdessen Löcher in die Tischplatte. Einer dagegen, eine dafür, dachte er.

»Tobias?«

Tobias räusperte sich. »Ihr wisst, dass es vor zwei Jahren eine Situation gab, in der ich fast vergessen habe, dass ich Polizist bin, weil ich eine persönliche Angelegenheit über Recht und Gesetz gestellt habe, wie Paul Freese das nun getan hat. Entsprechend habe ich Verständnis dafür und für seine Gründe.«

Rieka gab ein undefinierbares Geräusch von sich. Tobias schaute zu ihr.

»So ist es, ich kann nicht verleugnen, was damals passiert ist. Nicht vor euch jedenfalls.« Er lächelte Rieka an, als wolle er eigentlich sagen: nicht vor dir. Doch sie sah schon wieder weg. Tobias wandte sich an Dietrich. »Ohne dich hätte ich einen folgenschweren Fehler begangen, und ich werde dir ewig dankbar sein, dass du dazwischengefunkt hast. Hättest du es nicht getan, hätte ich den Dienst quittiert, auch falls die Wahrheit nie herausgekommen wäre. Ich hätte mich nicht mehr als Polizist fühlen können, der für Recht und Gesetz steht. Was wir in unserer Truppe tun, mag den allermeisten Gesetzeshütern die Haare zu Berge stehen lassen und nicht nur denen. Aber wir tun es, weil wir Recht und Gesetz auf die Sprünge helfen wollen. Ich stimme dafür, den Fall weiterzuverfolgen.«

Stille breitete sich aus, die erst durch Riekas gewispertes »Danke, Tobias« durchbrochen wurde. Die zwei Worte klangen überlaut. Er nickte ihr zu, ließ sich aber ansonsten nicht anmerken, was er empfand.

Alle Blicke richteten sich auf Dietrich, er spürte jeden einzelnen. Riekas herausfordernd, Tobias' abwartend, Bengts mitfühlend. Zwei dafür, einer dagegen, dachte Dietrich.

Er hatte den Gedanken kaum zu Ende gebracht, da begann aus Tobias' Hemdtasche sein Telefon zu klingeln. Tobias fingerte danach und schaute aufs Display.

»Dienstlich«, sagte er entschuldigend, um in vollkommen anderem Tonfall fortzufahren: »Harms hier. Was liegt an?«

Während er noch zuhörte, dudelte es bei Rieka, weniger laut, aber sie wirkte auf der Stelle besorgt, was sich schnell in einen Ausdruck von Schrecken verwandelte, nachdem sie sich gemeldet hatte.

»Was? Stopp, langsamer. Was?«, wiederholte sie dann lauter. »Warte kurz.« Sie sprang auf und lief auf den Flur, um dort weiterzureden.

Dietrich wechselte einen alarmierten Blick mit Bengt, und auch Tobias hatte mitbekommen, dass etwas nicht stimmte.

»Was ist los?«, fragte er, nachdem er sein Gespräch beendet hatte.

Bengt und Dietrich zuckten mit den Schultern, während sie Rieka im Flur nunmehr flüstern hörten. Es klang panisch. Tobias' Augen verengten sich zu Schlitzen.

»Kümmert euch um sie, ja? Ich muss los, Einsatz, ein Kollege ist krank geworden.« Er erhob sich.

»Mach dir keine Sorgen«, beruhigte ihn Bengt. »Wir tun, was wir können, weißt du doch.«

»Danke. Morgen um dieselbe Zeit wieder hier?«

»Ja«, sagte Dietrich nickend. »Jetzt mach, dass du loskommst.«

Tobias hob schon grüßend die Hand, da kam Rieka hereingestürmt.

»Tut mir leid, ein Kumpel von mir ist in echt großen Schwierigkeiten. Kann mich jemand zum Bahnhof fahren?«

»Ich«, sagte Tobias sofort. »Ist sowieso meine Richtung.« Er wollte beschützend den Arm um sie legen, und einen Augenblick lang sah es aus, als würde sie sich am liebsten erschöpft fallen und von ihm auffangen lassen. Doch sie richtete sich wieder auf und ging schließlich vor ihm aus dem Zimmer.

Die Wohnungstür fiel ins Schloss, und Bengt, der den beiden hinterhergesehen hatte, drehte sich wieder zu Dietrich um. »Haben wir hier die Erklärung für Riekas Fehler? Falls ihr dieser Kumpel schon länger Sorgen macht, war sie womöglich nicht mit voller Konzentration bei Erik Sundberg.«

Dietrich nickte. »Was ihr bewusst ist, was sie wiederum zornig auf sich selbst macht, was sie wiederum an Paul auslässt.«

»Ich weiß nicht, ob das so einfach ist«, meinte Bengt. »Nach allem, was sie vorhin sagte, bleibe ich dabei, dass Rieka gegen deine Fischländer eingenommen ist. Ich weiß, ich nerve dich damit, dass ich hin und wieder frage, aber kann es sein, dass unser geheimnisvoller Finanzier Paul Freese ist, Rieka das herausgefunden hat und denkt, du trägst seine Entscheidung aus diesem Grund mit?«

»Nein. Paul hat damit absolut nichts zu tun.« Absolut,

dachte Dietrich, ist etwas übertrieben, wenn man bedenkt, dass Barthel Kassandras Vater ist, aber das hatte Bengt ja nicht gemeint – und es war auf jeden Fall ausgeschlossen, dass Rieka auf eine Verbindung zwischen Fischland, Geldgeber und Dietrich gestoßen war. Es gab keine nachvollziehbare, schon allein, weil das für Harald Barthel gefährlich hätte werden können. Sie hatten das auf andere Weise geregelt. Sogar ihre Kommunikation lief seit ewig nicht mehr über ihre registrierten Telefone.

Nach einem kurzen, intensiven Blick akzeptierte Bengt Dietrichs Antwort und kam zum Ausgangspunkt zurück. »Wie auch immer – dank der Schwierigkeiten von Riekas Kumpel hast du nun noch eine Gnadenfrist.«

Gequält zog Dietrich eine Grimasse. »Hat man mir das so deutlich angesehen?«

Bengt grinste. »*Ich* hab dir das angesehen. Rieka hatte ohnehin angenommen, dass du eine vorgefasste Meinung hast, und Tobias dachte mit Sicherheit, du weißt, was du willst, auch wenn er sich fragte, was das wohl sein würde.«

Dietrich entfuhr ein Stoßseufzer. »Großer Gott, Bengt, ich habe noch nie so zwischen allen Stühlen gesessen.«

»Doch, hast du. Nur wusstest du bisher immer, auf welchen Stuhl du dich setzen willst.« Bengt stand auf. »Du wirst die beste Entscheidung für uns alle treffen, Boss.«

Dietrich wollte auffahren, doch Bengt ließ es nicht dazu kommen. »Rieka hat ganz recht, weißt du?« Wieder grinste er, spitzbübisch diesmal, was ihn zehn Jahre jünger machte. »Deine Stimme ist die ausschlaggebende: Sie führt entweder zu einer Mehrheit oder zu einem Patt. Falls sie zu einem Patt führt, muss jemand eine Entscheidung fällen. Wer sollte das tun, wenn nicht du? Du hast die Truppe ins Leben gerufen, bei dir laufen alle Fäden zusammen. Du *bist* der Kopf. Wenn dir dieser Ausdruck lieber ist.«

Nachdem Bengt gegangen war, stand Dietrich eine volle Minute allein auf dem Flur. Und wenn er hier bis zum nächsten Morgen stand, würde ihn das auch nicht weiterbringen. Er zog seine

Jacke über, trat ebenfalls auf die Straße und lief mit schnellen Schritten Richtung Hafen, wo ihn die schwarz aufragenden Masten der »Gorch Fock« begrüßten wie einen alten Freund. Er liebte diesen Platz, der tagsüber von Urlaubern übersät war, die sich entweder das Schiff ansehen wollten oder zum Ozeaneum strömten. Aber nachts – nachts hatte man ihn fast für sich allein. Ein paar Schritte entfernt setzte er sich auf einen Poller, schaute zum Schiff hinüber und versuchte, an gar nichts zu denken. Manchmal gelang ihm das, heute nicht. Die »Gorch Fock« hatte etwas Majestätisches, Bestimmtes, als gäbe es kein Zaudern, als läge das Ziel ganz klar vor einem, als müsse man nur zugreifen, als wäre alles richtig und einfach.

Dietrich griff in die Jackentasche, holte sein Handy hervor und betrachtete eine Zeit lang die glänzend schwarze Oberfläche, bis er das Telefon mit seinem Fingerabdruck entsperrte und das Mailprogramm öffnete. Kassandras Nachricht stand ganz oben, nur die ersten paar Worte waren zu lesen: *JM ist mit allerhöchster Wahrschein...* Überrascht konstatierte er, dass es um Jan Möller ging. Wenn der den falschen Leuten erzählte, dass Dietrich ihn im Krankenhaus besucht hatte, konnte er in Schwierigkeiten geraten, die denen von Riekas Kumpel möglicherweise in nichts nachstanden. Ihm war schon zu dem Zeitpunkt, als er dieses Risiko eingegangen war, um gegebenenfalls Greta Röwers Leben zu retten, klar gewesen, dass er sich was einfallen lassen musste, um sich da herauszuwinden. Paul allerdings sah sich mit demselben Problem konfrontiert – wenn Möller plauderte, war der Plan, die Entführung geheim zu halten, höchst gefährdet.

Endlich tippte Dietrich die Mail an und las sie ganz. *JM ist mit allerhöchster Wahrscheinlichkeit draußen. Er erinnert sich außerdem weder an deinen Namen noch an dein Aussehen, er ist sogar mittlerweile so gut wie überzeugt, dass du gar nicht da warst.*

Ein Teil von ihm registrierte, dass ihn diese Lösung von der Last befreite, ein weiteres Lügengebäude aufzubauen. Viel deutlicher jedoch nahm er wahr, dass Kassandra ihm mitgeteilt hatte, was wirklich von Belang war für ihn. Er lächelte. Danke, Kassandra, dachte er. Dann verflüchtigte sich sein Lächeln. Dietrich schloss die Nachricht, verschob sie in den Ordner, in dem er alle ihre Mails über die Jahre abgespeichert hatte – und löschte ihn.

Sein Blick glitt hinauf zu den drei Masten der »Gorch Fock«. Als gäbe es kein Zaudern.

Als wäre alles so einfach.

37

Kassandra erwachte mitten in der Nacht. Sie waren früh zu Bett gegangen, doch sie hatte nicht gleich einschlafen können. Während Paul ruhig neben ihr lag, dachte sie an die zurückliegenden Stunden. Heinz hatte ein paar Telefonate geführt, einige sehr kurz, andere länger, und schließlich war alles in trockenen Tüchern, zumindest, was die Planung anging. Jan würde seinem Cousin Dennis erzählen, dass Bruno Ewald die eine oder andere kostbare Rarität in seinem erfreulicherweise am Sonnabend leer stehenden Haus hatte. Kassandra stellte sich die Einzelheiten vor, Bilder entstanden in ihrem Kopf, reihten sich aneinander bis hin zur Festnahme von Dennis und seinem Komplizen durch die Polizei. An dieser Stelle schob sich Kays Bild vor alle anderen, und die Traurigkeit, die von den Ereignissen des Tages ein klein wenig überlagert worden war, kehrte mit aller Macht zurück. Sie hatte eine weitere Stunde wach gelegen, bis sie endlich doch einschlief.

Müde tastete sie nun unter der Decke nach Paul – vergeblich. Sie setzte sich auf. Paul war fort. Erneut fuhren ihre Finger über das zerwühlte Laken. Kalt. Und es war ganz still im Haus. Paul war nicht nur nicht im Bett, er war überhaupt nicht hier. Die Erinnerung, die diese Situation heraufbeschwor, verdrängte Kassandra. Stattdessen schwang sie ihre Beine aus dem Bett. Diesmal würde sie nicht warten und sich verrückt machen. Diesmal würde sie ihn suchen gehen.

Die Nacht war sternenklar, am Himmel erkannte sie den großen Wagen, das einzige Bild, das sie stets auf Anhieb wiederfand. Sie senkte den Blick und schlug den Weg Richtung See ein. Pauls Lieblingsplatz am Strand waren die kleinen Fischerboote, die umgedreht in den Dünen lagen. Wenn er nachdenken wollte, zog es ihn oft dorthin. Zweifellos lastete ihm etwas Schwerwiegendes auf der Seele, sie hatte es seit dem Morgen schon gespürt. Es war nicht nur Erik oder das Zerwürfnis mit Kay. Es war …

Abrupt blieb sie mitten auf dem Weg stehen. Kay. Erik. Jacobsens Unfall. Pauls Aussage.

Wie blind, wie gedankenlos war sie gewesen? Bei all den Fragen und Grübeleien, die sie beschäftigt hatten, war ihr ausgerechnet das entgangen. Wie hatte sie übersehen können, was es für Paul bedeutete, wenn Kay es darauf anlegte, aus Gretas Entführung einen offiziellen Fall zu machen? Was es wohl für sie alle bedeutete, aber insbesondere für Paul. Eiskalt lief es ihr den Rücken hinunter. Noch immer stand sie mitten auf dem Weg in dieser Nacht, die kälter geworden war und deren Sterne mit einem Mal weniger leuchteten. Angst kroch in ihr hoch.

Doch dann, ganz plötzlich, wurde sie vollkommen ruhig. Sie wusste nicht, woher sie die Gewissheit nahm. Sie wusste nur, spürte es genauso unvermittelt wie die Nähe, die sie manchmal zwischen ihnen wahrgenommen hatte, dass Kay niemals Paul oder ihr schaden würde.

Sie legte den Kopf in den Nacken, verlor sich im Anblick der Abertausenden von Lichtpunkten und horchte noch einmal in sich hinein. Das Gefühl – die Gewissheit – blieb.

Ihre Schritte waren leichter als zuvor, als sie durch den weichen Sand am zweiten Strandübergang lief, hinter dem die Boote lagen. Paul saß auf dem silbernen und starrte über die See. Ob er sie kommen hörte, konnte sie nicht sagen, er rührte sich nicht, bis sie sich neben ihn setzte, und selbst da hob er nur leicht den Kopf, statt sich zu ihr umzuwenden. Seine Hände spielten unbewusst und fahrig mit einem Päckchen Zigaretten.

Einen Moment lang ließ sie ihren Blick ebenfalls über die See schweifen, die leise rauschend an den Strand und wieder zurück rollte.

»Kay wird nichts tun«, sagte sie.

Endlich drehte sich Paul zu ihr um und hob in einer Mischung aus Belustigung und Ärger die Brauen. »Wie kannst du so sicher sein?«

»Weil er dich andernfalls in eine Zwangslage brächte, aus der du nur schwer, wenn überhaupt, wieder herauskämst.«

Paul musterte sie, verwundert, dass sie das ansprach. »Und

du glaubst, das würde ihn abhalten, nach seinem Gewissen zu handeln, wie ich nach meinem gehandelt habe?«

»Ja.«

»Wie kannst du so sicher sein?«, fragte er erneut.

»Du hast mal gesagt, du würdest Kay rückhaltlos vertrauen«, erinnerte sie ihn.

»Das war, bevor ich *sein* Vertrauen missbrauchte.«

»Er wird dich nicht ans Messer liefern.« Kassandra berührte sanft das Grübchen an seinem Kinn. »Du kannst ihm vertrauen – immer noch.« Sie erhob sich und hielt ihm ihre Hände hin. Zögernd, ohne Kassandra aus den Augen zu lassen, legte er die Zigarettenschachtel hinter sich auf das Boot, dann ergriff er ihre Hände und ließ sich von ihr hochziehen.

Eine Weile standen sie da, nur ihre Finger ineinander verschlungen. Sie schloss die Augen, spürte Pauls Wärme durch sie hindurchströmen und einen Windhauch, der beinah zärtlich über ihr Gesicht strich. Das Rauschen der See sang ein leises Lied. Sachte befreite sie sich von ihm, ihre Hände fuhren in seine offene Lederjacke, ihre Arme umfingen ihn, ihr Kopf ruhte an seiner Brust, die sich rastlos hob und senkte. »Paul«, wisperte sie.

Paul zog sie noch dichter zu sich heran. »Liebes«, sagte er kaum hörbar. Gemeinsam lauschten sie den Wellen und dem Wind, und ganz langsam wurde sein Herzschlag ruhiger.

38

Aus der »Ostsee-Zeitung« vom 24. Oktober:

Rentner beenden Einbruchserie

Wustrow. Die Serie von Einbrüchen, die seit einiger Zeit die Gegend rund um die Bodden-Kette unsicher machte (die OZ berichtete), konnte am vergangenen Sonnabend durch den mutigen Einsatz zweier Rentner gestoppt werden. Die Einbrecher hatten sich dieses Mal ein Haus im Grünen Weg in Wustrow vorgenommen, dessen Bewohner jedoch entgegen ihrer Annahme nicht ausgeflogen war, sondern mit einem Bekannten bei einem Glas Wein in der abseits gelegenen Küche zusammensaß. Gegen 23.45 Uhr hörten die zwei Männer verdächtige Geräusche. Einer der beiden, der pensionierte Polizist Heinz Jung (68), vermutete sofort einen Zusammenhang mit den vorausgegangenen Vorfällen und informierte seine ehemaligen Kollegen. Dem Hauseigentümer und passioniertem Angler Bruno Ewald (80) gelang es, lautlos seine Ausrüstung zu holen. Mit vereinten Kräften konnten sie die völlig überraschten Einbrecher überwältigen und mit der Angelschnur fesseln, bis die Polizei eintraf.
Nach Polizeiangaben waren Dennis K., derzeit ohne festen Wohnsitz, und sein Komplize Pascal O. aus Barth zunächst nicht geständig, auch die anderen Einbrüche begangen zu haben. Bei einer Durchsuchung der Wohnung von Pascal O. fand man jedoch noch einen Teil der Beute. Beide wurden dem Haftrichter vorgeführt.
Polizeihauptmeister a. D. Heinz Jung und Bruno Ewald, ehemals Lehrer an der Wustrower Schule, ist der Dank aller Hausbesitzer gewiss.

Heinz schlug die Zeitung zu und schmunzelte. Ganz so heldenhaft war es nicht gewesen, vielmehr hatten die Kollegen schon ein Stück weit hoch auf dem Grünen Weg gewartet, und Bruno und er hätten diese miesen Typen kaum in Schach halten können ohne seine Waffe und Brunos Messer, mit dem er für gewöhnlich seinen Fischen den Kiemenstich verpasste. Was die OZ außerdem unerwähnt ließ, war die Beteiligung Jan Möllers an den vorigen Einbrüchen. Dass der sich selbst angezeigt, zur Zusammenarbeit bereit erklärt hatte und durch seinen falschen Tipp daran beteiligt gewesen war, Dennis Krämer und Pascal Orlowski zu fassen, wurde zu seinen Gunsten ausgelegt, obwohl er natürlich nicht ohne Strafe davonkommen würde.

Heinz stand von seinem alten Eichenholzküchentisch auf, ging hinüber ins Wohnzimmer und trat auf die Terrasse. Der goldene Oktober machte nach dem ersten Herbststurm seinem Namen alle Ehre, die Sonne stand strahlend am Himmel und ließ die letzten Herbstblumen im Garten in den schönsten Farben leuchten – man mochte kaum glauben, dass sich das je ändern würde. Heinz fuhr sich mit der Hand über die Augen. Er hatte es schon oft erlebt.

Bald würde die Zeit der Nebel über das Fischland hereinbrechen.

Nachwort & Dank

Mit »Fischland-Angst« habe ich die Welten von Kassandra und Greta verbunden. Die Idee dazu kam mir beim Schreiben von »Bodden-Tod« an einer bestimmten Stelle – quasi aus dem Nichts. Ich wusste plötzlich: Genau so muss es. Und das, obwohl ich gar nicht geplant hatte, Gretas Welt weiterzuentwickeln. Manchmal kommt es eben anders. Meine Fischländer Roman-Familie ist längst ein Teil von mir, und ich bin jedem einzelnen Mitglied dankbar, dass es bei mir ist und bleibt – und es mit mir aushält, schließlich mache ich es ihnen ja oft nicht gerade leicht. Nicht nur dafür gebührt ihnen mein Dank.

Danken möchte ich aber natürlich auch wieder den echten Fischländern – allen, die mich so nett aufgenommen haben und mich damit zu einem kleinen Teil Fischländerin werden lassen. Ganz speziell:

Günther Weihmanns Freundschaft schätze ich über alle Maßen und bin von Herzen dankbar dafür – sie währt nun schon bis heute, während ich dies hier schreibe, zehn Jahre. In all der Zeit fand ich mit all meinen Fragen immer ein offenes Ohr – und es ist großartig, dass wir längst nicht mehr nur übers Fischland und Wustrow miteinander reden.

Auch auf die Unterstützung von Kurdirektor Dirk Pasche kann ich immer wieder zuverlässig zählen. Ich stehe gerade noch unter dem Eindruck der beiden Krimi-Spaziergänge zu den Schauplätzen meiner Romane, die ich dieses Jahr erstmals und mit enormem Spaß veranstaltet habe und die ohne die Hilfe der Kurverwaltung so nicht denkbar gewesen wären.

Der Dritte im Bunde, dem ich viel Dank schulde, ist kein Fischländer: mein Mann Jörg – liebender Gatte, aufmerksamer Tourguide, Chauffeur und unzähliges andere in Personalunion. Natürlich hat Jörg auch diesen Text wieder mit Anmerkungen, Kommentaren und damit verbundener Kritik versehen und dafür gesorgt, dass er besser wurde. Danke dir! Ohne dich wäre alles nichts!

Bevor ich zu weiterem Dank für Hilfe am Manuskript komme, möchte ich noch ein Wort zu Realität und Fiktion verlieren.

Den Tischler Jan Möller gibt es natürlich nicht, wohl aber Fischländer und Darßer Haustüren. Wer sie schon mal gesehen hat, wird sie so schnell nicht wieder vergessen, und wer sich näher darüber informieren möchte, für den gibt es hier zwei Buchtipps: »Haustürgeschichten zwischen Wustrow und Zingst« von Susanne Menning und Dorit Gätjen und »Das kleine Buch der Darßer Haustüren« von Frank Braun und René Roloff. Wer Prerow kennt, dem wird die Kunsttischlerei Roloff ein Begriff sein – Dirk und René Roloff sind sozusagen Jans weithin bekannte Konkurrenz, und speziell René Roloff danke ich für den Hinweis auf die elektrische Stichsäge für die Anfertigung der Ziersprossen.

Schon häufiger habe ich ja äußere Gegebenheiten angepasst, damit sie den Bedürfnissen meiner Geschichte gerecht wurden. Diesmal habe ich mir diese Freiheit bei der Universitätsbibliothek Rostock (Bereichsbibliothek Südstadt) genommen. Das Gebäude ist beeindruckend – da ich selbst im Hochschulbereich arbeite, weiß ich, wovon ich rede. Dennoch war eine Winzigkeit nicht so, wie ich es gern gehabt hätte. Paul und Kassandra müssen einen Blick auf den Arbeitsbereich von Philipp Jacobsen werfen und in etwas weniger öffentlichem Rahmen mit den Bibliotheksmitarbeitern reden, als es die großzügige Ausleihe im Erdgeschoss möglich macht. Daher habe ich die Arbeitsplätze gleich neben der Literatur für Ingenieurwissenschaften im dritten Stock erfunden. Falls Sie sich die Bibliothek mal ansehen (es lohnt sich), suchen Sie also nicht nach Schreibtischen mit Privatfotos oder Landschaftskalendern an den Wänden. Und schließlich habe ich aus romantechnischen Gründen den Lehrbetrieb der Universität Rostock zeitlich etwas nach vorn verlegt – und bitte alle dort Beschäftigten und Studierenden um Verständnis, dass sie in diesem Wintersemester zwei Wochen mehr arbeiten mussten.

Zurück zum Dank:

Meine Lektorin Dr. Marion Heister hat nach Greta nun auch Kassandra und Paul bei der Lösung eines Falles über die Schultern gesehen und nicht nur für weniger »Ratlosigkeit« und »Überraschung« bei ihnen beziehungsweise in meinem Wortschatz gesorgt, sondern mich auch sonst bei allen Ecken und Kanten dieses Romans tatkräftig unterstützt. Herzlichen Dank dafür.

Testleserinnen waren wie stets zuverlässig und fleißig Gefion Clausen (Gea Nicolaisen) und Louise Kämmerer, mit denen ich immer wieder gerne meine Geschichten diskutiere. Auch meine Figuren. Aber was die betrifft, da lasse ich mir, beide wissen es aus jahrelanger Erfahrung, nicht reinreden.

Mario Pahnke danke ich für die Überprüfung von Arvids Schwedisch, das der natürlich vollkommen korrekt spricht, ich aber leider gar nicht.

Zum Schluss gilt mein Dank wieder meinen Leserinnen und Lesern, die erneut Kassandra begleiten konnten und gleichzeitig mit hoffentlich jeder Menge Spannung und Freude viel Neues über den Barnstorfer Teil meiner Fischländer Familie erfahren haben. Sollte jemand verpasst haben, wie Matthias und Greta zusammenkamen und einen Teil des Familiengeheimnisses der Röwers lösten, dann empfehle ich Gretas ersten Fall »Bodden-Tod«.

Wustrow, im September 2017
Corinna Kastner

www.corinna-kastner.de
www.facebook.com/CorinnaKastnersWelten

Corinna Kastner
FISCHLAND-MORD
Broschur, 320 Seiten
ISBN 978-3-89705-912-2

»Spannung und Unterhaltung – genau richtig im Ostseeurlaub.«
Küstenjournal

www.emons-verlag.de

Corinna Kastner
FISCHLAND-RACHE
Broschur, 368 Seiten
ISBN 978-3-95451-157-0

*»Der Regionalkrimi ›Fischland-Rache‹ verbindet Landschaftsbe-
schreibungen, Spannung und historische Fakten. Corinna Kastners
Küsten-Krimis sind unterhaltsame Strandlektüre, die für einen kalten
Schauer unter der heißen Sommersonne sorgen.«*
Ostseezeitung Magazin

www.emons-verlag.de

Corinna Kastner
FISCHLAND-FEUER
Broschur, 384 Seiten
ISBN 978-3-95451-505-9

*»Süffig geschrieben mit authentischen Dialogen und einer poin-
tierten Handlung schafft Corinna Kastner es, den Leser zu fesseln.«*
Rostocker Blitz am Sonntag

www.emons-verlag.de

Corinna Kastner
FISCHLAND-VERRAT
Broschur, 400 Seiten
ISBN 978-3-95451-948-4

Pensionswirtin Kassandra Voß hat alle Hände voll zu tun: Aus heiterem Himmel taucht ihr krimineller Exmann auf und bittet um ihre Hilfe. Doch bevor er erklären kann, worum es geht, verschwindet er spurlos – ebenso wie die Tote, die ihr Nachbar auf einem Zeesboot im Hafen entdeckt hat. Auf der Suche nach Antworten stößt Kassandra auf ein siebzig Jahre altes Geheimnis um ein verschollenes Fischländer Kunstwerk. Und auf so manch einen, der dafür über Leichen geht ...

www.emons-verlag.de

Corinna Kastner
BODDEN-TOD
Broschur, 418 Seiten
ISBN 978-3-7408-0187-8

»Kastner legt viele falsche Fährten, sowohl, was die Handlung, als auch, was die Charaktere betrifft, und hält so den Spannungsbogen bis zum Schluss aufrecht. Eine große Rolle spielen im Roman auch die Natur der Küste und ihre Stimmungen, die die Krimihandlung kontrastieren und ergänzen.« dpa

»Eine fesselnde Mischung aus Spannung und Romantik.«
Peiner Allgemeine Zeitung

www.emons-verlag.de